ULLSTEIN

Das Buch

Die australische Tanami-Wüste scheint Tally Nowata genau der richtige Ort für einen ruhigen Urlaub mit ihrem Freund Paul zu sein. Paul sammelt Informationen für eine Studie über Dingos und bringt Tally nebenher die wichtigsten Regeln für das Überleben im Outback bei. Eines Tages fährt er zum nächsten Flughafen, um seine 10-jährige Tochter Josie abzuholen – und kehrt nicht mehr zurück. Tally weiß, dass sich ihre Chancen, gefunden zu werden, extrem verringern, wenn sie ihren Standort verlässt. Doch als Paul nicht kommt und ihre Vorräte zu Ende gehen, bleibt ihr nichts anderes übrig: Hungrig und durstig bricht Tally auf; wegen der großen Hitze wandert sie nur nachts, tagsüber schläft sie. Bald gesellt sich ein Dingo zu ihr, wittert leichte Beute. Aber so geschwächt Tally auch ist, sie gibt nicht auf: Sie lernt die Wüste immer besser kennen und ihr Lebenswille ist ungebrochen.
Nach endlosen Tagen und Nächten stößt sie auf Pauls Jeep und macht eine schreckliche Entdeckung: Paul ist tot, erschossen, doch aus dem Kofferraum tönt ein leises Wimmern: Josie! Gemeinsam mit dem völlig verängstigten Kind kämpft Tally nun ums Überleben – und gegen die Leute, die Paul ermordet haben …
Mit *Durch die Hölle* ist Hannah Nyala ein atemberaubender Roman gelungen, der äußerst realistisch vom (Über-)Leben in der Wüste erzählt – aus der sehr persönlichen Sicht der Heldin wider Willen Tally Nowata, die einem durch ihre sympathische Art schnell ans Herz wächst.

Die Autorin

Hannah Nyala wurde 1959 in Mississippi geboren. Neben ihrem Anthropologiestudium arbeitete sie für den amerikanischen Such- und Rettungsdienst, wobei sie vor allem in den Wüsten der USA eingesetzt wurde. Heute widmet sich Hannah Nyala ganz dem Schreiben.

HANNAH NYALA

Durch die Hölle

Roman

Aus dem Englischen
von Ursula Guinaldo

Ullstein

Besuchen Sie uns im Internet:
www.ullstein-taschenbuch.de

Umwelthinweis:
Dieses Buch wurde auf chlor- und säurefreiem Papier gedruckt.

Ullstein Verlag
Ullstein ist ein Verlag des Verlagshauses Ullstein Heyne List GmbH & Co. KG.
Deutsche Erstausgabe
1. Auflage Januar 2004

This edition published by arrangement with the original publisher, Pocket Books, a division of Simon & Schuster, Inc., New York.
Titel der amerikanischen Originalausgabe: *Leave No Trace*
Übersetzung: Ursula Guinaldo
Redaktion: Edigna Hackelsberger
Umschlaggestaltung: Thomas Jarzina, Köln
Titelabbildung: Mauritius, Mittenwald
Gesetzt aus der Berkeley Book
Satz: Pinkuin Satz und Datentechnik, Berlin
Druck und Bindearbeiten: Clausen & Bosse, Leck
Printed in Germany
ISBN 3-548-25799-2

Für alle Tally Nowatas auf dieser Welt
und für alle Rayburns
und für all die anderen unter uns, die sich irgendwo dazwischen bewegen.

Einer, der überlebt, ist jemand, der schließlich begriffen hat, dass es in erster Linie gar nicht ums Überleben geht.

Tally Nowata, 39. Tag

1. Tag

Meine erste Suchaktion für den National Park Service fiel genau auf meinen neunzehnten Geburtstag. Drei Tage später fand ich meine erste Leiche.

Sie hieß Loren Blair, war jung und sportlich und kannte sich im Gebirge denkbar gut aus – sie war sogar eine erstklassige Kletterin. Allerdings kletterte sie gar nicht an dem Tag, als sie verschwand, sondern befand sich auf ihrer morgendlichen Laufstrecke. So wie sie aussah – groß, blond und attraktiv wie immer –, wirkte sie gar nicht wie eine Outdoor-Sportlerin, sondern eher wie ein Model. Nur ein falscher Tritt – sie hatte den markierten Weg verlassen – und sie stürzte ab. Erst nach fünf Tagen wurde sie als vermisst gemeldet, und erst zwei Wochen danach fand ich sie und konnte weiter nichts für sie tun, als die 11-44 zu wählen und die Leiche für den Transport in einen Sack zu packen. Verzweifelt versuchte ich, den Brechreiz zu unterdrücken, denn mit einem Model oder einer Kletterin hatte Loren nicht mehr die geringste Ähnlichkeit. Sie gehörte eindeutig ins Reich der Toten, und nichts und niemand konnte sie mehr zu den Lebenden zurückbringen. Das ist die bittere Kehrseite meines Jobs: Den Geruch des Todes wird man nie mehr los.

Am Tag darauf steckte mich der Chief Ranger als festes Mitglied in das Windy-Point-Such- und -Rettungsteam, und seither bin ich im Gebiet der Grand Tetons im Einsatz. Dieses Gebirge zieht eine Menge Leute an, die oft weit weniger fit und viel schlechter vorbereitet sind als Loren Blair, und ich bin darin geschult, diese Leute zu retten – tot oder lebendig, passend bekleidet oder nicht, in jeder Lage, bei Wind und Wetter. Wenn es sein muss, kann ich einen ausgewachsenen

Mann bergen und mich ohne fremde Hilfe mit ihm an einer Felswand abseilen. Selbst in einem Schneesturm kann ich einen verletzten Kletterer von einem Pass herunterholen und auf Skiern ins Tal bringen. Für solcherlei Fälle bin ich bestens trainiert.

Aber ich habe nie gelernt, mit dem Gestank einer drei Wochen alten Leiche fertig zu werden. Das lernt man in keinem Training. Und für meine jetzige Situation bin ich erst recht nicht ausgebildet worden.

Das eigene Sterben kann einem niemand beibringen.

Ich heiße Tally Nowata, und erst heute Morgen konnte ich mich zum ersten Mal, seit ich zehn war, wieder daran erinnern, was ich letzte Nacht geträumt habe.

Vom Regen habe ich geträumt und dann vom Sterben und danach wieder vom Regen. In kalten Schweiß gebadet wachte ich auf und griff – wie ein Ertrinkender nach der Rettungsleine – nach meinem halbfertigen Netz. Doch statt im Wasser lag es auf heißem Sand: auf rotem Wüstensand, der noch dazu seit mindestens einem Jahr keinen Tropfen Regen mehr gesehen hat – was den feuchten Teil meines Traums Lügen straft und mir den anderen Teil, den mit dem Tod, nachhaltig ins Bewusstsein ruft.

Der Vogel, dieser kleine Singvogel, hat mich so weit gebracht. Nicht meine derzeitige Lage, nicht der Sand, nicht die Angst und nicht einmal der nagende Hunger, sondern einzig und allein dieser Vogel. Der hatte mir gerade noch gefehlt.

Vor zwei Monaten wäre ich nie auf die Idee gekommen, dass ich einmal einen Singvogel essen würde, um mein Leben zu retten. Aber genau das habe ich heute getan. Gestrandet in einer unbekannten Wüste, zehntausend Meilen von zu Hause, kurz vor dem Verhungern und mutterseelenallein beginne ich mich allmählich aufzulösen. Das Allerschlimmste aber ist: Ich bin gezwungen, einen Vogel zu essen.

»Wenn du ganz unten an deinem Seil angekommen bist, binde dich mit einem Knoten an seinem Ende fest und halte durch«, hatte Großmutter Nowata immer gesagt. Leider hat sie mir nicht gesagt, was man gegen Übelkeit und Schwindel tun soll, wenn sich das Seil, an dem man hängt, immer straffer spannt – oder was man tun soll, wenn man merkt, dass der eigene Hals in der Schlinge steckt. Vermutlich kann man dann nur noch darum beten, dass Kopf und Rumpf an zwei Stellen miteinander verbunden sind, so dass man sich noch irgendwie aus der Schlinge herauswinden kann. Das ist Oklahomas Antwort auf jedes Problem, das sich nicht mit dem Schießeisen lösen lässt.

Ich war noch nie besonders scharf auf Gewehre, mit dem Seil kann ich da schon besser umgehen – obwohl ein Seil in diesem Fall bedeuten würde, mit Kanonen auf Spatzen zu schießen. Das für meine Zwecke Brauchbarste, was sich unter meinen Sachen befand, war ein Strick aus Hanffasern, die jedoch mit ihrer rauen Oberfläche meinen Händen ganz schön zugesetzt haben. Jeder einzelne Knoten an meinem selbst gefertigten Netz hat an meinen Fingern seine Spuren hinterlassen. Trotzdem habe ich unbeirrt so lange von innen nach außen gleichmäßige Quadrate geknüpft, bis das Ganze die Größe einer kleinen Tischdecke hatte. Meine Hände sind immer noch wund und zittrig und sehen aus, als gehörten sie jemand anderem – etwa einem der toten Touristen, die wir im vergangenen Jahr vom Skillet-Gletscher geholt haben. Zwar sind meine nicht so fahl und aufgedunsen, aber ansonsten sehen sie genauso aus wie bei den Leichen, die wir in diesen großen Reißverschluss-Säcken verstauten: blaugrau, aufgesprungen und vom Überlebenskampf zerschunden.

Als wir diese Leichen bargen, witzelte Jed: »Topmodische

Goretex-Klamotten, alles farblich genau aufeinander abgestimmt. Die hätten mal lieber ihren Verstand genauso gut auf die Wildnis vorbereiten sollen, dann brauchten wir jetzt die tolle Ausrüstung nicht mitsamt ihren Besitzern mühsam von hier wegzuschleppen.«

»Einen Mann, der ›mühsam schleppen‹ sagt und dabei trotzdem mühelos eine schwere Trage balancieren kann, sollte man sich warmhalten«, murmelte ich und bahnte mir vorsichtig meinen Weg über den Geröllhang, während ich mich abmühte, an meinem Ende der Bahre das Gleichgewicht zu halten. Jed wäre beinahe gestolpert, weil er mir den Stinkefinger zeigte – allerdings nicht richtig, sondern nur mit seinem Blick.

»Die Leute suchen sich aber auch denkbar ungeeignete Stellen zum Sterben aus, findest du nicht?«, knurrte Jed. Er fand wieder Halt und machte zu mir gewandt mit seinem behandschuhten Finger dann doch noch ausdrücklich die besagte Geste. Ich grinste und zwinkerte ihm zu. Neun Jahre lang ist Jed schon mein bester Freund, Kollege und Klettergefährte. Wir haben uns gegenseitig mit Blicken schon so oft den Stinkefinger gezeigt, dass wir dabei keinen einzigen Muskel mehr anspannen müssen. Wenn sich also einer von uns die Mühe macht, auch noch den Finger zu heben, ist das so, als würde er seine Botschaft in ein Horn schmettern. (Und ein Zuzwinkern ist genauso übertrieben und grob, als würde ich ihm besagtes Horn ins Ohr stecken und aus Leibeskräften hineinbrüllen, bis ihm das Trommelfell platzt.) Ich spürte förmlich, wie sich Pony Sutton hinter uns darüber amüsierte. Wir vom Windy-Point-Such- und -Rettungstrupp kennen uns jetzt schon so lange, dass jeder ganz genau die Marotten des anderen kennt. Dass wir miteinander so gut vertraut sind, ist für unsere Art von Arbeit recht praktisch. So müssen wir wenigstens nicht unnötig viele Worte machen, wenn uns nicht danach ist. Jed schüttelte den Kopf, denn auch er spürte, dass Pony sich über uns amüsierte.

Laney Greer, die am vorderen Ende der zweiten Trage ging, meinte mit piepsiger Stimme: »Jede Wette, die Jacken von diesen Typen kosten fünfhundert Dollar das Stück. So 'n Haufen Knete, das würde dicke für meine Monatsmiete reichen, und für die Miete von unserem Boss bliebe sogar noch was über. Aber so wie 's aussieht, hat das denen trotzdem nichts genützt.«

Dann waren wir still und taten unseren Job – nicht verkrampft, nur konzentriert, doch unsere Gedanken kreisten unweigerlich um das Thema Sterblichkeit.

Pony brach als Erste das Schweigen. »Diese neuen Klamotten waren in ihrem Fall wirklich rausgeschmissenes Geld, Lanes«, meinte sie trocken. Alle stöhnten laut auf über den schlechten Scherz, doch gleich darauf brachen wir in schallendes Gelächter aus. Zum einen hatte sie ja Recht, vor allem aber wollte jeder von uns zumindest einen Augenblick lang vergessen, was wir da eigentlich mit uns herumschleppten.

Es stimmt schon. Solche Leute, die unvorbereitet in der Wildnis auftauchen und die neueste Freizeitmode vorführen, sind sichere Kunden für die Bergwacht – und gleichzeitig ihr größter Alptraum. Sobald eine solche Gruppe das Besucherzentrum in Moose verlässt, schließen wir Wetten ab, wie rasch sie wohl unsere Hilfe brauchen und wie groß das Aufgebot des Rettungstrupps dafür sein muss: zehn Dollar pro Kopf für jeden aktiv an der Suche Beteiligten und zwei für jeden, der sich in Bereitschaft halten muss. Da bei einer groß angelegten Rettungsaktion mitunter über hundert Leute im Einsatz sind und noch mehr einsatzbereit in den Startlöchern stehen, lohnten sich unsere Wetten schon bald. Einmal hat mir eine solche Wette einen zweiwöchigen Urlaub im Yosemite-Nationalpark finanziert, worüber der Rest der Mannschaft noch drei Jahre lang blöde Witze riss – und trotzdem wetten wir weiter um die Touristen.

Paul meinte einmal, er finde es ziemlich arrogant, »dass wir ausziehen, um den Leuten das Leben zu retten, und uns auf dem Nachhauseweg die ganze Zeit über vor Lachen den Bauch halten«. Wenn Paul sich ärgert, bricht immer sein Südstaatenakzent durch.

Ich habe versucht, es ihm zu erklären: Wenn du eine Leiche vom Felsen kratzen und den Berg hinunterbefördern musst, kannst du entweder lachen, oder du drehst durch. Aber er konnte es trotzdem nicht begreifen, also gab ich ihm einfach Recht: »Verdammt noch mal, ja, das ist arrogant! Du hast ja Recht. Aber eines wollen wir mal klarstellen, und daran gibt es nichts zu rütteln. *Mich* wirst du nie in einer solchen Lage sehen, O'Malley, *für mich* wird nie ein Suchtrupp ausziehen müssen, um mich zu retten. Darauf kannst du wetten, was du willst – deine nicht vorhandene Farm und obendrein noch die schönen blauen Augen deiner nächsten Freundin. Bevor mir so was passiert, wird es eher in der Hölle eiskalt, und zwar so saukalt, als würde man den ganzen Schwefel gegen einen Schneesturm austauschen, wie auf Knopfdruck, einfach so!«

»Als ob ein kleines Indianermädchen das gesamte Ökosystem der Hölle verändern könnte«, neckte er mich in seinem breiten Südstaatenakzent, worauf ich nur entgegnete, irgendwann würde man sich überall so weit hocharbeiten, dass man bei der Ausstattung mitreden darf. Man müsse nur lange genug dabei sein.

»Und bezeichne mich bitte nicht als Indianerin, denn schließlich stimmt das nur zur Hälfte.« Über diesen Punkt haben wir uns schon häufig gestritten. Paul legt größeren Wert auf Fragen der Abstammung als ich. Allerdings kann er sich das auch erlauben, denn seine Vorfahren, irischer und französischer Herkunft, gehen bis auf die ersten Siedler in Louisiana zurück. Bei mir ist das alles etwas komplizierter.

Tja, und so sieht's nun also aus: In der Hölle herrschen jetzt wohl dreißig Grad unter null, denn Paul ist unbegreiflicherweise nicht zurückgekehrt und ich sitze hier schon seit vierzehn Tagen allein in der Tanami-Wüste im Innern Australiens fest. Hier ist Hochsommer und ich bin seit acht Tagen ohne Lebensmittel. Daher rührt auch mein Plan, diesen armen Vogel zu fangen. Not macht erfinderisch.

Im Morgengrauen saß er zwitschernd auf seiner Lieblingsstange, ausgerechnet auch noch unter dem Vorratszelt. Ich habe ihn gehört und versucht, nicht auf sein Gezwitscher zu achten und weiter meine Knoten zu machen. Kurz darauf schnellte die glühende Sommersonne aus dem Sand empor und ließ jedes Fitzelchen meiner ungeschützten Haut verdorren. Um elf zeigte das Bodenthermometer einundfünfzig Grad, aber ich bemühte mich weiterzuarbeiten, als ob nichts wäre.

Gegen Mittag war meine Falle fertig. Ich erhob mich und scheuchte den Vogel auf – und wie ich mit grimmiger Zufriedenheit feststellte, flog er auf genau demselben Weg fort wie sonst auch. Unser Festhalten an Gewohnheiten macht uns für Angreifer zur leichten Beute. Auf zwei Metallkisten balancierend spannte ich das Netz quer über den Flugweg des kleinen Piepmatzes und hakte es in der Mitte des Zeltrahmens und an einer Ecke der Plane vorsichtig fest. Dann stieg ich von den Kisten und ließ von dem Netz ein langes Stück Hanfschnur herunterhängen. Noch ganze vier Male kletterte ich wieder hoch und zupfte es zurecht, bis ich endlich meinte, so müsse es funktionieren – zumindest theoretisch. Jetzt konnte ich nur noch abwarten.

An meinem sonnenverbrannten Nacken spürte ich deutlich, wie mir der Schweiß aus den Poren trat. Der heiße Wind aber, der über die mit Spinifex-Gras bewachsene Ebene strich, sog den salzigen Dunst wieder auf, kaum dass er an die Hautoberfläche trat. Gelbes, stacheliges Gestrüpp, so weit das Auge reichte, es verlor sich in der Ferne erst an jenem Punkt, an dem diese unermessliche Weite auf den endlosen Himmel trifft. Meine Haut spannte sich straff wie ein Stück staubiges altes Cellophanpapier über die müden Knochen, mein langes Haar starrte vor Schmutz und meine Kehle war vor Staub und Durst völlig wund. Alle paar Minuten bäumte sich mein Magen auf, sei es, weil der Hunger mich plagte oder weil mir meine Situation jäh bewusst wurde – vielleicht auch beides. Das Atmen tat weh.

So weit das Auge reichte, erstreckte sich der rote Sand wie ein Ozean in alle Richtungen. Aber mein Blick ging nicht in die Ferne, sondern ich spähte nur gespannt auf das Netz und wartete darauf, dass der Vogel wieder auftauchte. Akazien und andere Bäume, deren Namen ich nicht einmal kenne und auch keinerlei Wert darauf lege, stehen in kleinen Gruppen auf dem welligen Sand verstreut und versuchen sich von den Buschfeuern zu erholen, die im Frühjahr über das Land gefegt sind. Auf einer Fläche von mehreren Hektar bohren sich robuste blassgrüne Triebe zwischen verkohlten Baumstümpfen und Wurzeln aus dem Boden. Die Stelle, wo das Wasser aus dem Wasserloch abfließt, wird von ein paar Mulga-Büschen umklammert, die so trocken sind, dass ihre Blätter ganz silbrig aussehen. In dieser Gegend übernimmt das Feuer den Frühjahrsputz: Es spielt hier sozusagen die Hausfrau der Wüste, die das Alte hinauskehrt, um – recht verschwenderisch – Platz für das Neue zu schaffen.

An diesem Tag betrachtete ich jedoch weder die Landschaft, noch achtete ich darauf, wie sich das Leben in der Tanami-Wüste gestaltet. Das habe ich in den vergangenen Wochen schon oft genug getan. Der Ausblick ist sowieso immer derselbe und an den Tatsachen ändert sich auch nichts. Nach wie vor bin ich hier – fast dreihundert Kilometer von der nächsten menschlichen Siedlung entfernt – hilflos meinem Schicksal ausgeliefert, und folglich muss, meiner früheren Prophezeiung nach, die Temperatur in der Hölle auf dreißig Grad unter null gefallen sein. Halbblut aus Oklahoma wird im Herzen eines Kontinents vermisst, dessen Ozonschicht immer dünner wird. Nur als kleine Randbemerkung: Heutzutage ist die Wahrscheinlichkeit, an Hautkrebs zu erkranken, hier viel höher als anderswo auf diesem Planeten. Als hätte ich nicht schon genug am Hals.

Und viel schlimmer noch: Keine meiner Fähigkeiten, die ich mir zu Hause als Ranger im Teton-Nationalpark angeeignet habe, kann hier auch nur das Geringste an meiner Lage ändern. Dass ich eine erfahrene Kletterin bin und Berge wie den Denali oder den Rainier bezwungen habe und sie damit auf meiner Liste der Gipfel, die ich einmal im Leben erklommen haben will, abhaken kann, spielt hier überhaupt keine Rolle. Genauso wenig meine Kenntnis, wie man mit Skiern im Schnee einen Graben aushebt, um dort relativ bequem das Ende eines Schneesturms abzuwarten, wie man mit feuchtem Holz ein wärmendes Feuer entfacht, wie man rechtzeitig bemerkt, wenn sich eine Lawine löst, oder wie man die Fährte eines Grizzlybären entdeckt. Auch nicht, wie man eine beladene Trage an Querungsseilen eine Felswand hinablässt. Absolut gar nichts nutzt es mir, dass ich acht Jahre lang in einem Suchtrupp in den Rocky Mountains gearbeitet und bei der Rettung von siebenundvierzig Touristen aus Lebensgefahr mitgewirkt habe, die sich weitab der Zivilisation verlaufen oder verletzt hatten. Oder dass ich daran beteiligt war, ein knappes Dutzend Leichen von Leuten, die trotz der intensiven Bemühungen meiner Mannschaft nicht überlebt hatten, ins Camp zu schleppen. Und es bringt mir auch nichts, dass ich schon vor viel zu vielen drei Wochen alten Leichen gestanden habe und sie für den Transport vorbereiten musste, obwohl ich aufgrund des fürchterlichen Gestanks ständig einer Ohnmacht nahe war. Nichts, aber auch gar nichts von alledem zählt hier. Und das schlägt mir, im wahrsten Sinne des Wortes, ziemlich auf den Magen.

Doch genug davon. Wie dem auch sei, endlich kam der Vogel wieder zurück. Das Ende der Hanfschlinge, mit der ich das Netz zusammenziehen wollte, lag schlaff in meiner Hand. Nervös wartete ich und war mir ziemlich sicher, dass er die Schnur sehen würde, die sich von der Zeltplane über seinem Kopf bis zu der Frau dort unten schlängelte, und er sich schon aus Prinzip gleich wieder davonmachen würde. Ich sah schon lebhaft vor mir, wie er meiner Falle geschickt ausweichen würde, indem er von der Stange einen Salto rückwärts schlug und mir ohne Netz und doppelten Boden die Vogelversion der Flying-Garibaldi-Nummer vorführte.

Aber weit gefehlt. Leichtgläubig und vertrauensvoll saß er einfach da, musterte seine kleine Welt und kratzte sich am Kopf. Ich stand auf und wollte gehen, und er öffnete den kleinen Schnabel, um mich, wie es uns nach unzähligen Malen im Laufe des vergangenen Monats zur Gewohnheit geworden war, mit seinem Gesang hinauszugeleiten. Und ganz unbeabsichtigt muss ich dabei irgendwie an die Schnur gekommen sein. Vermutlich bin ich darüber gestolpert.

Starr wie ein Reh im Scheinwerferlicht stand ich da – ganz entsetzt, dass mein hirnrissiger Plan tatsächlich funktioniert hatte. Ich wusste nicht so recht, was ich als Nächstes tun sollte. In meinem ganzen Leben hatte ich noch kein Tier getötet, schon gar nicht, um es zu essen. Auch auf diesem Gebiet ist meine jahrelange Ausbildung keinen Pfifferling wert, denn auf diese Art von Überlebenskampf bin ich durch meine Arbeit bei der Bergwacht nicht vorbereitet.

Und als ich nun sah, wie der Vogel in panischer Angst wild flatternd und schrill piepsend vergeblich gegen die groben Maschen ankämpfte, wurde mir schlagartig klar, dass man als Nationalpark-Ranger genauso sterblich ist wie jeder andere Tourist auf dieser Welt.

Zum Teufel mit all den mühsam antrainierten Fertigkeiten, zumal wenn es obendrein noch die falschen sind.

Dieser Gedanke vermischte sich mit dem scheußlichen Gefühl des warmen, plötzlich erschlafften gefiederten kleinen Körpers in meinen Händen. Ruckartig krümmte ich mich zusammen, fing an zu weinen und presste mir die Hände, mit denen ich dem armen Tier soeben den winzigen Hals umgedreht hatte und die sich jetzt ganz taub anfühlten, fest auf den Magen. Der in den verknoteten Schnüren verhedderte Vogel fiel in den Sand, blieb reglos liegen und gab keinen Laut mehr von sich.

Das hat mir gerade noch gefehlt. Ich, Tally Nowata, wittere wieder einmal den Tod – nur ist es dieses Mal mein eigener.

2. Tag

Ans Sterben hatte ich dabei nun wirklich keinen Gedanken verschwendet. Urlaub sollte es werden: Vier Monate lang wollte ich mich an diesem Ort, den ich noch überhaupt nicht kannte, zusammen mit dem Mann, den ich liebe, von meinem stressigen Job erholen. Spaß wollte ich haben, Entspannung, Sex und Zweisamkeit – wenn auch nicht unbedingt in dieser Reihenfolge. Bevor ich in Alice Springs aus dem Flugzeug stieg, hatte ich noch nie einen Fuß in die Wüste gesetzt. Ich hatte auch noch nie das Verlangen danach gehabt und tat es auch jetzt nur wegen Paul. Ich bin mehr für Bäume, Berge und kaltes, tosendes Wasser. Enge Schluchten gefallen mir, versteckt im Schatten hoher Granitwände, grüne Pflanzen ohne Stacheln, Regen und eisiger Wind. Wüsten sind mir einfach zu flach: Von jeder beliebigen Stelle aus kann man hier mindestens sechzig Meilen in sämtliche Richtungen sehen, und das ist mir viel zu weit weg. Deshalb hat es mich auch nie in solche Gegenden gezogen; ich wollte meine Tage lieber in gemäßigtem Klima beschließen, wo es schön grün und nach Möglichkeit auch feucht ist. Stattdessen bin ich nun hier, inmitten dieses heißen, roten, sandigen Landes, Auge in Auge mit dem Tod, und muss vor Brechreiz so stark würgen, dass mir alles wehtut. Und alles, weshalb ich hierher gekommen bin, hat sich in Luft aufgelöst, als hätte es nie existiert. Sogar er.

Das bisschen, was ich vom Überleben in der Wüste weiß, hätte Platz in einem Fingerhut, und trotzdem würde noch der Daumen eines dicken Mannes hineinpassen. Meine Chancen, hier zu überleben, sind also denkbar gering. Zwar gehöre ich nicht zu den Frauen, die ständig männlichen Beistand brauchen und sich sofort an jeden greifbaren Mann ranhängen, damit er ihnen das Boot durch die Brandung steuert oder eine Maus vom Grundstück verscheucht. Ich bin ebenso gut wie jeder andere in der Lage, auf mich selbst aufzupassen – sogar noch weit besser als die meisten. Natürlich mache ich mir Sorgen um Paul, aber bis er zurückkommt, kann ich durchaus auf eigenen Füßen stehen, und das weiß er auch.

Bisher habe ich damit noch vor niemandem angegeben. Hier draußen habe ich mir jedoch angewöhnt, es mehrmals täglich laut auszusprechen. Vermutlich will ich mir damit Mut machen und mir die traurige Wirklichkeit vom Leib halten.

Aber wenn ich ehrlich bin, funktioniert das leider nicht, denn obwohl ich es mir in den vergangenen Tagen immer wieder vorgesagt habe, liegen meine Nerven im Moment ziemlich blank. Und das Schlimmste ist vermutlich, dass es mir nach dieser ganzen Anstrengung gestern – nachdem ich den verfluchten Vogel in die Falle gelockt, ihm den Hals umgedreht, die Federn gerupft und den Kopf abgeschnitten, ihn ausgenommen, aufgespießt und gebraten habe – noch immer nicht gelungen ist, auch nur einen einzigen Bissen davon bei mir zu behalten. Gestern Abend habe ich es noch einmal versucht und alles sofort in hohem Bogen wieder ausgespuckt – wie der Mount St. Helens, nur ohne Ascheregen. Den Rest meines Abendessens warf ich voller Ekel in die Büsche. Taumelnd vor Übelkeit kroch ich schließlich auf allen vieren und fühlte mich hundeelend. Doch wenn ich es recht bedenke, habe ich im ganzen Leben noch keinen Hund gesehen, dem es so elend gegangen wäre.

Da, wo ich herkomme, gibt man Hunden, wenn es ihnen dermaßen dreckig geht, den Gnadenschuss. Das ist die Oklahoma-Version des barmherzigen Samariters: Erlöst die

Unglücklichen aus ihrem Elend, damit wir anderen nicht mit ansehen müssen, wie sehr sie leiden. Dann können wir alle so tun, als würden diese Regeln für uns nicht gelten, wir können sie dann noch ein Weilchen verdrängen und uns als Herr über unser Schicksal aufspielen, als wären wir der liebe Gott. Vielleicht stimmt das so aber auch nicht ganz.

Großmutter Nowata sagte immer: »Das Leben ist eine unheilbare Krankheit, die keiner übersteht. Die Leute aus Oklahoma sind schon ziemlich hart im Nehmen, aber die Indianer sind obendrein noch aus vierfach gehärtetem Stahl, denn es bleibt ihnen nichts anderes übrig.« Aus diesem Grund habe ich mich mit der Mutter meines Vaters nie angelegt, und als ich schließlich alt genug war, mir eine Konfrontation mit ihr zuzutrauen, war sie bereits tot. Aber meiner Ansicht nach spielt die Abstammung in Oklahoma gar keine so große Rolle: Ob Indianer oder nicht, kein Mensch hier würde ums Verrecken je klein beigeben. Das hat mir damals ziemlich zu schaffen gemacht, denn angesichts dieser geballten Kraft und Unangreifbarkeit der Erwachsenen kam ich mir als Kind immer vor, als säße ich in der Falle.

Jetzt frage ich mich jedoch, ob sie nicht nur deshalb alles verdrängen, damit sie später überhaupt etwas haben, woran sie sich erinnern können. Vielleicht geht es ihnen gar nicht so sehr darum, den lieben Gott zu spielen, sondern sie versuchen nur herauszubekommen, wie sie überleben können, *ohne* den Glauben an ihn – oder an die Welt überhaupt – zu verlieren. Was wir vermutlich alle am besten über den Tod wissen, ist das, worüber wir uns bis zuletzt selbst etwas vorlügen. Und wenn man sich, wie ich, noch zusätzlich von Berufs wegen damit befasst, Leben zu retten, vergisst man vielleicht das Wichtigste: dass keiner von uns diesen ganzen Auftritt lebend übersteht. Womöglich kämpfen Leute wie ich viel zu verbissen darum, den Tod zu besiegen, und Leute wie meine Großmutter bewegen sich viel näher an der Wahrheit.

Mag sein.

Keine Ahnung. Woher soll ich das wissen?

Für mich gilt nur meine eigene Wahrheit: Solange du noch atmest, kannst du meine Dienste in Anspruch nehmen. Jemanden zu suchen und zu retten ist nicht bloß ein Job, sondern viel mehr eine Lebenseinstellung. Das Leben der anderen ist einem etwas wert. Ein Menschenleben muss gerettet werden, ganz gleich um welchen Preis. Bei jeder Aktion sind wir, falls nötig, auch dazu bereit, unser eigenes Leben zu opfern. Schon verrückt irgendwie, aber wir sind so gut trainiert, so gut ausgerüstet und so entschlossen und einsatzbereit, dass die Leute, sobald wir nur auftauchen, sich sofort auf uns verlassen. Sogar wir selbst verlassen uns auf uns, und ich vermutlich am allermeisten. Aber normalerweise befinde ich mich da draußen ja auch stets auf der guten Seite der schlechten Lage. Hier dagegen ist alles völlig anders: als hätte man ein paar Würfel in die Luft geworfen, und niemand weiß, wo sie landen.

Schluss jetzt. Ran an die Arbeit, als hättest du sie dir selbst ausgesucht, Nowata, und konzentriere dich ganz auf den Augenblick.

Ich habe ziemlich lange gebraucht, bis ich mich wenigstens so weit zusammenreißen konnte, um mir die Überreste des Vogels wieder zurückzuholen und den Sand von dem fettigen Fleisch abzuwischen. Allerdings waren meine Finger so schmutzig, dass es ein rein hypothetisches Unterfangen blieb. Aber dennoch war es durchaus notwendig. Wenn man innerlich vor etwas zurückschreckt, wird allein schon das Bemühen darum sehr wichtig, sogar ungemein wichtig. Etwa nach dem Motto: Solange du dich überhaupt noch um etwas bemühen kannst, weißt du, dass du noch lebst. Lügen werden so zu Glaubenssätzen.

Und spricht man sie auch noch laut aus, so werden sie zur Wahrheit.

Wo steckst du, Paul O'Malley? Wohl an die hundert Mal ist mir diese Frage durch den Kopf gegangen, doch bin ich einer Antwort noch immer kein Stück näher gekommen.

Du wolltest in Alice Springs Nachschub besorgen – eine Sache von höchstens vier Tagen. Deine Tochter wolltest du vom Flughafen abholen, das schrottreife Funkgerät mal wieder reparieren lassen, Essensvorräte für den nächsten Monat einkaufen, den Wasserbehälter füllen und auf dem schnellsten Wege wieder hierher zurückkommen. Ich bin bisher noch keinem Menschen begegnet, auf den man sich so verlassen kann wie auf dich. Du hast dich noch nie verspätet, nicht einmal um ein paar Minuten.

Aber jetzt bist du zum ersten Mal überfällig – und das schon seit zu vielen Tagen, als dass ich noch einmal nachrechnen möchte –, und ich weiß einfach nicht, warum. Allmählich setzt mir die Sorge um dich ganz schön zu.

Ruhe bewahren und bleiben, wo man ist!

Genau das habe ich bei meinen Vorträgen zum Überleben in der Wildnis den Touristen am Lagerfeuer immer eingeschärft. »Also hört gut zu, Leute: Falls ihr da draußen in Schwierigkeiten geratet, behaltet einen kühlen Kopf und rührt euch nicht vom Fleck. Hier – *wie überall auf der Welt* – hängt das Überleben zu fünfundneunzig Prozent vom Verstand und zu fünf Prozent von den äußeren Umständen ab. Falls euch also etwas zustößt, falls ihr euch verletzt oder euch einfach nur verlaufen habt, ist es das Vernünftigste, *dort zu bleiben, wo ihr seid, und abzuwarten, bis wir euch holen.*

Wenn wir kommen, und ihr seid schon weg und irrt irgendwo da draußen in der Gegend herum, dann ist knapp daneben eben auch vorbei. Das könnte konkret bedeuten, dass wir entweder an diesem Tag einen leeren Leichensack wieder mit nach Hause nehmen oder eine Woche später einen mit einer Leiche drin. Ihr habt die Wahl.«

Ein guter Rat, einfach, aber nützlich, und ich habe ihn in dieser sengenden Hitze auch haargenau befolgt. Seit zwei Wochen habe ich mich nun von Tag zu Tag etwas mehr eingeschränkt und darauf vertraut, dass Paul zurückkommt. Ich war mir sicher, wenn ich die Essens- und Wasservorräte genug strecken und meine Kräfte sorgfältig einteilen würde, könnte Paul sich schon irgendwie hierher durchschlagen, und wir würden dann über das unglückliche Ereignis, das ihn so lange aufgehalten hat, gemeinsam lachen. Ich gehöre nicht zu den Leuten, die sich unnötige Sorgen machen, aber Tatsache ist, dass ich vor neun Tagen die zweite Hälfte des letzten Müsliriegels gegessen habe, vor vier Tagen das letzte Päckchen Vitamin-C-Brause in einen Becher Wasser gerührt und den ganzen Nachmittag daran genippt habe und dass ich gestern einen Singvogel getötet habe und mich heute immer noch verzweifelt bemühe, ihn zu essen. Es hat keinen Zweck, die Augen länger vor der Wahrheit zu verschließen.

Ich stecke in ernsten Schwierigkeiten, denn ich bin mutterseelenallein in einer der abgelegensten Wüstenregionen der Erde, und das mitten im heißesten Sommer und ohne jede Hoffnung auf Rettung: ohne Funkgerät, ohne Fahrzeug, ohne Waffe, ohne Notfallplan, ohne Nahrung und ohne dass mich vor Ablauf der nächsten drei Monate jemand zu Hause erwartet – also macht sich auch niemand auf die Suche nach mir. Das nächste Dorf liegt zweihundertsechzig Kilometer entfernt, im Morgengrauen und in der Abenddämmerung herrscht eine Temperatur von sechsundvierzig Grad Celsius, mittags sind es in Taillenhöhe zweiundfünfzig Grad im Schatten und am Boden etwa fünf Grad mehr. Ich könnte versuchen loszumarschieren, aber vermutlich würde ich nicht einmal die Hälfte der Strecke schaffen oder auch nur ein Viertel – falls überhaupt. Ich habe noch knapp vier Liter Wasser, womit ich, obwohl ich ständig Durst habe, einen Tag lang auskomme. Das gilt aber nur, wenn ich mich ruhig verhalte. Um eine Strecke von dreißig Kilometern zu Fuß zurückzulegen, brauchte ich bei dieser Hitze schon doppelt so viel. Deshalb nutzt mir dieser Wasservorrat genauso wenig wie meine armselige multikulturelle Herkunft, denn ich bin nicht auf solche Umstände vorbereitet und statt der zweihundertsechzig Kilometer könnten es ebenso gut dreitausend sein.

Die eigene Geschichte. Obwohl mich der halbe Planet und zwei Jahrzehnte von ihr trennen, verfolgt sie mich auf Schritt und Tritt. Zu Hause in den Grand Tetons mache ich immer Witze über meine zusammengewürfelte Abstammung. Hier ist mir das jedoch vergangen. Vermutlich ist die eigene Vergangenheit – genauso wie die eigene Familie – weit amüsanter, wenn einen die Hitze nicht so dünnhäutig und empfindlich macht, als würden einem die Härchen in der Nase versengt.

Mein kleiner Bruder Dixon meinte immer, Indianer könnten sich draußen im Gelände gar nicht verlaufen. »… nicht mal, wenn wir es bezahlt bekämen, Tal, weil wir nämlich alle einen inneren Kompass haben, so was wie eine kleine, dünne Nadel in unserem Herzen, die stets nach Norden zeigt.« Dix hatte allerdings ziemliche Navigationsprobleme. Ich führe es immer darauf zurück, dass uns der Staat Oklahoma in dem Jahr, als unsere Mutter starb und unser Vater deswegen ins Gefängnis kam, nach Guthrie in eine Pflegefamilie steckte.

Ich war damals zehn und Dix war acht. Unsere neuen Eltern waren weiß, gebildet und reich genug, sich drei Mahlzeiten am Tag leisten zu können, ohne die Reste aufheben zu müssen.

Artis und Elaine Jones waren nette Leute und meinten es gut mit uns. Sie hatten die besten Absichten mit den beiden Waisenkindern, deren Erbmasse aus Potawatomi-, Lakota- und Gringo-Genen zusammengewürfelt war. *Ich* hätte meine indianische Abstammung am liebsten vergessen, Dix hingegen hielt hartnäckig daran fest. Also schlossen Artis und Elaine einen Kompromiss und fuhren mit uns in ihrem Lincoln Continental sowohl zu Indianerfesten als auch zu Rodeos, zu Nationalparks ebenso wie in den Zirkus. Vor dem Schlafengehen lasen sie uns sowohl *Black Elk* und *Pretty Shield* als auch *The Phantom Tollbooth* vor, und sie ließen uns geröstetes Brot und Navajo-Tacos ebenso wie die neuesten Apfelkuchenrezepte probieren. Für zwei Kinder, deren Daddy im Knast saß und deren Mama außerhalb des Shawnee-Gebietes in fremder roter Erde begraben lag, lebten wir wie Maden im Speck. Aber wir stachen so sehr von unserer Umgebung ab, dass es selbst ein Blinder merken musste, und fühlten uns immer nur als Sozialfälle – und genau das waren wir ja auch. Keine Behörde der Welt kann einem die Familie ersetzen. Doch ich fand mich schließlich mit den Jones ab und tröstete mich mit Büchern und Pferden. Dix aber konnte sie nicht ausstehen und konzentrierte sich aus Trotz auf solche fixen Ideen wie die angeborenen navigatorischen Fähigkeiten der Indianer und später dann auf die Heilkräfte von Rauschmitteln und Alkohol. Der innere Kompass verträgt sich allerdings nur schlecht mit Jack Daniel's.

»Meinst du wirklich, es interessiert irgendjemanden, dass du weißt, wo Norden ist?«, hielt ich ihm damals schon gnadenlos vor, als wir noch Teenager waren. Ich machte mir immer Sorgen, sein stures Festhalten an seiner sozialen und ethnischen Herkunft könne seine Chancen auf ein anständiges Leben gefährden. »Wenn du dich nicht richtig auf die jeweilige Situation vorbereitet hast, bist du weg vom Fenster, mein liebes Brüderchen, ganz gleich, in welche Richtung deine blöde Nase zeigt. Ob du nun weißt, wo Norden ist oder nicht, du kannst immer noch elend zugrunde gehen.« Ich hielt es lieber mit der richtigen Vorbereitung.

Jetzt erst recht. Das Einzige, was mich je aus dem Konzept hätte bringen können, ist jetzt eingetroffen: Ich bin auf diese Gegend nicht richtig vorbereitet. Wäre Dix gerade einmal nüchtern genug, um zu begreifen, wo ich mich befinde und wie es im Augenblick um mich steht, würde er sich über den Ausgang dieser kleinen Anekdote aus unserer Familiengeschichte sicher kranklachen. Und das muss ausgerechnet der passieren, die immer gepredigt hat: Egal, was ist – richtig vorbereitet sein ist alles.

Der Geruch nach Angesengtem – das wird mir soeben bewusst – deutet auf ein noch viel größeres Problem hin als auf die extrem hohe Lufttemperatur in dieser Gegend. Die war nämlich gar nicht die Ursache dafür, obwohl es weiß Gott heiß genug wäre, um einem die Nasenhärchen zu versengen. Ich selbst habe das Missgeschick verursacht, weil ich mich vergangene Nacht zu dicht über das Lagerfeuer gebeugt habe. Schwitzend wie ein Spanferkel am Spieß und trotzdem zitternd vor Kälte habe ich mich über die winzige Flamme gekauert, um mit dieser simplen, altvertrauten Gewohnheit vom Campieren in den Tetons meine rebellierenden Eingeweide zu beruhigen. Dabei bin ich einfach zu nah an die Flamme gekommen, viel zu nah. Nicht die Wüste hat also meine Nasenhärchen versengt, sondern eine alte Gewohnheit, die einen hungrigen Magen beruhigt, außerdem meine Erschöpfung und ein beeinträchtigtes Urteilsvermögen, das diese Gegend zwangsläufig mit sich bringt. Ich bin in so vielerlei Hinsicht nicht richtig vorbereitet, dass ich es mir selbst kaum einzugestehen wage. Dix würde triumphieren.

Mindestens hundertmal bin ich jetzt schon in Gedanken alles durchgegangen, Punkt für Punkt, bis ins kleinste Detail, und doch drehe ich mich nur im Kreis: Paul ist – aus welchen Gründen auch immer – leider nicht da. Ich sitze mitten in der Tanami-Wüste im Innern Australiens fest, und der einzige Mensch, der weiß, dass ich hier bin, ist spurlos vom Erdboden verschwunden. Gott steh mir bei.

In meinem Kopf klingen noch etliche solcher Sätze an – gereizte, nicht fertig ausformulierte –, denen man meine nachlassende Kraft und meinen schwindenden Grips deutlich anmerkt, und ich muss aufpassen, dass mir nicht auch diese Sätze noch entschlüpfen. Ich schlucke verzweifelt, denn ich fange schon wieder an zu würgen.

Gott tritt im Augenblick ohnehin nicht in Erscheinung, also kann ich mir in dieser Hinsicht meinen Atem sparen.

An der aufgeschlagenen Zeltplane schleicht eine schattenhafte, hundeähnliche Gestalt vorbei, und ich schiebe die Gedanken an Gott und an meinen Atem beiseite. Im Augenblick sind sie einfach nicht elementar genug, um sich mit ihnen zu beschäftigen. Ich muss mich um dringendere Dinge kümmern – wie zum Beispiel um Raubtiere.

Die Dingos in dieser Gegend, die Paul hier beobachten wollte, ruhen gewöhnlich tagsüber, aber seit ich den Vogel gebraten habe, lauern sie in der Nähe des Camps und beobachten mich mit furchtlosen Blicken. Ich habe versucht, so kräftig und abschreckend wie nur möglich zu wirken, aber es will mir nicht mehr so recht gelingen. Einer von ihnen, ein Albinoweibchen, liegt seit geraumer Zeit ganz in meiner Nähe im Schatten eines Strauchs. Wenn ich spüre, wie ihr

Blick auf mir ruht, läuft mir ein kalter Schauer über den Rücken.

Dingos greifen keine Menschen an. Das sage ich mir immer wieder. Nein, wirklich nicht! Das ist praktisch ein Naturgesetz. Das Problem ist nur: Ich bin mir nicht mehr sicher, ob ich überhaupt noch wie ein Mensch aussehe und die Dingos davon überzeugen kann, dass ich einer bin. Mir ist klar, dass sie meine Angst wittern. Ich rieche sie ja sogar selbst – diesen süßlichen Moschushauch, der sich mit meinem Schweiß vermischt.

Ruhe bewahren und nicht vom Fleck rühren, Nowata! Die Dingos sind nicht dein Problem, sondern dein eigener Verstand. Lass dich nicht unterkriegen und konzentriere dich auf die Tatsachen.

Wasser.

Das Wasser, das wir hierher mitgebracht haben, geht deutlich zur Neige. Ein weiterer kräftiger Schluck, und es bleiben nur noch gut drei Liter. Aber das habe ich bereits seit einer Woche kommen sehen und mich darauf eingestellt. Also werde ich ab heute Abend das Wasser aus der Quelle nutzen und ihm vorher Jodtabletten beimischen oder es abkochen. Solange das reicht, kann ich hier durchhalten. Ohne Nahrung können Menschen bis zu sechs Wochen überleben.

Das heißt, zwei sind um, also bleiben noch vier, und außerdem habe ich ja noch den Vogel zu essen.

Immer noch besser, als stünde es drei zu drei.

3. Tag

Irgendwann in der Nacht sanken meine Chancen fast auf null.

Dass die Quelle hier nicht das ganze Jahr über sprudelt, sondern am Ende austrocknen würde, war mir klar. In den letzten Tagen hatte das Wasser immer noch leicht getropft, aber vergangene Nacht ist es völlig versiegt – viel rascher, als ich es für möglich gehalten hätte. Und damit schwand auch meine größte Überlebenschance: mich nicht vom Fleck zu rühren, bis Paul hier wieder auftaucht. Jetzt bleibt mir keine andere Wahl. Falls ich mich noch mehr einschränke, werde ich von der Erde verschluckt, und das war's dann.

Heute Abend werde ich mich auf den Weg machen.

Jetzt ist es Mittag und meine Sachen sind gepackt. Ich habe Paul im Schlafzelt eine Nachricht hinterlassen und den Zettel zur Sicherheit mit einem dicken Stein beschwert, damit er ihm sofort ins Auge fällt, sobald er das Zelt betritt. Er ist und bleibt meine größte Chance, denn wenn er weiß, wo ich hinwill und wann ich aufgebrochen bin, kann er mich suchen. Zu diesem Zweck habe ich ihm meine beabsichtigte Route aufgezeichnet (und auch eine Ersatzroute) und ihm genau aufgelistet, was ich an Ausrüstung mitnehme und wie viel Wasser ich habe, und zwar bis auf den letzten Tropfen genau. Er wird wissen, was das bedeutet.

Falls er zurückkommt … das heißt – nein, *dann, wenn* er zurückkommt. *Dann, wenn Paul zurückkommt.* Er wird auf jeden Fall zurückkommen, denn niemals würde er mich hier einfach dem sicheren Tod ausliefern. Er wird zurückkommen und nach mir suchen.

Meine Gedanken würden sich am liebsten immer weiter mit denselben Fragen beschäftigen: Verdammt noch mal, wo steckst du, Paul O'Malley?! Und wo ist Josie? Ist ihr etwas zugestoßen? Oder etwa dir? Bist du überhaupt je in Alice Springs angekommen? Verflucht noch mal, wie konnten wir nur zulassen, dass es überhaupt so weit kommt?

Aber ich kann mich nicht länger mit diesen Fragen beschäftigen. Müßige Gedankenspiele kann ich mir hier draußen nicht leisten, da sie schneller als alles andere zum sicheren Tod führen. Ich darf also weiter keine Energie darauf verschwenden, mir Fragen zu stellen, auf die ich ohnehin keine Antworten finde. Konzentriere dich auf das, was du weißt, Nowata. Roll die Sache von hinten auf und sieh das Ganze als Suche an, nur dass du allein und ohne Unterstützung bist. Überlasse die Antworten den Göttern und den Leuten mit vollen Bäuchen und ausgeglichenem Wasserhaushalt. Halte du dich an die Tatsachen.

Zweihundertsechzig Kilometer – rechnet man Luftlinie, etwas weniger, aber ich bin nun mal kein Vogel und kann nicht fliegen, also bleibt es bei zweihundertsechzig. Das wären also so um die hunderteinundsechzig Meilen. In Meilen klingt es gleich viel kürzer, deshalb bleibe ich lieber dabei. Die Entfernung ist ohnehin nicht mein größtes Problem.

Das größte Problem ist das Wasser.

Neben der Quelle grabe ich ein Loch in den Sand und bekomme genug Wasser zusammen, um all meine Feldflaschen randvoll zu füllen. Das sind immerhin zehn Liter. Allein an Flüssigkeit macht das schon zehn Kilo aus, viel mehr, als ich unter diesen Umständen tragen kann, und viel weniger, als ich brauche, um bis zum nächsten Wasserloch zu kommen. Wenn Pauls Forschungskarten stimmen, liegt einundfünfzig Meilen südöstlich eine kleine Quelle, die ständig Wasser führt, und zehn Meilen weiter eine noch größere. Ich werde eben, wenn ich erst einmal unterwegs bin, so viel trinken müssen, wie ich nur kann.

»Der Bauch ist die beste Feldflasche, Tal«, hat Paul immer gesagt. »Es ist Unsinn, das Wasser auf dem Rücken zu schleppen.«

Ich weiß null Komma nichts über diese verdammte Wüste, aber das klingt doch vernünftig.

Ruhe bewahren und sich nicht vom Fleck rühren. Das ist nur dann einer guter Rat, wenn irgendeiner weiß, wo zum Teufel man überhaupt steckt, und wenn dieser Jemand so verlässlich ist, einen Suchtrupp loszuschicken, falls man selbst nicht pünktlich wieder am vereinbarten Ort auftaucht. Pony, Jed, Lanes und unser Boss würden sofort alle hier aufkreuzen, falls sie wüssten, dass ich in Schwierigkeiten stecke. Sogar Dix würde kommen, obwohl ich nach unserem letzten Streit Verständnis dafür hätte, wenn er es nicht täte. Auch auf Artis und Elaine könnte ich zählen. Und wenn sie auf diese Gegend hier noch so schlecht vorbereitet wären, würden sie ihr »kleines Mädchen« fest entschlossen suchen – hätte ihnen nicht vor elf Jahren dieser Betrunkene am Steuer das Lebenslicht ausgepustet. Das war damals wieder mal so ein Schicksalsmoment, der nicht länger als zehn Sekunden dauerte, aber mein ganzes Dasein verändert hat. Von dieser Sorte hat es in meinem Leben bereits mehr als genug gegeben: erst der Tod der Mutter meines Vaters, dann der von Mama und schließlich der von Elaine und Artis. Hätten sie nur gekonnt, wären sie mir jetzt alle zu Hilfe geeilt. Schließlich waren sie meine Familie und hätten auf ein regelmäßiges Lebenszeichen von mir gewartet. Wenn es ausgeblieben wäre, hätten sie bestimmt nicht drei Monate lang untätig abgewartet. Bei Jed und Pony ist das etwas anderes. Zwar wären sie vermutlich beleidigt, wenn ich nichts von mir hören ließe, aber sie kämen deshalb nie auf die Idee, dass ich in Schwierigkeiten stecken könnte.

Niemand, der mich kennt, käme je auf diese Idee. Und das ist meine eigene Schuld, verdammt noch mal.

Für Leute wie mich, die sich zudem noch in einer Gegend wie dieser befinden, ist die Faustregel »Ruhe-bewahren-und-sich-nicht-vom-Fleck-rühren« nicht hundertprozentig sicher, vor allem deshalb nicht, weil ich jahrelang durch mein Handeln jeden davon zu überzeugen versucht habe, dass ich nie in eine solche Notsituation geraten würde.

Und doch bin ich nun in dieser Lage, und es ist noch viel schlimmer, als wenn ich mich bloß verirrt hätte. Ich weiß genau, wo ich mich befinde und wie hirnrissig der Gedanke ist, ich könnte mit den knappen Mitteln, die mir noch zur Verfügung stehen, ans Ziel kommen. Nur ein völlig Verrückter würde das versuchen, was ich vorhabe.

Sei's drum. Es gibt Schlimmeres, als verrückt zu sein. Feige sein zum Beispiel. *Das* wird man mir jedenfalls nie nachsagen können. Womöglich wird man mich mausetot, alle viere von mir gestreckt, in der prallen Sonne finden – mit hochgebogenen Zehen, während Bussarde meine Augäpfel auspicken –, aber niemals wird man mich wimmernd in einer Ecke zusammengekrümmt finden. Wenn ich aus diesem Leben abtreten muss, dann aufrecht und mit den Füßen voran. Und falls ich es schaffe, trete ich dabei noch kräftig um mich. Ich muss einfach mit dieser Wüste fertig werden. Ich muss versuchen, sie zu begreifen, muss mich an sie anschleichen und einen Ausweg finden.

Die Landschaft sieht nicht gerade einladend aus.

Die verbrannte Fläche in meiner unmittelbaren Nähe erstreckt sich, so weit das Auge reicht. Allerdings ist sie auch immer wieder von nicht verbrannten Abschnitten unterbrochen. Bei uns zu Hause nennt man das ein Feuermosaik. Niemand hat eine Erklärung dafür, nach welchen Regeln sich ein solcher Flächenbrand ausdehnt. Das Feuer rast über den Boden hinweg und sucht sich seine eigene Bahn. Was es vernichten will, tilgt es vom Erdboden, und den Rest lässt es unangetastet. Paul sagte, das gebe den Forschern faszinierende ökologische Rätsel auf. Ich finde es eher bedrückend als faszinierend.

Allein schon der Gedanke, bei dieser Hitze durch all das rußige Gestrüpp laufen zu müssen – meilenweit über die sandigen Wellen zu stapfen –, macht mich ganz müde. Falls ich dann noch die Wasserlöcher verfehle, die Paul auf den Karten eingezeichnet hat, werde ich nicht mal mehr Gelegenheit haben, mich an die Müdigkeit zu erinnern. Und diese Vorstellung macht mich erst recht schlapp und müde.

Jetzt reicht es. Wenn man richtig müde ist, kann man gar nicht mehr darüber reden, Nowata. Das weißt du genau. Konzentrier dich auf das, was du weißt, und leg dir die Einzelheiten ganz bewusst nach deinem Willen zurecht.

Okay, das Problem mit dem Wasser ist gelöst, so gut es geht. Was kommt als Nächstes?

Die Route.

Ich habe zwei Möglichkeiten, von denen die eine ebenso wenig verlockend ist wie die andere. Es gibt einen Fahrweg, der etwa drei Meilen an der ersten Quelle vorbeiführt, aber weitere Wasserstellen sind entlang dieser Strecke in Pauls Karten nicht eingezeichnet. Wenn es nach mir ginge, würde ich diesen Weg nehmen – obwohl Paul meinte, dass fast niemand in dieser Jahreszeit dort unterwegs sei. Immerhin ist dieser Weg von Menschen angelegt worden, weitgehend frei von Spinifex-Gras, flach und gute vierzig Meilen kürzer. Ich käme rasch vorwärts und müsste mir keine Gedanken darüber machen, die Orientierung zu verlieren. Würde das Wasser keine Rolle spielen, wäre das der beste Weg, um hier herauszukommen.

Falls das Wasser keine Rolle spielen würde, brauchte ich allerdings auch gar keinen Weg zu suchen, der mich hier herausführt. Also kann ich diesen Plan schon mal abhaken. Die andere Möglichkeit ist, immer in südsüdwestlicher Richtung die Wüste mitten durchs Zentrum zu durchqueren und Meile um Meile über die mit Buschwerk bewachsenen Hügel zu stapfen – immer in der Hoffnung, auf die wenigen Wasserstellen zu stoßen, die Paul in den Karten verzeichnet hat. Eine davon ist sogar so groß, dass sie namentlich erwähnt ist: Lake Surprise. Selbst wenn ich eine der anderen Wasserstellen nicht finden sollte, ist ein Becken dieser Größe doch kaum zu verfehlen. Damit ist das Plan A. Sollte sich etwas an den Gegebenheiten ändern und ich doch den Fahrweg benutzen können, umso besser. Falls nicht, gehe ich also querfeldein. Wäre schließlich nicht das erste Mal.

Zurück zu den Details. Wasser ist erledigt, die Route ist erledigt, was kommt jetzt dran?

Das Essen.

Bevor ich aufbreche, werde ich versuchen, den Rest von dem Vogel zu essen. Schließlich habe ich ihn deshalb getötet – dieses hilflose kleine Wesen, das nichts verbrochen hat, als für ein paar Krumen zu singen ... Da er aber nun schon mal tot ist, kann er mir genauso gut als Nahrung dienen. Gestern Abend habe ich die Hälfte gegessen – schätzungsweise ganze sechzig Gramm – und mir den Rest verwahrt. Schon ein gutes Gefühl, wenn man wieder eine Mahlzeit für den Tag einplanen kann, deren Menge wenigstens so groß ist, dass man sich ein Gewicht dafür vorstellen kann. Schön, wenn man zumindest so weit alles unter Kontrolle hat. Das ist schon mal ein kleiner Ausgleich für alles andere, was nicht nach Plan läuft.

Mir scheint, der Hunger ist das Schlimmste. Noch nie im Leben bin ich so hungrig gewesen, nicht einmal als Kind. An jenen langen, öden Tagen gegen Monatsende war doch immer irgendwo jemand zur Stelle, der einen Bissen mit uns teilte, und seien es auch nur ein paar alte Kekse, eine Scheibe trockenes Weißbrot, eine überreife Orange oder mit etwas Glück ein Klacks selbst gemachte Erdnussbutter. Bevor man das nicht am eigenen Leib erlebt hat – als Kind, dessen Eltern stempeln gehen –, kann man sich den turnusmäßigen Ablauf der Monate nicht im Traum vorstellen. Während meiner ersten zehn Lebensjahre graute mir immer vor dem Monatsende. Ob im Reservat oder in der Stadt, spielte keine Rolle – es war einfach eine schlechte Zeit im Mondzyklus.

Den ganzen verdammten Tag lang kämpfen Scham und Hunger sowohl in deinem Körper als auch in deinem Geist um die Oberhand. Die Kids aus der Stadt lachen dich aus, zeigen mit Fingern auf dich, werfen mit Steinen nach dir und singen Spottlieder über Hilfsarbeiter und Sozialhilfe-Schnorrer. Der Vater ist schon wieder mal betrunken und ohne Job und die Mutter ist völlig am Ende. Trotzdem gibt sie verdammt noch mal nicht auf, sondern tut ihr Bestes, um mit der Situation fertig zu werden und mit einem Lächeln zwei Pfund Kartoffeln so zu strecken, dass sie eine fünfköpfige Familie acht Tage lang ernähren. Und alle anderen, die wir näher kennen, sind in demselben Teufelskreis gefangen. Wenigstens einen Vorteil habe ich hier draußen in der Wüste: Es macht nicht den geringsten Unterschied, ob das Monatsende naht, und es gibt niemanden weit und breit, der meine Schmach mit ansieht.

Allerdings tut das im Augenblick kaum noch etwas zur Sache, denn der Hunger zwingt mich in die Knie, und ich kann es nicht ändern, selbst wenn die ganze Welt zusähe. Es kommt mir vor, als hätte das kleine Stückchen Fleisch alles nur noch schlimmer gemacht. Ich bin mir ziemlich sicher, dass es mir noch besser ging, bevor ich etwas zu essen hatte. Die zwei Bissen von dem Vogel haben mich so hungrig gemacht, dass ich mit gierigen Blicken die Dingos beobachte, ohne auch nur einen Gedanken an die Zubereitungsart zu verschwenden, dass ich an einer Akazienhülse kaue oder mit gesteigertem Interesse eine Ameisenstraße betrachte. Ich werde immer mehr zum Raubtier, das alles nur noch nach seinem möglichen Nährwert beurteilt.

Eines steht jedenfalls fest: Wenn man älter wird, verursacht einem der Hunger ein noch größeres Loch im Magen. Sobald ich aufstehe, wird mir schwindlig, und nachts – ja sogar tagsüber bei der Hitze – fange ich an zu frösteln. Außerdem fühle ich mich die ganze Zeit über schwach. Ich muss mir also jede Bewegung nicht nur genau überlegen, sondern sie geradezu vorausplanen. Falls ich nicht aufpasse, stolpere ich oder lasse alles fallen. Ich kann mich nicht erinnern, dass mir das als Kind auch mal passiert wäre. Am besten kann ich mich noch daran erinnern, wie mir immer das Wasser im Mund zusammenlief, wenn ich die Schelle des Eiswagens hörte, der durch die Stadt fuhr. Allerdings fuhr er in den drei drückend heißen Sommern, die wir in McAlester wohnten, nie direkt bei uns vorbei, sondern immer eine Straße weiter. Allein der Gedanke an diese kühle, süße Köstlichkeit versetzte mir einen heftigen Stich. Ich saß auf der Veranda, kaute an einem Strohhalm und war wütend, dass mir vor Heißhunger der Sabber aus dem Mundwinkel lief. Einmal war ich so schrecklich wütend, dass ich einen Plan schmiedete, wie ich den Eiswagen überfallen und ausrauben könnte. Ich brauchte dem Eisverkäufer nur ein Brett über den Kopf zu schlagen. Aber Dix verpfiff mich bei Mama, so dass sie gleich angelaufen kam und mein Brett beschlagnahmte. Hunger hat bei mir immer schon bewirkt, dass ich keinen klaren Gedanken mehr fassen kann.

Selbst hier ist das so, das heißt, hier ganz besonders.

Zuerst war ich halb verrückt vor Hunger. Aber verrückt zu sein kostet zu viel Energie, und davon habe ich kaum noch welche übrig. Also lehnte ich mich zurück und malte mir im Geiste köstliche Gerichte aus, so wie damals im Reservat, in den Jahren, als wir bei Großmutter Haney wohnten. Wohl an die zehn Mal habe ich im Laufe der vergangenen Woche in Gedanken mein Leibgericht zusammengestellt: einige Stücke eisgekühlte Wassermelone, mit Honig und Sojasoße beträufeltes Grillhähnchen, Kuskus mit gebratenem Mango und Chilischoten, dazu ein Haufen frischer grüner Salat mit Tomaten, Möhren, Brokkoli, Kichererbsen und Mungobohnen-Sprossen. Schlagartig wurde mir jedoch bewusst, wie sinnlos und gefährlich das war, und ich hörte sofort damit auf.

Du Hohlkopf. Wie kann man sich an so einem Ort nur derartige Sachen ausmalen!

»Der Wunsch nach Wohlbehagen ist eine der tödlichsten Gefahren beim Überlebenskampf. *Also hütet euch vor solchen Gedanken*, was immer ihr auch tut und wo immer ihr auch seid. Denkt mal darüber nach, Leute: Was hat es für einen Sinn, wenn euer Verstand wegen eines Big Macs mit Pommes zu McDonald's wandert, wenn ihr neunzig Meilen von der nächsten Stadt entfernt seid, die so klein ist, dass es dort ohnehin keinen gibt, und ihr mit einem gebrochenen Bein in einer Gletscherspalte liegt. Das ist absolut sinnlos, das kann ich euch sagen. *Setzt eure Energie lieber da ein, wo ihr gerade seid.* Wenn wir euch suchen kommen, seid ihr zumindest geistig voll da und könnt uns helfen, statt eure Gedanken an eine doppelte Portion Rindfleischfrikadelle mit Spezialsoße oder dergleichen zu verschwenden.« Bei Ausbildungsveranstaltungen und Vorträgen am Lagerfeuer habe ich das wohl schon an die tausend Mal gesagt, und es ist verdammt wahr. Die Leute, die mit ihrer aktuellen Lage zurechtkommen, bleiben meist lange genug am Leben, bis wir sie retten kommen. Diejenigen aber, die das nicht schaffen, sterben schon vorher. So einfach ist das.

Das Problem ist nur, dass ich eigentlich gar keine Hoffnung habe, dass Rettung kommt. Falls Paul nicht auftaucht, werde ich mit dieser Wüste lange, lange allein sein müssen, und die Zeit arbeitet zugunsten der Wüste.

Jedenfalls ist die augenblickliche Situation deine Aufgabe: Auch wenn du sie dir weder selbst ausgesucht noch so geplant hast, musst du jetzt damit fertig werden. So ähnlich wie mit deiner Kindheit, die du ja schließlich auch ganz gut überstanden hast, oder etwa nicht? Achte nur auf die Ziellinie, Tal, und schau nicht zurück.

Der Dead Finish ist ein Strauch, der seinen Namen redlich verdient hat. Direkt neben dem Versorgungszelt steht einer, und als ich mich zwischen dem Zelt und dem Strauch durchschlängeln wollte, bin ich daran hängen geblieben und habe mir an den Nadeln den Arm von oben bis unten aufgekratzt.

Dead Finish. Paul hat gegrinst, als er mir davon erzählte. Ich übrigens auch, denn da war es im Gegensatz zu jetzt auch noch lustig.

Acacia tetragonophylla. Paul steht auf lateinische Namen. Könnte ich sie lange genug behalten, um mit ihnen vertraut zu werden, ginge es mir sicher ähnlich. Aber sie haben viel zu viele Silben und gehen deshalb bei mir zum einen Ohr rein und zum anderen gleich wieder raus, ohne auch nur die geringste Spur in meinem Gedächtnis zu hinterlassen. An diesen hier erinnere ich mich nur, weil man Paul so schön damit aufziehen konnte. Tetra was? Vierfacher Gono was? Tripper? Gilt das nur für Sträucher oder können Gräser auch davon befallen werden? Ist bestimmt von einer Spezies auf die andere übergegangen. Paul wollte mir diese Pflanze näher bringen, indem er sich über ihre botanischen Merkmale ausließ, aber ich konnte mich bei dem Gedanken, was man durch den respektlosen Umgang mit dem lateinischen Namen für den Dead Finish so alles machen kann, vor Lachen nicht mehr halten.

Als er mir jedoch erzählte, warum dieser Strauch im Volksmund so genannt wird, hörte ich auf zu lachen. Der Dead Finish ist der züheste Strauch im Innern Australiens, denn er übersteht Dürre, Feuer, Flut und selbst die Zeit. »Falls du je auf einen stößt, in dem kein Leben mehr ist, dann ist es auch um dich geschehen. Wenn diese Sträucher sterben, Tal, dann ist alles aus und vorbei. Dann bleibt nur noch Heulen und Zähneklappern, bis endlich der nächste Regen fällt.« Immer wenn Paul zur Veranschaulichung seiner Ausführungen auf die Bibel zurückgriff, dann wurde es ernst.

Dieser Dead Finish ist wirklich tot – mausetot, würde ich sagen. Reglos starre ich ihn an und überlege mir, ob ich seine lateinische Bezeichnung vor einem Monat auch so lustig gefunden hätte, wenn ich damals schon gewusst hätte, wie schnell er seinem volkstümlichen Namen alle Ehre machen würde. Ach, hätte ich bloß den ganzen naturkundlichen Details, die Paul in seinem Gehirn gespeichert hatte, etwas mehr Aufmerksamkeit geschenkt.

»Ich bin im *Urlaub*«, hatte ich gestöhnt, als er mir einmal einen längeren Vortrag über die Buschrosine hielt, »und ich will heute nichts, aber auch rein gar nichts dazulernen!«

Paul legte mir mit einer theatralischen Geste die Hand auf die Stirn, um zu fühlen, ob ich wohl Fieber hätte. Ich streckte ihm die Zunge raus und stolzierte davon, mit den Worten: »Ich bin nur eine Touristin, sonst nichts, und zwar eine, die auf der Stelle geht und euch altehrwürdige Gelehrte eurer Wissenschaft überlässt. Du hast ganz richtig gehört, ich gehe.«

»Und was für einen hübschen Anblick sie ihrer gelehrten Zuhörerschaft von hinten bietet«, bemerkte Paul, und ich blieb wie angewurzelt stehen.

Wir liebten uns mitten im Sand, und danach nahm Paul

mich in die Arme und flüsterte: »Eines Tages wirst du mich noch anflehen, dir etwas über die Buschrosinen zu erzählen, Tal. Vielleicht tue ich es sogar, Liebes, aber dann wird es dich teuer zu stehen kommen.«

Ich kann es einfach nicht leiden, wenn er Recht hat. Wenn mir doch nur wieder einfiele, was er mir über die Buschrosinen erzählt hat. Vielleicht würde ich dann welche finden. Aber mein Gedächtnis ist so leer wie ein ungeprägter Penny – eigentlich noch viel leerer, denn der Penny erinnert zumindest noch an die Umrisse von Abraham Lincolns Kopf.

Jeden Cent, den ich je im Leben in den Fingern hatte, würde ich jetzt dafür geben, wenn Paul nur hier wäre und mir sagen könnte, wo ich Buschrosinen finde.

Wenn wir dieses ganze Elend erst einmal hinter uns haben, darf ich nicht vergessen, ihm das einzugestehen.

Zumindest etwas spricht für mich: Meine Entscheidung, von hier aufzubrechen, hat mir den Rücken gestärkt, und das ist wohl das Wichtigste, wenn man mitten im Schlamassel steckt.

Sogar die Dingos haben diese Veränderung bemerkt und sich ein beträchtliches Stück zurückgezogen. Nur die weiße Hündin lungert noch in unmittelbarer Nähe des Camps herum. Ich habe mir schon ernsthaft überlegt, ob ich nicht versuchen sollte, sie zu fangen, bin aber letztlich zu dem Schluss gekommen, dass ich meine Kräfte schonen muss. Wasser brauche ich viel dringender als Nahrung. Hunger macht zwar durstig, das stimmt schon, aber für die Verdauung benötigt der Körper noch viel mehr Flüssigkeit, und im Moment kann ich kein bisschen entbehren. Also muss ich wohl mit dem Hunger fertig werden, denn ab sofort muss jede Tätigkeit darauf abzielen, Flüssigkeitsverluste in meinem Körper zu vermeiden.

Aus dem gleichen Grund bin ich gezwungen, mich bis zum Sonnenuntergang ruhig zu verhalten. Jetzt, da ich startklar bin, möchte ich am liebsten sofort aufbrechen, und eine Stimme in mir flüstert ständig: zum Teufel mit der Sonne. Der vernünftigere Teil in mir aber weiß, das wäre der helle Wahnsinn, denn die Sonne steht fast senkrecht am Himmel und entzieht allem, worauf ihre Strahlen treffen, unerbittlich das Wasser. Da ich nicht gegen die Sonne ankämpfen kann, muss ich wohl oder übel die Dämmerung abwarten und darf erst dann aufbrechen, wenn der Mond scheint. Bis dahin kann ich nur schlafen, nachdenken oder Pläne schmieden.

Ich *muss* diese nächste Wasserstelle erreichen. Nach Pauls Aufzeichnungen führt sie das ganze Jahr über Wasser. Wenn ich es erst einmal bis dahin geschafft habe, kann ich weiterplanen. Und wer weiß, vielleicht gelingt es mir ja, aus dieser gottverlassenen Einöde zu entkommen. Danach wird mein größtes Problem sein herauszufinden, was aus Paul und Josie geworden ist.

Josephine O'Malley. Sie ist intelligent, sehr wohl in der Lage, sich klar auszudrücken und sich Gehör zu verschaffen, starrsinnig und knallhart. Völlig unerschrocken blickt sie in die Zukunft und hat größtenteils auch sehr konkrete Vorstellungen, wie alles einmal auszusehen hat. In null Komma nichts kann sie einem – notfalls auch lautstark genug – haargenau sagen: wie, wann und warum. In Pauls Welt ist sie der absolute Mittelpunkt, das strahlendste Licht in seinem Bewusstsein. Ich aber habe geradezu panische Angst vor ihr.

Das war von Anfang an so, gleich vom ersten Augenblick an, als ich sie eines Nachmittags vor der Tür von Pauls Arbeitszimmer sah. Ihre zarten, ebenmäßigen Züge hatten einen gleichermaßen unschuldigen wie spitzbübischen Ausdruck, denn sie heckte gerade aus, wie sie die Aufmerksamkeit ihres Vaters erringen könnte, ohne dass es besonders auffiel. Und schon kurz darauf hatte sie ihr Ziel erreicht. Die reine Urkraft – und das in einer Verpackung, kaum größer als ein Floh und nur etwa halb so alt. Gegen so was müsste es ein Gesetz geben. In meinem ganzen Leben habe ich noch nichts Vergleichbares gesehen.

»Josie zwingt der Welt ihre eigenen Bedingungen auf«, sagte Paul immer. »Aber ich kenne da noch so jemanden«, fügte er mit einem verschmitzten Lächeln hinzu. Allerdings kann ich mich nicht dazu durchringen, ihm offen beizupflichten, und eine solche Diskussion ist ja auch rein theoretisch. Tatsache ist, dass Jo mich etwa so gut gebrauchen kann wie Zahnschmerzen, und um ganz ehrlich zu sein, würde ich mich lieber einer Wurzelbehandlung unterziehen, als meine Zeit mit Josie zu verbringen. Jedenfalls genügt jeweils ein Blick – und wir beide kriegen Nesselfieber.

Paul lässt das alles ziemlich kalt; er lacht nur über uns und meint, wir würden nur deshalb bei jeder Begegnung Funken sprühen, weil wir uns so ähnlich sind, und eines Tages würden wir sicher mal unzertrennlich – aber dann könne sich die Welt auf was gefasst machen! Paul sieht alles immer rosiger, als es überhaupt je sein kann. Das kommt sicher daher, weil er in Louisiana groß geworden ist. Wenn man von so viel Sumpfland umgeben ist, braucht man vermutlich eine gehörige Portion Optimismus.

Oklahoma dagegen ist trocken wie Zunder. Wir sind realistische Menschen. Daher vermute ich, dass sich zwischen Josie und mir etwas anderes abspielt, was tiefer greift und nicht so leicht zu fassen ist. Auf Jos Seite handelt es sich vielleicht um so etwas wie Schuldgefühle, nach dem Motto: Wenn sie mich mag, ist das ihrer Mutter gegenüber treulos. Oder es ist Wut, weil ich ihr ihren Dad weggenommen habe. Das muss ihr sicher so vorkommen, obwohl es natürlich nicht stimmt. Und was mich anbelangt, sieht es folgendermaßen aus: Ich hatte nie Kinder, und ich wollte auch nie welche haben, da ich einfach nicht mit ihnen umgehen kann. Diese simple Erklärung liegt auf der Hand, und tiefer will ich auch gar nicht graben. Die Nowata-Gene müssen nicht unbedingt weitervererbt werden. Das ist alles, und danach richte ich mich. Um es vorsichtig auszudrücken, herrscht zwischen Jo und mir nur eine sehr schwache Beziehung, das hatte sich eigentlich durch Josies geplanten Besuch nun ändern sollen.

»Jetzt ist sie schon älter«, hatte Paul gemeint, »immerhin ganze zehn Jahre alt.« Als ob das Alter, gemessen in Jahren, eine Rolle spielt, wenn man es mit einem durch und durch unverständigen Wesen zu tun hat, hätte ich um ein Haar laut gedacht, biss mir aber gerade noch rechtzeitig auf die Zunge. Zwar fing sie daraufhin prompt an zu bluten, doch es gelang mir, diesen Gedanken unausgesprochen zu lassen. Wenn man unter solchen Umständen groß geworden ist wie ich und folglich eine hohe Schmerztoleranzschwelle hat, bringt das eindeutig auch Vorteile mit sich.

Trotzdem kann, was mich anbelangt, kein Schweigen – und sei es durch noch so schmerzhaftes Zungenbeißen erkauft – etwas an den Tatsachen ändern. Auf dem Papier mag Josie ja durchaus erst zehn sein, aber im wirklichen Leben setzt sie sich mit ihren zehn Jahren durch wie jemand mit siebenundvierzig, denn dieses Kind ist fest davon überzeugt, der wichtigste Mensch im gesamten Universum zu sein. Oft kriegt sie regelrechte Anfälle. »Bei ihr gerät körperliche Züchtigung ja geradewegs zur Selbstverteidigung«, bemerkte ich einmal Paul gegenüber, als sie in der Schlange vor der Supermarktkasse mal wieder ihre Show abzog. Doch Paul entgegnete mir ganz ruhig: »Das ist eine gute Gelegenheit, deine Einstellung zur Gewaltfreiheit zu testen, meinst du nicht,

Tal?« Von wegen – das war alles andere als ein Test! Und doch hatte er wieder einmal verdammt Recht.

Seit ich zehn war, habe ich versucht, das meiner Mutter gegebene Versprechen zu halten und – komme, was wolle – keine Gewalt anzuwenden. Hin und wieder gab es einen kleinen Ausrutscher, aber dabei ist nie jemand ernsthaft verletzt worden. Dennoch ist und bleibt Josephine O'Malley eine sehr große Versuchung. Als wir vor drei Jahren einmal bei Dornan's zum Abendessen waren, brachte Pony es auf den Punkt. Wie üblich hatte Jo mal wieder einen ihrer Anfälle wegen irgendetwas, das auf ihrem Teller lag (oder auch nicht, ich weiß es nicht mehr so genau). Wie üblich redete Paul ihr gut zu und ich wäre wie üblich am liebsten gegangen. Dieses Bedürfnis war dermaßen stark, dass ich es förmlich schmecken konnte. Sogar Jed starrte nur wie gebannt auf seinen Teller. Die Kellner standen dicht gedrängt in der Ecke, und es bedurfte keiner außergewöhnlichen Intelligenz zu erraten, dass sie gerade die Münze warfen und auslosten, wer von ihnen uns auffordern sollte, das Restaurant zu verlassen. Josie schrie daraufhin nur noch lauter, so dass alle Erwachsenen um uns herum geradezu erbleichten. Schließlich zog Pony die Brauen hoch und sagte spitz: »Jetzt begreife ich, warum die Wilden ihre eigenen Jungen auffressen.«

Jo setzte zwei Sekunden lang aus und brüllte danach endgültig wie am Spieß. Ich dachte plötzlich gar nicht mehr daran zu gehen und musste laut lachen. Paul zog jedoch die Stirn kraus und schlug vor, das Lokal zu verlassen. Auf dem Heimweg hatten wir einen Riesenkrach wegen unserer jeweiligen Reaktionen. Paul fand sein Verhalten ebenso wie das von Josie völlig normal, das meinige und das von Pony dagegen absolut unverständlich. Ich war ganz und gar nicht seiner Meinung. »Ich halte wirklich nichts von Gewaltanwendung, aber wenn das mein Kind wäre, hätte ich dieser frechen Göre heute Abend gründlich den Hintern versohlt – auch wenn Gott und alle Welt dabei zusieht. Ich hätte sie dabei bestimmt nicht umgebracht oder zum Krüppel geschlagen, aber in Zukunft würde sie es sich wohl zweimal überlegen, bevor sie in meiner Gegenwart in aller Öffentlichkeit losbrüllt«, fauchte ich ihn an. Paul war wütend, aber ich entschuldigte mich nicht und es tat mir auch nicht Leid.

Keine Ahnung, was das über mich als Menschen aussagt, aber auf jeden Fall bedeutet es, dass ich keine eigenen Kinder brauche. Nie und nimmer. Schlimm genug, dass ich einen Mann liebe, der ein Kind hat.

Da also liegt der Hase im Pfeffer. Seit Paul vor vier Jahren bei mir eingezogen ist, ist Josie zweifellos die größte Herausforderung für mich. Aber sie wohnt bei ihrer Mutter in New Orleans, so dass wir sie nur zweimal im Jahr zu Gesicht bekommen. Ich habe ziemlich schnell erkannt, dass es das Beste ist, das Weite zu suchen, wenn sie nach Wyoming kommt. Das erste Mal war ich im Sommer zum Klettern in den Shawangunks. Ein anderes Mal habe ich mich draußen in Redding freiwillig zum Wachdienst gegen Waldbrandgefahr gemeldet und beim nächsten Mal in Kalifornien, wo ich in einer Spezialtruppe arbeitete und eine Pulaski-Axt schwang, als wäre sie mein zweiter Arm. Vergangenes Frühjahr habe ich bei einer Wolfszählung im Glacier Nationalpark geholfen, und dieses Mal schließlich ging Paul nach Australien, um hier in dieser Wüste seine Forschungen zu betreiben.

Mir war durchaus klar: Wenn ich mich ihm dort anschließen wollte, musste ich auch mit Josie zurechtkommen. Immerhin würde sie hier längere Zeit mit uns zusammenleben und wir müssten ihr für die Dauer ihres Aufenthalts sogar privaten Schulunterricht geben. Das alles war mir vorher klar. Ich war hierher gekommen und hatte mich so gut es ging darauf vorbereitet. Schließlich war ich vor vier Jahren diesem Mann gegenüber eine Verpflichtung eingegangen und seine Tochter gehörte mit zu diesem Pauschalangebot. Es wurde höchste Zeit, dass ich endlich die Konditionen erfüllte.

Paul hatte Verständnis dafür, dass ich in der Woche, als er Jo vom Flughafen in Alice Springs abholen sollte, hier im Camp blieb. Auch wenn es nur vier Tage waren, brauchte ich die Zeit einfach – und zwar bis auf die letzte Minute –, um mich seelisch darauf vorzubereiten, zum ersten Mal quasi die Rolle der Stiefmutter zu spielen. Ich war verkrampft und nervös, und bevor dieses Kind eintraf, musste ich unbedingt etwas lockerer werden. Dazu blieb mir immerhin noch eine kurze Gnadenfrist.

Paul war einverstanden und zog mich damit auf, dass ich vier Tage allein in der Wüste verbringen wollte. »Das ist wohl die indianische Variante für die Zeit, die Jesus in der Wüste verbracht hat, was, Tal?«

»Wozu vierzig Tage lang hier bleiben, wenn auch vier schon genügen«, entgegnete ich und wandte mich ab, damit er nicht sah, dass ich mir das Lachen verkneifen musste.

Mit schallendem Gelächter legte Paul das Funkgerät, das mal wieder seine Mucken hatte, auf den Beifahrersitz. Dann hauchte er mir einen Kuss zu und meinte warnend, ich solle bloß nicht verrückt werden oder touristische Ambitionen entwickeln oder einem der kleinen Säugetiere in unserer Umgebung etwas antun. Schließlich fuhr er los und rief mir durchs Wagenfenster noch seinen üblichen Abschiedsgruß zu: »Heirate mich bloß nie, Tally!«

Winkend rief ich ihm nach: »Keine Sorge, ganz bestimmt nicht, also mach mir besser erst gar keinen Antrag!«, dann drehte ich mich um. So verlief unser Abschied jedes Mal: kurz und schmerzlos, ohne jeden Firlefanz und ohne viel Getue. Ein theatralischer Abschied passt nur zu Leuten, die sich Sorgen darüber machen, was ihnen die Zukunft bringt, und die glauben, sie könnten sie durch große Gesten beeinflussen. Paul und ich haben uns noch nie Sorgen um die Zukunft gemacht und auch noch nie versucht, unser Schicksal zu beeinflussen. Wir sind einfach nur da. Selbst in den Zeiten, als sich seine Tochter wie ein großer Keil zwischen uns gezwängt hatte, zweifelten wir doch nie daran, dass wir es irgendwie schaffen würden. Ich jedenfalls habe vor, ihn zu lieben, solange ich lebe, und das Problem mit seiner Tochter werden wir gemeinsam bestimmt meistern. Als er losfuhr, um sie abzuholen, nahm ich mir fest vor, alles dafür zu tun, um bei ihrer Ankunft ruhig und gelassen zu sein. Schon im Flugzeug hatte ich stapelweise Elternratgeber gelesen. Auch hatte ich dieses Mal alles recht gut begriffen und brauchte jetzt nur noch ein paar Tage, um meine innere Mitte zu finden und für meine neue Aufgabe gewappnet zu sein.

Ich hatte nicht die leiseste Sorge, dass es Schwierigkeiten geben könnte – ganz und gar nicht. Die ersten drei Tage verliefen großartig: Ich habe viel geschlafen, eine Reihe Abenteuerromane gelesen, bin zweimal täglich zur Wasserstelle geschlendert und habe mir meine wenigen Wüsten-Mitbewohner angesehen, die sich dort zum Trinken einfanden. Allerdings hatte ich keine Notwendigkeit gesehen, auch nur das Geringste von ihnen zu lernen. Wozu auch! Die Naturgeschichte der Tanami-Wüste ist was für Leute wie Paul, die das besonders interessiert oder die darüber Bescheid wissen müssen. Ich dachte, Leute wie ich (immerhin hatte ich Urlaub und brauchte grundsätzlich nichts zu tun oder zu lernen) können es sich erlauben, ganz nach Belieben neugierig zu sein oder auch nicht. Eigentlich war mir meine jetzige Umgebung völlig schnurz. Ich sah mich als Touristin, die auf Ruhe aus war – auf Ruhe und darauf, sich auf den hohen Besuch vorzubereiten.

Am Morgen des vierten Tages war ich auf Pauls Ankunft vorbereitet und hatte mich natürlich auch gewappnet für die Begegnung mit Josie. Nach weiteren zehn Stunden brannte ich geradezu darauf, sie endlich zu sehen. Nach Ablauf des fünften Tages war ich schon ganz krank vor Sorge, und am sechsten Tag betete ich – was bei einer Halbblut-Potawatomi wie mir, die noch mit keinem der Götter auf gutem Fuße gestanden hatte, schon einiges heißen will.

Am siebten Tag ging das Essen zur Neige, und aus diesem Grunde machte ich bei Sonnenaufgang Yoga-Übungen – und zwar nackt, was mir Glück bringen sollte. Am Morgen des dreizehnten Tages schätzte ich ab, wie viel Wasser ich noch in den Feldflaschen hatte, und lief zur Quelle. Dieses Mal wollte ich nicht meinen verbliebenen Anwohnern nachspionieren, sondern nur herausfinden, wie man am besten die warme, mit Insekten übersäte Brühe auffangen könnte. Am vierzehnten Tag erschien mir dieser Singvogel so überaus lekker, dass ich mir aus einem Knäuel Hanf, das ich in einer der Versorgungskisten gefunden hatte, das Netz knüpfte. Außerdem legte ich mir ein neues Tagebuch an, das ich mit dem »1. Tag« begann, was mir Glück bringen sollte. Offenbar hatte mein morgendlicher Striptease eine Woche zuvor nicht einmal die Schicksalsgöttinnen zur Einsicht gebracht. Mittlerweile bin ich zu weltlicheren Methoden zurückgekehrt, um mein Glück anzukurbeln.

Heute ist also der 3. Tag – ohne hohen Besuch, ohne Paul und ohne dass der unglückliche kleine Vogel mich mit seinem Gesang durch den langen heißen Tag begleitet. Nur ich ganz allein – die in Not geratene Touristin, die sich in letzter Zeit viel zu wenig konkrete Gedanken um ihre derzeitige Situation gemacht hat. Wenn ich hier heil herauskommen will, muss ich damit aufhören. Dann darf ich mir nicht länger Sorgen um Paul und Josie machen, keinen Gedanken mehr an meine Familie, meine Freunde und die verfluchte Vergangenheit verschwenden, und ich muss die Hoffnung begraben, ich könnte gerettet werden. Ich muss mich endlich von alldem losmachen und jede einzelne Gehirnzelle anstrengen und nach vorn ausrichten.

Ich taste nach dem Medaillon, das Elaine mir an meinem zwölften Geburtstag gab, und lasse den Deckel aufspringen. Der freundlich lächelnde Blick meiner Mutter begegnet mir. Seit ich dieses Medaillon um den Hals trage, habe ich es noch nie zuvor geöffnet und es auch noch niemals abgenommen. Sogar beim Klettern behalte ich es um und stecke es mir in den Hemdausschnitt. Schon ziemlich verrückt, weil ein hin und her pendelndes Goldkettchen immer nur im Weg ist, wenn man sich Zentimeter um Zentimeter an einer senkrechten Felswand nach oben kämpft und die eigene Person nur noch durch ein Seil und die angespannten Muskeln und Nerven vor dem Sturz in den Abgrund bewahrt wird.

Heute nehme ich die Kette also endlich ab, lege das kleine Oval in den Sand und starre die Frau an, die mir daraus zulächelt. Zwei Tage nachdem sie von uns gegangen war, hörte ich auf, nachts zu träumen. In der vergangenen Woche habe ich jedoch wieder damit angefangen. Vielleicht hat das etwas zu bedeuten. Vielleicht wird es jetzt Zeit, dass ich meine Mutter wirklich zurücklasse. Ich muss mit leichtem Gepäck reisen, so leicht wie überhaupt nur möglich, und dieses Medaillon birgt das gesamte Gewicht meiner Vergangenheit, all meiner Träume, meiner Hoffnungen und meiner zerstörten Lebensgrundlagen – es ist somit das Schwerste, was ich besitze. Ich kann es mir nicht leisten, dass irgendetwas meinen Schritt verlangsamt. Also gehe ich allein.

4. Tag

Nein, ich bringe es einfach nicht fertig.

Aber zumindest habe ich es versucht. Fest entschlossen, nachts zu wandern, um den Flüssigkeitsverlust möglichst gering zu halten, ließ ich das Medaillon im Camp zurück und zog mit kräftigen Schritten hinaus in die Abenddämmerung. Aber schon nach zwanzig Metern wurde ich unschlüssig, und nach fünfzig blieb ich endgültig stehen, legte meinen Rucksack ab und ging zurück, um es zu holen. Ohne dieses Medaillon fühle ich mich nackt, und so viel wiegt es ja auch wieder nicht. In allem anderen bin ich vernünftig, aber darin nicht. Es ist, als würde ich sonst einen Teil meines Lebens zurücklassen.

Danach fühlte ich mich gleich besser. Ich kam mir beinahe vor wie eine Rucksacktouristin, die sich ganz bewusst allein auf den Weg gemacht hat und der die Herausforderung dieser Reise den nötigen Auftrieb gibt. Die Nacht verlief schnell und ruhig. Nachdem ich stundenlang durch die Dunkelheit marschiert war, hatten sich meine Augen bereits so sehr daran gewöhnt, dass mich das fahle Licht der Mondsichel immer noch genug erkennen ließ. Zwar ist das Gesichtsfeld nachts stark eingeschränkt, aber man gewöhnt sich schnell daran, und die übrigen Sinne werden so geschärft, dass man sich beinahe genauso gut orientieren kann wie bei Tageslicht.

Inzwischen klettert die Sonne wieder langsam den Himmel hinauf. Sobald sie aufging, blieb ich stehen und baute mir aus einem Baumwolllaken einen Unterschlupf. Einen Sonnenbrand kann ich jetzt nicht gebrauchen, wohl aber etwas Schlaf. Ich werde versuchen, während der heißesten Zeit des Tages zu ruhen.

Soweit ich es beurteilen kann, dürfte ich in dieser Nacht wohl an die fünfundzwanzig Meilen zurückgelegt haben. Pauls Karten sind erschreckend ungenau, überhaupt nicht zu vergleichen mit den topographisch exakten Karten, die wir zu Hause benutzen. Deshalb kann ich jetzt auch nicht mit Bestimmtheit sagen, wo ich mich genau befinde. Nach meinem Schritt zu urteilen – auch wenn ich nicht in Bestform bin, kann man nicht gerade behaupten, dass ich mich nur vorwärts schleppe – müsste ich wenigstens fünfundzwanzig Meilen geschafft haben. Lange Gewaltmärsche sind für mein Team nichts Außergewöhnliches – allerdings waren wir nie so blöd oder so schlecht vorbereitet, es ohne ausreichende Nahrung und ohne genug Wasser zu versuchen.

Trotzdem bin ich besser in Form als erwartet. Zuerst trieb mich die halbe Nacht mein erhöhter Adrenalinspiegel voran und danach mein Starrsinn. Jetzt bin ich zwar rechtschaffen müde, aber zum Glück sieht mein Körper noch an keiner Stelle lädiert aus. Zum Beispiel habe ich noch keine Blasen an den Füßen, was ich allerdings auch nicht erwartet hatte, da meine Füße nicht angeschwollen und meine Stiefel gut eingelaufen sind. Ich habe stets gut aufgepasst und bin weder gestolpert noch gestürzt, so dass ich auch nirgends Kratzer oder blaue Flecken abbekommen habe. Und das ist schon viel wert, denn solange man nirgendwo blutet, stehen die Chancen noch recht gut. Sobald man jedoch stürzt und sich etwas aufschlägt, sinken die Chancen auf fünfzig zu fünfzig oder sogar noch weniger.

Wenn die Leute vom Überleben in der Wildnis reden, kommen ihnen solche Kleinigkeiten überhaupt nicht in den Sinn. Schließlich macht es viel mehr Spaß, sich auf die Klischees des Überlebenskampfes zu konzentrieren, wie beispielsweise ein Feuer ohne Streichhölzer zu entfachen oder raffinierte kleine Fallen zu bauen, um Säugetiere oder Fische zu fangen. Das Problem ist nur, dass der durchschnittliche Verschollene normalerweise gar nicht lange genug am Leben bleibt, um seine Kreativität unter Beweis zu stellen, und erst recht nicht so wissbegierig ist, diese Dinge auszuprobieren, um zu sehen, ob sie wirklich funktionieren. In der Regel stolpert er, stürzt und schlägt sich etwas auf, und sogleich gehen seine Chancen gegen null. Deshalb habe ich mich die ganze Nacht hindurch gut konzentriert und haargenau aufgepasst, denn ich habe keine Lust, bei dieser Sache draufzugehen, nur weil ich die wesentlichen Dinge außer Acht gelassen habe.

Ich habe auch mit Absicht nie so lange gewartet, bis ich völlig ausgetrocknet war, denn sogar in den Bergen gilt: Wenn man erst einmal Durst verspürt, dann fehlten dem Körper bereits fünf Prozent Wasser. Bei circa zehn Prozent wird auch der Geist in Mitleidenschaft gezogen, und bei fünfzehn Prozent ist man bereits tot, oder zumindest fehlt nicht mehr viel. Daher versuche ich, meinen Pegel immer unter der Fünf-Prozent-Marke zu halten, und nippe alle paar Minuten etwas von dem warmen, faulig schmeckenden und mit Jod versetzten Wasser. Ich halte den Mund geschlossen, um ihn vor dem Austrocknen zu bewahren, und atme wie beim Skifahren nur durch die Nase. Bekleidet bin ich mit meinem langärmeligen Baumwollhemd und einem weiten, langen Rock, damit der Schweiß von der Kleidung aufgesaugt wird und der Wind über meine feuchte Haut wehen kann und mir ein wenig Kühlung verschafft. Zu demselben Zweck uriniere ich auf mein Baumwolltuch und reibe mir damit über Nacken, Kehle und Handgelenke – ekelhaft, aber durchaus wirksam. Noch nie habe ich einen Blick in ein Handbuch zum Überleben in der Wüste geworfen und ehrlich gesagt auch noch nie Lust dazu verspürt. Alles, was ich tue, entspringt nur meinem gesunden Menschenverstand, und da er das Einzige ist, was mir hier draußen zur Verfügung steht, verlasse ich mich darauf – auf meinen gesunden Menschenverstand und auf eine geänderte Einstellung. Noch vor zwei Tagen hätte ich die vergangene Nacht als gnadenlos heiß bezeichnet. Die Temperatur sank nicht unter vierzig Grad, so dass ich mit meiner Behauptung gar nicht mal so falsch gelegen hätte. Irgendwo unterwegs vom Camp hierher gelangte ich jedoch zu der Einsicht, dass ich mir dieses Maß an Genauigkeit nicht länger leisten kann, und ich fing an, mir im Geiste immer wieder vorzuleiern: »So unerträglich heiß ist es auch wieder nicht. Es lässt sich noch ganz gut aushalten. Lass dich nicht unterkriegen, Nowata.«

Und das hat tatsächlich geholfen. Wenn es notwendig ist, kann man sich gut selbst manipulieren. Die Möglichkeit, dass etwas schief gehen könnte, ziehe ich einfach nicht länger in Betracht. Dafür ist bislang alles viel zu glatt gelaufen, und das ist sicher ein gutes Zeichen. Ich muss nur in der kommenden Nacht genauso viele Meilen schaffen, damit ich bald in Reichweite des Wassers bin. Mag sein, dass ich auf die hiesigen Verhältnisse nicht gut vorbereitet bin, aber ich verfüge über das Wesentliche: über einen gesunden Menschenverstand und über die richtige Einstellung. Wenn ich vorsichtig genug bin, werde ich es damit schon schaffen.

Außerdem habe ich genug Grips, um mich hier durchzuschlagen. Wenn man nur noch auf seinen gesunden Menschenverstand angewiesen ist, kommt er erst so richtig zum Vorschein. Obwohl Paul nicht bei mir ist, fallen mir doch so langsam wieder ein paar Dinge ein, die er mir erzählt hat – beispielsweise, wie man sich der schwarzen Fliegen erwehren kann. Als ich vor drei Monaten in einem Brief seine Beschreibung dieser netten Tierchen las, schauderte es mich. »Buschfliegen treten immer nur in dichten Schwärmen auf«, schrieb er, und ich stellte mir ein paar dicke schwarze Insekten vor, die – ähnlich wie die Mücken über dem langen Gras in Süd-Wyoming – in Tornado-Formation an Pauls Kopf vorbeisummten. Nachdem ich jedoch einige Zeit hier gewesen war und sich immer noch keine einzige Fliege hatte blicken lassen, zog ich Paul damit auf, dass er wohl das Wüstenfieber gehabt hätte.

»Die Hitze hatte dir wohl das Gehirn ausgetrocknet und dir ganze Insektenplagen und solche Dinge vorgegaukelt, wie?«

Er grinste und versicherte mir, wir würden noch früh genug auf die Fliegen treffen, und dann sollte ich mich lieber um mein eigenes ausgetrocknetes Gehirn kümmern. Ich tat seine Warnung mit einem Schulterzucken ab und dachte: Paul übertreibt mal wieder. Man merkt, dass er aus Louisiana stammt.

Doch letzte Nacht wurde ich eines Besseren belehrt.

Kurz vor Einbruch der Dunkelheit war ich plötzlich von einer so dichten Wolke umgeben, dass ich meine eigenen Arme und Beine nicht mehr sehen und beim besten Willen nicht erkennen konnte, ob sie nun in Tornado-Formation flogen oder nicht. Buschfliegen stechen zwar nicht, aber sie krabbeln auf einem herum – und das reicht völlig. Kaum hatte ich sie mir aus dem Gesicht gewischt, da waren sie auch schon wieder da. Auf meiner Haut krabbelten Hunderte winzig kleiner Beine, und die Fliegen krochen mir bis in die Ohren, über den Hals und in die Mundwinkel. Schon nach dreißig Sekunden war ich halb von Sinnen, wühlte wie wahnsinnig in meinem Rucksack und suchte nach einem Gummiband und Sicherheitsnadeln. Paul hatte in seinem Brief erzählt, wie er Gummiband in sein Haar geflochten und Sicherheitsnadeln an die jeweiligen Enden gesteckt hatte, die dann vor seinem Gesicht hin und her baumelten und die Angreifer fern hielten. Damals zu Hause in Moose musste ich bei der Vorstellung, wie Paul sein langes, lockiges Haar zu vierzig kleinen Zöpfen glatt gezogen hatte, immer wieder schmunzeln. Letzte Nacht fand ich es jedoch alles andere als lustig.

Zwei geschlagene Stunden befand ich mich am Rande der Raserei, während ich verbissen weitermarschierte und mir dabei Zöpfe flocht. Zum Schluss diente etwa ein Drittel meiner Haare zur Abschreckung von Fliegen. Vermutlich sehe ich mit diesen schweren Schnüren, die vor meinem Gesicht baumeln, ziemlich bekloppt aus, aber wenigstens hilft es. Und das bedeutet, dass ich meinen Grips immer noch beisammen habe, was sich bei der Chancenverteilung zu meinen Gunsten auswirkt – und das ist das Einzige, was in der Wüste zählt.

Hier draußen zählt wirklich alles, wie es scheint, so viele winzige, überlebenswichtige Details, die mir vorher noch nie durch den Kopf gegangen sind, weil sie mir selbstverständlich erschienen. Jetzt hingegen fällt mir jede Kleinigkeit auf. Alles, was ich tue – wie, warum und wann ich es tue –, wird genau analysiert. Und meine Bewertung, ob alles so funktioniert, wie es soll, ist mein Halt, mit dem ich mich in der Welt verankere. Jede noch so kleine Entscheidung wird von mir förmlich seziert, und ich sage mir immer wieder alles laut vor, um es auch ja nicht zu vergessen – so als wäre ich schon leicht senil.

Sei's drum, wenn ich das brauche, um heil von hier wegzukommen – eine gute Übung für meine alten Tage. Meiner Ansicht nach kommt die Senilität bei den meisten Menschen sowieso nicht von ungefähr.

Also: gesunder Menschenverstand, die richtige Einstellung und genügend Köpfchen. Damit habe ich schon mal drei Schlüsselqualifikationen zum Überleben. Was braucht man noch?

Ich muss meine Einstellung weiter verbessern und all die

Regeln beherzigen, die ich meinen Kursteilnehmern am Lagerfeuer immer gepredigt habe. Die meisten von ihnen würden sich ohnehin nie weit genug fortwagen, um sich tatsächlich zu verlaufen: Bleib stehen, denk nach, beobachte und plane. Vermeide unrealistische Wunschvorstellungen und Passivität. Denk positiv. Beschäftige dich. Nutze in vollem Maße das Potential, das in dir steckt, und schränke alles andere ein. Improvisiere. Und zwar richtig.

Im Improvisieren war ich immer schon groß; es war mir schon fast zur zweiten Natur geworden. Aber das war auch in den Rocky Mountains so, wo ich alle Bäume, den Wind und das Wetter genau kenne, wo ich weiß, wie das Eis vom Gletscher schmilzt und was das jeweils zu bedeuten hat. Hier dagegen weiß ich gar nichts. An diesem gottverlassenen Ort kann ich so viel improvisieren, wie ich will – trotzdem wird kein Wasser aus dem Felsen sprudeln. Und frisches Wasser ist das, was ich jetzt am dringendsten brauche. So viel also dazu. Was ist sonst noch wichtig?

Die richtige Ausrüstung.

Aha! Endlich mal eine Voraussetzung, die ich hundertprozentig erfülle.

Vor mir liegt mein Rucksack, und der gesamte Inhalt ist fein säuberlich auf dem Boden ausgebreitet. Allein dieser Anblick wirkt schon beruhigend. Was die Ausrüstung anging, nannte man unser Team im Park Service immer nur die Streber – eine Einschätzung, die durchaus zutrifft. Will man in einem Such- und Rettungstrupp arbeiten, lernt man rasch, wie wichtig es ist, regelmäßig seine Ausrüstung zu überprüfen. Das gilt auch in Zeiten wie diesen, wenn einem nicht mehr viel zum Überprüfen bleibt – dann sogar umso mehr. Vernachlässigt man seine Ausrüstung, kann das sehr unangenehme Folgen haben.

Das kann zuerst ganz harmlos aussehen: Wenn man seinen Marsch beginnt, übersieht man vielleicht, dass am Rucksack der Saum ein Stück aufgerissen ist. Und schon verliert man sein Verbandszeug und den Kompass. Oder man hat den Verschluss an der Feldflasche nicht richtig zugeschraubt und ein halber Liter Energiedrink mit Kirschgeschmack läuft im Rucksack aus, wodurch auf dem Heimweg sämtliche Wespen des Landes angelockt werden. Es kann sich aber auch viel verhängnisvoller auswirken: wenn beim Kletterseil eine der Schlingen ausgefranst ist und man kopfüber von der Felswand stürzt. Oder wenn sich das »Shake and Bake« – dieser eng zusammengefaltete lebensrettende silbrige Unterschlupf, den wir bei der Bekämpfung von Waldbränden am Gürtel tragen – vom Karabinerhaken gelöst hat und man den Verlust erst merkt, wenn das Feuer genau auf einen zurast und man bei lebendigem Leib geröstet wird. Harmlos oder nicht – ich gehe diesbezüglich jedenfalls nicht gern ein Risiko ein. Ausflüchte gelten da nicht. Immer wenn mein Team gerade mal nicht im Einsatz oder schon wieder zurück auf der Ranger-Station war, beschäftigten wir uns grundsätzlich mit der Überprüfung unserer Ausrüstung, um sie zu sortieren und zu säubern.

An den hier vor mir aufgereihten Gegenständen gibt es allerdings nicht viel zu tun, da ich ohnehin nur das absolut Notwendige mitgenommen habe: Wäsche zum Wechseln, einen Rock, eine kurze Hose, zwei BHs, zwei T-Shirts und ein Baumwollhemd mit langem Arm. Obwohl meine Shorts sehr bequem sind, geht hier draußen doch nichts über einen Rock. Wie Paul schon sagte, ist er sehr vielseitig verwendbar, nämlich als natürliche Klimaanlage, als Dornenschutz, als Zelt und Matte in einem. Also trage ich ihn unterwegs und ziehe mir tagsüber zum Schlafen die Shorts an. Auf BH und Slip kann man notfalls verzichten. Ich habe ohnehin nur von jedem zwei mit, dafür aber sechs Paar Socken. Socken sind hier draußen viel wichtiger als alles andere. Wichtigste Regel: Wenn sich die Füße nicht wohl fühlen, wird der Rest fast wahnsinnig. Also habe ich alle Socken mitgenommen, die ich hier hatte.

Alles andere gehört zur Grundausstattung: ein altes Flanellhemd von Paul, das ich überall, wo ich in den vergangenen Monaten war, mit mir herumgeschleppt habe, ein schon ziemlich leerer Verbandskasten, eine Taschenlampe mit zwei Ersatzbatterien, ein kleiner Kompass und ein Thermometer, zwei Plastikmülltüten, ein Stück Schnur, ein Dutzend Sicherheitsnadeln, eine Zahnbürste, das selbst geknüpfte Netz und ein paar Ersatzfäden, eine Tube Sonnenschutzcreme, ein großes Päckchen Streichhölzer, ein Signalspiegel und eine Signalleuchte, eine Kerze, eine Landkarte, drei Fläschchen mit Jodtabletten zur Wasserreinigung, ein Schweizer Armeemesser, das Baumwolllaken, mein Stift und mein Tagebuch, das Medaillon, ein Feldstecher, eine Blechschüssel und die Feldflaschen. Drei sind schon leer, eine ist noch voll, dazu kommt die, aus der ich die ganze Zeit über trinke. Das heißt, dass ich keine fünf Pfund Wasser mehr zu tragen habe.

Vier Liter reichen für sechsundzwanzig Meilen. Mir gefallen solche Ziffern nicht. Rechnet man sie hoch, summieren sie sich unter den gegebenen Umständen sehr rasch zu dem Ergebnis: Tod durch Verdursten, irgendwo auf halber Strecke zur nächsten Wasserstelle.

Aber ich werde jetzt nicht in Panik geraten, sondern die Sache so angehen, als handelte es sich um eine Rettungsaktion, nur dass ich sie von hinten aufrolle und keinerlei Unterstützung habe. Die Statistiken kann ich fürs Erste getrost außen vor lassen.

Trink noch einen Schluck Wasser, achte nicht auf den

schlechten Geschmack und konzentrier dich auf die bevorstehende Aufgabe. Allerdings ist es gar nicht so leicht, den Jodgeschmack zu ignorieren, da er die leichte Übelkeit unweigerlich zu starkem Brechreiz steigert.

Es wird Zeit, wieder alles einzupacken, und zwar jedes Teil genau an seinen Platz – da, wo es von Anfang an war. Auf diese Weise findet man seine Sachen sogar im Dunkeln wieder. Ich mache den Rucksack zu, lege mein Baumwolltuch darüber und benutze das Ganze als Kopfkissen. Unterwegs haben Rucksäcke grundsätzlich diese Doppelfunktion.

Tja, mag sein, dass ich die Lage nicht vollständig überblicke, aber meinen kleinen Ausschnitt, dem ich wie einem Totenschädel Auge in Auge gegenüberstehe, habe ich deutlich im Visier. Ich weigere mich, hier draußen zu sterben. Jawohl, ich weigere mich einfach.

Die Sonne steht bei zehn Uhr. Für jeden anderen auf der südlichen Halbkugel ist es ein strahlender Morgen, für mich jedoch Mitternacht. Noch bin ich nicht müde, aber ich muss allmählich zur Ruhe kommen. Wenigstens das ist nicht so schwer.

Jeder, der in einem Such- und Rettungsteam arbeitet, muss sich – was immer auch um ihn herum geschieht – wie auf Kommando von allem lösen und einschlafen können. Das ist schon deshalb so wichtig, weil man nie genau weiß, wann man das nächste Mal die Gelegenheit hat, in die Horizontale zu kommen. Ich brauche mich nur auf die linke Seite zu drehen, den Kopf auf den Rucksack zu legen und abzuschalten, mir den Hut bis über die Augen ins Gesicht zu schieben – und schon bin ich weg. Pony schläft auf dem Rücken und legt sich die Hand über die Augen. Jed schläft gegen einen Baumstamm gelehnt im Sitzen. Laney liegt flach auf dem Bauch – ganz gleich, auf welchem Boden. Wenn es darum geht, ein fünfminütiges Nickerchen zu halten, hat es jeder von uns bereits zur Meisterschaft gebracht.

Heute werde ich allerdings noch ein wenig länger hier sitzen bleiben. Zum einen bin ich noch nicht müde, und zum anderen will ich diesen weißen Dingo davon überzeugen, dass ich keine so leichte Beute bin, wie es offenbar den Anschein hat.

Als ich mir gestern Abend die Stiefel zuschnürte, hat mir der verdammte Köter mein Essen geklaut. Hinter meinem Rücken hat er sich ins Zelt geschlichen und sich das Fleisch einfach aus meiner Schüssel geschnappt. Zwar war von dem fettigen Vogelfleisch sowieso nur noch ein mickrig kleines Häppchen übrig, aber es war alles, was ich noch hatte. Ich habe die Beherrschung verloren und geflucht wie ein Seemann, der Landgang bekommen und gerade festgestellt hat, dass keine einzige Frau in der Stadt ist. Zu spät. Der Köter hatte nicht mal so viel Anstand zu verschwinden, um seine Beute zu verschlingen, sondern blieb einfach da stehen, wo ich ihn noch gut sehen konnte, und leckte sich das Maul.

Kaum zu glauben, dass mir dieses Dingoweibchen den ganzen Weg über gefolgt ist. Zwar hatte ich nachts auch schon den Eindruck gehabt, als hätte ich sie mehrmals im Mondlicht gesehen, hatte aber gedacht, das wären bereits die ersten Wahnvorstellungen. Also schüttelte ich nur den Kopf und marschierte weiter. Bei Tageslicht machte die Albinohündin dem Spuk ein Ende und lief westlich im Abstand von etwa zehn Metern neben mir her. Sie wird sich wohl gedacht haben: »He, bei der dummen Gans bleibe ich – bei der gibt's wenigstens Hausmannskost.«

»Weißt du was, meine Liebe?«, sage ich zu ihr. »Wenn du noch lange genug in meiner Nähe bleibst, dann bist du beim nächsten Abendessen das Hauptgericht. Ich brauche dringend Proteine, und zurzeit bin ich nicht sonderlich wählerisch. Warte nur, bis ich an das Wasserloch komme.«

Mit aufgestellten Ohren schaut sie mich neugierig und herausfordernd an. Ich habe keine Angst vor ihr.

Aber sie hat auch keine vor mir.

Ich nicke ihr zu und krieche in das Fleckchen Schatten, das ich mir zurechtgebastelt habe, nehme meinen Hut und lege mich schlafen. Heute Nacht muss ich weitere sechsundzwanzig Meilen zurücklegen, aber bevor ich mich wieder auf den Weg machen kann, sitze ich noch ganze zehn Stunden hier fest.

In der Zwischenzeit sollte ich also lieber schlafen anstatt zu grübeln.

5. Tag

Ein neuer Tag bricht an. Die sechsundzwanzig Meilen habe ich nicht geschafft, nicht einmal zwanzig oder auch nur fünfzehn.

Gegen Mitternacht bin ich gestolpert und der Länge nach hingeschlagen. Ein paar Stunden später bin ich noch einmal gestolpert und habe mir unten links eine Rippe gebrochen. Vermutlich ist es dieselbe, die ich mir mit zehn Jahren schon einmal verletzt hatte. Gar nicht so leicht, eine Selbstdiagnose zu stellen. Das hat man uns beim Outdoor-Training nicht beigebracht. Aber die Rippe ist auf jeden Fall gebrochen. Scheiße.

Die Schmerzen sind ziemlich stark, noch schlimmer, als ich sie in Erinnerung hatte. Ich kann kaum richtig durchatmen. Dadurch bin ich natürlich beträchtlich langsamer geworden. Ich habe einen Streifen von dem Baumwolllaken abgerissen und ihn mir um die Taille gewickelt, damit die Rippe mehr Halt hat. Aber gegen die Schmerzen hat es nichts genutzt, geschweige denn gegen meine Wut.

Verdammt noch mal! Ich weiß ganz genau, wie man hinfallen muss, ohne sich zu verletzen. Das ist das Erste, was man bei diesem brasilianischen Jiu-Jitsu lernt, und das mache ich jetzt immerhin schon seit neun Jahren. Ich habe den braunen Gürtel und bekomme bald auch den schwarzen. Also kann ich einen unbewaffneten Gegner in weniger als fünfzehn Sekunden auf ungefähr sechshundert verschiedene Arten zu Boden werfen und unschädlich machen. *Ich weiß genau, wie man hinfallen muss*. Und was hat es mir genützt?

Jetzt hocke ich hier in meinem Fleckchen Schatten mit gebrochener Rippe und flenne. Nur noch knapp drei Liter

Wasser, und so ein Durst, dass ich heulen könnte. Urinmenge deutlich zurückgegangen, Farbe kräftig orange. Schwierigkeiten nehmen zu. Kein gutes Zeichen. Mindestens noch zwanzig Meilen vor mir. Das weiße Dingoweibchen beobachtet jede meiner Bewegungen.

Muss unbedingt schlafen, kann aber einfach nicht abschalten. Alpträume aus der Kindheit – lange vergessen und vorbei, dachte ich – und dann wieder rasender Zorn. Und ich döse nur und wache sogleich wieder in kalten Schweiß gebadet auf und bitte Dix und Mama, mir zu vergeben. Meine Kehle ist so rau, dass ich kaum Luft holen kann. Hände und Füße sind geschwollen, wahrscheinlich wegen Dehydrierung. Die Augen brennen von der Sonne. Der Hals tut genauso weh wie meine Rippe. Am liebsten würde ich mich nur hinlegen und nur noch schlafen, bis alles vorbei ist, aber ein kleiner Teil in mir weiß, dass das nicht geht.

Ich bete, dass Paul es zurück zum Camp schafft, meine Nachricht findet und sich auf die Suche nach mir macht.

6. Tag

Wieder bricht ein neuer Tag an. Noch knapp ein Liter Wasser. Mir ist immer noch übel – es kann also nicht am Jod gelegen haben.

Letzte Nacht habe ich geradezu Übermenschliches geleistet. Achtzehn Meilen habe ich zurückgelegt, und jeder einzelne Schritt hat starke Schmerzen verursacht. Das hätte ich nie geschafft, wäre da nicht diese Schlange aufgetaucht.

Eine Eastern Brown, eine der gefährlichsten Giftschlangen unserer Erde. Wenn ich auch sonst nicht viel Ahnung von der Wüste habe, eines weiß ich genau: Die Eastern Brown hat viel mehr Australier auf dem Gewissen als jede andere Giftschlange.

Gestern am späten Nachmittag wachte ich plötzlich auf. Mir tat alles weh, ich war ganz steif und schwitzte. Mühsam raffte ich mich auf und kniete mich hin. Ich streckte die Hand nach der Feldflasche aus, hielt aber wie erstarrt in meiner Bewegung inne: Mit hoch aufgerichtetem Kopf – zum Biss bereit – lag zusammengerollt auf der Feldflasche eine Eastern Brown. Von einer Sekunde zur anderen war meine Übelkeit verschwunden und jedes einzelne Körperhaar stand mir zu Berge. Die gebrochene Rippe spürte ich nicht mehr; ich vergaß sogar völlig, dass ich überhaupt Rippen hatte.

Mein einziger Gedanke war: *Ich bin viel zu nah dran!* Wenn sie mit ihrem Giftzahn zuschlägt, ist es aus.

Ich wagte nicht, mich auch nur einen Millimeter zu rühren – ganz abgesehen davon, dass ich es ohnehin nicht gekonnt hätte. Was hatte Paul mir letzten Monat gleich noch mal gesagt? »Eigentlich will sie dich gar nicht haben, Tal, weil du ihr als Mahlzeit viel zu groß bist. Das merkt sie an deinem Herzschlag und wartet lieber auf eine Beute, die eher ihrer üblichen Portion entspricht. Wenn du sie also nicht aufschreckst, lässt sie dich bestimmt in Ruhe, mein Schatz.«

Da ich unmittelbar vor ihrer Nase herumgefuchtelt hatte, war es für das »Nicht-Aufschrecken« leider schon zu spät.

»Wenn du ihr nur die Gelegenheit gibst, zieht sie sich auf jeden Fall wieder zurück«, höre ich noch Pauls ruhige, überzeugende Stimme, und mir fällt wieder ein, wie er kürzlich in unserem Versorgungszelt vorsichtig die Schaufel unter eine Eastern Brown geschoben und sie hinaus in die Wüste getragen hatte.

Mein Arm verkrampfte sich. Ich wollte ihn zurückziehen, aber es gelang mir nicht. Die Braune war in höchster Alarmbereitschaft, man hörte die Luft förmlich knistern vor lauter Spannung. Falls ich mich auch nur um Haaresbreite bewegte, würde sie vermutlich instinktiv zustoßen. Blieb ich dagegen in meiner Erstarrung, würde sie es mir vielleicht nachmachen. Ich konnte im Grunde gar nichts tun, denn alles hing einzig und allein von ihr ab.

Ich wartete. Gefangen in diesem tödlichen Spiel des Abwartens, Auge in Auge mit diesem fremden Lebewesen, das keinerlei Grund hatte, mich die Partie gewinnen zu lassen, klopfte mir das Herz bis zum Hals. Es pochte wild in meinen Schläfen und hämmerte laut in meinem Hinterkopf. Meine Schenkel und Knie brannten, meine Hände und Füße hatten aufgehört zu kribbeln und waren taub wie Holzpfosten. Unterdessen warf mein Verstand die gespeicherten Daten aus: Fühlt die Eastern Brown sich bedrängt, reagiert sie blitzschnell und heftig. Oft kommt es sogar zu mehrfachen Bissen. In ihrem Kopf befindet sich ein Reservoir mit Nervengift – das bei einer Landschlange zweitstärkste Gift weltweit. Es wirkt so rasch, dass ich, selbst wenn ein Gegengift zur Hand wäre, in großer Gefahr schweben würde. Ohne Gegengift hätte ich überhaupt keine Chance und mit mir wäre es unwiederbringlich aus und vorbei. Wenn ich diese Begegnung lebend überstehen will, muss ich unbedingt vermeiden, dass ihr Giftzahn meine Haut berührt. Punkt, aus.

Vor lauter Verzweiflung versuchte ich, so unterwürfig wie nur möglich auszusehen, indem ich jeden einzelnen Muskel entspannte und einen möglichst demütigen Eindruck machte. Zwar ragte der eine Arm noch immer grotesk in die Luft, aber ich hoffte, es würde zumindest nicht mehr so aussehen, als wollte ich nach irgendwas in unmittelbarer Nähe der Schlange greifen – und schon gar nicht nach ihr selbst. Ich verlangsamte meinen Puls, so wie wir es bei dem alljährlichen Frühjahrslauf tun, wenn wir unsere körperliche Fitness für die Löschmannschaft unter Beweis stellen: flach einatmen und dreißig Sekunden die Luft anhalten, dann langsam und tief weiteratmen. Von der Hautoberfläche bis tief hinab ins Innerste löste sich meine Spannung.

Die Schlange ging jedoch nicht darauf ein, sondern blieb in einer weiten S-Kurve wie ein dickes Stück Hochspannungskabel vor mir aufgerichtet – bereit zum Todesstoß.

Ich wartete.

Als sich ihr Kopf schließlich um wenige Millimeter neigte, hob ich instinktiv die Hand und zog sie zurück. Blitzschnell und treffsicher stieß sie zu und verfehlte meinen zurückschnellenden Arm nur um Haaresbreite. An dem Luftzug spürte ich genau, wie ihr Oberkörper an mir vorbeiglitt, und ich erstarrte einmal mehr. An meiner Rippe zerrte ein gleißender Schmerz.

Wir ließen uns nicht aus den Augen, während sie sich unablässig züngelnd immer wieder vorschwang, bis sie beinahe meine Knie berührte, und sich dann erneut zurückbog.

Wenn man dem Tod ins Auge sieht, lässt sich im Voraus

nie sagen, wo die Gedanken hineilen. Die meinen wirbelten wild durcheinander und gingen schließlich zurück zu einer Abschlussbesprechung nach einer Suchaktion vor sechs Jahren. Wir hockten dicht gedrängt in unserem Unterstand – die halbe Mannschaft saß auf umgekippten Kisten und die Übrigen hockten am Boden auf ihren Rucksäcken –, während Jed vor der topographischen Landkarte stand und mit uns noch einmal die Ereignisse der vergangenen Tage der Reihe nach durchging. Obwohl sich der Wanderer, der sich verlaufen hatte, längst auf dem Heimflug befand, bewegten sich seine Retter noch ein zweites Mal auf seinen Spuren. Diese Abschlussbesprechung ist eines unserer wichtigsten Hilfsmittel. Bei dieser Gelegenheit sehen wir uns die Route des Opfers noch einmal genau an, machen uns seine Beweggründe klar, verfolgen seine Pläne und Irrwege, bedenken seine Erfolge und seine Misserfolge. Außerdem betrachten wir kritisch unser eigenes Vorgehen, bewerten unsere Stärken und Schwächen und überlegen, wie wir noch besser als Team zusammenarbeiten können. Dieser Kerl hier war nicht ganz bei Trost gewesen. Er hatte ziemliche Wut auf seine Freundin gehabt, sie allein gelassen und war einfach abgehauen. Kompass und Karte hatte sie, aber vor allem hatte sie gesunden Menschenverstand. Deshalb fand sie auch gleich zum Wagen zurück – im Gegensatz zu ihm.

In jener Saison brach die Mannschaft des Windy-Point-Teams auseinander, denn wir hatten eine Reihe größerer Fehlschläge hinnehmen müssen, von denen der letzte der Kerl mit der Freundin gewesen war. Wir hatten unsere Kräfte weit weg von ihm im falschen Planquadrat eingesetzt, so dass am Ende keiner mit diesem Einsatz zufrieden war – am wenigsten jedoch der Ranger, der zu Beginn der Suche einen Routenvorschlag von mir abgewiesen hatte. Aufgrund der Fußspuren hatte ich angenommen, dass dieser Typ mit der

29.10.
2.2. – 2.27

Freundin einen Canyon durchquert und sich von der ursprünglich geplanten Route der beiden entfernt hatte. Unser Suchtruppleiter, ein Neuling aus dem Great Smoky Mountains National Park namens Tony Taylor, wollte mir partout nicht Recht geben und schickte uns in eine völlig andere Richtung. Drei Tage und drei Nächte waren wir draußen, doch der Typ mit der Freundin hatte genau den Weg eingeschlagen, den ich vermutet hatte. Also konnten wir ihn auch nicht finden. Hungrig und frierend stieß er zufällig am vierten Morgen auf einen Wanderweg und gab seiner Freundin an allem die Schuld. Bei unserer Abschlussbesprechung herrschte eine angespannte Atmosphäre, denn Tony Taylor war die Sache peinlich und er fuhr mich heftig an. Ich sollte ihm doch bitte schön mal erklären, auf welche Indizien ich meine Vermutung gestützt hätte.

Als die Schlange nun unablässig vor mir hin und her schaukelte, merkte ich, dass sie mit ihrem Körper gewundene Spuren auf dem Boden hinterließ. Genauso war es damals bei diesem Kerl mit der Freundin auch gewesen: Er hatte auf seinem ursprünglich eingeschlagenen Weg immer wieder gezögert und sich leicht westlich dem Tal zugewandt. Das war der lange Weg hinaus in die falsche Richtung gewesen. Seine Fußspuren verrieten mir jedoch, dass er sich genau auf diese Route konzentriert und sie weiterverfolgt hatte. Alles, was ich aus seinen Fußabdrücken lesen konnte, hatte ich per Funk an die Basis durchgegeben, aber nach einer hitzigen Diskussion über die Nutzlosigkeit des Spurenlesens schickte Ranger Taylor mich und alle anderen nach Osten. Der Typ mit der Freundin hatte in den drei Tagen etliche Meilen zurückgelegt, die Schlange dagegen sah nicht so aus, als wollte sie sich jemals wieder so weit fortbewegen. Ihr schwerer Körper grub tiefe Furchen in den Sand, aber keine davon führte von mir weg. Wie gerne wäre ich jetzt wieder in meinem Nationalpark gewesen! Was hätte ich nicht alles dafür gegeben, mich wieder mal zusammenstauchen zu lassen, nur weil ich eine Vermutung geäußert hatte, die durchaus fundiert war. Inzwischen tat mir jeder einzelne Nerv entsetzlich weh.

Nach geraumer Zeit – wie lange genau, weiß ich nicht, aber es kam mir wie eine Ewigkeit vor – fand die Braune für sich schließlich einen Ausweg. Kaum hatte sie sich davongemacht, brach ich zitternd wie Espenlaub mein Lager ab. Ich wartete gar nicht erst, bis die Sonne unterging, sondern machte mich sofort auf den Weg und marschierte los.

Natürlich war das keine kluge Entscheidung. Ich weiß sehr wohl, dass man unnötig viel Flüssigkeit verliert, solange die Sonne am Himmel steht, aber ich konnte es nicht ändern. Ich musste einfach laufen, und das die ganze Nacht hindurch und ohne auch nur einmal zu stolpern. »Adrenalin steigert die Leistungsfähigkeit«, sagt Jed immer.

Obwohl ich in denkbar schlechter Verfassung bin – Hände und Füße geschwollen, Beine verkrampft, Zunge ganz dick und kurz vor dem Verdursten –, bin ich tatsächlich kein einziges Mal gestolpert. Wenn das kein gutes Zeichen ist …

In einiger Entfernung erkenne ich bereits die Baumreihe, wo das Wasser sein muss. Das weiße Dingoweibchen sieht sie auch, denn sie blickt in dieselbe Richtung und dann wieder zu mir. Aber es ist noch zu weit weg, mindestens noch zwei Meilen. Mit nur knapp einem Liter Wasser schaffe ich das jetzt nicht mehr in der prallen Sonne. Ich muss tagsüber erst mal schlafen und kann nur beten, heute Abend wohlbehalten wieder aufzuwachen und dieses Mal ohne Schlangen dort hinzukommen. Auf die Hilfe von Schlangen kann ich gut verzichten.

Immerhin bin ich in Oklahoma geboren, wo ich meinen ersten Schrei ausgestoßen habe, und die ersten zehn Jahre meines Lebens bin ich zwischen McAlester, dem Gebiet der

Shawnee, und einer Wellblechhütte im Yankton-Reservat hin und her geschubst worden. Und wie man sieht, habe ich auch das gut überstanden.

Also werde ich auch *das hier* gut überstehen.

Lass dich nicht unterkriegen, Nowata, und steh die Aktion durch bis zur Abschlussbesprechung.

7. Tag

Der Tag bricht an, und zwar mein letzter.

Hier gibt es kein Wasser, nicht einen einzigen Tropfen. Es hat sich schon lange tief in die Erde zurückgezogen. Pauls Info stimmt also nicht mehr.

Oder sie war von vornherein falsch.

Zumindest kann mir niemand nachsagen, ich hätte mich nicht tapfer geschlagen: einundfünfzig Meilen bei Temperaturen über vierzig Grad und mit nur zehn Litern Wasser – nur durch meinen eisernen Willen vorangetrieben. Wahnsinn! Eigentlich unmöglich, und doch habe ich es geschafft. Wenn auch nicht in guter Verfassung, aber ich bin hier. Mit bloßen Händen habe ich einen mehr als einen halben Meter tiefen Graben ausgebuddelt, aber selbst in dieser Tiefe ist der Boden knochentrocken. Meine Kraft ist am Ende. Ich konnte nur noch bis zu diesem Baum kriechen und mich hier zusammenrollen. Die Weiße sitzt mit gespitzten Ohren ganz in meiner Nähe, denn gleich bekommt sie ihr Mahl serviert, und das sogar ohne jeden Kampf.

Ich träume von eiskaltem Regen und habe Schüttelfrost. Meine Beine sehen aus wie Zahnstocher, aus denen zwei Knubbel als Knie hervorstehen. Die Hände und Finger sind rot und geschwollen, doppelt so dick wie normal. Mir tut einfach alles weh und ich habe rein gar nichts zum Abkühlen. Ich bin erledigt. Alle Vorgänge in meinem Körper laufen nur noch auf Sparflamme.

Selbst mein Weinen ist tränenlos. Ich wische mir mit meinem Tuch den Mund aus, reibe es über Hals, Gesicht und Handgelenke und lasse den Wind auf die feuchten Stellen wehen. Dann wiederhole ich es gleich noch einmal, ganz langsam, und dann noch einmal. Ich muss mich unbedingt ein wenig abkühlen.

Es hat etwas genützt. Jedenfalls kommt es mir vor, als ob ich mich nicht mehr ganz so heiß anfühle. Paulson O'Malley, ich vermisse dich so sehr! Wenn du doch nur hier wärst, du oder Pony, Jed, Laney oder irgendwer sonst aus unserem Trupp. Oder Dix – wenn mein kleiner Bruder Dix wüsste, dass ich hier bin, würde er sofort kommen. Aber woher soll er es wissen, da wir ja seit zwei Jahren nicht mehr miteinander sprechen. Dix fühlt sich wohl in der Wüste. Könnte er jetzt hier sein, wäre er mir bestimmt eine große Hilfe. Ach, wenn doch nur einer hier auftauchen würde, irgendeiner, der sich hier gut auskennt und richtig ausgerüstet ist. Ganz egal wer – Hauptsache, irgendein lebendiges Wesen.

Und nicht nur dieser weiße Geisterhund, der bei mir heute Morgen eine Erinnerung an die Mutter meines Vaters geweckt hat und dessen Anblick mir kalte Schauer über den Rücken jagt. Bei Großmutter Nowata war ein Hund sogar einmal im Kochtopf gelandet, irgend so ein hässlicher gelblicher Köter, der immer wieder Kinder biss. Nachdem er auch Dix gebissen hatte, schoss sie ihn über den Haufen, kochte sein Fleisch und verfütterte es an die anderen Hunde. Die ganze Geschichte hatte ich längst vergessen, aber diese Albinohündin erinnert mich wieder daran. Wenn sie mir in die Augen sieht, fällt mir alles wieder ein: Mama und Dix und all das, was ich eben doch nicht vergessen kann. Die Weiße kennt auch Paul und Josie und alles andere; sie kennt auch mich und weiß, was hier vor sich geht. Unerschrocken sitzt sie da und wartet.

Vor lauter Angst bekomme ich kaum Luft. Mühsam versuche ich aufzustehen und wegzulaufen, aber es geht nicht. Also kauere ich mich wimmernd auf den Boden und breche auch innerlich zusammen.

Ich spüre ein letztes Aufbäumen und merke, wie mein Geist und mein Körper allmählich aus den Fugen geraten.

Was dich umbringt, Nowata, ist nicht die Wüste, nicht die Hitze und nicht einmal der Wassermangel, sondern einzig und allein dieses Aus-den-Fugen-Geraten. Sobald du den Verstand verlierst, verlierst du auch dein Leben. Das steht unweigerlich fest, wie du weißt. Du musst nur Ruhe bewahren und bleiben, wo du bist.

Jetzt nur schlafen.

Nein, *denk lieber nach*! Denke nach, bis du nicht mehr kannst. Gedanken sind die letzte Verbindung zum Dasein …

… und der Dingo. Ich halte Ausschau nach der weißen Geisterhündin. Allein ihr Anblick tut gut, und ich atme wieder von selbst, ohne dass ich bewusst daran denken muss. Dieses Dingoweibchen ist so lebendig, dass ein klein wenig von ihrer Lebendigkeit auch auf mich abfärben muss.

Sie hat die Schnauze tief in ein Wallaby – ein kleines Känguru – vergraben, das sie gerade erlegt hat, und beachtet mich gar nicht.

Seit sechs Tagen ist sie ohne Wasser – und trotzdem kann sie noch ihre Beute verschlingen. Das Fleisch liefert ihrem Körper so viel Flüssigkeit, dass sie auch noch länger ohne Wasser auskommt. Wallaby, Kaninchen oder Singvogel – sie frisst einfach alles und hat hinterher nicht die geringsten Gewissensbisse. Sie ist so sehr eins mit diesem Land, wie ich es nie sein kann.

Aber vielleicht ist ja alles ganz anders. Ich höre noch, wie Großmutter Haney mir von dem Albino-Grizzly erzählt, der an der Erschaffung der Welt beteiligt war, und von den Eltern, die einen nie gänzlich verlassen, sondern einem immer schweigend zur Seite stehen, auch wenn man sich seinen eigenen Weg suchen muss. Wie ein schwaches, gleichförmiges Summen ertönt es in meinem Kopf, und ich erinnere mich an die Bindungen, die ich so lange verleugnet habe. Als ich sechzehn war und glaubte, ich könnte mich von meinen Wurzeln lösen, erzählte Großmutter Haney mir diese Geschichte. Ich stand in ihrer mit Teerpappe abgedichteten Hütte, sah ihr zu, wie sie ein Sandwich mit Ketchup aß, und hörte, wie sie zu mir sprach – diese zahnlose, mir fremd gewordene alte Frau. Insgeheim dachte ich, wie froh ich doch war, nicht mehr im Reservat leben zu müssen, und was für ein Glück ich doch hatte, einfach in das Geburtstagsgeschenk meiner Pflegeeltern, einen nagelneuen Ford Mustang, steigen und davonfahren zu können, wohin es mir beliebte. Nachdem Mama gestorben war, hatte Großmutter Haney uns nicht bei sich aufgenommen, sondern uns der Obhut des Staates überlassen. Ich weiß nicht einmal mehr, weshalb ich sie an diesem Tag damals überhaupt besucht hatte. Vermutlich nur, weil Dix mich darum gebeten hatte oder um mit meinem neuen Auto anzugeben. Bess Haney saß auf ihrem kaputten Stuhl, aß ihr Sandwich mit Ketchup und erzählte mir diese Geschichte, die ich wegen ihrer Botschaft vom ewigen Leben und wegen der toten Eltern und der Tiere, die zu Schutzengeln werden, bis heute immer zutiefst verabscheut hatte.

Plötzlich höre ich ihre Erzählung zum ersten Mal mit anderen Ohren und erkenne, die Dingohündin und ich sind keine Feinde, sondern aus einem Fleisch und Blut.

Schließlich wird mein Fleisch schon bald zu Dingofleisch, zu Muskeln, Sehnen, Knochen, Haut und Fell. Ich werde der Glanz in den Augen der Weißen sein, wenn sie ihre Beute erspäht, die geschmeidige Rückwärtsdrehung, wenn sie einen plötzlichen Haken schlägt und sich von der Seite her auf die Beute stürzt, zuschnappt und ihr das Genick bricht. Flink werde ich mit ihr über diese rötlichen Ebenen laufen, als neue Zellen an den Ballen ihrer Pfoten, und ein Stück dieses rauen, trockenen Landes als mein Eigen einfordern. Ein sauberer, ein ehrlicher Tod, der viel stärker an unsere Erde gebunden ist, als es zu Hause je der Fall gewesen wäre, wo man bestenfalls tiefgefroren, in einen Beutel verpackt und mit einem Schildchen am Zeh ein weiteres Fach im Leichenschauhaus füllen würde. Und dann führt der Weg von einem Leichensack in eine schmale Stahlurne.

Hier draußen in der Wüste werde ich zu Aas für die Weiße.

Eines jedenfalls steht fest: Viel Flüssigkeit wird sie durch mich nicht bekommen, denn ich trockne von einer Sekunde zur anderen immer mehr aus.

Allmählich wird es Zeit loszulassen, aber ich kann nicht. Das Leben klammert sich an mir fest wie eine Schildkröte, die sich an einem Stock festgebissen hat. Man sagt, eine Schildkröte lässt erst dann los, wenn es donnert oder wenn man ihr das Genick bricht. Einmal hat mich eine gebissen und ließ erst los, als Dix ihr mit einem Stock den Kiefer aufgebrochen hatte. Von diesem Augenblick an wussten wir, dass ein Kind mit einem Stock genauso viel bewirken kann wie ein kräftiger Donnerschlag – oder wie ein gebrochenes Genick.

Zumindest eine Sache habe ich richtig gemacht: In meiner Generation habe ich durch meine Person ein für alle Mal den Teufelskreis der Gewalt in meiner Familie durchbrochen und beendet. Die letzten acht Jahre habe ich ausschließlich damit verbracht, anderen Menschen das Leben zu retten. Sogar Jiu-Jitsu habe ich gelernt, damit ich einen Gegner wirksam außer Gefecht setzen kann, ohne ihn allzu schwer zu verletzen. Ich habe Gewaltfreiheit gelobt und auch gelebt, abgesehen von dem letzten Mal, als ich mit Dix zusammentraf. Aber ich glaube, da habe ich ganz instinktiv gehandelt. Da bin ich einfach durchgedreht.

Richtig begriffen habe ich das nie, sondern die Erinnerung

ebenso wie alles andere, was schmerzlich ist, tief in mir vergraben und bis zu diesem Augenblick aus meinem Gedächtnis verbannt.

Mama hatte ja so Recht: Wir müssen diesen Teufelskreis durchbrechen. Wenn es mir je gelingen könnte, lebend aus dieser Situation herauszukommen, würde ich Dix ausfindig machen und mich bei ihm entschuldigen. Vielleicht könnten wir noch einmal ganz von vorn beginnen. Ich hätte ihn damals nicht einfach so gehen lassen dürfen, sondern hätte ihn zurückrufen und die Sache ausbügeln müssen. Genauso hätte ich mit meinem roten Mustang umkehren und zu Bess Haney in die Hütte zurückgehen müssen, um sie zum Abschied fest in die Arme zu schließen. Stattdessen hatte ich immer nur auf dem hohen Ross gesessen und mit aller Kraft versucht, die anderen in meinem Sinn zurechtzubiegen.

War es mit Pony nicht genauso gewesen? Die reizende, verrückte, sprunghafte, *große* Pony Sutton. Wie oft habe ich sie schon aus Bars wie dem »Rancher«, dem »Wort« oder dem »Million Dollar Cowboy« rausgeholt und sie davor bewahrt, einem der Cowboys dort drin eins vor den Latz zu knallen. Die hatten meist schon so viel intus, dass sie gar nicht mehr mitbekamen, welches Verhängnis sich über ihnen zusammenbraute, obwohl es ihnen in Gestalt von ein Meter sechsundachtzig Auge in Auge gegenüberstand.

»Wenn du mich nicht hättest, du dummes Huhn, würdest du locker jede Nacht im Toton-County-Gefängnis verbringen!«, predigte ich als die Ältere von uns beiden meiner leichtsinnigen Freundin wie eine strenge Lehrerin immer wieder. Dann zerrte ich sie in den Wagen und schaffte sie aus der Stadt, bevor sie einem dieser nichts ahnenden Kerle die Knochen brechen konnte. Missmutig schnauzte sie mich dann jedes Mal an: »Verdammt, du musst erst noch ein Stück wachsen, bevor du den lieben Gott spielen kannst, Nowata.«

Aber gleich am nächsten Tag knallte sie mir unweigerlich einen Klebezettel auf den Schreibtisch, auf dem gekritzelt stand: »Tut mir Leid, Tal. Schönen Dank mal wieder. P.«

Davon besitze ich schon einen ganzen Stapel.

Paul zieht mich gerne damit auf und sagt, ich wäre Ponys persönlicher Schutzengel, Jed nennt mich das nationalparkeigene tragbare Bombenentschärfungskommando, und auch wenn ich es nie zugegeben habe, war es doch immer ein angenehmes Gefühl: Ich war diejenige, die *nie* die Kontrolle verliert; diejenige, die bestehende Spannungen entschärft und auf die sich die anderen jederzeit verlassen können; diejenige, der Gewaltfreiheit so viel bedeutet, dass sie stets danach lebt, *was immer auch geschieht*; diejenige, die das starke Bedürfnis ihrer Kindertage, dem Eismann ein dickes Brett über den Kopf zu hauen, überwunden hat und ihre gesamte Energie darauf konzentriert, anderen das Leben zu retten. Damals hatte mein Bemühen für mich einen Sinn, doch heute erscheint es mir hohl und leer, denn als es wirklich wichtig war, bei dem einen Menschen, der wirklich zählte, weil er mir von allen am nächsten stand – immerhin verbinden uns Blutsbande –, habe ich versagt.

Abwesend streichle ich über den kleinen Tabaksbeutel, der an meiner Brust hängt und den Dix mir bei unserem letzten Treffen gegeben hat. Ich sehe meinen Bruder noch vor mir, wie er zaghaft grinsend mit seinen schlaksigen O-Beinen so mühelos in den Sattel steigt, wie der normale Durchschnittsmensch sich in einen Ruhesessel fallen lässt. Sobald Dix auf einem Pferd oder auf einem Bullen sitzt, wird er innerlich sofort ruhig, und es ist unmöglich zu sagen, wo das Tier aufhört und wo der Mann anfängt. Er hat ein gutes Herz, mein kleiner Bruder Dixon. Wahrscheinlich hat er seine Freundin damals ganz aus dem Affekt heraus geschlagen. Deswegen hätte ich ihn nicht gleich windelweich prügeln müssen, nur um ihm Gewaltfreiheit beizubringen. Das hätte er auch von allein gelernt, und ohne mein Zutun vermutlich noch viel schneller. Ich bin die Scheinheiligkeit in Person.

Aber er hat mich eiskalt abblitzen lassen. Kein Wort hat er gesagt, hat nicht ein einziges Mal die Hand gegen mich erhoben, um zurückzuschlagen. Er ist einfach aufgestanden und zur Tür hinaus. Seine Freundin hat er bei mir am Küchentisch sitzen lassen, und ich musste sie dann nach Hause fahren – bis nach Minot, tausendzweihundert Meilen hin und zurück. Bis ich sie dort abgesetzt hatte, war ich mehrfach kurz davor gewesen, ihr selbst eine runterzuhauen. Allerdings konnte ich das damals nicht zugeben, weil ich viel zu sehr damit beschäftigt war, mein selbst ernanntes Dezernat gegen Männergewalt zu verkörpern und mich als die große Schwester aufzuspielen, die ums Verrecken nicht kampflos zusehen will, wie ihr kleiner Bruder so wie ihr Vater zu werden droht. Dass Dix auch von allein zur Besinnung kommen könnte, kam mir damals gar nicht in den Sinn. Aber er hatte einen guten Kern und hätte es auch ohne meine Hilfe geschafft. Ich habe mich damals völlig danebenbenommen. Ich wünschte, ich könnte ihm das sagen.

Das Medaillon brennt zwischen meinen Brüsten auf der Haut. Darüber baumelt mein kleiner Tabaksbeutel, dessen Bänder aus ungegerbtem Leder sich auf meinem Hals schon lange nicht mehr dunkler färben und die an manchen Stellen beinahe durchgescheuert sind. Der Tabak stammt vom Sonnentanz von vor zwei Jahren. Dix hat mir immer eine Opfergabe mitgebracht. Damit wollte er auf seine Art meinen Unglauben wieder gutmachen und mich in dieser verrückten Welt vor Unheil bewahren. Aber ich war so sehr mit meiner selbst erwählten Rolle als Retterin beschäftigt, dass ich bis heute nicht erkannt hatte, dass Dix eigentlich mein Retter war. Ihn zu retten hat viel dazu beigetragen, dass ich all diese Jahre überhaupt heil überstanden habe. Solange man jemand anderen rettet, muss man selbst gut funktionieren. Trotzdem bleibt es eine Lüge.

Bevor ich hierher kam, handelte ich stets nach dem Motto: *Ich muss schon vor den anderen da sein, wo sie hinwollen, damit ich sie führen kann.* Jeden, der mir über den Weg lief – ob er es nun nötig hatte oder nicht –, musste ich retten. Bei dieser Art von Helfersyndrom trägt man jedoch Scheuklappen. Ich gewöhnte mich so sehr daran, bei der Rettung anderer dem Tod ein Schnippchen zu schlagen, dass mir die Arroganz dahinter gar nicht mehr bewusst wurde. Nie hätte ich mir träumen lassen, wie schnell ich selbst erledigt wäre, sobald mir dieser Halt verloren geht. Auch war mir nicht klar, wie sehr ich es brauchte, von all diesen Menschen gebraucht zu werden.

Zum Beispiel von Pony. Ich sehe sie förmlich vor mir, wie sie kochend vor Wut auf meinem Schreibtisch hockt, eines ihrer langen Beine hin- und herpendeln lässt und sich mit einer neuen schriftlichen Anweisung der Zentrale auf den Schenkel klopft. Kampflustig, wie sie ist, würde sie am liebsten sofort wegen dieser bürokratischen, beleidigenden, sinnlosen Verordnung dem Chief Ranger die Meinung sagen. Mehrmals im Monat stürmt sie wutentbrannt in mein Büro und ist ganz wild darauf, sich mit irgendeinem Vorgesetzten anzulegen. Doch jedes Mal gelingt es mir, dass sie mein Büro wieder lachend verlässt, so dass weder der Chief Ranger noch Pony selbst je erfahren, wie knapp sie mal wieder einem vernichtenden Wirbelsturm entgangen sind. Klein und ruhig, aber effizient – die geborene Führungskraft – habe ich es immer wieder verstanden, die Lage zu entschärfen. Die brauchen mich, damit der Laden läuft. Jetzt aber, wo ich für immer weg bin, sehe ich die Sache plötzlich ganz anders.

Auch wenn ich nicht mehr dabei bin, wird in unserem

Team alles reibungslos weiterlaufen. Dix wird herausfinden, wie er bei den bescheuerten Frauen, mit denen er sich immer trifft, ausrasten kann, auch ohne sie gleich zu schlagen. Und Pony wird mit diesem bürokratischen Schwachsinn sicher sehr geschickt umgehen. Vielleicht wird sie die neuen Erlasse der Zentrale einfach in den Mülleimer werfen und aus Versehen ein Streichholz darauf fallen lassen. Ich würde Eintritt dafür zahlen, das mit eigenen Augen zu sehen. Jed hat versprochen, »das Beste von unserem Sutton-Girl« schriftlich festzuhalten, um mir nach meiner Rückkehr darüber zu berichten. Nur werde ich leider nicht mehr in den Genuss kommen.

Allein der Gedanke an zu Hause verursacht mir einen dumpfen Schmerz: Jed und Pony und der Rest der Mannschaft, das ganze Bergwacht-Team der Grand Tetons, der Snake River, der sich durchs Tal schlängelt, die Elche und Wapitis, die über die Bergwiesen ziehen. Die beiden Jahreszeiten, die wir haben: den Winter und den 4. Juli – und manchmal schneit es selbst noch an diesem Tag. Ach, wie sehr ich Wyoming doch liebe.

Aber das ist jetzt nicht mehr mein Zuhause.

Mein Zuhause ist für mich kein bestimmter Ort mehr, sondern da, wo Paul ist – besser gesagt, wo wir beide sind. Ob in irgendeiner Stadt, in einem Zelt, auf dem Campingplatz, im Garten, zwischen zerklüfteten Felsen, hoch oben im Norden in den Wäldern oder sogar in dieser gottverlassenen Wüste war mir letztlich egal. Wo auch immer wir uns in den vergangenen vier Jahren gemeinsam aufgehalten haben, habe ich mich zu Hause gefühlt – und jetzt plötzlich nicht mehr.

Wo steckst du nur, Paul O'Malley? Hätte ich gewusst, dass du länger als vier Tage wegbleiben würdest, hätte ich mich anders von dir verabschiedet. Ich hätte dich fest in die Arme genommen, irgendetwas Tiefgründiges gesagt und deinem

Wagen nachgeschaut. Ach was, ich wäre lieber gleich mit dir gefahren. Wenn ich gewusst hätte, wie alles kommen würde, wäre ich hundertprozentig mitgegangen.

Zumindest hätte ich jede Menge Briefe nach Hause geschickt, denn Jed und Pony warten bestimmt darauf, von mir zu hören. Wenn ich gewusst hätte, dass ich hier sterben müsste, hätte ich ihnen wenigstens richtig Lebewohl gesagt und ihnen täglich geschrieben.

Ja, wenn das Wörtchen »wenn« nicht wäre. Ich kann dieses Wort nicht ausstehen. Bevor etwas eintrifft, ist es müßig, sich darüber Gedanken zu machen, und sobald es vorüber ist, lässt sich ohnehin nichts mehr ändern. Das Wort »wenn« gaukelt uns nur vor, dass es diese Möglichkeit gibt. Wenn ich das Ganze hier durch irgendein Wunder doch noch lebend überstehen sollte, würde ich das Wort »wenn« für immer aus meinem Vokabular streichen.

So stehen die Dinge also: Für mich ist Schluss, obwohl noch eine Menge zu tun wäre, aber das Leben geht weiter. Eigentlich sollte das eine gewisse Beruhigung für mich sein, aber ich bin keineswegs beruhigt. Ich kann mich einfach nicht in mein Schicksal ergeben und ich finde auch keine Ruhe. Fünfundneunzig zu fünf, Verstand gegenüber äußeren Umständen – es ist wie verhext.

Allmählich reicht mir mein philosophisches Gefasel.

Und ich bin unendlich müde.

Diesen Tag werde ich – schon aus Prinzip – in meinem Tagebuch besonders hervorheben. Aus reinem Trotz setze ich meinen Namen darunter – als wenn einer der großen Regierungschefs einen Friedensvertrag unterzeichnet, bei dem er nicht im Traum daran denkt, ihn einzuhalten. Ich will nicht sterben. Ich bin einfach noch nicht zum Sterben bereit. Warum sollte ich also so tun, als ob es so wäre?

Tally Nowata, 7. Tag

So müde, dass ich kaum noch atmen kann.

Aber mein Gehirn lässt sich partout nicht abschalten. Selbst diese grundlegende Fähigkeit ist mir abhanden gekommen. Ich müsste normalerweise längst tot sein. Warum klammere ich mich nur so fest an mein Leben?

Diese Frage sollte ein Mensch wohl besser gar nicht erst stellen, da es darauf ohnehin keine Antwort gibt. Ich beobachte die Weiße, wie sie frisst, und allmählich reift in mir ein Plan.

8. Tag

Gestern Abend habe ich ihr das Wallaby-Fleisch gestohlen – nicht alles, nur Herz, Leber und Gedärme. Zwar hat sie geknurrt und ihre Drohgebärde ausgeführt, aber sie ließ mich ganz nah an sich heran. Ich konnte ihr unbehelligt die Innereien wegnehmen und zu meinem Baum zurückkriechen. Dann fraß sie ruhig weiter, und ich saugte an dem rohen Herzen und wischte mir Gesicht und Hals mit den Därmen ab. Ich habe versucht, mich wenigstens so weit abzukühlen, dass ich schlafen konnte. Schließlich wollte ich nicht in wachem Zustand sterben.

Und siehe da, ich lebe noch! Als ich heute Morgen die Augen aufschlug, hätte meine Überraschung, dass ich noch immer auf dieser Erde bin, nicht größer sein können.

Die Weiße weckte mich mit lang anhaltendem Geheul – das erste Mal, dass ich von ihr ein anderes Geräusch als nur ein tiefes Knurren gehört habe. Deshalb dachte ich zuerst, ich müsse wohl träumen oder schon tot sein. Ich sah alles nur verschwommen: Sie trottete ein Stück in die Wüste hinaus, sah sich dort irgendetwas genau an und kam dann wieder zu mir zurück. Dicht vor mir blieb sie stehen und sah mich auffordernd an. Immer und immer wieder lief sie hin und her, bis ich mich endlich aufraffte, ihr zu folgen. Allein um auf die Füße zu kommen, brauchte ich vier Anläufe. Und als ich es endlich geschafft hatte, lief mir, weil ich den Baumstamm so fest umklammert hatte, das Blut die Arme hinab. Ein gutes Zeichen, wenn man blutet. Immerhin kann man nur bluten, solange man noch atmet. Beruhigt schwankte ich hinter dem weißen Geisterhund her.

Wenige Sekunden später entdeckte ich den Landrover, der

nach links auf die Seite gekippt war. Mein Adrenalinspiegel schnellte in die Höhe: Immer noch von seinem Sicherheitsgurt gehalten, hing Paul starr hinter dem Steuer. Ich hoffte, es wäre noch nicht zu spät und ich könnte ihn vielleicht noch retten. So benommen und verwirrt ich auch war, stürmte ich – halb verrückt vor Angst, nicht rechtzeitig zum Wagen zu gelangen – auf ihn los. Aber schon nach wenigen Metern schlug mir der Gestank entgegen und ich blieb wie versteinert stehen.

Der Gestank einer menschlichen Leiche ist absolut unverkennbar, und man gewöhnt sich nie daran – niemals. Instinktiv duckte ich mich und ging weiter, indem ich einen Fuß vor den anderen setzte und jeglichen Gedanken ausblendete.

Am Wagen angelangt, umkreiste die Weiße ihn argwöhnisch, während ich meinen Rucksack fallen ließ und die letzten paar Meter mit meinem urin- und schweißgetränkten Tuch vor der Nase vorwärts stolperte. Nahe Pauls Kopf war die Scheibe an der Fahrertür so stark zerbrochen, dass nur noch ein paar spitze Scherben im Rahmen steckten. Reglos hing sein Körper im Gurt, und durch die Windschutzscheibe sah ich die dunklen Sprenkel auf seinen Armen, mit denen seine bleiche, gräuliche Haut bedeckt war.

Ich vermied es, sein Gesicht anzusehen, und starrte nur auf das T-Shirt, das ich ihm letztes Jahr zu Weihnachten geschenkt hatte.

Ein reinweißes T-Shirt mit dem total bekloppten Spruch:

Tod dem Rassismus.

Bringt alle um.

Ich bekam von ihm genau dasselbe geschenkt, aber nicht etwa, weil wir im Partnerlook auftreten wollten, sondern weil Jackson eine ziemlich kleine Einkaufsstadt ist und wir beide denselben makaberen Sinn für Humor haben. Nun ist

Pauls T-Shirt mit dunklem, geronnenem Blut verkrustet und wird nie mehr weiß werden. Niemals. Das war im Augenblick alles, was ich denken konnte.

Und außerdem: »Der Wagen steht in Richtung Alice Springs – also hat er es überhaupt nie bis dahin geschafft.«

Wie ein Neuling unter den Cops am Tatort umkreiste die Weiße das Fahrzeug. Endlich hatte ich mich so weit in der Gewalt, dass ich halb kriechend zum Heck des Landrovers vordringen konnte, um einen Blick ins Fahrzeuginnere zu werfen.

Eine der hinteren Türen stand weit offen und über alles hatte sich eine dicke Sand- und Staubschicht gelegt. Ein paar von Pauls Sachen lagen auf dem Boden verstreut: seine Feldflaschen, zwei kleine tragbare Wassertanks und ein Stapel Bettzeug. Ich schnappte mir die Feldflasche, die am nächsten lag. Wasser, welch ein Segen! Am liebsten hätte ich es die Kehle hinuntergestürzt, aber das ließ ich besser bleiben.

Die sengende Sonne fühlte sich auf meiner Haut beinahe tröstlich an. Ich hockte immer noch an der hinteren Tür, starrte in den Innenraum und entdeckte allmählich Einzelheiten, die mir im ersten Augenblick gar nicht so schnell bewusst geworden waren: Das Funkgerät war aus seiner Metalleinfassung an der Reifenausbuchtung gezogen und der Werkzeugkasten aus seiner Halterung am Fahrzeugboden gestemmt worden. Das Gewehr, das Paul immer zwischen den beiden Vordersitzen festgeschnallt hatte, war auch nicht mehr da.

Irgendwer war schon vor mir da gewesen und hatte Pauls Sachen mitgenommen, ihn selbst aber dem Tod überlassen.

Verdammt, wer konnte nur so etwas tun und einen Toten bestehlen? Fußspuren von drei Leuten verlaufen kreuz und quer über das Gelände, und niemand hat versucht, sie zu verbergen. Sie stammen von zwei Erwachsenen – vermutlich Männern mit ziemlich großen Füßen, die Stiefel mit Profilsohlen trugen – und von einem Kind, das barfuß lief. Verfluchte Tat, wer kommt bloß auf die Idee, ein Kind loszuschicken, damit es einen Toten beklaut?

Oder wer lässt es barfuß durch das Spinifex-Gras in der Wüste laufen?

Mistkerle!

Ich schraubte die Feldflasche wieder zu, ging um das Fahrzeug herum und starrte halbblind vor Wut und Trauer durch die Windschutzscheibe. Hier war nichts mehr zu retten.

Ach Paul, verdammt noch mal, konntest du nicht aus einem anderen Grund so lange wegbleiben?

Dann sah ich die Windschutzscheibe erst richtig – denn erst jetzt drang das Bild vollständig in mein Bewusstsein – und ich sah das kleine Loch genau vor dem Fahrersitz.

Jetzt konnte ich dem Anblick von Pauls Gesicht nicht länger ausweichen; ich musste wissen, was passiert war. Also zog ich mir die Manschetten meines langärmeligen Hemdes über die Hände, um sie vor dem glühenden Metall zu schützen, und zog mich mühsam an der Fahrertür hoch. Pauls Leiche hing vornübergebeugt im Gurt. Schon zweimal hatte sich mir ein ähnlicher Anblick geboten, doch damals waren es Fremde, die auf ähnliche Weise von Kugeln getötet worden waren. Diese Kugeln wurden extra zu dem Zweck angefertigt, um Menschen zu töten: Hohlspitzgeschosse, die unmittelbar nach dem Aufprall explodieren. Auf Pauls Stirn befand sich direkt über dem rechten Auge ein kleines Loch von derselben Größe wie das in der Windschutzscheibe. Beim Austritt hatte die Kugel ihm jedoch den Schädel auseinander gerissen. Eine zweite war durch seine rechte Schläfe gegangen.

Hinter seinen Ohren war nichts mehr von seinem Kopf

übrig, nur noch die dunkle Masse von getrocknetem Blut und das, was einst sein Gehirn gewesen und jetzt bereits in Verwesung übergegangen war. Dazwischen klebten starr seine verfilzten roten Locken. Dieser schauderhafte Gestank hat mit dem Mann, den ich kannte und liebte, absolut nichts mehr zu tun. Dieses leblose Etwas kann nicht er sein. Das kann einfach nicht sein. Es ist bestimmt ein Irrtum.

Doch selbst als mein Verstand es leugnet, weiß mein Herz, dass es wahr ist.

Irgendjemand hat Paul ermordet – ihn einfach erschossen und ihm *danach* das Funkgerät und das Gewehr gestohlen und ist dann damit auf und davon gefahren.

9. Tag

Spät am Abend, als der Mond schon lange seine Bahn über den sternenübersäten Himmel zog, spannte ich meine verkrampften Glieder an, stand eine Weile ganz still und schrie dann hinaus in die Dunkelheit. Keine Worte, nur kehlige Laute, wie ein sterbendes Tier sie ausstößt. Ich hörte meine Schreie, aber ich hatte keinerlei Einfluss darauf. Bilder von Pauls aufgedunsenem Körper mischten sich mit denen meiner Mutter, wie sie blutüberströmt und noch warm auf dem Küchenboden lag, während ich mich ihr in die Arme warf und sie anflehte, doch bitte, bitte wieder aufzustehen. Die unerträgliche Stille damals wie heute löste eine neue Welle der Übelkeit in mir aus, und ich würgte so lange, bis ich mich nicht mehr auf den Beinen halten konnte und zusammensackte. An meinem Rücken spürte ich den Wagen, der meinem Geliebten zum Sarg geworden war, raffte mich auf und kroch elend und halb wahnsinnig ins Nichts. Ich wünschte nur noch, dass es zu Ende wäre. Mit einem Mal hatte alles aufgehört.

Plötzlich drang ein leises Scharren und Winseln aus dem Landrover. Mit einem Satz sprang die Weiße auf, spitzte aufmerksam die Ohren und richtete gespannt den Blick auf das Fahrzeug. Ich schleppte mich mit letzter Kraft zu meinem Rucksack und wühlte nach der Taschenlampe. Während das Wimmern anhielt, taumelte ich zur hinteren Wagentür und folgte mit dem Lichtstrahl dem Geräusch zu einem Bündel aus Decken und Laken, das hinter dem Beifahrersitz lag. Vorsichtig kletterte ich ins Fahrzeug und schob mich langsam vorwärts. Die Taschenlampe hielt ich wie einen Knüppel in der Hand, denn ich erwartete, dass jeden Augenblick ein tollwütiges Säugetier auf mich losgehen würde. Aber es rührte sich nichts; selbst das Wimmern ließ nach und ging in ein kaum hörbares trockenes Schluchzen über.

Ich hob das oberste Laken und zog es ruckartig weg – gleichzeitig wich ich mit einem Aufschrei zurück, wobei ich mir die verletzte Rippe an der Reifenausbuchtung stieß. Die Taschenlampe krachte zu Boden und ging aus.

Fieberhaft tastend fand ich sie endlich und richtete den Lichtstrahl erneut auf das Schluchzen. Inmitten all der Laken lag zusammengerollt ein Kind mit leuchtend rotem Haar, das ebenso zerzaust war wie das ihres Vaters. Josie lebte – wenn auch kaum noch, aber sie lebte.

Verdammte Scheiße!

Ich wollte es gerade noch runterschlucken, aber da war es auch schon heraus. In Gegenwart von Kindern benutzt man keine Kraftausdrücke.

»Leute, die fluchen, machen sich vor Angst bald ins Hemd, und das sieht man ihnen auch an, Taliesin. Wenn Kinder in der Nähe sind, halte deine Zunge im Zaum«, war einer der moralischen Grundsätze meiner Mutter. Offenbar nehme ich ihn sehr ernst, was vermutlich stark dazu beiträgt, dass ich Leute frühestens vom Pubertätsalter an mag.

Außerdem verstehe ich diese seltsamen kleinen Wesen nicht. Sie bringen mich ganz durcheinander und machen mich nur nervös. Ich weiß nie so genau, was man mit ihnen anfangen soll. Meiner Ansicht nach sollte das Kinderkriegen solchen Leuten überlassen bleiben, die auch an den Stellen einen Kopfsprung in den Teich wagen, wo das Wasser besonders trüb ist. Leute wie ich eignen sich eher dazu, das Rettungsfloß zu tragen und Wiederbelebungsmaßnahmen einzuleiten, wenn die Verunglückten sich bewusstlos herausfischen lassen müssen.

Trotz des warmen Windes wird mein Körper von einem unbändigen Schüttelfrost ergriffen. Ich bewege mich nur noch aus reiner Willenskraft. Der Gestank ist so unerträglich, dass er mich in die Knie zwingt. Beim Anblick des Landrovers stelle ich mir vor, dass doch zumindest noch etwas von Pauls vertrautem Geruch übrig sein muss, aber das ist leider nicht der Fall. Dieser Gestank hat mit niemandem, den ich kenne – oder kannte –, auch nur das Geringste zu tun. In meiner Kehle formt sich erneut ein Schrei, aber ich halte mir mit beiden Händen fest den Mund zu. Mich packt das blanke Entsetzen. Wenn ich jetzt anfange zu schreien, höre ich nie mehr auf. Josie braucht mich. Ich muss dieses Kind retten. Bei dem Gedanken an ihr zerzaustes Haar kommt mir buchstäblich die Galle hoch und ich lande wieder auf den Knien.

Danach schleppe ich mich so weit zurück, dass ich mich mit dem Rücken an den Wagen lehnen kann, und starre hinaus in die Wüste. Mein Blick trifft auf die Weiße, die mich immer noch furchtlos beobachtet. Ich bin dankbar für ihre Gesellschaft, denn ich schaffe das hier nicht alleine.

Josie liegt immer noch bewusstlos auf ihrem Lager und wimmert. Sie ist die ganze Nacht nicht aufgewacht, nicht einmal, als ich sie aus dem Wagen gezerrt und ihr schluckweise ein wenig Wasser eingeflößt habe. An der Seite, von der der Wind kommt, habe ich neben ihr ein Laken aufgehängt, das ich ständig feucht halte, und jede Viertelstunde wische ich ihren gesamten Körper mit feuchten Tüchern ab. Natürlich habe ich reichlich viel Wasser verbraucht, aber immerhin ist das Fieber gesunken und liegt nicht länger im kritischen Bereich. Als ich Josie fand, hatte sie 40,7. Sie hatte keinen Hitzschlag, war aber in denkbar schlechter Verfassung und hätte es bestimmt nicht mehr lange gemacht. Jetzt hat sie 39,7.

Deshalb glaube ich, dass sie durchhält, aber ich habe keine Ahnung, wie es ihr gehen wird, wenn sie aufwacht.

Den Spuren im Sand und dem ramponierten Wagendach nach zu urteilen, muss der Landrover sich mehrmals überschlagen haben. Nicht zu fassen, dass Josie das überlebt hat – mal ganz abgesehen von den Männern, die ihren Vater umgebracht haben. Vielleicht hielten sie sie für tot oder meinten, sie sei keine Kugel mehr wert. Aber sie kannten Josie nicht, sonst hätten sie bei einem so harten Brocken wie ihr zweimal den Puls gefühlt.

»Bevor ihr Herz nicht stillsteht, gibt sie nicht auf«, hatte Paul stolz gesagt, als sie mal wieder einen ihrer Anfälle hatte, die man nicht so schnell vergisst.

»Bewundernswerte Eigenschaft, solange man nicht selbst davon betroffen ist«, hatte ich entgegnet, denn ich suchte nach einem Vorwand, um aus dem Haus zu gehen. Paul hatte es sofort begriffen und mich gefragt, ob es mir etwas ausmachen würde, in dieser Woche den Einkauf ohne ihn zu erledigen. Noch bevor er den Satz beendet hatte, war ich schon zur Tür hinaus.

Jetzt stöhnt sie wieder, und so geht das schon die ganze Nacht. Ein ungeduldiger Patient. Sogar wenn sie bewusstlos ist, merkt man, was für ein durch und durch verwöhntes Kind sie ist. Da kann ich mich ja auf einiges gefasst machen.

Ach du großer Gott! Vergib mir! Was rede ich da überhaupt? Aber ich schaffe das nicht. *Es geht einfach nicht!* Ich bin ja selbst kaum noch ein Mensch. Wie soll ich mich da noch um ein Kind kümmern? Noch dazu um ein Kind, das vor kurzem mit ansehen musste, wie sein Vater getötet wurde. Ein Kind, das mich noch nicht einmal leiden konnte, als die Welt um uns herum noch in Ordnung war. Ein Kind, das – ja, ich sag's geradeheraus – im bisherigen Leben verhätschelt und verwöhnt wurde bis zum Gehtnichtmehr. Wie zum Teufel soll ich es wohl anstellen, diesem Kind das Leben zu retten?! Wie soll ich uns beide bloß lebend aus dieser Wüste bringen? Dazu müsste sie schon mit mir zusammenarbeiten, aber Josie sperrt sich grundsätzlich gegen alles. Störrischer als sie kann kein Mensch mehr sein.

Herrgott noch mal, bevor sie aufwacht, muss ich mir etwas einfallen lassen, um etwas mütterlicher zu wirken. Verdammte Schei… Gott segne Amerika. Und auch noch ein paar andere Flecken auf dieser Erde, am besten als Erstes diesen hier.

Um etwas gegen das blanke Entsetzen zu tun, das mich gepackt hat, zwinge ich mich, Josie im Schlaf zu betrachten, denn meine Nerven sind bis zum Zerreißen angespannt. Paul meinte, Josie und ich hätten so viele Gemeinsamkeiten, dass wir ihm geradezu wie Zwillinge vorkämen. Ich fand diese Behauptung ziemlich absurd. Ich habe das Gefühl, als müsse Paul hier ganz in der Nähe sein und jeden Augenblick mit einer Tasse Tee oder sonst etwas Zivilisiertem hinter dem Landrover hervorkommen. Diesen leblosen Körper, der da im Fahrersitz hängt, kann ich überhaupt nicht mit ihm in Verbindung bringen. Mein Verstand sagt mir, es könne sich nur um einen üblen Scherz handeln. In Wirklichkeit ist das sicher jemand anders – irgendwer, der wie Paul angezogen ist –, und der richtige Paul tritt bestimmt gleich aus dem Gestrüpp und sagt: »Hallo, mein Schatz, hast du mich vermisst?« Und ich werde ihm wie immer antworten: »Wie kommst du denn darauf? Du bist wirklich enorm von dir eingenommen, dass du dich für so unersetzlich hältst.« Und er wird mir lachend einen Kuss auf die Wange geben, und ich werde froh sein, dass er wieder da ist, denn trotz meiner flapsigen Sprüche vermisse ich ihn jedes Mal, wenn er nicht da ist – und das weiß er auch.

Der warme Wind lässt die Erinnerungen in meinem Kopf verdorren, und ich bin restlos erschöpft und bis in die letzte Faser meines Körpers von diesem widerwärtigen Geruch des Todes durchdrungen. Ich beschließe, Josie weit genug vom Landrover wegzuziehen, damit wir nicht länger diesen Gestank einatmen müssen. Mit den allerletzten Kräften, die ich noch aufbieten kann, zerre ich Jo etwa sechs Meter weit zu den Bäumen und lege sie dort in die schmale versandete Rinne. Josie stöhnt, wacht aber nicht auf. Ich schaffe es gerade noch, einen Unterschlupf für uns zu errichten, und breche endgültig neben ihr zusammen. Schließlich habe ich seit vierundzwanzig Stunden nicht mehr geschlafen. Ich muss schlafen, jetzt sofort, sonst bin ich keinen Pfifferling mehr wert – weder für sie noch für mich.

Eines steht jedoch fest: Dass Josie überhaupt so lange durchgehalten hat, muss man anerkennen. Vermutlich ist das Ganze vor ungefähr einer Woche passiert, und in der Zwischenzeit ist sie sicher meist bei Bewusstsein gewesen. Die Barfuß-Spuren, die hier überall zu sehen sind, stammen von ihr. Sie hat sich über die Müsliriegel hergemacht, die Paul im Handschuhfach aufbewahrt hatte, etliche Feldflaschen geleert, den ganzen Käse und die Beef-Snacks aus ihrem Rucksack aufgegessen und – genauso wie ihr Dad das immer gemacht hat – die Verpackung fein säuberlich in die Vordertasche des Rucksacks gesteckt. Wie sie das alles – während Paul die ganze Zeit dort über dem Lenkrad hing – geschafft hat, ohne total verrückt zu werden, werde ich wohl nie begreifen. Auf jeden Fall kann sie am allerwenigsten eine völlig verängstigte Erwachsene gebrauchen, wenn sie aufwacht. Ich muss also meinen Teil dazu beitragen, damit unsere Spezies erhalten bleibt.

Und das, ohne zu fluchen.

So neu ist mir dieser Gedanke gar nicht, denn gleich bei

meiner allerersten Suchaktion habe ich die Erfahrung gemacht, dass die Teammitglieder, die ständig fluchten, meistens entweder sich selbst oder uns anderen damit nur Schaden zufügten. Wenn Mama wüsste, wie Recht sie hatte. Wie sehr ich auch versucht habe, alles Frühere zu vergessen, bleibt ihr Name meinem Innern doch wie ein Brandzeichen eingeprägt. Lange war ich davor zurückgeschreckt, mich an ihre letzten Tage zu erinnern. Wie tief hatte ich all das in mir vergraben – tief genug, hatte ich gehofft, um nicht daran zu zerbrechen.

Auch wenn ich siebzehn Jahre lang noch so sehr versucht habe, alle Kindheitserinnerungen aus meinem Gedächtnis zu streichen, werde ich mir jetzt wohl oder übel in Erinnerung rufen müssen, was Mama damals mit Dix und mir gemacht hat und wie sie mit uns umgegangen ist. Aber sosehr ich mich auch bemühe, es fällt mir nichts ein. Vielleicht stirbt eine Erinnerung am Ende tatsächlich, wenn man sie nur lange genug verdrängt hat.

10. Tag

Die Nacht ist rasch vergangen. Ich habe mir jede Stunde den Wecker an meiner Armbanduhr gestellt, um Josies Körper mit feuchten Tüchern abzureiben. Mittlerweile ist ihre Temperatur auf 39 Grad gesunken. Sie *muss* es schaffen. Ich werde alles daransetzen, dass sie überlebt.

Um mein Entsetzen im Zaum zu halten, arbeite ich einen Plan aus. Während Josie schläft, schätze ich unsere Lage ab und überlege, wie wir aus dieser Situation herauskommen können. Josie wird natürlich sofort merken, ob ich mir meiner Sache wirklich sicher bin oder ob ich nur bluffe. Kinder durchschauen Erwachsene sehr schnell. Deshalb muss ich, bis sie aufwacht, alles eins nach dem anderen richtig auf die Reihe gebracht haben – so wie kleine Enten ihrer Mutter in Reih und Glied folgen. Ausgerechnet Enten! Hier ist weit und breit kein Tropfen Wasser zu sehen und ich muss ausgerechnet auf so einen Vergleich kommen. Kamele würden schon eher hierher passen. Na gut, dann eben wie eine Kamelkarawane. Ich muss also dafür sorgen, dass unsere Kamele aufgezäumt und marschbereit sind. Genau so muss ich es Josie sagen; das Bild wird ihr sicher gefallen. Ich muss mir Sachen einfallen lassen, die sie zum Lachen bringen. Über Kamele kann sie vielleicht lachen – Paul konnte es jedenfalls.

Dieses Kind hat etwas an sich, was mich immer völlig aus der Fassung bringt. Wenn Josie mich manchmal so ansieht, nützen mir mein ganzes Wissen und meine Intelligenz herzlich wenig, und ich komme mir vor wie ein Volltrottel.

Was soll's? Das wird dann bestimmt nicht das erste Mal sein, dass ich mich wie ein Volltrottel benehme, und sicher auch nicht das letzte Mal. Wie dem auch sei – es ist zu schaffen. Los, Tally, leg dir einen Plan zurecht, denn ein guter Plan entscheidet zu neunzig Prozent über den Ausgang einer Schlacht. Versuche, die Lage genau einzuschätzen, überlege, was dir an Mitteln zur Verfügung steht, und dann präge dem Ganzen deinen Willen auf.

Aber wie man die Sache auch dreht und wendet, unsere Lage bleibt doch ziemlich aussichtslos. Der Landrover zeigt in Richtung Alice Springs, aber nur, weil Paul einen großen Bogen nach Südwesten gefahren ist. Offenbar wurde er verfolgt. Keine Ahnung, warum er umgedreht ist. Vermutlich wollte er versuchen, seine Verfolger abzuschütteln, aber dazu war es bereits zu spät. Bis auf die letzten hundertachtzig Meter waren seine Reifenspuren konstant, dann aber gruben sie sich tiefer in den Sand. Höchstwahrscheinlich hat er Gas gegeben und in wilder Verzweiflung alle möglichen Ausweichmanöver durch die Sträucher unternommen, und zwar so waghalsig, wie ich Paul O'Malley noch nie habe fahren sehen. Das andere Fahrzeug kam von Osten und hielt schnell auf ihn zu. Nach der Größe der Fußabdrücke zu urteilen – fünfundvierzigeinhalb und siebenundvierzig – saßen zwei Männer darin (oder zwei wirklich große Frauen). Jedenfalls waren sie bewaffnet (nach den Einschüssen in Pauls Kopf zu urteilen) und sind noch immer gefährlich (versteht sich zwar von selbst, aber ich muss es mir noch mal ausdrücklich ins Gedächtnis rufen, um auf der Hut zu sein). Die Spuren sind leicht verweht und an manchen Stellen nicht mehr in allen Einzelheiten zu erkennen. Aber aus dem, was noch zu sehen ist, kann man allemal noch darauf schließen, was hier passiert ist.

Sobald der Landrover sich überschlagen hatte, schritten die Männer zur Tat. Einer der beiden blieb an der Fahrertür ihres Fahrzeugs stehen, während der andere zu Pauls Wagen ging, Paul durch die Windschutzscheibe erschoss und sich davon überzeugte, dass er auch wirklich tot war. Dann ging er wieder zurück und blieb stehen. Ich habe alles abgesucht, ob es irgendein Anzeichen dafür gibt, dass die beiden nach der Tat Pauls Wagen geplündert haben. Aber am Heck des Landrovers war nicht die geringste Spur zu sehen. Also stimmte meine Annahme vorhin nicht, dass sie sich hier das Funkgerät und das Gewehr angeeignet hätten. Soweit ich das alles beurteilen kann, feuerte einer der beiden einen Schuss auf Paul ab, ging ans Seitenfenster, schoss noch einmal und trat zurück. Dann kam der zweite Mann dazu. Beide standen kurz vor dem Wagen, drehten sich um und gingen. Aber wann ist der Landrover dann ausgeplündert worden? Etwa schon früher? Aber wie? Sicher hat Paul die beiden doch überhaupt nicht gekannt. Jedenfalls hat er nie erwähnt, dass er hier draußen irgendwelche Freunde hätte. Also müssen es Fremde gewesen sein – Fremde mit einem Gewehr, die nicht davor zurückschreckten, auch Gebrauch davon zu machen.

Ob Paul auf dem Fahrweg südlich von hier auf diese Männer gestoßen ist? Das ist nur wenige Meilen entfernt. Vielleicht war es reiner Zufall, dass er ihnen über den Weg lief? »Die Wüste zieht häufig zwielichtiges Gesindel an, Tal«, hatte er einmal gesagt und mit breitem Grinsen hinzugefügt: »Deshalb passe ich auch so gut hierher, Kleines. Ich bin nämlich auch so ein zwielichtiger Typ!« Wenn ich an dieses Lächeln denke und im Geiste seinen klangvollen Louisiana-Akzent höre, stockt mir der Atem. Nun sitze ich also allein hier, halte Josies Hand, streiche ihr übers Haar und spüre die widerspenstigen Locken ihres Daddys, kämpfe gegen Schwindel und Übelkeit an und fühle mich völlig ausgebrannt. Wie gern würde ich Pauls warmen, männlichen Duft wahrnehmen, aber in der Luft liegt nur der süßliche, ekelerregende Hauch des Todes.

Plötzlich springe ich unvermittelt auf und durchwühle meinen Rucksack nach Pauls Hemd. Ich halte es mir dicht an die Nase und versuche, seinen Geruch in mich aufzusaugen – seinen wahren Geruch, den Duft des lebendigen, atmenden Paul, der mich zum Lachen und zum Weinen und immer wieder aufs Neue dazu gebracht hat, ihn zu lieben.

Am Tag seiner Abreise fuhr ich vom Flughafen zurück nach Hause und fand auf dem Tisch ein Carepaket und auf dem Stuhl an meiner Seite des Bettes sein Lieblingshemd – sein und mein Lieblingshemd, dieses alte blaue Flanellhemd, das ich ihm regelmäßig stibitzte. Der Stoff trug noch seinen Geruch. Ohne lange nachzudenken, streifte ich damals meine Kleidung ab, schlüpfte in sein abgetragenes, verblichenes Hemd, krabbelte auf seine Seite des Bettes und weinte mich in den Schlaf. Dieses Hemd habe ich nie gewaschen, niemals. Hätte jemand auch nur den Versuch gewagt, hätte ich ihn verprügelt. Wohin auch immer ich ging, ganz gleich, wie das Wetter war – stets habe ich es mitgenommen. Den ganzen Weg von Wyoming bis hierher habe ich es mitgeschleppt und wollte es ihm nicht mehr zurückgeben. Es ist das einzige unnütze Teil, das ich aus dem Camp mitgenommen habe – unnütz deshalb, weil man hier keinen Flanell braucht.

Und doch ist es für mich unentbehrlich – so lebensnotwendig wie die Luft zum Atmen.

Es riecht immer noch nach ihm. Ich lege es zusammen, vergrabe meine Nase tief in den weichen Stoff und sauge begierig auf, was mir noch von dem einzigen Menschen geblieben ist, der auch die letzte Mauer um mein Herz durchbrochen hat.

Ich kann ihn förmlich spüren, so nah ist er mir, und ich höre ihn mit seiner tiefen, einfühlsamen Stimme, die ich nur allzu gern gegen diejenige des lebenden Paul eintauschen würde, zu mir sagen: »Alles wird wieder gut, Tal, ganz bestimmt.«

Das hat er ständig gesagt, und das Komische daran ist, dass ich ihm – was auch geschah – immer geglaubt habe.

Sogar hier glaubt etwas in mir ihm auch jetzt noch.

Ganz plötzlich dreht der Wind und wieder umgibt uns dieser abscheuliche Gestank des Todes. Augenblicklich werfe ich das Hemd zurück in den Rucksack und stopfe es ganz nach unten, damit es nicht den Geruch der bitteren Wahrheit annimmt. Als der Rucksack schon halb im Sand vergraben ist, halte ich inne und muss furchtbar schluchzen. Ich erschrecke über mich selbst, denn ich versuche hier gerade, den Geruch des lebenden Paul von dem des toten fern zu halten. Wie verrückt muss man sein, um so etwas zu tun?!

Hör auf damit, Tally! Hör auf! Du kannst dich nicht völlig deiner Trauer überlassen! Verdammt noch mal, lass dich nicht unterkriegen. Du musst diesem Kind das Leben retten, und diese scheußliche rote Wüste ist dabei noch das geringste Problem. Du kannst es dir nicht erlauben, jetzt einfach zusammenzubrechen.

Josie schläft friedlich und ahnt nichts von meinem inneren Aufruhr. Meine Planung kann ich auch später noch fortführen. Zuerst zerre ich den Rucksack wieder aus dem Sand, lege meinen Kopf darauf und drehe mich auf die Seite. Ich sehe in Josies Kindergesicht und will ihr leicht über die Wange streicheln. Aber im letzten Augenblick ziehe ich die Hand wieder zurück. Es wäre zu schade, wenn sie durch die Berührung aufwacht.

Schlaf ist heilsam, und du brauchst deinen Schlaf, mein Kleines. Deinen Vater habe ich schon verloren, dich will ich nicht auch noch verlieren.

Das kurze Nickerchen hat gut getan. Ich fühle mich wieder mehr wie ich selbst. Jetzt sehe ich die Dinge klarer und bearbeite den Fall wie ein Ranger, was ich ja schließlich auch bin.

Vermutlich ist Folgendes passiert: Diese Männer hatten offenbar keine guten Absichten, als Paul ihnen mit Josie zufällig über den Weg lief. Paul war grundsätzlich immer viel zu gutgläubig. Falls sie eine Panne vorgetäuscht und ihm zugewunken haben, hätte er mit Sicherheit sofort angehalten, um ihnen zu helfen. Das hat er immer getan, dieser verdammte Idiot. Ich habe gewusst, dass es ihn eines Tages in Schwierigkeiten bringen würde. Aber er hat mich nur ausgelacht und gesagt, er würde lieber mal kurz in Schwierigkeiten geraten als sich ständig in der unangenehmen Lage zu befinden, seinen eigenen miesen Charakter ertragen zu müssen. Verdammter O'Malley! Wie konntest du mich – besser gesagt uns – nur in eine solche Lage bringen und uns hier allein zurücklassen!

Schluss damit, Nowata. Hier geht es um mehr als nur darum, ein paar Tage in einer ausgetrockneten Wüste zu überleben. Du kannst deine Kraft nicht dafür verschwenden, über Paul zu wettern. Geh von den Tatsachen aus und überleg dir, was du daraus machen kannst.

Paul ist tot. Irgendjemand hat ihn erschossen. Davor hat irgendwer irgendwo den Landrover ausgeplündert, der bestimmt bis oben hin mit frischen Vorräten voll geladen war. Jetzt sind sie jedenfalls nicht mehr da. Paul war über zwei Wochen weg, und selbst wenn er in der Stadt aufgehalten wurde, war er immer noch eine Woche überfällig. Ob diese Kerle ihm wohl schon vor über einer Woche aufgelauert und ihn in die Falle gelockt haben? Aber warum? Wozu nur? Was wollten sie von einem harmlosen Ökologen mit einem Kind? Essensvorräte für einen ganzen Monat, ein Funkgerät, das seine Mucken hat, ein Gewehr und ein Betäubungsgewehr kann man sich auch auf einfacherem Wege beschaffen. Wie ist es Paul nur gelungen, ihnen zu entkommen? Ob es hier irgendwo in der Nähe noch mehr von diesen Typen gibt? Vielleicht so eine Art Basiscamp für Wilderer oder so was Ähnliches? Oder sind die beiden Kerle etwa auf der Flucht vor der Polizei? Doch womöglich sind sie noch nicht einmal polizeilich erfasst? Keine Ahnung.

Ich weiß lediglich, dass sie Paul eingeholt haben, sonst weiß ich gar nichts. Zum Beispiel weiß ich nicht, warum sie Josie am Leben gelassen und warum sie den Landrover nicht mitgenommen haben. Immerhin war er fast neu, als Paul ihn nach seiner Ankunft hier gekauft hat. Und dann hatte er noch jede Menge Geld aus seinem Stipendium in den Wagen reingesteckt, um ihn wüstentauglich zu machen. Also ist er schon einiges wert. Mit einer Winde hätte man ihn relativ leicht wieder aufrichten und ohne weiteres von hier wegfahren können. Warum also haben sie nicht wenigstens das gemacht? Doch vermutlich hatten sie keine Winde. Der Landrover läuft ihnen ja auch nicht weg, und offenbar haben sie genug Zeit.

Genau, das ist es! Sie haben genug Zeit. Sie werden also wiederkommen. Bestimmt werden sie ein Fahrzeug, das fünfzigtausend Dollar wert ist, nicht einfach hier liegen und verrotten lassen. Die kommen auf jeden Fall wieder zurück, und bis dahin müssen wir hier weg sein. Ich muss alles ganz genau überdenken und mir einen konkreten Plan machen.

Bei den wenigen Mitteln, die uns zur Verfügung stehen, sieht unsere Lage so düster aus, dass man in tiefe Verzweiflung versinken könnte, aber dazu fehlt mir die Zeit. Dennoch sehe ich einfach keine Möglichkeit, wie ich uns beide lebend aus dieser Wüste herausbringen könnte.

Unser Hauptproblem ist nach wie vor das Wasser, das bei

weitem nicht ausreicht. Da der Kühler noch intakt war, habe ich ein Loch hineingebohrt und etliche Liter aufgefangen, um damit kalte Umschläge für Jo zu machen. Auf diese Art sparen wir unser kostbares Trinkwasser. Der Wassertank, den Paul mitgenommen hatte, um ihn wieder aufzufüllen, ist verschwunden. Die beiden Fünfundsiebzig-Liter-Wasserbehälter, die er im Landrover befestigt hatte, befinden sich jedoch noch an Ort und Stelle und sind noch in ihre angeschweißte Halterung geklemmt. Einer dieser Behälter ist jedoch schon leer und der andere ist halb leer. Somit haben wir höchstens noch siebenunddreißig, mit etwas Glück vielleicht auch noch fünfundvierzig Liter – aber von Glück kann in unserer Lage wohl kaum die Rede sein, also gehen wir lieber von siebenunddreißig aus. Ich bin sicher, dass die Behälter randvoll waren, als Paul Alice Springs verließ. Er denkt grundsätzlich immer an alles und ist stets bestens auf alle Eventualitäten vorbereitet. Aber es sieht so aus, als hätte Josie versucht, ihren überhitzten Körper mit dem Wasser abzukühlen, indem sie sich und ihre Kleidung damit begossen hat. Und das gleich mehrmals – und zwar so oft, dass sie damit hundertdreizehn Liter verbraucht hat.

Jedes Fetzchen Stoff im hinteren Teil des Fahrzeugs ist zerknautscht und zerknittert – so sieht es aus, wenn Stoff zum wiederholten Male an der Luft getrocknet ist. An manchen Stellen sind auch Wasserflecke zurückgeblieben. Bei ihrem Anblick wird mir ganz elend. Diese zusätzlichen hundertdreizehn Liter wären in dieser gottverlassenen Wüste vielleicht das Zünglein an der Waage gewesen. Andererseits hätte Josie sonst die letzte Woche vermutlich erst gar nicht überlebt. Und wer weiß, ob ich – so wie es in den vergangenen Tagen um meinen Verstand bestellt war – beim Anblick von hundertfünfzig Litern Wasser nicht vielleicht auch auf die Idee gekommen wäre, ausgiebig zu duschen. Dann würde es uns jetzt auch nicht besser gehen. Ich frage mich bloß, warum die Männer diese Behälter nicht mitgenommen haben. Vielleicht war es ihnen zu anstrengend. Vermutlich waren es Opportunisten, die nur das mitgehen ließen, was wertvoll und leicht zu haben war, während sie sich erst gar nicht mit Dingen abgaben, bei denen sie sich abmühen mussten.

Viel wahrscheinlicher ist allerdings, dass sie die Wasserbehälter erst später zusammen mit dem Landrover mitnehmen wollten.

Wir müssen so schnell wie möglich von hier weg. Sollten wir noch da sein, wenn die hier auftauchen, brauchen wir uns um alles Weitere sowieso keine Gedanken mehr zu machen.

11. Tag

Heute habe ich mich wieder unter Kontrolle. Zwar bin ich noch nicht ganz auf der Höhe, aber zumindest so weit, dass ich allmählich wieder meine eigene Kraft spüre. Mir ist immer noch ziemlich schwindelig, und ich bin noch so schlapp, dass ich nach jeder Anstrengung ein zehnminütiges Nickerchen einlegen muss, um danach weitere zehn Minuten arbeiten zu können. Aber ich bin schon viel ruhiger und viel mehr ich selbst. Vor allem bin ich nicht mehr so ausgetrocknet, und das ist ein weit angenehmeres Gefühl, als ich es mir je hätte träumen lassen. Die Binsenweisheit, dass man das Wasser erst dann vermisst, wenn der Brunnen bereits trocken ist, kann ich nur bestätigen. Ich jedenfalls werde Wasser nie wieder als etwas Selbstverständliches ansehen.

Ab sofort besitze ich sieben Sinne, und der primäre gilt ganz dem Wasser, denn ohne Wasser funktionieren auch alle übrigen Sinne nicht. Ich bin wirklich sehr froh, dass ich diese so überaus wichtige Lektion gelernt habe. War auch höchste Zeit. Solange man noch klar genug bei Verstand ist, um etwas zu lernen, ist es noch relativ gut um einen bestellt. Immerhin ist die Fähigkeit zu lernen weit höher angesiedelt als die Fähigkeit zu atmen oder zu bluten. Lernen heißt, aktiv am Geschehen teilzunehmen. Und nach einiger Zeit kann man gleich viel besser mit der Situation umgehen.

Auch wenn ich vielleicht noch nicht alles unter Kontrolle habe, bin ich doch auf dem besten Wege dazu. Man kann das betrachten, wie man will, aber ich nenne es einen *Fortschritt*.

Josie hat inzwischen eine Körpertemperatur von siebenunddreißigeinhalb Grad und endlich einen tiefen, ruhigen Schlaf. Somit ist sogar unsere körperliche Verfassung bei weitem nicht mehr so trostlos wie noch vor vierundzwanzig Stunden. Theoretisch könnte ein vernünftiger Mensch vermutlich aber auch das genaue Gegenteil behaupten und sagen: Solange ich allein war, hätte ich zumindest noch eine geringe Chance gehabt, der Wüste lebend zu entrinnen; jetzt sei diese Chance jedoch gleich null. Ich kann mir zwar selbst noch nicht vorstellen, wie das zusammen mit einem Kind überhaupt gehen soll, aber Jo lebt und ich lebe. Und das bedeutet für mich – wie für jeden, der auf dem Gebiet der Such- und Rettungsarbeit etwas taugt –, dass die Chancen gar nicht so schlecht stehen. Jed hat sich immer darüber amüsiert, dass eine Situation, in der es fünfzig zu fünfzig stand, für mich der Ansporn war, das Äußerste zu leisten. Mal sehen, ob er immer noch Recht hat.

Letzte Nacht habe ich mir aus einem der Schlafpolster im Wagen eine feste Leibbinde gemacht, die meiner gebrochenen Rippe eine zusätzliche Stütze gibt. Sie schmerzt zwar immer noch stark, aber der Schmerz lässt sich besser aushalten. Auch meine zerkratzten Arme sind immer noch wund, aber die Kratzer verheilen allmählich. Je weniger ich jammere, desto weniger Beschwerden habe ich – vermutlich ist das mit dem Schmerz grundsätzlich so.

Mit Wasser und etwas Nahrung sieht die Welt gleich wieder besser aus. Im Landrover habe ich ein Päckchen gekörnte Hühnerbrühe gefunden und mir um Mitternacht etwas davon in einer Tasse Wasser aufgelöst. Vier geschlagene Stunden habe ich gebraucht, um sie zu trinken, aber mir hat im Leben noch nie etwas so gut geschmeckt. Auch für die Albinohündin habe ich ein Loch in den Sand gegraben, es mit Plastik ausgelegt und etwas Wasser hineingeschüttet. Sie leckte alles bis auf den letzten Tropfen aus und wartete geduldig auf mehr. Seit wir wegen des Essens quitt sind – Singvogel gegen Wallaby – und ich bei diesem Deal noch am besten abgeschnitten habe, ist es nur gerecht, ihr zumindest etwas von dem Wasser abzugeben. Sie sieht das offenbar genauso. Unser anfängliches gegenseitiges Misstrauen hat sich jedenfalls deutlich gelegt.

Ich weiß nicht so recht, was ich überhaupt von ihr halten soll, da ich selbst nie einen Hund hatte. Eigentlich wollte ich auch nie einen, nachdem ich mit ansehen musste, wie mein Vater mit dem einzigen Hund, den meine Mutter je besessen hatte, umgegangen war. Aber ab und zu werfe ich diesem wilden weißen Mädchen einen Blick zu und ein ungewohntes Gefühl von Verbundenheit durchzuckt mich. Immer wenn sie in der Nähe ist, stehe ich gleich ein wenig aufrechter und bin innerlich viel gelassener als sonst. Sobald sie fort ist, wartet etwas in mir stets darauf, dass sie zurückkommt. Solange sie hier ist, bin ich wenigstens nicht allein. Wenn ich ihr etwas von dem Wasser abgebe, sieht sie mich vielleicht als eine Art von Zuhause an. Und das bisschen, was sie trinkt, wird für Jos und mein Überleben nicht ausschlaggebend sein. Doch selbst wenn es so wäre, würde ich das Wasser mit ihr teilen. Noch vor drei Wochen wäre mir das völlig absurd erschienen, aber heute ist es für mich das Selbstverständlichste der Welt.

Schon merkwürdig, so ein Haustier zu haben. Ich habe Leute von ihren Haustieren reden hören, und allmählich verstehe ich, was sie meinen. Durch die Weiße fühle ich mich lebendig. Ganz egal, ob ich müde oder wütend bin, fluche oder weine, strauchle und hinfalle oder mit festem Schritt voranschreite – alles, was ich tue, ist immer gut genug. Was heißt hier weniger Misstrauen – ich bin heilfroh, dass sie hier ist. Ich glaube, gemeinsam werden wir es schaffen, dieses Kind in Sicherheit zu bringen.

Heute Morgen habe ich den gesamten Landrover durchwühlt und alles, was ich nur finden konnte, vor dem Fahrzeug auf dem Boden ausgebreitet. Viel war es nicht.

Zu essen haben wir nun zwei Päckchen gekörnte Suppe und ein kleines Päckchen gefriergetrocknete Erdbeeren, eine Schachtel Rosinen, eine Hand voll Studentenfutter und einen faustgroßen Packen selbst gemachtes, in Streifen geschnittenes, gesalzenes und ofengetrocknetes Kängurufleisch. Paul hat das Zeug sehr gern gegessen.

An Ausrüstungsgegenständen fand ich Folgendes: eine leichte Schaufel, die mir künftig das Graben mit den Händen erspart, mehrere Baumwolllaken und ein paar Matten – also viel mehr Bettzeug, als wir überhaupt gebrauchen oder tragen können –, einen Strick und eine Rolle durchsichtiges Klebeband, dreieinhalb Liter Motoröl, das ich aus dem Fahrzeug habe ablaufen lassen, zwei Seitenspiegel, eine kurze Hose, ein bisschen Draht, der am Motor befestigt war, Pauls Schlitten für seine Ausrüstung, Gurte und die beiden Fünfundsiebzig-Liter-Wasserbehälter.

Der Schlitten ist geradezu ein Geschenk des Himmels. Für seine Konstruktion hatte Paul eine Bahre, wie sie zur Standardausstattung der Bergwacht gehört, in zwei Teile zersägt, leichte Kufen angeschweißt und zusätzlich noch ein paar abnehmbare Räder montiert. Mit diesem Schlitten konnte er seine Ausrüstung so hinter sich herziehen, wie wir Verletzte transportieren, wenn wir uns in den Grand Tetons weitab der Pisten auf Skipatrouille befinden. Mit den Kufen funktioniert das auch ganz gut hier auf dem Sand. Wo starkes Gestrüpp ist, kann ich dann die Räder runterklappen, damit er besser läuft. Das einzige Problem ist nur das Gewicht – das Gewicht und der Gurt.

Allein das Wasser wiegt fast fünfundvierzig Kilo. Dazu kommen noch mein Rucksack und Josie – etwa weitere fünfunddreißig Kilo. Selbst wenn ich in Bestform bin, ist das eine anständige Ladung, und in meinem jetzigen Zustand erst recht. Pauls Gurt besteht nur aus einem leichten Gürtel, der bei mir jedoch nicht in der Taille sitzt, sondern mir bis auf die Hüften rutscht, was in Anbetracht meiner verletzten Rippe sogar ganz gut ist. Müsste ich das gesamte Gewicht von der Taille aus ziehen, würde ich sofort zusammenbrechen und laut losheulen. Aber auch wenn der ganze Druck auf den Hüften lastet, ist es immer noch sehr schwierig.

Nach einiger Überlegung habe ich mir aus dem Strick zwei mit Baumwollstreifen umwickelte Träger gemacht und an den Gürtel montiert, die ich mir über die Schultern streifen kann. Dadurch konzentriert sich der Druck beim Ziehen nicht nur auf die Taillengegend, sondern wird auf den gesamten Oberkörper verteilt. Trotzdem schmerzt es noch genug. Zu schade, dass ich den verflixten Köter nicht darauf abrichten kann, die Ladung zu ziehen. Das wäre doch eine gute Verwendung für einen Hund. Ich schaue die Weiße an und überlege mir, ob ich sie nicht als Lasttier einsetzen könnte, falls ich ihr Satteltaschen oder einen Stockschlitten zurechtbastele. Aber sie ignoriert mich völlig und streckt sich nur lang aus, um ein Schläfchen zu halten. Seltsamerweise wirkt das beruhigend auf mich.

Ich habe mir unsere Chancen genau ausgerechnet. Da ist zum einen der Fahrweg, der mir ziemlich verlockend erscheint. Wäre ich allein, würde ich ihn sicher benutzen. Mit dem Wasser, das wir jetzt haben, käme ich hier bestimmt heil heraus oder zumindest bis in die unmittelbare Nähe einer Stadt. Aber wenn ich noch ein Kind ziehen muss? Ausgeschlossen. Dafür würde das Wasser niemals ausreichen. Außerdem wären wir eine leichte Beute für diese Männer, denn man brauchte nicht mal ein guter Spurenleser zu sein, um unsere Fußabdrücke zu sehen. Falls sie ein Nachtsichtgerät haben, wären sie schon über uns hergefallen, noch bevor wir sie überhaupt bemerkt hätten. Das scheidet also schon mal aus. Wir werden lieber in der Wüste bleiben. Darauf kommen die nie! Kein Mensch, der seine fünf Sinne beisammen hat, käme je auf die Idee, zu Fuß quer durch die Wüste zu marschieren. Aber eben weil diese Vorstellung so absurd ist, müssen wir genau das tun.

Zwischen uns und der nächsten Siedlung sind drei weitere Wasserstellen auf der Karte eingezeichnet. Wenn ich von dieser Route jeweils um zehn Meilen oder mehr abweiche – falls ich dazu überhaupt in der Lage bin –, sind es sogar fünf. Ich werde zunächst den direkten Weg nehmen. Sollten wir jedoch eine der Wasserstellen nicht finden, können wir immer noch einen Umweg machen. Außerdem sind noch zwei alte menschliche Niederlassungen in der Karte eingezeichnet, aber so große Umwege kann ich mir nicht erlauben, da beide circa dreißig Meilen abseits unserer normalen Route liegen. Wenn diese Siedlungen nicht mehr bewohnt sind, ist das Wasser vermutlich ohnehin längst in unerreichbare Tiefen versickert. Und wenn solche Leute da hausen wie die, die das hier zu verantworten haben, sollten wir wohl besser nicht unmittelbar vor ihrer Haustür aufkreuzen.

Ich muss mich nur besser in diese Umgebung hineinversetzen, als ich es in den vergangenen Wochen getan habe. Vor allem darf ich mich nicht länger gegen die Wüste sträuben und muss aufhören, ständig Vergleiche mit dem Hochgebirge zu ziehen und meine mangelnden Kenntnisse der hiesigen Gegebenheiten zu beklagen. Natürlich ist hier alles anders und mir völlig fremd. Aber schließlich befinde ich mich noch auf demselben Planeten, auf dem ich geboren bin, und es gibt keinen Grund, weshalb ich hier nicht zurechtkommen sollte. Ich muss die Grenzen meines eigenen Verstandes überschreiten und endlich außerhalb meiner gewohnten

Gleise denken. Ich muss mich ganz in meine neue Umgebung versenken und mich getrost dieser Wüste überlassen. Statt gegen das Land zu kämpfen, wovon Großmutter Haney mir immer dringend abriet, muss ich mir einen Plan zurechtlegen und ihn dann auch durchziehen.

Das alles muss jedoch noch etwas warten, denn zuallererst brauche ich ein wenig Schlaf und den Mut, mich um Paul zu kümmern.

Schließlich kann ich ihn nicht so dort im Wagen hängen lassen. Ich muss zusehen, wie ich mich für diese schwere Aufgabe rüsten kann. Sobald es dunkel wird, muss ich ihn beerdigen. Ich kann ihn nicht einfach da hängen lassen; allein der Gedanke daran macht mich schon halb wahnsinnig. Irgendwie kann ich überhaupt nicht mehr richtig denken. Das Bild meiner Mutter – wie sie mit blauen Flecken übersät blutüberströmt auf den kalten Küchenfliesen lag – mischt sich mit denen von Pauls Gesicht und dem roten Sand. Tief im Innern fange ich wieder an zu zittern und wende mich von den wütenden Händen meines Vaters ab. Und ich hatte geglaubt, ich hätte das alles längst verarbeitet und hinter mir gelassen. Von diesen schrecklichen Ereignissen trennt mich fast der halbe Globus und beinahe ein ganzes Menschenalter liegt dazwischen – und doch sind sie mir so stark gegenwärtig wie eh und je.

Ich muss ihn beerdigen. Teile dir die Aufgabe in kleinere Schritte ein und nimm einen nach dem anderen in Angriff. Lass dich nicht unterkriegen.

12. Tag

Von Regen und Überflutungen habe ich geträumt, von Hochwasser, das bis zur Taille reicht. Ich habe Pauls Leichnam und Josie in einem Kanu hinter mir hergezogen und versucht, seichteres Wasser zu erreichen. Und die ganze Zeit über flüsterte meine Mutter mir ins Ohr: »Du kannst deine Vergangenheit überleben, Taliesin.« Dann schlugen die Wassermassen über ihrer Stimme, dem Kanu und mir zusammen, und ich wachte hustend und keuchend auf.

An diesem Morgen versuchte ich, Paul zu begraben, denn das war das einzig Richtige. Ich hatte sogar schon angefangen, eine Grube auszuheben. Aber plötzlich wurde mir klar, dass ich das bisschen Kraft, das mir noch blieb, nicht darauf verschwenden konnte, ihn aus dem Gurt zu schneiden und aus seinem derzeitigen Grab zu ziehen. Jemanden zu beerdigen ist reiner Luxus, denn es bedeutet eine Menge Arbeit. Das bekommt man zwar zu Hause nie gesagt, aber dennoch ist es so.

Außerdem, falls diese Männer zurückkommen, sollten sie besser gar nicht erfahren, dass ich hier war. Also kommt eine Beerdigung nicht in Frage. Mehrere Stunden habe ich jetzt daran gearbeitet, dass alles wieder so aussieht, als gäbe es mich gar nicht. Unsere Ausrüstung habe ich zusammengepackt und nach Süden geschafft, damit wir bei Sonnenuntergang gleich aufbrechen können. Die Laken im Fahrzeug habe ich zusammengeknüllt und leicht mit Sand bestreut, meine Fußabdrücke verwischt, überall trockenes Laub und Geäst verstreut und den Abfall aus Josies Rucksack auf dem Boden des Landrovers verteilt. Vielleicht glauben sie ja, Jo hätte mit den Lebensmitteln hier ein paar Tage durchgehalten und wäre dann auf eigene Faust losgezogen – natürlich in den sicheren Tod. Ein kleines Mädchen hat hier draußen keine Chance. Sie werden ihr bestimmt nicht folgen, denn sie wissen genau, dass es nicht nötig ist.

Um ganz sicherzugehen, dass die Männer mir diese Version abnehmen, habe ich mir noch die Mühe gemacht, mit Josies Fußabdrücken eine falsche Fährte zu legen, die in den Busch hinausführt. Ein guter Spurenleser würde allerdings sofort merken, dass ein Erwachsener die Schuhe nur zur Hälfte anhatte, denn für ein Kind sind die Abdrücke viel zu tief. An manchen Stellen ist mein Fuß seitlich abgerutscht, so dass ich den Abdruck erneuern musste. Einem guten Spurenleser würden, wie gesagt, all diese Einzelheiten nicht entgehen, aber einem normalen Menschen würde nichts Ungewöhnliches auffallen. Ich betete, diese Männer möchten zu den Normalsterblichen gehören, und tat mein Bestes, ihnen etwas vorzuschwindeln. Die ganze Zeit über hat Josie immer noch tief und fest geschlafen. Im denkbar ungünstigsten Augenblick heute Vormittag – Kinder haben grundsätzlich ein unfehlbares Gespür dafür – wachte sie auf.

Ich kauerte gerade außerhalb unseres schattigen Unterschlupfs auf Händen und Knien und musste wieder einmal würgen, als ich ihre Stimme schwach, aber fordernd, vernahm.

»Spuck dein Essen lieber nicht aus. Wir haben nämlich nicht mehr viel.« Jo saß aufrecht da und betrachtete die neben ihrem Schlaflager aufgeschichteten Lebensmittel.

Einfach so. Vom beinahe sicheren Tod erwacht, schätzt sie von einer Sekunde auf die andere die Lage richtig ein und maßregelt eine Erwachsene, die sie ganze sechs Monate lang nicht mehr gesehen hat. Ich brauchte eine Weile, um mich so weit zu fassen, dass ich darauf reagieren konnte. Mittlerweile hatte Josie ihren Befehl aber noch zweimal wiederholt. Jetzt weiß ich, warum ich keine Kinder habe, dachte ich verärgert, biss mir aber fest auf die Zunge und sagte nur: »Na ja, du scheinst dich ja wieder besser zu fühlen.«

»Nein, ich habe Hunger.«

»Gut. Direkt neben dir liegen sechs Erdbeeren, ein paar Streifen Trockenfleisch, Rosinen, Studentenfutter und etwas Suppe. Was hättest du denn gern?«

»Tütensuppe mag ich nicht.«

»Dann such dir halt was anderes aus.«

Jo warf mir einen finsteren Blick zu, nahm das getrocknete Kängurufleisch und begann, an einem der Streifen zu saugen.

Die Albinohündin lag in der Nähe im Schatten einer Akazie und beobachtete aufmerksam dieses kleine Menschlein. Als Josie das Tier erblickte, meinte sie: »Wusste gar nicht, dass du einen Hund hast.«

Ich zuckte nur mit den Schultern und murmelte etwas Albernes wie: »Sie ist ja auch neu.«

Jo neigte den Kopf zur Seite und betrachtete die Weiße eingehend. Dann riss sie ein Stückchen Trockenfleisch ab und hielt es ihr hin, aber die Weiße rührte sich nicht vom Fleck.

Josie sah mich missbilligend an und zog die Stirn kraus. »Du solltest deinem Hund bessere Manieren beibringen.«

Dazu fiel mir nun überhaupt nichts ein, was ich hätte erwidern können. Also sah ich nur schweigend zu, wie sie zu dem Dingoweibchen hinkrabbelte und ihr den Fleischstreifen ziemlich nah vor die Vorderpfoten legte. Dann kroch sie zu ihrer Schlafstatt zurück, wischte sich die Hände ab und wartete. Die Albinohündin schnüffelte an dem Dargebotenen, warf uns beiden einen intensiven Blick zu und fraß das Fleisch. Jo nickte.

»Bringst du ihr also nun Manieren bei?«, fragte sie.

Bevor mir eine Antwort einfiel, insistierte sie: »Ja oder nein?«

»Eigentlich nicht«, antwortete ich unwillkürlich. »Ich hatte gedacht, dass du dich vielleicht besser dazu eignest als ich.«

Josie warf die Lippen auf, überlegte kurz und nickte wieder. »*Ich* habe ja Manieren«, sagte sie in einem Ton, der keinerlei Zweifel daran ließ, dass sie mir offenbar fehlten.

Ich sitze da und komme mir vor wie ein Holzklotz. Jo besitzt die einzigartige Fähigkeit, mir in null Komma nichts das Gefühl zu vermitteln, gehemmt und einfältig zu sein. Ich hatte vor, sie zu trösten, und komme jetzt nicht mal dazu, auch nur ein einziges vernünftiges Wort einzuwerfen. Bisher hat Jos Blick den Landrover gemieden. Ob sie sich vielleicht an gar nichts mehr erinnert? Während ich noch überlege, ob ich die jüngsten Ereignisse zur Sprache bringen oder lieber ruhen lassen soll, beobachte ich, wie sie die Hündin betrachtet, und plötzlich kommt mir eine – wie ich finde – gute Idee.

»Eigentlich gehört sie mir gar nicht, Jo, sondern lungert nur hier herum. Was hältst du davon, wenn du sie nimmst und erziehst? Das wäre doch gar nicht so schlecht, oder?«

Josie zieht die Nase kraus und starrt auf das Dingoweibchen. Da sie so gar nicht auf meinen Vorschlag eingeht, frage ich schließlich: »Na, was hältst du davon, Kid?«

»Nenn mich nicht Kid! Ich bin kein Kid! Ein Kid ist ein kleiner Ziegenbock und kein Mensch!«

Ich will gerade etwas zu meiner Entschuldigung murmeln, als Jo mir auch schon über den Mund fährt: »Ich weiß nicht mal, ob ich überhaupt einen Hund haben will.«

»Oh«, erwidere ich bedrückt. Ich weiß einfach nicht, was ich als Nächstes sagen soll, und platze daher mit dem Erstbesten, was mir gerade einfällt, heraus: »Letztes Jahr hast du dir doch noch einen Welpen gewünscht.«

»Ja, einen Welpen. Ich möchte einen *Welpen* und keinen ausgewachsenen Hund ohne Manieren.«

»Ach so.«

Josie rümpft die Nase und beobachtet mit zusammengekniffenen Augen die Weiße, die auf ihren Hinterläufen sitzt und neugierig, ja beinahe sogar freundlich wirkt.

»Ich werde darüber nachdenken und dir morgen Bescheid sagen«, sagt sie, während sie ihren Blick auch nicht eine Sekunde von der Albinohündin abwendet.

Erleichtert atme ich auf und bemühe mich, mucksmäuschenstill zu sein. Die erste Hürde haben wir genommen – heil und unversehrt und ohne dass einer von uns beiden geschrien hätte. Ist doch immerhin etwas.

Nach einer Weile tastet Jo nach den Erdbeeren, und während sie weiter auf dem Streifen Trockenfleisch herumkaut, schiebt sie sich eine in den Mund. Jetzt bleiben noch fünf. Unwillkürlich zähle ich mit. Ich weiß, es ist kleinlich, aber ich kann nichts dafür. Mir läuft das Wasser im Mund zusammen, und ich grüble nach, ob ich ihr nicht irgendetwas Mütterliches sagen könnte, aber außer dem Mitzählen der schwindenden Erdbeeren fällt mir absolut nichts ein. Josie hört erst auf zu essen, als nur noch eine einzige Erdbeere übrig ist.

»Die ist für dich«, sagt sie. »Ich will sie nicht mehr. Also iss du sie, damit sie nicht schlecht wird.«

»Die ist gefriergetrocknet, die kann gar nicht schlecht werden.« Etwas Blöderes hätte mir wohl kaum dazu einfallen können.

»Trotzdem musst *du* sie essen.«

Ich krieg gleich die Krise. Wortlos starre ich sie an und weiß nicht, was ich davon halten soll. Völlig ungerührt sitzt Josie da und sieht mich an, bis ich die Erdbeere endlich runtergeschluckt habe. Dann legt sie sich wieder hin, dreht sich auf die Seite und sagt: »Würdest du jetzt bitte ruhig sein. Ich brauche meinen Schlaf.«

Scheint nicht so, als wäre eine Antwort nötig. Also nehme ich mein Tagebuch und meinen Stift, aber Josie insistiert: »Geht das?«

»Ja, *Ma'am*«, erwidere ich, völlig entnervt.

»Ich bin auch keine Ma'am. Ich bin ein Mädchen.«

Dazu gibt es nun wirklich nichts mehr zu sagen.

So stehen die Dinge nun mal zwischen diesem Kind und mir. Ich kriege die Krätze, wenn sie bei mir ist. Seit zwei Tagen überlege ich mir jetzt ununterbrochen, was ich tun soll, wenn sie aufwacht. Ich hatte mir vorgenommen: Wenn sie aus Trauer um ihren Daddy jammern und schreien würde, wollte ich sie festhalten und trösten, und wenn sie weinend nach ihrer Mami rufen würde, wollte ich sie hätscheln und ihr von meinem Plan berichten, sie gesund und munter zu ihrer Mutter nach Louisiana zurückzubringen. Und dann wacht sie auf und meine ganzen Vorbereitungen waren umsonst. Sie will nichts als mein Versprechen, dass ich ruhig bin.

Und daran werde ich mich halten. Ich bin auch müde, aber ich habe das Gefühl, dass es ein unruhiger Schlaf wird. Im Moment bin ich nämlich so gereizt wie eine Katze, der man eine Blechdose an den Schwanz gebunden hat. Kein Wunder, dass Eltern oft durchdrehen.

Eltern. Wieder versetzt mir dieser Gedanke einen Stich, und ich spüre das alte, lange unterdrückte Verlangen, dass meine Mutter mich noch einmal in die Arme nimmt. Nachdem sie von uns gegangen war, habe ich ein ganzes Jahr lang jeden Tag zur Sonne gebetet: Bring meine Mama für einen Tag zurück, nur für einen einzigen. Wenn ich noch einmal einen Tag mit ihr verbringen dürfte, dann könnte ich den Rest meines Lebens schon allein auskommen. Ich würde dafür sorgen, dass sie lächeln kann und sicher vor ihm ist. Wir würden zusammen lachen und tanzen und singen und kochen. Das ganze Haus würde von fröhlichem Gelächter widerhallen und bersten vor Glück, so dass es überlaufen und die ganze Welt wieder gesund machen würde. Mama war so gut – sie hätte die ganze Welt heilen können. Ich habe so fest daran geglaubt, dass mir ein Jahr lang jeden Tag der Kopf wehtat. Aber als sie an ihrem ersten Todestag immer noch nicht wiedergekommen war, habe ich die Sonne verflucht und geschworen, nie wieder von Mama zu reden. Und diesen Schwur habe ich auch gehalten. Nicht einmal an dem Tag, als Artis mir das Medaillon gab, ist Mamas Name über meine Lippen gekommen. Bis heute, hier in dieser Wüste, die wie blutgetränkt aussieht, wo ich Selbstgespräche führe, um sicherzugehen, dass ich noch atme, und wo mir ihr Name unversehens entschlüpft wie ein Komma, das auf den Wellen sicherer Wörter reitet – all die langen Jahre über war ich starrköpfig genug gewesen, meinen Schwur zu halten.

Aber jetzt bin ich nur müde und greife nach etwas, nach *irgendetwas*, an dem ich mich festhalten kann.

Sie hieß Joy, Joy Haney Nowata. Sie war immer nett und freundlich, heiter und vergnügt und gehörte zu jenen Menschen, die jedem, der ihnen begegnet, alles von sich zu geben bereit sind und nichts dafür erwarten – oder nichts zu brauchen scheinen. Nur ein einziges Mal, einmal spätabends vor dem Schlafengehen, hat sie mich um etwas gebeten.

Zwei Stunden vorher hatte ich gedroht, wenn mein Vater betrunken nach Hause käme und sie wieder schlagen wollte, würde ich ihm das dicke Brett, das ich ursprünglich für den Eisverkäufer vorgesehen hatte, über den Schädel hauen. Meine kleine, sanfte Mutter schüttelte nur traurig den Kopf, holte ein Beil und bearbeitete das Brett so lange, bis nur noch Kleinholz übrig war. Nachdem sie alles bis auf das letzte

Scheit im Kamin aufgeschichtet hatte, setzte sie sich auf den Boden und zog mich auf ihren Schoß, und wortlos beobachteten wir, wie die Flammen mein einstiges Schwert der Gerechtigkeit verzehrten. Damals hatte ich noch geglaubt, man könne mit einem dicken Brett die Welt verbessern. Man könne damit alles wieder geradebiegen und aus den vielen gemeinen Leuten aufrichtige Menschen machen und sie auf die rechte Bahn führen. Aber meine Mutter verbrannte mein Brett im Kamin wie ein gewöhnliches Stück Brennholz. Ich wollte die Welt in Ordnung bringen, aber sie verheizte meine Waffe.

»Gewalt kann man nicht mit Gewalt abschaffen, Tally. Nichts lässt sich reparieren, indem man es wieder zerschlägt. Wenn du diesen Teufelskreis durchbrechen willst, musst du größer sein als dein Schmerz. Nur so kannst du es schaffen. Versprich mir, dass du das tust«, flüsterte Mama, küsste mich auf die Wange und zog mir – wie ich es gern hatte – meine zerschlissene Wolldecke bis unters Kinn. Wie hypnotisiert durch die Liebe und Freundlichkeit in ihren Augen und in dem beinahe verzweifelten Wunsch, so gut zu sein wie sie, lauschte ich ihren Worten aus vollem Herzen. »Versprich mir, dass du die Gewalt beenden wirst.«

»Versprich es mir, Taliesin«, bat sie, und ich versprach es ihr. Ich habe mein Wort auch gehalten – sogar in dieser schrecklichen Nacht zwei Wochen darauf, als sie unter seinen regelmäßig wiederkehrenden Samstagabendschlägen zusammenbrach und nicht mehr aufstand. Ich wollte ihn umbringen. Und wären Mamas flehende Blicke nicht gewesen, hätte ich es auch getan. Als ihre Augen brachen, war mein Vater schon fort. Wie üblich raste und tobte er durch die Nacht und machte die Welt für den Schmerz verantwortlich, den er anderen zufügte. Er wartete nur darauf, dass sich jemand mit ihm anlegte. Ich konnte nichts mehr für meine Mutter tun.

Ich konnte nur noch mein Wort halten und den Teufelskreis durchbrechen. Was immer danach auch geschah, ich habe meinen Schwur gehalten – bis auf die Sache mit Dix vor zwei Jahren. Sollte ich das alles hier lebend überstehen, werde ich zu ihm gehen und die Sache in Ordnung bringen, Joy Nowata.

Allein ihr Name weicht die feste Mauer auf, die ich zwischen mir und der Erinnerung an sie errichtet habe. Falls die Toten uns überhaupt sehen können, weiß sie sicher, dass ich im Großen und Ganzen – zumindest immer dann, wenn es darauf ankam – mein Wort gehalten habe. Und dann weiß sie jetzt auch, dass ich die Kleinigkeit mit Dix in Ordnung bringen werde, falls ich dieser Wüste entkomme. Ich werde das Andenken meiner Mutter ehren und den Teufelskreis der Gewalt durchbrechen. Selbst wenn ich die Erinnerung an sie wieder verdrängen wollte, bin ich jetzt einfach zu müde dazu.

Josie zuckt im Schlaf zusammen. Ihr Körper erinnert sich an irgendetwas Schreckliches, was ihr in den letzten Tagen widerfahren ist. Hoffentlich gelingt es wenigstens ihr, den Namen ihres Vaters bald wieder auszusprechen. Jedenfalls werde ich ihr helfen, es wieder zu lernen. Auf diese Weise ist meine eigene Vergangenheit – abgesehen von dem Schmerz – ja doch noch zu etwas nutze.

Um uns herum ist helllichter, brütend heißer Tag. Kein Lüftchen weht, keine einzige Wolke steht am Himmel. Dieses Land fragt nach nichts und niemandem. Wir können nichts tun als zu warten, bis die Sonne untergeht, um den Heimweg anzutreten. Kein Mensch auf der Welt weiß, wo wir sind.

Im Osten braut sich eine kleine Staubwolke zusammen und bewegt sich rasch in unsere Richtung. Ich stehe auf, um zu sehen, was es ist – und werde von blankem Entsetzen gepackt.

So schnell wie heute habe ich noch nie ein Camp abgebrochen – wirklich noch nie. Allerdings gab es dabei auch nicht viel zu tun. Ich habe lediglich die Laken heruntergezogen, zusammengerollt und den Schlitten knapp acht Meter vom Landrover entfernt in die schmale versandete Rinne gezogen. Dann habe ich Josie angestupst, um sie zu wecken und ebenfalls in dem schmalen Graben zu verstecken, und schließlich habe ich eilig unsere Spuren verwischt und bin zurück zu Jo gehuscht. Sie hielt mein Fernglas in der Hand, und ihr entsetzter Blick beantwortete meine stumme Frage: Der stahlblaue Laster, der dort auf uns zurast, gehört den Männern, die Paul getötet haben. Das weiße Dingoweibchen ist verschwunden.

Es gibt Augenblicke im Leben, da hat man das Gefühl, dass der Tod einen ins Visier nimmt. Man fühlt sich gefangen wie ein Eichhörnchen im Fadenkreuz einer Schusswaffe. Dies ist ein solcher Augenblick. Ich verwünsche den Tag, an dem ich den Namen Tanami zum ersten Mal gehört habe, und ich verfluche die blödsinnige Idee, mich mitten in ihr zorniges Herz zu wagen.

Der blaue Laster kommt unaufhaltsam näher. Wir kauern uns dicht aneinander: Josie hockt mit dem Rücken an die Wand der Rinne gepresst, ich knie vor ihr und spähe vorsichtig über den Rand, um die Bewegungen der Männer zu verfolgen, sobald sie ausgestiegen sind. Ich versuche, Jo zu beruhigen, und sage ihr, dass uns die Männer bis jetzt noch gar nicht entdeckt haben können. Wir hätten die Laken noch rechtzeitig heruntergezogen, und da wären sie noch viel zu weit weg gewesen, um sie überhaupt sehen zu können. Außerdem hätte ich ja auch unsere Spuren verwischt. »Wir müssen uns nur ruhig verhalten, dann sind wir hier in der Senke schon sicher. Also keinen Mucks!«

Jo sagt kein Wort. Ich höre meine eigenen Lügen und mir

wird ganz schlecht davon. Um uns hier vor den Blicken dieser Männer zu schützen, müsste schon Gott höchstpersönlich eingreifen. Wir sind viel zu nah dran. Der Landrover ist kaum einen Steinwurf von uns entfernt und die Vegetation ist überaus spärlich.

»Eine Senke wie die hier ist ein gutes Versteck«, sage ich mit fester Stimme und bemühe mich, möglichst ungezwungen zu klingen – so wie ein Ranger, was ich ja schließlich bis zu meinem Aufenthalt hier auch war. »Die sind sicher nur gekommen, um sich den Landrover zu holen. Wir müssen uns einfach gut ducken, bis sie damit fertig sind. Du wirst sehen, uns passiert nichts.«

Josie sieht nicht sehr überzeugt aus. In dem unbeholfenen Versuch, ihr Mut zu machen, lege ich ihr den Arm um die Schultern. Aber sie weicht mir aus und presst sich die Arme fest auf den Magen.

»Du musst ganz ruhig sein, Jo«, sage ich und habe Angst, sie könnte ausgerechnet jetzt einen ihrer Anfälle kriegen. Dann wäre es sofort um uns geschehen. »Ich meine das ganz im Ernst. Keinen Mucks, hast du verstanden?«

Josie hat sich von mir abgewandt und bleibt in dieser Stellung. Mir stockt der Atem. Wenn sie sich nicht an meine Anweisung hält und zu schreien anfängt, weiß ich nicht mehr, was ich tun soll. Dann kann ich mir nur noch einen der Männer schnappen und zusehen, dass wir vielleicht doch noch eine Chance haben.

Aber die haben ein Gewehr. Was kann ich schon gegen ein Gewehr ausrichten?

Jetzt ist der Wagen auf gleicher Höhe mit uns und hält ruckartig vor Pauls Landrover an. Wir sind wie erstarrt. Die Fahrertür geht auf und ein stämmiger älterer Mann steigt aus. Er geht zur Vorderseite des blauen Lasters, zieht das Stahlseil aus der Winde und hakt es in die Öse, die links an der vorderen Stoßstange des Landrovers angebracht ist. Dann gibt er dem Fahrer ein Zeichen, tritt ein paar Schritte zurück, und die Winde beginnt zu ziehen, bis der Landrover wieder auf seinen vier Rädern steht. Mit einem dumpfen, erstickten Knall landet er im Sand, und ich sehe, wie Pauls Leichnam – immer noch vom Gurt gehalten – mitgerissen wird. Am liebsten würde ich den Blick abwenden, aber ich kann es nicht.

Der Fahrer stellt den Motor ab und steigt aus, schreckt aber sogleich vor dem Gestank zurück und macht zwei Schritte rückwärts. »Ist ja nett«, sagt er und sieht aus, als wäre er jetzt lieber ganz woanders.

»Tja, ziemlich übel, aber was für'n Schuss, äh, Kumpel?«, entgegnet der stämmige Kerl stolz. Ihm scheint es jedenfalls nichts auszumachen, hier zu sein.

Der Fahrer starrt eine Weile auf Pauls Leiche und sagt dann barsch: »Wir müssen zusehen, dass wir den unter die Erde schaffen.«

»Ich pack den stinkenden Scheißkerl bestimmt nicht an.«

»Hör zu, Foy, du hast ihn erschossen und ihn so hängen lassen, also ziehst du ihn jetzt auch raus. Ich grabe in der Zwischenzeit das Loch.«

Mit diesen Worten holt der Fahrer unten aus seinem Fahrzeug eine Schaufel und beginnt, nur wenige Schritte entfernt eine Grube auszuheben. Der andere, der Foy heißt, steht einen Augenblick wortlos da. Plötzlich fängt er an zu grinsen, trottet zur Winde zurück und zieht das Seil wieder heraus.

Sein Gesicht nimmt einen Ausdruck an, der mich innerlich kalt und hart werden lässt. Josie zupft an meinem Hemd und will etwas sehen, aber ich drücke ihr den Kopf runter, während mein Blick unmissverständlich sagt: Wehe, du bewegst dich noch einmal. Sie sieht mich wütend an und macht den Mund auf. Warnend schüttele ich den Kopf. Jetzt ist nicht der richtige Zeitpunkt, einen Trotzanfall zu kriegen. Sie müht sich weiter, über den Rand zu spähen, aber ich drücke sie energisch nach unten.

Gut, dass ich das getan habe, denn was nun folgte, hätte kein Kind der Welt mit ansehen können, ohne den Verstand zu verlieren. Es war das grausigste Höllenszenario, das man sich nur vorstellen kann.

Foy angelte mit dem Seil nach Pauls Leiche und hakte es vorn ein. Nachdem er mit einem Messer den Sicherheitsgurt durchgeschnitten hatte, kletterte er hastig zurück in seinen Wagen, ließ den Motor aufheulen und legte gleichzeitig krachend den Rückwärtsgang ein, so dass Pauls Leichnam in hohem Bogen aus dem Sitz gerissen wurde und auf dem Boden landete.

Es war, als risse er mir die Seele aus dem Leib, und ich konnte nicht länger hinschauen.

Ich wusste auch so, dass Foy Pauls verwesende Leiche im Kreis hinter sich herschleifte – so als ob ein stockbesoffener Jäger in seiner Eckkneipe eine Jagdbeute hinter sich herzieht. Bei der zweiten Runde brüllte er aus dem Fenster: »He, Bodley, hab ihn rausgeholt!«

Ich brachte es einfach nicht mehr fertig, die beiden länger zu beobachten, sondern glitt hinab zu Josie, lehnte mich neben sie an die Wand und drückte, so fest ich noch konnte, ihre kleine Hand. So saßen wir zwei stumm da und starrten ins Leere.

Auch als es langsam dunkel wurde, blieben Jo und ich zusammengekauert in der sandigen Rinne. Sie hatte nicht angefangen zu schreien oder einen ihrer üblichen Anfälle bekommen und hatte auch nicht ihre Hand weggezogen. Als ich mich vorsichtig nach oben schob, um die Lage zu peilen, hielt sie sich an meinem Ärmel fest, und sobald ich mich wieder unten neben ihr befand, drückte sie meine Hand. Wir wagten nicht einmal zu flüstern.

Mit großem Getöse schlugen die Männer ihr Nachtlager auf. Zwischen beiden herrschte eine solche Spannung, dass man die Luft mit einem stumpfen Messer hätte schneiden können. Der immer noch ziemlich starke Gestank ließ sie offenbar kalt. Foy schleppte eine Kiste Bier – Victoria Bitter – aus dem Wagen und machte sich sogleich darüber her. Die leeren Dosen warf er einfach in die Gegend. Bodley machte ein Feuer und setzte einen Feldkessel mit Teewasser auf. Dann hantierte er lange Zeit unter der Motorhaube seines Fahrzeugs. Den ganzen Abend sprach er kaum ein Wort, während Foy ununterbrochen redete.

Erst als er pinkeln ging, hielt er den Mund. Im schwachen Licht der Dämmerung stolperte er in unsere Richtung und fluchte, als er über einen kleinen Strauch stolperte. Josie hielt die Luft an und ich ebenso. Zuerst wegen Foy, doch dann entdeckten wir sie beide gleichzeitig: die weiße Dingohündin, fahl wie ein schattenhaftes Gespenst. Sie stand nur wenige Meter von uns entfernt gegen den Wind auf der anderen Seite der Rinne. Doch als Foy keine fünf Meter westlich von uns im hohen Bogen in den Graben pinkelte, wusste ich es genau: Die Albinohündin stand absichtlich zwischen ihm und uns.

Josie krallte sich so fest an meinen Arm, dass er zu kribbeln anfing. Völlig erstarrt saßen wir beide da und blickten wie gebannt auf die Weiße. Foy beendete sein Geschäft mit einem deftigen Fluch, zündete sich eine Zigarette an und kam näher. Dabei rief er: »Hast du die Scheißkarre endlich repariert?«

Bodley knurrte ärgerlich, während Foy weiterging und sein Zigarettenqualm über unsere Köpfe hinwegzog. Plötzlich fiel mir mit Schrecken ein, dass Josie gegen Tabakrauch stark allergisch war. Sie presste den Kopf an meine rechte Seite, drückte sich mein Hemd vors Gesicht und versuchte verzweifelt, nicht zu husten und zu keuchen.

Plötzlich ertönte ein lauter Knall und wir beide zuckten zusammen.

Erst nach einer Weile begriff ich, dass Bodley die Motorhaube zugeschlagen hatte. Josie zitterte wie ein neugeborenes Füllen. Während Foy weiter am oberen Rand der Rinne entlangging, hielt ich Jo fest und betete.

In diesem Augenblick rannte die Albinohündin ins offene Gelände hinaus, wo Foy sie zwangsläufig sehen musste. Alles in mir schrie: *Lauf! Mach, dass du hier wegkommst, du verdammter Köter!* Aber ich konnte nicht laut rufen, um sie zu warnen. Ich konnte nicht einmal riskieren, sie leise wegzuscheuchen. Aber dann wurde mir klar, dass sie Foys Aufmerksamkeit von uns ablenken wollte, denn er war schon so dicht bei uns, dass er uns jeden Augenblick entdecken musste. Wäre sie nicht gewesen, hätte er uns auf jeden Fall geschnappt.

Dann ging alles sehr schnell. Sobald er sie erblickte, murmelte er: »Scheiße, was ist denn das?« Die Weiße schwenkte um und rannte in die entgegengesetzte Richtung – von Josie und mir weg. Ein paar Meter weiter westlich blieb sie stehen, drehte sich um und hielt nach ihm Ausschau. Sie wartete in voller Absicht auf ihn. Foy stolperte zum Wagen und holte sein Gewehr. Dann rannte er zurück zur Rinne, blieb oberhalb von uns stehen und zielte. Ihn konnte ich nicht sehen, aber ich sah die Weiße, die furchtlos im Zwielicht stand. Ich legte Josie die Hand über die Augen, denn ich wusste, dass er gut gezielt hatte. Er traf sie gleich beim ersten Mal. Ihre Brust färbte sich rot, sie machte kehrt und verschwand völlig geräuschlos in der Nacht.

Dafür war Foy umso lauter. Er brüllte in die nächtliche Stille hinein: »Hast du das gesehen, Bod? *Das* war ein Schuss, was, Kumpel?«

Was Bodley geantwortet hat, weiß ich nicht. Jo und ich saßen zitternd da, während sich die Dunkelheit um uns herum verdichtete. Josies Fingernägel gruben sich so fest in meine Haut, dass mir die Tränen kamen. Unsere Glieder waren taub vom langen Sitzen, unsere Ohren taub vom Hören, unsere Augen blind vom Sehen, und unser Verstand war wie betäubt vom Denken und von all dem Entsetzlichen, das wir an diesem Abend von der Welt erfahren hatten.

»Ich frag mich, wie weit die Kleine von diesem Professor wohl gekommen ist, Bod? Der kleine Rotschopf – wie hat er sie doch gleich genannt, Joanne oder so ähnlich?«

Bodley zuckte nur mit den Schultern. Während ich die Männer beobachtete, drückte Josie sich fest an mich. Ich hoffte, irgendeinen wunden Punkt an ihnen zu entdecken, irgendeine Schwachstelle, die wir uns mit etwas Nachdruck zunutze machen konnten. Aber da gab es nicht viel zu entdecken, denn diese Kerle waren völlig abgebrüht – vor allem Foy. Er starrte auf die Stelle, wo Jos falsche Fährte in den Busch hinausführte, und verfolgte sie ein Stück weit mit seiner Taschenlampe. Das gefiel mir ganz und gar nicht. Wenn er wusste, dass man eine Spur mit der Taschenlampe lesen muss, konnte er kein so schlechter Spurenleser sein. Dann würde ihm auch auffallen, dass die Abdrücke von einer viel schwereren Person stammten, die in den kleinen Schuhen steckte.

»Was meinst du, wie lange sie wohl hier draußen durchgehalten hat?«, fragte er.

Bodley zuckte nur wieder mit den Schultern.

»Bestimmt nicht lange. Einen Tag vielleicht oder auch

zwei. Vielleicht sogar drei. Aber länger bestimmt nicht, höchstens drei. Für so ein kleines Ding ist die Umgebung hier nicht so gut geeignet.«

Wortlos starrte Bodley ins Feuer.

Foy fuhr fort: »Hättest sie mich besser auch abknallen lassen sollen, Kumpel, so wie es der Boss gesagt hat: Wir sollten ihrem Elend ein Ende machen.«

Mit leicht angewiderter Miene entgegnete Bodley: »Ich hab mich bei diesem Job nicht dazu verpflichtet, Kinder abzuknallen.«

Foy knipste seine Taschenlampe aus und ging glucksend ans Feuer zurück: »Du bist und bleibst 'n Weichei, Mann, 'n echtes Weichei.«

Josie drückte sich noch fester an mich und klammerte sich an mir fest. Ich strich ihr über den Kopf und beobachtete die beiden weiter. Selbst diese hartgesottenen Kerle mussten doch mal irgendeine Schwäche zeigen – und die würde ich schon noch herausfinden.

Kurz darauf war Jo vor Erschöpfung eingeschlafen und in ihren Alpträumen unentrinnbar gefangen in all den Schrecken, die sie vermutlich nie mehr gänzlich loslassen würden. Immer wieder aufs Neue fing sie an zu wimmern, so dass ich ihr die Hand auf den Mund legte und leise »Sch« ins Ohr flüsterte. Ohne aufzuwachen reagierte sie auf die warnende Berührung und fiel minutenlang in tiefen, ruhigen Schlaf, bis die Träume erneut auf sie einstürmten.

Schließlich legte ich ihr die Hand auf das kleine Gesicht. Das Gefühl ihrer zarten Haut versetzte mir einen Stich, denn genau so hatte sich Paul immer nach dem Rasieren angefühlt: seidenweich, warm und hingebungsvoll. Er verschwand grundsätzlich zweimal die Woche – montags und donnerstags, und wenn wir etwas Besonderes vorhatten, auch schon mal zwischendurch – mit sprießendem Backenbart in der Dusche und kam mit einem so glatten Gesicht wieder zum Vorschein, dass man es am liebsten unablässig gestreichelt hätte.

»Ich steh zwar auf Männer mit starkem Bartwuchs«, sagte ich ihm beim ersten Mal, »aber die ersten fünf Minuten, nachdem die Stoppeln ab sind, na ja …«

Den Satz habe ich nie zu Ende gebracht, und jetzt weiß ich nicht einmal mehr, was ich überhaupt sagen wollte.

Josie stöhnt. Ich bin froh, dass sie mich aus meinen Gedanken reißt. Ich halte sie fest und flüstere ihr wieder leise »Sch« ins Ohr, und tatsächlich ist sie wieder ruhig.

Die Männer lassen sich in aller Seelenruhe in ihrem Camp nieder. Sie scheinen keine Ahnung zu haben, dass wir hier sind. Sobald sie schlafen, werde ich versuchen, Jo ein Stück weiter wegzubringen, um unsere Chancen wenigstens etwas zu erhöhen. Solange sie aber noch wach sind, bleibt mir nichts anderes übrig, als hier auszuharren und aufzupassen, dass Josie still ist. Unsere Ausrüstung werde ich hier liegen lassen müssen, das würde viel zu viel Lärm machen. Ich kann nur hoffen und beten, dass die Kerle sie nicht finden. Sobald sie weg sind, kommen wir zurück und holen alles ab. Vermutlich werden sie morgen früh aufbrechen.

Mir kommt die Idee, ihr Fahrzeug zu stehlen. Aber sogleich wird mir klar, was für ein idiotischer Einfall das ist. So was kommt nur auf der Leinwand gut rüber. Das schafft wahrscheinlich nur ein Filmstar, eine von diesen superschlanken Frauen mit makellosem Make-up, aufgespritzten Lippen, Rehblick und Wespentaille, deren Oberkörper in einem Lederbustier steckt. Ich jedenfalls schaffe das nicht – ich bin ja auch kein Filmstar. Es braucht nur ein Zweig zu knacken und einer der beiden Männer aufzuwachen, und schon ist es aus mit uns. Ebenso wenig bin ich der geschickte indianische Waldläufer. Unter meiner Sohle bricht selbst Gras, und jeder, der nicht zufällig schwerhörig ist, hört mich auf fünfzig Schritt Entfernung. Wie zum Teufel sollte ich es da wohl anstellen, mit Jo in diesen Laster zu gelangen und zu entkommen, ohne mich mit diesen beiden Typen anzulegen. Wir müssen wohl doch auf unseren ursprünglichen Plan bauen – vorausgesetzt, wir entkommen ihnen weit genug, um überhaupt noch auf irgendwas bauen zu können.

Das Feuer flackert hoch auf. Bodley sitzt immer noch reglos da und starrt schweigend in die Flammen, während sich Foy ihm gegenüber auf dem Boden ausgestreckt hat und sich an den Bierkasten lehnt. Er putzt sein Gewehr und wirft dem anderen hin und wieder einen Blick von der Seite zu, sagt aber lange kein Wort.

Plötzlich fragt er: »Weißt du, warum Rayburn mich eingestellt hat, Bod?«

Bodley reagiert gar nicht.

Foy nickt und fährt fort: »Weil ich einen Mann dazu bringen kann, mir Beachtung zu schenken.«

Immer noch keine Reaktion.

»Soll ich dir sagen, wie man das anstellt, Bod? Als Erstes legt man seine Frau aufs Kreuz oder, wenn man Glück hat, sogar seine Tochter.«

Bei der letzten Bemerkung rutscht Bodley leicht hin und her und zum ersten Mal treffen sich die Blicke der beiden. Erst nach einer Weile fährt Foy fort.

»Wenn auch das nichts nutzt, hält man ihm einfach das Gewehr ins Gesicht. Und wenn er einen dann immer noch nicht beachtet …«

Reglos und schweigend sieht Bodley ihn an.

»… dann drückt man ab. Denn wenn einer ums Verrecken einem keine Aufmerksamkeit schenkt, dann braucht man ihn auch nicht zu kennen.«

Foy reibt ein letztes Mal über den Gewehrlauf und legt den Lappen beiseite. Er holt Patronen aus der Schachtel und lädt mit geübten Fingern neue Munition nach. Dann legt er sich das Gewehr so auf die Knie, dass die Mündung genau auf Bodley gerichtet ist. Die beiden Männer lassen sich gegenseitig nicht aus den Augen.

»So macht man das, wenn der andere einen partout nicht beachten will. Und genau deshalb hat Rayburn mich angestellt.«

Betont lässig lehnt Bodley sich an seinen Rucksack, behält Foy fest im Auge und sagt mit übertrieben ruhiger Stimme: »Ist ja nett.«

Josie zuckt in meinen Armen heftig zusammen, und wir bemühen uns beide, ihre bösen Träume zu bändigen. Ich drehe mich um und rutsche langsam nach unten, bis ich mich wieder in sitzender Stellung befinde. Meine Beine kribbeln, weil ich so lange gekniet habe. Den Rücken fest an die Wand der Rinne gelehnt, hebe ich Jos schweren kleinen Kopf auf meinen Schoß, schließe die Augen und lausche, ob die Männer endlich einschlafen. Meine Gedanken wandern zu Paul.

13. Tag

Im Morgengrauen wachte Jo mit dick geschwollenen Lidern auf, aber ihr Blick war hell und klar.

»Alles in Ordnung, Jo«, flüsterte ich. »Hab gestern noch zugesehen, dass wir ein Stück von ihnen wegkommen.«

Sie nickte nur, richtete sich auf und schlang die Arme um ihre Knie.

Wir befinden uns jetzt gut hundertsechzig Meter vom Landrover entfernt. Das dürfte reichen, um sich halbwegs sicher zu fühlen. Unsere Rucksäcke haben wir bei uns, und außerdem drei Feldflaschen mit Wasser. Alles andere liegt noch an derselben Stelle, wo ich es gestern versteckt hatte, als die Männer plötzlich aufgetaucht waren. Bislang sind sie noch nicht in diese Richtung gekommen, allerdings sind sie auch noch gar nicht aufgestanden.

Josie greift nach dem Studentenfutter und pickt sich die Rosinen, Cashewkerne und Pecannüsse heraus, während sie die Sonnenblumenkerne und Mandeln nicht anrührt. Von dem bisschen wird sie bestimmt nicht satt.

»Ich besorg uns bald mehr zu essen, Jo. Ehrenwort.«

»Ist schon okay. Ich hab keinen großen Hunger.«

»Ich auch nicht«, schwindele ich, und wir sitzen schweigend da. Alle paar Minuten wandern unsere Blicke in die Wüste hinaus, bis es uns wieder einfällt und wir stumm auf den Boden starren, auf unsere Hände oder Schuhe oder auf unseren Hosensaum. Oder wir machen die Augen zu.

Unwillkürlich halten wir nach einer Weile jedoch wieder Ausschau nach dem weißen Dingoweibchen und nach Paul. Das geschieht wie von selbst, so wie das Atmen, nur dass nicht so viel dabei herauskommt.

Die Männer hatten es nicht eilig, und als sie endlich aufbrachen, ließen sie den Landrover einfach stehen und fuhren nach Norden. Zuerst begriff ich nicht so recht, warum. Ich war heilfroh, dass ich endlich nur noch eine Staubwolke von ihnen sah, und stieß Jo in die Seite. Sie beobachtete sie durch mein Fernglas, während ich mich mit unserem Erfolg brüstete und etwas in der Richtung sagte wie: »Siehst du, habe ich dir nicht gesagt, dass alles gut wird?«

Plötzlich fiel es mir wie Schuppen von den Augen: Mir wurde klar, wo sie hinwollten und warum sie Pauls Wagen hier gelassen hatten. Mir wurde ganz schlecht.

Ich ließ Jo bei ihrem Leben schwören, dass sie sich nicht von der Akazie wegbewegen würde, während ich unsere Ausrüstung holen wollte, und gleich darauf rannte ich zum Landrover. Keine zwei Minuten später kauerte ich vornübergebeugt nicht weit von dem Sandhügel entfernt, in dem Pauls Leichnam lag. Ich stützte mich auf Hände und Knie und musste so lange würgen, bis mir auch das letzte bisschen Lust aufs Frühstück vergangen war. Eigentlich wollte ich gar nicht hierher kommen, aber im letzten Moment konnte ich nicht anders. Ich wollte Paul noch etwas sagen, irgendwas von Bedeutung. Aber mir fiel nichts ein, und Josie und ich durften keine Zeit verlieren. Wir mussten hier weg, und zwar schnell.

Zwischen diesen rationalen Gedanken und dem dumpfen Schmerz hin und her gerissen, dass der einzige Mann, den ich je im Leben geliebt hatte, hier unter einer dicken Sandschicht begraben lag, brach ich einen Stock durch und schnürte die beiden Teile mit dem kurzen Band zusammen, das ich mir ins Haar gebunden hatte. In diesem Augenblick durchzuckte mich die Erinnerung so stark, dass es mir beinahe den Atem verschlug: Paul hatte meine Haarbänder immer besonders gemocht. Er hatte mir oft sein Kinn auf den Kopf gelegt und sie langsam durch die Finger gleiten lassen.

Vor seinem Abflug nach Australien gab ich ihm, unmittelbar bevor er ins Flugzeug stieg, das blaue Band, das ich an diesem Tag im Haar trug. Und das Erste, was mir vier Monate später bei meiner Ankunft auffiel, als ich ins Schlafzelt kroch, war eben dieses Band, das er über seinem zusammengerollten Bettzeug an die Zeltplane geheftet hatte.

Paul bemerkte, dass ich es entdeckt hatte. Er zuckte nur mit den Schultern und meinte: »Das Erste, was ich morgens sehe, und abends das Letzte.«

»Total verrückt«, entgegnete ich und schob das Band mit übertriebener Gleichgültigkeit beiseite, freute mich aber insgeheim, dass er sich so viel aus mir machte.

Meine Finger, die jetzt das behelfsmäßige Kreuz halten, fühlen sich völlig taub an. Das Band spüre ich gar nicht; ich sehe es vor mir und doch auch wieder nicht. Stattdessen flattert das blaue Band, das über Pauls Bettzeug hing, in meinem Kopf hin und her – das einzige Überbleibsel einer beständigen Liebe. Ich würde gern noch länger hier bleiben, aber es geht nicht.

Mir ist klar, dass ich dieses Zeichen, das eindeutig auf ein Grab hinweist, nicht sichtbar aufstellen darf. Es würde uns sofort verraten. Deshalb grabe ich es am Kopfende des Hügels ein und schwöre Paul, dass ich zurückkommen und ihn holen werde, sobald das alles vorbei ist. Ich verspreche ihm, seine Asche von einem Felsvorsprung in den Jenny Lake zu streuen, so wie wir es vorgehabt hatten, falls einer von uns beiden einmal sterben sollte – damals, als diese Möglichkeit noch so unvorstellbar war wie die, dass die Sonne vom Himmel fallen könnte. Ich sage ihm, er soll sich um Jo keine Sorgen machen, ich werde sie schon hier rausbringen. Und ich verspreche ihm auch, ihr nicht den Hintern zu versohlen, ganz gleich, wie unausstehlich sie sich aufführt. Zitternd stehe ich da und würde am liebsten zu meinem Geliebten unter den Sandhügel kriechen, um bis ans Ende aller Tage still bei ihm zu liegen. Aber ich weiß, dass seine Tochter auf mich wartet, und will mich auf den Weg machen.

Da sehe ich es plötzlich: Pauls Tagebuch, das neben dem Landrover im Sand liegt. Er hatte es immer hinter die Sonnenblende gesteckt, nur war ich viel zu aufgeregt gewesen, als dass es mir eingefallen wäre. Als die Männer heute Morgen das Fahrzeug durchsucht haben, muss es ihnen wohl in die Hände gefallen sein, und offenbar hatte es für sie keinen Wert. Ich nahm das abgegriffene Lederbüchlein und drückte es fest an mich. Solange Paul bei mir war, hatten seine Sachen keine so große Bedeutung für mich. Jetzt, wo er nicht mehr da ist, hat sich das gründlich geändert. Ich bin so dankbar für dieses Buch, doch während meine Finger über seinen vertrauten Rand fahren, durchfährt mich plötzlich ein eisiger Schreck: Die große Landkarte, die gleich vorn hinter dem Umschlag zusammengefaltet steckte und in die Paul unsere beabsichtigten Lagerplätze eingezeichnet hatte, ist nicht mehr da.

Also stimmt meine Vermutung.

Nur eines konnte diese Männer nach Norden gelockt haben: Pauls Forschungscamp, in dem immer noch meine Nachricht an ihn deutlich sichtbar unter dem Stein liegt und darauf wartet, dass er zurückkommt, um meiner aufgezeichneten Route zu folgen und mir zu Hilfe zu eilen. Also war meine gesamte sorgfältige Planung umsonst. Sobald die Männer das Camp finden, wird ihnen meine Nachricht in die Hände fallen – und dann ist es nur noch eine Frage der Zeit, bis ihnen klar wird, dass das Kind doch nicht allein losmarschiert ist. Und haben sie das erst mal begriffen, kann es sich nur noch um Stunden handeln, bis sie hierher zurückkehren, um uns zu suchen. Bis dahin müssen wir möglichst weit weg sein und Spuren hinterlassen, die sie in die Irre führen, weil sie mal im Kreis laufen, mal zurückführen und stellenweise völlig verwischt sind. Ein ziemliches Stück Arbeit, vor allem in der prallen Sonne, aber uns bleibt nichts anderes übrig.

Ohne auch nur einen Blick zurückzuwerfen, eile ich zu Josie, die sich offenbar in der Zwischenzeit nicht einen Zentimeter vom Fleck gerührt hat. Da Gehorsam noch nie ihre Stärke war, lobte ich sie ausdrücklich.

Schon nach wenigen Minuten – Pauls Tagebuch habe ich tief in meinen Rucksack gestopft – lege ich mir die Gurte an, und wir ziehen nach Süden. Jo ist damit einverstanden, hinten auf dem Schlitten zu sitzen und mit einem Zweig unsere Spuren zu verwischen. Nach etwa zwei Stunden drehe ich mich um und sehe, dass sie eingenickt ist. Damit verschiebt sich mein Anteil erheblich: Ich ziehe den Schlitten etwa zweihundert Meter weit, trete aus der Spur und gehe zurück, um unsere Fährte zu tilgen. Dann marschiere ich weiter und wiederhole dieses Spielchen immer wieder aufs Neue, während mir die Sonne so unbarmherzig auf den Kopf brennt, dass ich mich willenlos in mein Schicksal ergebe.

Jedes Mal, wenn Jo aufwacht, hilft sie mit. Ich warte immer noch darauf, dass sie Paul erwähnt, aber sie tut es nicht. Anders als früher ist ihr Blick jetzt trüb und ausdruckslos. Das sagt mir, dass sie tief im Innern sehr wohl weiß, was geschehen ist. Aber ich finde nicht das leiseste Anzeichen, dass es ihr bewusst ist. Endlich habe ich doch etwas gefunden, worüber sie mit mir sprechen möchte, nämlich über ganz praktische Dinge wie Überlebensregeln, zum Beispiel: Wie heiß es auch sein mag, behalte grundsätzlich deine Sachen an und setze deine Haut nie der prallen Sonne aus. Denke immer nur positiv, und falls wir einmal getrennt werden, rühr dich nicht vom Fleck.

Davon ist sie sehr angetan, denn sie fragt: »Stimmt das,

was Daddy mir erzählt hat, dass du den Kids immer sagst, sie sollen einen Baum umarmen, wenn sie sich verlaufen haben?«

»Na klar. Wenn du dich mal verläufst, rühr dich nicht vom Fleck. Für Kinder machen wir diese Regel etwas anschaulicher: Umarme einen Baumstamm und halte dich – wie eine Zecke an einem Hund – daran fest, bis dich jemand gefunden hat.«

»Aber was macht man, wenn kaum Bäume da sind, so wie hier?«, fragt sie lammfromm und besorgt und gleichzeitig so höflich, wie ich sie noch nie erlebt habe. Sie ist sogar fast entgegenkommend. Ich muss versuchen, sie auf diesem Kurs zu halten, damit sie sich gegen meine Anweisungen nicht sperrt, sondern aktiv mitmacht. Deshalb kehre ich in meiner Antwort so gut es geht den Ranger heraus.

»Dann musst du eben einen Strauch umarmen, Jo, oder einen Felsbrocken. Kriech drunter, lass die Sonne nicht an deine Haut, sei unbesorgt und harre aus.«

Sie nickt ernsthaft und kuschelt sich auf dem Schlitten zusammen, um wieder ein Schläfchen zu halten. Ich setze mich erneut in Bewegung und versuche, gar nicht erst an die notwendige Voraussetzung für meinen guten Ratschlag zu denken: Ruhe bewahren und sich nicht von der Stelle rühren. Wenn Josie dieser Rat nützen soll, müsste schon jemand kommen und sie retten. Falls mir etwas zustößt, wird niemand sie holen kommen. Allein bei dem Gedanken daran wird mir übel. Also bin ich der einzige Mensch, der dieses Kind vor dem sicheren Tod bewahren kann. Das ist nicht fair!

Aber ich kann sie nicht einfach im Stich lassen, auf keinen Fall! Ich strecke mein Gesicht trotzig der Sonne entgegen und stapfe weiter.

Die Hitze macht uns fertig. Wir können uns kaum wach halten und müssen ständig trinken. Ich habe schon fast vier

Liter getrunken und Josie etwa die Hälfte. Wir können auf keinen Fall lange so weitermachen.

Ich habe mir folgenden Plan überlegt: An der nächsten Quelle füllen wir unsere Wasserbehälter auf und ziehen dann – genau entgegengesetzt zu meiner eingezeichneten Route – in Richtung Osten. Falls es sein muss, können wir uns ein paar Tage lang vor diesen Männern versteckt halten, bis sie schließlich der Ansicht sind, dass sich eine weitere Verfolgung nicht lohnt. Dann kommen wir zurück, füllen noch einmal unsere Wasserbehälter auf und ziehen weiter. Seit drei Wochen ist es das Erste, was sich zumindest halbwegs nach einem Ersatzplan anhört. Das allein ist schon ein gutes Gefühl.

Paul meinte immer, ich hätte so viele Einfälle, dass ich jeden auf der westlichen Halbkugel und auch noch eine Menge Leute auf der östlichen mit Ersatzplänen ausstatten könnte. Ich habe das immer als Kompliment aufgefasst.

Allerdings war es von ihm gar nicht so gemeint gewesen, glaube ich.

Ach Paul, unsere Meinungsverschiedenheiten machten unsere Liebe nur noch stärker. Aber was uns jetzt unterscheidet – ich hier allein und du so weit weg –, lässt sich nie mehr aus der Welt schaffen.

Wenn wir im Voraus wüssten, wo unsere Wege uns hinführen, würden wir oft ganz andere Schritte wählen. Aber das Leben gibt uns erst dann einen Einblick, wenn wir den Fuß bereits abgesetzt und unseren Schritt ausgeführt haben und unser Herz wie einen Welpen an der Leine hinter uns herzerren.

Warum bin ich bloß im Camp geblieben, als Paul losfuhr, um Josie abzuholen? Ich hätte mitfahren sollen. Vielleicht hätten wir zwei das Unglück gemeinsam verhindern können, indem wir die Kerle überlistet hätten oder ihnen einfach ausgewichen wären. In der Fähigkeit, anderen Leuten auszuweichen, habe ich es schon weit gebracht. Paul dagegen hatte nicht das geringste Talent dazu, weil er viel zu vertrauensselig war. Bevor ich mich jemandem nähere, lese ich grundsätzlich erst seine Spuren, und wenn mir daran etwas zu undurchsichtig scheint, mache ich lieber einen großen Bogen um ihn. Paul konnte nie erkennen, ob etwas gefährlich oder harmlos war. Er hatte es auch später nie gelernt, das war mein Metier. Ich hätte mitfahren sollen. Gemeinsam wären wir mit dieser Herausforderung fertig geworden.

Gemeinsam waren wir stark und hatten einfach alles, was auf uns zukam, gut bewältigt, vieles sogar sehr gut. Und was ist jetzt aus uns geworden?

Lass dich nicht unterkriegen, Nowata, und steh die Aktion durch bis zur Abschlussbesprechung.

Josie bewegt sich und flüstert im Schlaf: »Daddy! Aber warum hat er denn den Hund getötet, Daddy?«

Meine Blicke suchen die Umgebung ab, aber die Weiße ist nirgends zu sehen, und ich habe keine Ahnung, was ich dem Kind sagen soll. Ich finde einfach nicht die passenden Worte.

Schon von weitem können wir die Bäume ausmachen, in deren Schatten die nächste Wasserstelle sein soll. Nach einer weiteren halben Stunde entdecke ich, von uns aus gesehen noch vor der Quelle, einige Zelte und große Fässer und ducke mich unwillkürlich. Irgendwas daran gefällt mir nicht. Wir befinden uns auf Aborigine-Gebiet, das man nicht ohne spezielle Erlaubnis betreten darf. Paul musste ganze acht Monate darauf warten. Irgendwas geht dort drüben nicht mit rechten Dingen zu.

Josie ist noch ganz benommen von ihrem letzten Schläfchen, als ich sie wecke und ihr sage, sie solle auf jeden Fall beim Schlitten bleiben. Vorsichtshalber ziehe ich ihn in eine kleine Senke, decke ein Laken darüber und bestreue es mit trockenem Sand und Gestrüpp. Josie mache ich im Schatten ein Lager. Dann bewege ich mich in einem großen Bogen in östlicher Richtung und klettere von hinten auf eine kleine Anhöhe, von wo aus ich durch das Fernglas das gesamte Gelände überblicken kann. Mein ungutes Gefühl hat sich wieder mal bestätigt: Da unten ist auf jeden Fall irgendwas faul.

In der einbrechenden Dunkelheit ist es schwierig, etwas zu erkennen, aber es sieht ganz so aus, als wäre das Camp nur vorgetäuscht. Fahrzeuge sind nicht zu sehen, aber drei große, stabile Zelte, zwei davon mit hochgeschlagenen Seitenplanen. Aus einem der Zelte steigt Rauch auf. Ferner gibt es da unten zwei tragbare Generatoren und auf dem Boden verstreut stehen mehrere Zweihundert-Liter-Fässer und ein Versorgungstank. Das kommt mir alles verflixt bekannt vor. Man braucht die Zelte nur durch ein paar Wohnwagen zu ersetzen, und schon gleicht das Ganze haargenau dem Methamphetamin-Labor, das wir vergangenes Jahr in den Wind Rivers hochgehen ließen: ein gut getarntes Drogenlabor, ein fahrbarer Untersatz, um Lieferungen und Ware schnell rein- und rauszutransportieren, Produktion rund um die Uhr an einem abgelegenen Ort, das Ganze mit nur drei oder vier Leuten besetzt. Auf so was Ähnliches sind wir damals in den Wind Rivers auch gestoßen, bei dieser Gemeinschaftsaktion der Drug Enforcement Agency, des FBI, des zuständigen Sheriffs und unserer kompletten Mannschaft. Sogar Paul und die anderen Naturforscher wurden dazu herangezogen, sie mussten bei dieser Aktion damals eine Feuerschneise bewachen. Das Ganze ging reibungslos über die Bühne, hauptsächlich, weil wir ihren vier Gewehren fünfundzwanzig Sturmgewehre M-16 entgegensetzen konnten. Und trotzdem kann ich mir gut vorstellen, dass man einen Nachmittag auf angenehmere Weise verbringen kann. Aber dieses Mal ist es viel schlimmer: ich allein mit einem Kind gegen wen zum Teufel auch immer, der sich da unten zwischen uns und dem Wasser breit macht.

Bislang habe ich nur einen einzigen Mann entdeckt. Er ist groß, nicht gerade ein Muskelprotz, aber kräftig gebaut. Die vierzig hat er längst überschritten, er ist blond, hat markante Gesichtszüge, eine faltenlose Haut und wirkt sehr gepflegt. Er trägt khakifarbene Hosen und ein sauberes weißes Baumwollhemd – die Art Klamotten, wie die Reichen sie anhaben. Er wirkt ungezwungen und entspannt. Man könnte meinen, das Ganze gehöre ihm, was vermutlich auch stimmt. Immer wieder steht er von seinem Stuhl auf und geht in das Zelt, um irgendwas zu überprüfen. Dann kommt er zurück und setzt sich mit einem dicken Buch und einem großen Glas Rotwein wieder hin.

Ein Glas Wein! Hier draußen! Ich kann es nicht fassen.

Doch dann kommt mir ein Gedanke.

Wenn ich es nur richtig anstelle, könnte ich, sobald es dunkel ist, vielleicht hinunterschleichen und etwas zu essen mitgehen lassen. Jo und ich haben rein gar nichts mehr.

Josie! Scheiße, du verdammte kleine Kröte, wie kann man nur so blöd sein?!

Ohne jede Vorwarnung, ohne dass ich auch nur das leiseste Geräusch gehört hätte, marschiert sie mir unversehens von links ins Blickfeld. Mir fällt vor Schreck fast das Fernglas aus der Hand und sofort wird mir ganz schlecht. Verdammt! Habe ich dir nicht ausdrücklich gesagt, du sollst dich nicht vom Fleck rühren? Ist das denn so verflixt schwer, ein paar Minuten lang auf deinem erbärmlichen kleinen Hintern sitzen zu bleiben?

Ich muss wohl oder übel näher ran und versuchen, ihre Aufmerksamkeit auf mich zu lenken, ohne dass der Kerl es mitkriegt. Du verdammte kleine Kröte. Könnte ich dich zu fassen kriegen, ich würde dir auf der Stelle deinen dürren kleinen Hals umdrehen!

Doch im Augenblick habe ich keine Gelegenheit dazu.

Als der Mann Josie sah, durchzuckte seinen Körper eine Spannung – wie bei einer Metallfeder, die jeden Moment wieder zurückspringt. Sobald er sich jedoch ein Bild von der Lage gemacht hatte, ließ seine Anspannung wieder etwas nach. Reglos wartete er, während das Kind – schlaftrunken und arglos – auf ihn zukam. Nur seine Augen bewegten sich und suchten von links nach rechts das Wüstengelände ab. Äußerlich wirkte er ruhig, aber man sah ihm an, dass seine Nerven immer noch aufs äußerste angespannt waren. Josie bemerkte ihn vermutlich erst, als er sie ansprach.

Ich konnte nicht hören, was er sagte, aber sie blieb misstrauisch stehen. Er nutzte diesen Augenblick, um von seinem Stuhl aufzustehen, und suchte weiterhin – unsicher wie jemand, dessen Welt sich plötzlich verändert hat und der sich in ihr erst wieder neu orientieren muss – mit unauffälligem Seitenblick die Gegend ab. Betont lässig trat er an den Tisch und tat so, als wolle er Jo Wasser anbieten. Doch während er es einschenkte, griff er mit der Linken nach seiner Pistole und steckte ihn unauffällig in den Hosenbund am Rücken.

Meine Gedanken überschlagen sich. Ich habe keine Wahl. Falls er sie angreift, muss ich laut schreien oder sonst was tun, um seine Aufmerksamkeit von ihr abzulenken und auf mich zu ziehen. Leider bin ich viel zu weit weg, um ihr eine wirkliche Hilfe zu sein. Ich muss näher ran »Denk nach, Nowata. Überleg dir gut, was du tust«, flüstere ich beschwörend – völlig außer mir vor Angst – und versuche verzweifelt, mich durch meine eigenen Worte zu beruhigen.

Im Moment hast du noch keine Veranlassung zu schreien,

Tally. Die Knarre ist nicht für Jo bestimmt – jedenfalls jetzt noch nicht –, sondern für die Person, mit der sie zusammen ist: für dich. Josie ist sicherer, wenn du in Deckung bleibst. Dieser Fremde fragt sich gerade, ob ihn jemand entdeckt hat, wer wohl noch hier draußen ist, wer dieses Kind mitgebracht haben könnte und wie viel derjenige wohl gesehen haben mag. Jedenfalls will er auf eine etwaige Begegnung mit ihm – oder ihnen – vorbereitet sein. Solange er nicht aus ihr herausgekriegt hat, was sie weiß und mit wem sie hier ist, wird er ihr nichts tun. Du musst nur rechtzeitig zur Stelle sein, um sie da herauszuholen. Reg dich ab, Nowata, und spar dir deine Kräfte auf für den Augenblick, wenn es brenzlig wird. Wenn du das jetzt vermasselst, bist du für das Kind keinen Pfifferling mehr wert.

Indem ich mich selbst zur Ordnung rufe, gelingt es mir, auch meine panische Angst im Zaum zu halten. Aufs äußerste angespannt beobachte ich die Szene noch eine Weile.

Jo sagt kein Wort, sondern trinkt nur gierig. Ohne zwischendurch Luft zu holen, kippt sie fast drei Becher Wasser hinunter. Danach bietet ihr der Mann aus einer Tüte Obst an, und sie nimmt sich zwei Hand voll Weintrauben und fängt an zu essen. Prima! Wenn sie das erst alles auf leeren Magen gegessen hat, wird es ihr hundeelend gehen. Sehr schön. Kann uns nur recht sein. Solange du dir die Seele aus dem Leib würgst, kannst du wenigstens kein Wort sagen. Na los, Kind, iss schon auf!

So, langsam habe ich genug beobachtet und muss endlich handeln. Dazu muss ich allerdings erst viel näher dran sein.

Unbemerkt habe ich mich bis an den Rand des Camps vorgeschoben. Kaum habe ich den Mann wieder im Visier, fällt mir auf, dass er nach etwas Bestimmtem Ausschau hält. Eine wirbelnde Staubwolke bewegt sich auf uns zu: der blaue Laster.

Als Josie ihn erblickt, speit sie wie auf Kommando im hohen Bogen wie ein kleiner Vulkan die halb zerkauten Weintrauben und das Wasser wieder aus. Mit angewiderter Miene tritt der Mann vorsichtig einen Schritt beiseite. Der Wagen interessiert ihn eindeutig mehr als das Kind. Er kennt das Fahrzeug, und er weiß genau, wer da kommt. Dass er die beiden längst erwartet hat, steht ihm deutlich ins Gesicht geschrieben. Die Art, wie er den Kopf hält, erinnert mich irgendwie an meinen Vater, und ich bekomme eine Gänsehaut. Dieser Mann schreckt vor nichts zurück. Ich muss Jo unbedingt da rausholen.

Aber jetzt ist nicht der richtige Augenblick. Drei Männer gegen eine Frau und ein Kind – da dürften wir wohl kaum eine Chance haben. Wir müssen warten, Josephine. Wir müssen einfach abwarten, müssen ruhig bleiben und dürfen uns nicht vom Fleck rühren. Josie kann meine Gedanken nicht hören. Blind vor Entsetzen hält sie den Blick auf den blauen Laster gerichtet. Halte durch, Kleine. Hauptsache, du hältst durch. Ich komme.

Der Mann knipst eine Lampe an, die zwischen den Zelten aufgehängt ist. Ich warte.

Also das war es! So muss es gewesen sein: Paul ist auf dem Rückweg zufällig über dieses Camp gestolpert. Da die Wasserstelle hier als nächste Forschungsstation auf seiner Liste stand, hat er vermutlich hier angehalten, um sich schon mal ein wenig umzusehen. Aber offenbar hat er die Männer erst entdeckt, als er bereits ausgestiegen war, da sich ihr Camp wohl zu weit nördlich von ihm befand. Sobald er gemerkt hatte, was los war, hat er vermutlich versucht, ihnen zu entkommen. Aber sie haben ihn eingeholt. Er hat also einfach Pech gehabt und alles war nur ein verdammt blöder Zufall.

Die beiden anderen Männer kommen durch den Sand gestapft – Bodley langsam und zögernd, mit gesenktem Blick, während Foy kampflustig vorprescht.

»Hat 'n kleines Problem gegeben, Sir«, sagt er.

»Sieht ganz so aus.«

»Da draußen läuft noch eine frei rum.«

»Sie haben mir doch letzte Woche erzählt, Sie hätten sich um dieses kleine Problem gekümmert.«

Als Foy Josie bemerkt, erstarrt er geradezu. Offensichtlich hatte er klare Anweisungen, sie ebenfalls umzubringen, und nun lässt sich nicht mehr leugnen, dass er sich den Anordnungen seines Chefs widersetzt hat. »Wir haben noch so 'ne Yankee-Schlampe da draußen gefunden«, sagt er schnell zur Ablenkung.

»Und?«

»Ist wohl die kleine Fotze vom Professor.«

»Und?«

»Abgehauen. Kann aber nicht weit sein.«

»Nun denn«, sagt der Mann und wirft einen vielsagenden Blick auf Josie, bevor er sich von Foy an Bodley wendet.

Bodley starrt auf den Boden und sagt: »Tut mir Leid, Mr Rayburn, diese Sache.«

Rayburn macht eine abschätzige Geste, wendet sich von ihm ab und sagt, den Blick in die Wüste hinaus gerichtet: »Mr Bodley, in drei Tagen ist unsere Lieferung für Melbourne fällig. Das heißt, die Sachen müssen im Morgengrauen von hier los. Könnten Sie das für mich übernehmen? Offenbar wird meine Anwesenheit hier noch gebraucht.«

Bodley nickt stumm und geht zu dem zweiten Zelt.

Rayburn wendet sich an Foy und deutet mit einer Kopfbewegung auf den blauen Laster. »Mr Bodley wird beim Beladen Hilfe brauchen.«

Foy schnipst seine Zigarette auf den Boden und geht wortlos an Rayburn vorbei.

Rayburn lässt ihn gehen, fügt aber noch hinzu: »Und Mr Foy, ich erwarte, dass unser kleines Problem bis morgen gelöst ist.«

Foy zögert. Sein wütendes Schweigen erfüllt bleischwer die Luft. Er tritt auf Josie zu und sagt: »Das kann ich auch jetzt gleich erledigen.«

Nervös springe ich auf, halte jedoch im letzten Moment noch inne, als Rayburn eine abwehrende Geste macht und sagt: »Nein, jetzt nicht!« Um Haaresbreite wäre es für mich zu spät gewesen.

Foy bleibt stehen und seine Lippen formen einen lautlosen Fluch. Er ist wütend – gemein und wütend. Wenn er wollte, könnte er Jo mit bloßen Händen töten. Bei dem Gedanken stockt mir der Atem. Ich werde nicht zulassen, dass er ihr etwas antut. Was auch geschieht, ich werde nicht zulassen, dass dieser Wahnsinnige dem Kind auch nur ein Haar krümmt.

Rayburn dreht sich um und sieht Foy wieder an. »Ich glaube, ich hatte Sie gebeten, Mr Bodley zu helfen.«

Foys und Rayburns Blicke begegnen sich: Kochende Wut trifft auf eiskalten Stahl, aber Foy sagt kein Wort. Ich bekomme weiche Knie und Josie kauert sich auf den Boden. Rayburn stützt sich mit den Fingerspitzen auf der Tischplatte auf. Die Art, wie er sich bewegt, ist unheimlich, eiskalt und berechnend, regelrecht tödlich. Das vor allem. Von den dreien ist er mit Abstand der Gefährlichste. Und er ist mir so vertraut, denn er gleicht aufs Haar meinem Vater. Zitternd umklammere ich meine Ellbogen und presse die Arme fest auf den Magen, um nicht laut loszuheulen. Ich hätte bei Josie bleiben sollen, ich hätte gar nicht erst zu dieser Quelle kommen dürfen, ich hätte irgendetwas ganz anderes tun müssen. Wie kann ich diese Dummheit nur wieder gutmachen?

Foy und Bodley hieven Holzkisten in den Wagen, während Jo schweigend, schweißgebadet und völlig entkräftet auf dem Boden hockt. Rayburn wirft ihr einen kurzen, mitleidlosen Blick zu und reicht ihr ein Taschentuch.

Offenbar ist sie für ihn immer noch von Wert, und so lange wird er ihr nichts tun.

Bevor sie Hand an Josie legen, wollen sie erst sichergehen, dass ich von der Bildfläche verschwunden bin.

Also muss ich sie irgendwie abhängen. Ich muss zurück und eine falsche Fährte legen, die sie – wenn Foy mich suchen kommt – im Kreis herumführt und in eine falsche Richtung lockt. Ich muss sie in die Irre führen und dadurch für Jo und mich einen Vorteil herausschlagen.

14. Tag

Der Vormittag zieht sich ganz schön in die Länge. Gestern habe ich unsere Ausrüstung geholt und die halbe Nacht Spuren gelegt. Dann bin ich in einem großen Bogen zurückgekommen und habe etwa eine Meile nördlich der Quelle mein Lager in einer ausgetrockneten Rinne aufgeschlagen. Lager ist allerdings zu viel gesagt. Ich habe nur meinen Rucksack fallen lassen und bin todmüde zu Boden gesunken. Kein Feuer, kein Essen – nur noch trinken und die Augen schließen.

Bei Tagesanbruch bin ich aufgestanden und habe mich wieder nahe genug an Rayburns Camp herangeschlichen, um Foy im Auge zu behalten. Seither hocke ich hier auf diesem kleinen Hügel.

Der blaue Laster ist schon früh am Morgen losgefahren. Ich mache mir Sorgen, dass sie Josie vielleicht mit in das Fahrzeug gepackt haben, andererseits wollen sie bei ihrem Drogendeal sicher kein Kind dabeihaben. Ich muss mich jetzt voll konzentrieren und alles noch einmal genau überdenken, damit ich die Situation nicht noch schlimmer mache, als sie ohnehin schon ist. Das kann ich nun wirklich nicht mehr gebrauchen und die ganzen Sorgen bringen mich auch nicht weiter. Ich darf meine Kraft nicht für Dinge vergeuden, die mich nicht weiterbringen, sondern muss mich allein auf die Fakten konzentrieren.

Rayburn ist noch hier. Jede Wette, dass er immer noch versucht, Informationen aus Jo herauszukitzeln. Ich wäre schon glücklich, wenn ich sie wenigstens einen Augenblick zu Gesicht bekäme. Vielleicht schläft sie ja noch. Sicher ist sie so erschöpft von gestern und von den vergangenen Tagen – erschöpft und entsetzt von allem –, dass sie vermutlich lange schläft. Ich hoffe nur, sie weiß, dass ich hier draußen bin und versuche, sie herauszuholen.

Ich hoffe aber auch, dass sie den Mund hält. Eigentlich braucht Rayburn Jo gar nicht, da er ohnehin schon von mir weiß. Aber sie ist nach wie vor die Einzige, die ihm weitere Einzelheiten über mich berichten kann. Solange das der Fall ist und ich noch frei herumlaufe, wird er sie bei sich behalten. Das mache ich mir immer wieder aufs Neue klar, denn es hilft mir, mich auf das Wesentliche zu konzentrieren. Außerdem tröstet es mich ein wenig. Und ich hatte vorher, als es nur darum ging, dass wir zwei gegen die Wüste bestehen, schon gedacht, wir steckten in großen Schwierigkeiten. Aber im Gegensatz zu unserer jetzigen Situation sah das ja geradezu harmlos aus, so, als brauchte man einfach nur die Augen zusammenzukneifen, wenn einem jemand einen offenen Feuerwehrschlauch an den Kopf hält.

Kurz nachdem Bodley fort war, fand Foy meine Spuren hinter dem Zelt, wo ich gestern Abend gehockt hatte, als der Laster gekommen war. Er rief Rayburn zu, er würde diese Yankee-Schlampe im Nu finden. »Die habe ich gleich!«, bekräftigte er und machte sich eiligst davon.

Ich musste unwillkürlich grinsen. Zu gerne hätte ich ihm gesagt: ›Von wegen gleich! Diese Yankee-Schlampe sollst du kennen lernen, du Arschloch. Du wirst dich noch wundern, wie lange du brauchst.‹

Paul hätte über diese trockene Bemerkung gelacht. Er fand ohnehin immer lustig, was ich sagte; vermutlich stand er mit dieser Meinung weit und breit allein da.

Wir haben von Anfang an immer viel zusammen gelacht. Wenn Paul dabei war, ging es immer gleich viel lustiger zu.

Als ich heute früh hier oben auf der Lauer lag, war ich hin und her gerissen, ob ich sein Tagebuch lesen sollte oder nicht. Das war eine Sache, die mir an unserer Beziehung immer besonders gut gefallen hat: unser völliges gegenseitiges Vertrauen. Nie hat einer die Privatsphäre des anderen verletzt und wir sahen auch keinerlei Veranlassung dazu. Wir unternahmen sowieso fast alles gemeinsam. Aber es wäre weder ihm noch mir je in den Sinn gekommen, in den Privatsachen des anderen herumzuschnüffeln.

Und dazu gehörten auch unsere Tagebücher. Sie waren absolut persönlich und gehörten zu ihm und zu mir wie die eigene Haut. Der Unterschied war nur, dass man seine Haut täglich ein wenig abstreift und erneuert – von seinem Tagebuch jedoch hätte sich keiner von uns beiden je trennen können.

Dadurch haben wir uns eigentlich damals überhaupt erst kennen gelernt – als wir wenige Wochen nachdem das Team des Great-Basin-Nationalparks zu uns gestoßen war, um den Zoologen in unserem Nationalpark beim Zählen der Seeadler zu helfen, mit der gesamten Mannschaft und mit zwei von unseren Rangern auf den Mount Teewinot geklettert sind. Insgesamt waren wir zu acht. Im Morgengrauen unternahmen wir gemeinsam den Aufstieg von Lupine Meadows aus und teilten uns in zwei Gruppen auf. Jed nahm vier Leute aus Pauls Team mit über eine relativ einfache Route – Schwierigkeitsgrad vier. Dafür braucht man sich nicht mal anzuseilen, und trotzdem bieten sich einem immer wieder grandiose Ausblicke. Laney und Paul nahmen zusammen mit mir den direkten Aufstieg über die steile Ostwand – immerhin Schwierigkeitsgrad fünf Komma acht –, für den sowohl die richtige Kletterausrüstung als auch ein gewisses Können erforderlich sind. Ich übernahm die Führung und musste zwar aufpassen, dass diesem Greenhorn nichts passierte, andererseits wollte ich ihm auch nicht zu viel Aufmerksamkeit schenken. Der Mount Teewinot ist ganz schön hoch – bis zum Gipfel etwa 1700 Meter –, und es gibt mehrere Routen, an der Felswand hoch-

Ende 4, 43,30

zuklettern. Wenn ich nicht riskieren wollte, vom Kurs abzukommen, musste ich meine Gedanken zusammenhalten.

Unser Trio stieg ruhig und konzentriert den Fels hinauf, während die andere Gruppe bester Laune war, unablässig scherzte, alles und jedes in Augenschein nahm und so gut wie nie den Mund hielt. Ihr Gelächter hallte im ganzen Tal wider. Paul sprach nicht viel. Er war noch nie geklettert, aber umsichtig und geschickt bewies er, dass er in der Woche zuvor bei den Exum Mountain Guides wirklich etwas gelernt hatte. Seine vier Kollegen dagegen hatten alles schon wieder komplett vergessen, und ich bin überzeugt, dass keiner von ihnen nach ihrem ersten – und letzten – Kletterkurs je wieder mit solchen Granitwänden konfrontiert wurde. Doch sie waren kräftig, motiviert und durchaus in der Lage, unter Jeds Führung den Gipfel zu erreichen. Paul war da ganz anders. Man sah ihm an, dass er sich schon ein wenig mit den Felsen vertraut gemacht hatte. Wie ich später erfuhr, war er abends und in der Mittagspause an großen Felsblöcken hochgeklettert, um seine neu erworbenen Fähigkeiten zu üben. Was ich jedoch viel wichtiger fand, war seine Geschicklichkeit. Und daran erkennt man meines Erachtens, ob jemand wirklich etwas vom Klettern versteht. Es faszinierte mich, wie er das Seilende durch seinen Sitzgurt schob und ohne Hektik mit geschickten Fingern einen Bulinknoten machte. Immerhin ist das ein komplizierter Knoten, der Anfänger fast immer entmutigt. Der Anblick dieser großen, schmalen Hände mit den unglaublich langen, geschmeidigen Fingern packte mich mit voller Wucht. Ich bekam weiche Knie und kehrte ihm rasch den Rücken zu. Später behauptete er, ich hätte irgendwas Unverständliches vor mich hin gemurmelt, aber ich glaube, das hat er sich nur ausgedacht.

Von Anfang an hat es zwischen uns geknistert, aber den Ausschlag gab das Tagebuch – und die Schnürsenkel.

Als die anderen am Ende dieses Tages Energiedrinks runterkippten und Käse, Nüsse und Trockenfleisch verschlangen, saßen er und ich ein wenig abseits und kritzelten ein paar Seiten in unseren Tagebüchern voll. Seines war alt und abgegriffen, meines aber noch in viel erbärmlicherem Zustand. Er hielt sein Notizbuch auf den Knien und schrieb ruhig und konzentriert. Ich saß eine Weile im Schneidersitz, ging zwischendurch ein paar Schritte hin und her und ließ mich dann wieder auf den Boden fallen, um weiterzuschreiben.

Gewöhnlich hilft mir ein bisschen Bewegung, wenn ich mich aufs Schreiben konzentrieren will. An jenem Tag aber wanderten meine Blicke immer wieder zu diesem großen Mann mit den Locken, der mir gegenübersaß. Seit Tagesanbruch waren sich unsere Blicke mehrfach begegnet und wie ertappt sofort wieder in eine andere Richtung geglitten. Wir hatten den Crooked Thumb überwunden und den Gipfel erreicht und waren allesamt unversehrt ohne einen Kratzer wieder unten im Tal angelangt – für die meisten der Inbegriff einer guten Kletterpartie. Unterwegs auf den Lupine Meadows hatten wir eine Rast eingelegt. Jed und Laney lagen ausgestreckt im Gras, und ich saß angenehm müde, aber leicht verärgert über meine Wanderstiefel an einen Baumstamm gelehnt. Meine Schuhbänder waren mal wieder aufgegangen. Das geht schon so, seit ich zum ersten Mal im Leben einen Schuh angezogen habe – ein lebenslanger Kampf sozusagen. Die verfluchten Dinger bleiben einfach nicht zu. Ich zog die Stirn in tiefe Falten und bückte mich zu meinen Hi-Tec-Boots hinab, um sie wieder zuzuschnüren. Als ich aufblickte, stand er plötzlich vor mir.

»Bei allem anderen so gut«, sagte er und schüttelte den Kopf, »und ständig im Clinch mit den Schnürsenkeln.«

Mit diesen Worten kniete er sich vor mich hin und zog mir die Schuhbänder stramm. Nachdem er jeweils einen doppelten Knoten gemacht hatte, ließ er seine unglaublich schönen Hände einen winzigen Augenblick auf meinen Füßen ruhen.

»Wahrscheinlich kriege ich die jetzt nie mehr auf«, witzelte ich, aber tief im Innern fühlte ich, dass ich diesen Mann ein Leben lang lieben könnte.

Und so war es auch. Wir fingen an, miteinander zu reden, und unser Gespräch hörte nie mehr auf. Ob per Telefon oder persönlich – wir machten immer an der Stelle weiter, an der wir beim letzten Mal abbrechen mussten. Als der Rest der Mannschaft einige Monate später wieder nach Hause fuhr, bewarb Paul sich für eine Saison als Wildhüter in der Forschungsstation und blieb in den Grand Tetons. Von Miriam lebte er damals bereits seit einem Jahr getrennt, und an dem Morgen nach seiner offiziellen Scheidung zog er in mein Haus in Moose ein. Abgesehen von drei kurzen Arbeitseinsätzen waren wir unzertrennlich – bis er hierher kam, um für seine Dissertation zu forschen. Ich hatte geglaubt, wir wären ein Leben lang füreinander bestimmt.

Und jetzt ist er von mir gegangen.

Seine Tochter ist unten in dem Camp gefangen, und ich bin meinem Ziel, sie da herauszuholen, noch keinen Schritt näher gekommen als vor acht Stunden. Bitte, Gott im Himmel, hilf. Ich ertrage es nicht, wenn sie ihr etwas antun.

Hör auf damit, Tally, lass das sein! Denk nicht über Jo nach, sondern geh die Sache ruhig an und handle nicht überstürzt. Unsere *einzige* Hoffnung ist, dass sich eine günstige Gelegenheit ergibt. Doch dann muss ich sofort zuschlagen. Irgendwann werden diese Männer einen Fehler machen, denn schließlich sind sie auch nur Menschen. Irgendwas werden sie schon vermasseln: etwas falsch einschätzen, etwas vergessen oder einfach nur in ihrer Wachsamkeit nachlassen. Sobald das passiert, greife ich ein. Doch bis dahin muss ich abwarten und sie beobachten.

Den ganzen Vormittag hat Foy dort unten auf der Ebene das Spinifex-Gras durchstreift – und ist doch immer nur im Kreis gelaufen.

Er hat längst meine Absicht durchschaut, denn er ist ein viel besserer Spurenleser, als ich erwartet hatte. Inzwischen ist es ihm jedoch heiß, und er ist müde und vermutlich wahnsinnig wütend. Die Sonne brennt ihm erbarmungslos auf den Kopf. Er bleibt stehen, lehnt sein Gewehr in die Armbeuge und nimmt einen tiefen Schluck aus der Feldflasche. Nach einem kurzen Blinzeln hinauf zur Sonne beschließt er, ins Camp zurückzugehen. In der Mittagshitze wird er sich bestimmt nicht mehr vom Fleck rühren, so dass auch ich mir ein paar Stunden Ruhe gönnen kann. Etwas Schlaf ist genau das, was ich jetzt brauche. Und danach ein paar Worte aus Pauls Tagebuch.

Nur ganz wenige, Paulson, nicht so viele, dass man es als Herumschnüffeln bezeichnen könnte. Nur ein paar wenige Worte, damit es mir so vorkommt, als würden wir unsere Unterhaltung einfach fortsetzen.

Als ich aufwachte und aufsprang, hatte ich noch seinen charakteristischen Duft in der Nase und war mir sicher, er wäre zu Hause – wir beide wären zu Hause. Ich war fest davon überzeugt, das mit der Wüste wäre nichts als ein kurzer böser Traum, der sich in Luft auflösen müsste, sobald ich die Augen öffnen und meine gewohnte Umgebung sehen würde. Die sengende Sonne aber strafte meine Annahme Lügen und hielt mir unbarmherzig die Wahrheit vor Augen: Auf der endlosen, leeren Ebene dort unten suchte Foy immer noch nach meinen Spuren. Bei seinem Anblick verschwand Pauls Duft, und an seiner Stelle schlug mir wie eine Woge der Leichengestank entgegen, der von ihm ausgegangen war, als er in dem Landrover gehangen hatte. Meine Knie gaben unwillkürlich nach, und ich fing gleich wieder an zu würgen, obwohl ich absolut nichts mehr im Magen hatte.

Ich gebe zu, ich habe schreckliche Angst. Das hätte ich vorher nie zugegeben, nicht Paul und nicht mal mir selbst gegenüber.

Eines Abends, nachdem wir uns zu Hause in Moose geliebt hatten, lag ich in seinen Armen. Er hielt mich fest umschlungen und folgte mit der Hand meiner Haarsträhne über die Schulter den Rücken hinab. Sein zärtliches Streicheln brachte mich Schritt für Schritt wieder zurück in meine Kindheit und ich fing an zu weinen. Paul merkte es und hielt inne.

»Was ist los?«

Ich brachte kein Wort heraus.

Als er den Arm wegzog, überfiel mich eine schreckliche Angst. Er hielt meine Schultern fest umschlungen und wiederholte mit fragendem Blick: »Was hast du denn?«

Ich konnte die Tränen nicht länger zurückhalten. »Du bist so gut, dass es fast wehtut«, schniefte ich beschämt.

Er verbiss sich das Lachen, zog mich wieder an sich und legte seinen Arm um mich. Ich spürte förmlich sein Lächeln, als er murmelte: »Okay, das nächste Mal bestimmst du den Rhythmus.«

»Das meine ich nicht und das weißt du auch ganz genau«, erwiderte ich und stieß ihn in die Rippen.

»Ja, schon gut, ich weiß.«

»Ich hab nur Angst, dass ich das alles vielleicht irgendwann nicht mehr haben kann, dass ich dich vielleicht irgendwann nicht mehr haben kann«, sagte ich.

Er seufzte: »O Tal, wie oft muss ich dir noch sagen, dass ich nie von dir weggehe, Kleines?«

Genau das hat er mir immer wieder gesagt; vier Jahre lang hat er es mir versprochen und auch gehalten – bis heute.

Und was ist jetzt, Paul O'Malley? Du steckst da hinten unter dem Sand, Josie ist in diesem Camp gefangen und ich hocke hier auf dem Hügel. Also, was ist? Du bist also doch von mir weggegangen und nicht mehr wiedergekommen. Sieh dir den Kerl da draußen doch bloß mal an und sag mir, was zum Teufel ich jetzt tun soll ohne dich?

Wieder ist Foy stehen geblieben und hat es sich anders überlegt. Das verheißt nichts Gutes. Ohne auch nur einmal anzuhalten, marschiert er schnurstracks in die Wüste hinaus, bis er mindestens einen halben Kilometer vom Camp entfernt ist. Ich weiß genau, was er vorhat: Er hat sich entschlossen, den Einsatz zu erhöhen. Indem er sich weit genug von meinen irreführenden Fährten entfernt, kann er das zu durchsuchende Gebiet besser eingrenzen. Zwar wird ihn das einige Zeit kosten, aber auf diese Weise entdeckt er irgendwann meine tatsächlichen Spuren. Einer von uns beiden wird diese Wüste nicht lebend verlassen.

Mir wird schlecht, wenn ich nur daran denke, was noch alles auf mich zukommt. Ich kann es nicht fassen, dass alles so gekommen ist, dass mein ganzes bisheriges Leben – mit all den zurückgelassenen Scherben, aber auch mit all seinen unfassbaren Wonnen, die ich nie für möglich gehalten hätte – hier und jetzt auf diese Katastrophe zusteuern würde. Gott verdamme die Tanami-Wüste, diesen Ort des Wahnsinns, in alle Ewigkeit! Ich komme hier nicht raus, Paul, ich schaffe das nicht. Das ist einfach zu viel verlangt.

Ich würde am liebsten aufgeben, nur noch die Augen schließen und von einem großen Mann mit einem verschmitzten Lächeln träumen, der mir die Schuhe zuschnürt, der meinen Nacken liebkost und der sich ein halbes Pfund Zucker in seinen Frühstückskaffee streut – weshalb wir Zucker immer in Packungen für Großverbraucher kaufen mussten. Ich möchte nur noch die Augen schließen und träumen, bis das Ganze vorbei ist, möchte mich leise davonstehlen und alles einfach zu Ende gehen lassen.

Aber da ist noch jener andere Teil in mir, der diesen Mann in Josie wiederfindet: den warmen Blick seiner braunen Augen, sein lockiges rotes Haar, dem die Sonne goldene Lichter aufsetzt, sein verstohlenes Lächeln, das seinen ganzen Körper, sein ganzes widerspenstiges Selbst erfüllt. Sie ist ihm wie aus dem Gesicht geschnitten. Ich kann dieses Kind nicht aufgeben – ebenso wenig wie seinen Vater.

Er hat mich gelehrt, dass man seine Gefühle – und zwar alle, die guten, die schlechten und die dazwischen – mit den Leuten teilen muss, an denen einem etwas liegt. Er reichte mir die Hand und zog mich heraus aus meiner Isolation, aus dem dunklen Schneckenhaus, in das ich mich nach dem Tod meiner Mutter verkrochen hatte. Mit ihm erschien mir das Leben endlich wieder lebenswert. Wäre er jetzt hier, könnte ich das selbst noch in dieser Situation hier glauben.

Mein Blick fällt auf sein Tagebuch. Ich spüre seine Nähe, und plötzlich verstehe ich, was er gemeint hat. »Wie oft muss ich dir noch sagen, dass ich nie von dir weggehe, Kleines? Du bist mir so nah wie meine eigene Haut, Liebling. Ich *kann* mich gar nicht von dir trennen.«

Das stimmt. Die Leiche dort unter dem Sandhügel ist nur die halbe Wahrheit. Der Mann, den ich liebe, ist nach wie vor an meiner Seite – ist mir so nah wie meine eigene Haut und wird mich nie verlassen.

Irgendwo werde ich schon für das, was jetzt zu tun ist, die nötige Kraft hernehmen.

Behutsam schlage ich das Tagebuch auf, denn es muss bis an mein Lebensende halten.

Der Anblick seines unordentlichen Gekrakels, für das die Seiten viel zu schmal erscheinen, treibt mir heiße Tränen in die Augen, und ich klappe das Büchlein rasch wieder zu.

Über seine Schrift habe ich mich immer gern lustig gemacht. Und wie sehr habe ich die Zettel mit den Botschaften in krakeliger Schrift geliebt, die er mir aufs Kopfkissen gelegt hat, wenn er schon zur Arbeit musste, solange ich noch im Bett war. Dabei wussten wir beide genau, dass ich nur so tat, als würde ich noch schlafen, nur damit er mir wieder einen Zettel schreiben musste. Schon erstaunlich, wie viel der eine vom anderen wusste, ohne dass wir auch nur ein einziges Wort darüber verlieren mussten. Und alles war immer so … so richtig, so ehrlich und sicher, wie geschaffen für ein ganzes Leben.

Und jetzt das!

Ich mache noch einen zweiten Versuch, das Tagebuch aufzuschlagen. Ich weiß, welche Kraft in seinen Worten steckt, schließlich kenne ich Paul. Ganz sicher hat er Dinge niedergeschrieben, die meiner Angst auf den Grund gehen und mir deutlich machen, dass meine Grenzen von gestern immerhin so weit reichen, dass sie auf die von morgen vorausweisen.

Ich werde mit der Innenseite des Umschlags beginnen. Das ist unverfänglich und einfach.

Aber nein, das ist alles andere als einfach! Wieder schlage ich das Büchlein zu und lege es aus der Hand. Ich kann es nicht mal mehr festhalten. Da steht *unsere* Adresse, das alte Mission-66-Haus, das wir gemeinsam in Moose bewohnten, einer dieser soliden Bauten, wie sie vor etwa fünfzig Jahren in den Nationalparks errichtet wurden. Dieses Haus mit den hellbraunen Außenmauern, den hässlichen grünen Bodenfliesen, den schlichten Räumen und in manchen Jahren mit dem hoch aufgetürmten Schnee auf dem Giebel, dieses Haus, das an dem Tag, als er hierher flog und ich wusste, dass er erst in zwei Jahren zurückkommen würde, plötzlich so merkwürdig still war. Nicht, dass ich mir Sorgen um uns beide gemacht hätte, o nein, das nicht, wir sind hart im Nehmen, hart wie Granit. Aber ich fühlte mich schon einsam, noch bevor er überhaupt abgereist war, und das war für mich eine völlig neue Erfahrung. Normalerweise macht es mir nichts aus, wenn Leute abreisen. Oft bin ich, ehrlich gesagt, sogar froh, wenn sie gehen. Bei Paul war das jedoch immer ganz anders. Er ist mir wichtig. Nicht so, dass ich ihn ständig um mich haben müsste oder mich an ihn geklammert hätte, aber ich brauchte ihn wie die Luft zum Atmen.

Ich streife mein Oberteil ab, hole sein Flanellhemd aus dem Rucksack und ziehe es an. Nachdem ich es bis zum Hals zugeknöpft habe, nehme ich wieder sein Tagebuch und schlage es an einer beliebigen Stelle auf.

Eines ist wahr.
Was wir meiden, wird zu dem, was wir fürchten.
Was wir fürchten, wird zu dem, was wir sind.

Eine kleine Schlange, eine Death Adder, verkriecht sich seitwärts unter einen Strauch, in dessen Schatten sie Schutz sucht. Nur gut einen Meter von mir entfernt rollt sie sich zusammen. Auch wenn sie nicht groß ist, wirkt ihr Gift doch tödlich. Im ersten Moment läuft es mir kalt den Rücken hinunter, aber dann legt sich die Furcht. Noch vor wenigen Tagen war mir beim Anblick einer Giftschlange das Blut in den Adern gefroren – mittlerweile ist alles anders.

Warm weht der Wind von der Ebene her. Er trocknet meine Tränen und bläst mir eine Haarsträhne aus dem Gesicht, die sich aus meinen Zöpfen gelöst hat. Ich sehe, wie gewissenhaft Foy sich seiner Aufgabe widmet und mit schussbereitem geschultertem Gewehr leicht vornübergebeugt den Sand nach meinen Spuren absucht. Bald wird er kommen und mir den Krieg erklären. Ich muss meinen Rubikon überschreiten.

15. Tag

Kurz nach Mitternacht. Habe die rote Blende auf die Taschenlampe geschoben. Sitze hier und versuche, meine Psyche – oder das, was noch davon übrig ist – zu stärken. Bald muss ich handeln, aber im Moment bin ich noch wie betäubt. Mamas Blicke verfolgen mich. Jedes Mal, wenn ich sie auf mir spüre, zucke ich zusammen, denn ich habe meinen Eid gebrochen und bin drauf und dran, es ein zweites Mal zu tun. Ich kann ihr jetzt nicht in die Augen sehen. Ausgeschlossen! Was ich begonnen habe, muss ich auch zu Ende führen.

Kurz vor Einbruch der Nacht klappte ich Pauls Tagebuch zu und zog sein Hemd wieder aus. Innerlich vollkommen ruhig – so ruhig, wie ich im ganzen Leben noch nie gewesen war – faltete ich das Hemd sorgfältig zusammen und steckte es in den Rucksack. Dann zog ich das Messer aus der Scheide und schnitt mir mit der scharfen Klinge ein Haarbüschel nach dem anderen ab, das jeweils schwer zu Boden fiel. So machte ich weiter, bis mein Kopf nur noch von einer etwa zwei bis drei Zentimeter langen Haarschicht bedeckt war. Lediglich vorn an der Stirn ließ ich noch ein paar dünne Zöpfe übrig, falls die Buschfliegen wieder auftauchen sollten. Ich kann mich nicht daran erinnern, dass mein Haar je so kurz war. Mein Leben lang – ganze siebenundzwanzig Jahre – ist es noch nie geschnitten worden, und ich hatte immer gedacht, wenn ich es jemals schneiden würde, ginge es mir nachher sicher elendig schlecht. Aber jetzt, wo es ab ist, empfinde ich rein gar nichts.

Schließlich nahm ich das abgeschnittene Haar vom Boden auf, band es mit einem Hanffaden zusammen und steckte es in meinen Rucksack. Dann eilte ich den Hügel hinab, um die kreisförmige Suchroute zu schneiden, auf der sich Foy noch immer bewegte. Etwa vierhundert Meter vor ihm legte ich eine Spur: deutliche Fußabdrücke, die in die Wüste hinausführten. Nach achthundert Metern blieb ich stehen und schlug in voller Absicht und gut sichtbar mein Lager auf. Ich rollte mein Bettzeug aus, schnürte den Rucksack auf und verteilte den Inhalt auf dem Boden. Zum Schluss bereitete ich alles für ein kleines Feuer vor, das ich nur noch anzuzünden brauchte, sobald er in Sichtweite kam. Er hält mich für eine blöde Yankee-Schlampe. Das mit dem Lager kauft er mir ganz bestimmt ab.

Dann schob ich die Laken so zusammen, dass es aussah, als läge eine menschliche Gestalt darunter, ließ am oberen Rand die Haare ausgebreitet vorschauen und legte eine Feldflasche daneben. Danach eilte ich zurück zu Foy. Der Himmel war nachtschwarz und im Schutze der immer tiefer werdenden Dunkelheit verfolgte ich ihn auf seiner Fährte. Als ich sah, dass er meine Spur an der beabsichtigten Stelle aufgenommen hatte, huschte ich zu meinem Lager zurück und zündete das Feuer an. Ich nahm ein Stück Draht, formte eine Schlinge und wickelte mir die Enden um je eine Hand. Dann zog ich mich in die Dunkelheit zurück und wartete.

Es dauerte auch nicht lange, bis er kam. Der Strahl seiner Taschenlampe hüpfte auf meinen Fußabdrücken auf und ab und führte ihn rasch zu mir. Etwa sechzig Meter vor den zusammengeschobenen Laken hielt er an und sah sich um. Er schaltete die Taschenlampe aus, und in einer Entfernung von nur noch fünfzehn Metern nahm er das Gewehr von der Schulter und richtete den Lauf auf das Bündel. Etwa fünf Meter entfernt blieb er stehen und suchte mit den Blicken den gesamten Lagerplatz ab, trat weiter vor bis in den Feuerschein und blieb erneut stehen. Plötzlich entspannte er sich und fing an zu grinsen. Aufmerksam sah er nach links und rechts, ließ das Gewehr sinken und machte eine Bewegung, als wolle er es ablegen. Gleichzeitig zog er sein Messer aus der Lederscheide am Gürtel, kroch in geduckter Haltung auf das leblose Bündel zu, das meine Haare trug – und im selben Moment stürzte ich mich auf ihn. Ich stieß ihm hart das Knie ins Kreuz, schlang ihm blitzschnell die Drahtschlinge um den Hals und zog sie mit aller Kraft zu.

Foy stürzte und riss mich mit sich. Wir wälzten uns am Boden, während er wild um sich schlug und verzweifelt versuchte, sich aus meinem Griff zu lösen. Plötzlich sprang er mit einem Wahnsinnssatz rückwärts und schleuderte mich ins offene Feuer, stieß mir den Ellbogen in die Rippen, boxte und trat sich frei. Sofort krabbelte er auf die Knie und kam rasch auf die Füße, hielt sich die Hand an die Kehle und packte mit der anderen sein Messer, während er mit heiserer Stimme brüllte: »Verrücktes Miststück, du! Willst wohl 'n bisschen Spaß haben, was?« Foy versetzte mir einen Faustschlag ins Gesicht und riss mir mit dem gezackten Metallring, den er am kleinen Finger trug, ein Stück Haut ab, schüttelte kurz die Faust und schlug gleich noch einmal zu. »Da hast du! Wie gefällt dir das? Ist das Spaß genug?« Mit dem Stiefel trat er mich in den Magen. »Willst du noch mehr Spaß?« Er riss mich an den Schultern hoch, bog meinen Kopf nach hinten und stand keuchend über mir, während ihm vor Wut der Geifer aus den Mundwinkeln troff. Dann tastete er langsam und genüsslich nach seiner Gürtelschnalle und meinte: »Und jetzt will ich *meinen* Spaß haben.«

Fieberhaft rasten meine Gedanken zurück zu meinem Training, zum Dojo, zurück auf die Matte, auf der wir geübt hatten und auf der ich viele hundert Mal gewartet hatte, bis mein Gegner in einer für mich günstigen Verteidigungsposition war: ganz nah zwischen meinen Beinen. Beim Jiu-Jitsu geht es vor allem um das richtige Kämpfen, wenn man am Boden liegt. So wie Foy jetzt stand, war es für mich die beste Ausgangsposition. Jiu-Jitsu ist nicht für den Ernstfall gedacht, sondern lediglich ein sportlicher Wettkampf, aber jetzt war der Ernstfall eingetreten. Als Foy sich hinkniete und seine Hand mit dem Messer nach meiner Kehle suchte, setzte ich einen Armhebel an: Ich packte sein Handgelenk, drehte mich auf dem Rücken herum, schwang ein Bein über seinen Kopf, presste seinen Arm zwischen meine Schenkel, hob das Becken und verrenkte ihm mit einem heftigen Ruck den Arm. Sein Ellbogen war gebrochen – ein glatter Bruch. Mit lautem Geheul landete er auf dem Bauch und ließ das Messer fallen. Gleichzeitig sprang ich auf, zog ihm den Arm, der für ihn nicht mehr zu gebrauchen war, hoch auf den Rücken und trat zweimal fest und gezielt mit der Hacke gegen seine untere Schädelkante. Beim ersten Tritt brach sein Genick, beim zweiten ging sein Geheul in ein Gurgeln über und beim nächsten hörte er auch auf zu gurgeln.

Und beim letzten hörte er mit allem auf.

Die Nacht wurde still. Blutüberströmt, elend und fast wahnsinnig vor Schmerzen sackte ich zusammen und wandte das Gesicht von Foys schwerem Körper ab. Ich *spürte* den Schmerz nicht, sondern *bestand* praktisch aus purem Schmerz, von der Hautoberfläche bis tief ins Mark.

Auf allen vieren kroch ich herum und sammelte Foys Sachen ein, vor allem das Gewehr und das Messer. Dann brach ich das Lager ab, holte den Schlitten und ging zurück. Kurz vor der Quelle blieb ich stehen. Was ich getan hatte, war erst die halbe Arbeit. Ich musste die Sache zu Ende führen.

Der leichtere Teil ist erledigt, der schwierigere steht mir noch bevor. Und trotzdem muss ich es tun. Ich muss Josie aus den Klauen dieses Mannes befreien.

In der Nähe heult ein Dingo, und im Mondlicht sehe ich undeutlich eine Silhouette – eine weiße Silhouette. Zumindest will ich glauben, dass sie weiß ist. Und wieder heult das Dingoweibchen, zögert und verschwindet in Richtung Quelle: zu Josie und dem anderen Mann.

Mamas Blick ist jetzt überall. Er durchbohrt mich, denn er weiß von meinem Frevel. Er weiß, nachdem ich dieses lodernde Feuer entzündet habe, gibt es für mich keine Alternative mehr. Gewalt erzeugt weitere Gewalt; ist sie erst einmal ausgelöst, gibt es kein Zurück.

Tagesanbruch. Es ist geschafft.

Eiskalt ging ich auf Rayburn zu, und damit die Fronten von vornherein geklärt waren, spannte ich als unmissverständliche Drohung mit lautem Klicken das Gewehr.

Das Geräusch ließ ihn erstarren. Er hielt mitten in der Bewegung inne und blieb mit dem Rücken zu mir stehen. Ich achtete genau auf seine Hände. Josie war weit und breit nicht zu sehen.

Mit stahlharter Stimme fragte ich ruhig: »Wo ist das Mädchen?«

Reglos stand er da und starrte ins Leere. Seine Kiefernknochen spannten sich, und er machte eine Kopfbewegung hin zu dem Zelt, das uns am nächsten stand.

Das Gewehr in der Rechten, die Mündung genau auf ihn gerichtet – falls er sich auch nur um Haaresbreite bewegen sollte, würde ich einen Volltreffer landen –, machte ich ein paar Schritte auf das Zelt zu und knipste meine Taschenlampe an. Josie, der die roten Locken an der Stirn klebten, lag zusammengekauert gegen einen Seesack gelehnt und schlief tief und fest. Ich hielt die Taschenlampe ganz still und überzeugte mich davon, dass Josies Brust sich gleichmäßig hob und senkte. Dann legte ich die Taschenlampe auf den Tisch und sah Rayburn mit stählernem Blick an, den er absolut furchtlos ebenso stahlhart erwiderte.

Wortlos trat ich von hinten an ihn heran und nahm ihm die Pistole ab: eine voll geladene und entsicherte 9-mm-Beretta. Sie erschien mir weniger unhandlich als das Gewehr, also stellte ich es ab und wog Rayburns Waffe in der Hand. Als ich testete, ob sie geladen war, zuckte Rayburn bei dem Knall heftig zusammen, blieb aber stumm. Die aufgehängten Glühlampen im Camp tauchten alles in ein schauriges Licht. Ich war wie betäubt.

Genau in diesem Augenblick hätte ich ihn erschießen sollen. Aus kürzester Entfernung, ich hätte ihn gar nicht verfehlen können.

Aber ich brachte es einfach nicht fertig. Stattdessen zog ich einen Stuhl mitten auf die Lichtung und band Rayburn an ihm fest – je ein Fußgelenk an ein Stuhlbein, die Hände auf dem Rücken gefesselt und bis hinauf zu den Ellbogen an die Stuhllehne geschnürt. Als ich die Laufknoten am Stuhl festzurrte, war an seiner Miene und an seinen heftigen Atemstößen deutlich zu erkennen, dass es ihm wehtat. Aber er sagte kein Wort. Worte spielten jetzt sowieso keine Rolle mehr.

Dann begann ich mit der Plünderung und durchwühlte das gesamte Camp nach Vorräten, die wir gebrauchen – und auch tragen könnten. Damit kam das meiste für uns ohnehin nicht in Frage, aber ich nahm wenigstens Wasser und Nahrungsmittel mit. Das Essen würde für fünf Tage reichen, und falls wir es streckten, sogar für acht. Uns wird nichts anderes übrig bleiben, als es zu strecken, also reicht es für acht. Außerdem nahm ich Munition für die Pistole, nicht jedoch für das Gewehr. Ich hatte noch nie mit einer so langen Waffe umgehen können. Mit einer kurzen allerdings auch nicht, aber von Gewehren und Schrotflinten fühlte ich mich besonders eingeschüchtert. Mit einem schweren Hammer hieb ich auf den Gewehrkolben und auf den Lauf ein und verstreute sämtliche Patronen im Umkreis von vierhundert Metern. Die Männer wären auf jeden Fall besser beraten, sich ein neues Gewehr zu kaufen, statt zu versuchen, das alte wieder funktionstüchtig zu machen. Merkwürdig, dass ich nicht noch mehr Waffen fand; ich hatte ein ganzes Arsenal erwartet.

Ich habe ernsthaft darüber nachgedacht, hier zu bleiben und zu warten, bis Bodley wieder mit dem Wagen aufkreuzt, und ihn zu überrumpeln. Dann könnten Josie und ich einfach von hier wegfahren, aber rasch wurde mir klar, dass wir im Kampf mit der Wüste bessere Chancen haben. Bei diesen Kerlen sind zu viele Unwägbarkeiten im Spiel, die ich nicht unter Kontrolle habe. So könnte Bodley eventuell noch jemanden mitbringen. Sie sind ohnehin alle viel bessere Schützen als ich. Falls ich mich verschätzte und daneben schoss oder einfach zu lange fackelte, wären wir viel schlimmer dran als in der Wüste. Wir werden wohl lieber an unserem ursprünglichen Plan festhalten, denn nach alledem mutet die Wüste geradezu an wie ein freundlicher Ort.

Zuletzt musste ich mich noch um Rayburn kümmern. Während ich das Camp plünderte, ging es mir unentwegt durch den Kopf: Ich hätte ihn töten sollen. Aber ich konnte mich nicht dazu überwinden. Stattdessen stellte ich Schüsseln mit Wasser und Nahrung so hin, dass er sie erreichen konnte, auch ohne die Hände zu benutzten. Ich hatte vor, ihn am Stuhl angebunden zu lassen. In letzter Sekunde beschloss ich, ihm wenigstens einen Fuß loszubinden, für den Fall, dass die Dingos ihn angriffen. Wenn schon keine Hand, dann wenigstens einen Fuß, damit er zumindest eine Chance hätte. Er könnte den Stuhl umkippen und sich allmählich zum Wasser und zur Nahrung vorarbeiten. Bis Bodley zurückkäme, wäre er zwar sicher in ziemlich schlechtem Zustand und brauchte vermutlich ärztliche Hilfe. Aber so müssten sie sich wenigstens auf etwas anderes konzentrieren als auf uns, also brauche ich ihn nicht unbedingt zu töten. Bind ihm nur ein Bein los, Nowata.

Ich kniete mich hin, um ihm die Fesseln am rechten Fußgelenk zu zerschneiden.

Er bedankte sich geradeheraus und sagte: »Vielen Dank, sehr freundlich.«

Da fiel mir plötzlich sein Hosenbein auf. Ich zog es hoch und sah, dass er noch eine zweite Knarre am Bein festgeschnallt hatte. Die ganze Zeit über, als ich dachte, er wäre unbewaffnet, hatte er also mit einer geladenen Kanone dagesessen. Entsetzt und wütend riss ich sie ihm ab, leerte die Munition in den Sand und schlug wie wild mit dem Hammer auf die Waffe ein. Schließlich fasste ich einen grimmigen Entschluss. Lass dich nicht unterkriegen.

»Ich kann mir nicht erlauben, dass Sie uns verfolgen«, sagte ich, innerlich vollkommen ruhig und unbeteiligt. Auf meiner Zunge fühlte ich deutlich den metallenen Geschmack von Adrenalin. Ich ging auf ihn zu, kippte mit dem Fuß den Stuhl um und nahm seinen rechten Fuß in die Hand. Mit Foys Messer schnitt ich ihm von hinten bis auf den Knochen in die Ferse. Dann drehte ich das Messer um, stieß es ihm von außen durch sein Fußgelenk und durchtrennte ihm die Achillessehne. Meine Hände waren blutgetränkt. Er stieß einen fürchterlichen Schrei aus und wand sich am Boden wie ein verwundetes Tier. Mir wurde speiübel und ich fühlte mich leer und ausgebrannt.

»Ich kann mir nicht leisten, dass Sie uns verfolgen«, wiederholte ich zitternd und versuchte, etwas in einem Satz zu erklären, was sich auch in Jahrmillionen nicht erklären ließ.

Unsere Blicke trafen sich – seine stählerne Undurchdringlichkeit war reiner Bosheit gewichen –, und noch bevor ich mich umdrehte, war mir klar: Ich hätte diesen Mann besser töten sollen, denn falls er überlebte, würde er mich bis ans Ende der Welt verfolgen. Mir war elendig schlecht. Ich befand mich am Rande des Wahnsinns, und ich hätte ihn bestimmt doch noch getötet, wäre nicht genau in dem Augenblick, als ich nach der Pistole griff, Josie aufgetaucht. Verschlafen, doch gleichzeitig erschreckend wach stand sie mit zerzaustem Haar am Zelteingang und starrte fassungslos mit dem Blick eines kleinen Mädchens – der dem von Mama so ähnlich war – erst auf mich und das blutige Messer in meiner Hand und dann auf die Beretta auf dem Tisch, so als wäre sie geradewegs in die Hölle hineingestolpert und Satan höchstpersönlich hätte sie willkommen geheißen. Unwillkürlich zuckte ich zusammen.

Das brauchte sie nicht zu sehen. Weiß Gott, sie brauchte nichts von alldem hier zu sehen, verdammt noch mal. Auch ohne das hat sie schon viel zu viel mit ansehen müssen. Das reicht bis an ihr Lebensende.

Wortlos folgte sie mir zum Schlitten und wir machten uns auf den Weg. Mit langsamem, aber stetigem Schritt kamen wir gut voran. Noch zwei, drei Stunden lang sahen wir hinter uns die Lichter des Camps und dann verloren wir sie allmählich aus den Augen. Während Josie schlief, marschierte ich weiter. Nach einer Weile hielt ich an und grub uns ein Lager am Innenrand einer kleinen Senke, streute Sand und Gestrüpp über unsere Ausrüstung, damit wir nicht entdeckt würden, und rollte unsere Matten aus, damit wir den Rest des Tages schlafen konnten.

»Nachts ist man hier immer noch am besten unterwegs. Das werden wir auch so beibehalten«, sagte ich zu Jo.

Sie entgegnete nichts, drehte sich nur auf die Seite und rollte sich zitternd zusammen. Ich würde sie gern streicheln, sie fest in die Arme nehmen oder sonst was, aber ich lasse es lieber. Sie hat Angst vor mir bekommen, und das nicht ohne Grund. Ich überlege, wie ich ihr erklären kann, was ich mit Rayburn getan habe, aber mir fällt nichts Sinnvolles ein.

Mamas Blick schweigt.

Es ist schon Nachmittag, doch jedes Mal, wenn ich die Augen schließe, sehe ich Foy über mir mit der Hand an der Gürtelschnalle und spüre, wie unter meinem Schuh sein Genick bricht, und mein Rücken verkrampft sich. Ich versuche, diesen Bildern zu entkommen – versuche, mir selbst zu entkommen, aber es gelingt mir nicht. Verzweifelt suche ich innerlich nach einem Halt, um wieder Boden unter die Füße zu bekommen, und mein Blick fällt auf Josie, die immer noch tief schläft. Ich würde gern weinen, wenn mir das irgendwie helfen würde.

Mir tut alles entsetzlich weh. Das eine Auge ist völlig zugeschwollen, das andere ganz dick, halb geschlossen und tränt unablässig. Bauch und Arme sind aufgeschürft und mit blauen Flecken übersät. In meiner Linken klafft eine tiefe Schnittwunde und auch an meinem rechten Oberschenkel ist ein hässlicher Riss zu sehen. Ein Backenzahn ist mittendurch gebrochen, aber beide Teile stecken noch fest im Kieferknochen. Zwei, vielleicht sogar drei Rippen sind völlig lädiert. Zwischen den Schulterblättern habe ich eine Brandwunde, die so groß ist wie mein Kopf. Alles kann ich irgendwie nachvollziehen, nur die Stichwunde in meiner Linken nicht. Ich kann mich nicht daran erinnern, wie ich sie bekommen habe, doch eigentlich spielt es ohnehin keine Rolle, da sie auch nicht stärker schmerzt als alles andere. Weder auf der linken noch auf der rechten Seite kann ich schlafen, weder auf dem Rücken noch auf dem Bauch. Dann muss ich wohl sitzen bleiben.

Auch gut, wenigstens ist der Kampf so weit überstanden.

Das haben wir also schon mal geschafft. Fast sechzig Meilen haben wir hinter uns, etwas über hundert liegen noch vor uns. Selbst wenn wir nur fünf Meilen pro Nacht zurücklegen, können wir in zwanzig Tagen hier raus sein. Wir haben Nahrung und Wasser, und es steht zu erwarten, dass wir unterwegs noch mehr finden. Wir haben eine Pistole und ein anständiges Messer. Das Allernotwendigste ist somit vorhanden. Das Leben hat seine Schleusen geöffnet und die Wildwasserfluten auf uns losgelassen, doch wir sind auf den hohen Wellen davongesurft. Nun ja, ganz so nun auch wieder nicht, aber immerhin haben wir die Herausforderung mit diesen Kerlen angenommen und sind am Ende besser davongekommen als erwartet. Natürlich muss man außer Acht lassen, in welcher körperlichen Verfassung ich mich derzeit befinde oder was Josie jetzt wohl von mir denkt. Schließlich hatte ich überhaupt keine andere Wahl. Wie Großmutter Nowata immer sagte: Mach es, so gut du kannst, und kümmere dich nicht um den Rest. Die Zeit heilt alle Wunden, solange du nicht klein beigibst.

Vermutlich hat mich dieses Kind noch nie besonders gemocht, und jetzt hat es obendrein noch Angst vor mir. Aber immerhin atmet sie noch, und das allein zählt. Dass sie mich mag, ist überhaupt nicht nötig. Sie muss nur am Leben bleiben. Das mit dem Surfen ist wohl doch kein so guter Vergleich; ich habe noch nie einen Sinn in diesem Sport gesehen. Meiner Ansicht nach ist es besser, sich von so gewaltigen Wellen fern zu halten. Allerdings muss ich einräumen, dass man schon einen verdammt guten Gleichgewichtssinn braucht, um sich auf einem so dünnen Brett aufs unberechenbare Meer zu wagen.

Aber auch wir werden diese Gegend hier schon noch bezwingen.

Mit Pauls Tagebuch und meiner Willenskraft werden wir sein Kind schon lebend aus dieser Wüste hinausbringen.

Ich schneide mir, Stück für Stück, mit dem Messer die äußere abgestorbene Haut von der Wunde am Oberschenkel ab. Als Josie die Augen öffnet und sieht, was ich tue, schreckt sie vor mir zurück und schreit aus Leibeskräften nach ihrem Daddy.

16. Tag

Wenn mir nicht bald etwas einfällt, werde ich Jo verlieren. Dieses Kind zerbricht an mir, und ich weiß nicht, wie ich es verhindern soll.

Gestern Abend hat Josie geschrien, bis sie heiser war und keinen Ton mehr herausbrachte. Stundenlang ging das so. Ich brauchte nur in ihre Nähe zu kommen, und schon schluchzte sie und versuchte, von mir wegzukrabbeln. Ich wollte sie festhalten und es ihr irgendwie erträglich machen, aber sie ließ mich gar nicht an sich heran. Nach mehreren Versuchen gab ich auf, setzte mich zu ihr und redete auf sie ein, bis ich nicht mehr konnte. Ich versuchte ihr zu erklären, was ich getan hatte und auch warum ich es getan hatte. Aber sie schrie nur unentwegt nach ihrem Daddy, und als ihr schließlich die Stimme versagte, flüsterte sie nur noch seinen Namen – immer und immer wieder. Ich glaube nicht, dass sie auch nur ein Wort von dem mitbekam, was ich ihr sagte.

Zuerst dachte ich, die Sache mit Rayburn hätte diese heftige Reaktion ausgelöst, aber inzwischen bin ich sicher, dass viel mehr dahinter steckt: Josie erinnert sich an Paul und weiß, dass sie ihn für immer verloren hat. Der Anblick, wie ich mit dem Messer meine Wunde reinigte, hat ihre Erinnerung ausgelöst, und ich fürchte, sie wird das alles nicht so bald verarbeiten können. Vom vielen Weinen ist ihr Gesicht ganz fleckig und geschwollen. Der Speichel läuft ihr aus den Mundwinkeln, und sie zittert so stark, dass ihre Zähne aufeinander schlagen. Ich hoffe, sie schläft bald ein, aber sie starrt nur mit geöffneten Augen entsetzt ins Leere. Sie ist in höchstem Alarmzustand und hat Angst zu schlafen. Wenn sie nicht bald einschläft, weiß ich wirklich nicht, wie es weitergehen soll.

Mitten in der Nacht habe ich Pauls Hemd herausgekramt und so neben Jo auf den Boden gelegt, dass sie nur danach zu greifen brauchte, wenn sie es haben wollte. Aber sie hat nicht mal den kleinen Finger gerührt. Heute Morgen habe ich ihr angeboten, ihr etwas aus Pauls Tagebuch vorzulesen, aber sie hat überhaupt nicht darauf reagiert. Allmählich verliert sie die Verbindung zu dieser Welt, und ich muss dringend etwas unternehmen, um sie wieder zurückzuholen. Es muss doch irgendwas geben, was ich für sie tun kann – aber was? Zu essen und zu trinken habe ich ihr auch schon angeboten, aber mit jedem Atemzug zieht sie sich nur weiter in ihr Schneckenhaus zurück.

Ich werde sie verlieren, Paul, ich kann sie nicht halten. Du musst mir dabei helfen, denn ich bin mit meinem Latein am Ende. Schweigend sitze ich da und verbinde meine Linke mit einem Streifen Baumwollstoff. Ich kann kaum noch einen klaren Gedanken fassen, ich habe Angst und mir ist schlecht.

Auf einmal fällt mir wieder ein, wie Großmutter Haney das letzte Mal, als ich bei ihr war, versucht hat, mir zu helfen. Endlich weiß ich, was ich zu tun habe. Ich werde Josie eine Geschichte erzählen, und zwar eine wahre Geschichte: Sie handelt davon, dass Eltern und weiße Dingos niemals wirklich sterben, sondern uns unsichtbar begleiten, damit wir selbst für uns den richtigen Weg wählen können. Elf Jahre lang hatte ich für diese Geschichte, die meine Großmutter mir erzählt hatte, keinerlei Verwendung. Ganz im Gegenteil: Diese Lügenmärchen der Mutter meiner Mutter brachten mich immer nur in Rage, weil sie mich an genau das erinnerten, was ich unbedingt vergessen wollte. Doch heute bin ich am unteren Ende meines Seils angelangt, und vielleicht finde ich ja in ihren Geschichten eine Rettungsleine für Jo – und auch für mich.

17. Tag

Großmutters Geschichte hat tatsächlich geholfen, denn endlich hört Josie mir zu. Ich habe vor ihr im Sand gesessen, sie angeschaut und ihr mindestens zwanzig Mal immer wieder aufs Neue die Geschichte von den Eltern und den weißen Dingos erzählt. Vor einer Weile habe ich ein paar Nudeln in warmes Wasser gerührt und Josie als Suppe angeboten. Sie nahm die Tasse sogar aus meiner Hand, und während sie daran nippte, erzählte ich ihr die Geschichte gleich noch einmal. Ich nannte sie eine wirklich wahre Geschichte.

Mit Pauls Tagebuch auf dem Schoß sitze ich nun hier und warte, wie es weitergeht. Jo ist so erschöpft, dass sie vor Müdigkeit beinahe umfällt. Zufällig fällt mein Blick zwischen uns auf den Boden und ich sehe eindeutig Dingospuren. Wie und wann sie dahingekommen sind, weiß ich nicht. Jedenfalls kommen sie mir als sichtbarer Beweis für meine Geschichte sehr gelegen.

Ich beuge mich vor und deute mit der Rechten auf die Spuren. »Guck mal, Jo. Siehst du das? Habe ich's dir nicht gesagt? Sie war hier und hat auf uns aufgepasst, so wie ich es dir in der Geschichte erzählt habe. Hast du gesehen, mein Schatz? Sie hat uns sogar ihre Spuren hinterlassen.«

Fast unmerklich beugt Josie sich zu den Spuren vor, um sie aufmerksam zu betrachten.

»Jo will jetzt heia machen«, sagt sie schließlich zu mir und greift damit auf die Ausdrucksweise zurück, die sie Paul gegenüber als kleines Kind benutzt hat. Meine Augen werden feucht, und eilig schüttele ich den Sand von den Laken, die ich für sie zum Schlafen ausgebreitet habe.

Willig lässt sie sich von mir am Arm stützen und zu ihrer

Matte führen. Nachdem sie sich darauf niedergelassen hat, ziehe ich ihr das T-Shirt aus, streife ihr Pauls Hemd über und knöpfe es ihr bis zum Hals zu. Während ich sie sanft auf die Seite drehe und ihren Kopf auf den Rucksack bette, drückt sie mit den Händen den Stoff fest an ihre Haut und schließt endlich die Augen. Ich bleibe neben ihr auf den Knien, streichle ihr den Rücken und weine bitterlich.

»Tally, erzähl mir eine Geschichte«, flüstert sie.

Zum ersten Mal seit Tagen wird mir warm ums Herz. Jetzt wird alles wieder gut.

»Es war einmal, an einem Ort wie diesem, ein weißer Dingo …«

»Nein«, unterbricht Jo mich. »Erzähl mir eine Geschichte aus Daddys Buch.«

Für einen Moment schließe ich die Augen. Dann hole ich Pauls Tagebuch, klappe es an einer beliebigen Stelle auf und fange auf dieser Seite an zu lesen.

18. Tag

Langsam kommt Jo wieder zu sich. Immer noch sehr schwach, sitzt sie die meiste Zeit auf dem Schlitten, aber sie nimmt wenigstens am Geschehen teil. Beide sehen wir nun die Albinohündin und beide suchen wir nach Pauls Worten. Josie hat sich wieder an die Briefe ihres Daddys erinnert, und zwar an jeden einzelnen, den er ihr geschickt hatte. Sie hat alle aufbewahrt und in ihrem Rucksack mit nach Australien gebracht. Und nun hat sie angefangen, mir unterwegs daraus vorzulesen. Damit dient die Taschenlampe wenigstens einem vernünftigen Zweck. Während unserer Rast oder bei Tagesanbruch, bevor wir uns schlafen legen, lese ich ihr dann jeweils aus Pauls Tagebuch vor.

Wir haben beide dieselbe Lieblingsgeschichte: Josephine beim Rodeo. Paul und ich hatten Jo einmal zu ihrem Geburtstag nach Rock Springs mitgenommen, damit sie Dix dort reiten sah, aber noch bevor der Tag zu Ende war, hatte sie sich beinahe mit einem Cowboy eine Schlägerei geliefert. Paul war entsetzt gewesen, während ich mich nur köstlich darüber amüsiert hatte. Wenigstens weckt diese Geschichte angenehme Erinnerungen bei uns. Ich habe das Gefühl, wir werden diese Geschichte so oft lesen, bis wir sie auswendig kennen.

Ich überschlage unsere Vorräte.

Von Rayburns Camp habe ich so viel Wasser mitgebracht, wie ich nur ziehen konnte. Zuerst hatte ich beide Wasserbehälter bis oben hin gefüllt, aber der Schlitten bewegte sich nicht mehr von der Stelle. Also musste ich einen der Wasserbehälter dalassen. Vor zwei Tagen hatten wir noch fünfundsiebzig Liter, und damit wären wir auf dem Fahrweg – hätten wir ihn benutzen können – ein gutes Stück vorangekommen. Doch mir war die Sache zu riskant, denn man konnte uns dort schon von weitem sehen, und es gab auch keine Möglichkeit, unsere Fährte gut genug zu verbergen. Da bleibe ich schon lieber bei meinem Plan, querfeldein zu gehen. Allerdings durchqueren wir nun ein anderes Gebiet und bewegen uns in Richtung einer anderen Ortschaft als geplant. Zwar gibt es unterwegs weniger Wasserstellen, aber der Weg ist sicherer. Wenn Bodley zurückkehrt, wird Rayburn ihn hinter uns herschicken, und sie werden der Route folgen, die ich aufgezeichnet habe. Deshalb müssen wir bis dahin ganz woanders sein. Wenn wir sorgsam mit unserem Wasser umgehen und es an jeder Quelle wieder auffüllen, müsste es bis zu der Ortschaft reichen. Obwohl sie etwa hundertzehn Meilen entfernt ist, also ein bisschen weiter entfernt als die andere, glaube ich, dass wir es schaffen können.

Durch das Essen, das ich aus Rayburns Camp mitgehen ließ, hat sich unsere Lage entschieden gebessert. Auch wenn es nicht für den gesamten Weg reicht – mehr Gewicht konnte ich beim besten Willen nicht ziehen –, wird es doch eine Weile reichen. Wir haben zwei Bananen, ein paar Weintrauben, einen Beutel Äpfel, drei Tüten Spaghetti-Soßenpulver und Nudeln, ein paar Tütensuppen und eine Packung Kekse für Jo. Uns wird nichts anderes übrig bleiben, als unsere Vorräte zu strecken, aber dann müssten sie für mehr als eine Woche reichen. Mir ist immer noch ständig so übel, dass ich kaum etwas runterbekomme, und auch Jo legt nicht diesen kräftigen Appetit an den Tag, den ich an ihr aus Wyoming kenne. Mit dem Essen gibt es also immer noch Probleme, aber zumindest haben wir im Augenblick genug Nahrungsmittel.

In der Ferne erscheint das Albinoweibchen – eine flimmernde weiße Erscheinung, die uns beschützt. Zumindest möchte ich es gern glauben, also glaube ich es auch. Die Realität wird vermutlich ohnehin etwas zu stark überbewertet.

19. Tag

Ein Sensibelchen ist sie nicht gerade.

Ich verlasse mich völlig auf meinen Instinkt. Auch wenn ich mir dieses abgegriffene Tagebuch am liebsten schnappen und von der ersten bis zur letzten Seite Wort für Wort in einem Zug durchlesen würde, weiß ich es im Grunde genommen doch besser. Das Ganze auf einmal würde mich umbringen, Stück für Stück hingegen wird es mich tragen. Wohl an die zehn Mal haben wir mittlerweile »Josephine beim Rodeo« gelesen, und es hilft. Aber für die langen Tagstunden, wenn Jo schläft, brauche ich etwas für mich selbst. Ich bin schwach und verletzt, mir ist speiübel und ich spüre den sorgenvollen Blick meiner Mutter. Dabei sollte ich gerade jetzt eigentlich stark, fröhlich und leistungsfähig sein. Darum lasse ich jeden Morgen als Erstes das Tagebuch an einer beliebigen Stelle aufklappen und lese die Worte, auf die mein Blick zufällig trifft. Und diese Worte geben mir für die nächsten vierundzwanzig Stunden Halt.

Gut, dass ich mich nie auf die Religion verlassen habe, denn angesichts der traurigen Realität kann diese Haltung gefährlich werden. An solche Dinge klammert sich Dix zum Beispiel, und genau deshalb gerät er auch ständig in Schwierigkeiten.

O Mannomann, ich sollte wohl besser den schönen Spruch »Jeder kehre vor seiner eigenen Tür« beherzigen. Vermutlich hat Dix sogar Recht: Hier draußen wäre ein kleines bisschen Religiosität nicht schlecht für mich, denn ich bin ja schon halb wahnsinnig, sehe einen weißen Geisterhund und ziehe ein Kind auf dem Schlitten durch eine Wüste, die sich absolut nicht dazu eignet, sie zu Fuß zu durchqueren. Wieso maße ich mir eigentlich an, über jemand anderen zu richten?

Ein Sensibelchen ist sie nicht gerade. Mensch, Paulson, um das herauszufinden, muss man bestimmt keine Intelligenzbestie sein. Selbst wenn mein Leben davon abhinge, könnte ich nicht vortäuschen, eine besonders empfindsame Natur zu sein. Mein Grundsatz lautet seit jeher: Pack das Leben wie einen Stier bei den Hörnern. Hast du vor irgendetwas Angst, dann atme tief durch und stürz dich mitten hinein. Kannst du etwas nicht ausstehen, dann verschlinge so viel davon, wie es nur geht. Und verliebst du dich in jemanden, dann lass dich von dieser Woge mitreißen und tauche so tief ein, wie du nur kannst, und wenn es sein muss, ertrinke – Hauptsache, du kannst dort unten bleiben. Genauso und nicht anders lebe ich, geradlinig, ohne Tricks und Spielchen. Ich habe nie versucht, mich von der Seite an das Leben heranzuschleichen, davon wäre mir sicher nur schwindlig geworden. Die subtile Art ist was für Leute, deren Leben einer ständigen Gratwanderung gleicht, damit sie nicht zur einen oder anderen Seite hin abstürzen. So leben mehr Leute, als man denkt, aber das ist nichts für Tally Nowata.

Ich glaube, Paul wusste nie so genau, was er eigentlich von mir halten sollte. Wenn ich manchmal unvermittelt aufsah, fing ich seinen nachdenklichen Blick auf, so als wüsste er nicht recht, worauf sein Zusammensein mit mir letztlich einmal hinauslaufen würde.

Vielleicht war er ja an dem Tag, als wir uns zum ersten Mal begegneten, auf der Suche nach einem feinsinnigen, groß gewachsenen und so wunderschönen Wesen, dass einem allein schon der Anblick Tränen in die Augen treibt. Stattdessen hat er etwas gefunden, das schlicht, klein und ungeschliffen war wie ein altes Schlachtermesser. Seltsamerweise sind mir solche Überlegungen früher nie in den Sinn gekommen. Außerdem glaube ich nicht, dass einer von uns beiden an jenem Tag tatsächlich auf der Suche war. Wir haben nur so vor uns hin gelebt, und erst nach unserem ersten gemeinsamen Tag fühlten wir uns wirklich lebendig – nicht mehr und nicht weniger –, und das mit solcher Gewissheit, dass man nicht weiter darüber nachzudenken braucht. Selbst wenn man wollte, könnte man es nicht, da es das menschliche Fassungsvermögen übersteigt.

Und dabei muss ich es bewenden lassen. Paul hat nie ein Wort zu mir gesagt, dass er etwas Großes oder Wunderschönes brauche oder dass er Probleme damit habe, dass ich nicht feinsinnig genug bin. Das muss reichen. Wenn wir damals gut genug füreinander waren und uns deswegen keine Gedanken machen mussten, dann sind wir es auch heute noch.

Was hätte er denn auch mit einer so zart besaiteten Frau anfangen sollen? Die hätte ihn doch nur zu Tode gelangweilt. Na bitte! Wenigstens habe ich ihn nie gelangweilt, das weiß ich hundertprozentig. Vielleicht habe ich ihn zeitweilig bis zur Weißglut geärgert, aber gelangweilt? Niemals!

Letzte Nacht sind wir gut vorangekommen. Nach ungefähr einer Stunde krabbelte Josie vom Schlitten und meinte, sie habe keine Lust mehr, sich ziehen zu lassen. Ich war so dankbar, dass ich beinahe losgeheult hätte. Aber um den Schlitten überhaupt weiterziehen zu können, musste ich erst die gesamte Ladung umverteilen. Der gewohnte Rhythmus war unterbrochen. Ich hatte wahnsinnige Schmerzen, die aber plötzlich an ganz anderen Stellen auftraten. Einmal bin ich in einen Kaninchenbau getreten, und die komplette Ladung sauste mir in die Hacken. Ein Stück weiter habe ich eine zu scharfe Bewegung gemacht, und alles ist umgekippt. Ich wollte gerade so herzhaft fluchen, dass ich es förmlich auf der Zunge schmecken konnte, aber Jo stand nur da und starrte mich an.

»Wenn Blicke Spucke wären, müsste ich schon schwimmen«, sagte ich grantig, »oder ich wäre längst ertrunken.«

Josie fing an zu lachen und ich murrte weiter. Sie mag es, wenn ich wegen irgendwelcher Kleinigkeiten grantig bin. Das findet sie lustig. Für die restliche Wegstrecke nehme ich mir vor, wegen allem und jedem, das mir in den Sinn kommt, grantig zu sein.

Obwohl wir nach unseren beiden kleinen Unfällen jeweils eine Pause eingelegt haben für ein kleines Nickerchen, haben wir doch mehrere Meilen zurückgelegt. Wir bewegen uns nur noch durch reine Willenskraft. Erstaunlich, dass wir überhaupt noch vorwärts kommen. Zu Hause – wo wir genau zu wissen glauben, wie viel ein Mensch aushalten kann – hätte ich das für unmöglich gehalten. Wenn auch nicht schnell, so bewegen wir uns doch fort und kommen voran. Und das ist zurzeit das einzig Wichtige.

Mit jeder Stunde, die wir unterwegs sind, steigt die Größe des abzusuchenden Gebiets exponentiell an; das ist eine Grundregel beim Such- und Rettungsdienst. »Damit wird es für diese Männer immer schwieriger, uns zu finden – falls sie überhaupt den Versuch machen«, erkläre ich Jo und bemühe mich, ihr die panische Angst vor den Männern zu nehmen, indem ich sie so beiläufig erwähne, als spräche ich von einem Stück Brennholz. Allmählich zeigt mein Bemühen Wirkung, denn wenn ich jetzt das Gespräch auf sie bringe, fängt Jo nicht mehr an zu zittern.

Vor uns liegt das nächste Wasserloch, das wir vermutlich in wenigen Tagen erreichen werden. In Pauls Forschungskarten war es zwar nicht verzeichnet, aber es steht auf der topographischen Landkarte. Ich wünschte, wir hätten die Route nehmen können, die ich auf Grund seiner Notizen geplant hatte. Jedenfalls wäre mir dabei wohler zumute. Ich fürchte, die nächste Quelle könnte auch wieder versiegt sein, aber uns bleibt keine andere Wahl als weiterzugehen, denn unser Wasser geht langsam, aber sicher zur Neige.

Außerdem habe ich Tierspuren gesehen und versucht, sie zu deuten. Ich muss herausfinden, wie wir diesem Boden hier Nahrung abtrotzen können. Die tiefe Stichwunde in meiner Linken sieht ziemlich böse aus. Sie brennt fürchterlich und der Schmerz zieht sich bis zum Ellbogen hoch. Wahrscheinlich hat sich die Wunde entzündet. Ein Blick genügt, und mir wird speiübel. Ich verbinde die Hand wieder neu und versuche, nicht mehr daran zu denken – so wie ich auch alles andere um mich herum zu verdrängen versuche. Aber mein Verstand ist ein Verräter: Er durchstöbert alles bis in die finstersten Winkel und zerrt genau das, was ich dort begraben habe, unbarmherzig ans Licht. Er sucht förmlich nach Mamas Blick – wie sehr ich mich auch bemüht habe, ihm zu entkommen.

Apropos Sensibelchen. Wäre ich sensibel, würde mich diese Wüste jetzt einfach aufsaugen und wieder ausspeien. Wäre ich sensibel, könnte ich einem Singvogel nicht die Haut abziehen, um ihn zu braten und aufzuessen. Ich könnte keinem Dingo frisches Fleisch stehlen und in ersticktem Schweigen zusehen, wie diese Kerle die Leiche meines Geliebten hinter ihrem Wagen durch den Sand schleifen. Wäre ich sensibel, hätte ich das, was ich mit diesem Dreckskerl und mit Rayburn gemacht habe, niemals fertig gebracht. Nicht einen lausigen Zentimeter weit hätte ich das Kind ziehen können, geschweige denn zwanzig verdammte Meilen. Und um Wasser zu sparen, hätte ich auch nicht meinen frischen Urin auffangen und – weil er steril ist – meine Wunden damit auswaschen können. Wäre ich sensibel, hätte ich nichts von alledem tun können.

Wenn du mich fragst, wird die Sensibilität völlig überschätzt. Sie ist nicht mehr wert als ein Haufen vertrockneter, zerkrümelter Dreck.

Und genau das würde ich dir auch sagen, wenn du jetzt hier wärst, Paul O'Malley. Darauf kannst du Gift nehmen.

Es wird Zeit, zu baden und ins Bett zu gehen. Jo ist schon todmüde. Die Hitze macht sie fertig.

Ich steige aus meiner Kleidung und hänge sie zum Trocknen an die niedrigen Zweige eines Strauches. Dann nehme ich eine Hand voll Sand und schrubbe die unverletzten Hautpartien damit ab. Ein merkwürdiger Abklatsch einer lieb gewordenen alten Gewohnheit, denn für mich gibt es nichts Schöneres, als nach einem langen Tag völlig verschwitzt in ein warmes Schaumbad zu steigen und mich zu entspannen, bis die Haut ganz aufgeweicht ist. Als Paul mir eine Woche nach meiner Ankunft zum ersten Mal vorschlug, das Wasser durch Sand zu ersetzen, fand ich die Vorstellung einfach absurd.

»Sand entfernt den Körpergeruch, Tal, und ist ein guter Sonnenschutz. Außerdem fühlst du dich danach rundum besser«, erklärte er geduldig, während er seine Achselhöhlen mit rotem, staubigem Sand auswusch. Dabei grinste er wie ein kleiner Junge, der Karussell fahren darf.

Ich machte eine spöttische Bemerkung über meine geistige Zurechnungsfähigkeit (und vor allem über seine), probierte seinen Vorschlag jedoch aus und musste überrascht zugeben, dass er Recht hatte. Ich fühlte mich danach wirklich besser: frischer, sauberer und mehr im Einklang mit meiner Umgebung. Seither gehört das Sandbad zu meinen täglichen Verrichtungen. Ja, es ist mir tatsächlich zu einer angenehmen Gewohnheit geworden. Es hilft mir, wenigstens wieder so weit zu mir selbst zu finden, dass ich einschlafen kann. Vielleicht kann ich Jo morgen auch dazu bringen, ein Sandbad zu nehmen, bevor sie schlafen geht. Gar keine schlechte Idee; genau das werde ich tun.

Sie redet noch immer nicht von Paul. Die Rodeo-Geschichte ist offenbar das Einzige, womit sie umgehen kann. Wie eine Gutenachtgeschichte lese ich sie ihr allmorgendlich vor, wenn ich sie in ihre Laken hülle. Jo lächelt nicht, sondern hört nur mit ernster Miene zu – aber das von ganzem Herzen. Ich frage mich ab und zu, ob ich wohl versuchen sollte, sie auf das, was geschehen ist, vorsichtig anzusprechen. Aber ich glaube, dazu ist es noch zu früh. Sie wirkt so zerbrechlich und ich will sie nicht drängen. Vermutlich reden Kinder von allein, sobald sie so weit sind. Ich war allerdings nie so weit, dass ich über Mama reden konnte, und wenn jemand in mich drang, wurde ich nur noch verschlossener. Mit Jo will ich das unter keinen Umständen so machen. Sie soll den rechten Ort und den rechten Zeitpunkt selbst bestimmen.

Meine Fersen sind vom vielen Laufen und vom Wassermangel völlig ausgetrocknet und aufgesprungen. Ich hole die Flasche Motoröl, die ich dem Laster abgezapft habe, heraus und reibe mir die Fußsohlen damit ein. Trotz allem bin ich einen kurzen Augenblick lang mit mir selbst zufrieden, dass ich wenigstens etwas richtig gemacht habe. Das muss sich ganz bestimmt zu unserem Vorteil auswirken. Es geht gar nicht anders.

Danach reibe ich mir auch noch die Ellbogen mit etwas Öl ein. Wieso sollte ich hier eigentlich im wahrsten Sinne des Wortes in Sack und Asche gehen? Dazu besteht überhaupt kein Grund.

Selbst der kleinste Erfolg feuert einen gleich zu größeren Taten an.

Das Sandbad und das Motoröl haben mich auf eine Idee

gebracht. Na ja, das ist nicht ganz richtig. Sie haben mich nicht direkt auf die Idee gebracht, sondern dadurch habe ich mich nur wohl genug in meiner Haut gefühlt, dass mir etwas Gutes einfiel. Nein, auch das stimmt noch nicht ganz. Ich habe nicht bewusst dazu beigetragen, auf eine gute Idee zu kommen, sondern ich habe mich lediglich gut genug gefühlt, um nicht den Moment zu verpassen, als die Idee völlig unerwartet in meinem Kopf aufblitzte.

Wir befinden uns inmitten einer Hügelgruppe, die wieder von silbergrauen Mulga-Büschen übersät ist. Die Ebenen scheinen alle von gelbem Spinifex-Gras beherrscht zu sein, aber häufig taucht eine Gruppe von Mulga-Hügeln oder Felsbrocken auf. Auch wenn man nicht gerade von einer Oase sprechen kann, ist man doch froh über jede Abwechslung. Nachdem meine Füße und Ellbogen gut eingefettet waren und ich auch sonst einigermaßen entspannt war, entdeckte ich plötzlich eine kleine Honigbiene, die an mir vorbeisummte. Sie drehte einen Looping an meinem Ohr und flog davon. Obwohl die Sonne gnadenlos vom Himmel brannte, war ich auf einmal gar nicht mehr matt und schläfrig, sondern stand rasch auf und folgte der Biene. Nur knapp zwanzig Meter von unserem Lager entfernt schlüpfte sie in eine schmale Felsspalte.

Honig!

In dem Felsen musste Honig sein. Wenn wir den Bienen zu nah kämen, müssten wir wohl oder übel mit Stichen im Hals und auch sonst wo rechnen.

Ich trat ein paar Schritte zurück und setzte mich, um die Lage zu studieren. Ohne auf mich zu achten, kamen die Bienen und flogen wieder fort.

Das erste Problem war: Wie konnte man wohl an den Bienenstock gelangen? Das zweite: Wie müsste ich es anstellen, ohne die Bienen aufzuscheuchen? Immerhin ist Jo gegen Insektenstiche allergisch und wir können kein Risiko eingehen. Dank Paul hat sie eine Epinephrine-Spritze im Rucksack, aber wir können es uns nicht leisten, den Wirkstoff hier zu vergeuden. Also muss ich sie in Sicherheit bringen.

Aber vielleicht ist das ja gar nicht nötig. Kann sein, dass diese Bienen ebenso wie die Honigbienen in Nordamerika gar keinen Stachel haben. Wie kann ich da nur sichergehen? Soll ich es etwa an mir selbst ausprobieren? Tja, warum eigentlich nicht?

Ich weckte Jo und brachte sie noch weitere dreißig Meter aus der Gefahrenzone. Besser, sie ist in Sicherheit, als dass sie von einer Biene gestochen wird, dachte ich mir und ließ sie gleichermaßen verwundert wie besorgt zurück. Offenbar konnte sie sich nicht entscheiden, ob sie eine Wut auf mich oder Angst vor mir haben sollte. Ich sagte ihr etwas Beruhigendes – oder zumindest etwas in dieser Richtung – und begab mich mit einem Zweig zurück an den Felsen. Genug überlegt und geplant, jetzt wird gehandelt. Ich war so begierig, an den Honig zu kommen, dass ich mir keine raffinierte Vorgehensweise ausdenken konnte und auch keine Bedenken mehr hatte, gestochen zu werden. Und so stocherte ich einfach mit dem Stock in der Felsspalte herum.

Das gesamte Bienenvolk geriet in Aufruhr und schwärmte wie eine einzige wirbelnde Masse laut summend aus der Felsspalte aus. Dutzende von Beinen und Flügeln landeten auf meinem Gesicht und in meinem Haar und krabbelten unter mein Hemd und meinen Rock herauf. Ich hatte mir vorgenommen, nicht zurückzuweichen, was immer auch geschehen mochte. Aber kaum hatten sie mich angegriffen, konnte ich nicht eine Sekunde länger vor diesem Felsen ausharren – nicht einmal, wenn es darum gegangen wäre, meine eigene Seele oder die eines anderen zu retten. Fluchend stolperte ich rückwärts, trat aus und schlug wie besessen um mich und versuchte, die Bienen abzuschütteln.

Aber sie ließen sich nicht so ohne weiteres vertreiben. Mitten in meinem Panikanfall wurde mir plötzlich klar, dass kein neuer Schmerz hinzugekommen war. Kein einziger Stich. Sie hatten tatsächlich keinen Stachel.

Ich lachte laut los und blieb stocksteif stehen, obwohl die Bienen in meinem Haar saßen und über meine Kleidung krabbelten. Um Josie zu zeigen, dass nichts zu befürchten war, hob ich die Arme zum Himmel und rief ihr zu, sie solle nur herkommen und sich selbst davon überzeugen. »Du kannst dem lieben Gott danken und schon mal die Cracker mitbringen, Josephine. Wir haben *Honig*, mein Schatz!«

Mein Enthusiasmus war leider etwas verfrüht.

Noch hatten wir keinen Honig, und daran sollte sich auch so bald nichts ändern. Als ich versuchte, mit meinem Zweig an den Bienenstock heranzukommen, brach er nämlich ab. Und bis ich endlich einen Zweig fand, der biegsam und lang genug war, brauchte ich weitere drei Versuche. Erst nach einer knappen halben Stunde klebte endlich, als ich den Zweig aus dem Felsspalt zurückzog, ein zähflüssiger gelber Klecks an der Spitze.

Vor lauter Erschöpfung wäre ich beinahe in Tränen ausgebrochen.

Aber ich verbiss mir die Tränen, gab Josie etwas zu kosten und probierte auch selbst mit dem Finger. Nichts, aber auch gar nichts hat mir jemals im Leben so gut geschmeckt. Wir beide lagen ausgestreckt auf dem Rücken – in dem Moment spürte ich meine Verletzung kaum – und waren so glücklich, dass wir leise vor uns hin summten. »Onward Christian Soldiers« kam dabei heraus. Zwar bin ich weder Christin noch Soldatin, zwar fühle ich mich nicht im Geringsten heilig oder militant, doch aus irgendeinem Grund summten wir genau diese Melodie. Als wir aufhörten, lächelte Jo und klatschte ein paarmal in die Hände. Ich musste unbedingt überlegen, ob mir nicht noch so ein paar fromme Lieder einfielen.

Nach einer Weile stimmte Josie meinem Vorschlag zu, mal wieder ein Nickerchen zu halten. Zu Hause hatte sie sich grundsätzlich geweigert, tagsüber zu schlafen. Mit Händen und Füßen hatte sie sich immer dagegen gesträubt, aber hier ist sie ganz friedlich. Die Hitze macht sie schläfrig und lässt sie rasch ins Reich der Träume hinübergleiten. Ich wollte die Zeit nutzen, um noch mehr Honig zu holen, und nahm meinen kleinen Metallbecher mit, denn ich war tatsächlich so naiv zu glauben, ich könnte ihn bis oben hin mit der goldenen Flüssigkeit füllen.

Der Becher fand leider keine Verwendung.

Noch eine geschlagene Stunde thronte ich an verschiedenen Stellen auf dem Felsen und führte immer wieder aufs Neue meinen Zweig in die Spalten des Gesteins. Ich bemühte mich, nicht mehr so herumzustochern, um die Bienen nicht aufzuscheuchen, aber jedes Mal, wenn ich meinen Stock zurückzog, hatte ich mehr Bienen als Honig an der Spitze. Trotz der großen Anstrengung und trotz der langen Zeit betrug die gesamte Ausbeute weniger als einen Teelöffel. Bienen zu bestehlen ist folglich keine Überlebensstrategie, bei der sich der Aufwand auch nur annähernd lohnt.

Während ich zu unserem Lager zurückstapfte, dachte ich ganz bewusst an meine Idee mit dem Motoröl, mit dem ich mir die aufgesprungenen Fersen und Ellbogen eingerieben hatte, um mir meine vorherige Zufriedenheit wieder in Erinnerung zu rufen. Aber irgendwie erschien mir diese Sache nicht mehr so wichtig, als dass man sie besonders hervorheben müsste. Mag sein, dass Erfolg zu größeren Anstrengungen motiviert – einen weiteren Erfolg garantiert er jedoch nicht, und er verbessert auch nicht die allgemeine Lage.

Als heute Nachmittag wieder eine Biene an meinem Kopf vorbeisummte, musste ich an ihre Honigvorräte denken und vergaß schlichtweg meinen guten Vorsatz, mir hier draußen alle unrealistischen Sehnsüchte nach Genuss und Bequemlichkeit zu verkneifen. Denn in diesem Augenblick wünschte ich mir nur noch das eine: dass wir in der Nähe eines Lebensmittelgeschäftes wären, damit ich mir ein großes Glas Honig kaufen und ihn – einfach pur – löffelweise essen könnte.

Dieser Wunsch war einfach übermächtig.

Ich nehme Pauls Hemd und drücke es fest an mich. Bevor Jo sich schlafen legte, hatte sie es ausgezogen, und als ich von dem Bienenstock zurückkehrte, fand ich es zusammengefaltet auf meinem Rucksack. Der abgetragene Flanell fühlt sich gut und tröstlich an. Doch mein linker Arm pocht bis hinauf zum Hals und macht dieses Wohlgefühl gleich wieder zunichte. Meine unbedeckte Haut ist mit Buschfliegen übersät, und der Schweiß beißt mir so stark in den Augen, dass von dem bisschen Wohlbehagen nichts mehr übrig bleibt. Alles, was gut ist, verkehrt sich hier im Nu ins genaue Gegenteil.

20. Tag

Wo Tally und ich klettern, spielt keine Rolle, nur wohin wir beide damit gelangen.

Als ich vergangene Nacht den Weg fortsetzte, war die Zeit wie außer Kraft gesetzt, denn jeder Schritt wurde von diesen Worten begleitet. Als ich dann heute Morgen das Tagebuch aufschlug, fand ich genau diesen Satz! Trotz der Hitze läuft mir ein Schauer über den Rücken. Es ist fast unheimlich, dass wir immer im Voraus wussten, was der andere gleich sagen würde.

Wo Tally und ich klettern, spielt keine Rolle, nur wohin wir beide damit gelangen.

Das hatte er zu Miriam gesagt, als sie das letzte Mal anrief, vorgeblich, um zum fünfhundertsten Mal ein letztes Detail für Josies Besuch hier bei uns abzusprechen. Zwei Monate lang hatte diese Frau täglich bei uns angerufen: Nie zuvor hatte ich einen Menschen kennen gelernt, der wie sie ständig etwas brauchte.

Doch eigentlich stimmt das nicht so ganz. Über Miriam ließe sich vieles sagen, aber nicht, dass sie irgendwas oder irgendwen braucht. Sie *brauchte* Paul nicht, es ging ihr nur darum, ihn in der Hand zu haben. Bewusst und gezielt schwang sie über seinem Haupt die dicke Keule ihres Vorwurfs, er hätte sie und Josie meinetwegen verlassen. Und jedes Mal, wenn wir zwei auftauchten, – wumm – schlug sie damit zu. Sehr subtil natürlich, o ja, sie hatte wirklich eine sehr subtile Art. Kein direkter Angriff, nur Tränen oder dergleichen. Weinend rief sie an und behauptete, sie käme keine Minute länger mit Jo zurecht, und drohte, sie würde uns das

Kind schicken. Sobald Paul jedoch sagte: »Großartig, abgemacht«, und ich mich darauf einstellte, mein Leben den neuen Gegebenheiten anzupassen und dieses kleine Mädchen willkommen zu heißen – zweimal hatten wir sogar bereits ein Flugticket für sie gekauft und einmal hatte Josie tatsächlich schon bei uns gewohnt –, verwandelte sich Miriam in die untröstliche, mitleiderregende Mutter, die ihr Baby viel zu sehr vermissen würde, als dass sie etwas so Abscheuliches tun könnte. Im Nu verwandelte sie sich in die traurige, aber tapfere kleine Frau, die irgendwie schon einen Weg finden würde, alles tapfer zu ertragen, wenn Paul ihr nur noch einmal bei dieser ganz speziellen Auseinandersetzung mit Josie helfen würde … oder morgen bei der nächsten … oder übermorgen bei der übernächsten.

Danach förderte sie diese Auseinandersetzungen mit ihrer Tochter geradezu, so dass Josie gar nichts anderes übrig blieb, als das Spiel mitzuspielen. Und schon saßen wir alle in Miriams Karussell. Wenn Gleichgültigkeit und gezielt eingesetztes Unglücklichsein als unschuldige Bedürftigkeit getarnt werden, ist das eine gefährliche Mischung. Es läuft auf Gemeinheit hinaus, die sich als Liebe tarnt. Jeder, der so jemandem zu nah kommt, wird zerstückelt und zerhackt. Aber die Verletzungen sind so subtil, dass man sich noch nicht mal groß beschweren kann. Und mitunter merkt man sie auch erst dann, wenn es längst zu spät ist.

Miriams Spielchen brachten mich immer wieder völlig aus der Fassung. Wenn ich Woche für Woche mit ansehen musste, wie Paul unweigerlich stets aufs Neue darunter litt, dass er Miriam und Josie verlassen hatte, wurde ich fuchsteufelswild und wusste nicht, wohin mit meiner Wut. Er hatte nicht die leiseste Ahnung, wie er dem ein Ende bereiten sollte, lehnte es jedoch standhaft ab, sich gegen Miriam zur Wehr zu setzen. Stattdessen ließ er es sich gefallen, dass sie mit ihm und

Josie ganz nach Belieben umsprang, und fand sogar noch eine Entschuldigung dafür. Miriam sei eben so erzogen worden, sagte er. Sie meine es gar nicht so und sei einfach verletzt und mittlerweile auch erschöpft, weil sie das Kind allein aufziehen müsse – immerhin sei Josie tatsächlich ein harter Brocken, was ich nur bestätigen kann –, und überhaupt, Miriam zu unterstützen sei schließlich das mindeste, was man von ihm erwarten könne, nachdem er sie auf diese Art verlassen habe. Einmal konnte ich nicht umhin, ihm zu entgegnen, dass kein Kind ein so harter Brocken würde, wenn die Erwachsenen nicht so verdammt viel Getue darum machten. Doch er meinte nur, ich hätte gut reden.

Wir haben uns wiederholt heftig darüber gestritten, und schließlich gab ich es auf und hörte nur noch schweigend zu. Vier Jahre lang musste ich mit ansehen, wie der Mann, den ich liebte, tagein, tagaus bei lebendigem Leib geschmort wurde, nur weil eine andere Frau ihr eigenes Leben nicht auf die Reihe bekam. Es hat mir fast das Herz gebrochen.

Dann muss irgendetwas vorgefallen sein – ich habe aber keine Ahnung, was. Unmittelbar bevor Paul seine Reise antrat, hatte er Miriam gegenüber plötzlich einen ganz anderen Ton angeschlagen. Er sagte so etwas in der Richtung wie: *Wo Tally und ich klettern, spielt keine Rolle, nur wohin wir damit gelangen.* Und zu Josie sagte er: *Wenn du uns dieses Mal besuchen kommst, Josephine, erwarte ich von dir, dass du dir ein wenig Mühe gibst, die Frau, die ich liebe, besser kennen zu lernen. Ich werde auch in Zukunft mit ihr zusammenbleiben, und es wird Zeit, dass du das akzeptierst.*

Als wir in die Tanami-Wüste kamen, trat unsere Beziehung in eine neue Phase ein. Wir hatten weder etwas durchgesprochen oder geplant noch sonst irgendetwas, sondern es kam von selbst und machte unser Zusammensein noch selbstverständlicher. In jenen letzten Tagen vor Pauls Abreise waren wir erfüllt von einer Gewissheit, die wir vorher nie in dieser Weise empfunden hatten – eine Gewissheit, die meine Person betraf. Wenn Paul an den letzten Abenden, bevor er fortflog, zärtlich die Hand nach mir ausstreckte und mich dann wild in die Arme schloss, hatte ich die feste Gewissheit, am Ziel meiner Reise angelangt zu sein: Ich war auf die Welt gekommen, um ihm zu begegnen und ihn zu lieben, mit allem, was ich bin und was ich je sein werde. Endlich konnte mir die Vergangenheit nichts mehr anhaben, ich war mit mir und der Welt versöhnt. Keine Alpträume mehr, kein Aufschrei der Reue. Und endlich schien es möglich, meinen Schwur der Gewaltlosigkeit, den ich mit zehn geleistet hatte, auch tatsächlich einzuhalten. Und das alles hatte ein großer Mann mit lockigen Haaren bewirkt, der freundliche braune Augen und ein gutes Herz hatte – genau wie Mama.

Ich kam mit der Gewissheit in diese Wüste, endlich den Grund für meine Existenz gefunden zu haben.

Wir hatten drei Wochen zusammen, drei wunderbar vollkommene, berauschende sinnliche Wochen. Mal liebten wir uns wild und heftig, laut und leidenschaftlich bis tief in die sternklare Nacht, dann wieder mit stummer, zärtlicher Hingabe bis weit nach Sonnenaufgang. Wir lachten und weinten miteinander, lasen uns laut Gedichte vor und träufelten uns in der sengenden Nachmittagshitze gegenseitig lauwarmes Quellwasser über den Rücken. Ausgestreckt lagen wir im Sand, entwarfen ein Traumhaus für drei und schmiedeten so viele Pläne für einen Familienurlaub, dass sie für zehn Jahre gereicht hätten. Zwei ganze Tage haben wir ununterbrochen miteinander geredet, diskutiert und einander geneckt. Dann wiederum haben wir einen ganzen Nachmittag lang Seite an Seite gearbeitet, ohne auch nur ein einziges Wort miteinander zu wechseln. Und alles gehörte irgendwie zusammen. Keiner von uns kam auf die Idee, sich zu verstellen, den anderen auszutricksen oder irgendwelche Spielchen zu spielen. Als Paul sich auf den Weg machte, um Josie abzuholen, hätte ich nicht mehr sagen können, wo ich aufhörte und wo er anfing.

Und das Schlimmste ist, dass ich es auch jetzt nicht weiß.

Kurz nach Mittag, und in der Tanami sind es dreiundfünfzig Grad. Im Herzen einer roten Wüste warte ich, bis die größte Hitze des Tages vorbei ist. Über meinem Kopf tanzt ein schmales blaues Band im leichten Nachmittagswind.

Das blaue Band. Ich schließe die Augen und wandere in Gedanken zurück zu Paul und mir:

Wir standen in der Abflughalle, der letzte Aufruf war erfolgt, und wir hatten bereits alles gesagt, was zu sagen war. Wie üblich ließ Paul seine Hand zu meinem Zopf gleiten. Ich löste das Band aus meinem Haar, legte es ihm in die Hand und schloss seine Finger darum. Dann hauchte ich, wie ich es auch sonst immer tat, einen Kuss auf die Spitzen meines Zeige- und Mittelfingers und drückte sie ihm sanft auf die Lippen, und während er sich rückwärts auf den Weg zu seinem Flieger machte, konnten sich unsere Blicke noch nicht trennen. Einen Monat später lag er hier in seinem Zelt in der Tanami, und weil er mich vermisste, betrachtete er das blaue Band und vertraute alles seinem Tagebuch an.

Vier Wochen lang hatte er das Band zusammen mit einem Haufen australischer und amerikanischer Münzen, seinem Mehrzweck-Taschenmesser und Bergen von Sand in seiner Hosentasche mit sich herumgeschleppt. Eines Tages zog er das schmale Satinband heraus und nähte es mit einer Nadel und einer Darmsaite ganz oben an sein Zelt. Dann legte er sich hin, sah eine Weile zu, wie es hin und her tanzte, und versuchte, seine Liebe zu mir in Worte zu fassen.

Nun schwebt es da oben über meinem Kopf, als Andenken an eine unglaubliche Frau mit sonnengebleichtem Haar und dunkelgrünen Augen, und dieses schmale kleine Bändchen verbindet sie und mich, selbst über eine Entfernung von 16 000 km hinweg.

Ich klammere mich an Pauls Worte und benutze sie als Puffer zwischen mir und der Wahrheit. Auch meine Wut auf Miriam treibt mich voran, und ich lasse sie heiß durch meine Adern rinnen – so wie ich es früher nie fertig gebracht hätte. Jede Bewegung ist nur noch ein einziger Kampf. Auch zu Hause taten Wut und Verlangen weh, hier aber entzünden sie eine lodernde Flamme und setzen eine verzweifelte Kraft in mir frei, die mich auf den Beinen hält, so dass ich die schwere Last ziehen und mir gleichzeitig selbst gut zureden kann, dieses Kind und mich um jeden Preis lebend hier herauszubringen.

Josie hat einen unruhigen Schlaf. Die Luft um uns ist brütend heiß. Unsere Kehlen sind vom Wind und vom Staub wund und ausgetrocknet und unsere Augen tränen. Wir weinen nicht aus einem bestimmten Grund, sondern nur vor Erschöpfung und beginnender Sonnenblindheit. Mir kommt es immer noch so vor, als sähe ich hin und wieder das Albinoweibchen. Offenbar verliere ich langsam den Verstand. Ich mache mir ernsthaft Sorgen. Josie glaubt auch, die Weiße zu sehen. Ich habe tatsächlich Angst um uns.

Ständig halten wir Ausschau, ob der Laster plötzlich irgendwo auftaucht. Das Camp liegt jetzt gut zwölf bis dreizehn Meilen hinter uns; unsere Sicht reicht aber noch viel weiter. Weit und breit ist jedoch nichts zu sehen als die flirrende Hitze, die sich über die in Gruppen verstreuten blassgelben Büsche, ein paar Bäume und das endlose Meer aus Sandwogen erstreckt. An manchen Stellen hebt sich ein Feuermosaik scharf von der Umgebung ab oder es verschwimmt am Horizont. Immer wieder verfolgt mich für Sekundenbruchteile die Erinnerung, wie Foys Kopf unter meinem Stiefel wegsackt. Mir dreht sich der Magen um, ich sacke in die Knie, und mein vom Würgen geschüttelter Körper bleibt durch lange Speichelfäden mit dem Sand verbunden. Die Vorstellung, wer ich noch vor einer Woche zu sein glaubte und wer ich heute bin, klafft weit auseinander, und ich sehe absolut keine Möglichkeit, wie ich die beiden Hälften je wieder kitten könnte. Der Gedanke an den Augenblick, als ich diesen Mann totgetreten habe, versetzt mir einen solchen Stich, dass mir sterbenselend wird. Auch wenn ich den Aufprall von Pauls Körper auf den Sand höre und vor mir sehe, wie die Kerle ihn wie einen gefühllosen Holzklotz durch Gestrüpp und Staub gezerrt haben – so wie meine Mutter von meinem Vater all die Jahre wie ein gefühlloser Holzklotz behandelt worden war –, fühle ich mich bis ins Mark getroffen, bis ins Mark von dieser Wüste und ihrem wütend pochenden Herzen.

Lass dich nicht unterkriegen, Nowata. Du hast noch einen zu weiten Weg vor dir, als dass du jetzt schon schlappmachen könntest. Konzentrier dich auf das Wesentliche.

Langsam, aber sicher gehen uns die Lebensmittel aus. Ich muss mir überlegen, wie ich unsere Umgebung als Nahrungsquelle nutzen kann, und besser als bisher auf Samen, Blätter und Rinden achten. Schließlich haben die Menschen früher auch solche Sachen gegessen, bevor sie Weizen und anderes Getreide angebaut und sich in Städten zusammengepfercht haben. Also müsste es doch auch mir gelingen, uns von diesem Land zu ernähren. Das Problem ist nur, dass hier absolut nichts so aussieht, als sei es essbar. Alles ist verdorrt und hat Dornen, so als würde es einem – ob nun roh oder gekocht – sämtliche Eingeweide aufreißen. Außerdem habe ich keinen blassen Schimmer, was giftig ist und was nicht, und diese Wissenslücke ist wohl etwas zu groß, um durch empirische Methoden gefüllt zu werden. Wollte ich all diese Pflanzen auf ihre Ungiftigkeit hin testen, brauchte ich Monate.

Sollte ich allerdings welche finden, die halbwegs genießbar aussehen, werde ich sie testen – vorausgesetzt, ich erinnere mich daran, wie es geht. Immerhin ist es bereits sechs Jahre her, dass ich diesen einstündigen Vortrag über Wildpflanzen besucht habe, und später habe ich keinen einzigen Gedanken mehr daran verschwendet. Nicht einmal in meinen wildesten Träumen hätte ich mir vorstellen können, dass ich dieses Wissen einmal anwenden müsste. So viel also dazu, wie nützlich Träume sind – oder wie sinnvoll es ist, vorauszuplanen, bevor man sich in ein Abenteuer wie den Aufenthalt in einer Wüste stürzt. Würde ich wenigstens ein paar von diesen Pflanzen kennen, wäre es leichter, und unsere Chancen stünden erheblich besser. So viel dazu. Im Nachhinein ist man immer schlauer, aber es bringt mir herzlich wenig, wenn ich mir jetzt Vorwürfe mache. Ab sofort darf ich meinen Blick nur noch nach vorn richten.

Zumindest die Akazien kenne ich. Deshalb habe ich gestern Nachmittag noch einige Samenhülsen aufgehoben. Die Kerne darin sind jedoch so hart, dass man sich die Zähne daran ausbeißt. Plötzlich fiel mir jedoch ein, wie ich zu Hause Linseneintopf koche, und ich weichte einen der Samenkerne in Wasser ein. Obwohl er nach circa fünf Stunden immer noch ziemlich hart war, konnte ich ihn wenigstens mit einem Stein zu Brei zerstoßen. Von meinen gequetschten Fingerspitzen und dem faden Geschmack einmal abgesehen, war er in Ordnung. Also sammelte ich noch mehr Hülsen und weichte die Kerne ein. Dann wanderte mein Blick zu einem der charakteristischen Merkmale dieser Landschaft: zu einem großen Termitenhügel in meiner unmittelbaren Nähe, der etwa ein Meter zwanzig hoch und knapp einen Meter breit war. Auch wenn man diese Termitenhügel überall hier draußen findet, habe ich ihnen bis heute kaum Beachtung geschenkt.

Echsen fressen Termiten, und Vögel auch. Einen Vogel habe ich schon gegessen, und hätte ich nur die geringste Chance, eine Echse zu erwischen, würde ich auch die essen. Also könnte ich das mittlere Glied der Nahrungskette ebenso gut auslassen und direkt auf das Anfangsglied zurückgreifen. Ich versuchte gar nicht erst lange, über die Termiten nachzudenken, und nahm die Sache gleich in Angriff.

Den restlichen Vormittag über steckte ich nun lange trockene Grashalme in den Hügel, wartete ein paar Minuten und zog sie mit den fetten Viechern daran wieder heraus, die ich dann in meine Blechschüssel abstreifte und zum Rösten in die Sonne stellte. Mit einem Feuer wäre es sicher schneller gegangen, aber wir konnten nicht riskieren, dass man den Rauch sah. Nachdem ich erst einmal meine Abneigung gegen die Vorstellung, Insekten zu essen, überwunden und mich auf den nussartigen, recht milden Geschmack eingestellt hatte, rutschte diese neue Nahrung recht gut hinunter. Um meine Hand vor der Sonne zu schützen, wickelte ich mein Tuch darum und begann, noch mehr Termiten zu fangen und für später zu rösten. Angewidert beobachtete Josie die ganze Angelegenheit und erklärte sich schließlich zumindest dazu bereit, eine Tütensuppe zu essen.

»Na ja, für jemanden, für den Tütensuppen absolut identisch sind mit Dreck, ist das schon ein enormes Zugeständnis«, sagte ich zu ihr, und sie musste unwillkürlich lächeln, verkniff sich das Grinsen aber gleich wieder.

Ich möchte so gern, dass sie mich leiden mag. Wir müssen ja nicht gleich Busenfreundinnen werden, aber ein ganz klein wenig Zuneigung wäre schon schön – zumindest so viel, um aus ihrem Blick schließen zu können, dass ich auf ihrer Liste etwas oberhalb des Bodensatzes rangiere. Damit wäre ich ja schon zufrieden. Als Miriam sie das erste Mal zu uns geschickt hatte und Josie auf Dauer bei uns wohnen sollte, war sie drauf und dran gewesen, mich zu mögen. In jener Woche hatte sie mir sogar aus Tonpapier und Garn eine Geburtstagskarte gebastelt. Sobald ihre Mom jedoch ihre Ansicht über unsere Abmachung geändert hatte, änderte sich auch Josies Einstellung mir gegenüber: Ich war jetzt ihre Feindin, die Frau, die sich dazwischengedrängt hatte. Es wurde für uns alle eine schwierige Zeit.

Während ihres nächsten Besuchs im Jahr darauf trat ich Jo und Paul das Haus ganz einfach ab. Ich sagte mir: Die beiden lieben sich viel zu sehr, als dass ich es riskieren könnte, mich zwischen sie zu schieben. Ich log mir selbst etwas vor, denn in Wirklichkeit wünschte ich mir nichts sehnlicher, als an ihrer Zweisamkeit teilzuhaben, andererseits jagte mir schon die bloße Vorstellung davon einen panischen Schrecken ein. Dass Josie mich nicht mochte, vereinfachte die Sache. Auf diese Weise konnte ich mit meinen Nowata-Genen wenigstens nichts an ihrer Beziehung zerstören. Jetzt besteht diese Möglichkeit ohnehin nicht mehr.

Ich hatte immer gehofft, wir drei würden vielleicht eines Tages zueinander finden und könnten irgendwie eine Familie werden, ohne dass Josie ständig das Gefühl haben müsste, ihre Mutter zu betrügen. Wenn Jo erwachsen wäre, dachte ich, würde sie Paul und mich vielleicht akzeptieren. Mit der Vorstellung einer volljährigen Josie konnte ich ohnehin viel besser umgehen, denn mit Erwachsenen komme ich in der Regel ganz gut zurecht. Ich hatte immer gehofft, wir drei könnten uns eines Tages etwas einfallen lassen. Auch das geht jetzt nicht mehr.

Diese Wahrheit erstreckt sich in ihrer furchtbaren Leere bis hinein in die Zukunft. Meine eine Hand liegt – in eitergetränkte Baumwolle gewickelt, geschwollen, glühend heiß und pochend – in meinem Schoß, während die andere in einer uralten, aber neu entdeckten Bewegung Termiten einsammelt.

Die Chancen stehen fünfzig zu fünfzig. Aber ganz abgesehen davon habe ich begonnen, diesem Land die Grundlagen für meine Existenz abzuringen. An Pauls Worte und an meine Wut geklammert, locke ich Insekten aus dem Boden. Ich trage immer noch den Keim zum Überleben in mir, zumindest für Josies Überleben, und kann es schaffen, das Kind lebend hier herauszubringen.

Mit trockenem Schluchzen vergrabe ich mein Gesicht in Pauls Hemd und versuche, den Gestank des Todes durch den Duft zu ersticken, der noch von seinem Leben übrig ist.

21. Tag

Als gestern die Hitze anstieg, schwand allmählich meine Wut, die ich in diffusem Grübeln ausgebrütet hatte, und ich sank in traumlosen Schlaf. Erst bei Sonnenuntergang stupste Josie mich an, um mich zu wecken. Am liebsten hätte ich gleich wieder an diese Wut angeknüpft, aber ich war zu müde, um mich selbst zu belügen.

Dass ich Miriam nicht mag, stimmt gar nicht. Zwar habe ich mir ernsthaft Mühe gegeben, sie zu hassen, denn das hätte alles sehr vereinfacht, aber es ist mir nicht gelungen.

Sie und Paul waren so wenig füreinander geschaffen wie eine Ente und ein Dingo: Der eine ist im Wasser in seinem Element, der andere ohne Wasser genauso glücklich; der eine fühlt sich in Schlammpfützen wohl, der andere in einem heißen Sandbad; der eine hat Federn, der andere ein Fell; der eine hat Schwimmhäute an den Füßen, der andere Pfoten mit Krallen; der eine legt Eier, der andere frisst sie; der eine ist ein Raubtier, der andere die Beute. Wer allerdings wer war in diesem speziellen Fall, ließ sich schwer sagen. Sobald die O'Malleys in ein und demselben Raum waren, sträubten sich jedem, der das Pech hatte, dort mit ihnen zusammen zu sein, die Nackenhaare. Man spürte die Spannung förmlich, es war ein richtig komisches Gefühl im Bauch. Wenn Ente und Dingo beisammen sind, wird einer von beiden todsicher verspeist. Der Vorgeschmack des Todes liegt in der Luft und macht die Leute nervös.

Das Einzige, was die beiden gemeinsam hatten, war Josie. Ich habe mich immer gefragt, welche Chance sie überhaupt zwischen den beiden hatte. Wie viele Schrammen wird sie wohl davontragen, wenn sie ihr Leben lang im Schatten des

Todes gelebt hat? Paul hatte Recht, dieses Mal sogar noch mehr als sonst: Jo ist mir in vielerlei Hinsicht ähnlich. Noch bevor sie sechs war, musste sie mit ansehen, wie die Ehe ihrer Eltern starb. Bevor sie acht war, erlebte sie den Tod ihrer geliebten Großeltern mit, und jetzt ist sie mit dem Tod ihres Vaters konfrontiert worden. Vermutlich werden ihre Narben nie ganz verblassen – manche bleiben für immer.

Heute liegt ein schwacher Geruch in der Luft, der mich an die Küche meiner Mutter erinnert. In dem verzweifelten Versuch, mich nicht vor ihr rechtfertigen zu müssen, halte ich mir die Nase zu und dränge die Vergangenheit zurück. Stattdessen macht sich sofort wieder Pauls Leichengeruch breit, dann Foys Todesschweiß und schließlich der bittere Geruch nach Erbrochenem. Mein Körper akzeptiert einfach nicht, dass mein Geist alles verdrängt. Trotz meiner Ausflüchte und meines verzweifelten Bemühens, die inständige Bitte meiner Mutter zu vergessen, spricht mein Körper doch die Wahrheit. Die eigene Seele lässt sich nicht lange ausklammern, wenn die eigene Mutter im Bewusstsein so stark präsent ist. Ich werde ihr bald Rede und Antwort stehen müssen, aber nicht jetzt. Heute noch nicht. Ich habe noch keine Erklärung für alles, nicht einmal mir selbst gegenüber. Mein linker Arm schmerzt bis hinab zur Fußsohle, und ich habe das Gefühl, als poche es sogar in meinen Zähnen.

Fast blind vor Schmerz nehme ich eine Prise Tabak aus meinem Lederbeutel und stecke sie mir in den Mund. Als der Tabak gut durchgekaut und gründlich mit Spucke vermengt ist, rolle ich ihn mit der Zunge zu einer Kugel und lege sie wie eine Kompresse auf die infizierte Wunde in meiner linken Handfläche. Ich erinnere mich, dass Dix das damals so gemacht hat, als ihm das mittlere Drittel seiner Milz entfernt worden war. Da legte er sich auch so eine Tabakkompresse auf die frische Narbe.

»Ein natürlicher Schmerzstiller, Tal«, erklärte er mir, »der beste, den es gibt.«

Damals hatte ich ihn nur ausgelacht. Aber ein Jahr später, als ich in einem Handbuch für das Überleben in der Wildnis eben diese Methode beschrieben fand, rief ich ihn an und entschuldigte mich bei ihm.

Dix lachte glucksend und machte mich darauf aufmerksam, dass nicht viele Leute Tabak vom Sonnentanz haben. »Eine starke Medizin, Tal, die du unbedingt immer bei dir tragen musst. Versprich mir, dass du sie überallhin mitnimmst. Vielleicht wirst du sie irgendwann einmal brauchen.«

Ich versprach es ihm und ich hielt mein Versprechen. Wenn Dix einmal im Jahr auftauchte, nahm er jedes Mal den alten Tabak aus meinem Beutel und ersetzte ihn durch eine Hand voll neuen, der beim Sonnentanz gesegnet worden war. Den letzten gab er mir vor zwei Jahren und ich habe ihn den ganzen Weg hierher bei mir getragen. Und so, wie die Dinge sich jetzt entwickelt haben, brauche ich ihn tatsächlich. Ich darf nicht vergessen, Dix das zu sagen.

Das Pochen in der Hand lässt wirklich etwas nach. Auch das soll Dixon auf jeden Fall erfahren, falls ich das hier lebend überstehe. Vielleicht gebe ich sogar nach und gehe tatsächlich einmal mit zum Sonnentanz.

Vielleicht aber auch nicht. Ein religiöser Nowata in der Familie reicht vermutlich. Ich glaube nicht, dass die Welt schon reif ist für zwei von uns.

Heute Morgen hatten wir zum ersten Mal ungetrübtes Glück: Unter einem Felsbrocken fanden wir ein Büschel grüner Pflanzen. Alles in allem vielleicht eine Tasse voll, aber immerhin. Eine Tasse ist besser als gar nichts – vorausgesetzt, sie sind essbar, doch das wissen wir frühestens in vierundzwanzig Stunden. Ich zermarterte mir das Gehirn und versuchte, einige hilfreiche Hinweise von diesem einstündigen Vortrag von vor sechs Jahren auszugraben. Der Test dauert vierundzwanzig Stunden … aber da war doch noch etwas mit ungefähr acht Stunden gewesen. Ich grübelte nach. Irgendeine Regel mit acht Stunden hatte es da noch gegeben.

Dann fiel es mir wieder ein: acht Stunden fasten. Man muss erst acht Stunden gefastet haben, bevor man Pflanzen auf ihre Essbarkeit hin testen kann.

»Na, zumindest dieses Problem stellt sich uns hier nicht«, sagte ich laut und grinste Jo an, »diesen halben Teelöffel voll Termiten kann man ja schließlich nicht als Nahrung bezeichnen. Ich jedenfalls nicht. Das verkürzt die Testzeit von vierundzwanzig auf sechzehn Stunden. So ein Glück! Mannomann, ich kann mich vor Freude kaum halten.«

Josie sah mich an, als hätte ich den Verstand verloren, und zog Pauls Briefe aus ihrem Rucksack.

Ich fing an, mit der gesunden Hand die Pflanze samt Wurzel auszureißen, aber die Linke hielt die Rechte zurück und drückte sie ängstlich an die Magengegend. Doch langsam siegte wieder der gesunde Menschenverstand. Das Pochen in meiner linken Handfläche erstreckte sich bis hin zu den Schläfen, und ich saß ruhig da, bis das Zittern aufhörte. Dann brach ich die einzelnen Blätter jeweils unten am Stiel ab, während Josie über ihren Briefen brütete.

Noch immer sitzt sie da und liest, legt einige der Briefe auf einen Extrastapel und sortiert sie, nehme ich an. Ab und an wirft sie mir einen verstohlenen Seitenblick zu und macht sich gleich wieder an die Arbeit. Ich konzentriere mich auf meinen Test.

Stück für Stück tauchen weitere Einzelheiten des Vortrags wieder in meinem Gedächtnis auf: **Z**um **K**lavier**K**onzert **P**feift **D**er **P**eter. Auch zu dieser Eselsbrücke gab es eine Regel, aber wie hieß die nur?

Das waren die Pflanzen, die man meiden sollte. Falls man Zweifel hegt, sollte man alles meiden, was wie diese Pflanzen aussieht: Zwiebel, Knoblauch, Karotten, P… P… – wofür stand noch das P? Pastinak, genau: Zwiebel, Knoblauch, Karotten, Pastinak, Dill und Petersilie. Aber was für Blätter hat Pastinak? Ich kann mich nicht daran erinnern. Ich bin mir nicht einmal sicher, ob ich überhaupt weiß, was Pastinak ist. Dann müssen wir uns eben mit fünf von sechs zufrieden geben. So, was noch? Irgendetwas war doch noch mit dem Pflanzensaft. Auch dazu gab es eine Regel. Er darf nicht milchig sein und sich nicht dunkel verfärben, wenn er mit der Luft in Berührung kommt. *Genau!*

Normalerweise ist das ein viel zu kleiner Schritt, um ihn als Erfolg zu feiern, aber ich tue es trotzdem und klopfe mir auf die Schulter. Dabei trifft sich mein Blick mit Josies. Sie verdreht nur die Augen und schüttelt den Kopf. Dann wendet sie sich wortlos wieder ihren Briefen zu. Ich könnte schwören, dass ich hinter ihr, weit draußen, das Albinoweibchen sehe. Ich verliere langsam den Verstand. Lass dich nicht unterkriegen, Nowata, und konzentriere dich auf das, was du zu tun hast.

Ich drehe die Blätter hin und her und sehe sie mir genau an. Sie sind nicht angenagt; kein Tier hat auch nur den Versuch gewagt. Das macht mich stutzig. Ist das nicht ein schlechtes Zeichen, wenn nicht einmal wilde Tiere sie fressen? Nachdem ich diesen Gedanken kurz erwogen habe, schlage ich ihn mir aus dem Kopf. Mir bleibt nichts anderes übrig, als es selbst zu probieren. Eine andere Spezies kann es sich vielleicht leisten, wählerisch zu sein – wir jedenfalls nicht. Zu Hause mag ich auch keine Gewürzgurken, und hier würde ich sie gierig verschlingen.

Jetzt fällt mir auch der Rest wieder ein, und zwar so deutlich, als sähe ich auf einer Riesenleinwand einen Film. Ich sehe förmlich den Dozenten vor mir, wie er mit gespreizten Beinen, die Füße leicht nach außen gestellt, vor uns stand und heftig gestikulierte, während er Schritt für Schritt erklärte, was man alles berücksichtigen muss, bevor man ein Pflanzenteil in den Mund steckt. Als Erstes reiße ich also ein Blatt durch und warte, bis der Saft austritt. Er ist klar wie Harz. Das ist schon mal ein gutes Zeichen. Wäre er trüb oder dunkel, wäre die Pflanze mit Vorsicht zu genießen. Dann reibe ich mit dem Blatt an meinem linken Handgelenk, breche einen der Stängel durch und warte. Auch hier ist der Saft klar. Ebenfalls ein gutes Zeichen. Mit dem Stiel reibe ich nun an meinem rechten Handgelenk, und während ich auf das Ergebnis warte, grabe ich noch einen Stängel mitsamt der dürren Wurzel aus dem Boden und schiebe die Erde sorgsam an die übrigen Pflanzen zurück, damit sie mir unterdessen nicht von der heißen Luft austrocknen.

Als Nächstes schlitze ich eine Wurzel auf, reibe damit mein linkes Fußgelenk ein und schaue auf die Armbanduhr. Innerhalb einer Viertelstunde müssten sich die ersten Reaktionen zeigen. Ich lege mich derweil auf die Seite und schiebe mir, als wäre ich bei einer Suchaktion, den Hut ins Gesicht. Leider bin ich jedoch immer noch hier in der Tanami-Wüste, verschollen mit einem Kind, ohne Vorräte, mit schmerzenden Rippen und diversen anderen lädierten Körperteilen – aber der Vorgang an sich ist schon beruhigend. Wenn man irgendwo auf unserem Planeten liegt und sich mit dem Hut das Gesicht abdeckt, können die Sorgen dieser Welt warten. Selbst meine Rippen schmerzen im Moment nicht so stark wie sonst.

Nach exakt fünfzehn Minuten setze ich mich auf und sehe mir meine Haut an den beiden Handgelenken und am linken Fußgelenk genau an: keine Rötung und kein Ausschlag zu sehen. Außer einem bisschen Schmutz – na ja, ziemlich viel

Schmutz sogar – ist alles normal. So weit ist der Test also schon mal erledigt. Im Schatten tief unter einem langen Felsen zünde ich ein kleines Feuer an und hänge unser Laken so davor, dass der Rauch besser verteilt wird, bevor er in die Luft steigt. Dann gieße ich einen halben Becher Wasser in meine Blechschüssel, lege die Blätter hinein und setze die Schüssel zugedeckt aufs Feuer. Damit ist der zweite Teil des Tests in vollem Gange. Josie ist mit ihren Briefen fast durch. Keine Ahnung, was sie vorhat. Immerhin liegen inzwischen drei verschiedene Stapel vor ihr. Soll sie ruhig – Hauptsache, sie ist beschäftigt und zufrieden. Das ist gut so, und ich bin froh darüber, dass sie sich wohl genug fühlt, um überhaupt etwas tun zu können und zufrieden zu sein.

Als das Grünzeug anfängt zu köcheln, fallen mir auch andere Einzelheiten wieder ein: Zuerst mit den Blättern die Lippen berühren, drei Minuten warten; dann auf die Zunge legen, danach kauen, aber nicht schlucken, jeweils fünfzehn Minuten warten; jetzt runterschlucken und acht Stunden warten. Ich versuche, die Regeln wortwörtlich zu befolgen, denn ich kann es mir wirklich nicht leisten, durch eine Pflanze außer Gefecht gesetzt zu werden. Solange ich den Test richtig durchführe, kann das nicht passieren. Also halte ich mich lieber ganz genau an die Regeln. Ich nehme die Schüssel vom Feuer, berühre mit einer kleinen Menge der gekochten Blätter meine Lippen und warte drei Minuten. Kein Brennen und kein Jucken. Nachdem ich mir etwas von dem Grünzeug auf die Zunge gelegt habe, stelle ich meine Uhr auf fünfzehn Minuten und lehne mich an den Felsen, um in Ruhe abzuwarten. Ich bin jedoch jederzeit bereit, bei dem kleinsten Anzeichen, dass es mir schlecht geht, den faden Brei sofort auszuspucken. Doch nichts geschieht.

Als meine Uhr piepst, stelle ich sie wieder auf fünfzehn Minuten und fange an zu kauen, sitze still da und starre vor mich hin. Ich zwinge mich, das Zeug nicht zu schlucken, und denke an meinen letzten Einsatz mit Jed und Pony in den Grand Tetons zurück. Obwohl es mitten im Winter war, kletterten wir von Lupine Meadows aus in weniger als zwölf Stunden nach oben. Ich habe es noch sehr gut in Erinnerung und spüre förmlich, wie mir der eisige Wind den Schnee ins Gesicht trieb, wie ich mit Hilfe von Eispickel und Steigeisen hochkletterte und wie ich bei der Abfahrt mit den Skiern immer schneller wurde. Allmählich löst sich das geschmacklose grüne Zeug in meinem Mund auf, vermischt sich mehr und mehr mit meinem Speichel und wird immer schleimiger. Mir dreht sich fast der Magen um, aber ich reiße mich zusammen. Ich atme den Wind des Gebirges ein, stehe an der Baumgrenze und sehe, wie unter mir die Welt still wird, umfasse meine Ellbogen und halte durch, zwinge mich, ruhig und still sitzen zu bleiben, atme in den Schmerz meiner pochenden Handfläche hinein und achte darauf, ob mein Körper irgendwelche Anzeichen zeigt, dass die Pflanze mich vergiftet. Ich rede mir ein, dass der grüne Brei auch nicht schlimmer ist als Spinat. Falls sich die Pflanze als ungiftig erweist, haben wir wenigstens zum Essen eine Beilage. Ich stelle mir vor, ich würde das alles nur tun, weil ich – so wie früher als Kind – mit Dix eine Wette abgeschlossen hätte. Der Gewinner bekam immer die letzte Orange, die noch im Haus war. Orangen, Zitrusfrüchte, überhaupt Obst – was für ein Luxus, sowohl damals als auch jetzt. Wer soll das Leben verstehen?

Nach fünfzehn Minuten schlucke ich das Grünzeug hinunter, wobei ich allerdings bezweifle, dass es überhaupt noch grün ist. Ich sehe auf die Uhr und rechne aus, wann die acht Stunden Wartezeit vorüber sind. Wenn sich nach acht Stunden noch keine negative Wirkung eingestellt hat, kann ich eine kleine Portion der gekochten Pflanze essen. Nach weiteren acht Stunden – wieder nur, falls sich keine negative Wirkung gezeigt hat – kann ich mir auch den Rest holen und kochen. Und dann erst kommt die wirkliche Herausforderung, nämlich Josie zu überreden, etwas davon zu essen. Sie legt den letzten Brief auf den dritten Stapel und wischt sich die Hände an ihrem T-Shirt ab.

Jetzt muss ich nur noch warten. Abwarten und auf Symptome achten.

Ein Fenster tut sich auf, nur ein schmales mit trüben Scheiben, mit dem absolut kein Staat zu machen ist. Aber immerhin erlaubt es uns, einen Blick darauf zu werfen, welche Chancen wir haben.

Die liebe kleine Josie hat die Fensterscheiben soeben weit geöffnet. Dann streckte sie die Arme hinaus und brachte Paul herein. Wir werden mit heiler Haut hier herauskommen.

Jo stand nämlich auf, brachte mir die Briefe und sagte: »Sieh nur, Tally. Sieh dir das an.«

Als ich Pauls Schrift sah – für seine Tochter hatte er ordentlicher geschrieben und nicht so gekritzelt wie in seinem Tagebuch, auf jeder Seite standen große Blockbuchstaben –, quoll mir das Herz über und Tränen schossen mir in die Augen. Da ich so schnell keine Worte fand, nahm Josie wohl an, dass ich im Allgemeinen etwas langsamer bin, und stieß mich an. »Na sieh doch!«

Ich nahm den ersten Brief, aber durch meine Tränen verschwammen mir die Buchstaben so stark vor den Augen, dass ich sie nicht lesen konnte. Josie setzte sich neben mich und legte ihre Hand auf meine. »Da steht was über Pflanzen drin, Tally«, sagte sie und drängte sich durch meine Trauer, »jede Menge sogar.«

Es stimmte tatsächlich. Jeder Brief enthielt zumindest etwas an Informationen über essbare Pflanzen und Tiere. Paul unterwies seine Tochter auf eine Entfernung von fast 20 000

Kilometern – von der Tanami nach Louisiana – und brachte ihr bei, wie man in einer Wüste überleben kann. Obwohl sie zu Hause für derlei Informationen keine Verwendung hatte, teilte er sie ihr trotzdem mit. Genauso, wie er versucht hatte, sie auch mir mitzuteilen, nur dass ich nichts davon wissen wollte.

»Mitunter habe ich mir sogar die Ohren zugehalten, Jo, wenn er wieder mit diesem Kram anfing«, gab ich schniefend zu. »Das war so viel, dass mir der Schädel brummte.«

Josie grinste und meinte: »Als wir in den Sümpfen bei Großmama O'Malley waren, hat er mit mir dasselbe gemacht. Er hat geredet und geredet, bis ich mir manchmal auch die Ohren zugehalten habe. Ja, ich hab dann einfach im Kanu gesessen und mir die Ohren zugehalten. So.« Und sie zeigte mir, wie sie es gemacht hatte, damit kein Laut durchdrang.

Wir mussten beide kichern. Ja, wir haben tatsächlich gekichert – und das hat sehr gut getan.

Dann erhoben wir uns, um den ersten Spatenstich des Tally-und-Josie-Instituts für Wüstenpflanzen und -tiere festlich zu begehen. Als Rektorin und Dozentin am TJ-Institut wurde Josephine O'Malley engagiert. Sie beraumte die Unterrichtsstunden auf 10 Uhr und 18 Uhr an. Als Lehrmaterial dienten Pauls Briefe. Ich werde Hausaufgaben aufbekommen und nachsitzen müssen, falls ich sie zu spät oder unvollständig abgebe. Na, wenn das nicht nach Fortschritt klingt.

Sechs Stunden sind vergangen, und es zeigen sich noch keinerlei Symptome. Bleiben noch zwei, dann haben wir frisches Gemüse zum Frühstück. Wir werden hier lebend herauskommen!

Sobald das geschafft ist, kann ich mich gedanklich auch wieder mit meiner Mutter auseinander setzen.

22. Tag

Mein gestriger Elan war auf der Stelle verflogen, als wir das Wasserloch erreichten. Wir haben nur noch circa fünfundvierzig Liter und brauchen dringend mehr. Schon als wir das Wasser von weitem sahen, ließen wir unser Gepäck fallen und rannten los. Doch kurz darauf blieben wir wie angewurzelt stehen und starrten entsetzt auf das Salz.

Wasser gibt es hier reichlich, aber nur Salzwasser. An den Rändern ist das Wasserloch von einer weiß auskristallisierten Lake umgeben und wir können nichts damit anfangen. Schlagartig fällt mir ein, dass ich vor einem Jahr in unserer Küche in Moose stand und das Abendessen machte, während Paul am Schreibtisch saß und die Vorarbeiten zu seinen Forschungsplänen abschloss. Nachdem er seinem Studienberater das Exposé zugefaxt hatte, sagte er so ganz nebenbei – eigentlich mehr zu sich selbst –, dass die meisten stehenden Gewässer in der Tanami-Wüste salzhaltig sind und sich die Tiere daher einiges einfallen lassen müssen. Ich war ausschließlich mit meiner Quiche beschäftigt und schenkte ihm keine große Aufmerksamkeit. Das Gespräch war kaum beendet, da hatte ich es auch schon wieder vergessen, und bis zu diesem Augenblick habe ich auch nie wieder daran gedacht.

Ich habe nichts zur Entsalzung dabei, und soweit ich weiß, hatte Paul auch nichts. Jetzt weiß ich, warum er seine Standorte so sorgfältig eingezeichnet hat: An frisches Wasser ist hier nicht so leicht dranzukommen. Vor lauter Erschöpfung und Enttäuschung bekomme ich weiche Knie.

Jetzt bleibt uns nichts anderes übrig, als umzukehren und unsere ursprüngliche Route zu verfolgen, die ich nach Pauls Aufzeichnungen festgelegt hatte und auf der wir zumindest an frisches Wasser herankommen. Auf dieser Route hier kann ich mich nicht darauf verlassen. Auch wenn ich mich eigentlich lieber durchprügeln lassen würde als wieder zurückzugehen, wird uns nichts anderes übrig bleiben. Ich hatte geglaubt, wir hätten eine Chance, diesen Kerlen zu entkommen, und jetzt laufen wir wieder direkt auf sie zu. Doch es ist einfach völlig ausgeschlossen, neunzig Meilen mit fünfundvierzig Litern Wasser zurückzulegen. Wir brauchen mehr, also gehen wir zurück.

Wie auf Kommando steigt eine feine Staubwolke auf, die sich von Osten nach Westen bewegt: Ein Fahrzeug ist zu Rayburns Camp unterwegs.

Josie braucht das nicht zu erfahren. Sie ist noch nicht so groß, dass sie über die höchsten Sträucher sehen könnte, und wenn ich nichts sage, wird sie von der Staubwolke gar nichts mitbekommen – und auch nicht von der Tatsache, dass wir darauf zugehen werden. Ich muss einfach nur den Mund halten. Heute müssen wir die doppelte Strecke zurücklegen wie sonst. Damit habe ich genug zu tun – und mit dem Nachdenken darüber, was ich anstellen soll, um Josie zum Lachen zu bringen.

Ich führe sie also mitten in die Höhle des Löwen zurück und überlege mir gleichzeitig, wie ich sie unterwegs zum Lachen bringen kann. Gott stehe uns bei. Meine Linke fängt wieder heftig an zu pochen, bis hinauf zum Ellbogen. Alles andere in mir ist völlig taub.

23. Tag

Vier Meilen vor Rayburns Camp. Der Laster, der gestern angekommen war, ist heute früh wieder losgefahren. Ich wette die Farm unserer Familie darauf, dass Bodley zurückgekehrt ist und Rayburn zu einem Arzt gefahren hat – was bedeuten würde, dass das Camp im Augenblick leer steht. Wenn wir es bis dahin schaffen, bevor sie zurückkommen, können wir uns wieder mit einem vollen Wasserbehälter auf den Weg machen – und mit neuen Nahrungsmitteln.

Deshalb laufen wir jetzt auch tagsüber und kommen gut voran.

Ich dachte, ich sollte Josie doch irgendwie auf die Situation vorbereiten, und klärte sie auf, sobald der Wagen losgefahren war. Sie sah erschrocken aus, hörte mir aber schweigend zu und nickte, als ich mit meinen Erklärungen fertig war. Je näher wir kommen, desto schweigsamer wird sie, aber wenigstens bringt es sie nicht völlig aus der Fassung. Ich erkenne die Anzeichen wieder: Dieses Kind bereitet sich auf einen Kampf vor, doch der hat nichts mit einem ihrer früheren Wutanfälle zu tun. Kein Wunder, dass Paul meinte, wir seien wie Zwillinge. Bisher habe ich das an Jo nie sehen können, weil ich mich selbst nicht richtig kannte.

Unterwegs sucht Josie nach Pflanzen. Vor ein paar Stunden hat sie eine Hand voll Buschrosinen gefunden. Weil sie zum Essen zu hart waren, gaben wir sie in eine Feldflasche und füllten sie mit so viel Wasser auf, dass sie vollständig mit Flüssigkeit bedeckt waren. Als wir weitergingen, suchte Josie die entsprechende Stelle in Pauls Briefen und las laut, was dort an wichtigen Informationen über die Buschrosinen stand: *Solanum centrale* oder Buschrosine, weit verbreitet in der Tanami-Wüste; kommt in zwei Arten vor, bitter und süß; die eine Sorte wächst auf Sandhügeln und die andere auf den mit Mulga-Büschen bewachsenen Niederungen.

»Ich glaube, das hier sind die süßen«, sagte sie und schaute sich um, denn hier gab es nur Sand und keine Mulga-Büsche.

»Gut geraten«, pflichtete ich ihr bei und war stolz auf sie.

»Gehört zur Familie der Solanaceae«, sagte Josie und stolperte über das Wort. Dann faltete sie den Brief wieder zusammen und steckte ihn in die Tasche.

»Familie der Solos? Kann es trotzdem sein, dass sie auch Kinder haben?«, fragte ich und ergriff die Gelegenheit, um sie ein wenig zu necken.

Jo blieb stehen, sah mich durchdringend an und schüttelte den Kopf. »Aber selbstverständlich, Tally. Alle Lebewesen haben Kinder.« Sie wartete meine Antwort nicht ab, sondern ging auf ihren kleinen Füßen ohne zu zögern weiter. Vielleicht war es falsch gewesen, sie nicht schon gestern einzuweihen. Sie weiß sehr genau, wohin wir jetzt gehen: mitten in das Camp dieser Männer – mitten in den aufgesperrten Rachen des Ungeheuers. Und trotzdem bewegt sie sich darauf zu, als wäre es ein Pizza-Hut-Restaurant oder dergleichen.

Alles eine Frage der Perspektive.

Wenn man es recht bedenkt, könnte man das Camp durchaus als eine Wüstenversion einer Pizzeria betrachten. Falls niemand da ist, können wir uns mit allem versorgen, was wir wollen. Mit strammem Schritt gehen wir voran, denn unser Abendessen wartet auf uns.

Zufrieden mit sich klopft Josie alle paar Minuten auf die Feldflasche, um sich davon zu überzeugen, dass die Rosinen noch hin und her schwappen. Als sich unsere Blicke treffen, muss ich unwillkürlich lächeln. Heute kichern wir nicht und wir lachen auch nicht laut, aber wir können zumindest noch lächeln. Das Band, das wir zwischen uns geknüpft haben, ist stark genug, dass wir alles, was vor uns liegen mag, gemeinsam durchstehen können.

Jo wirft einen Blick nach Süden und ihr Lächeln wird noch intensiver. Als ich ihrem Blick folge, sehe ich, dass das Albinoweibchen tatsächlich wieder da ist und ungefähr fünf Meter links von uns herläuft. Es kommt mir vor, als ginge es meiner linken Hand gleich besser und als täten auch meine Rippen gar nicht mehr so weh.

Ja, gemeinsam sind wir stark genug, um die Aufgabe zu bewältigen.

24. Tag

Es ist uns gelungen.

Etwa eine Meile außerhalb des Camps haben wir unsere gesamte Ausrüstung abgeladen und uns mit dem leeren Schlitten vorsichtig angeschlichen. Nachdem Jo und ich eine halbe Stunde lang alles beobachtet und wir uns davon überzeugt hatten, dass sich da unten nichts rührt, erhoben wir uns mit klopfendem Herzen und marschierten schnurstracks ins Camp, als wären wir dort zu Hause. Ich hätte es zwar lieber gehabt, wenn Josie bei unseren Sachen geblieben wäre, aber das hat sie rundweg abgelehnt. Also gingen wir gemeinsam.

Zuerst unterhielten wir uns nur im Flüsterton, schlichen auf Zehenspitzen umher und durchsuchten die Sachen dieser Männer so geräuschlos, als würde uns jemand dabei beobachten und sich alles notieren. Plötzlich hörte ich von Josie ein unterdrücktes Lachen. Sie stand ganz in der Nähe, wo sie sich erbrochen hatte, und ihre Fußabdrücke – obwohl an einigen Stellen bereits verweht – waren noch deutlich zu erkennen. Die halb zerkauten Weintrauben waren zum größten Teil schon verschwunden – ich nehme an, von Ameisen gefressen –, aber einige waren getrocknet und lagen immer noch da.

»Worüber lachst du, Kid?«, fragte ich mit einer Tüte Getreideflocken in der einen und einer Schachtel Cracker in der anderen Hand und wusste noch nicht, ob wir beide mitnehmen sollten.

»Über mich«, antwortete Josie mit einem breiten Grinsen und zeigte auf den Boden. »Ich hab dem Mann die Trauben direkt auf die Schuhe gekotzt, Tally.«

Ich bog mich vor Lachen. Zuerst stand Jo ganz ruhig da, beide Hände in die Hüften gestemmt, den Blick zuerst auf den Boden und dann auf mich gerichtet, und plötzlich fing auch sie schallend an zu lachen. Einen Moment lang fühlten wir uns frei und sicher, aber rasch fiel uns ein, wo wir uns befanden, und wir machten uns sofort wieder an die Arbeit. Plötzlich fiel mir auf, dass ich bei Jo ins Fettnäpfchen getreten war, und ich entschuldigte mich bei ihr.

»Tut mir Leid, dass ich dich ›Kid‹ genannt habe, Jo. War nicht so gemeint.«

Nach kurzem Schweigen sagte sie jedoch: »Du kannst mich ruhig Kid nennen, Tally. Ich finde das gut.«

»Ach ja?«

Josie nickte. »Ich mag Spitznamen.«

»Abgemacht, Kid. Kid Jo. Klingt doch gar nicht schlecht, so nach Bandit oder dergleichen«, sagte ich und streckte ihr meine Rechte entgegen, um unsere Abmachung mit einem Handschlag zu besiegeln. Josie lächelte, schüttelte aber gleichzeitig energisch den Kopf und versteckte die Hände auf dem Rücken.

»Du hast total dreckige Hände, Tally. Womöglich fange ich mir noch einen Bazillus ein.«

»Du unverschämtes kleines Lud…«

Jo sah mich verwundert an und kicherte, während ich eine ganze Weile so tat, als hätte sie meine Gefühle verletzt. Schließlich schlich sie zu mir und hielt mir ihre Hand hin. Allerdings hatte sie vorher einen Socken darumgewickelt.

Ich hielt mir die Nase zu und weigerte mich, ihn anzufassen. Daraufhin fing Josie an zu lachen und schlang mir die Arme um die Taille. Auch ich umarmte ihren zarten kindlichen Körper. Lange standen wir schweigend da und gaben uns gegenseitig Kraft. Josies Schulterblätter waren deutlich zu spüren. Dieses Kind war viel zu dünn, und ich ebenfalls.

Ich schwor mir, so viel Nahrungsmittel, wie ich nur transportieren konnte, aus dem Camp mitzunehmen.

Wir marschieren jetzt bei Tageslicht und haben vom Camp aus bereits drei Meilen zurückgelegt. Drei ganze Meilen. Es ist uns bestens gelungen, unsere Spuren zu verwischen und ungefähr eine Viertelmeile sogar eine falsche Fährte in die entgegengesetzte Richtung zu legen. Von den Männern ist weit und breit nichts zu sehen. Wo zum Teufel sie auch hingefahren sein mögen – ich hoffe nur, sie bleiben so lange da, bis wir hier raus sind.

Wir haben jetzt wieder einen vollen Wasserbehälter plus acht Feldflaschen – knapp fünfundachtzig Liter – und neue Essensvorräte für eine Woche. Josie half mir, den Schlitten zu beladen, und nahm so lange ein Teil nach dem anderen herunter, bis ich das Gewicht ziehen konnte. Dann zerdrückte sie die Buschrosinen zu einem Brei und formte kleine Kügelchen daraus, die wir zusammen mit Crackern aßen. Leider waren es nicht die »süßen«, wie sie prophezeit hatte, sondern sie schmeckten bitter wie Quitten. Wir aßen sie trotzdem und waren guter Dinge. Sobald wir mit dem Essen fertig waren, zog Jo einen anderen Brief heraus, und seitdem müssen wir beide nach Buschtomaten Ausschau halten. Jetzt ist nicht die Zeit, in der sie Früchte tragen, aber Josie ist davon überzeugt, dass noch die eine oder andere vertrocknete am Strauch hängt.

»Für mich sehen die Büsche hier alle gleich aus, Frau Professorin«, sagte ich und meinte das ganz im Ernst, denn ich konnte bei ihnen wirklich keine Unterschiede feststellen. Ohne Blüten oder sonst etwas, woran man sie unterscheiden kann, sehen Büsche eben nur aus wie Büsche. Josie seufzte, als brächte ich sie zur Verzweiflung, und zeigte mir Pauls Brief. Sie deutete auf die gestrichelten Zeichnungen, die er an den Rändern angebracht hatte, und sagte mir, ich solle ihr dabei helfen, die *Solanum Chippendalei* oder Buschtomatensträucher zu finden. Überleben hängt zu fünfundneunzig Prozent vom Verstand und zu fünf Prozent von den äußeren Umständen ab. Die Bemerkung mit den Chippendales werde ich mir wohl lieber verkneifen. Vermutlich ist Josie noch nicht alt genug, um den Spaß zu verstehen, der sich mir bei diesem lateinischen Namen aufdrängt. Bestimmt wird sie den Namen nicht mit einer männlichen Strippergruppe in Verbindung bringen. Also lass ich es lieber.

Im Augenblick läuft alles besser als erwartet. Wir leben noch.

25. Tag

Noch 97 Meilen, 75 Liter Wasser.

Der Hauptunterschied zwischen einem Kamel und einer Frau ist das Gewicht.

Ich kann es kaum fassen, dass er das tatsächlich aufgeschrieben hat.

Eine Woche nach meiner Ankunft in der Tanami-Wüste packte Paul je siebeneinhalb Liter Wasser und was man sonst noch zum Übernachten im Freien braucht in unsere Rucksäcke, und wir machten uns auf in die Wüste. Nachdem wir eine ziemliche Strecke zurückgelegt hatten, gingen wir in Deckung, um Dingos zu beobachten.

Nach zehn Minuten hatte ich bereits alles gesehen, was ich je über wilde Hunde wissen wollte: Sie lecken sich häufig ihre Unterseite, liegen lang ausgestreckt auf dem Boden, hecheln und schnappen nach Fliegen. Natürlich konnte ich Paul das nicht so direkt sagen und richtete daher meine Beobachtungen auf prosaischere Dinge.

»Okay, du untersuchst also die Auswirkungen der Dürre auf den Zyklus des Alphaweibchens und der untergeordneten Hündinnen. Welche Theorie vertrittst du gleich noch?«

»Nun, wenn Dürre ein Stressfaktor ist, müsste sie auch Auswirkungen auf die Ovulation haben und sie vielleicht sogar zeitweilig aufschieben, damit die Weibchen nicht so oft läufig werden.«

»Diese Frage hätte ich dir auch beantworten können. Sieh dir nur mal an, was diese Hitze in den paar Tagen aus mir gemacht hat.«

»Ist mir letzte Nacht gar nicht aufgefallen. Ich fand nicht, dass sie dich irgendwie beeinträchtigt hat.«

»Sie wirkt kumulativ. Das solltest du in deiner Theorie berücksichtigen.«

Drei Tage später machten wir uns wieder auf den Weg, wieder mit siebeneinhalb Litern Wasser in jedem Rucksack. Meiner fühlte sich dieses Mal viel schwerer an, und ich sagte es ihm.

»Lass dir von den wilden Kamelen eine Lektion erteilen, Tal. Alles, was du brauchst, ist hier vorhanden. Es hängt nur von dir ab, ob du es auch findest. Und wenn du dich darauf konzentrierst, etwas zu finden, kommt dir die Last nur noch halb so schwer vor.«

Paul grinste mich über die Schulter hinweg an und war offenbar mit seinen guten Ratschlägen ganz zufrieden. Lachend ging er weiter.

Bei unserem dritten Ausflug, der sechs Tage nach dem ersten stattfand, ansonsten aber haargenau gleich ablief – dieselbe Strecke mit wieder exakt siebeneinhalb Litern Wasser in meinem Rucksack, obwohl sie mir dieses Mal fast wie zweihundert vorkamen –, hatte ich das untrügliche Gefühl, dass Hitze mich besonders reizbar macht.

»Du weißt ja, Moses brauchte nur mit einem Stock an einen Felsen zu schlagen, und schon hatte er genug Wasser für den ganzen Stamm Juda. Wie lange bist du jetzt hier? Vier Monate? Und hast immer noch nicht rausgekriegt, wie das geht?«

Grinsend schüttelte Paul den Kopf und ging weiter.

»Jede Wette, dass Moses nie Wasser mit sich herumschleppen musste.«

»Wenn du möchtest, Tal, könnte ich dir ja etwas abnehmen.«

»Ich hab dich nicht darum gebeten, dass du meine Sachen

für mich tragen sollst. Hast du je gehört, dass ich schon mal irgendwen auch nur um eine Klitzekleinigkeit gebeten hätte? Bestimmt nicht. Dich hab ich gerade eben auch um nichts gebeten, sondern lediglich gesagt: Jede Wette, dass Moses nie Wasser mit sich herumschleppen musste.«

»Natürlich nicht. Schließlich hatte er genug Frauen, die es für ihn getragen haben.«

»Könntest du das bitte wiederholen?«

»Oh, da bin ich wohl zu weit gegangen.«

»Allerdings. Wenn dir dein Leben lieb ist, solltest du dir genau überlegen, was du sagst.«

Paul war vernünftig genug, nicht laut loszulachen, aber seine Schultern bebten und er vermied eine Zeit lang den Blick in meine Richtung. Nachdem wir ungefähr eine halbe Stunde schweigend weitergegangen waren, knüpfte ich genau an der Stelle, wo wir aufgehört hatten, wieder an unser Gespräch an.

»Frauen sind nicht zum Wassertragen da. Falls Gott mich dazu bestimmt hätte, solche Mengen Wasser zu schleppen, hätte er mir Höcker auf den Rücken gesetzt.«

Paul war nicht einmal so höflich, meine Äußerung kurz auf sich wirken zu lassen, sondern konterte augenblicklich: »Was für eine Vorstellung! Eine Frau, die auch hinten noch Höcker hat. O Mann, ich könnte es kaum abwarten, mit ihr ins Bett zu gehen. Allein der Gedanke ist kaum auszuhalten! Stell dir nur mal vor, wie lange das Vorspiel dauern würde. Da wäre ich ja die ganze Nacht beschäftigt! Ein richtig flotter Dreier, ohne dass man hinterher beichten gehen muss. Aber sag mal, Tal, auf welcher Seite würdest du dann eigentlich schlafen? Nicht, dass das so wichtig wäre, Schatz, ich bin einfach nur neugierig.«

»Das geht dich überhaupt nichts an. Aber du solltest die kommenden Nächte lieber mit offenen Augen schlafen.«

»Wer mit einer solchen Frau fertig werden will, müsste schon ein ganzer Kerl sein, was?«

»Pass auf, O'Malley. Pass bloß auf.«

Paul lachte und sagte: »Weißt du, Tal, wie lange ein Kamel ohne zu trinken unterwegs sein kann? Sechshundert Meilen.«

»Und weißt du, wie lange ein Mann ohne Sex auskommen kann?«

»Keine Ahnung. Ich weiß nicht, wie lange ich es aushalten könnte – bestimmt keine sechshundert. Aber mal im Ernst, Tal, Kamele sind für dieses Klima wie geschaffen, obwohl sie ursprünglich ja gar nicht aus dieser Gegend stammen. Als man sie hier freigelassen hat, haben sie sich einfach vermehrt. Die Bedingungen waren ideal für sie, wenn man bedenkt, dass ein Kamel wochenlang ohne Wasser unterwegs sein kann, problemlos über zweihundert Kilo trägt, selbst bei einem Verlust von dreißig Prozent seines Körpergewichts keine lebenswichtigen Funktionen einbüßt, achtzig Liter Wasser in nur drei Minuten trinken kann und wiederkäuend einen Sandsturm übersteht, während ausgewachsene Männer vor lauter Verzweiflung längst in Tränen ausbrechen. Überleg mal, was für großartige Gefährten Kamele in der Wüste sind. Wenn ich es recht bedenke, haben sie mit Frauen viel gemeinsam.«

»Du legst es wohl darauf an, deine Sechshundert-Meilen-Zölibats-Theorie in der Praxis auszuprobieren?«

»Nicht unbedingt. Ich wollte nur auf gewisse Ähnlichkeiten zwischen den beiden hinweisen.«

»Den ersten Meilenstein hast du schon gesetzt, mein Lieber. Du solltest dir besser rasch ein paar Unterschiede einfallen lassen.«

Paul lachte in sich hinein. »Im Ernst?«

»Ganz im Ernst.«

»Na, mal sehen. Was ist der Unterschied zwischen einer

Frau und einem Kamel – mhm? Eigentlich ganz einfach: Kamelen kann man etwas beibringen. Das wäre schon mal eine Sache, und zwar eine ganz wesentliche, meinst du nicht?«

Ich wandte mein Gesicht von ihm ab, doch Paul fasste das als Aufforderung auf, mit seinen Ausführungen fortzufahren. »Außerdem macht es Kamelen nichts aus, wenn man mal eine Zeit lang nichts sagt. Kamele treten und spucken nur, wenn sie guten Grund dazu haben. Kamele sind wesentlich zerbrechlicher und nicht so bedrohlich und sie gehen mitunter sogar einem Kampf aus dem Weg. Na, habe ich meine Sache nicht gut gemacht, mein Liebes?«

Ich beachtete ihn gar nicht. Offenbar war er recht zufrieden mit sich, denn er fuhr fort: »Kamele fragen nicht danach, ob man ihr Aussehen mag. Kamele bestehen nicht darauf, anzuhalten und nach dem Weg zu fragen. Kamele sagen dir nicht, wie du fahren musst, und sie bieten dir auch nicht an, das Steuer zu übernehmen.«

Stur ging ich weiter geradeaus, und Paul rief mir nach: »Aber weißt du auch, was der Hauptunterschied zwischen einem Kamel und einer Frau ist, Tal?«

»Nein, mit Sicherheit nicht. Und die sechshundert hast du schon längst erreicht. Bist du dir sicher, dass du riskieren willst, das Ende deiner langen Trockenperiode noch weiter hinauszuschieben?«

Paul lachte und zockelte weiter. Plötzlich drehte er sich jedoch um und kam auf mich zu, so dass mein Blick ihm nicht länger ausweichen konnte. Es müsste gesetzlich verboten sein, dass ein Mann in ärmellosem T-Shirt und kurzen Hosen so gut aussieht.

»Der Hauptunterschied zwischen einem Kamel und einer Frau, mein Schatz, ist das Gewicht.«

Ich konnte mir das Grinsen kaum verkneifen. Aber ich blickte nur stur auf den Horizont, breitete gleichmütig die

Arme aus und sagte von oben herab: »Tja Leute, seht ihn euch an, ein ganzer Kerl. Er konnte nicht anders. Nein, er konnte es nicht dabei bewenden lassen, er musste es einfach tun. Obwohl er schon bei 600 war, musste er noch auf die 1200 setzen. Umso besser für mich. Jedenfalls kannst du dich mit deinen langweiligen blöden Kameltheorien auf einen langen *trockenen* Sommer gefasst machen, und zwar auf einen so *trockenen*, dass dir diese verdammte Wüste im Vergleich dazu wie der Pazifische Ozean vorkommt.«

Dann machten wir unsere Mittagsrast. Ich tat so, als wäre ich wütend auf ihn, legte mich in den Schatten und zog mir den Hut übers Gesicht. Kurz darauf wachte ich auf und hörte ihn leise sagen: »Ata Allah.«

»Was?«

»Ata Allah. So nennen die Beduinen ihre Kamele.«

»Oh, geht das schon wieder los? 1200 reichen dir als Herausforderung wohl immer noch nicht, wie?«

»Ata Allah bedeutet Geschenk Gottes.«

Ich schob mir den Hut aus dem Gesicht und richtete mich auf. Paul hatte meinen Rucksack geöffnet und drei Viertel meines Wassers in seinen eigenen rübergepackt. Nachdem er den Reißverschluss zugezogen hatte, gab er mir meinen Rucksack mit einem kleinen Lächeln zurück: »Du bist mein Ata Allah.«

Seine Dürreperiode war vorüber, und das wusste er genau. In nur zwei Sekunden hat er tausendzweihundert Meilen zurückgelegt, womit er selbst den Rekord eines Kamels zur Rehydrierung gebrochen hat. Den Nachmittag verbrachten wir überwiegend ruhig. Schweigend wanderten wir zu den Dingos, und während Paul sie beobachtete und seine Aufzeichnungen machte, las ich, hielt ein Nickerchen oder beobachtete ihn einfach dabei, wie er die Dingos beobachtete. Ich fühlte mich so glücklich wie noch nie.

Und alles, was jetzt noch von dieser verrückten wundervollen Zeit übrig geblieben ist, ist diese eine Zeile: *Der Hauptunterschied zwischen einem Kamel und einer Frau ist das Gewicht.*

Und ein Kind, das mich allmählich akzeptiert, obwohl es mich zeitweilig immer noch für eine Ausgeburt der Hölle hält.

Als Jo heute Morgen einen Blick auf meinen Spinat geworfen hatte, erklärte sie, sie wolle lieber sterben als so ein Zeug essen. Ich sagte ihr, dass das angesichts unserer derzeitigen Nahrungssituation gar nicht so abwegig sei und dass sie ruhig meinen Spinat probieren könne, nachdem ich mich ebenfalls dazu überwunden hatte, ihre kümmerlichen bitteren Buschrosinen zu kosten. »Mit dem bisschen Essen, das wir im Camp stibitzt haben, kommen wir ohnehin nicht weit, Kid. Wir werden schon noch das eine oder andere zusätzlich brauchen.«

Schließlich erklärte sie sich einverstanden, etwas von dem Grünzeug zu probieren, aber nur, wenn ich es zusammen mit Nudeln kochen würde. Also kochte ich es mit Nudeln und sie aß es. Damit lief wenigstens eine Weile alles glatt zwischen uns. Doch plötzlich, als wäre es ihr gerade erst aufgefallen, sagte sie: »Du hast dir ja die Haare abgeschnitten. Sieht ziemlich komisch aus mit den zotteligen Zöpfen da vorne. Mit langem Haar hast du mir besser gefallen.« Und im gleichen Atemzug fügte sie noch hinzu: »Wie kommt es eigentlich, dass du kein schwarzes Haar hast, wo du doch Indianerin bist? Ich dachte immer, alle Indianer hätten schwarze Haare.«

Du verdammte kleine Kröte. Am liebsten hätte ich sie gefragt, warum sie heute so schlecht gelaunt sei. Aber ich biss mir rasch auf die Zunge, denn ich weiß genau, woran es liegt:

Sie hat gestern weder eine Buschtomate noch eine Buschrosine gefunden. Hier ist es heißer als im Hades und außerdem trocken bis zum Gehtnichtmehr. Unsere Haut ist ausgedörrt und lechzt nach Wasser, unsere Augen brennen, unsere Füße sind wund, und wir geben unser Bestes, um trotzdem gut gelaunt zu sein. Und das an einem Ort, der uns den Mann weggerafft hat, den wir beide am meisten geliebt haben – an einem Ort, der uns beide ebenfalls im Handumdrehen hinwegraffen würde, wenn wir ihm auch nur die geringste Chance böten. Josie ist also ein bisschen schlecht gelaunt. Gut, dann bin ich es eben auch. Schließlich könnte uns weit Schlimmeres passieren. Pauls Zeile ließe sich gut ergänzen: *Der Hauptunterschied zwischen einem Kamel und einer Josie ist das Gewicht und das rote Haar. Und das Kamel ist vermutlich nicht halb so halsstarrig.*

Warum ich mit dem Aussehen eines verdammten Gringos auf die Welt gekommen bin, weiß vermutlich keiner. Blondes Haar und grüne Augen – vielleicht habe ich die von irgendwem aus der Nowata-Linie geerbt, anders als Dix oder Mama. Früher hat mich das immer gestört, vor allem im Reservat, wo ich natürlich sofort auffiel. Inzwischen ist es mir ziemlich egal. Im Laufe der vergangenen Jahre ist mein Haar sowieso dunkler geworden, und bis ich sterbe, wird es mit der Zeit ohnehin weiß. Und im Augenblick ist es so kurz, dass die Farbe überhaupt keine Rolle spielt.

Außerdem ist es einfach verdammt *heiß* in dieser Wüste!

26. Tag

93 Meilen, 72 Liter Wasser.

Jetzt weiß ich, warum gestern dieser Stimmungswechsel war: Wir haben nicht genug Wasser getrunken. Wir müssen stärker darauf achten. Auch in meiner Hand pocht es wieder heftiger und der Schmerz zieht sich den ganzen Arm hoch. Vor einer Weile habe ich mich gestoßen. Auch darauf muss ich mehr achten.

Der Schmerz ist dein Freund; er erteilt dir Lektionen, die du sonst nie lernen würdest.

Stimmt. Zum Beispiel: Streck die Finger nicht ins Feuer. Duck dich, wenn eine Faust auf dich zusaust.

Und verkrieche dich, wenn ein Sandsturm kommt.

Das ist eine der ganz großen Lektionen, die man bestimmt nie mehr vergisst.

Wenn am fernen Horizont der Wind aufsteigt und sich nicht mehr legt, ist das ein untrügliches Zeichen, dass die Luft um dich herum eine völlig neue Gestalt annehmen will. Der Sand, der im Augenblick noch vor deinen Füßen liegt, wird bald fünfzehn Meter hoch aufgewirbelt. Alles, was dann noch steht, wird mit trockenem Laub, kleinen Zweigen und Staubkörnern bombardiert. Das Atmen wird schwer und schmerzhaft, und jedes Fleckchen unbedeckte Haut fängt an zu brennen und zu beißen.

In der zweiten Woche, die ich hier verbrachte, gerieten Paul und ich draußen in einen Sandsturm. Einen vollen

Nachmittag verbrachten wir in zusammengekauerter Haltung, mit dem Rücken an einen Felsen gelehnt, der danach mit Sicherheit nur noch halb so dick war, obwohl nur wenige Stunden vergangen waren. Galoppierende Erosion und schleichender Schmerz. Paul betrachtete die Angelegenheit aus philosophischer Sicht und meinte: »Wenigstens ist das hier nicht die Sahara, wo es *richtige* Sandstürme gibt.« Ich verzichtete auf philosophische Betrachtungen und geographische Vergleiche und betete nur, es möge bald vorüber sein.

Als nun heute Morgen der Himmel seine Kraft vom Boden aufsaugte und sich in einem kräftigen Orange mit einem Stich ins Bräunliche auf uns zubewegte, wusste ich sofort, was wir zu tun hatten. Und zum Glück war ich vorausschauend genug gewesen, das ideale Kleidungsstück mitzubringen. Um mich dazu zu beglückwünschen, fehlte mir die Zeit, aber zumindest tat ich es in Gedanken.

Sofort stieg ich aus meinem Rock, setzte mich im Schneidersitz auf die Erde, stülpte ihn wie ein Zelt über Jo und mich und zog die offene Taille über unseren Köpfen mit einem Schuhriemen zusammen – was gar nicht so einfach war.

»Du kannst mich ruhig als Lehne benutzen«, sagte ich, und nach kurzem Zögern lehnte Jo ihren Kopf bei mir an. Ich atmete tief ein, bis hinein in meine protestierenden Rippen, und angelte noch rasch nach einer Feldflasche. Dann steckte ich den Rocksaum unter uns fest, schlang die Arme um Josie, und wir warteten.

Der Stoff filterte das Sonnenlicht und die Baumwollstruktur zeichnete ein trübes Muster in unserem Käfig. Sobald von außen der Wind dagegen drückte, wurde innen die Luft feucht von unserem Schweiß. Feucht und salzig spürte ich meine Wimpern auf den Wangen. Allmählich sickerte der Treibsand durch das Gewebe, bedeckte unsere Haut, drang in Nase und Ohren und legte sich dort wie ein hauchdünner, beweglicher Film ab.

»Ich ersticke fast, Tally«, flüsterte Jo.

»Mach Mund und Augen zu und atme langsam durch die Nase. Ich halte dich schon fest, Kid. Es wird alles wieder gut.«

Hilflos und erschrocken lehnte sich Josie noch weiter zurück und kroch mit ihrem kleinen Kinderkörper förmlich in mich hinein. Meine Rippen schmerzten, dass es kaum auszuhalten war, die Wunde auf meinem Rücken brannte wie Feuer, und mein linker Arm war taub – aber ich hielt Josie ganz fest.

Vier Stunden und neun Minuten lang.

Als es vorüber war, zerrten wir uns den Rock vom Kopf und schüttelten unsere klammen, verschmutzten T-Shirts aus. Danach brachen wir – zu verkrampft und müde, um uns auch nur noch einen Zentimeter vom Fleck zu rühren – im Sand zusammen. Nachdem ich eine Weile gedöst hatte, schreckte ich auf: Josie hatte eines meiner Baumwolltücher mit Wasser getränkt und betupfte vorsichtig die Blutergüsse in meinem Gesicht. Es brannte wie Feuer, aber ich biss die Zähne zusammen und hielt still. Sie erinnerte mich so sehr an ihren Vater, dass ich die Tränen nicht zurückhalten konnte.

Als Josie mein Weinen bemerkte, sagte sie: »Mami sagt, blaue Flecke gehen mit Wasser schneller weg, deshalb muss man sie jeden Tag abwaschen.«

»Stimmt das?«

»Klar.«

»Deine Mami ist eine gescheite Frau, Jo.«

»Warum kannst du sie dann nicht leiden?«

Ich hatte nicht die leiseste Ahnung, was ich darauf erwidern, geschweige denn, wo ich überhaupt anfangen sollte.

Wie soll man einem Kind die Verrücktheiten der Erwachsenen erklären? Josie durchwühlte meinen Rucksack und suchte etwas, mit dem sie mir das Gesicht abtrocknen konnte. Schließlich holte sie Pauls Hemd heraus, steckte die Hand in einen Ärmel und rieb mit dem abgetragenen Stoff sanft meine Haut ab. Das war mehr, als ich ertragen konnte. Ich murmelte ein kurzes Dankeschön, setzte mich auf und griff nach meinem T-Shirt. Die Tränen hörten aber nicht auf. Ich wollte Josie den Anblick ersparen und drehte mich um. Vielleicht war es auch mehr Selbstschutz – ich weiß es wirklich nicht.

Da entdeckte Josie die Brandwunde auf meinem Rücken und hielt den Atem an.

»Du brauchst einen Arzt«, sagte sie mit angstvoller Stimme.

»Oh, das wird schon wieder«, entgegnete ich so heiter, wie ich nur konnte.

»Ein Arzt könnte das wieder hinkriegen.«

»Ehrlich gesagt würden mir ein warmes Schaumbad, ein weiches Bett und ein Cheeseburger mit Erdbeershake schon genügen. Sobald wir hier raus sind, habe ich vor, mir das auch alles zu genehmigen. Machst du mit?«

»Die hier in Australien haben keinen blassen Schimmer, wie man vernünftige Erdbeershakes macht.«

»Ach, tatsächlich?«

»Nee. Am Flughafen habe ich einen probiert, und der war so widerlich, dass ich genauso würgen musste wie du die ganze Zeit.«

»Igitt. Dann muss er ja wirklich widerlich gewesen sein. Ich frage mich nur, warum? Da ist doch nur Eis und Milch drin, und dann kommt alles in den Mixer. Das kann doch nicht so schwer sein!«

Jo zuckte mit den Schultern und durchsuchte unser Verbandszeug. Als sie nach einer winzigen Tube mit Aloe-Gel griff, sagte ich: »Das ist das Richtige, Kid. Wenn du mir den Rücken abwäschst und die Salbe auf die Wunde verteilst, dann kommt das schon wieder in Ordnung. Besser könnte ein Arzt das auch nicht hinkriegen.«

Entschlossen nickte sie und machte sich an die Arbeit. Als das feuchte Tuch meinen Rücken berührte, zuckte ich unwillkürlich zusammen und fing an zu zittern. Josie hielt inne und gab mir Pauls Hemd mit den Worten: »Hier, halt dich daran fest, dann denkst du nicht mehr an den Schmerz. Als ich mir letztes Jahr das Bein gebrochen habe, hat Mami das auch so mit mir gemacht. Sie hat mir eines von Daddys Hemden gegeben und gesagt, ich soll es zum Schlafen anziehen, weil das viel besser hilft als eine Tablette.«

Nun konnte ich die Tränen erst recht nicht mehr zurückhalten. Sosehr ich mich auch bemühte, scheiterte ich doch kläglich und schniefte: »Deine Mami hatte Recht, Jo. Das ist wirklich viel besser als jede Tablette, viel, viel besser.«

Dann arbeitete Jo schweigend, reinigte die Wunde und strich Aloe darauf, während ich still dasaß und mich an Pauls Hemd klammerte. Ich starrte nur blind auf den Flanell. Als Josie fertig war, räumte sie alles beiseite und breitete die Schlafmatten aus. Erst als sie im Schneidersitz neben mir auf dem Boden saß und ich anfing, ihr Zöpfe zu flechten, die sie in den kommenden Tagen als Fliegenschutz unbedingt brauchen würde, fielen mir endlich die richtigen Worte ein.

»Es stimmt nicht, dass ich deine Mami nicht mag, Jo.«

»Weiß ich. Bei ihr ist das genauso.«

»Ach ja?«

»Ja. Als sie einmal gerade nicht wütend auf dich war, hat sie gesagt, du wärst genau richtig für Daddy. Und Daddy hat das auch gesagt. Er sagte, du wärst lustig und aufrichtig, und er meinte, das wäre genau das Richtige für ihn.«

Ich konnte nicht anders, als mit der Tür ins Haus zu fallen, auch wenn ich über meine eigenen Worte stolperte: »Tut mir Leid, Josie. Tut mir Leid, dass ich ihn dir weggenommen habe. Ich weiß, wie sehr du ihn liebst und wie sehr es dir wehgetan haben muss, dass er so weit weg war, sogar in einem anderen Staat, wo er mit mir gelebt hat.«

Sie nickte, nahm einen Ärmel von Pauls Hemd fest in beide Hände und sagte: »Ich habe ihn sehr vermisst.«

Nach langem Schweigen flüsterte sie: »Und jetzt vermisse ich ihn auch.«

»Ach, Josie, mir geht es genauso«, flüsterte ich zurück und drückte ihre Hand.

»Warum haben diese Männer meinen Daddy umgebracht?« Ein kleines Mädchen mit dunklen Augen, in denen tiefer Schmerz lag, stellte eine einfache Frage.

Von mir als Erwachsener wird erwartet, dass ich eine Antwort habe.

»Ich weiß es nicht, Jo. Ich weiß es wirklich nicht. Ich wünschte, ich wüsste es.«

»Daddy hat sich überhaupt nicht in ihre Angelegenheiten gemischt. Er wollte nur an das Wasser. Aber sie haben ihn geschnappt und an einen Stuhl gebunden, und dann wollten sie ihm nichts zu essen geben. Einmal habe ich ihm etwas zu essen gemopst. Danach hat dieser widerliche Mann gesagt, sie würden ihn ruhig essen lassen, und das haben sie dann auch gemacht.«

»Wie lange warst du da?«

Josie zuckte mit den Schultern und dachte angestrengt nach. »Ziemlich lange«, sagte sie schließlich. »Sie sagten immer, sie würden uns töten, aber dann haben sie es doch nicht gemacht. Daddy hat alles versucht, sie dazu zu bringen, uns laufen zu lassen, aber das wollten sie nicht.«

»Ihr seid ihnen aber doch entkommen.«

Jo nickte ernst und ruhig. »Ich hab Daddy ein Messer besorgt. Ich durfte frei rumlaufen und kam an alles dran. Die Männer meinten, ich könnte nicht viel Schaden anrichten, dazu wäre ich noch zu klein. Aber ich schnappte mir ein Messer vom Tisch und gab es Daddy. In der kommenden Nacht hat er mich geholt und wir sind im Dunkeln zum Landrover gerannt.«

»Und sie sind euch gefolgt.«

Wieder nickte sie, während ich ihre Hände hielt.

»Daddy sagte: Runter auf den Boden, Kleines. Und dann hatten wir einen Zusammenstoß, und als ich wieder aufwachte, war Daddy voller Blut.«

Ich zog Jo auf meinen Schoß, und dieses Mal sträubte sie sich nicht.

»Erzähl mir die Geschichte vom Dingo, Tally«, bat sie und kuschelte sich an mich. Ich erzählte sie ihr, und als ich geendet hatte und wir den Blick hoben, sahen wir das Albinoweibchen neben dem Schlitten stehen. Es war ein gutes Gefühl, dass sie in unserer Nähe war und uns bewachte.

Jo streichelte über Pauls Flanellhemd und sagte: »Das war mein Weihnachtsgeschenk für Daddy, als ich sieben war. Ich bin ganz allein ins Geschäft gegangen und habe es selbst ausgesucht. Dann habe ich es in die Sonntagscomics eingepackt und eine dicke rote Schleife drumgebunden. Daddy gefiel es gut. Er meinte, Blau würde ihm besonders gut stehen und jetzt müsste er sich mit einem Stock gegen die Frauen wehren.«

»Das sieht ihm ähnlich.«

»Ja, und Mami hat gesagt, vielleicht könnte er dir das überlassen.«

»Ach, wirklich?«

»Klar, aber Daddy meinte, dass er dich in so einer Situation lieber nicht mit einem Stock auf andere loslassen würde.

Du könntest daneben hauen und ihn stattdessen treffen. Er hat gesagt, im Zielen wärst du noch nie besonders gut gewesen.«

»Wie kommt … wie kann er es nur wagen?!«

Josie kicherte.

Und wieder war ich betroffen, wie viel dieses Kind – zumindest teilweise durch mich – verloren hatte. Ich starrte sie an und suchte nach Worten, mit denen ich es wieder gutmachen konnte, aber sie kam mir zuvor.

»Ich bin froh, dass Daddy mit dir zusammengelebt hat.«

Mit allem hätte ich in diesem Augenblick gerechnet, aber nie und nimmer mit einer derartigen Aussage. »Ach ja? Wirklich?«

Josie nickte entschlossen.

»Aber warum denn?«

»Als er noch da war, hielt ich es zu Hause kaum aus. Die ganze Zeit hatte ich immer nur Bauchschmerzen. Nicht mal der Arzt konnte was daran ändern.«

»Ach!«

»Als er dann auszog, wurde es besser. Aber ich hätte gern bei dir und Daddy gewohnt. Euer Haus gefällt mir.«

»Ach ja?«, sagte ich völlig erschrocken. Auf diese Idee wäre ich nie gekommen.

»Klar. Ich finde es toll, in einem Nationalpark zu wohnen. Die Kids in der Schule sagen alle, dass das nicht geht, aber ich habe ihnen gesagt, dass das wohl geht, wenn man Ranger ist so wie du, und in der Projektstunde habe ich ihnen Fotos gezeigt.«

»Ach.«

»Und dein Schaumbad, dieses selbst gemachte, hab ich auch ganz toll gefunden. Daddy hat mir erzählt, dass du es in der Küche selbst kochst, auf dem Ofen. Stimmt das wirklich?«

»Mhm, mhm, stimmt schon, jeden ersten Sonntag im Monat.«

Josie nickte und hatte die Hände immer noch auf Pauls Hemd liegen. »Ich dachte, vielleicht könntest du mir zeigen, wie das geht.«

»Natürlich. Sobald wir hier raus sind, fliegen wir in die Staaten zurück und machen uns ein Waldveilchen-Schaumbad und essen Cheeseburger und trinken Eisshakes, so lange, bis uns schlecht wird.«

»Ich hätte lieber was von deinem Brot, von dem, das du immer selbst gemacht hast, dieses saure.«

»Sauerteigbrot?«

»Genau. Hmmmh. Solange es noch warm ist, mit Butter und Honig.«

»Abgemacht: Sauerteigbrot und Erdbeershake. Wir lassen die Badewanne bis oben hin voll laufen und bleiben so lange im warmen Wasser liegen, bis unsere Finger und Zehen ganz verschrumpelt sind und fast abfallen. Dann gehen wir raus und klettern auf den Bäumen herum, damit die Leute uns für Gnome halten.«

Josie lachte und schüttelte heftig den Kopf, um ihre neuen Zöpfe zu testen. »Du bist wirklich ulkig.«

»Kann schon sein. Du kommst wohl nicht viel herum, was?«

»Soll ich dir deine schlimme Hand auswaschen?«

»Nee, die ist schon in Ordnung«, erwiderte ich mit einer faustdicken Lüge. In Wirklichkeit wollte ich nicht, dass Josie meine Hand sah. Verflucht, am liebsten hätte ich sie mir nicht einmal selbst angesehen.

Über der Wüste breitete sich die Abenddämmerung aus. Wir lagen beide auf der Seite auf unseren Matten und sahen uns an. Es war Zeit, aufzustehen und loszugehen, aber wir waren beide noch völlig erschöpft von dem Sandsturm. Ich schlug vor, noch ein kurzes Schläfchen zu halten, bevor wir aufbrachen. Josie nickte, und ihre großen braunen Augen waren mir sehr vertraut – ach, so furchtbar vertraut. Sie hatte eine kleine Stupsnase und Sommersprossen. Ich lächelte sie an, und sie zog die Nase kraus – ganz unwillkürlich, nehme ich an.

Ich kitzelte ihre Wange mit dem offenen Ende eines ihrer Zöpfe. Lachend zog sie mir den Zopf weg und sagte: »He, lass das.«

»Okay, Kid.«

Jo befühlte ihr Haar und lächelte erneut: »Jetzt sind wir Zwillinge.«

»Zwillinge? Das nennst du Zwillinge? Ich mit gelblichem Haar wie ein Küken und du mit rotem wie ein Feuerwehrauto? Wo siehst du da die Ähnlichkeit?«

»Na ja, wir ähneln uns vielleicht nicht wie ein Ei dem anderen, aber doch immerhin ein bisschen.«

Ich nickte, und wir lagen ruhig da und ruhten uns aus. Nach einiger Zeit sagte Josie plötzlich: »Daddy hat gesagt, wenn ich wollte, würdest du meine zweite Mom.«

»Das stimmt, Jo. Das hatte ich immer gehofft.«

»Auch jetzt noch?«

»Auch jetzt noch.«

Josie drehte sich auf die andere Seite, gähnte und sagte: »Zwei Mamis. Das gefällt mir, Mami eins und Mami zwei.«

Mehrere Stunden lang schlief ich tief und fest, und als ich aufwachte, hielt ich Pauls Hemd fest an mein Gesicht gedrückt. Es war kurz nach Mitternacht. Josie hatte sich neben mir zusammengerollt und hielt ihren einen Arm in einer so unbequemen Stellung, dass sie unweigerlich einen steifen Hals bekommen musste. Vorsichtig rückte ich ihren Rucksack zurecht, damit er ihr wieder wie ein Kissen unter dem

Kopf lag, und schob Pauls Hemd dazwischen. Josie bewegte sich leicht, wachte aber nicht auf.

Ein warmer, leichter Wind streicht über das Land, raschelt im Spinifex-Gras und streichelt meine Haut. Dass Josie mich gewaschen hat, hat mir offenbar gut getan. Ich fühle mich nicht mehr ganz so zerschunden und erschöpft. Eigentlich fühle ich mich sogar recht entspannt. Erinnerungen an meine Zeit mit Paul, als wir weit weg von hier waren, strömen auf mich ein und erfüllen meine Gedanken, mein Herz und meinen Körper.

Ich denke zurück an einen zweiwöchigen Kanutrip im vergangenen Sommer in den Boundary Waters im nördlichen Minnesota. Unser Aufenthalt näherte sich dem Ende, und wir waren den ganzen Tag über gepaddelt oder hatten unser Kanu über die Stromschnellen getragen, um am Abend rechtzeitig den Campingplatz am Little Loon Lake zu erreichen. Bei Anbruch der Dunkelheit trieben uns die Stechmücken ins Zelt, wo wir ruhig auf dem Rücken lagen, leise miteinander plauderten und durch die netzartige Öffnung den Sternenhimmel über uns betrachteten. Paul kramte in seiner Erinnerung nach den fremd klingenden Namen weit entfernter Sternbilder, während wir den nächtlichen Geräuschen in den nördlichen Wäldern lauschten. Als sich die Stechmücken zurückgezogen hatten, öffnete Paul den Reißverschluss am Zelteingang und trat hinaus ins Freie. Das vertraute Geräusch seiner Bewegungen gab mir ein ruhiges, sicheres Gefühl, und ich schlief ein.

Nach einiger Zeit kroch Paul ins Zeltinnere zurück und brachte unsere verbeulte Aluminium-Campingpfanne mit. Darin hatte er Wasser mit einem Spritzer Waldveilchen-Schaumbad erhitzt. Plötzlich kam ich mir in unserem soliden Zweimannzelt wie in einer Suite in der Signal Mountain Lodge vor. Silbern schimmerte die Pfanne im Schein des Feuers. Verschlafen richtete ich mich auf und fragte, was er vorhabe, aber er hielt sich nur den Finger auf die Lippen. Er zog mir mein Shirt über den Kopf, legte mich sanft zurück auf den Boden und küsste mich auf die Nasenspitze. Dabei flüsterte er: »Ich wurde geboren, um dich zu lieben, Tal.«

Dann hob er den tropfenden Schwamm aus der Pfanne, drückte ihn leicht aus und legte ihn auf meinen Bauch. Mit sanft geschwungenen Aufwärtsbewegungen liebkoste er die Haut zwischen meinen Brüsten, meine Schultern, Hals, Ohren und Gesicht und badete mich in lauwarmem duftenden Wasser und kühler Nachtluft. Dann arbeitete er sich langsam wieder nach unten und beschrieb zarte Kreise auf beiden Brüsten, und meine Brustwarzen zogen sich bei seiner Berührung fest zusammen. Er bewegte sich hin zu der leichten Wölbung meines Bauches und suchte sich seinen Weg sanft, aber sicher weiter nach unten, schob meine Beine leicht auseinander und badete die Innenseiten meiner Schenkel, während seine Finger und der Schwamm feine feuchte Spuren auf meiner Haut hinterließen. Weiter ging es über meine Knie bis hinab zu den Knöcheln und vorsichtig und gemächlich über den Fußrücken bis zu den Zehen. O ja, er badete meine Haut, aber er umarmte meine Seele.

Danach drang Paul in mich ein, so wie ich es bei einem Mann nie für möglich gehalten hätte. Und deshalb ist er auch nie wirklich von mir gegangen. Ich spüre, wie er mich berührt. Ich sehe das Zelt, den See und jene Sterne – und ich spüre den kühlen Wind.

Hier liege ich in der Dunkelheit neben seinem Kind, spüre seine Hände auf meinem Körper und ihn selbst in mir, und wieder empfinde ich Schmerz, doch dieses Mal aus einem anderen Grund. Der warme Wind verspottet mich, weht beschwingt über uns hinweg und macht Luftsprünge bis hin zu dem Sandhügel, der nun Pauls Körper bedeckt. Schweigend streicht er über ihn hinweg, ohne Gefühl, ohne jegliches Empfinden – so wie der Wind auch über uns hinwegstrich, als wir in jener Nacht am Ufer eines Sees in den nördlichen Wäldern ineinander verschlungen ruhten und nicht wussten, was noch vor uns lag. Das schlafende Land erinnert sich nicht an die Menschen.

Nur wir erinnern uns an das Land.

Der Schlaf brachte mir Alpträume. Schließlich stand ich auf und starrte in die Wüste hinaus. Die Luft war erfüllt von Foys erstickten Todesschreien, und ich hörte wieder und wieder, wie sein Genick brach. Dem folgte das Geräusch, mit dem Pauls Leichnam auf den Boden schlug, und ich sank – mit dem Übelkeit übermannt, mit schrillem Dröhnen in den Ohren und abgrundtiefer Verzweiflung im Herzen – auf die Knie. Alles, was ich früher je von mir zu wissen glaubte, hatte sich als falsch erwiesen, und ich stand innerlich entblößt und verloren vor dem wissenden Mond.

Die Liebe meines Lebens ist tot. Meine Kenntnisse über die Wildnis nützen mir hier nichts. Keine Rocky Mountains, die sich sicher und vertraut über uns erheben. Unser Leben hängt nur noch an einem Faden; wir sind bereits mehr tot als lebendig und atmen nur noch, weil das Schicksal es duldet. Ich habe einen Mann getötet und einen anderen verstümmelt und damit in einem instinktgesteuerten Augenblick – der so rasch über mich hereingebrochen und ebenso rasch wieder verflogen war, dass ich es kaum wahrgenommen hatte – meinen Schwur der Gewaltfreiheit gebrochen. Ich dachte, ich hätte getötet, um uns in Sicherheit zu bringen, um sicherzustellen, dass wir hier lebend herauskämen. Vielleicht war es auch nur der bloße Selbsterhaltungstrieb: wir oder sie. Aus Notwehr, würde die Welt draußen sagen. Einige würden es sogar als Mut bezeichnen.

Aber ich weiß es besser, nur wage ich im Moment nicht, mich damit auseinander zu setzen. Mamas Blick ruht wieder einmal fest auf mir. Während der vergangenen Tage hat sie mich in Ruhe gelassen, doch nun wacht sie über meine Seele, die das Geschehene auflistet. Das Einzige, was sie vom Leben erwartet hatte, war, dass ihre Tochter den Teufelskreis der Gewalt, der uns alle lähmte, durchbrechen möge. Soweit es meinen Vater betraf, ist mir das auch gelungen. Bei Dix ist mir nur ein Ausrutscher passiert. Und hier, als ich die Gelegenheit hatte, diesen Teufelskreis ein für alle Mal zu durchbrechen, bin ich nicht nur ausgerutscht, sondern habe gleich alle Tore eingerissen und einen Mann zu Tode getreten. Wäre es mir gelungen, an sein Messer zu kommen, hätte ich ihn erstochen. Hätte ich sein Gewehr gehabt, hätte ich ihn erschossen. Ungezügelte Gewalt wütet in mir, meiner Mutter Tochter, aber ich kann jetzt nicht darüber nachdenken. Es geht einfach nicht.

Stattdessen starre ich auf dieses schlafende Kind, und einmal mehr schwöre ich mir, sie lebendig aus dieser Wüste hinauszubringen. Koste es, was es wolle – sie *wird* überleben.

27. Tag

90 Meilen, 64 Liter.

Josie das Leben zu retten ist im Augenblick gar nicht so einfach.

Wir sind in das Revier eines fremden Dingorudels eingedrungen. Die Tiere sind viel magerer und auch hinterhältiger als die bei unserem Forschungscamp. Im Handumdrehen hatten uns die Dingos taxiert und schwärmten keilförmig aus. Als wären sie auf Beutezug, orteten sie unsere Position, blieben unbeweglich stehen und ließen uns nicht mehr aus den Augen. Diese Aufstellung löste irgendwelche Urinstinkte in mir aus: Die Haare auf meinen Armen standen mir zu Berge, mein Genick wurde starr und meine Haut brannte in höchster Alarmstufe. Am liebsten wäre ich weggerannt, aber wenn ich das getan hätte, wären wir mit Sicherheit nur noch totes Fleisch gewesen. Also blieb ich tapfer stehen, zog Josie mit mir und stellte mich ihnen entgegen. Die Hunde blieben ebenfalls stehen und blickten uns unerschrocken an. Mit hoch erhobenem Kopf und gespitzten Ohren – jeder Muskel gespannt – standen sie uns furchtlos gegenüber.

Ich hatte mich noch nie in der Lage eines Beutetiers befunden und daher keinerlei Erfahrung auf diesem Gebiet. Allerdings hatte ich auch nicht das geringste Bedürfnis, diese Erfahrung zu machen und verspeist zu werden. Also musste ich wohl oder übel improvisieren.

Laut brüllend fuchtelte ich so wild mit den Armen, dass die Anführer des Rudels ein paar Schritte zurückwichen und stehen blieben. Sobald wir jedoch weitergingen, zog auch das Rudel in seiner tödlichen Formation weiter nach. Ich spürte, wie sie sich uns langsam näherten, stellte mich ihnen erneut entgegen, zerbrach einen trockenen Stock und warf nach denjenigen, die am weitesten vorgedrungen waren. Den Stöcken sprangen sie zwar aus dem Weg, zogen sich dieses Mal jedoch nicht weiter zurück. Einer von ihnen kam sogar noch näher. Ihr Mangel an Furcht schlug in eindeutige Angriffslust um: Da wir uns mitten in einer Dürreperiode befinden und offenbar wie eine ganz passable Mahlzeit aussehen, werden sich diese Knochengestelle durch Stöcke und Steine nicht lange abhalten lassen.

Nachdem ich das alles Josie kurz zu erklären versucht hatte, nahm ich die Beretta und feuerte einen Schuss auf das Weibchen ab, das uns am nächsten stand. Sofort stob das ganze Rudel auseinander und seither haben wir die Meute kaum noch zu Gesicht bekommen. Trotzdem werde ich das Gefühl nicht los, dass wir verfolgt werden. Selbst aus größerer Entfernung taxieren sie uns auf eine Weise, die kaum Zweifel daran lässt, dass sie uns als potentielle Nahrungsquelle ansehen. Und da wir uns auf das nächste Wasserloch zubewegen – vermutlich das Zentrum ihres angestammten Reviers –, war das mit Sicherheit erst der Anfang unserer Auseinandersetzungen.

Das Problem ist nur, dass wir keine Alternative haben. Wir können die Wasserstelle nicht einfach umgehen, sondern müssen unsere Wasservorräte auffüllen, wann immer es geht. Also müssen wir zusehen, wie wir mit den Dingos fertig werden.

Das bedeutet, dass Josie schießen lernen muss. Da ich ihr keine Angst einjagen wollte, hatte ich das erst einmal aufgeschoben, aber nun wird es für sie Zeit zu lernen, mit einer Schusswaffe umzugehen – und das nicht nur wegen der Dingos.

Rayburn wird uns nicht kampflos ziehen lassen. Sobald er

sich ausreichend erholt hat, um neue Streitkräfte zu rekrutieren, werden in dieser Wüste schlimmere Gefahren als nur wilde Hunde auf Jo und mich lauern. Falls mir etwas zustößt, muss sie wissen, wie man mit dieser Pistole zielt und feuert. Wenn es um Leben oder Tod geht, soll sie möglichst viele Aktiva auf der Seite des Lebens haben. Und die Beretta ist ein ziemlich großer Aktivposten. Wie auch immer, diese Pistole kann eines Tages lebensrettend für sie sein. Sie muss lernen, damit umzugehen.

Der Umgang mit einer Feuerwaffe ist nicht gerade meine Stärke. Bevor ich mich mit so was abgebe, würde ich lieber eine Mandeloperation ohne Betäubung über mich ergehen lassen. Wie ich im Nu herausfand, stimmt Josephine O'Malley mit mir darin hundertzehnprozentig überein. Kaum hatte ich ihr von meinem Plan berichtet, blieb sie wie ein Bulle, der kastriert werden soll, auf der Stelle stehen und stampfte wütend mit dem Fuß auf.

»Ich kann Waffen nicht ausstehen.«

»Ich auch nicht, Jo. Das heißt, dass wir diesen Männern gegenüber deutlich im Nachteil sind«, sagte ich ihr, öffnete ihre geballte Faust und legte ihr die Pistole hinein. »Deshalb müssen wir auch doppelt so hart arbeiten, um diese Abneigung zu überwinden.«

»Ich *will* aber nicht damit schießen!«, jammerte Josie, kniff die Augen zu, legte den Kopf in den Nacken und streckte die Arme stocksteif, so weit sie nur konnte, vom Körper weg. »Warum kannst *du* nicht das Schießen übernehmen? Du bist doch die Erwachsene!«

»Das werde ich auch tun. Aber falls mir etwas passiert, musst du es auch können.«

Josie riss erschreckt die Augen auf, ihre Arme wurden schlaff und Tränen rannen ihr über die Wangen. Die Pistole hatte sie völlig vergessen, so dass ich ihn in ihrer Hand festhalten musste.

»Ist ja schon gut, Jo. So hätte ich das nicht sagen sollen. Mir passiert schon nichts. Aber vielleicht werde ich deine Hilfe benötigen, und deshalb musst du mitmachen.«

Schniefend pflichtete sie mir mit einem Nicken bei und beugte sich über die Beretta, um zu lernen, wie man sie lädt, abfeuert, den Ladestreifen herauszieht und wieder neu lädt.

In Ermangelung von Ohrenschützern hielt ich Josie die Ohren zu und drehte sie mit dem Gesicht zu dem Tuch, das ich als Zielscheibe aufgehängt hatte. Dann rief ich laut: »Wir können uns nicht erlauben, die Patronen zum Üben zu verschwenden. Du hast also nur einen Schuss.«

»Okay«, brüllte sie zurück.

»Ziel gut, und wenn du fertig bist, drück ab«, sagte ich und spürte, wie sich ihr Gesicht anspannte, als sie abdrückte. Das Tuch wurde durch den Schuss zerrissen, und der Knall hallte in ihrem und auch in meinem Körper wider. Neun Millimeter sind schon ein anständiges Kaliber.

Als Josie sich zu mir umdrehte und mir die Pistole zurückgab, standen über ihrer Oberlippe und auf der Stirn dicke Schweißperlen. Sie ging ein paar Schritte fort und wischte sich die Hände an ihrer Kleidung ab. Immer und immer wieder strich sie mit den Handflächen über den abgetragenen Baumwollstoff, als wolle sie das Gefühl, eine Waffe in der Hand gehalten zu haben, ein für alle Mal auslöschen. Ich kenne dieses Gefühl nur zu gut. Das Metall einer Waffe dringt einem in die Poren und den Pulvergeruch wird man nicht mehr los. Entweder macht einem das Töten, das sich dahinter verbirgt, Spaß, oder man hat das intensive Bedürfnis, die Spuren so schnell wie möglich von der Haut abzuwischen. Ich versuchte, nicht darauf zu achten, dass Josie genau dasselbe tat wie ich, jedes Mal nachdem ich einen Schuss abgefeuert hatte. Stattdessen ersetzte ich die fehlende Patrone, da es mir lieber war, mit einem voll geladene Pistole unterwegs zu sein. Schließlich weiß man nie, ob man nicht alle neun Schuss auf einmal braucht.

Plötzlich schlich sich ein Dingo so nah an uns heran, dass Josie bei seinem Anblick erstarrte. Man konnte ihre Angst spüren. Sobald ich mit kraftvollen Schritten zu ihr eilte und mich drohend neben sie stellte, verschwand der Hund. Wir hielten nach den anderen Ausschau, konnten aber sonst keinen entdecken.

Um Jo zu helfen, mit ihrer Angst fertig zu werden, schlug ich ihr vor, gemeinsam mit mir ein Sandbad zu nehmen, und reimte mir eine wilde Geschichte zusammen: Wenn wir unseren Körpergeruch eindämmen, riechen wir für die Dingos etwas weniger nach frischem Steak. Josie sah mich zweifelnd an, und es war offensichtlich, dass sie mir kein einziges Wort glaubte. Trotzdem nahm sie meinen Vorschlag gern an.

Schweigend setzte ich mich neben sie und sah ihr dabei zu, wie sie sich auf dem Boden hin und her rollte: Durch die Sonne wirkte ihr Haar wie poliertes Gold, und wie jedes andere Kind auch, das sich in einer normalen Alltagssituation befindet, hatte sie ihren Spaß dabei – mehr noch, sie genoss es, dass eine Erwachsene in der Nähe war und ihr bei ihrem Tun interessiert zusah. Doch plötzlich war es vorbei mit dem fröhlichen Spiel. Mit einem lauten »Autsch!« sprang sie auf die Füße und sah mit finsterem Blick auf ein Stück Spinifex-Gras, das ihr die Haut am Bein aufgekratzt hatte.

»Das reicht, ich bin sauber genug«, erklärte sie ärgerlich.

»Fühlst du dich jetzt besser?«

Jo verdrehte die Augen, zog ihr Shirt und die kurzen Hosen an und ließ sich mit gerunzelter Stirn neben mir nieder. »Nee.«

Ich nickte nur.

Sie beäugte die Kratzer an ihrem Bein, um die das Spinifex-Gras leichte Rötungen hervorgerufen hatte, und fuhr fort: »Ich hasse diese Wüste. Alles hier sticht und pikt.« So ist das nun mal mit dem Spinifex-Gras. Mir fällt das kaum noch auf, so sehr habe ich mich bereits daran gewöhnt. Josie wird auch noch dahinkommen, aber noch ist sie nicht so weit. »Ich kann es nicht leiden, wenn mich was sticht, Tally.«

»Tja, ich weiß, was du meinst, Kid. Aber die scharfen, spitzen Kanten bewahren die Pflanzen davor, gefressen zu werden. Das ist eine reine Überlebensstrategie.«

»So?«, bemerkte sie mit düsterer Miene, und man sah ihr deutlich an, dass es sie nicht im Geringsten interessierte, wie ausgedörrte Pflanzen überleben. »Warum musste Daddy ausgerechnet hier seine Untersuchungen machen? Wieso konnte er sich nicht einen Ort aussuchen mit Wasser und Bäumen und was weiß ich? Wenn wir so wie in Wyoming überall Wasser hätten, würden wir jetzt nicht in so großen Schwierigkeiten stecken.«

»Wären wir in Wyoming, mein Schatz, hätten wir überhaupt keine Schwierigkeiten, denn dann hätten Jed und Pony uns schon längst gerettet.«

»Ich weiß. Warum konnte er denn nicht dort seine Untersuchungen mit Hunden machen?«

»Dein Daddy mag Wüsten, Jo«, hörte ich meine eigene Stimme sagen und wusste doch genau, dass ich das Imperfekt benutzen müsste. Gleichzeitig war mir aber auch klar, dass ich es nicht konnte. »Er hat mir immer gesagt, dass Wüsten ihm etwas geben, was er sonst nirgendwo findet.«

»Was denn?«

Ich schüttelte den Kopf und musste zugeben, dass ich es auch nicht wusste. Was gab es sonst noch an Paul, was ich nicht wusste? Ich war immer davon ausgegangen, ich hätte ein Leben lang Zeit, alles über ihn zu erfahren. Wie viel mag es geben, was mir nun für immer verborgen bleibt?

Josie streckte ihr Bein aus, um die Spinifex-Kratzer zu untersuchen. Es war mit winzigen roten Beulen übersät und sah aus, als würde es brennen.

»Tut's weh?«

Sie nickte, und mir fiel ein, wie viele brauchbare Erste-Hilfe-Mittel ich in unserem Forschungscamp gelassen hatte. Nur darauf aus, möglichst wenig Gepäck mitzunehmen, hatte ich an dem Tag, als ich aufbrach, alles aussortiert, was nicht unbedingt notwendig war. Nie wäre ich auf die Idee gekommen, dass ich mich noch um die Verletzungen eines anderen kümmern müsste – oder dass ich selbst so schwer verletzt werden könnte. Von den Prinzipien der Such- und Rettungsteams hatte ich mich weit entfernt, und an andere hatte ich überhaupt nicht mehr gedacht. Ich war einfach losgezogen, nach dem Motto: Zuerst komme ich, dann wieder ich, und dann kommt lange gar nichts.

Wie einer dieser anmaßenden Touristen, die meinen, um die Rettungsmaßnahmen sollen sich die anderen kümmern, die besser darauf vorbereitet sind. Schon wieder schleicht sich ein Dingo an, gleich darauf noch einer, und noch ein dritter. Um abschreckender zu wirken, stelle ich mich hin, und um Josie nicht zu erschrecken, strecke ich mich und tue so, als müsste ich meine Beinmuskeln lockern. In Wirklichkeit läuft es mir heiß und kalt den Rücken hinunter.

Wenn ich könnte, würde ich mir selbst kräftig in den Hintern treten, weil ich dermaßen unvorbereitet hierher gekommen bin. Ich wusste, dass es falsch ist, aber trotzdem habe ich mich nicht darum gekümmert, weil ich immer davon ausging, ich müsste nicht viel über die Wüste wissen. Warum sollte ich meinen Kopf auch damit belasten? Praktisch alles, was Paul mir so nebenbei erzählte, ging bei mir zum einen Ohr rein und zum anderen schnurstracks wieder hinaus. Ich kann mich an rein gar nichts erinnern, was er mir über die Dingos erzählt hat – außer dass sie Menschen normalerweise nicht angreifen. Doch das scheint mir heute – um es einmal vorsichtig auszudrücken – eine rein hypothetische Annahme zu sein.

Ich habe keine Ahnung, wie sich diese Tiere sonst verhalten, und weiß deshalb auch nicht, wie viel Grund zur Besorgnis besteht und wie ich unsere Sicherheit gewährleisten kann. Bisher habe ich lediglich reagiert, denn ich habe keinen blassen Schimmer, was in ihren Köpfen vorgeht oder wie sie sich untereinander verständigen. Daher kann ich mir auch überhaupt nicht vorstellen, wie ich ihr Verhalten beeinflussen könnte. Ich kann nur Vermutungen anstellen und rate Jo, sobald die Dingos auftauchen, soll sie sich zu ihrer vollen Größe aufrichten und sich so wild gebärden, dass sie vor ihr Angst bekommen. »Zeig ihnen, dass du genug Grütze im Kopf hast, ihnen vorzugaukeln, dass deine Muskeln stahlhart sind.«

Sie unterbrach mich: »Grütze wird aus Getreide gemacht, Tally, und hat mit Stahl überhaupt nichts zu tun, eher mit Stroh. Das weiß doch jedes Kind.«

Ratlos schüttelte ich den Kopf. Josie musste über ihren eigenen Witz lachen und die Spannung fiel allmählich von ihr ab.

»Stimmt, ich habe ganz vergessen, dass ihr in Louisiana Grütze esst. Ansonsten weiß jeder, dass man mit Grütze normalerweise Gehirnschmalz meint, und so etwas würde ich nun wirklich nie in den Mund nehmen.«

»Hafergrütze ist lecker, besonders wenn man sie so kocht wie Großmama O'Malley und nicht zu weich werden lässt.«

»Danke für deine Tipps aus der Südstaaten-Küche, Josephine. Das reicht vollkommen.«

»Wenn man dann noch Löcher reindrückt und Butter darin schmelzen lässt, damit sie an allen Seiten schön verläuft – hmmmh –, und sich dann einen großen Löffel voll in den Mund schiebt: lecker, kann ich dir sagen.«

»Erbarmen«, rief ich, verdrehte die Augen und tat so, als würde mir die bloße Vorstellung schon Brechreiz verursachen. »Danke, lieber Gott, dass ich nicht in Louisiana zur Welt kam. Wenn man mich mit so einem Zeug gefüttert hätte, wäre ich bestimmt gestorben.«

Josie lachte wieder und war ganz ausgelassen. Dieses Herumalbern war genau das, was wir jetzt brauchten.

»Auch wenn wir für diese Wüste denkbar schlecht vorbereitet sind, Kid, haben wir zumindest genau die richtige Einstellung, und das wird sich eindeutig zu unseren Gunsten auswirken«, sagte ich fest und bestimmt. »Wir haben beides: die richtige Einstellung und einen starken Willen. Überleben hängt zu fünfundneunzig Prozent von diesen beiden Dingen ab, und alles Übrige macht lediglich fünf Prozent aus. Die Zahlen sprechen für uns, Jo, das müssen wir uns immer vor Augen halten.«

Josie nickte stolz, und obwohl sie immer noch ganz matt und schwach war, hatte sie jetzt viel weniger Angst als noch vor einigen Minuten. Sie schürzte die Lippen und sagte: »Okay, Mami zwei.« Dann warf sie den Kopf in den Nacken und blickte zum Himmel. Das war seit Beginn unseres Weges die natürlichste Geste, die ich an ihr gesehen hatte. Endlich fing sie an, mir zu vertrauen.

»So, jetzt lass uns noch einmal überlegen, was wir mit diesen verflixten Hunden machen. Um ihnen klar und deutlich zu zeigen, wo's lang geht, müssen wir gut aufpassen und so tun, als ob wir stark sind. Sie müssen den Eindruck haben, als wollten wir ihnen sagen: Hört zu, ihr lausigen Köter, wir sind nicht auf einen Kampf mit euch aus. Aber falls ihr uns so weit bringt, könnt ihr euch darauf verlassen, dass wir euch ein paar anständige Löcher in den Pelz brennen. Also verschwindet lieber.«

Jo grinste und tat so, als würde sie abdrücken: Peng.

»Das ist genauso wie in den Selbstverteidigungskursen für Frauen, die wir zu Hause durchführen und in denen wir ihnen zeigen, wie sie sich vor einer möglichen Vergewaltigung schützen können: Tue so, als wärst du das größte und gemeinste Miststück auf der Welt, dann wird ein potentieller Vergewaltiger dich in Ruhe lassen. Der hat nämlich gar keine Lust auf eine Rauferei, sondern will nur möglichst rasch ans Ziel kommen. Achte auf deine Haltung, bis hin zur kleinsten Kleinigkeit, zum Beispiel auf deine Kopfhaltung. Wenn es dir gelingt, ihn davon zu überzeugen, dass ein Überfall auf dich sicher keine gute Idee ist, wird er sich bestimmt ein anderes Opfer suchen. Zumindest in der Theorie. Und warum sollte es bei einem Rudel räudiger Wildhunde, die nach Beute Ausschau halten, anders sein als bei einem Mann, der auf eine Vergewaltigung aus ist?«

»Was ist eine Vergewaltigung?«, fragte Josie, und es gelang mir gerade noch, einen derben Fluch runterzuschlucken. Diese Elternrolle bin ich einfach noch nicht gewöhnt. Ich hatte gar nicht mehr daran gedacht, dass Josie noch so klein ist. Ich versuchte schnell das Thema zu wechseln, und als es mir nach zehn Minuten und drei Versuchen endlich gelungen war, sagte Jo: »Ach ja, jetzt weiß ich wieder, was eine Vergewaltigung ist. Mami hat mir das alles mal erklärt, aber ich kannte das Wort dafür nicht.«

Es verschlug mir die Sprache. Jedes Mal, wenn ich glaube, ich würde aus diesem Kind schlau werden, sagt Josie etwas, was mich völlig verblüfft. Ich schlug vor, unser Verhalten den

Dingos gegenüber eine Weile zu üben, und Josie zeigte so viel Interesse bei dieser Aktion wie selten zuvor. Was immer Miriam ihr über Vergewaltigungen auch erzählt haben mag, es hat gesessen. Für mich ist das ein völlig neuer Aspekt an Miriam. Eine Mutter muss schon eine Menge Mumm aufbringen, um ihre Tochter so gut auf das Leben vorzubereiten und mit ihr über ein so heikles und doch so überaus wichtiges Thema zu sprechen. Ich bin ehrlich beeindruckt.

Jetzt ist es früh am Nachmittag. Seit Tagesanbruch haben wir geschlafen, wenn auch mit Unterbrechungen. Wir geben uns alle Mühe, nicht wie eine leckere Mahlzeit auszusehen, das heißt, wir dürfen nicht humpeln und nicht müde oder unentschlossen wirken. Wir dürfen absolut keine Schwäche zeigen und müssen die Situation um uns herum stets im Auge behalten. Also demonstrieren wir Entschlossenheit und Stärke. Im Augenblick rücken uns die Dingos nicht allzu nah auf den Pelz, aber ich fürchte, es ist nur eine Frage der Zeit, bis sie einen erneuten Versuch starten.

Bis dahin beschäftigen wir uns mit anderen Dingen.

Dieses Mal hat Jo bestimmt, was zu tun ist. Noch besitzen wir ein paar Päckchen mit Lebensmitteln – nicht viel, aber für ein paar Tage reicht es. Trotzdem haben wir immer noch unser TJ-Institut und Josie steckt voller neuer Ideen für die Unterrichtsstunden. Eines muss man ihr lassen: Sie ist nicht zimperlich, absolut nicht.

Vor kurzem fand sie im Schatten eines Felsbrockens eine Echse, eine riesengroße sogar: Von der Schnauze bis zur Schwanzspitze war sie fast einen halben Meter lang. Ich beäugte sie leicht argwöhnisch und hätte lieber einen großen Bogen um sie gemacht. »Eine so große Echse habe ich noch nie gesehen. Sieht aus, als könnte sie uns fressen, wenn ihr danach wäre.«

Energisch griff Josie nach ihrem Rucksack, denn sie hatte es sich in den Kopf gesetzt, das Tier zu fangen und zu braten. Kinder begreifen die Grundzüge des Überlebens wesentlich schneller als Erwachsene. Auch ich weiß, dass man Echsen essen kann, aber wenn ich nur daran denke, in dieses fette Biest hineinzubeißen, werde ich ganz blass um die Nase. Jo meinte, das Fleisch müsse wie Froschschenkel schmecken – eines ihrer Leibgerichte. Bei dieser Vorstellung werde ich noch viel blasser.

»In dem Buch, das Daddy mir geschickt hat, steht, dass die Wüstenbewohner immer Goannas essen, Tally«, sagte sie und konzentrierte sich auf das Stück Hanfschnur, aus dem sie eine Schlinge zum Zuziehen knüpfte.

»Ein Goanna ist das also.«

»Ja.«

»Und du meinst, wir sollten ihn mit dem Lasso fangen, das du da gerade schnürst?«

»Ja, das funktioniert. Ganz sicher. Ich muss die Schlinge nur groß genug machen. Daddy hat mir gezeigt, wie es geht.«

»Ach ja?«

»Klar.«

»Hast du denn schon mal eine Echse erwischt?«

»Klar, jede Menge. Die kleinen grünen auf Großmamas Terrasse.«

»Und die hast du dann in der Pfanne gebraten und zum Abendessen verspeist.«

Josie hörte auf, ihre Schlinge zu knüpfen, und sah mich an. »Nein, natürlich nicht«, kicherte sie. »Die kleinen grünen kann man nicht essen. Das sind doch die Großeltern von allen, die schon tot sind.«

»*Was* sind das?«

»Die Großeltern. Man muss sie gut behandeln, sonst verhexen sie einen und lassen die Ernte verhageln.«

Das musste ich erst einmal verdauen: ein Kind aus der Großstadt, das wie eine Hinterwäldlerin aus dem Dorf redet. Immerhin stammt sie zur Hälfte von den ersten Siedlern in Louisiana ab. Das könnte eine Erklärung dafür sein. Josie widmet sich derweil wieder ihrem Echsen-Lasso.

»Und außerdem brät man Echsen nicht, Tally. Man schneidet sie in Streifen und räuchert sie über dem Feuer.«

Darauf gab es nichts zu erwidern. Daher begnügte ich mich damit, eine verdutzte Miene zu machen und den Stock so ruhig zu halten, dass Jo ihre Schlinge am anderen Ende befestigen konnte. Die Zunge zwischen die Lippen gepresst, saß sie über ihre Arbeit gebeugt da und strengte sich dermaßen an, dass ihr der Schweiß von der Nasenspitze tropfte und auf unsere Hände fiel. Sie schob sich das Haar aus dem Gesicht und bemerkte: »Im Joshua Tree National Park, wo Daddy früher mal gearbeitet hat, gab es einen Graben, der Fried Liver Wash hieß – komischer Name, was?«

»Ja, das stimmt. Was hat ein Graben mit gebratener Leber zu tun?«

»Keine Ahnung, warum der so heißt. Daddy hat mir ein Foto geschickt, damit ich es mir an die Wand hängen kann. Einmal würde ich mir diesen Graben aber gern selbst ansehen.«

»Tja, wenn wir hier erst mal raus sind, könnten wir ja in der Mojave-Wüste Urlaub machen und uns im Fried Liver Wash ein paar Scheiben Leber braten.«

»Igitt. Ich mag keine Leber.«

»Was? Du erzählst mir hier, dass du Frösche und Echsen isst, aber keine Leber magst? Das verstehe ich nicht.«

Josie zuckte nur mit den Schultern und hielt mir ihr fertiges Lasso hin: ein einfaches Ding, einfach genug, um tatsächlich zu funktionieren – nichts weiter als eine Schlinge, die an einem dicken Stock befestigt war. Der Trick an der Sache ist,

mou:'ha:vi

dass man sie dem Reptil langsam und unauffällig genug über den Kopf streifen muss, damit es nichts merkt und nicht erschrocken das Weite sucht. Hatte man das erst geschafft, brauchte man nur noch das lange Ende der Schnur stramm zu ziehen, damit sich das Lasso um den Hals der Echse zusammenzog – und schon hing sie wie ein Wels an der Angelschnur.

Allerdings war diese Echse hier groß genug, um einen echten Kampf auszutragen. Das sagte ich Jo. »Ist dir klar, Kid, dass sich die hier nicht so leicht einfangen lässt wie die kleinen grünen Großeltern.«

»Ooch, so leicht lassen die sich auch nicht fangen.«

»Ach nein?«

»Nee.«

»Und wie soll es weitergehen, *nachdem* die Echse bei dir im Lasso hängt?«

»Darum musst *du* dich kümmern.«

»Und wie stellst du dir das vor?«

Jo tätschelte ihre Falle und zuckte mit den Schultern. »Das hier ist mein Teil der Arbeit, aber du musst schließlich auch was tun. Also übernimmst du den Rest.«

»Verstehe«, sagte ich. Ihre Initiative imponierte mir, aber ich war absolut sicher, dass der Versuch ohnehin fehlschlagen würde.

Wir krochen in Position. Josie warf mir einen Blick zu und sagte: »Du solltest dir schon mal einen dicken Stock oder so was Ähnliches mitnehmen, Tally.«

Ich sah sie verblüfft an.

»Du weißt schon, um ihr damit eins über die Rübe zu geben, sobald wir sie haben.«

Verdrießlich kroch ich zurück, um die Schaufel zu holen. Als ich zurückkam, wartete Jo geduldig und hielt den Blick fest auf die Echse gerichtet. Allmählich wurde mir klar, dass wir sie am Ende vielleicht doch noch fangen könnten, denn Josie sah aus, als machte sie das heute nicht zum ersten Mal.

Wenige Meter von dem Felsen entfernt hielt sie inne und flüsterte: »Jetzt pass gut auf, dass du nicht über den Boden schleifst oder irgendwo dagegen stößt. Und mach keine ruckartigen Bewegungen, sondern rühr dich nur langsam, ganz langsam, so wie ich. Guck einfach, wie ich das mache, damit du sie nicht verscheuchst.«

Ich nickte und hielt mich haargenau an ihre Anweisungen. Sie war die Ruhe selbst, so als hätte sie sich in Louisiana tagtäglich mit nichts anderem beschäftigt. Ich musste unwillkürlich daran denken, was Dix und ich als Kinder gespielt hatten: Wer kann den Schwanz der Eidechse berühren? Genau dieselben Bewegungen. Man schleicht sich an, bleibt manchmal minutenlang reglos stehen, kommt allmählich näher – noch dreißig Zentimeter, noch zwanzig, dann fünfzehn, jetzt fünf und schließlich nur noch zwei. Wer sie zu fassen bekam, ohne dass sie uns entwischte, hatte das Spiel gewonnen. Auch wenn Josie nie mitgespielt hatte, bestand kein Zweifel, dass sie schon genug grüne Großeltern gefangen hatte, um uns beide eindeutig zu schlagen. Von der Größe des Goannas ließ sie sich nicht im Geringsten entmutigen. Man konnte ihn essen, und sie war fest entschlossen, ihn sich gut schmecken zu lassen.

Als sie die Schlinge nach unten um den Hals der Echse führte, schlug mir das Herz bis zum Hals. Ich sah, wie sich jeder Muskel des Goannas spannte und er sogar einen Fuß hob. Jo, die unbeweglich dastand, erstarrte vollends. Sobald der Goanna den Fuß wieder absetzte, zog Josie die Schlinge zu und lehnte sich zurück. Sie sah aus wie der Weltmeister im Tiefseefischen, der gerade einen Sailfisch einholt.

Nun brach die Hölle los: Ein fünfundvierzig Zentimeter langer Echsen-Wirbelsturm brach über uns herein. Aber Jo hielt ihren Fang fest, als ginge es um ihr Leben. Sie stürzte, fiel nach hinten und riss mich mit sich zu Boden. Die Echse war überall zugleich. Selbst wenn meine ewige Seligkeit davon abgehangen hätte, wäre es mir nicht möglich gewesen, sie mit der Schaufel zu treffen.

Irgendwie gelang es Josie jedoch, ihre Beute festzuhalten und wieder auf die Beine zu kommen. Während ich mich noch aufraffte, schleuderte sie die Echse so fest gegen den Felsen, dass die völlig benommen war und ihre Glieder erschlafften.

Beide Hände fest um den Stock geklammert, schleifte Jo die Echse über den Boden und schrie: »Los, schlag zu!« Und genau das tat ich auch.

Dann ließen wir uns vor ihr auf dem Boden nieder und betrachteten unser Mahl. Wir taten so, als müssten wir erst zu Atem kommen. In Wirklichkeit überlegten wir uns fieberhaft, was wohl als Nächstes zu tun war.

»Gütiger Himmel, Kid, hoffentlich kommt es dir nie in den Sinn, *mich* mit dem Lasso einzufangen und krumm und lahm zu schlagen, um mich anschließend zu verspeisen. Sonst käme ich ganz schön ins Schwitzen.«

Wie ein Cowboy, dem es soeben gelungen ist, sich acht Sekunden lang auf einem Bullen namens Texas Terminator zu halten, wischte Josie sich den Schweiß von der Stirn und grinste. »Und ob. Nur leider schmeckst du nicht so gut.«

Als ich Jo dabei beobachte, wie sie ihr Lasso aufrollt und in ihren Rucksack steckt, wird mir eines deutlich klar: Sie wartet nicht darauf, dass jemand kommt und sie rettet, sondern sie wird – wie ich es noch bei niemand erlebt habe – ihren Teil zur Rettung beitragen. Mehr als allen anderen, die ich bisher gerettet habe, ist ihr dieses Metier vertraut.

Und genau das sage ich ihr auch.

Mit schelmischem Lächeln erwidert sie: »Jetzt musst du ihr noch die Haut abziehen.«

Und ich habe es tatsächlich geschafft, wenn auch nicht so ganz professionell, aber ich habe die Echse gehäutet, ausgenommen, das Fleisch in Streifen geschnitten und auf dem Felsen, wo wir sie auch gefunden hatten, an einer windgeschützten Stelle über dem Feuer geröstet. Damit der Rauch sich besser verteilen konnte, entzündeten wir nur ein kleines Feuer und schützten es in Windrichtung durch ein aufgehängtes Laken.

Wir warteten nicht einmal, bis das Fleisch etwas abkühlte. Sobald es gar war, lösten wir es von den Stöcken und machten uns darüber her. Es war dunkel und zäh und schmeckte wie eine Kreuzung aus Hähnchen und Flunder, aber Josie biss herzhaft hinein und gab zwischen dem Kauen immer wieder ein zufriedenes Hmmmh von sich. Als sie zwischendurch kurz Luft holte, sagte sie: »Siehst du, hab ich's doch gesagt. Schmeckt genauso gut wie Froschschenkel.« Dieses Kind aß gerne Echsenfleisch, und ich kämpfte schon wieder mit meiner Übelkeit. Doch ich legte mich auf die Seite und aß ganz langsam; dadurch gelang es mir, sie einigermaßen zu unterdrücken.

Es blieb noch genug Fleisch übrig, so dass es für die nächsten zwei Tage reichte. »Na, wenn das kein voller Erfolg ist«, sagte ich zu Jo, »und den haben wir nur dir zu verdanken.«

Ein Lächeln huschte über ihr Gesicht, verschwand aber sogleich wieder, und als ich ihrem Blick folgte, verstand ich auch sofort, warum: Die Dingos waren wieder da.

Je näher sie vorrücken, desto mehr wünsche ich mir, ich hätte Pauls Forschungen mehr Aufmerksamkeit geschenkt. Leider hat er uns nur skizzenhafte und eher mythische Aufzeichnungen über die Wildhunde hinterlassen, mit denen wir wenig anfangen können. Das stimmt aber nicht ganz.

Immerhin ist er bei uns – hier in den Seiten seines Tagebuchs.

Seit 4000 Jahren hat diese Spezies an der Seite der Wüstenbewohner überdauert – als Schatten an ihren abendlichen Lagerfeuern, als Partner bei der Jagd und gelegentlich auch als Haustier. In alten Geschichten wird von verwaisten Welpen berichtet, die man liebevoll aufgepäppelt und am Leben erhalten hat. Inmitten menschlicher Überreste wurden Dingoknochen gefunden. Sie zeugen von den uralten Banden zwischen Mensch und Hund auf diesem endlosen Meer aus rotem Sand. Und dann tauche ich hier auf, voll bepackt mit Betäubungspfeilen, Spritzen, Waagen und Reagenzgläsern. Was will ich hier eigentlich herausfinden?

Wie hast du das nur immer so hingekriegt? Wie hast du Himmel und Erde, deine hohen Forschungsziele und die alltägliche Plackerei auf so geniale Weise miteinander verbinden können? Du warst Wissenschaftler, Philosoph, Vater und Freund – wohin hättest du mich noch geführt? Vier Jahre lang haben wir mit einem unausgesprochenen Gelöbnis zusammengelebt, und alles, was mir davon bleibt, ist Schweigen.

Und ein Mädchen mit roten Locken und deinen Augen, mit meiner Hartnäckigkeit und ihrem ureigenen, unverwechselbaren Temperament.

Und eine hungrige Meute Dingos in Angriffsformation – ein verwaister Welpe ist unter ihnen nicht zu sehen –, die uns zum Abendessen verspeisen wollen.

»Erzähl mir eine Geschichte, Tally«, sagt Jo und lässt die Hunde nicht aus den Augen. »Eine aus Daddys Buch – die von mir und dem Rodeo.«

Ich nicke, denn sie hat Recht. Die Geschichten bringen uns nach Hause. Außerdem haben wir schon tagelang nicht mehr »Josephine beim Rodeo« gelesen.

Wenn ich Josie manchmal so anschaue, mache ich mir wegen der kommenden zwei Jahre Sorgen – ein Elternteil in Australien und der andere in den USA. Ich frage mich, ob es nicht zu selbstsüchtig von mir ist, sie jetzt allein zu lassen, obwohl sie noch so klein ist und einen Dad braucht, der zumindest auf demselben Kontinent lebt wie sie. Dann wiederum fällt mir ein, was passiert ist, als sie mit Tally und mir in Rock Springs war, um Dix auf einem Bullen reiten zu sehen. An diesem Tag wurde sie sechs. Der Besuch bei ihrem ersten Rodeo gehörte zu ihrem Geburtstagsgeschenk.

Als die Kälber mit dem Lasso eingefangen wurden, saßen wir auf der Tribüne. Tal erklärte mir die Regeln und erzählte mir, Pferde und Rodeos seien ihr seit ihrer jüngsten Kindheit vertraut. Unterdessen rückte Josie näher ans Geschehen heran und beobachtete – an den Lattenzaun des Turnierplatzes gelehnt – zusammen mit einer Reihe anderer Kinder die Cowboys aus nächster Nähe. Kurz darauf hörte ich die Leute lachen und sah, wie sie in die Arena zeigten. Der Cowboy, der soeben seine Vorführung beendet hatte, wurde von einem kleinen rothaarigen Mädchen in Jeans, Stiefeln und T-Shirt – Josie! – in die Schranken gewiesen. Sie schrie ihn an und versetzte ihm Fußtritte. Mit nur zehn Schritten war ich unten und über die Absperrung geklettert, und nach weiteren zehn hatte ich sie mir geschnappt. Die Zuschauer, die diese nicht auf dem Programm stehende Darbietung durchaus zu schätzen wussten, feuerten sie von allen Seiten kräftig an: Vorwärts, Kleine! Pass auf deine Klöten auf, Dudley! Gleich hat sie dich erwischt! Gib's ihm, Baby, tritt ihn in die Eier!

Nachdem wir die Tribüne verlassen hatten, setzte ich meine wütende Tochter neben einen Pferdeanhänger auf den schattigen Rasen und rieb mir die Schienbeine, die zahlreiche blaue Flecken aufwiesen. Tally beobachtete uns aus der Ferne. Höflich wandte sie das Gesicht ab, aber ihre Schultern bebten vor Lachen.

»Verflucht noch mal, Josie! Du kannst doch nicht einfach auf fremde Leute losgehen und sie verprügeln!«

»Aber Daddy, er hat der kleinen Kuh doch wehgetan!«

Ich versuchte es mit Logik, setzte meine Worte mit Bedacht und drückte mich viel gewählter aus, als man es uns im Grammatikunterricht je beigebracht hatte. Und das war auch notwendig, damit sie mir überhaupt zuhörte. »Dieser Mann macht das schon sein Leben lang, Jo. Er reitet und fängt Rinder mit dem Lasso ein. Damit verdient er sein Geld, um seine Familie zu ernähren und seine Rechnungen zu bezahlen. Das ist sein Job.«

»Aber er hat der Kuh wehgetan, und das ist unfair! Die kleine Kuh hat nichts gemacht. Sie ist nur erschrocken weggelaufen. Sie hat keinem was getan, und trotzdem hat der Mann sie einfach umgeworfen und hat sich obendrauf gekniet. Und das ist unfair, sage ich dir!«

»Ich weiß, Josephine, aber du kannst schließlich nicht darüber entscheiden, wie die Leute ihr Geld verdienen.«

»Auch wenn das sein Job ist, deshalb ist das trotzdem nicht richtig!«

»Das hast nicht du zu entscheiden.«

»Wenn ich erst mal groß bin, dann werde ich das entscheiden. Denn dann wird das mein Job sein: aufpassen, dass die Leute den Tieren nicht wehtun. Dann werde ich ein großes Gewehr haben, so wie die Ranger, und keiner kann mich mehr aufhalten! Niemand! Auch du nicht!«

In ihr vereinen sich Eselin mit Löwin und Bärin. Gott stehe demjenigen bei, der ihr später mal über den Weg läuft.

Jedenfalls bin ich davon überzeugt, dass sie mehrere Jahre harte Feldforschung unbeschadet überstehen würde.

Josie setzte sich neben mich auf den Boden, spähte in meine Blechschüssel auf das Gemisch aus gerösteten Termiten, Echsenresten und Nudeln und richtete dann, hartnäckig entschlossen, ein Gespräch mit mir zu beginnen, den Blick auf mich.

»Ich kann mir einfach nicht vorstellen, dass Gott gewollt hat, dass Menschen Insekten essen.«

Ich zuckte mit den Schultern. »Dieser Logik habe ich nichts entgegenzusetzen.«

»Ich glaube, *du* kannst sie trotzdem ruhig essen. Großmama O'Malley hat mal gesagt, Gott kann einem das Leben schon ganz schön unangenehm machen, wenn man sich gegen ihn stellt. Ich bin schließlich noch ein Kind und habe noch ein langes Leben vor mir, aber du bist ja schon alt. Du kannst sie also ruhig essen.«

»Kannst du dich noch an den Tag erinnern, als das Rodeo war, Jo? Wie du diesen Cowboy verdroschen hast und dein Daddy dich wegtragen musste?«

Josie zog die Stirn kraus und nickte heftig. In demselben bekümmerten Tonfall wie damals sagte sie: »Er hat der kleinen Kuh wehgetan, und ich wollte, dass er damit aufhört, aber Daddy hat mich nicht gelassen.«

»Weißt du, was ich an diesem Tag gedacht habe?«

»Nein, was denn?«

»Ich dachte: Das ist endlich mal ein Kind, das ich an meiner Seite haben möchte, wenn ich jemals in den Kampf ziehen müsste. Ja, genau das habe ich damals gedacht.«

»Ehrlich?«

»Ja, bestimmt. Ganz schön mutig.«

»Denkst du das wirklich von mir?«

»Und ob. Als ich acht war, habe ich das auch mal versucht. Allerdings hast du es wenigstens bis in die Arena geschafft und ein paar Treffer gelandet, bevor man dich weggeschleift hat. Ich habe es leider nicht annähernd so weit gebracht. Ich hatte nicht mal die Absperrung überwunden, da haben sie mich schon geschnappt. Du hast dich weit besser geschlagen als ich. Ich war richtig stolz auf dich.«

Josie lächelte, und nach längerem Schweigen sagte sie plötzlich: »Wenn wir erst zurück in Wyoming sind, könnten wir ja vielleicht eine Firma gründen und unser Geld damit verdienen, zu Rodeos zu gehen und Cowboys zu verprügeln.«

Die Vorstellung reizte mich zum Lachen. Josie ging es nicht anders und wir brachen beide in lautes Gelächter aus. Es tat so gut, mal wieder richtig zu lachen, und wir brauchten dringend eine Atempause. Als ich mich wieder beruhigt hatte, sah ich Josie tief in die Augen. Nach einer Weile fielen sie ihr zu und ihre langen Wimpern berührten die Wangen. Sie war eingenickt, aber ich betrachtete sie immer noch: Sie ist so klein und verletzlich – auch wenn sie in vielerlei Hinsicht so stark erscheint, ist sie im Grunde doch hilflos. Was ich mit Foy gemacht habe, war richtig, Mama. Das musst du verstehen. Vielleicht gilt das nicht für immer und überall, aber hier und jetzt war es genau das Richtige. Ich muss dieses Kind einfach in Sicherheit bringen. Falls ich jemals wirklich ein Leben retten musste, dann dieses hier. Es muss mir gelingen, bitte versteh das doch.

Innerlich gestärkt und etwas zur Ruhe gekommen, stand ich auf und reckte die Glieder. Doch was ich dann sah, ließ mir das Blut in den Adern gefrieren.

Dort hinter uns in der Wüste, gar nicht weit von uns entfernt, stiegen zwei Staubwolken auf: zwei Fahrzeuge, die sich in unsere Richtung bewegten.

Wir konnten uns nirgendwo verstecken und hatten auch keine Zeit mehr dazu. Nicht einmal den Schlitten, geschweige denn unsere verstreute Ausrüstung hätte ich noch zudecken können. Die Frage, wie man diesen Männern ausweichen kann, hatte ich in letzter Zeit sträflich vernachlässigt, denn wir lagerten mitten auf einer offenen Ebene. Weit und breit war weder ein Baum noch ein größerer Busch zu sehen, und die letzte ausgewaschene Rinne lag gut eine Viertelmeile hinter uns. Wären Jo und ich in guter Verfassung und hätten ausreichend Flüssigkeit und Nahrung bekommen, hätten wir vielleicht hinrennen können. Aber wie die Dinge nun mal standen, war eine Entfernung von fünfhundert Metern für uns ebenso unüberwindbar wie eine von zehn Meilen.

Ich schüttelte Josie heftig, um sie aufzuwecken, deckte die Laken über unsere Sachen und schüttete ein paar Hände voll Sand darüber. Ein Laken sowie vier Feldflaschen, meinen Rucksack und die Pistole behielt ich allerdings bei mir. Dann musste sich Jo hinter einem Spinifex-Grasbüschel zusammenrollen, damit ich sie mit dem Laken bedecken und rasch ein paar abgeknickte, vertrocknete Zweige und Blätter darauf werfen konnte. Auch jetzt noch hätte sie sogar einem Blinden auffallen müssen. Geduckt eilte ich zu dem nächsten kümmerlichen Gestrüpp, das etwa zehn Meter von Josie entfernt stand, und verkroch mich darin, um möglichst unauffällig zu sein. Ich achtete darauf, Blickkontakt mit Josie zu halten, und betete so inbrünstig wie noch nie zuvor im Leben, die Fahrzeuge möchten an uns vorbeifahren, ohne uns zu bemerken.

Während sich das knatternde Motorengeräusch näherte, starrte Jo zu mir herüber. Der Schweiß strömte uns übers Gesicht, lief uns in die Augen und tropfte uns von der Nase. Erbarmungslos brannte die Sonne auf unseren ungeschützten Kopf. Allmählich verlor ich jedes Zeitgefühl und die Dingos hatte ich völlig vergessen. Doch plötzlich tauchten sie wieder auf, schlichen sich in geduckter Haltung mit raschen, tödlichen Bewegungen an Josie heran und wollten sie umzingeln.

Ich hatte keine Zeit mehr, mir einen Plan auszudenken. Mir blieb nicht einmal genug Zeit, mich aufzurichten und auf sie loszustürmen. Hektisch ergriff ich die Pistole. Da die Laster bereits in unmittelbarer Nähe waren, hätte ein Schuss ihnen unsere Gegenwart sofort verraten. Doch falls ich nicht schoss, würden die Dingos Jo jeden Augenblick in Stücke reißen. Und selbst wenn ich einen oder mehrere Schüsse abgeben würde, hätten sie sie schon übel zugerichtet, bevor ich überhaupt bei ihr sein könnte. Ich kniete im Sand und zielte, aber meine Hände zitterten dermaßen, dass ich Angst hatte, daneben zu schießen und Josie zu treffen.

Ich atmete tief durch, um mich etwas zu beruhigen, und nahm den Anführer des Rudels ins Visier. Als ich gerade abdrücken wollte, geschah plötzlich genau das, worum ich gebetet hatte, es möge nicht eintreffen. Etwa siebzig Meter rechts von mir tauchte der erste Laster in meinem Gesichtsfeld auf und ich erstarrte.

Die Dingos drangen nicht weiter vor, sondern machten abrupt Halt, liefen ein Stück zurück und betrachteten mit argwöhnischen Blicken das Fahrzeug. Jo hielt den Blick unverwandt auf mich gerichtet, während ich immer noch im Sand kniete und die Hand mit der Pistole ausstreckte. Wir hatten beide den Höhepunkt der Panik bereits überschritten und waren im Augenblick zu keinerlei Empfindung mehr fähig. Je weiter der Laster vorrückte, desto mehr zog sich das Rudel zurück, machte schließlich kehrt und rannte in die Wüste hinaus. Ich rührte mich nicht – kein Gedanke, kein Gebet, kein Plan, kein gar nichts. Die Knie wie auf dem Sand festgeschmiedet, den Blick unverwandt auf das kleine Mädchen gerichtet, das sich darauf verließ, dass ich es heil von hier wegbringen würde, harrte ich aus, während sich meine

Gedanken plötzlich überschlugen, um dieser neuen Herausforderung zu begegnen: Falls der Laster stehen bleibt, muss ich sofort aufspringen, schießen und auch treffen. Sie werden einen Moment brauchen, um darauf zu reagieren. Bis dahin muss ich einen von ihnen erwischt haben. Habe ich erst einmal einen von ihnen erwischt, besteht eine reelle Chance, auch noch den Zweiten zu kriegen. Es kommt also nur auf den Ersten an.

Ich musste all meine Kraft zusammennehmen, um ruhig zu bleiben.

Das Motorengeräusch wurde immer lauter, und langsam fuhr der erste Laster in südwestlicher Richtung in einer Entfernung von nur viereinhalb Metern an uns vorbei. Ich weiß es deshalb so genau, weil ich – sobald sie weg waren und ich meine Beine wieder unter Kontrolle hatte – sofort aufgestanden bin und die Entfernung abgeschritten habe. Genau viereinhalb Meter, und nicht einen Zentimeter mehr. Der zweite Laster war weiter von Jo und mir entfernt, und zwar genau zwölf Meter. Auch diese Entfernung habe ich abgeschritten.

Josie und ich sahen uns an und schüttelten ungläubig den Kopf: Zwei Laster mit je zwei Männern darin waren unmittelbar an uns vorbeigefahren, und sie hatten uns nicht entdeckt. Wir wussten nicht so genau, was wir davon halten sollten. Schweigend brachten wir unsere Sachen in die nahe gelegene sandige Rinne, und kaum waren wir damit fertig, sank Jo in tiefen Schlaf. Um nichts auf der Welt hätte ich jetzt schlafen können. Die Szene von vorhin spielte sich in meinem Kopf immer wieder aufs Neue ab.

Wie war es nur möglich, dass sie so nah an uns vorbeigekommen waren, ohne uns zu sehen. Wir existieren doch noch. Ich habe Schmerzen und ich blute, und Josie geht es ebenso. Noch können wir hören, sprechen und weinen. Wir sind zwar völlig erschöpft, aber noch empfinden wir alles.

Auch wenn wir schon halb tot sind, so atmen wir doch noch. Wie kann es nur sein, dass sie uns am helllichten Tag nicht gesehen haben, obwohl wir nur durch ein paar Grashalme vor ihren Blicken geschützt waren? Es muss doch eine rationale Erklärung dafür geben. Das Übernatürliche ist mir zu weit hergeholt. Um mich wieder zu beruhigen, brauche ich eine wissenschaftliche Erklärung, eine vernünftige, logische Deutung der materiellen Realität – und sollte es tatsächlich keine geben, will ich doch zumindest versuchen, eine zu finden.

Tatsache ist, dass den beiden Männern, die am dichtesten an uns vorbeifuhren – Bodley und einem anderen –, die Sonne ins Gesicht schien. Und bevor sie hier an uns vorbeikamen, waren sie bereits stundenlang der Sonne entgegengefahren. Also war ihnen heiß, sicher waren sie müde, und bestimmt hatten sie nicht damit gerechnet, eine Frau und ein Kind im Sand hocken zu sehen. Vielleicht sehen wir ja nur das, was wir zu sehen erwarten. Vielleicht existiert die materielle Welt erst dann, wenn wir sie in Begriffe fassen. Vor uns flimmert das weiße Dingoweibchen über dem Sand, und mir fällt wieder Großmutter Haney ein, denn sie hielt Geister und Gespenster für ebenso real wie alles, was Empfindungen hat. Weil sie Dix und mich damals im Stich gelassen hatte, war ich zunächst so wütend auf sie, dass ich ihr schon aus Prinzip widersprach. Und als ich dann noch das College besucht hatte, widersprach ich ihr auf Grund der rationalen Fakten. Im Augenblick weiß ich jedoch nicht mehr, was ich überhaupt noch glauben soll.

Die weiße Dingohündin ist tot. Ich habe selbst gesehen, wie sie erschossen wurde. Und doch steht sie da und sieht mich an wie sonst, und auf ihrer Brust ist keine Spur von Blut. Die beiden Fahrzeuge waren nur einen Steinwurf von Jo und mir entfernt, und doch haben uns die Insassen nicht gesehen. Ich hätte einfach gern eine Erklärung dafür, weiter nichts. Ich wünschte, jemand könnte mir erklären, was zum Teufel da gerade geschehen war. Und viel wichtiger noch: Ich wünschte, jemand könnte mir sagen, ob sich so etwas eventuell noch einmal wiederholt. Diese Information könnte ich dringend brauchen, denn falls wir unsichtbar sind, müssten wir uns schließlich nicht so verzweifelt abmühen, unseren Verfolgern aus dem Weg zu gehen. Wenn wir tatsächlich unsichtbar sind, brauchten wir zum Überleben weder Wasser noch Nahrung. Damit würde sich das Gewicht unseres Gepäcks immerhin beträchtlich reduzieren.

Nein! Das führt zu nichts. Das erinnert mich zu stark an Dix' Religion und an die Geisttänzer Ende des 19. Jahrhunderts: an diese Gruppe von Indianern, die um ein Wunder baten und glaubten, ihre Lederhemden wären kugelsicher. Sie wurden allesamt abgeschlachtet, genauso wie der Rest von Großmutter Haneys Volk. Nur ganz wenige haben überlebt. Deshalb sei sie so durchtrieben und gemein geworden, sagte sie immer, das Leben in Yankton habe sie dazu gemacht. Mich gibt es wirklich, ich bin aus Fleisch und Blut. Beim Kampf mit Foy habe ich genügend Blutergüsse und Verletzungen davongetragen, um diese Tatsache belegen zu können.

Schluss damit! Ich will nicht weiter darüber nachdenken. Eine Erklärung gibt es offenbar nicht – also brauche ich mich auch nicht weiter damit zu befassen.

Eines steht jedoch fest: Falls wir je im Leben Glück hatten, dann hier und jetzt.

Und sollte ich diese Wüste je lebend verlassen, gehe ich zurück nach Yankton, zurück zu der schäbigen Hütte, aus der ich vor elf Jahren so überheblich hinausstolziert bin, zurück an den staubigen Ort, den ich damals gar nicht schnell genug verlassen konnte. Ich werde mich bei meiner Großmutter entschuldigen und sie bitten, mir die Geschichte noch einmal zu erzählen und mir zu helfen, sie dieses Mal besser zu verstehen. Wahrscheinlich wird Großmutter Haney mich achtkantig rauswerfen.

Ich würde es ihr nicht einmal verübeln.

Die Motoren der beiden Laster knatterten weiter über die Ebene in Richtung Lake Surprise, unserer nächsten eingezeichneten Wasserstelle – etwa vierzig Meilen südwestlich von uns. Je weiter sie sich von uns entfernten, desto besser fühlte ich mich, umso entschlossener war ich aber auch, ihnen aus dem Weg zu gehen. Plötzlich erschienen mir all die Meilen, die wir in den vergangenen Tagen offenbar umsonst zurückgelegt hatten – weil wir die falsche Richtung eingeschlagen hatten und wieder zurückmussten –, wie ein wahres Geschenk. Wären wir gleich zum Lake Surprise aufgebrochen, hätten wir uns, als die Männer auftauchten, schon in unmittelbarer Nähe des Wasserlochs befunden. Vermutlich hätten wir ihnen dann nicht mehr aus dem Weg gehen können. Da sie sich jetzt vor uns befanden, hatten wir viel mehr Möglichkeiten.

Die Albinohündin lag ganz in meiner Nähe. Durch ihre Gegenwart ermutigt, sah ich mir die Karte noch einmal genau an. Josie ließ ich noch ein halbes Stündchen schlafen, doch als sie sich rührte, stieß ich sie leicht an. Es gab genug zu tun, und sie musste wach sein, damit ich anfangen konnte. Zwar sträubte sich alles in mir dagegen, sie hier allein zu lassen, doch es war völlig ausgeschlossen, sie mitzunehmen. Geduldig erklärte ich ihr alles Punkt für Punkt, damit wir beide genug Zeit hatten, uns an den Gedanken zu gewöhnen.

»Das Camp dieser Männer ist weit weg, Jo. Auf dem ersten Stück haben wir unsere Spuren gut verwischt und der Sandsturm hat ein Übriges getan. Selbst ein erfahrener Spurenleser brauchte stundenlang – vielleicht sogar einen ganzen Tag oder zwei –, bis er unsere Fußabdrücke gefunden hätte, und bis dahin sind wir schon wieder viel weiter weg.«

Josie nickte bei jedem einzelnen Punkt. Auch wenn sie meine Erläuterungen nicht völlig überzeugten, gab sie sich zumindest den Anschein, als wäre sie etwas ruhiger. Ich hängte die Laken anders hin und führte Josie neben einen kleinen Felsen, weiter in den Schatten.

»Die Männer kommen jetzt aber gar nicht aus dem Camp, sondern sie folgen der Route auf einer Karte, die ich für deinen Daddy in unserem Forschungscamp hinterlassen hatte, damit er sich auf die Suche nach mir machen konnte. Nur ist leider alles ganz anders gekommen. Bisher haben wir zwei uns ganz gut durchgeschlagen, Kid, aber in den letzten Tagen sind wir etwas zu nachlässig gewesen. Deshalb muss ich etwa eine Meile zurückgehen und für den Fall, dass sie unsere Fährte aufnehmen und in unsere Reichweite kommen, unsere Spuren verwischen. Jetzt fahren sie erst mal an den See, aber wenn sie da keine Fußabdrücke von uns finden, werden sie vermutlich denselben Weg wieder zurückfahren. Wir nehmen deshalb eine andere Route, Jo, aber bevor sie zurückkommen, müssen unsere Spuren gelöscht sein. Außerdem muss ich ein paar falsche Fährten legen, um sie in die Irre zu führen, damit sie möglichst lange brauchen, bis sie uns auf die Schliche kommen, verstehst du?«

Josie nickte.

»Und rühr dich nicht vom Fleck! *Egal was passiert*, du bewegst dich, während ich weg bin, nicht *einen* Zentimeter von hier fort, sonst zieh ich dir dein struppiges Fell über die Ohren, das verspreche ich dir. Und es wird verdammt komisch aussehen, wenn du nur mit halber Haut durch die Wüste läufst!«

Jo lächelte nicht. Ihr Blick hatte sich verfinstert und spiegelte ihre Sorge, ich könnte versuchen, meine wahren Absichten hinter diesen Witzchen zu verbergen.

Ich kniete mich neben sie und nahm mir den Rucksack von den Schultern. »Hier, halte den hier für mich fest. Das ist alles, was du zu tun hast: dich nicht vom Fleck rühren und dich daran festhalten – im wahrsten Sinne des Wortes. Ich komme auf jeden Fall zurück, und dann will ich meinen Rucksack – und dich natürlich auch – an genau derselben Stelle wiederfinden.«

Josie zwängte den Arm durch einen der Träger und hielt den Rucksack fest. Die Augen starr auf mich gerichtet, fragte sie: »Brauchst du dein Zeugs denn nicht?«

»Nein, Kid. Ohne komme ich schneller voran. Mit Gepäck werde ich nur langsamer.«

Jos Blick verfinsterte sich noch mehr. Zuerst sah sie auf meinen Rucksack und dann wieder auf mich. »Willst du nicht wenigstens Daddys Buch und sein Hemd mitnehmen?«

Mir wurde klar, dass sich hinter dieser Frage weit mehr verbarg.

»Was ist los, Josephine?«

Jo senkte den Blick und schüttelte langsam den Kopf. »Nichts.«

»Komm mir bloß nicht so. Irgendwas stimmt doch mit dir nicht, Kid, und zum Rätselraten haben wir jetzt keine Zeit. Außerdem weißt du, dass ich immer etwas länger brauche, bis mir ein Licht aufgeht. Na los, Josie, raus mit der Sprache!«

»Ich werde den Felsen umarmen, Tally.«

Etwas an ihrer Haltung, wie sie so mit gesenktem Kopf dasaß, weckte eine alte Erinnerung in mir. Ich hockte mich neben sie und zog sie fest an mich. Sie dachte, ich würde sie hier allein zurücklassen und nicht mehr wiederkommen.

»Schau mich an, Kid. Ich meine es ganz im Ernst, Josephine. Sieh mir in die Augen. Ich gehe nicht für immer fort. Niemals. Hast du mich verstanden?«

Wortlos starrte sie mich an.

Ich fuhr fort: »Du musst auf meinen Rucksack aufpassen. Du weißt genau, dass ich ohne meinen Rucksack nirgendwo hingehen würde. Ich lasse ihn dir hier, weil ich weiß, dass ich dir voll und ganz vertrauen kann.«

Josie fummelte nervös an dem Rucksackträger herum und nickte zaghaft.

»Josephine O'Malley, ich habe nicht vor, dich zu verlassen. Zum Teufel mit dem Rucksack, aber du bist doch meine Josie. Ich gehe nur so weit zurück, um das mit unserer Spur in Ordnung zu bringen.«

Sie nickte erneut und sagte: »Ich weiß.«

Aber ihre Stimme verriet, dass sie das Gegenteil meinte. Ich musste ihr noch etwas anderes geben, woran sie sich festhalten konnte. Tief in meinem Innern stieß ich auf die Worte, die Großmutter Haney mir vor vielen Jahren gesagt hatte. Damals hatte ich mich dagegen gesträubt – und dabei enthielten sie eine tiefe Wahrheit. Diese Worte wollte ich an Jo weitergeben, damit sie mir halfen, sie zu beschützen.

»Auch wenn du dir selbst überlassen bist, Kid Jo, bist du niemals wirklich allein, denn die Geister wachen über dich. Es sind gute Geister, gute Menschen, die dir zur Seite stehen und dich beschützen.«

Mit gesenktem Blick erwiderte sie: »Ich sehe nichts.«

»Das liegt daran, dass man mit offenen Augen keine Geister sehen kann.«

»Nein?«

»Nein, weil viel zu viel anderes im Weg ist. Du musst die Augen schließen und mit dem Herzen sehen.«

»Ach so«, antwortete Josie und schloss fest die Augen. »Aber wie sehen sie denn aus?«

Einen Augenblick wusste ich nicht, was ich darauf sagen sollte. Ich war ratlos, denn genau an dieser Stelle hatte ich Großmutter Haney nicht länger zugehört. Da ich auf nichts Konkretes zurückgreifen konnte, besann ich mich meiner Wurzeln und erzählte Josie eine Geschichte.

»Na, als Erstes haben wir ja deinen Daddy. Hättest du früher gedacht, dass er auch hinten Augen hat? Jedenfalls sieht er dich ständig: von vorne, von hinten und von allen Seiten – einfach immer.«

Josie kniff die Augen noch fester zusammen, als könne sie dann noch besser sehen, und nickte zaghaft. Ich schmückte meine Erzählung noch weiter aus.

»Außerdem ist da noch das weiße Dingoweibchen. Sie ist hier zu Hause, Jo, deshalb ist sie nie weit weg. Du hast selbst gesehen, wie sie uns beschützt hat – als wäre sie ein Haustier. Ja wirklich, Kid, Haustiere tun das. Ich habe einmal miterlebt, wie ein Hund meine Mutter beschützt hat. Solange er im Zimmer war, ließ er keinen an sie heran. Genauso wird es das Albinoweibchen mit dir machen.«

Mit geschlossenen Augen nickte Josie wieder, und man merkte ihr an, dass sie es gern glauben wollte.

»Und obendrein hast du noch das«, sagte ich, zog die Beretta aus meinem Rucksack und drückte sie Jo in die Hand. Erschreckt öffnete sie die Augen und zuckte zurück, hielt die Pistole aber fest.

»Du weißt, wie man die Pistole benutzt, Kid. Die Dingos haben vor dem Laster Reißaus genommen und kommen bestimmt nicht so bald zurück. Ganz sicher bin ich früher wieder zurück als sie. Sollten sie aber doch auftauchen, während ich nicht da bin, dann ziele auf einen und schieß. Das machst du so lange, bis alle verschwunden sind. Du hast neun Patronen und das Rudel besteht nur aus acht Dingos. Selbst wenn jeder zweite Schuss danebengeht, erwischst du sie immer noch alle. Meinst du, du schaffst das?«

Josie nickte und zum ersten Mal nahm sie die Pistole fest in die Hand.

»Gut. Außerdem hört man hier draußen einen Knall auch über weite Entfernungen. Sobald du schießt, höre ich es und renne sofort zurück, verstanden? Noch bevor das Magazin leer ist, bin ich schon wieder hier und kann die Pistole wieder neu für dich laden, Partner. Also, geht das klar so weit?«

Erneutes Nicken.

»Ich muss erst hören, dass du ja sagst, Jo.«

»Geht klar.«

»Du besorgst uns also ein paar Dingos zum Abendessen, falls sie zurückkommen, abgemacht?«

»Abgemacht«, sagte sie, und der Anflug eines Lächelns huschte über ihr Gesicht. »Aber häuten und braten musst du sie. Das ist nicht meine Aufgabe.«

»Abgemacht. Hätte ich mir beinahe denken können, dass ich bei dem Deal den Kürzeren ziehe, wenn Kid Jo die Bedingungen stellt«, sagte ich und zerzauste ihr das Haar. Mit der unbewaffneten Hand hielt Josie mich am Handgelenk fest und ließ sich in meine Arme fallen. Diese Umarmung traf mich so völlig unvorbereitet, dass mir die Tränen in die Augen schossen.

Das mit Foy war richtig gewesen, Mama, und das mit Rayburn auch! Im größeren Zusammenhang gesehen vielleicht nicht, vielleicht auch nicht grundsätzlich und immer – aber hier und jetzt war es goldrichtig. Doch meine wiederholten Beteuerungen klangen hohl, wie alle Lügen. Während ich Jo unbeholfen über den Kopf strich, sah ich zu der Albinohündin hinüber und machte ihr mit meinem eindringlichen Blick klar, sie solle bei dem kleinen Mädchen bleiben und es gut bewachen. Dann schaltete ich mein Gehirn auf Autopilot um und machte mich auf den Weg.

Ohne den Schlitten mit seinem ganzen Gewicht kam ich schnell voran. Ich beeilte mich, auch wenn ich keinen Schuss hörte, und war in zwei Stunden zurück. An dem Felsen fand ich Josie schlafend vor. Ihr Kopf lag auf dem Hemd ihres Daddys, die Arme hatte sie durch die Träger meines Rucksacks gesteckt und das Gesicht war mit ihrem Hut bedeckt. Die Pistole lag vergessen im Sand und das eine Bein war ungeschützt der prallen Sonne ausgesetzt. Sofort zog ich mein Hemd aus und deckte Josies Bein damit ab.

Aber es war schon zu spät. Verflucht noch mal.

Wie schlimm sich die Verbrennung auswirkt, kann ich noch nicht sagen. Der Himmel weiß es, doch da keine Stimme von oben ertönt, wird die Zeit es zeigen. Verdammter Mist!

Damit kann ich meinen Plan wohl wieder vergessen.

Und ich hatte mir alles so schön zurechtgelegt: Sobald ich zurückkäme, wollte ich unsere Sachen packen, gleich in der Nachmittagshitze losstürmen und zehn Meilen schnurstracks nach Osten marschieren. Das wäre zwar tollkühn, aber notwendig, und da wir unter Zwang stehen, auch durchführbar. In der Abenddämmerung hätten wir dann ein wenig schlafen und die Nacht hindurch weiterlaufen können. Damit hätten wir noch vor Tagesanbruch von hier aus mindestens zwanzig Meilen in die andere Richtung zurückgelegt und einen noch größeren Vorsprung vor diesen Männern gehabt. Ich war ganz sicher, dass wir sie abhängen könnten. Dazu hatte ich ja eine Meile weit eine Fährte in die falsche Richtung gelegt – und mit welcher Sorgfalt war ich in meinen eigenen Spuren rückwärts gegangen.

Alles hatte ich mir genau überlegt und in Gedanken alle

Eventualitäten durchgespielt – und was erwartet mich hier? Ein Kind, das ein Bein in die pralle Sonne gestreckt hat. So ein Mist. Wenn es nicht die eine Sache ist, dann sind es hundert andere, verdammt noch mal! Josie hat sich nicht von der Stelle gerührt, die Dingos sind nicht wieder aufgetaucht, unsere Spuren sind verwischt und wir hätten gleich weiterziehen können – und dann so etwas.

Jetzt müssen wir erst abwarten, was aus Josies Bein wird.

Und auch meine linke Hand macht mir Sorgen, denn die Handfläche ist schon halb verfault und sieht einfach ekelhaft aus. Aus der Schnittwunde quillt schwärzlich grüner Eiter und der Gestank haut einen förmlich um. Die Finger sind doppelt so dick wie sonst und gänzlich steif. Mein Arm braucht nur leicht mit irgendetwas in Berührung zu kommen, und schon wird mir ganz schwindlig. Da Josie noch fest schläft, wickele ich den fauligen Verband ab, decke die Wunde auf und warte. Innerhalb weniger Sekunden ist die Wunde vollkommen mit Fliegen bedeckt. Schaudernd wende ich den Blick ab und bete, dass es funktioniert. Madentherapie – das habe ich irgendwann in einem Buch gelesen. Im Zweiten Weltkrieg hat man sie angewandt. Lieber Gott, hilf, dass es bei mir funktioniert. Bitte lass es funktionieren. Es wäre eine zu große Ironie des Schicksals, wenn ich ausgerechnet an den Folgen einer Stichwunde sterbe, bei der ich mich noch nicht einmal entsinnen kann, wie ich sie überhaupt bekommen habe.

Ich höre Justin, meinen Sensei im Dojo, noch, als wäre es gestern gewesen, wie er seine Sprüche über Waffen abspult. »Wenn sie bewaffnet sind und dich erst einmal so in die Enge getrieben haben, dass du nicht mehr wegkommst, kannst du dich auf jeden Fall darauf einstellen, verletzt zu werden. Haben sie ein Messer? Dann kriegst du einen Schnitt ab. Darauf kannst du wetten, was du willst, also vergiss es gleich wieder und konzentrier dich lieber auf das, was du gelernt hast. Haben sie eine Knarre? Dann kriegst du höchstwahrscheinlich eine Kugel verpasst. Also leg deinen Wetteinsatz auf den Tisch und gib dein Bestes, um unter ihren Radar zu kommen, solange du noch atmen kannst. Wie auch immer – falls sie dir eins verpassen, wirst du auf jeden Fall verletzt. Du brauchst gar keine Zeit und Energie darauf zu verschwenden, dem aus dem Weg zu gehen. Du kannst es ohnehin nicht vermeiden. Leg sie flach. Allein das ist deine Aufgabe. Das und nichts anderes ist Jiu-Jitsu. Wenn du sie erst in einer für dich günstigen Ausgangsposition hast, stehen deine Chancen gut, ganz gleich, welche Waffen sie haben. Konzentrier dich also ganz darauf, dass sie auf dem Boden landen – und dann zeig, was du gelernt hast.«

Ich kann mich nicht daran erinnern, wann Foy mich mit seinem Messer erwischt hat. Irgendwann mitten in diesem Wahnsinnskampf muss es passiert sein, obwohl ich glaube, dass es auf dem Boden war. Sollte ich je heil hier herauskommen und wieder im Dojo sein, werde ich Mr Justin Stephens nicht um diese kleine Genugtuung bringen: Ich habe getan, was ich konnte, und trotzdem habe ich einen Messerstich abbekommen. Was du da über Waffen erzählt hast, Justin, stimmt so haargenau, dass es schon fast unheimlich ist.

Ich bin völlig durcheinander. Auch wenn ich noch so müde bin, ich muss aufstehen und hin und her gehen – zwanzig Schritte hin und zwanzig zurück. Das ist Wahnsinn. Um diese Spuren wieder zu verwischen, werde ich mich nachher doppelt anstrengen müssen, und trotzdem kann ich nicht stillsitzen. Es gibt so einiges in meinem Leben, was ich unbedingt noch regeln muss. Ich muss überleben und nach Hause zurückkommen, um Dix und Großmutter Haney ausfindig zu machen. Auch mit Pony muss ich mich zumindest noch einmal treffen, ohne dass ich ihr ständig gut zurede, sie solle dieses tun oder jenes lassen. Und ganz dringend muss ich Jed sehen, weil ich einfach einen Freund brauche. Ich will leben und mich endlich von der Vergangenheit frei machen. Und ich muss sicher sein, dass es Josie gut geht und dass auch sie allmählich mit ihrer Vergangenheit fertig wird.

Ich werde wohl auch an das Grab meiner Mutter gehen und ihr so manches sagen, was ich ihr bisher nie hatte sagen können. Zum Beispiel: Was ich getan habe, war absolut notwendig. Es gab keine andere Möglichkeit. Er wollte uns umbringen. Entweder er oder wir. Genauso, wie es all die Jahre darum ging: entweder John Nowata oder du. Und du hast keinen Finger gerührt, um dich zu schützen. Dix und mich hast du beschützt und dich jedes Mal zwischen ihn und uns gestellt, um uns mit deinem zerbrechlichen kleinen Körper gegen ihn abzuschirmen. Aber für dich selbst hast du dich nicht eingesetzt, Mama! Warum nicht?! Wem hat es denn etwas gebracht, dass du diese verdammte Gewaltfreiheit bis ins Grab durchgezogen und damit alle verlassen hast, die dich in diesem Leben brauchen? Warum hast du nicht gekämpft, so wie ich es für Josie getan habe? Vielleicht wärst du dann bei uns geblieben. Warum wäre das denn so schwer gewesen? Ich wollte, dass du mich immer beschützt, aber das hast du nicht getan. Konntest du nicht oder wolltest du nicht? Verdammt noch mal, warum hast du mich allein gelassen? Warum bist du nicht bei mir geblieben?

Der Kopf dröhnt mir von diesen sinnlosen Fragen. Ich schreie einen Geist an. Ich streite mit einer Toten. Aber das bringt nichts, denn die Toten kennen die ganze Wahrheit und brauchen sich nicht zu rechtfertigen.

Klare Sache – mein Widerstand bröckelt allmählich, und ich zerbreche an diesem inneren Kampf. Verzweifelt will ich mich an das klammern, was einst verlässlich war, finde aber nirgends Halt, und allmählich breitet sich in mir Panik aus. Früher, da draußen in den Rocky Mountains war es so einfach, sich diese hartnäckige Heiterkeit zu bewahren, aber jetzt knickt sie bei der geringsten Kleinigkeit ein und schwindet immer mehr. Stattdessen steigen Gleichgültigkeit, Wut, Unzufriedenheit und Selbstmitleid in mir auf – all diese gefährlichen Gemütsregungen, denen ich mein Leben lang entgegengetreten bin – und drohen, sich plötzlich Bahn zu brechen. Wegen jeder Kleinigkeit rege ich mich auf und schwanke ständig zwischen Resignation und Wut. Ich muss mich wieder auf mich selbst besinnen. Wenn ich den Verstand verliere, ist es aus mit uns. Lass dich nicht unterkriegen, Nowata.

Josie hat mir die Geschichte mit dem Albinoweibchen nur allzu bereitwillig abgenommen und mir sogar ihre eigene Geschichte erzählt: wie die Hündin zu ihr kam und, solange ich weg war, neben ihr saß.

J. »Sie haben sie also doch nicht erschossen, Tally, sondern nur am Bein verletzt. Sie humpelt, aber es geht ihr gut. Da sie ja nun wie ein Haustier ist, sollten wir ihr auch einen Namen geben, meinst du nicht?«

Ich nickte und hätte mich beinahe verschluckt. Wenn Märchen diesem Kind die Lage erträglicher machen, also gut, dann mache ich eben mit. Schließlich bin ich nicht umsonst zur Hälfte Indianerin.

Als ich den Kopf hob und nach links sah, stand sie plötzlich da, die Albinohündin, und sah mir fest in die Augen. Ich war so froh, sie wiederzusehen, dass ich ein Stück Cracker abbrach und es ihr zuwarf.

T. »Da, friss, Kid«, sagte ich zu dem Dingoweibchen, und Josie sah mich an und lächelte. Das gefiel ihr. Sicher wäre sie auch von sich aus bald darauf gekommen, dieses Tier und sich als Zwillinge zu bezeichnen.

Jetzt steht es endgültig fest: Ich bin meschugge. Wahnvorstellungen mit einem Kind zu teilen ist eine Sache, aber dieser Wahnvorstellung auch noch einen Cracker hinzuwerfen und mit ihr zu reden …? Ach du Schande! Die Männer im Camp sind noch unsere geringste Sorge.

Plötzlich taucht hinter der Weißen leicht verschwommen ein braunes Fell auf, und das ist alles andere als ein Hirngespinst.

Das Dingorudel, in dessen Revier wir uns befinden, ist wieder da, und mir bleibt keine Zeit, mir über ein Trugbild Sorgen zu machen. Jedenfalls sind diese Dingos hier so real, dass man sich keine mehr auszudenken braucht. Außerdem sind sie hungrig und feindselig. Wir können es uns nicht mehr erlauben, beide gleichzeitig einzunicken. Wenn ich schlafe, muss Josie Wache halten, und umgekehrt.

Ich versuche, diesem Gedanken eine positive Wendung zu geben, aber es will mir nicht gelingen. Unsere Drohgebärden waren offensichtlich nicht abschreckend genug. Die Dingos engen unseren Freiraum immer mehr ein, und einer oder zwei von ihnen befinden sich ständig in Sichtweite und kundschaften unverhohlen unsere Lage aus. Das Einzige, was uns jetzt noch fehlt, sind Bussarde über uns und zur Rechten ein Totengräber.

Noch schlimmer ist, dass Josies Bein ärztlich versorgt werden müsste. Zwar weiß ich, wie man aus Baumrinde einen provisorischen Verband für eine Brandwunde macht, aber ich habe keine Ahnung, was ich hier dagegen tun könnte, und ich kann auch nicht riskieren, dass Josie zusätzlich zu unseren sonstigen Problemen noch einen nässenden Ausschlag bekommt. Die Tube Aloe-Salbe ist so gut wie leer. Jo hat fast alles auf meinen Rücken geschmiert. Ich glaube jedoch, ihr Bein ist noch schlimmer dran, und ich fürchte, es könnte aufplatzen. Eine Entzündung kann sich jetzt verheerend auswirken, dafür ist sie viel zu schwach.

Das war ein langer Tag. Am späten Nachmittag hielten die Laster an, ein gutes Stück diesseits des Sees und lange vor Einbruch der Dunkelheit. Vermutlich schlagen sie ihr Lager auf, und auch das beunruhigt mich. Ich weiß, dass sich Sorgen nur lähmend auswirken, aber ich kann es nicht ändern und mache mir um alles und jedes Sorgen.

Ach, wenn Paul doch nur hier wäre. Er hat immer gewusst, wie er mich zum Lachen bringen kann. Man kann nicht lachen und sich gleichzeitig ernsthaft Sorgen machen.

Wir waren spät dran und rannten – beide Hände voll – zur Haustür hinaus, um zum Potluck zu fahren, den Tallys Mannschaft zu Jeds Geburtstag veranstalten wollte. Alle mussten etwas zu essen mitbringen und Tal hatte den ganzen Nachmittag lang gekocht. Jeder von uns trug übereinander gestapelt je einen schweren dampfenden Topf und eine Schüssel, und Tally konnte kaum noch darüber hinwegblicken.

Ich machte eine dumme Bemerkung darüber und Tal warf mir über die Schulter einen finsteren Blick zu. Dann stolperte sie, und ich sah nur noch, wie ihre Beine in die Luft flogen, und schon stolperte auch ich, weil ich versuchte, ihr auszuweichen – und das ganze schöne Essen ging baden. Als die Kasserolle, der Topf mit den gebratenen Bohnen und die beiden Salate gleichmäßig auf dem Rasen um uns herum verteilt waren, saß Tal auf dem Boden, blickte sich leicht verwirrt um und hielt einen Stapel Papierservietten in der Hand. Ich dagegen hatte mich gerade noch fangen können und trug noch einen Sechserpack Bier.

Tally blickte auf das Essen, auf die Servietten, dann auf ihre bespritzten Beine und schließlich auf mich.

»Schön zu sehen, dass deine Prioritäten noch stimmen«, meinte sie. »Ich stehe den ganzen Tag lang in der Küche und koche, und wenn man sich überlegen muss, was man rettet, entscheidest du dich für das BIER.«

Während ich ihr die Hand gab, um sie hochzuziehen, suchte ich mit den Blicken den Boden um uns herum nach einem möglichen Hindernis ab. Mit einer so unschuldigen Miene wie nur möglich fragte ich sie: »Worüber bist du eigentlich gestolpert, Schatz?«

»Halt bloß die Klappe.«

Ich wich ihrem Blick aus, suchte weiter den Boden ab und fuhr dann übertrieben besorgt fort: »Ich kann beim besten Willen nichts entdecken, mein Liebes. Ich frage mich nur, woran du wohl hängen geblieben bist.«

Nach einer längeren Pause stieß sie einen tiefen Seufzer aus und sagte: »An meinen eigenen Füßen. Schönen Dank, dass du es zur Sprache bringst. Und worüber bist du gestolpert?«

»Über dich.«

Man kann es sich jetzt kaum vorstellen – so viel Essen, und alles umsonst. Damals habe ich mich lediglich darüber geärgert, dass ich so viel Arbeit hatte und zum Schluss doch mit leeren Händen bei Jed auftauchen musste. Ja, damals dachte ich nur an die viele Mühe und an unseren Besuch bei Jed. An das Essen selbst habe ich überhaupt keinen Gedanken verschwendet.

Das hat sich jetzt allerdings gründlich geändert. Wenn ich heute zwei Töpfe voller Essen ausgeschüttet hätte, würde ich mich bestimmt hinsetzen und mir die Augen aus dem Kopf weinen.

Jetzt weiß ich, dass es wirklich schlimm um mich bestellt ist. Wenn mich die Vorstellung, wie ich damals von oben bis unten bekleckert auf dem Hintern saß und Paul taumelnd über mir dieses verfluchte Bier so fest umklammert hielt, als ginge es um sein Leben – wenn mich diese Vorstellung nicht mehr zum Lachen bringt, worüber kann ich dann überhaupt noch lachen? Mein Innerstes ist völlig aus den Fugen geraten und das Schlimmste liegt noch vor mir.

Ich wickle den Verband von meiner Hand und stöhne laut auf. Der Gestank ist kaum zum Aushalten, aber ich halte die Luft an und blicke auf die Wunde. Noch sind keine Maden zu sehen.

28. Tag

115 Meilen (falls uns nicht noch etwas einfällt, wie wir die Männer auf kürzerem Weg umgehen können), 57 Liter.

Josies Haut ist dünn wie Papier und ihre Abwehrkräfte lassen deutlich nach. Selbst der kleinste Kratzer fängt gleich an zu eitern und die Verbrennung am Bein sieht sehr beunruhigend aus. Man sagt, Schlaf sei heilsam, aber Jo schläft eindeutig zu viel, und ihre Reflexe sind ungenau und langsam. Dasselbe ließe sich auch von mir sagen. Mein Körper ist so taub und mein Geist so leer, als würde ich schlafwandeln, und das auch noch unter Wasser. Jede Bewegung und jeder Gedanke kosten mich unendlich viel Kraft, und ich habe völlig vergessen, wie es ist, zu lachen. Einzig die Wörter, die ich zu Papier bringe, bewahren mich davor, dass mir die Realität vollends entgleitet, denn sie geben ihr noch genug Substanz, um mich daran festzuhalten. Auch früher habe ich das beim Schreiben meines Tagebuchs schon immer so empfunden. Seit dem Tag, an dem ich Pauls Leiche fand, habe ich jedoch bis heute kein Wort mehr geschrieben. Das ist jetzt einundzwanzig Tage her, also drei ganze Wochen. Wie ist es nur möglich, dass sich eine lebenslange Gewohnheit von einem Augenblick zum anderen vollkommen verliert?

Noch vor Einbruch der Dunkelheit hatten sich gestern Abend die beiden Laster getrennt. Der eine fuhr weiter hinauf zum See, während der andere eine leichte Kurve in Richtung Nordwesten beschrieb. Offenbar wollten die Insassen des zweiten Fahrzeugs in einem großen Bogen zum Basiscamp zurückfahren, in der Hoffnung, auf diese Art unsere Spur zu schneiden. Über eine Stunde lang beobachtete ich, wie die Staubwolke allmählich auf uns zukroch. Währenddessen versuchte ich mich an Jeds Party zu erinnern. Nachdem Paul und ich an jenem Abend mit Töpfen und Schüsseln bepackt die Karambolage gehabt hatten, setzten wir uns erst einmal ganz in Ruhe auf die Stufen unserer Veranda und tranken jeder zwei Bier. Im Anschluss daran gingen wir ins Haus und liebten uns. Nach dem Duschen machten wir uns erneut auf den Weg zu Jed – dieses Mal allerdings ohne Essen. Unterwegs lachten wir ununterbrochen. Ich bin sicher, wenn Paul jetzt hier wäre, könnten wir auch dieser Situation etwas Komisches abgewinnen. Erst als bereits das Motorengeräusch in der Ferne zu hören war, stellte ich meine Beobachtungen ein, kehrte von meinen Erinnerungen zurück und kroch zu Jo unter das Laken.

»He, es wird schon wieder«, flüsterte ich.

Sie nickte und hielt sich an meiner verbundenen Hand fest, während ich die andere um den heißen Stahl der Beretta schloss.

Dann lagen wir stumm da und lauschten dem Motorengeknatter. Plötzlich zerriss eine Detonation die Stille der Nacht, unmittelbar gefolgt von einer zweiten und gleichzeitig von einem lauten Aufheulen, das sich allmählich in Schweigen verlor. Einer der beiden Männer in dem Laster hatte mit einem Gewehr auf das Dingorudel geschossen.

Beim Knall der Schüsse fing Josie an zu zittern. Ich flüsterte ihr zu: »Alles in Ordnung, Kid. Die wissen nicht, dass wir hier sind. Die haben bloß die Hundemeute entdeckt. Wer weiß, vielleicht ist das ja sogar zu unserem Vorteil und sie haben sie verschreckt.«

Wir spitzten die Ohren und lauschten angespannt und aufmerksam, was als Nächstes kommen würde. Doch allmählich wurde das Motorengeräusch leiser und wir krochen mit verkrampften, steifen Gliedern aus unserem Versteck.

Die Männer hatten uns schon ein gutes Stück hinter sich gelassen und fuhren offenbar zu Rayburns Camp. Im Moment waren wir jedenfalls sicher.

»Wir haben es geschafft, Jo!«, erklärte ich und führte einen kleinen Freudentanz auf, um sie etwas aufzuheitern.

Aber sie stand nur reglos im Mondlicht und starrte stumm in die Nacht hinaus. Man merkte ihr an, sie hätte gern gelächelt und getanzt, aber sie war zu mutlos und zu müde. Gleich darauf begriff ich, worum es überhaupt ging.

»Dieses Mal haben sie sie bestimmt erschossen, meinst du nicht?«

»Wen – ach, du meinst die Weiße?«, fragte ich zögernd und merkte, wie klug es doch von mir gewesen war, dass ich in Josies Phantasie die Vorstellung eines toten Albinoweibchens als Haustier angeregt hatte.

Jo nickte und starrte auf den Boden. Früher hatte ich geglaubt, Erwachsene müssten Kindern immer und unter allen Umständen die Wahrheit sagen. Inzwischen war ich jedoch anderer Ansicht und konnte lügen, ohne dabei rot zu werden. »O nein. Die ist unbesiegbar. Eine Geisterhündin kann man nicht erschießen. Das ist ein Naturgesetz.«

Josie sah mich voller Hoffnung an und ich tischte ihr eine noch viel größere Lüge auf. Ich erzählte ihr, Geistertiere könnten sich in unterschiedlicher Gestalt auf der Erde bewegen und nichts und niemand könnte ihnen etwas anhaben. Damit wiederholte ich nur, was mir noch von Dix in den Ohren klang. Damals hatte ich es für dummen Aberglauben gehalten, den ich nicht so ohne weiteres schlucken konnte. Hier in der Wüste glaubte ich jedoch beinahe selbst an diese Geschichte.

Jo nickte und fragte: »Bist du sicher?«

Ich sagte: »Ja«, und in diesem Augenblick war es nicht einmal gelogen.

»Du brauchst noch einen Namen für sie. Ist dir schon einer eingefallen?«

»Ich glaube, Eli.«

»Eli?«

»Ja.«

»Hast du einen besonderen Grund?«

»Eli ist zu Hause mein bester Freund und ich vermisse ihn sehr.«

»Das klingt überzeugend. Eli wie?«

»Eli Walker. Wenn es mal nicht so heiß ist, werde ich dir von ihm erzählen.«

»Abgemacht«, sagte ich und griff nach den Schlittengurten, denn es wurde höchste Zeit für uns. »In den nächsten Tagen müssen wir eine ordentliche Strecke zurücklegen, Jo. Aber du wirst sehen, dass wir es schaffen, hier herauszukommen, Kid.«

Josie nickte und bückte sich nach ihrem Rucksack. »Also, gehen wir«, sagte sie. »In welche Richtung?«

Ich zeigte nach Südosten auf den Horizont und streifte mir die Gurte über. Die ersten paar hundert Meter humpelte Josie vor mir her, die nächsten fünfzig an meiner Seite, und als sie schließlich einwilligte, sich auf den Schlitten zu setzen und die Spuren hinter uns zu verwischen, war ihr verbranntes Bein so geschwollen, dass einem allein bei dem Anblick schon alles wehtat. Sogar mit der roten Blende vor meiner Taschenlampe – damit sie nicht so stark leuchtete und wir uns nachts besser orientieren konnten – sah die Verbrennung wirklich schlimm aus.

»Ich will nur eine kurze Pause machen, danach kann ich wieder weiterlaufen«, sagte sie.

»Das geht ganz prima, wenn du da hinten sitzt. Für mich macht es die Sache nur einfacher. Wenn du unterwegs die Spuren verwischst, erspart mir das eine Menge zusätzlicher Schritte.«

»Ich laufe gleich wieder selber, habe ich gesagt. Nur mal kurz eine Minute oder zwei ausruhen, dann geht es schon wieder.«

»Okay«, stimmte ich zu und hoffte, sie würde doch noch zur Einsicht kommen.

Auf jeden Fall werden wir dieser Wüste heil entkommen. Hartnäckig genug, um es mit ihr aufzunehmen, sind wir beide jedenfalls. Wir brauchten nur etwas mehr zu essen und etwas mehr Wasser.

Und außerdem brauchten wir das Glück der irischen O'Malleys, damit die Maden sich in meiner Linken zahlreich vermehren und wir uns die Dingomeute vom Hals halten können.

Yala (Wüsten-Süßkartoffel): ein wundersames Nahrungsmittel der Wüstenbewohner, die mit leeren Händen die Wüste durchqueren, weil sie ihr vertrauen und genau wissen, dass das Land sie mit allem Nötigen versorgt. Während der großen Regenfälle bilden die unterirdischen Knollen Ausläufer, die an der Erdoberfläche reichlich Wasser aufnehmen. In Dürrezeiten, wenn die Pflanze diesen Überfluss nicht vorfindet, wartet die Yala einfach unter der verdorrten Oberfläche. Dann erkennt man sie nur an ein paar vertrockneten Stängeln.

Zum Teufel mit dem Glück. Ich brauche kein Glück, ich sollte besser meinen Verstand richtig einsetzen.

Nicht zu fassen, dass ich an die Yala überhaupt nicht gedacht habe, obwohl sie eine der ersten Pflanzen war, die Paul mir nach meiner Ankunft gezeigt hat. Wir haben zwar keine ausgegraben, aber er hat mich auf die vertrockneten Stängel hingewiesen und erklärt, wie wichtig die wundersame Wüsten-Süßkartoffel für die Ureinwohner sei. »Außerdem schmeckt sie richtig lecker«, sagte er, »wenn auch nicht ganz so gut wie unsere Süßkartoffeln, aber immerhin so ähnlich.« Und was mache ich mit einer so wertvollen Information? Ich vergesse sie einfach und verhungere fast, obwohl ich vermutlich bereits tonnenweise Wüsten-Süßkartoffeln unter den Füßen hatte. Verdammt!

Ich habe mich so sehr daran gewöhnt, meine Lebensmittel im Geschäft zu kaufen oder aus meinem kleinen Fleckchen Garten zu holen oder hier auch aus dem Camp dieser Männer zu stehlen, dass ich vollkommen vergessen habe, was Paul mir von diesem wild wachsenden Gemüse erzählt hat. Verdammt noch mal, ganz gleich, ob hier als Nächstes die Hölle losbricht oder die Wüste überflutet wird – morgen gibt es jedenfalls Yala zum Abendessen.

Die Hölle ist bereits losgebrochen, aber für Hochwasser stehen die Chancen äußerst schlecht. Das gleicht die Sache wieder aus. Sicher ist nur, dass es morgen Süßkartoffeln zu essen gibt.

Bevor ich allerdings auch nur noch einen einzigen Schritt weitergehe, will ich erst Pauls Tagebuch kurz überfliegen, denn ich bin auf jede noch so kleine Information über diese Wüste dringend angewiesen.

29. Tag

110 Meilen, 49 Liter.

Das Leben wird von unserer Wahrnehmung bestimmt. Alles ist so, wie wir es sehen.

Absoluter Schwachsinn.

Josies Bein ist ganz heiß. Glühend heiß, wenn man's genau nimmt, und mit dicken eitrigen Blasen bedeckt. Und quer darüber verläuft eine blutige Schramme, die sie sich geholt hat, als sie sich in der Nacht an einem Felsbrocken stieß. Das kannst du wahrnehmen, wie du willst, O'Malley, es ist und bleibt eine verdammte Tatsache, mit der wir fertig werden müssen – besser gesagt, ich. Jawohl, ich muss damit fertig werden. Scheiß auf die Wahrnehmung!

Die Verbrennung allein war schon schlimm genug. Die offene Schramme hätte nicht auch noch sein müssen. Hätte dieses Kind auf mich gehört und wäre auf dem Schlitten sitzen geblieben – wozu ich sie mit Engelszungen zu überreden versucht hatte –, wäre das nicht passiert. Aber nein, Josie musste wieder ihren kleinen Dickschädel durchsetzen.

»Das mit den Zwillingen kannst du vergessen«, sagte ich ihr. »Keiner, der meine Gene hat, wäre mit einem verletzten Bein so dickköpfig wie du.« Jo knirschte mit den Zähnen und streckte mir die Zunge heraus.

»Ich habe aber deinen Bruder kennen gelernt.«

»So?«, entgegnete ich, weil ich den Zusammenhang noch nicht durchschaute. Die Gedanken von Kindern bewegen sich immer in verschlungenen Bahnen, wenn es um die Erwachsenen in ihrem Leben geht.

»Welcher Körperteil war es doch noch gleich wieder, den er beim Kampf mit diesem Bullen verloren hat?«

Jetzt wurde mir der Zusammenhang allmählich klar. »Die Milz. In drei Etappen über drei Jahre hinweg.«

Jo nickte. »Und er ist mit dir verwandt.«

Ich schüttelte nur den Kopf, stemmte mich in die Gurte und setzte einen Fuß vor den anderen, während Josie hinter mir auf dem Schlitten kicherte. Plötzlich rief sie laut: »Also hast du mich auch weiterhin am Hals, Mami zwei!«

Nach einer etwa viertelstündigen Pause krabbelte sie wieder vom Schlitten und ging weiter zu Fuß. Um genau zu sein: Sie humpelte und zog bei jedem Schritt das geschwollene Bein hinter sich her. Dabei machte sie jedoch eine so entschlossene Miene, als wollte sie sagen: Deine Aufforderungen, mich wieder auf den Schlitten zu setzen, kannst du dir sparen.

Ich hielt es für das Beste, sie gewähren zu lassen, und ging langsamer. Ich sagte ihr, ich wäre müde und müsse mehr Pausen einlegen. Josies Haltung verriet, dass sie starke Schmerzen hatte. Verkrampft und gebeugt bemühte sie sich, das lahme Bein nicht so stark zu belasten. Aber sie dachte nicht daran, sich auf den Schlitten zu setzen. Erst als sie stolperte und ihr die Tränen übers Gesicht liefen, ließ sie sich widerstandslos von mir auf den Schlitten setzen, aber nicht eine einzige Klage kam ihr über die Lippen.

Wirklich keine einzige – die ganze lange Nacht hindurch.

Voller Wut, dass wir nichts dabeihatten, womit ich ihr pochendes Bein hätte behandeln können, zog ich den Schlitten durch die dunkle Nacht. Ich erzählte Witze und sang alberne Lieder, bis Jo eingeschlafen war. Aber sie weinte auch jetzt noch. Jedes Mal, wenn ich eine kurze Pause einlegte, schnürte mir der Anblick, wie sie schlafend auf dem Schlitten lag und ihr unablässig die Tränen über die fahlen Wangen kullerten, die Kehle zu, und ich legte mich nur noch mehr ins Zeug. Ich versuchte also, in zu kurzer Zeit eine zu große Entfernung zurückzulegen, und dachte, ich könnte die ganze Nacht durchpowern, bis ich kurz vor Tagesanbruch stolperte.

Und damit nicht genug, ich verstauchte mir auch noch meinen verdammten Knöchel. Himmel, Arsch und Zwirn – Glückwunsch, Nowata. Jetzt hast du es geschafft! Und wie sieht nun die Wahrnehmung deiner Lage aus?

30. Tag

107 Meilen, 42 Liter.

Statt der geplanten sechs Meilen haben wir vielleicht vier geschafft, wenn wir Glück haben. Von Glück kann aber wohl kaum noch die Rede sein, und außerdem fehlt mir die Kraft, mich noch weiter mit dem Thema Glück auseinander zu setzen. Ein schönes Paar sind wir! Beide haben wir uns mit unserem Hinkebein im Schatten verkrochen. Weniger als eine Meile von uns entfernt befindet sich vermutlich eine Wasserstelle. Zumindest lässt eine Reihe verkümmerter Bäume darauf schließen. Könnten wir dort hingelangen, hätten wir wenigstens ausreichend Schatten. Aber da ich im Augenblick meinen Knöchel nicht belasten kann, müssen wir hier auf der Ebene bleiben.

Immerhin haben wir eine Mahlzeit, wenn man eine verschrumpelte Möchtegern-Süßkartoffel, den Rest Echse und eine Tasse Tütensuppe so nennen kann.

Kurz nachdem ich mir den Knöchel verstaucht hatte, entdeckte ich die Yala-Stängel. Die Knolle im Sitzen auszugraben ist nicht gerade die einfachste Methode, aber es hat funktioniert. Allerdings brauchte es seine Zeit. Fast eine Stunde hat es gedauert, den Trieben bis zur Knolle zu folgen, die über einen halben Meter tief in der Erde lag. Aber schon bevor ich sie ausgegraben hatte, war mir klar, dass wir kein allzu großes Wunder erhoffen konnten. Mit mehr Wasser hätte sie so groß wie ein Softball sein können. Bei der derzeitigen Dürre hatte sie aber nur die Größe einer Zitrone, und ihre Schale war trocken, verschrumpelt und aufgesprungen. Auch innen war sie recht trocken, hart und faserig. Und was den Geschmack angeht, wünschte ich bei meinem schmerzenden, umgeknickten, müden, hässlichen alten Fuß, dass Paul hier wäre, damit ich ihm sagen könnte: »Na, da ist deine Phantasie wohl mal wieder mit dir durchgegangen. Bei euch Leuten aus Louisiana wird die Wahrheit grundsätzlich übertrieben. Von wegen Süßkartoffel!«

Trotzdem legten wir sie ins Wasser und warteten, bis sie sich voll gesogen hatte. Dann aßen wir sie auf. Bettler können nun mal nicht wählerisch sein und ich werde auch weiterhin auf die Suche nach Yala gehen. Josie bezeichnete meine Bemühungen als Erfolg, war aber so schwach, dass sie vergaß, mir eine gute Note dafür zu geben. Die erste Portion kam mir postwendend wieder hoch, und damit der Nachschlag drinnen blieb, musste ich im Liegen essen. Hauptsache, es gibt überhaupt etwas. Auch wenn es nicht viel taugt, bewahrt es wenigstens unsere Eingeweide davor, in sich zusammenzufallen.

Schon wieder wird mir speiübel. Völlig reglos liege ich auf dem Rücken und versuche, die Übelkeit zu bekämpfen. Ich fühle mich so elend, dass ich kaum einen klaren Gedanken fassen kann. Mir bekommt dieses merkwürdige Essen hier einfach nicht, obwohl ich mich doch allmählich daran gewöhnt haben müsste. Ich gebe mein Bestes, aber langsam bin ich mit meinem Latein am Ende, und außerdem habe ich es gründlich satt, dass mir ständig schlecht wird.

Großmutter Haney behauptete immer, eine Heilerin zu sein. Na ja, eigentlich hat sie es nicht selbst gesagt, sondern andere haben es von ihr behauptet. Dix zum Beispiel. Vor ein paar Jahren erzählte er mir einmal, er hätte mit angesehen, wie sie einen Mann mit einem gebrochenen Bein durch eine feierliche Zeremonie geheilt hätte, und danach wäre der Mann aufgestanden und weggegangen und hätte weiter nichts mit seinem Knochen machen lassen müssen. Ich erwiderte damals, sicher hätte dieser Witzbold sich selbst und Großmutter nur etwas vorgemacht. Vermutlich hätten beide sogar unter einer Decke gesteckt.

Unglaublich, dass ich damals so etwas gesagt habe. »Vermutlich hat dieser Witzbold alles nur vorgetäuscht.« Heute kann ich es kaum glauben, dass diese Worte je über meine Lippen gekommen sind. Ich gebe zu, ich war wütend auf meine Großmutter. Aber wie konnte ich nur so verächtlich von ihr reden? Wie konnte ich nur so giftig sein? Diese Frage hatte Dix mir damals gestellt, doch ich fuhr ihn an: »Ganz einfach, ich wünschte mir, die alte Hexe wäre tot.« Mein kleiner Bruder wurde ganz blass, und Stunden später sagte er mir in ruhigem Ton: »Eines Tages wirst du ein Wunder brauchen, Tally. Ich hoffe nur, dass Großmutter dann noch hier ist und dir helfen kann.«

Ich dachte, er hätte sie nicht alle beisammen, lachte ihn nur aus und sagte: »Ich bewirke meine eigenen Wunder, Brüderchen.«

Heute könnte ich tatsächlich ein Wunder gebrauchen. O ja, heute brauche ich die Mutter meiner Mutter – und auch meinen Bruder. Lieber Gott, lass mich lebend hier herauskommen.

Ende 7.4.

Als wir weitergehen, halte ich nach den anderen drei »Wundern« Ausschau, die ich in Pauls Tagebuch gefunden habe: Witchetty-Raupen, Frösche in ausgetrockneten Flussbetten und Samenkörner, die in Ameisennestern vergraben sind. Josie hat auch eine Reihe Briefe darüber gefunden. Außerdem mache ich nach wie vor meine Hausaufgaben und teste die Pflanzen, an denen wir vorbeikommen – auch wenn sie nur im Entferntesten nach Pflanzen aussehen –, auf ihre Essbarkeit. Ein vertrockneter Stängel, den ich gestern gefunden habe, wirkt recht vielversprechend.

Bei meinem Test auf Ungiftigkeit habe ich die Wartezeit jedoch drastisch verkürzt. Ich kann nicht bei allem, was man hier draußen testen muss, vierundzwanzig Stunden pro Pflanze verschwenden. Zwar mache ich noch den Test mit der Haut und mit der Zunge, aber sobald ich die Testpflanze erst einmal hinuntergeschluckt habe, warte ich keine acht Stunden. Die Oberlehrerin der TJ-Schule hat eine neue Regel aufgestellt, die unserer derzeitigen Lage eher entspricht: Hat sich nach zwei Stunden keine negative Wirkung gezeigt, muss das reichen. Wenn ich bis dahin noch nicht tot umgefallen bin, macht mir das Zeug in den nächsten sechs Stunden vermutlich auch nichts mehr aus.

Josie und ich schreiben nun unser eigenes Überlebenshandbuch. Den Leuten, die sich vierundzwanzig Stunden mit einer Pflanze aufhalten können, sei es ja weiterhin durchaus freigestellt, den gemächlicheren Kurs zu absolvieren. Wir haben allerdings keine Zeit dafür. Ganz so verrückt, wie das Pflanzentesten klingt, ist es jedoch gar nicht, denn langsam, aber sicher lernen wir, uns auf dieses Land einzustellen, und allmählich zahlen sich unsere fundierten Annahmen aus. Wenn wir die Pflanzen dank Pauls Beschreibungen und Zeichnungen grob identifiziert haben, reichen zwei Stunden vollkommen. Und auch für diejenigen, die eine ähnliche Stiel- und Blattstruktur aufweisen, ist das lange genug. Wenn wir eine Pflanze zumindest schon mal so weit bestimmen können, dass sie zu derselben Familie gehört wie eine uns bereits bekannte, hilft uns das enorm weiter.

Gestern hat Jo ihre Briefe durchstöbert und geschaut, ob etwas darin erwähnt ist, was Staudensellerie ähnelt. Aber ihre Suche blieb erfolglos. Deshalb dehnten wir den Test von den üblichen zwei auf vier Stunden aus. Unsere Sorge war jedoch unnötig, denn die Pflanze bekam mir sehr gut – wenn man den Zustand berücksichtigt, in dem sich mein Magen derzeit befindet. Als ich etwas von dieser Pflanze in einen Becher Wasser gab, schwamm das Stück an der Oberfläche und schmeckte tatsächlich wie Sellerie. Auch wenn das normalerweise nicht gerade mein Lieblingsgemüse ist, könnte ich mich hier draußen doch daran gewöhnen.

Mit den Fröschen und Witchetty-Raupen sieht das schon etwas anders aus. Allein die Vorstellung macht mir schwer zu schaffen. Wenn ich daran denke, dass ein dicker Frosch oder ein Wurm, der auf dem Bauch kriecht, durch meinen Mund in meinen Magen wandern soll, fange ich sofort an zu würgen. Aber auch wenn ich nicht daran denke, muss ich trotzdem immer wieder würgen. Josie ist mir da keine große Hilfe. Als sie in Pauls Tagebuch die Eintragung über die Frösche gelesen hatte, warf sie mir einen leuchtenden Blick zu, versah die Delikatesse mit dem Gütezeichen »Hmmmh« und versicherte mir, dass das wenigstens etwas Anständiges zu essen sei. Bei den Raupen sah ich jedoch mit Genugtuung, dass ihr ebenfalls leicht übel wurde. Auch fette kleine Würmer ohne Füße haben das Recht, sich auf dieser Erde aufzuhalten, aber es muss ja nicht ausgerechnet in unserem Magen sein.

Obwohl unsere stibitzten Vorräte zur Neige gehen, sieht unsere Nahrungssituation, zumindest theoretisch, gar nicht mal so schlecht aus. Aber wir humpeln immer noch beide – Jo mit ihrem verbrannten Bein und ich mit meinem verstauchten Knöchel –, so dass wir einfach nicht von der Stelle kommen. Und der Gedanke, dass sowohl die Männer als auch die Dingos jeden Augenblick wieder auftauchen können, macht uns zunehmend nervös. Solange wir uns noch vorwärts bewegen konnten, hatten wir wenigstens das Gefühl, irgendwo hinzukommen. Nur untätig stillzusitzen ist die reinste Hölle. Die Zeit zieht sich endlos hin, unserem Blick und unserer Erinnerung bieten sich immer nur dieselben Bilder und wir sind vom vielen Ausruhen schon völlig erschöpft. Im Liegen schmerzt unser Körper noch viel mehr, so dass wir gern wieder auf den Beinen wären. Außerdem bleibt uns nichts anderes übrig, als wieder auf die Beine zu kommen. Wie sollen wir je aus dieser Wüste kommen, wenn wir nicht laufen können?

Damit Jo sich keine allzu großen Sorgen machte, holte ich die Karte heraus und zeichnete mit großem Getue unsere restliche Route ein. »Wir müssen noch so zwischen hundert und hundertzehn Meilen gehen«, sagte ich ihr, »eher hundertzehn, wenn wir noch einen Umweg machen müssen. Das ist ungefähr so weit wie von New Orleans nach Osyka, Mississippi, oder wie von Moose nach Dubois und die halbe Strecke wieder zurück.«

»Aber auf beiden Strecken gibt es überall genug Wasser«, gab Josie mit schwacher, klagender Stimme zu bedenken. Sie ist schlapp und beunruhigt. »An manchen Stellen ist sogar zu beiden Seiten der Straße genug Wasser für ein Boot, wie zum Beispiel am Lake Pontchartrain.«

»Was sagst du da? Wir hätten nicht genug Wasser für ein Boot? Siehst du die Baumreihe dort vorne – und die Stelle, wo die vielen Tierfährten zusammenlaufen? Das bedeutet, dass dort Wasser ist, genug Wasser für ein Boot. Und wenn wir erst mal da sind, werde ich dir eines bauen – nur um dir zu zeigen, dass ich Recht hatte.«

Josie blinzelte in die Richtung, wo die Bäume standen, und murmelte schließlich ohne großes Interesse: »Jede Wette, das Boot wird nicht besonders groß.«

»Na ja, die Größe ist nicht alles, und wenn du erst mal so alt bist wie ich, hast du das schon von so vielen Männern gehört, dass du es allmählich selbst glaubst«, erwiderte ich bissig und versuchte, auf jede nur denkbare Art – selbst mit dem

Sarkasmus der Erwachsenen – Josies Interesse zu wecken. Zu Hause hatte sie jedenfalls immer darauf reagiert.

Aber sie rümpfte nur die Nase und sagte: »Ich wette, es wird nur ein kleines Boot, sogar ein sehr kleines.«

»Gut, aber trotzdem bleibt es ein Boot, sogar ein seetüchtiges. Damit wirst du deine Wette haushoch verlieren. So, und jetzt hilf mir lieber, die restliche Route zu planen. Sobald unsere Beine es zulassen, brechen wir wieder auf.«

Dann zeichneten wir auf der Karte eine gepunktete Linie ein. Jo maß jedes Teilstück mit dem Zeigefinger und rechnete die Gesamtstrecke aus. Sie kam auf einhundert Meilen, also zehn weniger als ich. Da uns beiden die Angabe in Tagen besser gefiel, rechneten wir unseren Wüstenaufenthalt auf der Grundlage von Jos Schätzung aus: Zehn Meilen pro Tag macht zehn Tage; acht Meilen pro Tag macht dreizehn; sieben macht vierzehn und ein paar Stunden; fünf macht zwanzig.

Als wir an diesem Punkt angelangt waren, hob Josie abwehrend ihr dünnes Ärmchen und sagte: »Ich glaube nicht, dass wir es noch zwanzig Tage hier draußen aushalten.«

»Warum denn nicht?«

»Weil sich an jedem Tag einer von uns wieder neu verletzt, und zwanzig gesunde Körperteile haben wir gar nicht mehr.«

»Vielleicht nicht einer von uns allein, aber wir beide zusammen haben noch genug, ganz sicher sogar. Unsere Nasen sind zum Beispiel noch in Ordnung. Was sagst du jetzt? Außerdem unsere Ohren – das macht schon mal sechs. Dann unsere Augen – zehn. Immerhin habe ich noch einen Ellbogen, der nicht wehtut, und damit sind wir schon bei elf.«

»Mir ist nicht ständig so schlecht wie dir, mein Magen ist also noch in Ordnung.«

»Gut. Das macht zwölf.«

»Und mein Rücken ist nicht verbrannt – dreizehn.«

»Siehst du, hab ich's dir doch gesagt. Auch meine kleinen

Zehen fühlen sich noch recht gut an, das macht vierzehn und fünfzehn.«

»Meine auch – sechzehn und siebzehn«, kicherte Josie.

Als Nächstes zogen wir beide unsere zerlumpte Unterwäsche aus – nur meinen Verband an der Hand ließ ich natürlich dran – und zählten jeden nur denkbaren Körperteil, der noch nicht bunt und blau oder blutig war, bis wir auf insgesamt sechsundvierzig kamen. Das würde für weit mehr als zwanzig Tage reichen. Selbst wenn jeder von uns täglich zwei Verletzungen abbekäme, blieben uns immer noch sechs unverletzte Körperteile. Jo schien das zu beruhigen. Mich beruhigte es tatsächlich. Aber noch wichtiger: Seit der Laster an uns vorbeigefahren war, hatte sich kein Dingo mehr blicken lassen. Was für ein Glück!

Als ich aber plötzlich zwei Emus entdeckte, die über den brütend heißen Sand auf die Baumreihe zustolzierten, hätte ich vor lauter Glück aus vollem Halse in einem Gospelchor das Halleluja mitsingen können – und das will bei mir schon etwas heißen, da ich partout keinen Ton halten kann. Nahrung! Etwas Anständiges zu essen! Ich brauchte nur zu den Bäumen rüberzuhumpeln und mir einen von den beiden Emus zu schnappen.

»Gut, dass wir die Pistole haben. Hier kommt sie endlich mal vernünftig zum Einsatz. Da beide Laster gut zwanzig Meilen von uns entfernt sind, können wir ruhig einen Schuss riskieren. Auf eine so große Entfernung kann man unmöglich sagen, wo das Geräusch genau herkommt. Auf jeden Fall bedeutet das«, erklärte ich, »dass unsere Pechsträhne nun endgültig vorbei ist, Kid.«

Auf den ersten Blick schien der Emu-Plan genial: Gefährliches, bewaffnetes Halbblut schleicht sich instinktiv richtig, aber ökologisch nicht ganz korrekt an ein wildes Tier heran und erlegt es wie im Film: ratz-fatz, ein Schuss, ein Vogel – nicht eine Kugel verschwendet. So hatte ich mir das theoretisch zurechtgelegt. Große Wirkung mit minimalem Aufwand. Schön und gut.

Hier draußen im richtigen Leben dauerte die Aktion allerdings vier Stunden, kostete mich drei Patronen, verursachte mir wahnsinnige Schmerzen, und zu guter Letzt machten sich beide Vögel unversehrt aus dem Staub. Nicht ein Haar hatte ich ihnen gekrümmt, und ich musste nach dieser Niederlage mit leeren Händen zu Josie zurückhumpeln, die mich mit einem Becher Wasser und einem fragenden Blick empfing.

Ich schüttelte den Kopf und murmelte etwas in der Richtung, dass ich es morgen noch einmal versuchen würde.

Zweifelnd fragte sie mich: »Meinst du, das nützt was?«

»Falls du damit meinst, ob ich morgen besser zielen kann: nein, vermutlich nicht.«

»Vielleicht solltest du lieber auf was Kleineres schießen.«

»Stimmt. Dann hat man weniger, worauf man zielen muss. Damit wäre das Problem ja gelöst.«

»Und vielleicht müsstest du näher rangehen. Etwa die Entfernung von hier bis da drüben«, fuhr Josie unbeirrt fort und achtete gar nicht auf meinen spöttischen Ton. Sie deutete auf einen kleinen Hügel, der sich in unmittelbarer Nähe befand.

»Ja, wenn ich mich tüchtig anstrenge, könnte ich den Strauch bestimmt genau in der Mitte treffen.«

»Dann müsste es gehen.«

»Tja, wenn du einen gehäuteten und gebratenen Strauch als brauchbare Mahlzeit ansiehst. Ich nicht – jedenfalls noch nicht. Wäre zu schade um die Patrone.«

»Aber Tally, da drinnen wohnt ein Kaninchen.«

»Ach, *tatsächlich?*«

»Als du weg warst, ist es zweimal rausgekommen.«

»Wirklich?«

»Ja, wirklich.«

»Falls ich das Kaninchen erwische, würdest du es denn dann essen?«

»Klar. Tante Dilys und Onkel Fred, die aus Slidell, weißt du? Die züchten Kaninchen, damit andere Leute die essen. Und Kaninchenfleisch schmeckt wirklich gut, fast so gut wie Hähnchen, wenn man es richtig zubereitet. Weißt du, wie das geht?«

»Eigentlich nicht, aber gemeinsam werden wir uns schon was überlegen.«

Josie hob stolz den Kopf, und ihr ganzer Körper straffte sich, während ich ihr auf die Schulter klopfte. Sie ließ sich sogar eine kurze Umarmung gefallen und zeigte dann auf die Stelle, wo wir ihrer Ansicht nach Position beziehen sollten.

Flüchtig kam mir der Gedanke, vielleicht doch lieber eine Falle zu bauen. »Die Patrone wird das Kaninchen in Stücke reißen«, dachte ich laut.

»Oh.«

»Aber wenn wir eine Falle bauen und aufstellen, dauert das stundenlang, und falls wir es nicht so richtig hinkriegen, entwischt uns das Kaninchen noch. Für das bisschen Fleisch wäre das ein zu großer Kraftaufwand. Ich weiß nicht, wie es dir geht, aber ich habe im Moment die Nase voll, dass mir ständig was misslingt. Versuchen wir also lieber zu schießen. Die Männer hören es nicht, die sind weit genug weg, und außerdem geht es schneller.«

Jo nickte. Keine von uns beiden hatte im Augenblick ausreichend Kraft und Geduld, um einen Haufen Stöcke mit Hanf zusammenzubinden.

»Ich kann nur hoffen, dass du gleich beim ersten Mal triffst, Tally. Wenn das Kaninchen das Ding erst mal hört, kommt es bestimmt so schnell nicht wieder raus«, sagte sie und deutete auf die Pistole, als wäre er das abscheulichste Teufelszeug, das sie je zu Gesicht bekommen hatte.

Ich versprach ihr, nicht daneben zu schießen. Insgeheim schickte ich noch ein paar Stoßgebete zum Himmel. Wer es nicht nötig hat zu beten, hat noch nie in ernsthaften Schwierigkeiten gesteckt. Das ist eine der letzten Weisheiten, die Großmutter Haney mir mit auf den Weg gegeben hat, bevor ich aus ihrer Tür zu meinem nagelneuen roten Mustang gestürzt bin. Damals hielt ich sie für eine einfältige alte Indianerin, heute begreife ich allerdings, dass sie Recht hatte – und wie Recht sie hatte!

Dann lagen wir auf der Lauer. Josie ließ den Eingang zum Kaninchenbau nicht aus den Augen – ebenso wenig wie ich. Wir brauchten jedoch nicht lange zu warten.

Als das Kaninchen den Kopf herausstreckte, hielt ich den Atem an und legte den Finger an den Abzug. Sobald es auch nur einen Fuß außerhalb seines Baus gesetzt hatte und nach Westen hoppeln wollte, drückte ich ab. Und allen Heiligen sei Dank – und in diesem Fall auch allen Sündern: Ich habe es tatsächlich erwischt. Volltreffer!

Ich konnte hören, wie Josie schluckte, dann schrie sie: »Jaaaa!« Doch kaum standen wir über unserer Beute, wurde ein aufrichtiges »Igitt« daraus.

Ich konnte ihr nur beipflichten, denn das, was eigentlich unser Abendessen werden sollte, war nur noch ein Haufen Matsch. Waffen wie diese sind nicht für kleine Ziele aus kurzer Entfernung gedacht und Hohlspitzgeschosse nicht für Wild – für Menschen natürlich auch nicht. Der Rumpf des Kaninchens war zum Teufel.

Trotzdem blieb uns noch genug frisches Fleisch, und zum zweiten Mal, seit wir uns auf den Weg gemacht hatten, konnten wir uns zu Recht über einen Erfolg freuen.

Josie hatte nach diesem Erfolg noch mehr Grund, stolz auf sich zu sein, denn sie war die ganze Zeit über meine rechte Hand. Genau genommen übernahm sie die Aufgaben meiner unbrauchbaren Linken. Eines steht jedenfalls fest: Für das Selbstvertrauen eines Kindes gibt es nichts Besseres, als für einen Erwachsenen in dem Bereich einzuspringen, in dem dieser ausfällt. An ihrer Haltung – wie sich ihre Schultern strafften und ihr Kinn sich hob – konnte man deutlich ablesen, wie sehr sie sich ihrer Bedeutung bewusst war: Tally braucht mich, und ich bin ihr eine echte Hilfe.

Zuerst schnitten wir dem Kaninchen die Kehle durch und hängten es an den Hinterläufen an einen starken Zweig, um es ausbluten zu lassen. Das Blut fingen wir in einem Becher auf. Viel gab es da nicht aufzufangen und es dauerte auch nicht lange. Aber Blut ist sehr nahrhaft, und wir konnten es uns nicht leisten, auch nur einen Tropfen zu vergeuden. Als ich Josie sagte, dass wir es als Suppe aufkochen würden, wurde sie etwas blass um die Nase, ließ mich bei meiner Arbeit aber nicht hängen, sondern erledigte ihren Teil. Sie hielt die Vorderpfoten fest und sah aufmerksam zu, wie ich dem Tier vom Schwanz bis zur Kehle das Fell aufschlitzte und es ihm nach und nach abzog, ihm die Innereien herausnahm und die Gallenblase wegwarf. Ich kann mich noch gut daran erinnern, dass Dix, wenn er Rotwild ausnahm, immer sagte: »Iss das hier nicht.« Wenn ich ihn nach dem Grund fragte, schüttelte er nur den Kopf und sagte: »Das kann man nicht essen. Also lass es sein.« Bei dem Kaninchen war die Gallenblase eh so winzig, dass es kein großer Verlust war und ich mich ruhig an Dix' Rat halten konnte. Alles andere würden wir aber irgendwie verwerten.

»Verdammt gute Arbeit für jemanden, der in der Stadt groß geworden ist«, sagte ich und bohrte einen angespitzten Stock durch das bratfertige Kaninchen. Jo entgegnete mit einem selbstzufriedenen Lächeln: »New Orleans ist eine ganz besondere Stadt. Da kommen nur gute Leute her.«

Ich musste laut lachen, denn Jo klang wie in einem Touristik-Werbespot für den Staat Louisiana. »Als Nächstes gehst du wohl auch noch mit euren leckeren Beignets und Pralinen hausieren oder mit Dixieland Jazz oder mit der Gumbosprache der Kreolen, was?«

Josie beharrte jedoch auf ihrer Meinung. »Das stimmt. Großmama O'Malley hat immer gesagt: Es macht viel aus, wo man herkommt. Und sie hat Recht.«

»Meinst du?«

»Klar.«

»Warum?«

»Weil davon abhängt, wie man seinen Fuß auf die Erde setzt und mit welchen Augen man die Welt sieht. Großmama sagt: Durch die Gegend, aus der man kommt, ist von vornherein so manches im Leben festgelegt. Und das kann man dann nicht mehr ändern. Nie mehr.«

»Nie?«

»Nie. Wo man herkommt, steckt in einem drin, wohin man auch geht und was man auch tut. Deshalb ist es ja so wichtig, dass man aus einer guten Gegend kommt, wie zum Beispiel New Orleans.«

»Verstehe.«

»Weil wir nämlich Geschichte haben, und die Leute brauchen ihre Geschichte. In New Orleans sieht man sie an jeder Ecke. Selbst wenn man sie mal vergisst, braucht man nur plötzlich vor einem Gebäude zu stehen oder auf einen Pflasterstein zu treten, und schon ist unsere ganze Geschichte wieder da. Und sie geht nie weg, deshalb können wir uns auch nie allzu sehr verlaufen.«

»Mhm, das muss schön sein.«

»Ja. Wo kommst du eigentlich her, Tally?«

»Ooch, das ist nichts Besonderes.«

»Daddy hat gesagt, aus Oklahoma.«

»Im Großen und Ganzen stimmt das auch.«

»Na ja, das ist doch eine ganz bestimmte Gegend.«

»Schon. Aber eine Gegend ohne Geschichte, jedenfalls ohne meine. Oklahoma ist neu und hat sich selbst vergessen. Nicht so wie New Orleans.«

»Wie kann man denn seine Geschichte vergessen?«

Darauf fiel mir keine Antwort ein. Also zuckte ich nur mit den Schultern und Josie drang auch nicht weiter in mich. Sie ist viel verständiger, als ich dachte. Sie gleicht Paul viel mehr, als ich es nach ihrem Benehmen zu Hause angenommen hätte. Damals hatte ich immer nur den Eindruck gehabt, sie wäre furchtbar verzogen. Vielleicht war das ja auch der einzige Aspekt, den ich damals an ihr sehen wollte. Hier draußen überrascht sie mich ständig. Sie ist ein völlig anderes Kind: Ich erlebe sie hier als hilfsbereit und aufgeschlossen und nicht als störrischen Dickkopf, der sofort laut losheult, sobald ihm etwas gegen den Strich geht.

Etwas muss dran sein an der Behauptung, dass sich manche Leute erst in Extremsituationen von ihrer besten Seite zeigen – die meisten dagegen von ihrer schlechtesten. Da ich Jo nicht unentwegt offen anstarren wollte, betrachtete ich sie unter halb geschlossenen Lidern und machte mir meine Gedanken. Ich beobachtete sie, wie sie das Kaninchenfell zum Trocknen auslegte. Eigentlich können wir es hier nicht gebrauchen, aber zu den obersten Prinzipien des TJ-Instituts gehört, dass man nichts verschwenden darf.

Kurz darauf fragte sie: »Kann *ich* das Feuer machen? Daddy hat mir gezeigt, wie es geht.«

»Sicher, sieh nur zu, dass es im Windschatten von diesem Felsen ist, damit sich der Rauch besser verteilt.«

Nun sah ich ihr offen zu, wie sie – den Kopf gewissenhaft

über ihre Aufgabe gebeugt – mit dem geschwollenen, eiternden Bein hin und her humpelte und mit zitternden Fingern trockenes Geäst sammelte, wieder zurückhumpelte und es kegelförmig aufschichtete. Die Zweige waren so tadellos ausgerichtet, dass genug Sauerstoff eindringen konnte, um die Flammen unter dem kleineren Anmachholz zu entzünden. Andererseits ließen sie auch wieder nicht so viel Wind durch, dass diese kleinen Flammen gleich wieder ausgeblasen wurden, noch bevor sie das Feuer in dem oberen, dickeren Brennholz entfacht hatten. Man sah es dieser absolut perfekten Feuerstelle an, dass Paul der Lehrmeister gewesen war. Ein solches Feuer würde hundertprozentig immer angehen.

»Nicht viele Leute bekommen ein so tadelloses Feuer hin, Kid, aber dein Daddy war einer von ihnen – und du gehörst auch dazu«, sagte ich zu Josie, und ihr Gesicht hellte sich auf zu einem Lächeln. Dann lehnte sie sich – von der Anstrengung ziemlich blass im Gesicht – an meinen Rucksack.

Jo saß so nah am Feuer, dass sie, ohne sich vom Fleck zu rühren, an das Kaninchen auf dem selbst gemachten Bratspieß bequem herankam. Ich überließ es ihr, den Spieß zu drehen, und humpelte hinüber zur Quelle, um ein Büschel Spinat und zwei Selleriestauden zu holen. Nachdem ich zurückgekommen war, breitete ich ein Laken auf dem Boden aus. Dieses Essen sollte etwas ganz Besonderes werden, denn wir brauchten dringend ein kleines Ritual. Josie machte das Getue sichtlich Spaß. Sogleich faltete sie zwei schmutzige Baumwolltücher zu dreieckigen Servietten und deckte die Tafel mit unseren zerbeulten Schüsseln und Bechern. »Beinahe wie in Moose, was?«

Ich nickte.

»Nur hast du da immer noch Kerzen. Schade, dass wir hier keine haben.«

»Oh, wir haben eine«, antwortete ich und wühlte in meinem Rucksack nach dem kleinen Kerzenstummel, den ich grundsätzlich immer und überallhin mitnehme. Durch die Hitze ist er zwar ein bisschen deformiert, aber durchaus noch zu gebrauchen. »Wenn es feucht ist, kann man damit immer noch am besten ein Feuer anzünden, Josephine.«

»Feucht?«, fragte Josie schelmisch und sah sich um, als wolle sie sagen: Wo in aller Welt soll hier wohl was Feuchtes sein?

Ich kitzelte sie mit meiner gesunden Hand und versuchte, dabei nicht an ihr schlimmes Bein zu kommen und bei seinem Anblick auch nicht zurückzuzucken. Das ist mindestens eine Verbrennung zweiten Grades, die schon zu Hause schlimm genug wäre, aber hier ziemlich gefährliche Ausmaße annimmt. Josie lachte und vergaß einen Augenblick lang die Schmerzen, und ich vergaß den Spinat und hätte ihn beinahe anbrennen lassen. Aber das spielte jetzt kaum eine Rolle, denn durch das bevorstehende Essen hatte sich unsere Laune erheblich gebessert.

Wir aßen bewusst langsam, unterhielten uns zwischen den einzelnen Bissen oder saßen nur still da. Ich versuchte, mein Essen im Magen zu behalten, während Jo das selbst gekochte Mahl, das so wie zu Hause schmeckte, offenbar genoss. Ohne ersichtlichen Grund huschte ein ums andere Mal ein Lächeln über ihr Gesicht, aber schon bald erfuhr ich den Grund. Sie wollte der Albinohündin einen Knochen vom Kaninchenschenkel aufheben und meinte, da wir alle übrigen Knochen noch für eine Suppe verwerten wollten, sei das schließlich nur fair. Ich musste unwillkürlich daran denken, dass ich, um mein Leben zu retten, der Weißen das Fleisch gestohlen hatte, und willigte ein. Dann schüttete ich ein paar Jodtabletten in die nächste Feldflasche.

Die Quelle hier fließt nur sehr langsam. Bis man aus der Felsspalte, in der das Wasser verborgen ist, einen Liter aufgefangen hat, dauert es fast eine halbe Stunde. Gott sei Dank haben wir letzte Woche, als uns die Last zu schwer erschien, das kleine Rohrstück nicht aussortiert, denn an Wasser brauchen wir alles, was wir nur bekommen können. Daher muss ich – so oft wie möglich und so gut es mit einer Hand und einem kaputten Knöchel nur geht – das Wasser aus der Felsspalte auffangen.

Also gehe ich die ganze Zeit zwischen unserem Camp und der Quelle hin und her. Ein paar Stunden verbringe ich hier und dann bin ich wieder dort drüben. Für meinen Fuß ist das alles andere als gut, aber ich weiß nicht, wie ich es sonst machen soll. Wir können nicht direkt an der Quelle campieren; das ist nicht erlaubt. Zu den Bedingungen in Pauls Genehmigung gehörte, dass wir an keiner Wasserstelle im Umkreis von einem Kilometer unser Lager aufschlagen. Und das ist auch gut so, denn Menschen verscheuchen die Tiere, verschmutzen das Wasser und sind nur lästige Eindringlinge. Aber für uns gibt es noch einen viel gravierenderen Grund: Wenn die Männer ihre Jagd auf uns systematisch durchführen, werden sie zuerst alle bekannten Wasserstellen überprüfen. Deshalb können wir uns an keiner von ihnen einen längeren Aufenthalt erlauben, und es ist nur klug, wenn unser Camp etwas weiter entfernt ist. Mein Knöchel muss da einfach mitmachen.

Wäre schön, wenn sich auch meine linke Hand zum Mitmachen durchringen könnte. Dann würde ich auch bestimmt nicht klagen.

Ich habe alles getan, damit Jo nicht mitbekommt, wie es um meine Hand steht. Trotzdem blieb ihr nicht verborgen, dass ich sie kaum noch gebrauchen kann. Solange Josie wach ist, lasse ich immer den Verband um und tue so, als könnte ich noch das eine oder andere mit der linken Hand erledigen. Aber Jo lässt sich nicht so leicht hinters Licht führen. Ich kann förmlich spüren, wie sie immer wieder zutiefst besorgt auf meinen Arm schaut. Das tröstliche Band der Fürsorglichkeit, das sich zwischen uns erstreckt, ist so stark, dass man es förmlich spüren kann. Bisher lässt sie aber meine Lüge noch durchgehen und sagt kein Wort dazu, dass mein Verband mittlerweile vom Handgelenk bis hinab zu den Fingerspitzen reicht. Meine Finger sind dermaßen angeschwollen und verfärbt, dass sie allmählich wie bei den Touristen aussehen, die wir vom Skillet-Gletscher heruntergeholt haben …

… oder so, wie Pauls Finger vergangene Woche ausgesehen haben.

Josie darf meine schlimme Hand unter keinen Umständen sehen. Als mir bewusst wird, dass ich mich auch gar nicht mehr daran erinnern kann, wie Pauls Hände vor seinem Tod aussahen, wird mir ganz elend zumute. Ich versuche, mir sein Gesicht vorzustellen, doch auch da stoße ich nur ins Leere. Es kann nicht wahr sein, dass das so schnell geht. Ich will ihn noch nicht gehen lassen. Denk nach, Tally, denk nach. Denk an etwas anderes. Richte deine Gedanken auf den Weg, der noch vor dir liegt, konzentrier dich auf das Hier und Jetzt.

Josie und ich bewältigen diese Aufgabe ziemlich gut, und das ist schon viel wert. Wir sind ein echtes Team: Wir bringen unsere jeweiligen Fähigkeiten ein, teilen uns die Verantwortung und richten uns gegenseitig wieder auf. Ich glaube fest daran, dass wir es schaffen – und zum ersten Mal, seit ich Josie in dem Landrover gefunden habe, meine ich es ernst. Wenn ich mir bisher gesagt habe, alles würde wieder okay werden, war es reine Selbsttäuschung gewesen. Ich war mir nie wirklich sicher. Aber jetzt meine ich es ernst, denn zum ersten Mal ist es uns gelungen – ohne einfach in den Supermarkt zu gehen oder jemanden zu bestehlen, nur indem wir unseren Verstand eingesetzt haben –, ein komplettes Abendessen zuzubereiten. Und wir haben es stilvoll serviert, sogar mit Servietten und Kerze! Also leben wir.

Ja, die Chancen stehen immer noch verdammt schlecht, aber wir halten dagegen. Wir haben die Einzelheiten unserer jetzigen Situation unter Kontrolle und setzen unsere Fäuste ein. Ich bin davon überzeugt, dass sich das zu unseren Gunsten auswirken wird. Ich muss es mir nur weiterhin oft genug vorsagen, dann wird es sich schon bewahrheiten.

Wir räumten das Geschirr ab, verwahrten die Essensreste und falteten das Laken sorgfältig wieder zusammen, denn Rituale müssen bis ins kleinste Detail eingehalten werden. Sogar das Aufräumen nach unserem Mahl war bedeutsam und beruhigend.

Dann legten wir unsere Kleidung ab und hängten sie zum Lüften auf. »Unsere Sachen sind schon so steif, dass sie fast von allein stehen«, sagte ich, und Josie überprüfte es sofort an ihren Shorts. Es funktionierte tatsächlich, und wir mussten lachen.

»Ist das nicht traurig, Jo, dass unsere Sachen inzwischen so dreckig sind, dass sie sogar ohne uns vor dem Sternenbanner strammstehen und salutieren könnten.«

Sie nickte, stützte das Kinn auf die Hand und sah sich die Shorts an.

»Vielleicht sollten wir unseren Sachen auch mal ein Sandbad gönnen«, schlug sie vor.

»Kann sicher nicht schaden.«

Wir knüllten unsere Kleidung zu Bündeln zusammen, schlugen mit jedem einzelnen Teil auf den Sand, rollten es hin und her und kneteten es tüchtig durch. Schließlich schüttelten wir alles aus und hängten die Sachen an einen Strauch. Nachdem wir mit unserer »Wäsche« fertig waren, ruhten wir uns aus.

Josie rollte sich auf ihrer Matte zusammen, starrte gähnend ins Feuer und fragte: »Vermisst du es, dass du keine Geschichte hast, Tally?«

Ich brauchte recht lange, um darauf antworten zu können, aber Jo wartete geduldig.

»Eigentlich nicht.«

»Nein?«

»Nein, Kid. Vielleicht schreibe ich ja meine eigene Geschichte mit all den Dingen, die ich gern tue, weißt du? All diese blöden Kleinigkeiten wie Kerzen anzünden, Schaumbäder kochen, Brot backen, Gemüse und Blumen züchten und Essen kochen, das heutzutage, wo es Fernseh-Dinner und McDrives gibt, eigentlich keiner mehr mag.«

»*Ich* mag es.«

»Na, damit sind wir immerhin schon zwei – in einer Welt von ungefähr fünf Milliarden. Nicht gerade die Mehrheit, was?«

»Mehr als zwei braucht man nicht, sagt Daddy. Ein Mensch allein kann nichts ausrichten. Aber zwei – zwei Leute, die zusammenarbeiten – können alles erreichen, was auf dieser großen weiten Welt getan werden muss. Das sagt mein Daddy.«

»Ja, das klingt sehr nach ihm. Er findet immer alles heraus, stimmt's? Ihm entgeht nichts, er hat den großen Durchblick. Während wir Normalsterblichen hier unten durchs Tal hasten, lebt Paul O'Malley oben auf der Spitze des Berges und beschäftigt sich mit den großen Gedanken, wie alles zusammenhängt und was alles bedeutet.«

»Ja.«

Ich halte inne, denn ich merke, dass ich von Paul gerade in der Gegenwart geredet habe. Vielleicht sollte ich mich korrigieren, denn ich will es Jo nicht noch schwerer machen, sich von ihm zu lösen. Aber sie ist kurz vor dem Einschlafen. Es wäre schwierig, das Gesagte zu korrigieren, und würde sie nur traurig stimmen. Ich warte damit lieber bis zum nächsten

Mal. Wenn wir das nächste Mal über ihn reden, werde ich auf jeden Fall die Vergangenheitsform wählen.

Das Feuer ist fast erloschen. Übrig ist nur noch ein leises Knistern, ein Raunen von geschwärztem Holz, das sich an glimmende Stöcke und seidenweiche Asche lehnt. Jo liegt auf der Seite, den Kopf neben meinem Bein. Die Augen hat sie geschlossen und ihr Atem geht ruhig und gleichmäßig. Ich fange an, meinen Verband abzuwickeln, doch als plötzlich wieder ihre Stimme ertönt, erstarre ich vor Schreck.

»Daddy mochte das auch alles gern, Tally, deine Dinner und die Kerzen und das ganze Drum und Dran.«

»Mögen ist vielleicht etwas übertrieben, Josephine, tolerieren trifft es wohl eher. Aber das kann ich dir garantieren. Er hat das wirklich alles toleriert.«

»Damit sind wir schon zu dritt.«

»Damit sind wir zu dritt.«

Ein Lächeln huscht über Josies Züge, und sie flüstert: »Also hast du doch eine Geschichte, genau wie New Orleans. Und andere können sich für dich daran erinnern, wenn du sie mal vergisst. Das ist doch so ähnlich, als wenn man plötzlich auf ein historisches Gebäude stößt, nicht? Daddy sagt das jedenfalls immer so.« Und schon ist das Lächeln vorüber und Jo ist eingeschlafen.

Dieses Kind hat soeben von seinem Vater im Imperfekt, im Präsens und im Futur gesprochen. Jetzt begreife ich, dass ich Jo nicht vor dem Wissen um Paul bewahren muss, weder in der Vergangenheit noch in der Gegenwart oder der Zukunft. Sie wird für sich immer den richtigen Zugang zu ihm wählen. Manchmal wird sie von ihm als Gegenwart sprechen, manchmal als Vergangenheit und manchmal ganz allgemein. So sollte es auch sein. Man braucht niemanden vor seiner eigenen Version der Wahrheit zu bewahren. Und niemand braucht seiner eigenen Geschichte auszuweichen.

Sobald Jo eingeschlafen war, löste ich den Verband von meiner Hand und dehnte die Wunde auseinander, um sie genau zu untersuchen. Maden! Tief in den Wundrändern lebten sie und fraßen sich durch mein faulendes Fleisch. Zitternd, elend, erschreckt und zugleich hocherfreut wickelte ich den Verband wieder um die Hand. Noch bevor ich damit fertig war, fing ich wieder an zu würgen. Verzweifelt mühte ich mich, es zu überwinden, aber es gelang mir nicht. Das komplette Abendessen landete im Sand und ich fiel kopfüber in Ohnmacht. Wie lange ich dort lag, kann ich nicht sagen. Ich schaffe es nicht. Das ist zu viel. Ich kann nicht. Vergangenheit, Gegenwart und Zukunft prallen aufeinander. Ich kann das nicht durchstehen.

Aber ich muss.

Ich griff nach Pauls Hemd und versuchte, mich daran aufzurichten. Aber ich geriet nur noch mehr in Panik, denn es roch langsam mehr nach mir als nach ihm.

Dann nahm ich sein Tagebuch und blätterte darin. Ich hoffte, irgendetwas darin zu finden, was zu meiner gegenwärtigen Lage passte. Was ich fand, erfüllte mich mit fassungslosem Staunen. Ich fühlte mich innerlich zerrissen und hatte das dumpfe Gefühl, in einem tosenden Meer voll stummer Trauer zu ertrinken. Ich hatte es vorher nie bemerkt – weder in diesem Buch noch in unserem Leben. Doch Paul hatte es die ganze Zeit über gewusst.

Tally und ihre Küche. Diese Küche ist schlicht und doch urgemütlich. Zwischen Pasta und Gewürzen stehen Weinflaschen und hohe Kerzenständer. Schwere handgetöpferte Keramikschüsseln – blau auf grauem Grund – machen die alte, abgenutzte gusseiserne Bratpfanne wieder wett. Getrocknete Blumen und Kräuter hängen in Bündeln von der Decke, zwischen Kupfertöpfen und -pfannen mit dicken Böden. In einem hängenden Drahtkorb ist jede Menge

Obst, in einem anderen Wurzelgemüse. Auf der Arbeitsplatte liegt vergessen ein abgegriffenes Kochbuch. Ein großes metallenes Gemüsesieb birgt das leuchtende Gelb, Rot und Grün aus Tallys Sommergarten. Irgendetwas schmurgelt immer im Backofen. Und mittendrin steht diese kleine Gestalt in kurzer Hose, T-Shirt und einer riesigen Leinenschürze, die ihr bis über die Knie reicht: die Frau, die in meinem Herzen wohnt, meine Tal.

Im Augenblick ist sie wütend auf mich. So wütend habe ich sie überhaupt noch nie gesehen, und noch dazu wegen einer solchen Kleinigkeit: wegen eines Stücks Käse. Sie haben ihn in der Stadt verteilt. Es waren Lebensmittelzuteilungen der staatlichen Sozialfürsorge, die man gern loswerden wollte, weil mehr angekommen war als geplant. Also habe ich auch ein Stück genommen und mit nach Hause gebracht. Kaum hatte Tally jedoch das schlichte Einpackpapier gesehen, entbrannte sie vor Zorn und befahl mir, den Käse umgehend aus dem Haus zu schaffen. Ich legte ihn auf die Arbeitsplatte, und mit flammendem Blick bekräftigte sie lautstark ihre Aufforderung: »Raus damit! Das ist mein voller Ernst!« Noch nie habe ich sie so aufgeregt erlebt.

»Aber Liebes, was ist denn daran so schlimm? Das ist doch nur Käse! Wenn du ihn nicht magst, esse ich ihn eben selbst. Deshalb braucht man ihn doch nicht gleich wegzuschmeißen.«

»Sofort bringst du ihn RAUS aus meinem Haus, Paul O'Malley. AUF DER STELLE.«

Verblüfft über ihren Ton und über ihre Worte – bis dahin hatte sie immer nur von unserem Haus gesprochen – tat ich ihr den Gefallen und legte den Käse vor die Tür. Aber damit gab sich Tally noch nicht zufrieden. Sie schob das Fliegengitter auf und beförderte den Käse mit einem Fußtritt von der Veranda.

Bebend vor Zorn kam sie in die Küche zurück, stemmte die Hände in die Hüften und sagte mit leiser, rauer Stimme: »Mit diesem Mist haben sie uns im Reservat abgefüttert, und mit meiner Großmutter tun sie das heute noch. Wir kaufen unseren Käse im

GESCHÄFT, hast du mich verstanden? Wir nehmen keine Almosen von der Regierung. Lieber würde ich STERBEN, als noch einmal dieses Zeug zu essen.«

Ich nickte. Tal nahm eine Möhre und fing an, sie in Scheiben zu schneiden, um mir zu zeigen, dass das Gespräch beendet war.

Ihre Augen sind immer noch dunkel, ihr Blick ist immer noch feurig. Ich weiß so wenig über ihre Vergangenheit. Sobald ich sie danach frage, kapselt sie sich ab. Ich weiß lediglich, dass sie ihren Vater seit sechzehn Jahren nicht mehr gesehen hat, ihre Großmutter seit zehn Jahren nicht mehr und ihren Bruder seit vierzehn Monaten – und dass ihre Mutter tot ist. Aber die Hintergründe kenne ich nicht. Tal weigert sich, darüber zu sprechen. In ihrem Innersten liegt ein zu tiefer Schmerz begraben, als dass sie darüber reden könnte. Nachts schreit sie mitunter im Schlaf laut auf. An manchen Tagen zuckt sie ohne Grund zusammen. Manchmal sehe ich, wie ein Schatten stiller Traurigkeit über ihr Gesicht huscht. Wenn ich sie darauf anspreche, tut sie es mit einem Scherz ab und geht darüber hinweg, als sei nichts geschehen. Sie lässt mich einfach nicht an sich heran.

Mit ansehen zu müssen, wie sie leidet, bricht mir das Herz. Ich wollte, ich könnte ihr den Schmerz ein für alle Mal abnehmen.

Aber das eine weiß ich genau: Ich bin dazu geboren, diese Frau zu lieben, sie fest zu halten und zu beschützen. Und das werde ich auch tun, solange ich lebe. Ich hoffe und bete, sie möge eines Tages genug Vertrauen zu mir haben, um mir alles zu erzählen, was heimlich an ihrem Herzen nagt. Ist es dann endlich so weit, werde ich ihren Schmerz einfach wegküssen und ihrem Herzen genug Raum geben, damit es heilen kann … Und dann werde ich neben ihr stehen und zusehen, wie meine Tally ihre Flügel ausbreitet und fliegt, und ich werde für immer unter ihrem schützenden Himmelszelt leben.

Mein Herz schreit laut NEIN, denn deine zeitlosen Worte sprechen das Unaussprechliche aus und sagen mir auf dem Papier genau das, was ich, als du noch an meiner Seite warst, nie über die Lippen brachte.

Ich lausche zurück auf das, was einst zwischen uns war – aber ich lausche vergeblich. So vieles blieb ungesagt. Ich wollte dich mit meiner Vergangenheit nicht belasten, weil ich Angst hatte, dich damit zu vertreiben. Wenn die Leute so etwas erfahren, drehen sich die meisten lieber um und gehen. Ich hätte es nicht ertragen, wenn du das ebenfalls getan hättest. Deshalb habe ich mich abgekapselt und meine Vergangenheit, meine Familie und letztlich auch mich selbst vor dir verleugnet.

Trotzdem bist du bei mir geblieben und hast mich geliebt. Ich dachte immer, wir würden unseren Weg gemeinsam gehen, bis ans Ende aller Zeit. Und ich habe geglaubt, unterwegs würde ich von allem, was für mich verloren war, erlöst werden.

Und nun bist du einfach ohne mich weitergegangen, und ich verliere alles, was wir gemeinsam gewesen sind. Ich höre deine Stimme nicht mehr. Ich kann mich nicht mehr an dein Gesicht erinnern; es ist nur noch ein verschwommener Fleck in meinem Gedächtnis. Ich spüre deine Hände nicht mehr und kann dein Lächeln und unseren gemeinsamen Himmel nicht mehr sehen. Das Licht in deinen Augen führt mich nicht mehr heim. Ich verliere dich, Paul.

Ich verliere uns – und mich.

Ich habe es doch gewusst, dass ich in diesem Tagebuch längere Passagen nicht auf einmal lesen darf. Nur zu gut habe ich es gewusst. Das Ganze kurz zu überfliegen, um nach etwas Bestimmtem wie Informationen zu potentiellen Nahrungsquellen zu suchen, ist eine Sache. Etwas völlig anderes ist es dagegen, längere Passagen im Zusammenhang zu lesen, um nach einem Halt zu suchen, nach einem Hoffnungsschimmer aus der Spitze einer Schreibfeder. Im Anschluss an die Maden, das Erbrechen und alles Übrige ist das einfach zu viel. So etwas darf mir auf keinen Fall noch einmal passieren. Künftig werde ich wie am Anfang immer nur einen Satz pro Tag lesen, ohne lange auszuwählen oder hin und her zu blättern.

Nein, einer reicht nicht; zwei müssen es schon sein. Dann also zwei, einen morgens und einen abends, so als wollte man um unsere Nacht eine Klammer setzen.

Im Schatten eines nahen Grasbüschels rastet eine Kragenechse. Sie hat sich dick aufgeplustert und ihren Kragen hoch aufgestellt. Ihre Drohgebärde zielt eindeutig auf mich ab.

»Keine Sorge, ich überschreite die Grenze deines Territoriums nicht«, würde ich ihr am liebsten sagen, »ich bin viel zu müde, um mich von der Stelle zu rühren.« Aber sobald mir einfällt, dass unsere gestohlenen Lebensmittel aufgebraucht sind, ändere ich meine Ansicht.

Damals in meinem früheren Leben hätte ich es nur zum Spaß getan. Berühr den Schwanz, ohne dass sie wegläuft – so hieß die Spielregel, und Dix und ich vergnügten uns damit, kaum dass wir laufen konnten. Wir nahmen es grundsätzlich mit allen auf und testeten unsere Geschicklichkeit an jeder Eidechse, Schildkröte oder Schlange, die wir nur finden konnten. In meinem jetzigen Leben sollte ich meine Geschicklichkeit eigentlich auf einen besseren Zweck verwenden. Aber ich bin so schwach und müde, und im Übrigen ist es mit meiner Geschicklichkeit auch nicht mehr so weit her. Ich glaube, Jos Schlinge hat wesentlich besser funktioniert. Meine Methode erfordert viel mehr Mühe, als so ein bisschen Fleisch überhaupt wert ist.

Im Moment ist allerdings selbst ein Fitzchen Fleisch nicht

zu verachten. Ich bin bereits so schwach, dass ich kaum noch zu irgendeiner Aufgabe tauge, und das merkt Josie. Nicht, dass wir nichts zu essen gefunden hätten. Wir haben sogar einiges zusammenbekommen: den Goanna, haufenweise Termiten, meinen Spinat und Sellerie, diese vertrackten Süßkartoffeln, die Akazienhülsen und das Kaninchen. Einmal habe ich sogar von einem verkrüppelten Baum die innere Rinde abgeschabt, damit wir an das Pflanzenmark herankamen und es zernagen konnten. Nahrung haben wir also genug gefunden, anscheinend komme ich nur gegen diese ständige Übelkeit nicht an. Genauso schnell, wie ich etwas hinuntergeschluckt habe, muss ich es wieder ausspucken. Deshalb bin ich auch nur noch Haut und Knochen und nichts als ein lebendes Häufchen Elend mit einem eisernen Willen. Falls ich keine Möglichkeit finde, dieses Land zu bezwingen, wird es mich umbringen – aber nicht nur mich, sondern auch sie.

Und dann habe ich ihn wirklich verloren.

Das kann ich nicht zulassen. Das *werde* ich nicht zulassen, hast du gehört, Mama? Hast du das auch gehört, Großmutter? *Nie und nimmer gebe ich auf.* Ich drehe mich nicht einfach um und gehe weg. Wenn es sein muss, bekämpfe ich diese Wüste bei jedem Schritt – Hauptsache, ich bringe Josie heil nach Hause.

Überleben hängt zu fünfundneunzig Prozent vom Verstand und zu fünf Prozent von den äußeren Umständen ab. Kampf ist eine klare Sache. Dieses seichte Geschwätz vom Leben im Einklang mit dem Land hört sich gut und schön an, aber es ist nur etwas für Leute, die noch nie in Schwierigkeiten gesteckt haben. Den Kampf meiden und selbst ein Teil der Natur sein klingt hübsch, solange das Land einen nicht zu verschlingen droht. Aber wenn es so ist, krempelt man besser die Ärmel hoch und stellt sich darauf ein, dem Land ebenfalls Schaden zuzufügen.

Ich hätte den Mund nicht so voll nehmen dürfen. Im Grunde lief doch alles ganz gut, so gut es hier draußen eben möglich ist. Inzwischen hat sich unsere Lage aber wieder verschlechtert.

Das Dingorudel ist zurück, alle außer einem. Sieben hungrige Hunde gegen eine Frau und ein Mädchen, die am Ende ihrer Kräfte sind.

Besser gesagt, gegen zwei hungrige Frauen, von denen eine schon verrückt ist. Dieses Mal lauern die Hunde weiter abseits und trauen sich nicht so nah an uns heran wie am Anfang. Sobald ich aufstehe und auf sie zugehe, ziehen sie sich ein Stück weiter zurück, aber es ist klar, dass sie nur abwarten. Sollen sie ruhig warten, ich werde dasselbe tun. Früher oder später werden sie uns schon nah genug kommen, und bei der erstbesten Gelegenheit werde ich einen von ihnen erschießen. Wir brauchen das Fleisch. Also sollen sie ruhig kommen.

Und wenn ich dieses Land mit der Peitsche dazu zwingen muss, sich zu ergeben und uns ziehen zu lassen – ich schrecke vor nichts zurück.

Hast du das gehört, Tanami? Du Tyrann mit dem roten Herzen und der gelben Leber? Wenn du meinst, dass du uns mit den Schlägen, die du bislang ausgeteilt hast, besiegen kannst, dann hast du dich gewaltig getäuscht!

Der eine Laster bewegt sich von Südwesten her auf uns zu, der andere von Nordosten. Offenbar wollen sie das Gebiet zwischen Rayburns Camp und dem Lake Surprise systematisch nach uns absuchen, und wir befinden uns genau in der Mitte. Ich beobachte die beiden Fahrzeuge und spüre, dass ich weiche Knie bekomme. Die Männer sind uns zahlenmäßig überlegen, sie haben uns in die Zange genommen und sie haben mehr Waffen. Ich kann meine Drohgebärden so lange einnehmen, wie ich will. Um diesen Männern oder diesem Land zu entrinnen, werden sie mir ohnehin nichts nutzen.

Und wieder fange ich an zu weinen. Fast zwei Jahrzehnte lang habe ich kaum eine Träne vergossen, doch hier weine ich mehrmals täglich.

Ich vermisse Paul und Pony und Jed und Dix. Ich vermisse die Espen und das »Alpenglühen« in den Grand Tetons, ich vermisse es, bei den Rancher-Festen zu tanzen und mit dem Floß den Snake River zu befahren. Sogar den bürokratischen Schreibkram vermisse ich und dass die Mitarbeiter in der Verwaltung sich über mich aufregen, weil ich auf einem der neunhundert Amtsformulare, die wir tagaus, tagein ausfüllen müssen, den Querstrich beim t oder den Punkt auf dem i vergessen habe. Im Augenblick würde ich meinen rechten Arm dafür geben, wenn ich nur wieder mal ein Formular ausfüllen dürfte. Oder vielleicht besser den linken. Ja genau, lieber den linken. Der ist ohnehin schon halb abgefault, also sollte ich ihn lieber gegen etwas Wertvolleres eintauschen.

Früher hatte mein Leben wenigstens einen Sinn. Zumindest damals in den Rocky Mountains wusste ich immer, was ich zu tun hatte. Dort hätte ich keine Energie darauf verschwendet, wie ein Schlosshund zu heulen oder das Land anzubrüllen und es einen Tyrannen zu nennen. Dort spricht die Erde wenigstens zu mir und gibt mir so viele Hinweise, dass ich mich vertrauensvoll und geschickt auf ihr fortbewegen kann. Hier dagegen kämpfe ich mich nur unfähig und ungeschickt wie ein Tölpel von einem Tag zum anderen durch. Tag und Nacht schufte ich und plage mich ab. Ich schleppe mich von einer Aufgabe zur nächsten und versuche, nicht vollends zusammenzubrechen.

Was würde ich jetzt darum geben, wenn Pony hier wäre. Pony Sutton kennt die Wüste besser als die meisten Leute ihren eigenen Handrücken.

Die Gute hat mich tatsächlich davon zu überzeugen versucht, mich besser auf diese Reise vorzubereiten.

»Wenn du dich nur wie ein gewöhnlicher Tourist darauf vorbereitet hast, Tal, solltest du gar nicht erst losfahren«, sagte sie. Ich entgegnete nur grinsend: »Wenigstens einmal im Leben muss jeder mal eine Dummheit machen, und jetzt bin ich eben dran. Keine Sorge, ich werde es mir nicht zur Gewohnheit machen. Die Wüste ist nicht meine Welt. Die überlasse ich Leuten wie dir und Paul. Ich brauche Wasser. Für mich ist das nur ein Urlaub, ein winzig kleiner Urlaub, und bevor du überhaupt merkst, dass ich weg war, bin ich schon wieder zurück.«

Die berühmten letzten Worte.

»Sieh zu, dass du immer den Kopf bedeckt hast, setze deine Haut nie der Sonne aus und pass auf, wo du hinfasst oder hintrittst.« Das sind die einzigen Verhaltensmaßregeln, die Pony mir für meinen Aufenthalt in der Wüste mit auf den Weg gegeben hat, an die ich mich noch erinnern kann. Und außerdem weiß ich noch, dass sie mir sagte: »Aus einem Kaktus kann man kein Trinkwasser gewinnen. Das brauchst du gar nicht erst zu versuchen. Wer glaubt, das ginge, hat einfach zu viele Filme gesehen.«

Ich habe immer eine Kopfbedeckung aufgehabt und nie – zumindest fast nie – meine Haut der Sonne ausgesetzt. Und ich habe auch aufgepasst, wo ich hinfasse und hintrete – jedenfalls bis auf das eine Mal mit der braunen Schlange, aber da habe ich mich schließlich ganz gut durchgemogelt.

Ein Kugelkaktus, an dem man die Theorie mit dem Wasser ausprobieren könnte, ist hier weit und breit nicht zu sehen. Ich darf nicht vergessen, es Pony zu sagen. Immerhin haben wir es geschafft, siebeneinhalb Liter Wasser zusammenzubekommen, allerdings haben wir die Hälfte davon auch schon wieder getrunken. Mein Mund ist wund vom

Absaugen; trotzdem muss ich weitermachen. Auch das darf ich nicht vergessen, Pony zu erzählen. Die wichtigsten Überlebensregeln in der Wüste, die vom TJ-Institut zusammengestellt wurden, lauten: Schieß aus der Hüfte heraus und nimm bei der Wasserbeschaffung wunde Lippen in Kauf. Jedenfalls ist darauf viel mehr Verlass als auf einen Kaktus.

Kakteen gibt es hier nicht, dafür aber Ameisenhügel im Überfluss. Paul war fasziniert, wie die Aborigines den Ameisennestern die Samenkörner entnahmen, die die Ameisen dort haufenweise gelagert hatten. Ich bin ebenso fasziniert.

Mit einem langen Stock, den ich mit meinem Messer angespitzt habe, fahre ich immer wieder in einen der kleinen Hügel und ziehe insgesamt etwa eine Hand voll Samen heraus. All die verschiedenen Samenkörner auf ihre Ungiftigkeit hin zu testen ist völlig ausgeschlossen. Bis dahin wäre Jo neunzig oder längst gestorben. Ich verlasse mich auf meine Theorie, dass wir diese Samen auch vertragen, wenn die Ameisen sie als essbar ansehen. Ich lege sie auf einen Felsen und mahle sie mit einem kleineren Stein zu grobem Mehl. Josie schaut mir zu und nickt anerkennend. Alles in allem ergibt die Hand voll Samenkörner einen Esslöffel grobkörniges Mehl. Ich streife es in meine Schüssel und sehe es mir stolz an.

»Hast du Appetit auf einen Pfannkuchen, Kid?«

Jo krabbelt zu mir herüber und späht auf das mit Steinstaub durchsetzte Mehl und auf meine zerschundenen Fingerknöchel. Dann sagt sie mit hochgezogenen Brauen ein wenig zu höflich: »Wenn es dir nichts ausmacht, würde ich lieber damit warten, bis ich wieder in Louisiana bin. Aber für deine Mühe bekommst du eine Eins.«

Zwar bin ich grundsätzlich davon überzeugt, dass man Kindern nicht die Zunge herausstrecken sollte, aber meine ist schon draußen, bevor es mir überhaupt richtig bewusst wird. Jo kichert. Ich drehe mich um und kehre ihr demonstrativ den Rücken zu. Gleichzeitig werfe ich stolz den Kopf zurück, so dass meine Fliegenzöpfe kräftig hin und her schwingen. Jo bricht in lautes Lachen aus.

»Dann isst du meine Pfannkuchen eben nicht. Umso mehr bleibt für mich übrig.« Auf dem Weg zurück zum Ameisenhügel murmle ich etwas in meinen nicht vorhandenen Bart, und Jo lacht, bis ihr die Tränen kommen. Sie liegt auf dem Boden, krümmt sich vor Lachen und hält sich den Bauch. »Jetzt sammle ich Ameisen, Frau Professorin, und steige von den Samenkörnern direkt eine Stufe höher zu reinem Protein auf. Für dieses Projekt erwarte ich eine Eins plus.«

Das war vor etwa drei Stunden, und ich hatte dabei den Mund recht voll genommen, denn geröstete Ameisen schmecken genauso, wie sie aussehen, solange sie auf dem Boden herumlaufen: staksig, braun und leicht bitter.

Ich hätte jetzt wirklich Lust, mich ausgiebig im IGA-Supermarkt umzusehen. In der Abteilung mit den landestypischen Nahrungsmitteln werden Ameisen im Schokomantel verkauft. Paul hatte sich damals einen Spaß daraus gemacht, mich zum Probieren zu überreden.

Nur über meine Leiche.

Na ja, vielleicht läuft es dieses Mal tatsächlich darauf hinaus.

31. Tag

107 Meilen, 53 Liter.

»Lass los, mein Mädchen«, sagte Großmutter Haney immer, als wir noch ganz klein waren und bei ihr im Reservat lebten. »Versuche nicht, gegen das Land anzukämpfen, Tally, du verlierst doch immer.«

Sie war dunkelhäutig, groß und elegant – aus dem Stamm der Lakota – und immer nach Westen ausgerichtet, ganz gleich, wie weit man sie auch nach Osten verschleppt hatte. Ich hingegen war klein, unbeholfen und hatte helle Haut – eine Potawatomi, gemischt mit so viel anderem, dass ich es im Einzelnen gar nicht mehr zusammenbringe. Und so weit ich mich auch nach Westen hin orientierte, wurde aus mir doch nie eine echte Indianerin so wie sie. Ich hatte immer gebetet, sie möge auf mich abfärben. An dem Tag, als meine Mutter starb, blickte sie Dix und mich jedoch nur stumm an und übergab uns dem Staat. Von da an fühlte ich mich fremd in meiner eigenen Haut.

Nach dem Begräbnis meiner Mutter habe ich Großmutter Haney nur noch ein einziges Mal gesehen. Das war sechs Jahre später, als sie bereits völlig ausgezehrt war und keine Zähne mehr im Mund hatte. Ihr Haar war stahlgrau und von ihrer einstigen Eleganz war nicht mehr viel übrig. Sie kam mir viel kleiner und schwerfälliger vor, als ich sie in Erinnerung hatte. Stolz aufgerichtet und gut gekleidet stand ich vor ihr und hörte ihr kaum zu, was sie mir zu sagen hatte. Dann fuhr ich mit meinem Auto nach Westen und landete schließlich in den Grand Tetons, um dort ein ganz neues Leben zu beginnen.

Nach diesem Tag habe ich nie wieder ihren Namen ausgesprochen. Erst hier in der Tanami-Wüste ist meine Seele so weit zur Ruhe gekommen, dass ich mich mit ihr auseinander setzen kann.

»Ernsthafte Schwierigkeiten können aus einem intelligenten Menschen einen Idioten machen und aus einem Narren einen Weisen«, hatte sie immer gesagt.

Der Laster, der fünf oder sechs Meilen nördlich von uns das Gelände durchkämmt und systematisch nach irgendeinem Anzeichen von uns sucht, kommt unaufhaltsam näher. Die Albinohündin beobachtet mich, wie ich den Laster beobachte, und Josie beobachtet uns beide. In unserer jetzigen Situation von Schwierigkeiten zu reden wäre noch milde ausgedrückt. Wir sind in einem Netz gefangen, das wir nicht abwerfen können. Ich blicke zu der großen Staubwolke hinüber und bete, dass wir bald in ein Gelände kommen, in dem wir besser Deckung finden.

Josie entdeckte einen der Akazienbüsche, die Paul in seinen Briefen als mögliche Fundstelle für Witchetty-Raupen beschrieben hat. Sogleich begannen wir an seinem Stamm zu graben und suchten nach den aufgequollenen Wurzeln, in denen die Raupen hausen. Allerdings hatten wir keine Ahnung, wie diese Raupen überhaupt aussehen oder wie tief sie in den Wurzeln stecken. Die Antwort sollten wir recht bald vor uns sehen. Sie war schlicht und einfach ekelerregend.

»Igitt«, rief Josie, als wir die erste Wurzel zerteilt hatten und die erste Raupe zum Vorschein kam. Sie reckte mir ihren knollenförmigen orangefarbenen Kopf entgegen, so dass ich die Wurzel sofort fallen ließ. Entsetzt lehnten wir uns zurück und starrten das widerliche Ding an, das wir angeblich essen könnten. Es war dicker als mein Daumen, blass, rund und fleischig und wand sich wie ein Wurm in einer Blechbüchse, nur viel träger und langsamer. Einfach ekelhaft.

»Dein Daddy hat gesagt, sie wären sehr nahrhaft – und außerdem schmackhaft.«

Jo sah nicht überzeugt aus. »Das hat er von der Yala auch behauptet, Tally.«

»Tja, vielleicht verlieren Männer schon früh ihren Geschmackssinn, keine Ahnung.«

»Wie sollen wir das Zeug denn essen?«

»Roh oder gekocht.«

»Roh?« Josie sperrte den Mund auf und kroch ein Stück zurück.

»Oder gekocht.«

Jo sprang auf und schüttelte fest entschlossen den Kopf. »So was kann ich nicht essen.«

Ich wollte nicht einsehen, dass wir uns all die Mühe umsonst gemacht hatten, und griff nach der Raupe. Als ich ihren fetten, weichen Körper jedoch an meinen Fingerspitzen spürte, kam mir der Magen hoch, ich machte einen Satz nach hinten und stand neben Josie.

»Ich auch nicht.«

Wir ließen die Raupen, wo wir sie gefunden hatten. Alles hat seine Grenzen, auch was empfindsame Frauen zu tun bereit sind, um zu überleben. Diese Raupen befinden sich eindeutig jenseits der Grenze, die wir unter keinen Umständen überschreiten werden.

Was hätte Großmutter Haney wohl zu alldem gesagt?

Wenn ich an unser letztes Zusammensein zurückdenke – wie sie sich Ketchup auf eine trockene Scheibe Weißbrot schmierte, sie zusammenklappte und zum Mund führte –, steigen mir Tränen in die Augen. Mitten in ihrem ärmlichen Zuhause stand in sündteure Klamotten gehüllt und bestens genährt ihre einzige Enkelin, aber Bess Haney hatte immer noch genug Würde und innere Kraft, ihr Ketchupbrot zu essen, ohne eine abfällige, unfreundliche oder verletzende Bemerkung zu machen. Das war einfach nicht ihre Art.

Ihre Schränke hatten keine Türen, und das war auch nicht notwendig, denn sie waren vollkommen leer. Es war Mitte des Monats und würde also noch zwei Wochen dauern, bis die nächste Lebensmittelzuteilung kam. Bis dahin mussten ein halbes Brot und eine halbe Flasche Ketchup reichen. Im Dach waren kleine Löcher und in den Wänden etwas größere. Großmutter Haney hatte sie mit alter Kleidung zugestopft, die so abgetragen und schmutzig war, dass man sie lieber hätte verbrennen sollen. Trotzdem kroch die kalte Luft durch die Ritzen und drang in ihre Stube. Das Bett bestand aus einem Haufen zerlumpter Laken, die einfach auf dem Fußboden lagen, und an ihrem einzigen Stuhl war ein Bein kaputt, so dass er Schlagseite hatte. Aber sie war eine alte Frau, und wo hätte sie sonst hingehen sollen. Außer dieser Hütte, die nur aus einem Zimmer bestand, besaß sie nichts. Also blieb sie dort, aß mit Würde ihr Ketchupbrot und erzählte denen, die es hören wollten, ihre Geschichten. Sie half den anderen, wo sie nur konnte, und war niemals und zu niemandem unfreundlich oder gar gemein. Das passte nicht zu ihr.

Es stimmt, dass sie uns ohne eine Erklärung einfach dem Staat überlassen hat, aber sie hat mir nie ein unfreundliches Wort gesagt. Nicht einmal an jenem Tag, als ich mich so sehr danebenbenahm, dass ich es durchaus verdient hätte.

Heute weine ich um die verlorenen Jahre und wünschte, mein Stolz, meine Angst und mein Zorn hätten mich nicht von dieser Frau fortgetrieben, die mich besser kannte als irgendjemand sonst. Und ich denke an meine Großmutter und überlege, was sie wohl zu diesen Raupen gesagt hätte.

»Lebe im Einklang mit dem Land, Taliesin. Beanspruche es als dein Eigentum, aber nicht mit Gewalt, sondern pass dich ihm an. Lass das Kämpfen sein, mein Mädchen, sonst verlierst du nur.«

Ich werde es versuchen. Heute werde ich versuchen, mich dem Land anzupassen und mit ihm in Einklang zu leben. Ich werde mich darauf ausruhen und während der größten Hitze schlafen. Heute Abend müssten wir eigentlich wieder so weit sein, dass wir weiterziehen können. Josie kann mit ihrem Bein zwar nur wenige Schritte laufen, aber meinem Knöchel geht es wieder besser. Die Schwellung nimmt allmählich ab, der Schmerz hat nachgelassen und wird langsam erträglich. Ich kann Josie ziehen – wenn auch nicht weit, aber zumindest ein Stück. Unsere Wasservorräte haben wir wieder etwas aufgefüllt und es ist noch ein Rest Fleisch übrig. Am Morgen werde ich diese Raupen einsammeln und rösten, eine Suppe davon kochen und nach einem weiteren Kaninchen Ausschau halten. Wenn auch nur langsam, Hauptsache, wir kommen vorwärts. Dann stehen unsere Chancen, heil von hier wegzukommen, trotz allem noch recht gut. Und ich will mehr denn je wieder nach Hause zurück. Ich will, dass Josie alles gut übersteht, glücklich und in Sicherheit ist. Aber jetzt will ich es auch für mich.

Lass los und lebe im Einklang mit dem Land, Tally. Kopf hoch und tief durchatmen.

All diese Überlegungen dauerten etwa zehn Minuten – genauso lange, wie ich die Augen geschlossen hielt und meinen Frieden mit dem Land schloss. Plötzlich drang jedoch das Dröhnen eines Flugzeugmotors an mein Ohr.

Sofort stieg mein Adrenalinspiegel und alles in mir arbeitete auf Hochtouren. Ein kleines Flugzeug, eine Cessna, drehte absichtlich tief seine Kreise. Zum Nachdenken blieb mir keine Zeit. Ich zerrte den Schlitten so weit wie möglich außer Sichtweite in den Schatten eines kleinen verkrüppelten Baumes und hockte mich, da ich sonst nichts tun konnte, etwas hilflos daneben. Ich war hin und her gerissen und konnte mich nicht entscheiden, ob ich ein Signal geben sollte oder nicht, da ich nicht sicher war, ob uns die Insassen gut gesonnen waren. Je länger ich die Cessna beobachtete, desto mehr war ich vom Gegenteil überzeugt. Dieses Flugzeug befand sich weder auf einem Vergnügungs-Rundflug, noch hatte es Urlauber an Bord, sondern beschrieb gleichmäßig große Kreise und war eindeutig auf der Suche nach etwas Bestimmtem. Offenbar arbeitete es mit den Männern in den beiden Lastern zusammen, und die Gesuchten waren wir. Ich zog mich weiter in den Schatten zurück, wo Josie schweigend am Boden kauerte. Nach dem Fernglas griff keine von uns, denn wir wollten nicht riskieren, dass sich das Licht in den Gläsern spiegelte.

»Leute vom Flugzeug aus zu entdecken ist ziemlich schwierig, Jo. Von einem Helikopter aus geht das einfacher, aber vom Flugzeug ist es gar nicht so leicht. Ich habe das nämlich selbst schon ausprobiert, wenn wir nach jemandem auf der Suche waren. Ist verdammt schwer.«

»Sind sie das?«

»Bin mir nicht ganz sicher.«

»Aber du glaubst, dass sie es sind?«

»Ja.«

»Werden sie uns finden?«

»Kommt darauf an, wie dringend sie uns haben wollen und wie sehr wir vermeiden wollen, dass sie uns kriegen.«

»Oh«, sagte Josie leise, und mir wurde wieder einmal bewusst, wie jung sie noch war. Ich hatte sie wie eine kleine Erwachsene behandelt und versuchte nun, es wieder hinzubiegen.

»Aber ich will dir mal was sagen: Wenn du *mich* fragst, würde ich mein Geld auf jeden Fall auf uns Weiberleute setzen. Du brauchst dir doch bloß mal anzugucken, was wir mit dem Kaninchen gemacht haben, findest du nicht?« Ich sprach absichtlich sehr kumpelhaft, um sie – und auch mich – zu beruhigen. Solange man selbstsicher genug ist für eine flapsige Ausdrucksweise, hat man auch noch genügend Zuversicht. Josie antwortete mit einem kleinen Lächeln.

»Mhm, find ich schon auch, aber diese Männer sind eine Ecke größer als das Kaninchen, und schließlich hast du immer Probleme damit, was Großes zu treffen.«

»Pass bloß auf, du freche kleine …«

Josie grinste, und wir beide konnten unsere Angst wenigstens so weit überwinden, dass wir in der Lage waren, einen Plan zu schmieden und uns auf seine Durchführung einzustimmen. Um nicht erneut in Panik zu geraten, sprach ich meine Gedanken laut aus.

»Mit diesem Ding hier zu landen dürfte nicht ganz einfach sein. Ich nehme an, sie haben vor, vom Flieger aus unsere genaue Position zu bestimmen und die dann per Funk an die Laster durchzugeben. Das ist eine richtig groß angelegte Operation, Jo. Die verpulvern einen Haufen Geld für uns, Kid. Und obendrein ziehen sie ziemlich viel Aufmerksamkeit auf sich – oder zumindest würden sie es tun, falls irgendwer außer uns sie hier draußen beobachten würde. Wir müssen untertauchen.«

»Wir müssen was?«

»Untertauchen.«

»Wie denn?«

»Zuerst einmal müssen wir uns in sie hineinversetzen.«

»Aber wie nur, Tally?«

»Wir müssen so tun, als wären wir sie und sie wir. Etwa so: Wenn ich die wäre, würde ich zunächst alle Hauptwasserstellen in dieser Gegend überfliegen. Sicher werden sie auch bald auf diese Idee kommen. Bis dahin müssen wir mit dem Sand verschmolzen sein, Josephine.«

»Mit dem Sand?«

»Ja, mit dem Sand. Am besten wäre es natürlich, wir könnten uns ein paar Meilen von dieser Quelle entfernen. Aber das geht nicht, denn solange die da oben sind, können wir nicht riskieren, uns von der Stelle zu rühren. Womöglich sehen sie es, wenn sich die Sonne auf irgendeinem Teil unserer Ausrüstung spiegelt, und entdecken uns. Also müssen wir wohl oder übel warten, bis es dunkel ist, bevor wir von hier wegkönnen. Und bis dahin dürfen wir kein bisschen Staub aufwirbeln und müssen hier liegen bleiben wie Sand.«

Da wir alle Hände voll zu tun hatten, fingen wir gleich an. Einige Meilen nordöstlich kündigte das dumpfe Dröhnen des Flugzeugmotors dem Land seine Ansprüche auf uns an. Das Flugzeug beschrieb weiterhin große Kreise und kam immer näher, genau auf uns zu. Josie band unsere Ausrüstung los und versteckte sie unter dem weit verstreuten Buschwerk. Unterdessen grub ich in die Seitenwand einer ausgewaschenen Rinne eine kleine Höhle, die kaum groß genug war für zwei, und balancierte als Notbehelf für ein Dach den Schlitten quer darüber. Dann bedeckten wir ihn mit den Laken, tarnten das Ganze mit Sand, Zweigen und Holzstücken und verwischten alle Spuren, die wir seit gestern rings um die Quelle hinterlassen hatten. Schließlich krochen wir in unsere Höhle, streckten uns lang aus und warteten.

Ich spähte hinaus und stupste Jo an. »Siehst du, wie normal alles aussieht? Das müsste schon ein ausgezeichneter Spurenleser sein, der hier irgendwelche Anzeichen von uns entdecken wollte. Außerdem müsste er zu Fuß unterwegs sein und nicht mit dem Flugzeug. Jetzt müssen wir nur noch hier in dieser Höhle ausharren wie ein paar fette, saftige Raupen, die in einer Wurzel eingesperrt sind, bis das Flugzeug wieder weg ist.«

Josie nickte nur und sah eine Weile hinaus, dann drehte sie sich um und legte sich auf den Rücken. Ich tat dasselbe.

Das Metall der Pistole gräbt sich in mein rechtes Bein. Auch wenn er uns im Augenblick nichts nutzt, ist er unbezahlbar, denn falls wir doch entdeckt werden sollten, wäre diese Waffe bei einem Zusammentreffen mit unseren Verfolgern vermutlich unser einziger Pluspunkt.

Von den Dingos ist nichts zu sehen, und ich bete, dass wir mit ihnen nicht auch noch rechnen müssen. Wir haben auch so schon genug zu kämpfen. Kaum ist mir dieser Gedanke durch den Kopf gegangen, höre ich draußen ein Scharren. Als ich mich umdrehe, sehe ich wie einen verschwommenen weißen Fleck das Fell des Albinoweibchens, das an uns vorbeirennt. Zwei der Dingos machen sich über unsere Rucksäcke her und sie versucht sie zu verscheuchen.

Auf unserer derzeitigen Route haben wir im günstigsten Fall noch hundertsieben Meilen vor uns, sitzen jedoch nach wie vor circa eine Viertelmeile vom Wasserloch entfernt fest. Die Dingos sind tatsächlich vor der Weißen zurückgewichen, aber die Männer befinden sich nun direkt über uns. Ihnen auszuweichen hat wenig Sinn, da sie am Himmel kreisen können, so weit sie nur wollen. Wir müssen uns schon etwas anderes einfallen lassen.

Erinnerungen an das stolze junge Mädchen, das ich mit sechzehn war, gehen mir durch den Kopf. Zwar war ich damals im Unrecht, aber im Prinzip stimmte es schon: Großmutter hatte uns im Stich gelassen und wollte uns ihre Gründe partout nicht nennen. Sie sollte wissen, wie wütend ich auf sie war. Das Erste, was sie zu mir sagte, als ich zur Tür hereinkam, war: »Du bist erwachsen geworden. Wie ich sehe, hast du ein starkes Rückgrat und ein Herz, das dazu passt. Halte dich daran fest, mein Mädchen, solange du kannst. Diese beiden werden dir gute Dienste leisten, wenn einmal nichts anderes mehr hilft.«

Was mir bisher im Leben auch widerfahren ist – mein Rückgrat und mein Herz sind immer stark geblieben, und sobald uns dieses Flugzeug endlich in Ruhe lässt, werde ich sie wieder einsetzen, um Josie und mich aus dieser verdammten Wüste zu bringen. Dieses Mal aber ohne Umwege, einfach mitten hindurch. Wir werden zwar den Männern so gut es geht ausweichen, aber ohne deswegen zusätzliche Meilen zu gehen. Neun Patronen habe ich noch im Magazin und weitere vierzig in der Schachtel, und wenn es sein muss, werde ich sie alle verschießen. Und in der Zwischenzeit bringe ich uns hier heraus.

Ende 8.4.

10.12.04

32. Tag

85 Meilen, 49 Liter.

In jedem Fehler steckt ein Körnchen Richtiges.

Der Unterschlupf, den wir uns gestern gebaut haben, hätte uns beinahe umgebracht. Zwar konnten wir uns auf diese Art vor den Männern verbergen, wären aber trotzdem beinahe gestorben.

Bei der Wahl der richtigen Stelle hatte ich nicht bedacht, den Wind zu nutzen. Die Bodentemperatur stieg auf knapp sechzig Grad, und das hätten wir fast nicht überlebt.

Der Fehler wurde mir rasch bewusst, aber nicht früh genug, denn da kreiste das Flugzeug bereits dröhnend über uns am Himmel. Wir konnten nichts mehr tun, sonst hätten wir sofort Aufmerksamkeit erregt. Ohne die sieben Liter Wasser hätten wir mit Sicherheit einen Hitzschlag bekommen. Ich habe vier Liter hinuntergeschüttet und Josie die übrigen drei. Die Luft stand absolut still und lag brütend heiß und schwer auf unseren Gliedern. Jo döste, und ich lauschte, während ich verzweifelt nach Atem rang und gegen das Gefühl ankämpfte, nur eine hauchdünne Schicht oberhalb des Zentrums der Hölle lebendig begraben zu sein.

Diesem Gefühl konnte ich mich nicht entziehen und es nicht einmal für kurze Zeit abschütteln. Als sich das Flugzeug in Richtung Süden davonmachte und schließlich verschwand, robbten wir aus unserem Versteck, blieben völlig erschöpft in der Sonne liegen und schnappten nach Luft. Unsere Kleidung war dermaßen durchgeschwitzt, dass man sie hätte auswringen können. Der Wind blies in unsere klatschnassen Sachen und verschaffte uns ein wenig Abkühlung. Aber selbst jetzt hatte ich noch das Gefühl zu verglühen. Josie ging es ebenso. Ich glaube, irgendetwas ist mit uns passiert, irgendetwas Wichtiges ist in uns zerbrochen. Wir schweigen. Wir haben die ganze lange Nacht über geschwiegen.

Das Reden kostet zu viel Kraft. Mir fällt auch kein einziges Lied ein. Stundenlang habe ich mir das Gehirn zermartert, um etwas Lustiges zu sagen, aber mir fiel absolut nichts ein. Schließlich habe ich es aufgegeben. Bevor wir aufbrachen, haben wir noch mehr Wasser abgesaugt und in unsere Behälter gefüllt. Dann ging ich, solange ich nur konnte, und danach ging ich immer noch weiter. Wir bewegten uns durch die Luft, als wäre sie Wasser. Ich habe so großen Durst, dass ich laut schreien könnte. Bei Tagesanbruch stieß ich auf ein Kaninchen, konnte aber keinen Schuss riskieren, weil die Männer viel zu nah waren. Stattdessen grub ich eine neue Höhle in den Sand, dieses Mal jedoch tiefer und mit dem Kopfende in Windrichtung, damit der Wind tagsüber wie durch einen Tunnel über uns hinwegfegen kann. Ersticken brauchen wir dieses Mal wenigstens nicht.

Trotzdem krieche ich erst hinein, als es nicht mehr anders geht. Viel lieber würde ich draußen sitzen bleiben. Ich habe so lange auf die Karte gestarrt, bis sich mir unsere Route tief ins Gedächtnis eingeprägt hat, damit sie uns heute Nacht wieder durch die langen, dunklen Stunden führt. Wie eine Geisterschwester schleicht das Albinoweibchen um uns herum und wartet darauf, uns zum Ende der Wüste zu begleiten. Die ganze Nacht über blieb sie zwischen uns und dem umherstreunenden Dingorudel und steckte die Grenze ab – wie ein Polizist, der auf Streife ist. Meine Gedanken sind so diffus, dass ich mich nicht einmal darüber wundern kann. Jos Bein ist langsam in einem bedrohlichen Zustand. Ich muss sie dringend zu einem Arzt schaffen. Die Maden hatten inzwischen das verfaulte Gewebe in meiner Hand aufgefressen und waren immer mehr über das gesunde Fleisch hergefallen. Sie hatten mir das Blut ausgesaugt, waren auf Nerven gestoßen und hatten meine Hand so weit wieder zum Leben erweckt, dass ich den Schmerz deutlich bis zum Ellbogen hinauf spürte. Mit einem dünnen Zweig hatte ich ihre Körper herausgepult und die Wunde mit frischem Urin und anschließend mit einem kurzen Wasserguss gesäubert. Dabei hatte ich keinen Tropfen zu viel verwendet, sondern die Wunde sogleich wieder verbunden. Keine Ahnung, was jetzt daraus wird. Der Arm ist sowieso wieder taub und ich spüre auch sonst nirgends einen Schmerz. Ich blicke auf die Weiße und versuche, an meinem Rückgrat und in meinem Herzen Halt zu finden.

33. Tag

75 Meilen, 38 Liter.

Zu Hause. Das ist das Einzige, woran ich heute denken kann.

Wir sollten gar nicht hier sein, keine von uns beiden.

Jeden Tag, wenn ich aufwache, hoffe ich, dass wir gar nicht hier sind. Falls ich noch ein wenig länger schlafe, sieht danach vielleicht alles ganz anders aus: Dann ist Josie in der Schule und spielt mit Eli (mit dem Jungen, nicht mit dem Geist); sie schläft in ihrem eigenen Bett und sagt ihrer Mutter gute Nacht. Paul schließt seine Dissertation ab und bringt seine mündliche Prüfung erfolgreich hinter sich, kommt nach Hause zurück und sitzt bei mir in Moose im Sessel und liest, oder er hackt Holz im Hof oder streckt in der Nacht zärtlich seine Hand nach mir aus. Ich bin draußen im Nationalpark am Granitfelsen und führe mit dem Seil eine Rettungsaktion durch, statt hier in der Wüste zu hocken, wo ich nur von Spukgestalten umgeben bin. Am Abend setze ich mich mit einem Buch an den Kamin, blättere den neuesten Saatgut-Katalog für Preisbewusste durch und träume von meinem Frühlingsgarten. Ich schlafe in unserem Bett, und die alten Alpträume können mir nichts mehr anhaben, weil sie in Pauls Gegenwart längst ihren Stachel verloren haben. Morgens schenke ich den Kaffee ein und abends ein Glas Wein. Nichts als Behaglichkeit, Sicherheit und Ruhe.

Keine von uns beiden sollte hier in der Wüste sein.

Einzig und allein die Weiße. Sie ist die Einzige, die hierher gehört, denn sie ist die Einzige, die nicht zu kämpfen braucht. Sie beobachtet alles, ohne einen Laut von sich zu geben, und ist die Einzige, die wirklich echt ist.

Letzte Nacht durchquerten wir ein trockenes Flussbett, und ich vergeudete wertvolle Zeit und Energie und außerdem noch unsere letzte Taschenlampenbatterie, um nach Fröschen zu graben. Paul hatte geschrieben, sie würden sich in Flussbetten eingraben und auf diese Weise die Trockenheit überstehen.

Ich dachte, Jo würde sich vielleicht darüber freuen, wenn wir ein paar Frösche fänden. Ständig nach den Männern Ausschau halten zu müssen ist für uns beide eine ganz schöne Nervenbelastung. Das Flugzeug ist zwar nicht zurückgekommen, aber die beiden Laster kriechen immer noch unermüdlich über die Ebene und setzen ihre Suche nach uns fort. Als mir dann plötzlich die Idee mit den Fröschen kam, brachte ich Josie dazu, mit mir zu wetten. Die Verliererin sollte sie dann kochen. Sie hat verloren.

Ich war fest davon überzeugt, dass wir wenigstens einen oder zwei Frösche finden würden, und begann zu graben. Als ich nach zwei Stunden ein Loch ausgehoben hatte, das über einen halben Meter tief und ebenso breit war, und immer noch keine Frösche in Sicht waren, verriet Josies Blick alles.

Hör auf, solange du noch kannst.

34. Tag

69 Meilen, 30 Liter.

Gestern am späten Abend überholte uns der von Norden kommende Laster und die Männer schlugen etwa eine Meile weiter südlich ihr Nachtlager auf. Das bedeutet hoffentlich, dass sie nicht die geringste Ahnung haben, wo wir sind. Falls das stimmt, kann es Tage dauern, bis sie auf unsere Spuren stoßen, und bis dahin sind wir längst hier weg.

Wir verfolgen auch weiterhin unsere Strategie, den Männern auszuweichen. Tagsüber lagern wir in einem flachen Graben, der mit Laken, Sand und kleinen Zweigen getarnt ist, damit man uns nicht sehen kann. Kein Feuer, kein Schuss aus geringer Entfernung auf kleine Häschen, kein lautes Lachen, kein Singen, kein Lagern in der Nähe von Wasser und kein unbedachter Schritt. Bei jeder Bewegung müssen wir uns genau überlegen, wo wir uns im Notfall verstecken können, falls die Männer unerwartet auftauchen. Ich bin stocksauer, dass alles so gekommen ist. Mir wäre am liebsten, sie kämen her, damit ich ihnen ein paar Löcher in den Pelz brennen kann. Aber im Grunde weiß ich genau, dass meine Hand nicht ruhig genug ist, um sie zu treffen. Mir fehlt einfach der Mumm, mich noch weiterzuschleppen. Ich habe mich selbst so satt, dass ich laut losheulen könnte. Falls es mir etwas bringen würde und ich genau wüsste, dass das Geräusch nicht bis zu ihnen dringt, würde ich es sicher tun.

»Erzähl mir eine Geschichte, Tally«, sagt Jo, deren Gesicht von der Hitze stark geschwollen ist. In unserem engen Zufluchtsort müssen es wohl an die zweiundfünfzig Grad sein.

»Eine aus Daddys Buch.«

»Gute Idee, Kid. Ist ja auch schon ein paar Tage her, seit wir das letzte Mal beim Rodeo waren. Ich habe es richtig vermisst.«

»Ich auch.«

Während ich im Tagebuch die richtige Stelle suche, sieht Josie hinaus.

»Die Dingos schleichen immer noch hinter uns her, Tally.«

»Ich weiß.«

»Aber Eli zwei wird nicht zulassen, dass sie uns schnappen, stimmt's?«

»Stimmt.«

»Gut.«

»Okay, bist du so weit, dass ich anfangen kann zu lesen?«

»Einen Moment.«

Ich wartete. Jo drehte sich auf den Rücken und faltete die Hände über dem Bauch. Plötzlich sah sie mich an und sagte: »Glaubst du, die Männer in den Lastern sind Cowboys, Tally?«

»Keine Ahnung. Warum?«

»Falls ja, dachte ich mir, wir könnten vielleicht einfach hingehen und sie verprügeln.«

»Toller Plan! Wir beide, wackelig auf den Beinen wie zwei Fohlen am dritten Tag nach schwerem Durchfall, nehmen es mit vier ausgewachsenen Männern auf. Wir sollten wohl besser dabei bleiben, Ameisen und Echsen zu verprügeln, Josephine. Das entspricht eher unserem Tempo.«

Sie lachte und sagte: »Ich weiß. Jetzt kannst du anfangen.«

Heute Morgen sammelte Jo Termiten, röstete sie und wir beide aßen sie. Es gelang mir sogar, sie im Magen zu behalten – auf jeden Fall schon mal ein Fortschritt. Da die Albinohündin groß genug war, uns mehrere Tage mit ihrem Fleisch zu ernähren, zog ich ernsthaft in Erwägung, auf sie zu schießen. Jos Blick hielt mich jedoch davon ab. Erst da wurde mir bewusst, dass ich einen Geist erschießen wollte. Die Idee war so absurd, dass ich nicht mehr wusste, was ich noch von meinem Verstand halten sollte.

Josie rettete jedoch meinen Tag. Sie meinte, da sie eigentlich vorgehabt hätte, mir erst von Eli Walker, ihrem besten Schulfreund, zu erzählen, wenn es einmal nicht so heiß sei, würde sie wohl nie dazu kommen, da es hier offenbar nie genug abkühle. Also wolle sie mir, obwohl es immer noch so heiß sei, eben jetzt von ihm berichten.

»Wir gehen in dieselbe Klasse, aber er ist kleiner und dünner als ich. Er hat weiße Haare und trägt eine Brille, und ich hab ihm vorgeschlagen, wenn er will, kann er, während ich weg bin, mein Freund sein.«

»Tatsächlich?«

»Ja.«

»Und was hat er gesagt?«

»Dass er sich das einen Moment überlegen muss.«

»Ach was. Und was hast du darauf gesagt?«

»Ich habe ihm gesagt, er soll sich lieber beeilen, bevor ich es mir anders überlege.«

»Wirklich?«

»Mhm. Dann ist er zum Wasserspender gegangen, um einen Schluck zu trinken. Als er zurückkam, hat er gesagt, er glaubt, er wird wohl ja sagen, wenn es mir nichts ausmacht, und ich hab gesagt, es macht mir nichts aus, und dann hat er ja gesagt.«

»Ach wie schön – junge Liebe.«

»Warum sagst du das?«

»Weil ich es reizend finde, Jo. Du hast einen Freund. Ist das nicht reizend?«

Josie dachte eine Weile darüber nach und erwiderte dann: »Nee, eigentlich nicht. Es ist nur, weil er einen Welpen hat, den ich so gern mag. Und wenn ich nett zu ihm bin, dann darf ich seinen kleinen Hund streicheln.«

Was tut man nicht alles aus Liebe. Trotzdem ist Eli Walker derjenige, den Josie heute am meisten vermisst, ich glaube, sogar noch mehr als Paul. Sie gewöhnt sich immer mehr daran, alles im Hinblick auf ihren Freund zu betrachten. »Eli würde das gefallen«, sagt sie zu der Albinohündin, oder »Eli würde das bestimmt lustig finden« oder »Haben wir schon Wochenende? Ich würde gern wissen, ob Eli heute ins Kino geht.« Es kommt mir beinahe so vor, als könne sie, immer wenn sie an ihn denkt, dem Geschehen hier entfliehen.

Vergangene Nacht haben wir etliche Meilen zurückgelegt, mindestens fünf, vielleicht sogar sechs. Ich habe jetzt weniger zu ziehen, denn ich habe allen verzichtbaren Ballast nach und nach unterwegs abgeworfen und vergraben. Damit ich die Last überhaupt noch vorwärts bewegen kann, musste ich das Gewicht deutlich reduzieren. Meine Füße fühlen sich an wie Blei. Unser Wasser geht allmählich zur Neige und Josie ist nur noch Haut und Knochen. Zwar ist sie dadurch leichter zu ziehen, aber die Tatsache an sich ist nervenaufreibend. Manchmal habe ich regelrecht Angst, sie könnte sich vor meinen Augen in Luft auflösen.

Ungefähr neunundsechzig Meilen liegen noch vor uns, mit nur dreißig Litern Wasser. Zwischen uns und der nächsten menschlichen Siedlung befindet sich lediglich noch ein allerletztes Wasserloch. Wetten werden nicht mehr angenommen. Ich würde ohnehin keinen roten Heller mehr auf unsere Chancen setzen.

Allerdings würde ich auch nicht eine Million Dollar annehmen, falls sie jemand gegen uns setzen wollte.

Einmal sagte Tally scherzhaft zu mir: »Du brauchst gar nicht erst zu versuchen, vor mir wegzulaufen und dich zu verstecken. Ich bin nämlich eine ausgezeichnete Spurenleserin und finde dich auf je-

den Fall.« Das Komische an dieser Unterhaltung war – wie mir erst später klar wurde –, dass ich Tal wirklich glaubte.

Professionalität und ein eiserner Wille. Ich dachte immer, das sei alles, was man braucht. Aber die Tanami-Wüste hat mir diese Illusion mit einem Schlag genommen. Bevor ich an Pauls Grab stand und mit dem Band aus den Stöcken ein Kreuz formte, hatte ich immer geglaubt, ich könnte alles wieder in Ordnung bringen, könnte jeden finden, retten und zur Not auf dem Buckel nach Hause schleppen. Kurz und gut, ich hatte geglaubt, ich könnte die ganze Welt retten oder zumindest den kleinen Zipfel davon, auf den ich Einfluss habe. Auch Paul hatte das geglaubt, aber er hat sich geirrt. Wir haben uns beide geirrt. Nicht einmal ihn konnte ich retten.

Aber es ist mir gelungen, meine linke Hand zu retten. Die Wunde verheilt langsam, denn die Idee mit den Maden hat funktioniert. Und ich habe Josie gerettet – jedenfalls bis jetzt –, und sie hat mich gerettet.

Ich ziehe diesen Schlitten nun schon so lange, dass es mir vorkommt, als wäre er ein Teil meines Körpers. Wir gehen nach Hause.

Ich weiß, was Paul sagen würde, wenn er jetzt hier wäre. Alles wird wieder gut, Tal, du wirst schon sehen.

Solange wir zwei zusammen waren, hatte er damit auch immer Recht behalten. Mit der Zeit habe ich es ihm unbesehen geglaubt, doch jetzt hat er mich verlassen, und ich muss zusehen, wie ich allein zurechtkomme.

Du hast immer noch dein Können und deinen Willen. Packe mit beiden Händen fest zu, sei stark, bete um Regen, träume von Wasser und geh weiter. Lass dich nicht unterkriegen.

35. Tag

67 Meilen, 23 Liter.

Bleibe dem Geist deiner Träume dicht auf den Fersen. Lass dich von jedem Atemzug über jede Enttäuschung, jeden Verlust und jeden tagtäglichen kleinen Tod hinwegtragen. Bisher ist noch keiner daran gestorben, dass er die Witterung eines Traums aufgenommen hat. Vielleicht wäre er fast daran erstickt. Aber gestorben? Nein.

Ich fange an zu philosophieren. Das ist ein schlechtes Zeichen, das schlechteste überhaupt, und vor allem der klare Versuch, einen Ausgleich dafür zu schaffen, dass ich allmählich die Kontrolle über die Dinge verliere.

Ganz besonders über die Dinge, die zunächst gar nicht so wichtig schienen.

Von all den Tiefschlägen, die mich hätten umhauen können, ist es ausgerechnet der unbedeutendste, der mir jetzt den größten Ärger macht: mein Knöchel. Letzte Nacht ist er auf die doppelte Größe angeschwollen und macht ein Fortkommen schier unmöglich. Von den beabsichtigten sechs Meilen habe ich gerade einmal zwei geschafft. Einer der Laster drehte nach Norden ab und fuhr zurück zum Basiscamp. Ich hoffte, sie würden ihre Suche aufgeben, und betete inständig darum. Aber der andere Laster durchkämmte fast bis Mitternacht das Gelände und bewegte sich südlich von uns auf einem Ost-West-Kurs. Dann schlugen die Männer ein paar Meilen von uns entfernt ihr Lager auf. Sie können unsere Fährte nicht aufgenommen haben, weil wir noch gar nicht so weit gekommen sind. Aber sie suchen systematisch kreuz und quer die gesamte Gegend ab, so dass es nur noch eine

Frage der Zeit ist, bis sie unsere Spur finden. Durch die Tatsache, dass wir zum nächsten Wasserloch unterwegs sind, wird das Risiko noch erhöht, aber wir können es uns nicht leisten, diese Wasserstelle zu umgehen. Siebenundsechzig Meilen mit dreiundzwanzig Litern – diese Zahlen sprechen nicht gerade für uns.

Ich versuche, meine Gedanken über unsere prekäre Lage mit reger Geschäftigkeit zu verdrängen: gehen, ziehen, Spuren verwischen, Wunden verbinden, Wasser durch die Kehle gießen, mir die Route einprägen, einen Unterschlupf bauen, schlafen, aufstehen, dasselbe wieder von vorn. Routine nimmt allem und jedem die Schärfe. Wir sind schon lange über Hungergefühle hinaus. Jo und ich halten auch weiterhin die Augen nach etwas Essbarem offen, aber außer Termiten und einer verschrumpelten Süßkartoffel stehen wir mit leeren Händen da. Aus lauter Verzweiflung habe ich gestern Morgen sogar eine klapprige Falle aus Stöcken gebaut, die ich mit Streifen aus Kaninchenhaut und Sehnen zusammengebunden habe. Nur leider konnte ich sie nirgendwo aufstellen, denn weit und breit war nichts Lebendiges zu sehen, das auch nur in die Nähe der Falle gekommen wäre. Für diese Stufe des Überlebenskampfes besitze ich offenbar nicht die richtigen Fähigkeiten. Es gibt zu viele Unwägbarkeiten.

Auch Josie macht mir zunehmend Sorgen. Ihr Bein sieht fürchterlich aus; es ist geschwollen, dunkellila verfärbt und hat sich infiziert, obwohl ich es so sauber halte, wie ich nur kann. Sie jammert nicht, möchte nur ab und zu eine Geschichte hören und sitzt dann still da und lauscht. Oder sie beobachtet die Weiße oder mich und schläft rasch wieder ein. Schlaf ist angeblich heilsam, sage ich mir immer wieder, aber bei Josie – so blass und schwach, wie sie ist – sieht es mir nicht nach Heilung aus. Wenn sie aufwacht, spreche ich über Eli, und sie hört mir aufmerksam zu, steuert aber selbst nichts mehr zur Unterhaltung bei. Leider hilft mir das wenige, was ich über Jo weiß, auch nicht sonderlich weiter. Statt mich in den letzten vier Jahren zu verdrücken, hätte ich mir lieber etwas mehr Mühe geben sollen, sie besser kennen zu lernen. Stattdessen habe ich mir noch eingeredet, es wäre zu ihrem und zu Pauls Besten. Aber das ist nicht wahr.

Ich habe mich nur deshalb verdrückt, weil ich Angst vor ihnen hatte. Ich wusste genau, wenn Paul sich je zwischen ihr und mir entscheiden müsste, dann bestimmt nicht für mich. Deshalb wollte ich es erst gar nicht so weit kommen lassen. Aber ich wollte mich auch vor mir selbst verdrücken, denn meine eigene Vergangenheit, die sich in Josies Blicken spiegelte, lauerte überall auf mich. Ich hatte Angst, Jo könnte mir zu nahe kommen und ich könnte sie verletzen, oder wir würden uns zwar gut verstehen, aber eines Tages würde sie mich dann doch im Stich lassen. Deshalb hatte ich damals, als sich mir noch die Gelegenheit bot, nicht einmal den Versuch unternommen, sie besser kennen zu lernen. Ich war einfach zu sehr damit beschäftigt, mich zu verdrücken.

Aber damit ist es nun vorbei. Jetzt bin ich mit Herz und Seele an dieses Kind gebunden und dringend darauf angewiesen, jede noch so kleine Einzelheit über sie zu erfahren, damit sie die Verbindung zu ihrem Leben nicht verliert. Doch auch hier stehe ich nun mit leeren Händen da.

Himmel und Hölle – ein Kinderspiel, von dem Jo nie genug bekommen kann. Sie liebt es über alles. Ich staune immer wieder, mit welcher Hingabe sie an einer so alltäglichen Beschäftigung hängt. Wie kommt es nur, dass wir Erwachsenen unsere Freude und Hingabe an die ganz alltäglichen Dinge so rasch verlieren?

Gott sei Dank habe ich Pauls Tagebuch.

Als wir heute Nachmittag darauf warteten, dass die Sonne

untergeht, spielten Josie und ich Himmel und Hölle. Da keiner von uns beiden hüpfen konnte, nahmen wir kleine Steinchen, und statt der Füße benutzten wir die Finger. Wir spielten nach Regeln, die ich vorher noch nie gehört hatte: Wer die niedrigste Punktzahl hat, gewinnt die erste Runde. Außerdem bildeten wir zwei Mannschaften: das Dingoweibchen und Jo gegen mich und den Schlitten.

»Hätte ich mir ja denken können, dass du dir das einzige Lebewesen aussuchst, das außer uns beiden hier herumläuft«, murrte ich, als Josie Eli zwei in ihre Mannschaft wählte. »Jede Wette, dass sie nicht hüpfen kann. Einen Scheißdreck kann sie … äh, ich meine, es dürfte ihr wohl schwer fallen.«

Josie kicherte über meinen Versuch, meine Ausdrucksweise zu verbessern. »Du bist wirklich ulkig.«

»Und du bist dabei, das Spiel zu verlieren, Kid, denn mein Partner, dieser tolle Schlitten, springt wie ein junger Gott.«

Jo lachte laut auf, hielt sich aber sogleich die Hand vor den Mund, da wir uns immer noch möglichst ruhig verhalten müssen. Doch durch ihre gespreizten Finger sah ich ihr strahlendes Lächeln. Natürlich wurde meine Mannschaft von der ihren haushoch geschlagen, und ich machte eine Riesenschau, als würde ich vor Verzweiflung schluchzen und trauern. Jo fiel buchstäblich um vor Lachen und hörte nicht auf, bis ihr die Tränen kamen. Plötzlich bemerkten wir, dass sich am Himmel über uns und weit im Südwesten die ersten Regenwolken zusammenzogen, was uns beide noch mehr in Hochstimmung versetzte.

Wir waren so glücklich, dass wir eine Weile all unsere Schwierigkeiten vergaßen. Nicht einmal die reflektierten Sonnenstrahlen von der Windschutzscheibe des Lasters, der immer näher auf unser Versteck zuratterte, konnten unsere gute Laune dämpfen. Wir wussten, was die Wolken zu bedeuten hatten: An einem der kommenden Tage würde es regnen. Vielleicht nicht heute oder morgen, aber bald. Regen bedeutet Hoffnung, und nichts und niemand konnte uns die im Moment nehmen, nicht einmal diese Männer dort.

Die Albinohündin erhob sich leise und spähte in geduckter Haltung über die Ebene. Als ich ihrem Blick folgte und sah, dass sie das nächste Wasserloch entdeckt hatte, hätte ich am liebsten laut gejubelt. Wasser und Nahrung. Das ist ja wie im Paradies.

Das ist die Tanami-Version eines Supermarkts: Das Dingorudel trieb ein Känguru in unsere Richtung. Wir befanden uns in ihrem Windschatten und sie hatten uns noch nicht entdeckt. Das Tier war verletzt, eine Sehne am Sprungbein war durchtrennt, doch es kämpfte verzweifelt, um den Dingos zu entkommen. Etwa zwanzig Meter vor uns zwang der Alphahund das Känguru zu einer scharfen Kehrtwende und die restliche Meute war sofort zur Stelle. Die hageren Körper flogen auf ihre Beute zu, schlugen ihr die Zähne in den Hals, saugten ihr das Blut aus der Kehle und zwangen sie, sich zu ergeben. Als die Dingos mich plötzlich bemerkten, fuhren drei von ihnen herum, während die übrigen an ihrer Beute festhielten. Das Känguru wehrte sich noch einige Minuten, aber schließlich erschlafften seine Glieder.

Die Beretta in der Tasche und einen dicken Stock in der Rechten griff ich ohne lange nachzudenken in das Geschehen ein. Ich fuchtelte mit den Armen, um möglichst bedrohlich auszusehen, und stapfte auf die rasende Meute zu. Knapp zehn Meter neben mir hielt die Weiße mit mir Schritt. Erschreckt, verwirrt und wütend betrachteten die Dingos mein Kommen, wichen aber keinen Zentimeter zurück. Dann stürmte ich wild entschlossen los und schwang den Stock, um sie auch ohne Pistole von ihrer erlegten Beute zu vertreiben. Vermutlich wäre ein Schuss wirksamer gewesen, hätte uns aber den Männern verraten können. In geduckter Haltung, mit gesträubtem Nackenhaar und feurigem Blick, ebenso entschlossen wie ich, hielten die Dingos an ihrer Beute fest. Ich blieb nicht ein einziges Mal stehen und verlangsamte auch nicht meinen Schritt. Stattdessen blickte ich dem Anführer unverwandt in die Augen und stürzte auf die Meute zu, als gehöre das Terrain mit allem, was sich darauf befand, einzig und allein mir. Zum einen hatte ich zwar entsetzliche Angst, sie könnten meinen Bluff durchschauen, zum anderen war mir jedoch klar, dass ich den Versuch nicht aufgeben konnte. Einerseits brauchten wir dieses Fleisch unbedingt, andererseits durften wir nicht das geringste Geräusch verursachen. Wem am Ende die Beute gehört, hängt zu neunzig Prozent von den besseren Nerven ab.

Es funktionierte tatsächlich. Als ich an dem Kadaver angelangt war, schlug ich mit aller Kraft nach den Dingos und verfehlte sie nur um Haaresbreite. Sie hielten meinem Blick stand und behaupteten sich erfolgreich. Ich schwang wild meinen Stock und schlug bald nach diesem, bald nach jenem. Zwar wichen sie vor den Schlägen kurz zurück, waren aber, sobald ich mich dem nächsten zuwandte, sofort wieder da. Plötzlich stürmte das größte Weibchen von hinten auf mich los. Instinktiv schlug ich aus Leibeskräften zu – und traf sie wie durch ein Wunder. Heulend rannte sie davon und nach und nach trotteten die anderen hinter ihr her. Ich spürte, wie der heiße Stahl der Beretta an meinem Oberschenkel brannte, ließ den Stock fallen und zog das Känguru am Hinterbein in unser Lager.

Jetzt haben wir endlich frisches Fleisch, und der Preis ist nur eine verärgerte Hundenachbarschaft. Sollen sie ruhig verärgert sein. Solange wir uns noch in ihrem Revier aufhalten, muss ich notfalls beim Schlafen ein Auge offen halten.

Wenigstens haben wir, wenn wir vernünftig mit dem Fleisch umgehen, genug Nahrung für den Rest der Strecke. Und nur das zählt. Wir haben noch dreiundzwanzig Liter Wasser und bis zum nächsten Wasserloch ist es nicht mehr weit. Der Regen kommt immer näher. Der eine Laster befindet sich immer noch mehrere Meilen von uns entfernt und der andere ist noch gar nicht wieder aufgetaucht. Meine linke Hand verheilt allmählich und meine Rippen tun nicht mehr weh. Josies Bein sieht zwar scheußlich aus, aber uns trennen nur noch siebenundsechzig Meilen von einer Siedlung mit einem Krankenhaus. Wir hatten Recht, Paul O'Malley. Alles wird wieder gut. Das stimmt.

36. Tag

65 Meilen, 15 Liter.

Sie trägt ihren Namen wie einen unbequemen Umhang. Ich glaube, sie ist argwöhnisch und besorgt, er könnte etwas über sie aussagen, was sie lieber für sich behalten möchte. Taliesin. Das ist walisisch und bedeutet leuchtendes Antlitz, ist aber noch besser bekannt als der Name von Frank Lloyd Wrights Haus. Als ich Tally einmal vorgeschlagen habe, es zu besichtigen, hat sie mich angeschaut, als hätte ich sie zu einem mitternächtlichen Besuch auf einem Tierfriedhof eingeladen. Ich bin davon überzeugt, sie hätte sich eher auf Letzteres eingelassen.

Eines ist sicher: Menschliche Neurosen haben zumindest einen Unterhaltungswert. Heute stupste ich Josie an, um sie zu wecken, und ließ mir von ihr etwas aus Pauls Tagebuch vorlesen. Als sie die Passage zu Ende gelesen hatte, stand ihr die Neugierde deutlich ins abgezehrte kleine Gesicht geschrieben: Wo kommt dein Name denn nun wirklich her?

Nachdem ich das Känguru an seinen Hinterläufen an den Ast einer Akazie gehängt hatte, erzählte ich ihr die Wahrheit. Ich sagte ihr, meine Mutter sei eine Träumerin gewesen, eine stille, freundliche Frau, die gern Architektin oder Schriftstellerin geworden wäre – und so kamen Dix und ich zu unseren Namen: Taliesin und George Sand Nowata. Als das Leben ihre Träume vernichtet hatte, ließ sie sie wieder aufleben, indem sie mich nach einem Haus nannte, das keiner von uns je gesehen hatte, und Dix nach einer Autorin, deren Bücher keiner von uns je gelesen hatte. Großmutter Nowata hielt es für eine rein symbolische Geste – nutzlos wie Zitzen an einem

Eber –, und alle machten sich über uns lustig. Als Dix alt genug war, um zu verstehen, wie er an seinen Namen gekommen war, bat er mich, ihm einen anderen zu geben. Also nannte ich ihn Dixon, nach einem Frosch, den wir beide gefangen hatten, und nach einer Stadt, die ich zwar auch noch nie gesehen hatte, deren Namen ich aber hübsch fand. Noch vor Ablauf des Sommers bekam Dix Warzen von dem glitschigen grünen Frosch, und nach Dixon ist später auch keiner von uns je gekommen. Trotzdem hing Dix an seinem Namen und reagierte künftig auf keinen anderen mehr.

Josie grinste und schrieb mit einem Stock Taliesin in den Sand. Ich sah ihr zu und schluckte den Rest der Geschichte lieber hinunter. Dann konzentrierte ich mich wieder ganz auf das Känguru und schlitzte ihm von der Leiste bis zum Hals den Bauch auf. In mir ertönt eine sanfte, freundliche Stimme: *Mit Gewalt kann man das Problem der Gewalt nicht lösen, Tally. Man kann nichts in Ordnung bringen, indem man es wieder zerstört. Um diesen Teufelskreis zu durchbrechen, musst du größer sein als der Schmerz. Versprich mir, dass du ihn durchbrichst. Versprich es mir, Taliesin.*

Während Jo Buchstaben malt und ich nachdenke, dringe ich mit dem Messer in die Körperhöhle des Kängurus ein und weide es aus. Ich würde gern etwas sagen, um das Schweigen zu brechen, aber mir fällt nichts ein.

Das Känguru baumelt am Ast, und ich setze mich hin, um auszuruhen. Blut klebt an meinen Händen, an meinem Herzen und an meiner Seele. Man kann vor dem Leben nicht so einfach davonlaufen.

Der Eismann verdankt es meiner Mutter, dass er von mir damals nicht eins über die Rübe bekommen hat. Dix verdankt ihr, dass ihm als Kind ein paar kräftige Rippenstöße erspart blieben, die er meiner Ansicht nach ehrlich verdient hätte, und mein Vater verdankt ihr sein Leben. Meine Spielkameraden habe ich nicht verdroschen, und auch dem Jungen, der mir meinen ersten Kuss gab, habe ich keine runtergehauen. Das alles war allein Mamas gutem Einfluss zu verdanken, aber jetzt zappele ich immer noch an ihrem Haken.

Josie verliert langsam die Lust an ihrem Geschreibsel und setzt sich mit ausgestreckten Beinen so dicht neben mich, dass ihr Kopf beinahe mein Knie berührt. Ich lege ihr meine verletzte Hand auf die Locken und die Berührung ihrer heißen, schwitzigen Kopfhaut gibt mir ein Gefühl von Sicherheit. Ja, ich fühle mich endlich sicher genug, es auf eine offene Konfrontation ankommen zu lassen.

Ich bin Joy Nowatas Tochter, und ich weiß, sie würde das, was ich getan habe, nicht verurteilen. Sie würde zwar selbst nie so handeln, aber sie würde es zumindest nicht verurteilen.

Dann stehe ich auf und schneide einen Streifen Fleisch aus der Kängurukeule. Ich muss zu meiner eigenen Mitte zurückfinden, die Mama mich gebeten hatte, nie aufzugeben. Dieses innere Gleichgewicht, das mir in den Grand Tetons zur zweiten Natur geworden ist, muss ich unbedingt wiederfinden. Ich muss wieder die Kontrolle erlangen über mich und meine Umgebung, damit ich mich wieder so wie damals auf mich selbst verlassen kann. Hier schwanke ich ständig hin und her und halte nur noch mit knapper Müh und Not durch. Jetzt ist nicht der richtige Zeitpunkt, Tally Nowata neu zu erfinden, meine innersten Überzeugungen über Bord zu werfen und mich von meiner eigenen Geschichte loszusagen – aber auch nicht der richtige Zeitpunkt, zu resignieren und vor mir selbst davonzulaufen. Ich muss mich mir selbst stellen.

Während mir all diese Gedanken durch den Kopf gehen, lege ich den Streifen Fleisch sorgfältig über einen Ast und schneide den nächsten.

Mama hatte Recht. Gewaltfreiheit ist die stärkste Haltung, die man in dieser verrückten, gewalttätigen Welt einnehmen kann. Sie gibt einem die innere Festigkeit, die sich durch nichts und niemanden erschüttern lässt. Hätte ich damals nicht eine so schreckliche Angst und Wut verspürt, hätte ich Foy auch nur zu Boden werfen und kampfunfähig machen können. Ich kenne mindestens hundert verschiedene Möglichkeiten, jemanden außer Gefecht zu setzen. Am Ende war es mir ja tatsächlich gelungen, ihn in meine Gewalt zu bringen, so dass ich ihn nicht unbedingt hätte töten müssen. Ich hätte ihn dort liegen lassen können, Jo aus dem Lager holen, Rayburn ebenfalls kampfunfähig machen und dann gehen können. Wenn ich behaupte, ich hätte Foy nur Josies wegen getötet, ist das eine glatte Lüge. Auch nicht meinetwegen habe ich ihn umgebracht, sondern einzig und allein für das, was er Paul angetan hat.

Und an dieser Tatsache können alle Rechtfertigungsversuche der Welt nichts mehr ändern.

Ruhig und gleichmäßig gleitet das Messer durch das Fleisch. Es kostet nichts, ehrlich zu sein: Ich habe das Versprechen meiner Mutter gegenüber gebrochen, denn Foy sollte dafür bezahlen, dass er mir Paul genommen hat. Und wäre Jo nicht ausgerechnet in dem Moment aufgetaucht, hätte ich auch Rayburn getötet – so weit war ich damals. So weit hatte ich mich von meiner inneren Mitte entfernt und von allem, an das ich mich stets gehalten hatte, weil es meiner tiefen Überzeugung entsprach.

Man kann es drehen und wenden, wie man will – es war Rache, und die lässt sich durch nichts rechtfertigen. Um zu meiner inneren Mitte zurückzufinden, muss ich aufhören, mich selbst zu belügen. Wie soll ich stark sein, wenn ich mich in Unwahrheiten flüchte und den Kopf in den Sand meiner eigenen Ausflüchte stecke.

Schluss damit.

Zehn Streifen habe ich inzwischen geschnitten, die nebeneinander über dem Ast hängen und ihn mit ihrem Gewicht nach unten ziehen. Ich mache wieder eine Pause, um mich auszuruhen, und lege Jo die Hand auf die Schulter.

Es wird Zeit, die Vergangenheit loszulassen und vorwärts zu gehen. Unsere Zukunft ergibt sich nur aus den Schritten, die wir jetzt gerade einen nach dem anderen unternehmen.

Manchmal müssen wir daran erinnert werden, dass unsere Zukunft genauso real ist wie unsere Vergangenheit.

Heute hat Josie wieder ins Leben zurückgefunden. Begonnen hat es mit einer Kombination aus frischem Fleisch, Ruhe, ihrem Gewinn beim Himmel-und-Hölle-Spiel und den Geschichten ihres Vaters. Und bei meinem Unfall mit dem Messer hat sie sich schon wieder von ihrer besten Seite gezeigt.

Wir hatten das Känguru aufgehängt, gehäutet, ausgenommen und das Fleisch bereits zum Teil geschnitten. Die Männer hatten südlich von uns wieder ein großes Stück mit ihrem Laster abgesucht. Mal verhallte das Motorengeräusch in der Ferne, mal wurde es stärker, mal entfernte es sich, dann kam es wieder bedrohlich näher und entfernte sich erneut. Wir haben uns mittlerweile so sehr an die Gegenwart dieser Männer gewöhnt, dass uns das Verstecken vor ihnen schon zur zweiten Natur geworden ist. Die Ebene hier ist stark mit Buschwerk bewachsen, was für uns natürlich von großem Vorteil ist. Dennoch hatten wir bei Tagesanbruch ein paar Meter von dem Baum entfernt einen Unterschlupf gegraben, ihn mit genug Wasser ausgestattet, die Baumwolllaken und -tücher, die Tagebücher und die Pistole hineingelegt und den Rest unserer Ausrüstung ein Stück weiter weg versteckt.

Ende 9.1.43.46

»Falls die Cowboys bis auf eine Meile an uns herankommen, gehen wir in Deckung«, sagte ich zu Josie, sobald wir fertig waren, »aber bis dahin arbeiten wir weiter.« Sie war einverstanden. Solange man etwas zu tun hat, ist alles – selbst die Tatsache, verfolgt zu werden – leichter zu ertragen.

Doch man wird nicht gerade geschickter dadurch. Ich bin mir nicht sicher, wie es genau passiert ist. Vermutlich hat am frühen Nachmittag meine Konzentration einen Sekundenbruchteil nachgelassen, als ich gerade auch meine Hüften hin und her bewegte, damit mir die Naht meiner Shorts vom Hüftknochen rutschte. Ich bin nämlich mittlerweile dermaßen abgemagert, dass es wehtut, wenn die Naht auf dem Knochen reibt. Deshalb winde ich mich ständig in meiner viel zu weit gewordenen Kleidung und habe schon richtig Übung darin, die Naht von meinem Hüftknochen zu schieben, ohne die Hände dabei zu benutzen. Als ich jedoch den nächsten Streifen Fleisch aus der Keule schneiden wollte, muss ich wohl mit dem Messer abgerutscht sein, denn die Klinge steckte plötzlich tief in meiner linken Handfläche. Im ersten Moment hatte ich das Gefühl, die Welt bliebe stehen – nur Jo trat in Aktion. Verschwommen sah ich, wie sie zu unserem Unterschlupf rannte und mit unseren Baumwolltüchern zurückkam. Unterdessen war ich näher an den Baum herangekrochen und hatte mich mit dem Rücken an den Stamm gelehnt.

»Halt still, halt jetzt ganz still!«, rief Jo. »Wir müssen die Blutung zum Stillstand bringen.«

Mit ihren zitternden kleinen Händen, die vor Angst jedoch unglaublich stark waren, band Josie mir eines der Tücher um die Hand.

»Strammer«, sagte ich, und sie zog es so stramm, wie sie nur konnte. Sofort drang das Blut durch beide Lagen. Jo wickelte das zweite Tuch über das erste und knotete das Ende um mein Handgelenk. Erschöpft setzte sie sich neben mich und wandte keinen Blick von meiner Hand. Der Mittel- und der Ringfinger waren nicht mehr zu gebrauchen, denn die Sehnen waren durchtrennt. Davon sagte ich ihr jedoch kein Wort, denn das Blut war für sie schon mehr als genug zu verkraften. Als die Blutung allmählich nachließ, erhob sie sich wieder.

»Ich hole unser Arzneizeug. Wir müssen die Wunde auswaschen. Daddy hat gesagt, dass man todkrank werden kann, wenn sich Tierblut mit Menschenblut vermischt. Man kann davon sogar sterben. Wir müssen das gründlich sauber machen, Tally.«

»Wir haben aber nichts, womit wir die Wunde säubern könnten, Kid. Falls noch etwas zum Desinfizieren da gewesen wäre, hätten wir es längst für dein Bein benutzt.«

»Mein Bein ist schon viel besser, siehst du? Ich humpele nicht mal mehr. Das braucht man nicht mehr sauber zu machen«, sagte Josie.

»Das Einzige, womit wir die Wunde säubern können, ist frischer Urin. Könntest du für mich in meinen Becher pinkeln?«

Jo sah mich an, als hätte ich den Verstand verloren. In übertrieben geduldigem Ton – so wie man einem verängstigten Kind gut zureden würde – wies sie mich zurecht: »Tally, das ist nicht sauber.«

»Doch, Kid, sauberer geht es gar nicht. Der Urin hat stundenlang in deinem Körper gekocht. Ich meine es ernst, Jo. Das hilft.«

Kopfschüttelnd ging sie zu dem Versteck, wo mein Rucksack lag. Ich werde wohl nie erfahren, wie sehr sie die Zähne zusammenbeißen musste, um auf der ganzen Strecke – sowohl hin als auch zurück – nicht ein einziges Mal zu hinken. Aber es ist dieser kleinen halsstarrigen Eselin tatsächlich gelungen. Dann hockte sie sich hinter den Baum und pinkelte in den Becher.

Als sie wieder zu mir kam, zog sie die Stirn kraus und sah leicht angewidert aus. Der Becher war nur etwas über die Hälfte mit leuchtend orangefarbener Flüssigkeit gefüllt.

»Viel ist das nicht, Kid.«

»Ich habe daneben gemacht.«

»Wirklich?«

Josie wich meinem Blick aus. Ich ließ aber nicht locker. »Und außerdem leuchtend orange, Jo. Weißt du noch, was ich dir zum Wasser gesagt habe? Du musst mehr trinken!«

»Ich habe keinen Durst.«

»Und was hatte ich dir dazu gesagt?«

»Dass es keine Rolle spielt, ob man Durst hat oder nicht.«

»Genau. Weshalb trinkst du dann nicht mehr?«

Josie setzte den Becher ab und sah mir in die Augen. »Wir haben nicht genug Wasser, Tally. Du bist größer als ich und brauchst deshalb mehr.«

Ich fasste ihr mit der Rechten unter ihr schmutziges kleines Kinn und sagte: »Diese Entscheidung triffst nicht du, Kid. Damals, als wir uns auf den Weg gemacht haben, hatten wir gesagt, dass wir hier draußen Partner sind und halbehalbe machen. Damals hast du mir versprochen, deinen Anteil zu trinken. Wann hast du dich anders besonnen?«

»Gestern.«

»Warum?«

»Das habe ich dir doch schon gesagt. Weil ich dachte, dass du größer bist und mehr brauchst. Außerdem musst du noch den Schlitten ziehen. Deshalb habe ich mich anders entschieden.«

»Dann mach deinen Entschluss ganz schnell wieder rückgängig! Ab sofort trinkst du jedes Mal einen Schluck Wasser, wenn ich einen nehme, verstanden?«

Jo nickte gehorsam, aber man sah ihr an, dass sie sich am liebsten mit mir darüber gestritten hätte.

»Würdest du jetzt bitte den Urin auf meine Handfläche schütten?«

Josie wickelte den provisorischen Verband ab und säuberte die Wunde, so gut sie konnte, während ich mit den Zähnen knirschte und mir dicke Schweißperlen auf der Stirn standen. Es war ein glatter Schnitt, der durch die ganze Hand ging.

»Dadurch kann man ihn leichter säubern«, scherzte ich, obwohl mir speiübel war.

»Igitt«, sagte Josie mit gerunzelter Stirn und konnte nicht verbergen, dass ihr diese Aufgabe zutiefst zuwider war.

Kaum war sie fertig, wollte ich aufstehen, um von unserem Laken einen Streifen als Verband abzureißen, aber Jo schob mich mit Nachdruck zurück.

»Ich mach das schon. Rühr dich nicht vom Fleck«, sagte sie und machte sich sogleich wieder auf zu unserem Unterschlupf. Nach ein paar Schritten blieb sie stehen und zischte mir über die Schulter hinweg zu: »Du solltest lieber den Baum da umarmen, Taliesin Joy Nowata, sonst zieh ich dir das Fell über die Ohren. Und glaub bloß nicht, dass ich es nicht tun würde! Du bist sowieso schon in ziemlich schlechter Verfassung und kannst es dir nicht leisten, dass man dir auch noch das Fell über die Ohren zieht. Also bleib gefälligst, wo du bist.«

Das rote Haar flammte über ihren schmalen Schultern, die jedoch eine so selbstsichere Haltung verrieten, wie ich es noch bei keinem Menschen gesehen habe. Wenige Minuten später kam sie wieder zurück und brachte den von dem Laken abgerissenen Streifen mit.

»Wenn das so weitergeht, haben wir bald kein Laken mehr«, witzelte ich, um meine Übelkeit zu bekämpfen.

Betont langsam erwiderte Josie: »Dann werden wir uns eben mit unseren Hemden zudecken müssen.«

Ohne Sträuben passt Jo sich diesem Ort an, so wie es ihr Vater getan hatte. Sie lebt im Einklang mit dem Land, statt sich dagegen aufzulehnen. Anpassungsfähigkeit und Flexibilität – das sind die wichtigsten Eigenschaften, die man zum Überleben braucht. Wer die nicht hat, zerbricht unweigerlich. Vielleicht war es das, was meine Großmutter und Paul gemeint haben. Vielleicht ging es nie darum, immer alles unter Kontrolle zu bringen – so wie ich bisher gemeint habe –, sondern darum, flexibel genug zu bleiben, um wandlungsfähig und offen für neue Möglichkeiten zu sein und dabei seine Heiterkeit nicht zu verlieren. Tja, warum haben sie mir das nicht einfach so gesagt?

Gegen das Land kommst du nicht an, Taliesin. Schick dich drein, Tal, dann wirst du erleben, wie es dich auf eine Art trägt, die du zuvor nie für möglich gehalten hättest.

Josie schickt sich drein, sie ist flexibel und passt sich dieser Wüste an. Sie ist eine, die wirklich überlebt, weil sie begriffen hat, dass es gar nicht in erster Linie ums Überleben geht. Es kommt nur darauf an, dass man jeden Augenblick, der zählt, richtig anpackt. Nicht mehr, aber auch kein bisschen weniger.

An die Möglichkeit, das restliche Känguruflleisch zu zerteilen, war nicht mehr zu denken, schließlich reichte eine Verletzung. Josie bot sich an, für mich einzuspringen, aber ich lehnte ihren Vorschlag so entschieden ab, dass sie kein Wort mehr darüber verlor. Wir hatten von diesen dünn geschnittenen Fleischstreifen ohnehin schon eine beachtliche Menge, die für mehrere Tage reichen würde. Es müsste uns jetzt nur gelingen, die Streifen von der Sonne trocknen zu lassen, bevor sie verdarben. Mit einem Feuer würde es schneller gehen, aber da uns die Männer so dicht auf den Fersen waren, konnten wir das nicht riskieren. Hätten wir Salz gehabt, wäre es auch damit gegangen. Da diese beiden Methoden zum Haltbarmachen jedoch ausschieden, würde uns eine größere Menge Fleisch auch nichts nützen. Ich hätte lediglich mehr zu ziehen und müsste den Dingos gegenüber mehr verteidigen.

Wir arbeiteten Hand in Hand, das heißt, uns standen drei Hände zur Verfügung, um dem Känguru Kopf und Arme abzuschneiden und sie dem Albinoweibchen vorzuwerfen. Dann nahm ich noch Herz, Leber und Nieren, um sie zu kochen, falls die Männer rechtzeitig verschwinden sollten, während Josie die Streifen aus der Keule in der Sonne zum Trocknen auslegte. Zum Schluss packten wir das Känguru, jeder an einem Hinterlauf, und zerrten die Überreste zurück an die Stelle, wo wir die umherstreunenden Dingos zuletzt gesehen hatten.

»Schließlich haben sie es ja auch gefangen«, meinte Josie und putzte sich die Hände an ihrem Hemd ab. Wir gingen rückwärts zu unserem Lagerplatz und verwischten im Gehen unsere Fußspuren mit Zweigen. Wenn der stetige Wind an diesem Nachmittag ein paar Minuten über den Boden wehen würde, sähe es gleich so aus, als wären wir nie da gewesen. Nur wenige Augenblicke später holten sich die Dingos den Kadaver. Im Süden sah man immer noch die Staubwolke hinter dem langsam dahinkriechenden Laster.

Wir legten uns auf den Rücken und saugten an dem rohen Fleisch. Keine von uns beiden verspürte Brechreiz dabei. Das Kochen lohnt sich im Augenblick nicht für uns. Vermutlich würden wir gekochtes Fleisch immer noch dem rohen vorziehen, aber solange die Männer in der Nähe sind, muss es eben so gehen. Und wir sind inzwischen so ausgehungert, dass wir über eine lebendige Kuh herfallen würden. Nicht über Raupen – über eine Kuh dagegen schon. Unsere Geschmacksnerven sind anpassungsfähig und bereit, sich auf Notsituationen einzustellen. Einen Wiederkäuer, in welcher Form auch immer, können sie durchaus hinnehmen, aber Raupen nie und nimmer! Diese Wahnsinnsidee neulich, als ich dachte, ich müsste unbedingt welche essen, ist mir nicht wieder gekommen.

Nun sitzen wir also hier, ruhig und gesättigt, und unterwerfen uns diesem Land. Das nächste Wasserloch liegt weniger als eine Meile entfernt in Richtung Süden. Trotz meiner verletzten Hand und Josies wundem Bein, trotz der Männer und der Meilen, die noch vor uns liegen, fühlen wir uns gut und innerlich stark – stark genug, um einen Plan zu schmieden. Es ist der normalste Plan, den wir bisher gefasst haben.

»Wir werden unser Gepäck hier lassen und zu Fuß rübergehen, um Wasser zu holen«, sage ich zu Jo. »Das ist dann fast so, als wären wir zu Hause auf einer Wanderung in den Bergen – nur dass es hier keine Berge gibt und auch sonst noch ein paar Kleinigkeiten fehlen. In den Rocky Mountains campen wir auch nie direkt am Wasser. Zum einen ist es nicht gut für die Umwelt, weil die Tiere sonst verunreinigtes Wasser trinken. Zum anderen ist es auch deshalb unklug, weil man Grizzlybären und andere wilde Tiere auf sich aufmerksam macht. Dasselbe gilt hier, auch wenn uns hier keine Grizzlybären drohen, dafür aber diese Männer. Wenn wir in der Nähe dieser Quelle lagern, würden wir uns nur unnötig der Gefahr aussetzen, von ihnen entdeckt zu werden. Also lassen wir unser Lager lieber da, wo es jetzt ist. Aber es kann nicht schaden, hinzugehen und unsere Behälter aufzufüllen. Das ist nur normal.«

»Ja«, stimmte Josie grinsend zu. »Wir sind wieder ganz normal.«

37. Tag

64 Meilen, 23 Liter.

Mit dem Normal-Sein war es rasch wieder vorbei.

Als wir an das Wasserloch kamen, sahen wir vor uns nur eine von Insekten übersäte seichte Pfütze in einer leichten Felsvertiefung. Nach Pauls Aufzeichnungen sickert hier das Wasser aus dem Felsen, aber nur einige kaum sichtbare Flecken wiesen auf die Stelle hin, aus der das Wasserloch normalerweise gespeist wird. Kurz hinter dieser Stelle grub ich ein flaches Loch in den Sand, in dem tatsächlich erst schnell und dann immer langsamer Grundwasser zusammenlief. Wir schöpften so viel ab, wie wir nur konnten, und bevor wir zu unserem Versteck zurückgingen, ruhten wir uns ein paar Minuten aus. Ich sagte Josie, wir befänden uns jetzt auf dem Heimweg. Wir brauchten uns lediglich etwas einzuschränken, unsere Sache gut zu machen, unseren Grips beisammenzuhalten und nach Hause zu wandern.

»Dreiundzwanzig Liter, vierundsechzig Meilen – beides so über den Daumen gepeilt. Kein Mensch würde glauben, dass das machbar ist. Also werden wir aller Welt zeigen müssen, dass es geht. Wenn es einen Gott gibt, wird er uns eine Chance gönnen«, sagte ich. »Die könnten wir wirklich gebrauchen. Verdient hätten wir sie allemal, Kid, du und ich.«

Jo nickte und wandte sich mit hoffnungsvollem Blick nach Süden. Am Horizont türmten sich erneut die Regenwolken auf. Der Laster war mindestens eine Meile entfernt und bahnte sich in einem Ost-West-Kurs seinen Weg durch die kräftige Vegetation. Zum ersten Mal seit ich weiß nicht wie langer Zeit waren wir weder hungrig noch durstig. Wir hatten ganz in der Nähe ein gutes Lager und fühlten uns stark genug, dorthin zurückzukehren. Doch plötzlich griffen uns die Wespen an.

Ich weiß auch jetzt noch nicht, wo sie auf einmal herkamen. Von einer Sekunde zur anderen waren wir von ihnen umringt. Zwar habe ich die meisten Stiche abbekommen – sechs oder sieben im Gesicht und am Hals –, aber bei mir ist das nicht so tragisch. Bei Jo hingegen schon, denn sie ist gegen Insektenstiche allergisch.

Sie wurde dreimal gestochen, einmal am Hals und zweimal am linken Arm. Selbst ein einziger Stich kann sich bei ihr schon tödlich auswirken. Noch bevor ich ihr auch nur die Stacheln aus der Haut ziehen konnte, fing sie schon an zu keuchen, und bevor es mir gelang, ihr den Arm oberhalb der Stiche leicht abzubinden, waren ihre Augen bereits zugeschwollen. Wir brauchten dringend die Epinephrine-Spritze aus Jos Rucksack. Der lag jedoch eine halbe Meile von uns entfernt in unserem Lager. Wir waren so glücklich gewesen, wieder normal zu sein, dass wir sie völlig vergessen hatten. Ich rannte los, so schnell, wie ich noch nie im Leben gerannt bin. Hin und zurück – doch leider war es nicht schnell genug.

Müde von der Spurensuche, hatten die Männer beschlossen, die Nacht am nächsten Wasserloch zu verbringen, und kamen von Südwesten her direkt auf uns zu.

Nachdem ich Josie erreicht und ihr die Spritze gegeben hatte, gelang es mir gerade noch, sie hinter einen großen Felsbrocken zu ziehen, bevor der Laster hier auftauchte. Es war eine Sache von Sekunden, und es blieb uns keine Zeit mehr, unsere Spuren zu verwischen. Den Kopf an den Stein gepresst, saß ich auf dem Boden und hielt Jos Kopf in meinem Schoß. Mit dem linken Arm hielt ich sie fest und legte die verbundene Hand leicht auf ihren Mund, um das Geräusch ihrer schweren Atemzüge wenigstens etwas zu dämpfen. Mit der anderen Hand umklammerte ich die Beretta und wartete.

Es sollte nicht lange dauern.

Als die Männer ihr Lager aufschlugen, hörte ich, wie einer der beiden sagte: »Guck dich mal um, Bod, ob die alte Schlampe schon hier gewesen ist.«

Bodley murrte: »Glaube ich nicht.«

»Guck trotzdem nach.«

Meine Spuren leuchten wie Scheinwerfer. Wenn ich sie sehe, wird mir schlecht, denn eines ist klar: Wenn dieser Mann auch nur das Geringste von Fußspuren versteht, wird er in nur wenigen Minuten alles daraus ablesen, was wir in den vergangenen drei Stunden hier gemacht haben. Und zehn Sekunden später wird er direkt auf uns zukommen.

Den Rücken fest an den Fels gedrückt, halte ich Josie mit einem Arm fest und entsichere vorsichtig die Waffe. Während ich warte, starre ich wie gebannt auf die deutlich sichtbaren Spuren.

Der Mann wird genau sehen, dass wir zunächst ganz gemächlich hier ankamen. Er wird erkennen, dass ich durch die Verstauchung am rechten Fuß kürzere Schritte gemacht und das Gewicht stärker nach links verlagert habe, dass ich mit dem linken Fuß fester aufgetreten bin und ihn leicht nach außen gedreht habe, wenn ich den rechten wieder anheben musste. Falls er als Spurenleser auch nur das Geringste taugt, wird er gleich wissen, dass ich verletzt bin, und auch auf die Art der Verletzung schließen können. Ebenso wird er schlussfolgern können, wann es passiert ist, da meine Fußabdrücke hier anders aussehen als die in Rayburns Basiscamp oder als die in Pauls Forschungscamp. Auch wird er sehen, dass Jo neben mir herging. Wenn sie nicht ausdrücklich daran dachte, zog sie wegen ihrer Verbrennung am Bein den Fuß einfach hinter sich her. Der Mann wird bemerken, dass sich die Schuhspitze an dem gesunden Bein beim Auftreten in den Sand bohrte, da Jo instinktiv das wunde Bein so rasch wie möglich wieder entlasten wollte. Als Nächstes wird er die Stelle sehen, wo wir kurz stehen geblieben waren, um uns gegenseitig freudig in die Hände zu klatschen, als wir von weitem die seichte Pfütze entdeckt hatten. Beide standen wir fest auf dem jeweils gesunden Bein, damit das verletzte sich ausruhen konnte – je ein starker und je ein schwacher Abdruck nebeneinander, die Fußspitzen einander zugewandt –, während das Albinoweibchen neben Jo stand und geduldig wartete, bis dieses sonderbare menschliche Ritual beendet war. Er wird sehen, wo Jo vorausgeeilt ist und sich an der Vertiefung im Felsen mit einem Bein hingekniet hat. Dann wird er das flache Loch entdecken, das ich ein kleines Stück weiter weg gegraben habe, um Wasser für uns zu schöpfen, ohne das Wasserloch selbst zu verschmutzen. Auch wird er die Stelle sehen, wo wir uns hingesetzt und ausgeruht haben, bevor wir zu unserem Lager zurückgingen, und schließlich wird er zu der Stelle gelangen, wo uns die Wespen angegriffen haben. Ich hatte dort im Schneidersitz im Sand gesessen, Jo hatte gestanden. Sie hatte versucht, vor den Wespen wegzulaufen, war jedoch gestürzt und hatte sich aus Leibeskräften gegen den Angriff gewehrt. All das wird er ebenfalls erkennen.

Jetzt ringt Josie nach Atem. Von den Männern ist kein Laut zu hören. Ich rücke Jos Kopf in meinem Schoß etwas zur Seite, damit sie bequemer liegt, und halte sie fest, während meine Rechte noch immer die Pistole umklammert. Josie hält sich lautlos weinend und ängstlich zitternd mit beiden Händen an meinem Arm fest. Ich nicke ihr zuversichtlich zu, dass alles wieder gut wird, und sie schließt die Augen und lauscht. Ich wünschte, ich könnte dasselbe tun. Ich wünschte, ich könnte meinem zuversichtlichen Nicken genug Vertrauen schenken, um vor den Geschehnissen um uns herum die Augen zu verschließen.

Die Stelle, an der Jo hingefallen ist, sieht aus wie ein frisch gepflügtes Feld: abgebrochene, vertrocknete Grashalme, die in den Sand getreten wurden, halb vergrabenes, trockenes Laub, ein weggetretener Stein, der ein Stück weiter wieder auf dem Boden gelandet ist, und ein aufgewühlter Ameisenhügel. Und jetzt der Stiefel eines Mannes.

Bodley.

Ich kann ihn nicht ganz sehen, aber an die Stiefel kann ich mich vom Landrover her noch gut erinnern. Extraleichte Stiefel, Obermaterial Leinen, mit Vibram-Sohlen, Größe sechsundvierzig oder siebenundvierzig, die beidseits am äußeren vorderen Drittel stark abgelaufen sind. Das linke Bein wird leicht bevorzugt – was vielleicht von einer alten Knieverletzung herrührt. Nie bleibt er längere Zeit unentschlossen stehen. Auch am Landrover deuteten seine Fußabdrücke nicht auf einen zögerlichen, sondern eher auf einen entschlossenen Gang hin. Er macht kürzere Schritte, als man von einem Mann seiner Größe erwarten würde. Sicher ist er noch zu weit mehr fähig, als was wir von ihm gesehen haben, und er kennt sich mit der Wüste aus. Vermutlich hat er irgendwann einmal – vielleicht beim Militär – ein Überlebenstraining in der Wildnis absolviert. Er kann abwarten und wenn nötig eine Sache auch zu Ende führen.

Jetzt steht er da, den Blick nicht in unsere Richtung, sondern woandershin gewandt. Dann geht er weiter. Er bewegt sich von uns weg, auf der Spur, die ich hinterlassen habe, als ich in unser Lager gerannt bin, um die Epinephrine-Spritze zu holen. Diese Spur liegt klar und deutlich vor ihm. Wenn er ihr folgt, kann ich vielleicht die Gelegenheit nutzen und Jo ein Stück weiter weg zu einem Busch ziehen.

Nein, das Gelände, das uns unmittelbar umgibt, ist zu offen, zu spärlich bewachsen, geradezu parkähnlich mit nur wenigen Bäumen. Der andere Mann würde uns sicher sofort sehen.

Josie ringt nach Atem. Ich atme bewusst langsam und berühre ihre Wange, damit sie mich ansieht. Sie versteht und atmet ebenfalls langsamer. Einige Sekunden lang atmen wir gemeinsam. Erneut schließt sie die Augen und ist jetzt ruhiger.

»Schon was gefunden?«, brüllt der Mann an der Quelle.

Bodley schüttelt den Kopf und geht weiter. Er sieht nicht länger auf den Boden, sondern schaut sich nur wie beiläufig um, so als würde ihn das alles nicht weiter interessieren. Entweder ist er ein so guter Spurenleser, dass er sich gar nicht auf den Boden konzentrieren muss, oder Spuren sagen ihm absolut gar nichts. Ich habe zwar schon genug vom vielen Beten, aber trotzdem flehe ich immer wieder: Bitte, lieber Gott, hilf, dass dieser Mann Fußspuren nicht von Pilzen unterscheiden kann.

Bitte!

Er kann Fußspuren lesen.

Er erkennt sie mindestens so gut wie ich, wenn nicht gar noch besser.

Sogar so gut, dass er keinen Schritt zu viel machen oder sich beeilen muss. Nachdem er im Halbkreis um die Quelle herumgegangen ist, befindet er sich nun wieder auf der Seite, wo alle unsere Spuren sind und wo er meiner Fährte zu unserem Lager ein Stück weit gefolgt ist. Jetzt kommt er wieder hierher zurück.

Ich drücke mich an den Felsen, so fest ich kann, bleibe

absolut unbeweglich, umklammere mit schweißnasser Hand die Pistole, halte den glitschigen Finger krampfhaft am Abzug und bete verzweifelt, Bodley möge uns nicht finden. Selbst wenn es mir gelänge, ihn zu erschießen, gibt es keine Möglichkeit, den anderen zu erwischen, bevor er seine Waffe gezogen hat. All die Mühen, all die vielen Schritte … fast war alles wieder normal – und jetzt das hier!

Wo Josie gestürzt ist, führen jetzt deutliche Fußspuren mitten hindurch, Spuren von Männerstiefeln mit Vibram-Sohlen: Bodley, der sich von uns entfernt. Die Spur, die ich hinterlassen habe, als ich Jo hierher zurückzog, *muss* er einfach gesehen haben. Zwar ist von dort aus bis zu uns nicht ein einziger deutlicher Fußabdruck übrig geblieben, aber die Schleifspuren sind unübersehbar wie ein Highway, der von einem Bundesstaat zum nächsten führt – wenn auch nur ein recht kurzer, der höchstens über zweieinhalb Meter geht.

Er sieht sie.

Als er uns erreicht hat, hebe ich die Pistole und ziele genau auf seine Brust. Völlig erstarrt halte ich die Waffe so ruhig ich nur kann.

Er bleibt stehen und sieht mich furchtlos an. Dann wandert sein Blick zu Josie und bleibt eine Weile auf ihr ruhen.

Die Albinohündin springt auf und tritt aus dem Schatten, wo sie ganz nahe bei uns gelegen hat. Der Mann wirft ihr einen kurzen Blick zu und sieht wieder in Jos verquollenes Gesicht.

Ohne jede Vorwarnung beugt er sich leicht vor und hebt den Finger an die Lippen, als wolle er sagen: Psst. Unsere Blicke treffen sich, doch kein Wort wird gewechselt.

Innerlich völlig unbeteiligt und ruhig warte ich ab, während es mir immer wieder eiskalt durch den Arm zuckt.

Bodley dreht sich um und geht zum Lagerfeuer zurück, schlurft durch unsere Spur und sagt: »Nur vertrockneter

Dingomist, Den. Die Schlampe ist noch nicht hier gewesen.«

»Scheiße. Also muss sie irgendwo zwischen diesem Wasserloch und dem vorigen sein«, wütet Den und knallt irgendwas gegen den Laster. »Verfluchte Yankee-Fotze.«

»Morgen früh fahren wir nach Norden. Bis zum Mittag haben wir bestimmt schon ihre Spur aufgenommen«, erwidert Bodley so ruhig und gelassen, als existierten wir überhaupt nicht.

Während sie mit dem Abendessen beschäftigt waren, hob ich Josie auf und trug sie weit genug weg, damit ihr lautes Atmen nicht die Aufmerksamkeit der Männer auf uns zog. Ich konnte das Ganze nicht verstehen und hatte auch nicht die Zeit, überhaupt einen Gedanken daran zu verschwenden. Jedenfalls hatte Bodley weit mehr für uns getan, als uns nur zu übersehen und mit seinen großen Füßen durch die auffälligsten der von uns hinterlassenen Spuren zu schlurfen. Er hatte mir darüber hinaus ziemlich deutlich zu verstehen gegeben, dass die beiden morgen ihre Suche in Richtung Norden fortsetzen würden. Damit hatten wir eine Chance, ihnen zu entkommen. Ich brauchte also nur unser Lager abzubrechen und darauf zu achten, dass von jetzt an keinerlei Anzeichen mehr unsere Anwesenheit verrieten. Und dann könnten wir nach Süden aufbrechen.

Aber es sollte ganz anders kommen.

38. Tag

Ich vermengte etwas Erde mit Wasser und schmierte diese Paste auf Josies Wespenstiche, denn Schlammpackungen lindern den Schmerz. Hätte ich nicht so viel zu tun gehabt, hätte ich auch meine Einstiche mit demselben Mittel behandelt, aber stattdessen war ich die ganze Nacht damit beschäftigt, unsere Ausrüstung wegzuschleppen, unsere Spuren zu verwischen und falsche Fährten zu legen.

Josie wurde von der Albinohündin bewacht, und auch ich kam zwischendurch mehrmals zurück, um zu sehen, wie es ihr ging. Die Schwellungen ließen langsam nach, aber zweimal hatte Jo sich heftig übergeben müssen. Jedes Mal, wenn ich sie wieder allein zurücklassen musste, stieg panische Angst in mir auf. Mir blieb jedoch nichts anderes übrig, als meine Angst zu überwinden und mich auf die Weiße zu verlassen, die die ganze Nacht über nicht einen Zentimeter von Jos Seite wich, während ich besorgt meine Aufgaben erledigte.

Warum hat Bodley uns nur gehen lassen? Ist er während der Verfolgungsjagd übergeschnappt oder wartet er einfach nur ab? Was ist, falls er seine Meinung ändert? Haben wir dann überhaupt noch eine Chance? Welchen Grund kann dieser Mann nur haben, uns entkommen zu lassen, nachdem er tagelang nach uns gesucht hat? Was weiß ich überhaupt von ihm?

Vier Dinge: Erstens war nicht er es gewesen, der Paul erschossen hat, zweitens hat er Pauls Grab ausgehoben, drittens hat er uns gesehen und so getan, als wären wir nicht da, und viertens hat er Den bewusst nach Norden geschickt, um uns eine Chance zu geben, in südwestlicher Richtung weiterzuziehen. Das Ganze war so merkwürdig und verwirrend, dass ich mir absolut keinen Reim darauf machen konnte. Fast wollte ich an das Gute in diesem Mann glauben. Vielleicht war er ja im Grunde gar kein Killer. Vielleicht war er nur in diese Sache hineingeschlittert und kam jetzt nicht mehr von allein heraus. Vielleicht – was weiß ich. Ich sollte mich lieber auf die Arbeit konzentrieren, die noch vor mir liegt. Alles andere weiß ich einfach nicht.

Inzwischen fängt es an zu tagen, ich bin endlich mit allem fertig und schleiche zu Jo zurück. Jetzt muss ich sie nur noch auf den Schlitten packen und losziehen, doch laute, wütende Worte lassen mich plötzlich erstarren.

Den, der sich hinter dem Felsbrocken befindet, wo wir uns noch vor wenigen Stunden versteckt hatten, brüllt: »Ich dachte, du hast gesagt, die wären nicht hier!«

Bodley gibt keine Antwort.

Nach kurzem Schweigen sagt Den: »Also hatte Rayburn doch Recht mit seiner Vermutung.«

»Womit hatte er Recht?«, fragt Bodley.

»Dass das Kind beim ersten Mal nie entkommen wäre, wenn du deinen Job richtig gemacht hättest. Und was haben wir hier? Fußabdrücke von drei Leuten. *Drei.* Das heißt, dass du sie gesehen hast. Du *musst* sie gesehen haben. Wann?«

Bodley schweigt.

»Gestern Abend?«

»Stimmt. Gestern Abend.«

»Du Saftarsch. Dir gefällt es wohl noch hier draußen in der Sonne, du blöder Sack!«

Bodley steckt einen Fausthieb ein und antwortet dann in ruhigem Ton: »Ich habe mich nicht anheuern lassen, um Kinder umzubringen.«

Es folgt ein langer Augenblick absoluter Stille. Dann kracht ein Schuss durch die Wüste – jemand stöhnt auf und fällt zu Boden. Den knurrt: »Du hast verdammt noch mal das zu tun, wofür Rayburn dich bezahlt.«

Bodley erwidert mühsam: »Das ging zu weit.«

Die Antwort ist ein zweiter Schuss. Dann folgt Schweigen, und schließlich höre ich, dass ihre Ausrüstung auf den Laster geworfen wird. Wenige Minuten später fährt er los in Richtung Norden, und dieses Mal sitzt Den am Steuer.

Josie steht unter Schock. Sie ist kreideweiß und bleibt beim Schlitten. Ich gehe zu dem Felsen zurück. Bodley liegt auf der Seite und zittert heftig, während ihm das Blut aus Bauch und Mund strömt. Ich versuche, die Blutung mit bloßen Händen zu stillen, aber es geht nicht.

»Ich hole Hilfe«, sage ich und weiß selbst nicht, warum. »Sie müssen nur ein paar Tage durchhalten. Ich werde jemanden zu Ihnen schicken. Ich lasse Ihnen Wasser und etwas Fleisch da. Genug Schatten haben Sie hier jedenfalls. Sie müssen nur versuchen durchzuhalten.«

Bodley schüttelt den Kopf und bemüht sich zu sprechen. »Nein, hauen Sie ab. Jetzt sofort. Er holt Verstärkung. Die wollen Sie beide umbringen. Verschwinden Sie.«

»Gut, wir gehen. Aber ich lasse Ihnen wenigstens etwas Wasser hier«, erwidere ich und schnalle meine Feldflaschen vom Gürtel.

»Nein.«

Nachdem ich die zwei vollen Feldflaschen in seine Reichweite gelegt habe, stehe ich auf und will gehen, bleibe aber noch einmal stehen. Ich muss diese Frage einfach loswerden.

»Warum? Warum haben Sie das für uns getan?«

Bodleys Antwort kommt nur so langsam, so schwach und heiser, dass ich sie kaum hören kann: »Hab selbst 'ne Tochter.«

»Oh«, murmle ich und weiß nicht, was ich dazu sagen soll.

»Im selben Alter, dasselbe Haar«, sagt er mit schmerzverzerrtem Gesicht, die Worte durch das ausströmende Blut schwer verständlich.

Seine nächsten Worte sind kaum noch hörbar, aber sie werden mir immer in den Ohren klingen.

»Kinder sollten von alldem verschont bleiben.«

Kurz darauf fiel sein Kopf nach hinten, und mir war klar, dass ich gar nicht erst seinen Puls fühlen musste.

Schweigend stehe ich vor diesem Fremden, mit dem rechten Fuß unmittelbar neben dem letzten Fußabdruck, den er hinterlassen hat. Als er hier stand, war sein Gewicht gleichmäßig auf beide Füße verteilt und lastete nicht so wie sonst hauptsächlich auf den Außenkanten seiner Schuhe. Bodley hatte Angst, bevor er umfiel. Trotzdem stand er fest auf seinen Füßen und bewegte sich nicht ständig hin und her, wie es die meisten Leute tun, wenn sie nervös sind. Ich kann mich von dem Anblick seiner Fußabdrücke nicht losreißen. Sie sind deutlich zu sehen und erzählen eine Menge über ihn, wie zum Beispiel seine Größe und sein Gewicht und wie gut er dieses Land hier kannte. Über das Wichtigste sagen sie jedoch nichts aus: dass er der Vater eines kleinen Mädchens war, das wie Jo aussieht; dass er doch einen guten Kern hatte und zwei Fremden, die er auftragsgemäß töten sollte, das Leben schenkte; dass wir alle unser Leben letztlich jemand anderem verdanken. In einer eher intuitiven Regung bücke ich mich und wische diese beiden letzten Spuren aus.

Dann nehme ich die Feldflaschen wieder mit und stolpere zum Schlitten zurück. Josie friert in der morgendlichen Kühle, doch ihr Gesicht ist ganz rot und immer noch geschwollen. Die Weiße sieht erst sie an und dann mich. Keine Frage, innerhalb der nächsten Tage muss ich dieses Kind – koste es, was es wolle – zu einem Arzt bringen. Kinder sollten von alldem verschont bleiben.

39. Tag

13 Liter, 44 Meilen.

Beide Laster sind zurück und uns dicht auf den Fersen. Durch das Fernglas habe ich drei Männer ausgemacht. Anschließend habe ich es an einem Mulga-Busch vergraben, denn ich kann es mir nicht leisten, auch nur ein Gramm zu viel mitzunehmen. Wenn man im Einklang mit dem Land lebt, hat man für derlei Dinge keine Verwendung mehr. Ich gehe so lange weiter, bis ich anfange, unaufhörlich zu zittern, und keinen einzigen Schritt mehr machen kann. Dann ruhe ich mich kurz aus und gehe weiter. Etwa zwanzig Meilen habe ich zurückgelegt und die acht Liter Wasser verbraucht, die wir an der Quelle mitgenommen hatten. Bis zu der Siedlung gibt es kein Wasser mehr außer dem, das wir bei uns haben. In den von den Buschbränden verschonten Gebieten herrscht eine ziemlich dichte Vegetation vor, und ich versuche, mich so weit wie möglich durch diese stark bewachsenen Abschnitte zu bewegen.

Josie zeigt keinerlei Reaktion mehr. Es ist schwer genug, sie überhaupt zum Schlucken zu bewegen. Ihre Körpertemperatur steigt und meine auch. Mein Urin ist dunkelorange, was bedeutet, dass ich nicht genug Flüssigkeit zu mir nehme. Dabei trinke ich, so viel ich nur kann. Viel ist eh nicht mehr da, aber es wäre dumm, das Wasser zu rationieren. Der Bauch ist die beste Feldflasche. Ich muss einfach schneller vorwärts kommen. Also los. Lass dich nicht unterkriegen. Steh die Aktion durch bis zur Abschlussbesprechung.

Um etwas aus dem Tagebuch zu lesen, bleibt mir keine Zeit. Ich muss von meinen Erinnerungen zehren.

Bitte mich, uns zu erinnern, wer wir sind, und vertraue mir, dass ich nicht fortgehe, wenn wir es vergessen.

Heute Morgen bin ich an einem alten Grab vorbeigekommen. Vor Jahren war es genauso ein Hügel wie der, unter dem Paul begraben liegt. Jetzt ist dieser hier eingesunken und fast auf gleicher Höhe mit dem umliegenden Land. Inmitten eines kleinen Akazienhains gelegen, hätte ich es sicher gar nicht bemerkt, hätte man nicht an seinem Kopfende ein wackliges Holzbrett aufgestellt, an dem ich in nur knapp zwei Metern Entfernung vorbeiging.

Zum ersten Mal war ich froh, dass Josie schlief. Um sicherzugehen, dass sie nichts davon sehen würde, falls sie aufwachen sollte, zog ich den Schlitten hinter das Grab und drehte ihn in die entgegengesetzte Richtung. Zu müde, um auch nur noch einen einzigen Schritt weiterzugehen, setzte ich mich hin.

Die Buchstaben auf der Holztafel konnte ich nicht lesen, und das stimmte mich traurig. Wer erinnert sich wohl noch an den Menschen, der hier liegt? Seine Familie? Seine Freunde? Seine Verwandten? Oder derjenige, der die Gedenktafel dort aufgestellt hat? Ob sich wohl noch jemand an uns erinnert, wenn wir nicht mehr da sind?

Und was ist mit Paul? Was ist, wenn ich nicht mehr zurückkann, um ihn dort herauszuholen? Er hat nicht einmal eine Holztafel, lediglich zwei zusammengebundene Stöcke, die neben ihm im Sand vergraben liegen. Das ist nicht richtig. Der Tod sollte mehr gelten – und sein Tod erst recht.

Er war der einzige Mensch auf der Welt, von dem ich immer dachte, ich könnte nie ohne ihn leben. Und nun ist er gegangen, ohne eine Spur zu hinterlassen. Das ist einfach nicht richtig.

Die Weiße sieht mich schweigend an.

Im Geiste überquere ich trockene Flussbetten und folge den Spuren einer Fremden – meinem früheren Selbst – nach Hause. Mein Herz ist gebunden an einen großen Mann mit freundlichen braunen Augen und jungenhaftem Lächeln, das noch nicht verbittert ist. Wohin gehe ich von hier aus?

Hinterlasse keine Spur – unser einziger und ständiger Streitpunkt. Tally sagt, keiner kann irgendwohin gehen, ohne Zeichen zu hinterlassen. Ich meine, wir müssen es zumindest versuchen.

Heute stehe ich hier und bin ein Teil dieses Ortes. Eines Tages aber werde ich nicht mehr hier sein und selbst das Land wird sich nicht mehr an meinen Namen erinnern. Ich finde das beruhigend. Doch Tal will es so nicht gelten lassen. Sie als Spurenleserin ist an Zeichen gebunden. »Das Land mag dich vergessen, O'Malley, aber ich werde mich immer an deinen Namen erinnern.«

Manchmal glaube ich ihr sogar, ob ich will oder nicht.

Als ich weitergehe, trage ich das Grab dieses Fremden in meinem Herzen. Ich trage auch Pauls Grab mit mir, Mamas Grab und Großmutter Nowatas Grab und das Grab eines jeden, der einst starb. Immer habe ich Pauls Vorstellung, dass man keine Spuren hinterlässt, erbittert bekämpft. Er hatte die etwas verschwommene, ökologisch korrekte Vorstellung, dass man nur Fußabdrücke hinterlässt und nur Fotos macht. Er sagte, Fußabdrücke würden verschwinden und Fotos verblassen und am Ende würde von niemandem etwas übrig bleiben. Und so solle es auch sein, und ob meine Vorfahren das nicht auch so gesehen hätten? »Wir haben nur das Jetzt, Tal«, sagte er immer, »und das ist genug.«

Es gelingt mir nicht, Jo zu wecken. Zum Trinken kann ich sie nur bewegen, indem ich ihren Oberkörper aufrichte und ihr ins Gesicht puste, damit sie schluckt. Ich höre, dass das Rattern eines Lasters näher kommt. Aber meine Augen sind so müde und tränen so stark, dass ich nicht genau sehen kann, wo er ist. Keine Ahnung, was meine Vorfahren dachten, und eigentlich ist mir das auch egal. Das Jetzt ist nicht alles, was wir haben, und es ist niemals genug.

Wenn ich ihr in die Augen schaue, sehe ich nur ein Wort: Morgen.

Ohne das Gestern gibt es auch kein Morgen.

Wenn ich nicht zwischendurch raste, komme ich überhaupt nicht mehr voran. Meine äußersten Grenzen sind erreicht, und ich muss meinem Körper die Möglichkeit geben, sich ein wenig zu erholen. Wenn ich die Augen schließe, spüre ich, wie Paul an unserem letzten gemeinsamen Morgen warm und stark neben mir liegt. Ich sehe, wie er im Schlaf lächelt und wie sich die Zeltplane am Eingang im heißen, sanften Wind gemächlich hin und her bewegt, und ich höre, wie uns der kleine Vogel mit seiner einfachen Melodie wachträllert. Ich spüre, wie das Albinoweibchen um unser Camp streift – ein weißer Schatten, der schon bald so stark mit uns verbunden sein sollte, wie wir es damals nie für möglich gehalten hätten. Ich höre, wie das Wasser der Quelle in den Sand gluckert und wie das stachelige Gras am Rand des Pfades raschelt. Und schließlich beobachte ich, wie Paul einen Schwenk macht und sich eine Staubwolke hinter dem Landrover erhebt und rasch wieder senkt, als er fortfährt. Nichts in mir ruft ihn zurück, da ich keinerlei Furcht verspüre, sondern ihm voll und ganz vertraue. Ich weiß, dass er zurückkehrt – so sicher, wie die Sonne über der Tanami-Wüste aufgeht.

In der sengenden Hitze strömen andere Bilder auf mich ein: Paul, der in seinem Sicherheitsgurt hängt; Josie, die in einem Haufen schmutziger Laken wimmert; Foys Abschleppseil; Pauls aufgedunsener Körper, der über den Sand gezogen wird; die Weiße, die angeschossen und blutend in die Nacht hinausrennt; dann Foy, Bodley und Rayburn und meine panische Angst, als Jo ihnen in ihrem Camp geradewegs in die Arme läuft. Ich spüre das Gewicht von Foys schwerem Körper auf meinem, höre das Geräusch, als sein Genick bricht, sehe Rayburns stahlharten Blick und empfinde die Übelkeit, den Abscheu und die schier unerträglichen Schmerzen. Tag für Tag und Nacht für Nacht laufen und schlafen, mein Essen wieder erbrechen und weinen, unentwegt kämpfen, um zu existieren und Josie am Leben zu erhalten, dem Blick meiner Mutter nicht ausweichen oder ihn vergessen können. Die Dingos – die Weiße und die braunen Dingos –, das Känguru, das blaue Band, das sich im warmen Wind bewegt, die Geschichten und unser Galgenhumor, das rohe Fleisch und das schmutzige Wasser. Wir sind zu Aasfressern geworden, haben das Tote genommen, um am Leben zu bleiben. Auch Aasfresser der Erinnerung: Wir haben an Menschen gedacht, die längst von uns gegangen sind oder die wir längst vergessen hatten, wie Dix und Mama, unsere Großmütter und unsere alten Freunde. Auch Aasfresser von Orten: New Orleans, Jenny Lake und die Grand Tetons im Winter. Aasfresser von Ereignissen: wie Josie damals einem Cowboy beim Rodeo vors Schienbein trat und wir eine Gesellschaft gründen wollten, die das hauptamtlich zum Schutz der Kälbchen ausüben sollte. Und Aasfresser der Seelen, besonders von Pauls Seele: Wir haben ihn aus seinem Tagebuch, seinen Briefen und aus dem Duft seines Hemdes in uns aufgesogen und uns, so fest wir nur konnten, daran geklammert. Durch all diese Ereignisse hindurch wurden wir – wenn inzwischen auch schwer angeschlagen und strauchelnd – zu Rettern. Wir haben uns gegenseitig und uns selbst gerettet.

Bodley hob Pauls Grab aus, rettete Josie und mir das Leben und gab dafür sein eigenes. Ich wünschte, dass Paul das wüsste. Jo rettete mich und ich rettete sie. Ich wünschte, er wüsste auch das. Der Singvogel und das Wallaby retteten mich. Das Dingorudel, das gemeinsam das Känguru erbeutete, und das Albinoweibchen retteten uns beide.

Der Vogel und die Männer und wir – allesamt Aasfresser. Man braucht das Land nicht zu bekämpfen. Jeder gibt, wenn nötig, seine eigene Existenz und jeder bekommt etwas dafür – das Ganze ist ein nie endender Kreislauf des Lebens. Ich wünschte, Paul würde mich kennen, so wie ich jetzt bin, nachdem ich die Melodie des Vogels still in mir trage, jetzt, wo ich wirklich losgelassen habe.

Einer, der wirklich überlebt, ist jemand, der schließlich begriffen hat, dass es in erster Linie gar nicht ums Überleben geht.

40. Tag

5,5 Liter, 20 Meilen.

Vor zwei Stunden habe ich den Laster gehört und mich instinktiv der Länge nach auf den Boden geworfen. Die Männer waren so nah, dass ich das Knattern des Motors fühlen konnte.

»Bitte, lieber Gott, nicht jetzt, nicht so«, flüsterte ich in den Sand. »Nicht so.« Das Geräusch wurde lauter und wälzte sich über mich hinweg, und trotz der senkrecht stehenden Mittagssonne wurde die Welt um mich herum dunkel.

Nach geraumer Zeit rappelte ich mich wieder hoch und kam auf die Knie – vollkommen sicher, dass wir nun endgültig erledigt und verloren wären. Gegen drei bewaffnete Männer haben wir keine Chance. Zitternd erhob ich mich und hatte Angst vor dem Anblick, der mich erwartete, und ebenso vor dem, was ich nicht sehen würde. Die Laster befanden sich etwa eine Meile vor uns und fuhren parallel zwischen uns und der Siedlung hin und her. Sie waren an uns vorbeigekommen – und hatten uns nicht entdeckt. Neben dem Schlitten stand die Weiße.

Bevor ich die Gurte zum Ziehen wieder aufnahm, hob ich leicht das Laken an, das Josie vor der Sonne schützte, und sagte: »Komm, wir gehen weiter, Kid.«

Sie rührte sich nicht.

Das Dingoweibchen setzte sich gleichzeitig mit mir in Bewegung und wir machten uns auf den Heimweg.

Träume wecken uns für die Wahrheit in uns und retten uns vor der Wahrheit von außen.

Tote Männer träumen nicht und tote Frauen auch nicht. Zum Teufel mit dem Loslassen. Ich werde nicht loslassen, bevor dieses Kind in Sicherheit ist.

Paul hat an Träume geglaubt. Ich dagegen habe Träume gehasst. Das war immer so und das wird auch immer so bleiben. Die meiste Zeit in meinem Leben bin ich vor ihnen geflüchtet. Das ist mein voller Ernst. Ich würde lieber aufstehen und wach bleiben als einen Traum zu riskieren. Ich bin schon endlose Tage gelaufen – achtundvierzig, zweiundsiebzig oder sogar achtzig Stunden an einem Stück –, nur um mich wach zu halten. Aber selbst wenn ich wach bin, schleichen sich, sobald ich die Augen schließe, die Träume wieder ein, und ich bin verloren.

Wasser. Auf irgendeine Weise haben sie alle etwas mit Wasser zu tun: Regen, Graupel; Eis und Schnee; Bäche und Ströme; Nebel auf meinem Gesicht, feuchter Dunst auf meinen Wangen; Gischt, die wild an meine Glieder spritzt; Ozeane, Flutwellen und Gewitter. Ich ging in ein Zimmer und dachte, ich sähe einen Spiegel, drehte mich um und wollte wieder gehen, konnte es aber nicht. Ich starrte hinein, aber es war gar kein Spiegel, sondern eine klare Wasseroberfläche, die senkrecht im Dunkeln schwebte. Doch in ihrer Tiefe sah ich nichts – überhaupt nichts. Nichts als schimmernde Flüssigkeit, tief und bodenlos, verloren in der Zeit. Mein Bild wird nicht zurückgeworfen. Ich existiere nicht.

Ich wünschte, Paul wäre hier und ich könnte ihm auch das erzählen. Einmal hatte er mich gefragt, ob ich jemals im Traum mein Bild in einem Spiegel gesehen hätte, und ich fuhr ihn an: »Verflixt noch mal, nein. Ich sehe nicht einmal in einen Spiegel, wenn ich wach bin. Warum sollte ich das tun, wenn ich träume?«

Jetzt habe ich hineingeschaut, O'Malley, und ich habe niemanden darin gesehen. Was würdest du wohl dazu sagen?

Als ich heute Nachmittag aufwachte, brauten sich im Süden heftige Wolken zusammen. Zuerst dachte ich, sie gehörten noch zu meinem Traum. Regen! Wenn er für uns doch nur wahr werden könnte. Ich würde mich sogar mit den Träumen abfinden, wenn nur wirklicher Regen fallen würde. Es wird Zeit aufzubrechen. Lange genug ausgeruht.

Den ganzen Tag lang habe ich gegen diesen Augenblick angekämpft. Ich habe mit dem Schicksal gehadert und alles getan, was ich nur tun konnte, um eine andere Lösung zu finden. Wir sind schon so weit gekommen und wir sind schon so nah am Ziel, aber das Ende rückt näher und näher. Die Männer sind bis an die Siedlung gefahren und suchen nun von dort aus die Gegend nach uns ab. Inzwischen sind sie weniger als eine Meile von uns entfernt. Ich weiß, dass ich Jo zurücklassen und Hilfe holen muss, aber ich bringe es einfach nicht fertig.

Ein einziges Mal ist sie aufgewacht, aber so kurz, dass sie nur flüstern konnte: »Mami?«

Ich beugte mich tief über sie und antwortete ebenfalls flüsternd: »Ich bin's, Kid, Mami zwei. Wir sind bald zu Hause.«

Und sogleich war ihr Bewusstsein wieder erloschen wie ein ausgeblasenes Licht. Ich bin mir nicht einmal sicher, ob sie mich überhaupt gehört hat. Trotzdem hielt ich sie in den Armen und versuchte, ihr das Gefühl zu vermitteln, dass alles wieder gut wird. Ich sagte es – so wie Paul es immer getan hatte – wie ein Versprechen, nicht wie ein Gebet. Statt zu beten muss ich handeln, mir einen Plan zurechtlegen und ihn ausführen. Worte helfen in Zeiten wie diesen nicht.

Ich bin weit über den Hunger hinaus und mir bleibt nur die ständige Übelkeit. Durch die Verdauung verbraucht der Körper außerdem viel zu viel Wasser. Ich kann es mir gar nicht mehr leisten zu essen. Da das Fleisch, das wir erst vor wenigen Tagen so sorgfältig zubereitet hatten, nur noch unnötiger Ballast war, habe ich es der Albinohündin gegeben. Allerdings wurde der Schlitten dadurch auch nicht leichter. Die beiden Wasserbehälter habe ich bereits abgeworfen und nach und nach auch die Feldflaschen. Sobald eine leer ist, werfe ich sie weg. Unterwegs habe ich allmählich so ziemlich alles vergraben – außer den letzten Feldflaschen, die Pistole, unseren Tagebüchern, Pauls Hemd und seinen Briefen, einem Laken und einem Leuchtsignal. Auf unserer jetzigen Stufe ist Überleben ökologisch gesehen nicht mehr vertretbar, denn wir haben nicht nur Spuren hinterlassen, sondern über ein größeres Gebiet verteilt verdammt viel Zeug zurückgelassen. Auch das sollte irgendwo in einem Such- und Rettungshandbuch aufgenommen werden. Vielleicht sollte ich das selbst tun, wenn wir wieder zu Hause sind. Vielleicht sollte ich selbst ein Überlebenshandbuch schreiben, und zwar so, wie es wirklich ist, statt dieser geschönten Versionen, die so sind, wie wir es gerne hätten. Ja, ich glaube, das werde ich tun.

Zuerst muss ich aber weitergehen. Allmählich wird es dunkel, und die Männer werden anhalten, um zu schlafen. Ich kann den Schlitten bestimmt noch ein Stückchen weiterziehen, ja, ganz sicher sogar. Lass dich nicht unterkriegen, Nowata. Das Leben dieses Kindes hängt von dir ab.

Ich sah, wie die beiden dicht nebeneinander hergingen, einer gab so sehr auf den anderen Acht, dass man kaum sagen konnte, wer sich an wen lehnte. Leicht gebeugt, beide in blaue Mäntel gehüllt, gingen sie Arm in Arm, den Blick nach vorn auf den verschneiten Bürgersteig gerichtet, sorgsam darauf bedacht, dem geliebten Partner den Weg zu erleichtern. Zwei Lächeln, die in eins verschmelzen. Zwei Herzen, aber eine Seele.

Als sie an uns vorbeikommen, sehe ich im Geiste Tally und

mich, wie wir in vierzig Jahren sein werden. Ich will nur hoffen, dass ich dann noch mehr Haare auf dem Kopf habe.

Paul lehnt sich an mich, ich lehne mich an ihn, und eine Kleinigkeit wie der Tod kann eine so starke Bindung nicht lösen. Gemeinsam werden wir seine Tochter in Sicherheit bringen, gemeinsam werden wir erleben, wie sie zu der Frau heranwächst, für die sie vorgesehen ist, und gemeinsam werden wir alt werden. Wie ich ihm – nicht ganz ohne Schadenfreude – immer sagte, werden wir gemeinsam erleben, wie er allmählich eine Glatze bekommt. Und ich werde ihn trotzdem lieben, bis zu meinem letzten Atemzug.

41. Tag

2 Liter, 10 Meilen.

Vergangene Nacht bin ich immer wieder gestürzt.

Ich habe es aufgegeben, unsere Spuren zu verwischen, bin einfach nur weitergegangen und habe um einen kräftigen Wind gebetet. Bei Tagesanbruch erhob sich tatsächlich starker Wind und blies den ganzen Tag über und leitete am Nachmittag einen kurzen heftigen Regenguss ein. Obwohl das Wasser erschreckend kalt war, hat es Jo nicht wieder belebt, und mich auch nicht. Die ganze Zeit habe ich um Regen gebetet, und jetzt, wo er endlich da ist, wird er nur zu einer neuen Gefahr für uns. Ich begann zu frösteln und Josie ebenso, und außer der Sonne haben wir nichts, um uns aufzuwärmen.

Wenigstens im Hinblick auf die Männer haben uns der Wind und der Regen geholfen. Inzwischen befinden sich unsere Verfolger ungefähr eine Meile hinter uns und bemühen sich eifrig, unsere Spuren zu finden. Sie kreuzen hin und her, um die Route zu schneiden, auf der wir gegangen sind, und hätte sich das Wetter nicht so sehr zu unseren Gunsten ausgewirkt, wären sie auch längst auf unsere Spur gestoßen. Pony hätte uns finden können, Bodley ebenso – und Foy. So gut wie sie ist keiner von denen in den beiden Lastern. Aber die Grundbegriffe kennen auch sie, und wenn sie sich daran halten, werden sie uns bald haben.

Ich staune, dass sie nicht zwischen uns und der Siedlung geblieben sind. Sie müssten doch wissen, dass wir dorthin wollen – und zwar auf dem schnellsten Wege, weil wir für Umwege viel zu erschöpft sind.

Vermutlich glauben sie, wir könnten noch nicht so weit gekommen sein.

Aber da haben sie sich getäuscht.

42. Tag

4 Meilen.

Wenn du den Anfang benennen könntest, was würdest du sagen?
Wenn du das Ende benennen könntest, wohin würdest du gehen?

Ich muss sie hier lassen, Paul. Wenn ich nicht sofort Hilfe hole, schafft sie es nicht. Wenn ich sie an diesem Felsen hier verstecke, werden die Männer sie nicht finden. Noch haben sie unsere Spur nicht aufgenommen, sondern arbeiten sich weiter in die andere Richtung vor. Es können höchstens noch vier Meilen bis zu der Siedlung sein, vielleicht sogar weniger.

Wenn ich sie nur ziehen könnte, würde ich es gerne tun, aber es geht nicht mehr. Sobald ich mich in die Gurte stemme, geben meine Knie nach, und ich sacke ein. Ich kann mich kaum noch auf den Füßen halten, aber wenn ich alles hier lasse, schaffe ich es bestimmt noch bis zur Siedlung. Die Weiße wird Josie bewachen.

Ich werde Jo unsere Tagebücher in die Hand legen und sie mit deinem Hemd zudecken. Ich warte nicht mehr, bis es dunkel wird. So lange wird sie nicht mehr durchhalten, falls ich nicht sofort Hilfe hole.

So sieht es also aus, Josephine: Wir sind fast zu Hause, Kid. Lass dich nicht unterkriegen, nur noch eine kleine Weile.

Alles wird wieder gut. Ganz bestimmt.

42. Tag

Yangaara, Northern Territory, Australien
17. Januar, 21.00 Uhr

Bis zu der Siedlung habe ich es doch nicht mehr geschafft, obwohl ich schon ziemlich nah war – bis auf eine Meile etwa. Aber schließlich brach ich zusammen und kam nicht mehr hoch. Mein letzter Gedanke war, dass Josie nun sicher sterben müsse. Und dann verlor ich das Bewusstsein.

Bei vierundfünfzig Grad in der prallen Sonne dürfte es das wohl gewesen sein.

Wie mir die Aborigine-Familie, die mich gerettet hat, später berichtete, gab wieder einmal die Weiße den Ausschlag, dass sich das Schicksal zu meinen Gunsten gewendet hat. Ich hatte nicht einmal mitbekommen, dass sie mir gefolgt war. Als ich umfiel und nicht mehr aufstand, lief sie weiter bis nach Yangaara und begann vor dem Haus von Ruby Piljara laut zu heulen. Zwei Nachbarn versuchten, sie zu verscheuchen. Aber sie ließ sich nicht vertreiben und setzte ihr eindringliches Geheul so lange fort, bis die Frau und ihre beiden Söhne, Japanangka und Janswira, darauf reagierten und ihr zu der Stelle folgten, an der ich lag.

Ich habe von ihrem Eintreffen nicht das Geringste mitbekommen. Während Ruby und Janswira mich ins Krankenhaus brachten, wollte die Dingohündin Japanangka einfach nicht fortlassen. Sie gab keine Ruhe, bis er ihr endlich wieder folgte. Sie führte ihn zu dem Felsen, wo ich Josie zurückgelassen hatte, aber sie war nicht mehr da.

21.30 Uhr

Josie.

Das war das erste Wort, das über meine Lippen kam, als ich heute Abend im Yangaara-Krankenhaus aufwachte. Auch wenn bereits acht Stunden vergangen sind, seit ich sie an dem Felsen zurückgelassen habe, ist es doch ihr Name, der sich mir am stärksten ins Gedächtnis eingeprägt hat. Es ist zwar schon spät, aber ich werde alle nur verfügbaren Hilfskräfte mobilisieren, damit sie mich noch in dieser Nacht bei der Suche nach Josie unterstützen.

Wir müssen das Kind finden.

Die Tagebücher, den Schlitten, Pauls Hemd, die Pistole und eine Feldflasche hatte Japanangka zwar gefunden, aber Jo war spurlos verschwunden.

Als ich wieder zu Bewusstsein gekommen war, hatte eine stabile Frau in einem braunen Kleid an meinem Bett gesessen.

»Ruby Piljara«, stellte sie sich vor und erklärte mir in gebrochenem Englisch, was passiert war und welche Rolle sie bei meiner Rettung gespielt hatte.

Ich hing am Tropf und war an eine Reihe von Monitoren angeschlossen. Jeder einzelne Körperteil verursachte mir große Schmerzen. Die kühle Luft im Zimmer fühlte sich auf meiner Haut an, als schlügen Vorschlaghämmer auf mich ein, und meine Knochen kamen mir ganz dünn und weich wie Gummi vor. Meine Gedanken kreisten jedoch nur um Josie. Ich unterbrach Ruby und fragte nach Jo, aber Ruby schüttelte nur den Kopf.

Ihre Söhne hatten den ganzen Nachmittag vergeblich nach Jo gesucht. Ein heftiger Regenguss war niedergegangen und hatte stellenweise blitzartig zu Überflutungen geführt, so dass auch nicht das geringste Anzeichen von Jo zu sehen war.

Ich nahm die Anschlüsse für die Monitore ab, stellte die ganze Maschinerie aus, zog den Tropf heraus und entfernte den Tracheal-Katheter, den der Arzt mir in der Brust zur Vorbereitung auf die Operation angebracht hatte. Er wollte noch an diesem Abend versuchen, die beiden durchtrennten Sehnen meiner linken Hand wieder miteinander zu verbinden. Aber für nichts auf der Welt würde ich mich unters Messer begeben, solange Josie nicht gefunden war. Als ich meine zerlumpte, übel riechende Kleidung wiederhaben wollte, protestierte die Krankenschwester energisch.

»Ich war lange genug einsatzfähig, auch ohne die beiden Finger bewegen zu können«, sagte ich und merkte, wie schwer es mir fiel, die Worte zu formulieren. Ich hörte, wie undeutlich und langsam sie aus meinem Mund kamen. Es klang wie bei einer Betrunkenen, obwohl ich stocknüchtern war. »Um die Sehnen wieder zusammenzuflicken, ist es eh zu spät. Der Doktor wird eine regelrechte Expedition durch meinen gesamten linken Arm machen müssen, um nach den Enden zu angeln. Zum Schluss sehe ich bestimmt aus wie ein aufgeklapptes Spanferkel.«

»Lassen Sie es ihn doch wenigstens versuchen«, entgegnete die Schwester freundlich besorgt, während sie mit der Linken nach dem Klingelknopf tastete.

»Später vielleicht.«

Sie drückte auf den Knopf und wandte ihren Blick von mir ab, um über die Sprechanlage mit dem Arzt zu reden. Wortlos nahm Ruby mich am Arm und wir gingen. Ich brauchte keine Erlaubnis, um zu tun, was ich tun musste. Ruby aber war ich sehr dankbar für ihre Unterstützung.

Im Grunde hätte ich wissen müssen, dass das, was ich vorhatte, nichts nutzen würde. Und ich wusste es auch.

Trotzdem habe ich es versucht und brachte Rubys Söhne

dazu, mich an Josies letzten bekannten Aufenthaltsort zu fahren. Ich wollte so schnell wie möglich wieder an dem Felsen sein, wo ich Josie zurückgelassen hatte. Aber die Idee war völlig absurd. Obwohl Japanangka und auch Janswira den gesamten Nachmittag und Abend alles intensiv abgesucht hatten, hoffte ich, dort Josies Spur aufnehmen zu können. Irgendwie konnte ich nicht glauben, dass sie verschwunden war, ohne auch nur das geringste Anzeichen zu hinterlassen. Selbst wenn sie von unseren Verfolgern entdeckt worden wäre, hätten doch auch sie irgendwelche Spuren hinterlassen müssen. Ich war mir sicher, ich müsste nur an die entsprechende Stelle zurück und könnte dann einfach hinter Josie hergehen. Schließlich bin ich ja Spurenleserin.

Mir ist zwar bekannt, dass auch Aborigines Spuren lesen können, aber wer weiß, wie gut. Niemandem ist so sehr daran gelegen wie mir, dieses Kind zu finden. Genau das dachte ich den ganzen Weg über. Außerdem betete ich, die alte Klapperkiste, mit der wir fuhren, möge bloß keine Panne haben, so dass wir womöglich nicht weiterkämen. Ruby und ihre Söhne beobachteten mich mit eindringlichem, wissendem Blick, aber ich verdrängte alles, was ich über diese Art von Blicken wusste.

Wie oft habe ich selbst schon verzweifelte Familienangehörige auf diese Weise angesehen?

Es waren keine Spuren da, nicht eine einzige. Weder die von Jo noch von den Männern oder von den Lastern. Auch waren keine Spuren der Weißen zu sehen und nicht einmal meine eigenen. Josie war in dem letzten heftigen Regenguss verschwunden, ohne auch nur eine Rille im Sand zu hinterlassen.

Ich versuchte es trotzdem und schritt einen Kreis von zehn Metern um das Zentrum herum ab. Dabei traf ich auf mehrere Spuren von Japanangka und auf zwei von Janswira.

Die beiden hatten gute Arbeit geleistet, vermutlich eine viel bessere als die, zu der ich derzeit in der Lage war. Aber immer noch fiel es mir extrem schwer, den Ort zu verlassen und in die Siedlung zurückzukehren.

Jetzt verstehe ich auch, warum Leute, denen ein Kind abhanden kommt, oft nicht schnell genug fremde Hilfe einschalten. Ständig geht mir durch den Kopf, sie könnte jeden Augenblick hinter dem Busch hier oder hinter dem Felsbrocken da drüben oder neben der Wasserrinne dort hinten auftauchen, und wenn ich dann nicht hier bin …

Der Blick ist vor lauter Liebe so getrübt, dass man die Wahrheit nicht erkennt, selbst wenn man mit den nackten Tatsachen konfrontiert wird.

Jetzt reicht's.

Zurück zur Basis. Dort gibt es mehr Leute und genug Hilfsmittel. Wir können das Ganze wie eine professionelle Suche zu Hause in den Rocky Mountains aufziehen.

43. Tag

Polizeinebenstelle Yangaara,
Northern Territory, Australien
18. Januar, 1.00 Uhr nachts

Als wir ankamen, hatte der hiesige Wachtmeister, Lyle Cade, sein Büro bereits verlassen. Also fuhren wir zu ihm nach Hause, holten ihn aus der Dusche und gaben eine Vermisstenanzeige auf.

Während Cade und ich zum Polizeirevier zurückfuhren, um unser weiteres Vorgehen zu planen, versuchte Japanangka, ein paar Spurenleser zusammenzutrommeln, und Ruby holte von zu Hause einen großen Beutel mit diversen Heilmitteln. Unmittelbar hinter dem Polizeirevier zündete sie ein kleines Feuer an und braute mir einen starken Tee, der mich beinahe umgehauen hätte. Danach fühlte ich mich jedoch kräftiger als seit Wochen und bat um eine zweite Tasse.

Ruby schüttelte den Kopf und gab mir eine Hand voll gerösteter Witchetty-Raupen und einen weichen Brei, den sie aus zwei gedünsteten hellgrünen Blättern zubereitet hatte. Ich war viel zu besorgt um Josie, um mir über mein Essen Gedanken zu machen oder auch nur nachzufragen, was es überhaupt war. Gehorsam aß ich alles auf – und es blieb sogar im Magen. Das ist der Vorteil an einem Suchtrupp. Es geht ständig vorwärts. Soweit ich das beurteilen kann, haben Raupen überhaupt keinen Geschmack.

Inzwischen haben wir auch eine Strategie entwickelt. Hinter dem Polizeirevier lagern sechs Männer aus dem Dorf und warten darauf, nach Jos Spuren zu suchen. Damit haben wir genug Leute, dass bei Tagesanbruch sofort vier

Teams aufbrechen können. Falls die anderen auch so gut sind wie die beiden Piljaras, wiegen sie sechzig Ranger im Nationalpark auf – selbst wenn diese zehn Stunden Vorsprung hätten. Sobald es hell wird, werden Japanangka und die Spurenleser mit mir zu Josies letztem bekannten Aufenthaltsort fahren und von dort aus von innen nach außen in alle Richtungen suchen. Lyle Cade und Janswira werden unterdessen alle übrigen wichtigen Punkte aufsuchen: das Forschungscamp, den Ort des Überfalls, das Methamphetamin-Labor und die Quelle, an der Bodley erschossen wurde. Für den Fall, dass Jo diesen Männern doch noch in die Hände gefallen sein sollte, wollen sie versuchen, etwas über deren Identität herauszufinden.

Während der gesamten Besprechung hatte Ruby nur schweigend zugehört. Aber kaum hatten wir geendet, winkte sie mir zu, ihr nach draußen zu folgen, und machte mir neben dem Feuer ein Lager. Ich ließ mich nicht zweimal bitten. Dann summte sie eine leise Melodie, hielt einen trockenen, verdorrten Zweig über die Flamme und fächelte mir den beißenden Rauch zu. Ich fragte mich, was das wohl sein könnte, und wurde augenblicklich angenehm schläfrig. Irgendwie ist mir diese Frau vollkommen vertraut, aber ich kann nicht genau sagen, warum. Obwohl sie nach unserer ersten Begegnung kaum zehn Worte gesprochen hat, verstehe ich sie auf eine Weise, die ich nicht erklären kann. Wenn sie in meiner Nähe ist, fühle ich mich sicher. Genau! Das ist es, bei Ruby fühle ich mich sicher.

4.30 Uhr

Es ist kurz vor Tagesanbruch und ich habe bereits wieder meine Tasse Tee bekommen. Außerdem hat Ruby mir ein

Schüsselchen voll dunkler Suppe gekocht. Ich trinke sie und sehe mir noch einmal auf der Karte die Orte an, die ich letzte Nacht für Lyle aus dem Gedächtnis eingezeichnet hatte. Da Janswira sich in dieser Gegend sehr gut auskennt, sollte es möglich sein, die entsprechenden Punkte zu finden. Als die beiden aufbrachen, sprachen wir ab, über Funk in Kontakt zu bleiben. Natürlich sind bei einer Suche moderne Technologie und ausreichend viele Helfer noch keine Erfolgsgarantie, aber zumindest sind die Aussichten auf Erfolg gleich viel größer. Mir drängt sich die Frage auf, ob nicht alles ganz anders gekommen wäre, wenn Paul über ein so großes Budget wie das des Northern Territory verfügt hätte und nicht nur über das eines Doktoranden. Dann hätten wir zumindest ein vernünftiges Funkgerät besessen.

Aber für solche Überlegungen ist jetzt keine Zeit.

Gestern lag die Höchsttemperatur bei vierundfünfzig Grad und fiel nach dem Regen auf sechzehn. Klingt nach starker Unterkühlung. Ob Rayburns Männer Josie nun gefunden haben oder nicht – jedenfalls steckt sie in ernsten Schwierigkeiten. Aber auch daran darf ich jetzt nicht denken, sondern muss nur meine Aufgabe erledigen.

Miriam habe ich bereits telefonisch verständigt und ihr die Sachlage so gut ich konnte erklärt. Brüsk wie immer – obwohl es ja dieses Mal sogar berechtigt war – sagte sie nur, sie würde das nächste Flugzeug nehmen. Dann erklärte ich ihr mit sachlicher Ranger-Stimme, dass wir alles unternehmen würden, was nur in unserer Macht steht, um Jo zu finden, und dass ich hoffte, sie bis zu Miriams Ankunft wieder gesund und munter in unserer Mitte zu haben.

»Das würde ich dir auch raten«, fauchte Miriam.

Dass Angehörige von Vermissten ihr gutes Benehmen verlieren, ist normal. Bei Miriam gab es auf diesem Gebiet allerdings nicht viel zu verlieren. Ich fürchte mich vor einem

Wiedersehen mit ihr. Soweit ich das beurteilen kann, ging ihr die Nachricht von Pauls Tod nicht besonders nahe.

Inzwischen sind die Spurenleser aufgestanden, haben ihre Sachen zusammengepackt und sind fertig zum Aufbruch. Sie wirken ruhig und gelassen, aber ich weiß, dass ihren Blicken nichts entgeht. Sie erinnern mich an Pony, wenn sie draußen im Gelände ist. Obwohl sie gelöst und entspannt durch die Gegend schlendert und nur ab und an einen Blick auf den Boden wirft, arbeitet sie doch ungemein effektiv. Diesem Trupp hier traute ich es durchaus zu, ein kleines Mädchen zu finden.

Der Besitzer des Dorfladens hat uns sein Fahrzeug angeboten und sich bereit erklärt, selbst das Steuer zu übernehmen. Sobald er hier eintrifft, brechen wir auf.

44. Tag

Tanami-Wüste, unweit von Yangaara
19. Januar, 12.00 Uhr

Bereits Mittag, und immer noch kein Anzeichen von ihr – nicht ein einziger Fußabdruck oder abgebrochener Zweig, nicht eine Rille im Sand, aber auch keine Reifenspuren. Und auch Hundespuren sind nicht zu sehen. Sogar Eli zwei ist verschwunden.

Die einzigen Spuren stammen von den Leuten, die Josie gestern nach dem Regen gesucht haben.

Wenn die Sonne senkrecht steht, ist es so gut wie aussichtslos, eine Spur zu finden. Ist man bereits auf eine gute Fährte gestoßen, kann man sie weiterverfolgen, indem man mit dem Hut etwas Schatten macht und mit einem Spiegel das Sonnenlicht auf den schattigen Boden reflektiert. Allerdings ist das nicht sonderlich effektiv, da es nur quälend langsam geht. Aber wir haben ja noch nicht einmal eine Spur, die wir verfolgen könnten. Auch wenn ich es partout nicht zugeben will, weiß ich doch genau, dass wir etwa eine Stunde totschlagen müssen, bis das Licht in einem leichten Winkel einfällt und wieder mit uns zusammenarbeitet. Die Männer tun dasselbe, was wir draußen im Gelände auch immer getan haben. Sie legen sich an ein möglichst schattiges Plätzchen, legen sich den Hut, ein Taschentuch oder den Arm übers Gesicht und schlafen. Ruby gibt mir noch einmal Tee zu trinken und deutet an, ich solle auch ein wenig schlafen, aber ich kann nicht.

Ich sitze zusammengekauert im Schatten eines Strauches und bete, Jo möge so geistesgegenwärtig sein und dasselbe tun. Zu gern würde ich jetzt etwas in mein Tagebuch schreiben, so wie ich es früher immer getan habe, um nicht ständig zu grübeln, denn das verstellt einem nur die Sicht. Wenn ich dem Kind hier draußen etwas nutzen will, muss ich ruhig und gelassen sein. Aber mit dem Schreiben will es nicht so recht klappen. Seit ich Paul entdeckt habe, finde ich keine Worte mehr und halte nur noch den Stift in der Hand. Die Trauer hat mir die Sprache verschlagen. Alles, was Paul betrifft, sitzt ganz tief innen, nichts davon kommt zurück an die Oberfläche und durch nichts werden diese Erinnerungen erträglicher.

Der Schlitten stand immer noch an dem Felsen, und auch er erinnert mich an ihn.

Bei dem Gedanken an Paul empfinde ich einen dumpfen, bitteren Schmerz. Hielte Ruby mich nicht davon ab, würde ich mich abrackern bis zum Umfallen, um seine Tochter zu finden – nur um darüber den Schmerz über seinen Verlust zu vergessen. Aber Ruby zwingt mich zur Vernunft. Wenn sie meint, ich hätte genug getan und brauchte eine Pause, etwas zu trinken oder ein wenig Schlaf, bleibt sie stehen und fordert mich auf, mich zu setzen. Dann flößt sie mir irgendein starkes Gebräu ein und sieht zu, dass ich ein Weilchen ausruhe, und danach fühle ich mich gleich wieder etwas kräftiger. Auch gegen die Übelkeit hat sie ein spezielles Kraut. Seit sie sich um mich kümmert, habe ich mich nicht ein einziges Mal mehr übergeben müssen. Zumindest das spricht für mich – besser gesagt für *uns*.

Wir werden Josie finden, Paul, das verspreche ich dir.

15.00 Uhr

Lyle hat sich gemeldet. Zwar haben sie in dem Methamphetamin-Labor niemanden mehr vorgefunden, konnten aber ein paar brauchbare Fingerabdrücke sichern. Am Landrover befanden sich noch mehr. Lyle ist auf dem Weg zum Polizeirevier, um festzustellen, ob die Männer, die diese Fingerabdrücke hinterlassen haben, vorbestraft sind. Dann werden wir zumindest bald wissen, woher sie stammen und mit wem wir es überhaupt zu tun haben. Das Forschungscamp will er sich erst später ansehen.

Von unserer Seite gab es weit weniger zu berichten. Wir haben an Josies letztem bekannten Aufenthaltsort in vier konzentrischen Kreisen, also in einem immer größer werdenden Abstand, die Umgebung rund um den Felsen abgeschritten. Ruby und Japanangka sind bei mir, während die übrigen Männer je zu zweit zusammenarbeiten. Bislang hat jedoch noch keiner von uns auch nur das geringste Anzeichen von Josie entdeckt.

Obwohl alle nach außen hin ruhig wirken, sind die Nerven eines jeden bis zum Äußersten angespannt. Wie lange hier draußen ein Kind ohne Wasser und ohne Schatten auskommen kann, braucht man niemandem ausdrücklich zu sagen – erst recht nicht, wenn es sich um ein Kind handelt, das bereits geschwächt, krank und ausgetrocknet ist und beinahe im Koma gelegen hat.

Wie immer, wenn der Tod nah ist, kann ich ihn förmlich riechen. Aber ich wehre mich verzweifelt dagegen. Dass ich Paul verloren habe, ist schlimm genug. Ich kann Josie nicht auch noch verlieren, nicht jetzt, nachdem wir endlich zueinander gefunden haben und sie mir meine Geschichte und meine Familie zurückgegeben hat – den Teil von mir, den ich all die Jahre so verbissen aus meinem Leben auszuradieren versucht hatte. Ich darf sie jetzt einfach nicht verlieren.

Und schon gar nicht auf diese Weise – niemals!

Wir *müssen* dieses Kind finden. Jede Minute, die verstreicht, rückt sie für uns immer weiter in unerreichbare Ferne.

Ich schaue über das weite Land und treffe schließlich auf Rubys Blick. Sie nickt: Ich habe lange genug ausgeruht, wir können weitermachen.

18.00 Uhr

Vor zwei Stunden hat das zweite Team Jos T-Shirt gefunden und das dritte fand zehn Minuten später ihre Shorts. Wir haben alle einen Schritt zugelegt, sogar ich, nachdem Ruby mir eine Extratasse Tee gegeben hatte.

Josie wirft ihre Kleidung ab. Das bedeutet: Sie ist am Ende. Wenn sie bereits so verwirrt ist, dass sie keinen Schatten mehr sucht und ihre Sachen nicht mehr anbehält, hat sie bei dieser Hitze keine Chance.

Von den Männern ist weit und breit nichts zu sehen. Also kämpft Jo nur gegen die Wüste. Doch wenn sie nackt ist, hat das nichts mehr mit Kampf zu tun.

Verflucht noch mal, Josephine O'Malley, setz dich endlich hin und umarme einen Busch!

Vor zwanzig Minuten hat Japanangka einen Schuh gefunden und wir sind soeben auf den zweiten gestoßen. Ich bereite mich innerlich auf das Schlimmste vor.

Ich habe das schon einmal erlebt; allerdings nicht in der Wüste, sondern im Gebirge. Das ist jetzt acht Jahre her. Damals arbeitete ich an der Spitze eines Spurensucher-Teams, und wir fanden ein Kind, das sich in einem launischen Sommerschneesturm vom Camp seiner Eltern entfernt und verlaufen hatte. Diese Schneestürme mitten im Sommer sind in Wyoming so sehr an der Tagesordnung, dass sich die Bewohner erst gar nicht die Mühe machen, ihre Winterkleidung wegzuräumen.

Ethan hieß der Junge, Ethan Williams. Er war acht, fast neun, hatte blondes Haar und blaue Augen. Für sein Alter war er eher klein, und außerdem war er Diabetiker. Nachdem er drei Stunden im Schneesturm verbracht hatte, erlitt er eine schwere Unterkühlung. Er hatte jedoch das Gefühl zu verbrennen und warf Stück für Stück seine gesamte Kleidung ab. Ein Teil nach dem anderen fanden wir in dem wirbelnden Schnee: zuerst eine hellgrüne Patagonia-Jacke, danach ein Nascar-T-Shirt und schließlich seine Levi's Shorts; dann kamen ein Paar Adidas-Turnschuhe, die noch so neu waren, dass an den Sohlen keine Besonderheiten zu erkennen waren, und zum Schluss zwei Sportsocken, die er ausgezogen und ordentlich zusammengefaltet unter einen Baum gelegt hatte.

Als wir Ethan steif gefroren am Fuße einer Böschung fanden, trug er nur noch seine Schirmmütze, die auf dem engsten Loch zugeknöpft war, damit sie ihm überhaupt passte. An der Seite prangte auf schwarzem Grund die Ziffer Drei – die Nummer von Dale Earnhardts Rennwagen.

Steif und vollständig mit einer körnigen Eisschicht überzogen brachten wir ihn in einem Leichensack zurück. Und das Einzige, was ich über Ethan Williams wusste, war, dass er aus dem Süden stammte und an den Sonntagnachmittagen, an denen das Nascar-Rennen stattfand, bei seiner Familie im Wohnzimmer gestanden und den Wagen Nummer drei angefeuert hatte.

45. Tag

Yangaara-Krankenhaus, Northern Territory, Australien
20. Januar, 19.00 Uhr

Schließlich hat Eli zwei uns gefunden und uns direkt zu Jo geführt.

Sie lag gut einen halben Kilometer vom Felsen entfernt zusammengerollt in einer ausgewaschenen Rinne. Ohne die Weiße wären wir womöglich an ihr vorbeigegangen und hätten sie überhaupt nicht bemerkt. Der Erfolg einer Such- und Rettungsaktion ist nie garantiert. Dafür gibt es viel zu viele kleine Ritzen und Spalten auf unserer Erde, in denen jemand spurlos verschwinden kann und regelrecht unsichtbar wird. So war es auch mit Josie.

Selbst bei einer systematischen Suche mit einem ganzen Bataillon von Marines, die Schulter an Schulter vorwärts rücken, hätte man Jo vermutlich nicht gefunden. Das ist ohnehin die ineffektivste Art, nach Vermissten zu suchen. Jemand, der keinen blassen Schimmer von Such- und Rettungsarbeit hat, lässt sich davon natürlich stark beeindrucken. Besonders die Angehörigen eines Vermissten fühlen sich in der Regel erleichtert, wenn sie eine ganze Kolonne vereint ausrücken sehen, die Meter für Meter das Gelände durchkämmt. Allerdings wissen sie meistens nicht, dass diese Art der Suche in Wirklichkeit nur bedeutet: Der Leiter des Such- und Rettungsteams ist so verzweifelt, dass er riskiert, die wertvollen Spuren zu zerstören. Da jedoch einzig und allein ihre Spuren zu der gesuchten Person führen, kann man, wenn das fragliche Gelände durchkämmt wird und dabei sämtliche vorhandenen Spuren in Grund und Boden gestampft werden, jemanden wie Jo so gut wie nie ausfindig machen. Die Weiße aber, dieses halbzahme Dingoweibchen, hat es geschafft.

Und obendrein hat sie noch sehr viel mehr für das Kind getan. Die Delle, die Eli zwei neben Jos Körper im Sand hinterlassen hatte, zeigte deutlich, dass sie während des Regens und auch danach ganz dicht neben Josie gelegen hatte. Damit Jo nicht in das Wasser rutschte, das nach dem Unwetter in großen Mengen durch die Rinne strömte, hatte sie sich unterhalb von Josies Körper platziert. Auch danach war sie die ganze Nacht und den gesamten gestrigen Tag bei ihr geblieben und hatte dem schlafenden Kind, um es vor der sengenden Sonne zu schützen, mit ihrem eigenen Körper Schatten gespendet. Sie hatte so lange bei Jo Wache gehalten, bis wir endlich eintrafen. Für dieses Wunder habe ich keinerlei Erklärung. Ich will es auch gar nicht hinterfragen, denn ich begreife diese Hündin ja doch nicht. Ich weiß nur, wie dankbar ich ihr bin. Ihr verdanken wir, dass Josie lebt, dass ich lebe, *dass wir leben*.

Als Japanangka Josie ins Krankenhaus brachte, wachte sie einmal kurz auf und sagte »Daddy, ich habe meinen Hund wiedergefunden.« Im nächsten Moment war sie wieder bewusstlos und ist bisher noch nicht aufgewacht. Ihr Zustand ist jedoch stabil, und der Arzt sagt, sie werde keine dauerhaften Schäden zurückbehalten. Ich muss es mir selbst immer wieder laut vorsagen, damit ich es glaube. Außerdem stehe ich ständig auf und sehe zum Fenster hinaus, wo Eli zwei im Schatten eines Strauches liegt. Ein paar Kinder aus dem Dorf haben schon mehrmals versucht, mit ihr zu spielen. Aber sie beachtet sie gar nicht, wartet nur geduldig, bis sie wieder fort sind, und lässt mein Fenster nicht aus den Augen. Wenn ich dann wieder zu meinem Stuhl zurückgehe, spüre ich förmlich, wie unerschütterlich sie dort draußen Wache hält – und das hilft mir. Ein ebenso beruhigendes Gefühl ist der Anblick des Schlittens, der neben ihr an einem Baumstamm lehnt.

Den Schlitten muss ich unbedingt behalten. Bisher habe ich mir noch nie etwas aus toten Gegenständen gemacht, aber das hat sich nun geändert. Der Schlitten, Pauls Tagebuch, sein Hemd – das sind Dinge, auf die ich nicht mehr verzichten kann. So wie der Schlitten jetzt an dem Baum lehnt, erinnert er mich daran, wie Paul in seiner Garage tagein, tagaus daran gebastelt hat, bis er endlich seinen Bedürfnissen entsprach. Das Hemd beschwört immer noch schwach seinen Geruch herauf sowie die Erinnerung an sein Carepaket, das er mir zusammen mit dem Hemd dagelassen hatte. Über den Inhalt habe ich ebenso wie über die gelben Post-its, die er auf jedes einzelne Teil geklebt hatte, wirklich Tränen gelacht: eine Flasche Wein (»Für nächsten Freitagabend, Liebes«), eine Kerze (»Für dein Dienstagsschaumbad«), Rilkes *Briefe an einen jungen Dichter* (»Als Ratgeber für den moralischen Nutzen der Einsamkeit«) und zwei Cadmium-Batterien (»Für deinen Vibrator – aber gewöhne dich bitte nicht zu sehr daran, Baby«). Von dem Augenblick an, als er wegflog, bis zu dem Tag, als ich in das Flugzeug nach Australien stieg, nahm ich den ganzen Krempel mit ins Bett und schlief auf seiner Bettseite. Jetzt sind diese Sachen das Einzige, was mir noch von ihm geblieben ist.

Der Schlitten, sein Hemd, sein Tagebuch – Spuren seines Lebens –, das ist alles.

Diese wenigen Dinge und Josie.

Der Adrenalinschub, der mich aufrecht hielt, solange Josie verschwunden war, ist verebbt. Ich bin ziemlich wackelig auf den Beinen und außerdem ist mir leicht übel. Aber wenn ich Jo ansehe, geht es mir gleich besser. Ich hätte nie geglaubt, dass ich einmal ein Kind lieben könnte, und bisher hatte ich auch nie das Verlangen danach gehabt. So nah wollte ich niemanden an mich heranlassen. Auch wollte ich nie eine so große Verantwortung tragen, und schon gar nicht für ein kleines Menschlein. Ich hatte Angst, ich könnte mit meinen Nowata-Genen alles vermasseln und durch meine bloße Anwesenheit ein so junges Leben zerstören. Deshalb überließ ich das Aufziehen von Kindern lieber Leuten wie Paul, die viel verständiger sind als ich. Und jetzt sitze ich hier neben diesem störrischen kleinen Mädchen, an das ich mein Herz verloren habe. Ich würde wirklich alles dafür tun, dass sie in Sicherheit ist. Noch nie zuvor hat mir eine Suche, bei der ich mitgewirkt habe, so viel bedeutet.

Jo liegt ganz still in ihrem Krankenhausbett und hängt ebenso am Tropf wie ich. Links von ihr sitzt Ruby auf einem Stuhl und ich sitze rechts. Seit Josie mit dem Bett in mein Zimmer geschoben wurde, haben Ruby und ich noch keine fünf Worte gewechselt. Aber ich bin froh, dass sie da ist, denn sie versteht mich. Sie weiß, wie tief mein Schmerz sitzt, und mildert ihn mit ihrer ruhigen Art und ihren einfachen Heilmitteln.

21.00 Uhr

Morgen früh soll als Erstes die Operation an meinem Arm durchgeführt werden. Der Arzt hatte mir vorgeschlagen, mich vom Royal Flying Doctors Service nach Alice Springs fliegen und mich von einem Spezialisten behandeln zu lassen. Aber ich antwortete ihm, ich würde Yangaara nicht verlassen, solange Josie nicht aufgewacht sei. Wenn es denn unbedingt erforderlich wäre, solle er mich selbst operieren. Notfalls müsse er eben vorher büffeln, was zu diesem Thema in seinen medizinischen Büchern steht. Als er meinen fest entschlossenen Blick sah, schüttelte er nur den Kopf und sagte kein Wort.

23.00 Uhr

Ruby weckte mich sanft, denn ich war eingeschlafen und Jo war aufgewacht und fragte nach mir.

Das Leuchten in ihren Augen sagte alles, was Worte nie ausdrücken können. Ich versprach ihr, wir würden jede Menge Cheeseburger essen und literweise Erdbeershake trinken, sobald mein Arm wieder in Ordnung und ich aus dem OP zurück sei. Josie fragte nach Eli zwei, und Ruby hob sie leicht an, damit sie im fahlen Licht der Laterne die Silhouette der Weißen sehen konnte. Mit zufriedenem Lächeln und schläfrigem Blick ließ Josie sich zurück in die Kissen sinken.

»Erzähl mir eine Geschichte«, flüsterte sie. Mir fiel ein, wie Paul sie immer vor dem Einschlafen mit einer weitschweifigen Erzählung eingelullt hatte, und ich begann mit einem weißen Dingo und einem Kaninchen, aber sofort unterbrach Josie mich.

»Nein Tally, ich meine die Geschichte aus Daddys Buch, die du mir immer erzählt hast, als wir noch unterwegs waren.«

Ich konnte es kaum fassen und fing an mit »Josephine beim Rodeo«, doch noch bevor ich an die Stelle kam, an der die Zuschauer sie anfeuerten, schlief die wirkliche Heldin der Geschichte bereits tief und fest – und dieses Mal war es tatsächlich ein heilsamer Schlaf. Paul hatte wie immer Recht behalten: Was Josie betraf, würde zweifellos alles wieder gut werden.

Ich saß noch lange an ihrem Bett und weinte. Ruby stand neben mir und legte mir die Hand auf die Schulter, doch keine von uns sagte ein Wort. Worte können nicht durch das harte Felsgestein menschlicher Trauer dringen.

46. Tag

Yangaara-Krankenhaus, Northern Territory
21. Januar, 5.00 Uhr

Die Operation ist auf 8.00 Uhr angesetzt und dauert angeblich nur wenige Stunden. Danach werde ich etwa noch zwei Stunden brauchen, um mich von der Narkose zu erholen, und dann komme ich wieder auf mein Zimmer zurück. Ich werde den Arm ungefähr sechs Wochen nicht gebrauchen können und einen Gips tragen müssen. Aber wie der Arzt sagt, bin ich nach ausreichender Krankengymnastik wieder so gut wie neu. Ich habe ihm nur stumm zugehört und genickt.

Ich habe es fast verlernt, mich mit anderen Leuten zu unterhalten. Abgesehen von der Suche nach Jo, bei der ich mich nur auf meinen Instinkt verlassen habe, erscheint mir meine Zunge bei jedem anderen Gespräch wie taub. Mein Mund funktioniert einfach nicht richtig. Es kommt mir vor, als passten die einzelnen Teile nicht recht zusammen. Also sage ich lieber nur sehr wenig. Aber verglichen mit dem, was sonst noch alles nicht an mir stimmt, ist das mit der Sprache nur eine Kleinigkeit.

Merkwürdig, aber irgendwie bin ich nicht mehr in meinem Element und deshalb völlig orientierungslos. Nachdem ich mich zwei Monate lang im Sand vorwärts gekämpft habe, fühle ich mich hier ganz unsicher. Zum Beispiel diese glatten Bodenfliesen: Mein Körper traut dieser geraden, blank polierten Oberfläche einfach nicht. Ständig habe ich das Gefühl, ich würde stolpern und hinfallen. Ich ertappe mich selbst dabei, dass ich mich beim Gehen ganz steif mache und die Füße viel zu sehr anhebe – wie ein Pferd, das auf eine Eisfläche geführt wird. Ich bemühe mich, damit aufzuhören und richtig zu gehen – eben normal –, aber sobald ich nicht mehr daran denke, stakse ich wieder wie ein Zirkuspferd.

Und dann die ständigen Geräusche. Es summt mir in den Ohren, und von all dem Krach tut mir der Nacken weh bis hinab in die Wirbelsäule. Als ich gestern Abend am Schwesternzimmer vorbeikam, war es besonders schlimm. Der Kassettenrekorder lief leise im Hintergrund, und da ich einen meiner alten Lieblingssongs erkannte, nämlich »Sweet Home Alabama«, blieb ich stehen und lauschte. Aber ich hielt es einfach nicht aus: Die Musik spielte, die Schwestern unterhielten sich über die Fieberkurve eines ihrer Patienten, aus dem Nebenraum drang ein ständiges Piepsen und auf dem Flur surrten die Ventilatoren. Ich hatte das Gefühl, in all diesen Geräuschen unterzugehen. In den vergangenen zwei Monaten hatte ich mitunter geglaubt, mir würde vor lauter Stille das Trommelfell platzen. Aber jetzt wünsche ich mir verzweifelt, ich müsste das hier alles nicht hören. Keine Ahnung, ob ich je wieder ein Gespür für Musik entwickeln werde.

Und schließlich beunruhigt mich die Sache mit dem Wasser. In der Wüste habe ich mich unentwegt nach einer kalten Dusche gesehnt. Und jetzt, wo ich endlich hier bin und mich, wenn ich nur wollte, zehn Mal am Tag duschen könnte, halte ich den Wasserstrahl auf meiner Haut einfach nicht aus. Nachdem wir Jo hier eingeliefert hatten, habe ich mich so sehr darauf gefreut, endlich wieder einmal richtig sauber zu werden. Doch als ich dann die Dusche aufdrehte und das Wasser auf meine Haut traf, hätte ich vor Schmerz beinahe laut aufgeschrien. Ich stolperte so schnell aus der Wanne, dass ich mir das Knie an der Kante aufschlug. Später machte ich noch einen zweiten Versuch, hielt es aber, obwohl ich den Wasserstrahl nur ganz sanft eingestellt hatte, trotzdem nicht aus. Nicht nur die verletzten Körperteile schmerzten, sondern der gesamte Körper, und ich empfand jeden einzelnen Tropfen, der auf meine Glieder prallte, als harten Schlag. Früher hätte ich schwören können, dass Wasser nicht schwer genug ist, um Schmerzen zu verursachen, aber jetzt fühlt es sich an wie die schwerste Substanz auf Erden – so als würden mich die Wassermassen tonnenweise erdrücken. Ich bin also immer noch nicht sauber und muss es morgen noch einmal versuchen.

Im Grunde genommen ist es mir auch ziemlich egal, ob ich sauber bin oder nicht. Zwar wimmelt es hier von Menschen, aber wie Großmutter Haney immer sagte: »Ich habe nicht vor, mit denen ins Bett zu gehen.« Das sollte etwa heißen: Was sie von ihr dachten, war ihr völlig schnuppe. Und ich denke genauso darüber. Ich habe mich noch nie um die Meinung anderer Leute gekümmert, und jetzt erst recht nicht. Jedenfalls kann ich das Wasser im Augenblick nicht ertragen.

Und Menschen ebenso wenig. Vielleicht ist das sogar das Schlimmste. Ich glaube, die lange Zeit in dieser riesigen leeren Wüste hat mich verändert. Ich bin innerlich ruhig geworden – vermutlich so ruhig, dass ich gar nicht mehr weiß, was ich den übrigen Vertretern meiner Spezies erzählen soll. Die Leute sind neugierig auf uns. Sie haben von der weißen Frau mit dem Kind gehört, und etliche haben an der Krankenhaus Halt gemacht, aber abgesehen von Ruby und Jo schrecke ich vor jedem zurück. Wenn sonst jemand hallo sagt, zucke ich zusammen und merke, dass ich mich danach sehne, wieder auf den weiten, mit Spinifex-Gras bewachsenen Ebenen zu sein, eine Kragenechse zu sehen, die aus der Sonne in den Schatten huscht und wieder zurück, die schlichte, aufrichtige Melodie des kleinen Vogels zu hören und die Weiße dicht neben mir zu spüren, während wir durch die sternenklare

Nacht wandern. In Gedanken habe ich mich schon mehrmals heimlich aus dem Zimmer geschlichen und mich draußen an ihrem Beobachtungsposten still neben sie auf die Bank gesetzt. Das ist hier der einzige Ort, an dem ich mich sicher fühle. Das Gebäude erstickt mich regelrecht und verursacht mir Schmerzen in den Augen, in den Ohren und auf der Haut. Die Bank sieht still und einladend aus. Wenn ich meine Operation hinter mir habe und Jo und ich uns wieder gut genug fühlen, müssen wir beide uns unbedingt mal da draußen hinsetzen und ein Picknick machen. Weiter in die Zukunft kann ich heute nicht denken. Der Schlitten steht neben der Bank und wartet, dass ich ihn wieder belade und weiterziehe.

Es kommt mir beinahe so vor, als zöge es mich an den Ort zurück, dem ich mit aller Macht entfliehen wollte. Erst jetzt wird mir allmählich bewusst, was ich dort alles gelernt habe, und ich wünschte, ich könnte wieder zurückgehen und denselben Weg ganz in Ruhe noch einmal zurücklegen. Aber das geht nicht, denn Jo ist hier und braucht mich, und außerdem muss ich wieder in mein früheres Leben zurück. Ich muss eine andere Möglichkeit finden, um die Bruchstücke miteinander zu verbinden und die Tanami-Wüste in mein Bewusstsein aufzunehmen. Aber wie soll ich von hier fortgehen, solange Paul noch hier ist?

Josie. Das ist es. Sie braucht mich, und durch alles, was wir gemeinsam durchgestanden haben, ist ein so starkes Band zwischen uns entstanden, dass es niemand mehr zerreißen kann. Allein ihr Anblick macht mich froh, und es ist schon ein gutes Gefühl zu wissen, dass sie mich braucht.

Sie hat die ganze Nacht durchgeschlafen. Ab und zu fing sie an zu wimmern, weil sie Alpträume hatte. Aber mit den Worten ihres Vaters und mit meinem neuen Namen gelang es mir immer wieder, sie zu beruhigen.

»Alles wird wieder gut, Jo. Mami zwei ist hier.«

Der Name gefällt mir. Mami zwei. Wenn ich auch nicht das Zeug dazu habe, eine richtige Mutter zu sein, habe ich mir doch fest vorgenommen, eine supertolle Mami zwei zu werden.

Vielleicht sollte ich meine Versetzung in einen Nationalpark beantragen, der näher an Louisiana liegt. Vielleicht könnte ich irgendwo nach Texas gehen, zum Beispiel in den Big-Bend-Nationalpark. Aber Texas gefällt mir nicht. Das einzig Gute aus Texas, was ich kenne, ist Pony. Vermutlich ist das mit der Versetzung doch keine so gute Idee. Na ja, erst mal abwarten.

7.00 Uhr

Heute Morgen um halb sechs rief Lyle bei mir an. Drei der Fingerabdrücke hat man identifizieren können, bei den beiden anderen Fehlanzeige. Rayburn taucht nirgendwo in den Akten auf. Lyle vermutet, dass es gar nicht sein richtiger Name ist und wir ihn nur durch die Männer, die für ihn arbeiten, ausfindig machen können.

Was die betrifft, haben wir jedenfalls eine Menge an Informationen. Sowohl Foy als auch Bodley waren vorbestraft: Earl Foy wegen wiederholten schweren Diebstahls und bewaffneten Überfalls, David J. Bodley wegen Autodiebstahls im Alter von achtzehn Jahren. Denys Wilhoit hatte ein so langes Vorstrafenregister, dass man kaum alles einzeln aufführen kann. Es reichte von leichteren Delikten wie Ladendiebstahl und Widerstand gegen die Staatsgewalt bis hin zu Hehlerei und Drogenhandel. Foy und Bodley stammen aus der Gegend um Melbourne, aber Wilhoit ist in Alice Springs aufgewachsen. Lyle will heute noch dort hinfahren.

Eigentlich sollte mich das, was er über diese Männer herausfindet, brennend interessieren. Aber das ist nicht der Fall, denn ich kann nicht mehr genug Energie aufbringen, mich darum zu kümmern. Ich will einzig und allein, dass sie uns in Ruhe lassen. Je rascher ich mich erhole, desto besser. Miriam wird heute hier eintreffen, und dann können wir Josie von hier fortbringen – zurück in die Vereinigten Staaten, wo wir sicher sind.

Aber zuerst muss ich noch diesen kleinen operativen Eingriff über mich ergehen lassen. Schon seit zehn Minuten streicht die Krankenschwester hier herum, um mit den Vorbereitungen für die Operation zu beginnen. Solange sie es sich gefallen ließ, habe ich sie einfach nicht beachtet, aber jetzt wird es Zeit, dass bei mir für ein Weilchen die Lichter ausgehen.

Ich wünschte, du wärst hier, O'Malley. Bisher bin ich nur ein einziges Mal operiert worden – wegen eines Blinddarmdurchbruchs –, und da bist du bei mir geblieben, bis der Anästhesist dich hinausgeworfen hat. Es war deine Stimme, die ich als letzte gehört habe, bevor ich allmählich weggetreten bin, und die erste, die mich erreicht hat, als ich wieder zu mir kam. Wie sehr wünschte ich doch, du wärst jetzt hier!

Schluss damit. Ich kann mich nicht länger in meinem Elend suhlen. Deine Tochter braucht mich, und deshalb muss ich stark sein.

Im Übrigen schaffe ich es auch allein. Schließlich ist das keine Generalüberholung, sondern mir werden nur zwei Sehnen zusammengenäht. Lass dich nicht unterkriegen, Nowata. Steh die Sache durch bis zum Abschlussbericht.

14.00 Uhr

Die Operation ist vorüber, aber ich befinde mich immer noch auf der Intensivstation.

Ich bin noch leicht benommen, alles tut weh und mein linker Arm fühlt sich an wie Blei. Aber wenigstens habe ich es hinter mir, und bald bin ich wieder so gut wie neu.

Von den Neuigkeiten einmal abgesehen.

Hätten sie mir nichts davon erzählt, hätte ich sofort darauf bestanden, dass man mich zu Josie ins Zimmer zurückbringt. Aber nun sitze ich hier, bin völlig fassungslos und bemühe mich, es zu begreifen.

»Und das Beste ist: Ihrem Baby geht es gut, Kindchen«, hatte Meryl, die Oberschwester, zu mir gesagt, als sie vor einer Weile kurz hereingesaust kam, um Blutdruck und Temperatur zu messen und meine Atmung zu überprüfen.

»Ja, wenigstens ist es mir gelungen, Josie lebend aus dieser Wüste herauszubringen.«

Meryl machte ein verdutztes Gesicht und meinte: »Nein, nein, Schätzchen, das habe ich nicht gemeint. Ich meinte, *Ihr* Baby!«

»Meins?«

»Ja, natürlich Ihres. Sie müssen so etwa im zweiten Monat sein. Ein regelrechtes Wunder, dass es Ihrem Baby gut geht – nach allem, was Sie durchgemacht haben!«

Ich wusste einfach nicht, was ich darauf sagen sollte. Plötzlich schaute Meryl mich besorgt an und fragte: »Wussten Sie etwa nichts davon? Hat Ihnen noch niemand was davon gesagt?«

Ich konnte nur mit dem Kopf schütteln und bekam gerade noch mit, dass Meryl sich überschwänglich bei mir entschuldigte, weil sie dermaßen mit der Tür ins Haus gefallen war. Die einzelnen Worte drangen jedoch nicht mehr bis in mein

Bewusstsein. In meinen Ohren schrillte es wie eine Klingel und mir wurde wieder schlecht.

Pauls Kind.

Gütiger Himmel, nach allem anderen jetzt auch noch das?

Das kann doch nicht wahr sein. Das schaffe ich nicht.

Wie soll ich ohne Pauls Hilfe eine gute Mutter werden? Selbst mit seiner Unterstützung hatte ich mir das nie zugetraut. Wie soll ich eine solche Aufgabe dann auch noch ohne ihn bewältigen?

Ich bat Meryl, die Tür zu schließen, denn ich musste eine Weile für mich allein sein. Bevor ich zu Jo zurückkehre, muss ich erst einmal selbst mit dieser neuen Situation fertig werden. Draußen vor der Krankenhaus heult die Weiße. Ich bin ihr dafür dankbar, denn so finde ich besser zu mir selbst zurück. Vielleicht versteht sie im Gegensatz zu mir, was hier vor sich geht.

16.00 Uhr

Daher kam also die ständige Übelkeit.

Schwanger mit Pauls Baby zu Fuß durch die Tanami-Wüste – und ich dachte immer, die Jodtabletten wären mir nicht bekommen. Nicht zu fassen!

Eins steht jedoch fest: Dieses Kind wird bestimmt eine echte Kämpfernatur.

Ich werde es schon irgendwie schaffen, wenn es erst einmal da ist. Wenn ich genug Mumm habe, eine Mami zwei zu sein, dann reicht es sicher auch für eine echte Mami. Auch wenn ich vermutlich nicht so wie meine Mutter sein werde, bin ich immerhin ihre Tochter. Trotzdem wünschte ich, du wärst hier, Joy Nowata, und könntest mich noch die nächsten zwanzig Jahre begleiten. Für diese Aufgabe brauche ich mehr als nur deinen Blick. Auch Großmutter Haney brauche ich. Noch heute werde ich zu Hause anrufen und meine Vorbereitungen für einen Besuch bei ihr treffen. Vielleicht ist sie damit einverstanden, bei mir zu wohnen. Dann könnte ich sie endlich aus ihrer elenden Hütte in ein warmes Haus holen. Genug Platz hätten wir ja und ein freies Zimmer ist auch vorhanden. Zurzeit ist das Haus untervermietet, aber in ein paar Monaten läuft der Mietvertrag aus. Bis dahin suche ich uns eine Wohnung in Jackson. Großmutter Haney ist bestimmt damit einverstanden. Vermutlich weiß sie auch, wo sich Dix aufhält. Ja, ich muss so rasch wie möglich zu Hause anrufen.

Aber jetzt muss ich erst mal zu Josie zurück. Schon vor einer Viertelstunde habe ich nach der Schwester geklingelt, doch Meryl hat sich bisher nicht blicken lassen. Drei Minuten gebe ich ihr noch, aber dann stehe ich auf und gehe selbst hinüber.

47. Tag

Yangaara-Krankenhaus, Northern Territory
22. Januar

Da Meryl sich nicht mehr blicken ließ, ging ich allein den Flur entlang.

Josies Bett war leer.

Ruby stand am Fenster und sah hinaus. Als ich das Zimmer betrat, drehte sie sich um. Noch ahnte ich nichts und ging zu ihr ans Fenster. Die Weiße war aufgestanden – jeder Nerv war angespannt, sie hatte die Ohren gespitzt und den Blick auf den Horizont gerichtet. Ich klopfte an die Scheibe. Sie zuckte nur mit einem Ohr, rührte sich aber nicht. Irgendetwas stimmte hier nicht. Ich drehte mich um und sah auf Jos Bett.

Jede Frage war überflüssig.

Ruby sah mich an, und in ihrem Blick lag eine so tiefe Traurigkeit, dass ich genau Bescheid wusste.

Ich setzte mich auf einen Stuhl und starrte auf das leere Bett, das bereits frisch bezogen war. Die neuen Laken waren gestärkt und gemangelt. Nicht eine Knitterfalte zeugte mehr von Josies Anwesenheit. Die straff gespannte und sorgfältig unter die Matratze gesteckte Bettdecke verriet nicht mehr, dass es Josie zu heiß gewesen war und sie die Zudecke so weit weggestrampelt hatte, dass sie sich am Fußende an den Gitterstäben bauschte. Das Bett und das gesamte Zimmer waren für den nächsten Patienten vorbereitet. Sogar der Fußboden war gewischt.

Die vorige Patientin, ein kleiner Rotschopf mit großen braunen Augen und dem schiefen Lächeln ihres Daddys, war bereits vergessen. Nicht einmal ein schwacher Hauch ihres Geruchs war übrig geblieben.

Ich konnte nicht mehr denken, nicht mehr sprechen und mich nicht mehr allein von der Stelle rühren. Ich hatte der völligen Erschöpfung nichts mehr entgegenzusetzen und konnte nicht einmal mehr eine Träne vergießen. Irgendwann wurde ich in einen Rollstuhl gesetzt, den Flur entlanggeschoben und in ein anderes leeres Zimmer gebracht, das auf seinen nächsten Patienten wartete, nämlich auf mich. Ruby begleitete mich und ich spürte ihren Blick ebenso wie den der Krankenschwestern und der Pfleger auf mir ruhen. Ich spürte die Besorgnis und das Mitgefühl, das sie mit dieser Fremden empfanden, deren Widerstandskraft nun endgültig gebrochen war, aber ich sah und hörte sie nicht und ließ niemanden an mich heran.

Ich saß nur völlig in mich gekehrt auf dem Stuhl und starrte aus dem Fenster auf die Weiße, ebenso wie sie von Sehnsucht überwältigt.

»Josie hat einen richtigen Wutanfall bekommen«, erzählte Meryl mir später. »Unter gar keinen Umständen wollte sie fort, ohne sich vorher von Ihnen zu verabschieden, aber ihre Mama ließ sich nicht umstimmen. Sie hat sich das Mädchen einfach geschnappt und ist mit ihr auf und davon.«

Ich glaube, ich habe genickt, bin mir aber nicht sicher.

Als die Dingohündin geheult hatte, war es also gar nicht meinetwegen gewesen, sondern weil Jo fortmusste. Für niemanden ansprechbar hockte ich in meinem Zimmer und grübelte, wie ich bloß eine gute Mama werden sollte, wenn das kleine Mädchen, das mir den Mut dazu gegeben hatte, für immer aus meinem Leben verschwunden war.

Ruby beugte sich zu mir und legte mir die Tagebücher – Pauls und mein eigenes – in den Schoß. Zwischen den Seiten von Pauls Tagebuch steckte ein Brief von Jo. Ich war viel zu benommen, um denken, geschweige denn lesen zu können, und starrte ihn bloß stumm an.

Eigentlich habe ich nach allem, was wir erreicht haben, keine Veranlassung, völlig am Boden zerstört zu sein.

Schließlich hat Josie überlebt. Sie ist mit ihrer Mutter auf dem Heimweg nach Louisiana zu Großmama und Großpapa O'Malley, zu Eli, Gumbo und Pralinen, und nachts wird sie vollkommen sicher in ihrem eigenen Bett schlafen. Jo lebt, und eines Tages wird sie sich von den schrecklichen Erlebnissen erholt haben. Sie wird wieder gesund und munter sein, und all das, was geschehen ist, wird nach und nach zu einer unangenehmen Kindheitserinnerung verblassen und ihr irgendwann nicht mehr so schlimm vorkommen. Das ist doch genau das, was du wolltest, oder? Du wolltest sie doch hierher bringen, damit sie ihr Leben so leben kann, wie es für sie vorgesehen war.

Aber warum fühle ich mich dann nur so elend?

Warum sehne ich mich dann so furchtbar danach, sie wenigstens noch einmal zu sehen und ihr fest den Arm um die Schultern zu legen – eine dieser unwillkürlichen Freundschaftsbezeugungen im Vorbeigehen, die uns beiden immer so gut getan hat? Warum sehnt sich meine Hand so sehr danach, noch einmal ihre kleinen Finger zu spüren, die mir den Verband anlegen? Warum wünschen sich meine Augen so sehr, noch einmal zu sehen, wie ihre Wimpern im Schlaf ihre Wangen berühren? Ich hatte geglaubt, ich empfände so viel für Josie, weil ich durch sie einen Teil von Paul am Leben erhalten wollte. Aber jetzt erkenne ich erst, dass es gar nicht darum ging. Es ging nur um sie und mich, um uns beide.

In diesem kleinen Mädchen hatte ich einen lange verloren geglaubten Teil meiner selbst wiedergefunden, und den wollte ich nun zurückhaben.

Auch das Hemd ist nicht mehr da – Pauls Hemd. Wie Ruby mir berichtete, war das für Jo der Tropfen, der das Fass zum Überlaufen gebracht hatte. Jo hatte mir das Hemd dalassen wollen, damit ich mich besser fühlte. Ein übereifriger Pfleger hatte es jedoch bereits in den Müll geworfen, und obwohl das gesamte Krankenhaus auf den Kopf gestellt wurde, war es nicht mehr aufzufinden.

Damit ist nun auch diese letzte Kleinigkeit, die noch von Paul übrig war, unwiederbringlich dahin.

Offenbar bin ich nicht für diese Welt geeignet. Weder ist es mir bestimmt, sauber gewaschen zu sein, noch eine Familie oder ein Zuhause zu haben. Vermutlich bin ich unter einem schlechten Stern geboren, weil jeder, den ich liebe, von mir gerissen wird.

Die Weiße zu meinen Füßen, sitze ich auf der Bank und starre hinaus in die Wüste und zurück in die Vergangenheit. Wozu das alles? Vor vier Jahren bin ich meinen schmerzhaften Erinnerungen und meinem Kummer einfach ausgewichen und habe mich kopfüber in diesen tiefen See der Hoffnung gestürzt, und nun ist meine Seele vollends in die Brüche gegangen. Ich halte einen Spiegel in den Händen, der mir kein Bild mehr zeigt.

Als ich den Kopf hob, sah ich plötzlich einen Mietwagen kommen. Noch bevor das Fahrzeug zum Stehen gekommen war, flog die Beifahrertür auf, und ein kleines rothaariges Mädchen sprang heraus und lief auf mich zu: Josie, und sie stand auf ihren eigenen zwei Beinen, zwar noch etwas wackelig, aber sie hatte einen starken Willen. Mit ausgestreckten Armen kam sie auf mich zu, und ich stand auf, ging ihr entgegen und drückte sie fest an mich. Ihr Haar war frisch gewaschen und geföhnt und fiel ihr in weichen Locken bis auf die Schultern. Auch auf ihrem schmalen sommersprossigen Gesicht war der Schmutz von unterwegs längst verschwunden. Sie drückte ihren kindlichen Körper fest an mich und ich fühlte mich zu Hause.

Stumm schritt Miriam auf uns zu und blieb ein paar Schritte von uns entfernt stehen. Mit Tränen in den Augen suchte ich ihren Blick und war ihr unendlich dankbar, dass Jo und ich uns auf Wiedersehen sagen konnten. Sie nickte und ging unschlüssig zu der Bank. Jo und ich gesellten uns zu ihr.

Josie redete wie ein Wasserfall, führte uns die Höhepunkte unserer Wanderung vor Augen und fragte mich, ob ich mich an dieses oder jenes erinnerte, was sie ihrer Mama dann in aller Ausführlichkeit erzählte. Miriam nickte lächelnd und weinte, ohne ihre Tränen vor uns zu verbergen. Ich hatte sie noch nie weinen sehen. Josie war die Einzige von uns, die nicht heulen musste. Daher war sie diejenige, die hauptsächlich redete. Doch plötzlich hielt sie inne und wandte sich ihrer Mutter zu.

»Hast du schon vergessen, Mami?«

»Was soll ich vergessen haben, mein Liebling?«, fragte Miriam mit sanfter Stimme und strich Jo mit den Fingerspitzen über die Wange.

»Die Überraschung!«

»Ach das. Nein, das habe ich nicht vergessen. Hier«, erwiderte Miriam und reichte mir eine der Papiertüten, die sie neben sich auf die Bank gelegt hatte.

Josie strahlte übers ganze Gesicht. »Das ist unser Geschenk an dich, Mami zwei.«

Erschrocken warf ich Miriam rasch einen Blick zu, um zu sehen, ob sie sich durch diese Anrede gekränkt fühlte. Aber sie sagte nur lächelnd: »Machen Sie es nur auf. Josie war fest überzeugt, dass es genau das ist, was Sie haben wollten.«

In der Tüte befanden sich ein Cheeseburger, Pommes frites und ein Erdbeershake. Ich musste laut lachen. Die Welt, in der wir leben, ist schon recht kompliziert – aber genau das ist der Inbegriff von Familie: Wir drei hockten hier zusammen auf der Bank in der warmen Sonne und aßen Cheeseburger und Pommes frites und tranken diese dünne milchige Substanz, die man hierzulande als Erdbeershake durchgehen lässt. Ich gab mein Bestes, um alles zu verputzen, und Jo ebenfalls, und wir hielten uns beide recht wacker. Josie erzählte mir, dass sie unsere Namen in der Zeitung gelesen hätte. Ein hiesiger Reporter war auf die Story gestoßen und in der gestrigen Ausgabe der Tageszeitung *The Territorian* waren wir zwei auf der Titelseite. Miriam und ich sprachen darüber, dass es für Jo das Beste sei, sie möglichst schnell aus Australien fort und zurück nach Hause zu bringen. Wir überlegten uns, dass sie die nächsten Sommerferien bei mir in Moose verbringen könnte, und vielleicht auch mal die Feiertage. Als ich ihnen von dem Baby erzählte, jubelte Josie laut auf: »Dann werde ich ja eine große Schwester! Wahnsinn!«

Und schließlich sprachen wir über Paul – zwar nicht lange, aber lange genug, um alles zu regeln. Zwei Frauen und seine Tochter, die ihn allesamt geliebt hatten, saßen zusammen auf einer Holzbank, aßen gemeinsam und erinnerten sich miteinander an seine Eigenarten. Auch wenn die Erinnerung schmerzhaft war, so empfand ich doch tiefste Dankbarkeit, dass Miriam meinem Vorschlag zustimmte, mich um Pauls Einäscherung zu kümmern, und dass sie mich fragte, ob sie und Jo mit auf diesen Felsvorsprung über dem Jenny Lake kommen könnten, wo Paul seine Asche verstreut haben wollte. Unsere Trauer mündete in die schrecklich banalen Einzelheiten seines Todes – und seines Lebens. Noch vor einer Stunde wusste ich nicht, wie es weitergehen sollte. Inzwischen weiß ich es – und das nur, weil ich jetzt eine Familie habe.

Als sich plötzlich ein paar Regenwolken zusammenzogen, wollten sich die beiden langsam auf den Weg machen. Jo umarmte mich fest, während Miriam etwas abseits stand und wartete. Ich zog sie mit meiner gesunden Hand in unseren Kreis, denn diese Frau hat Paul ebenfalls geliebt und verloren. Sie war die Frau, die den Mut aufbrachte, ihre Tochter beizeiten vor einer Vergewaltigung zu warnen, solange diese noch jung genug war, die Warnung ernst zu nehmen. Sie war die Frau, die ihren Schmerz allein getragen und hinter witzigen oder bissigen Bemerkungen verborgen hatte. Seit dem Tag, an dem Mama starb, habe ich keine andere Frau mehr umarmt und auch nie das Bedürfnis gehabt. Aber diese Umarmung fühlte sich gut und richtig an. Wir standen dicht beisammen und schöpften Kraft aus unserer gemeinsamen Liebe zu einem Mann, der zwar nicht körperlich, aber doch in unseren Herzen hier bei uns war.

Erst als uns bereits die ersten Regentropfen auf den Kopf fielen, brachen die beiden endgültig auf. Josie rief: »Mach's gut, Eli zwei!« Miriam schaute sich fragend um, sah aber die Hündin nicht, der ihre Tochter den Abschiedsgruß zugerufen hatte. Dann brüllte Jo: »Tschüs, bis zum nächsten Mal, Mami zwei!« Und beide winkten, bis der Wagen nicht mehr zu sehen war. Jo fuhr mit ihrer Mutter nach Hause.

Ich blieb noch eine Weile auf der Bank sitzen und genoss die warmen Regentropfen auf meinem Gesicht, das Schweigen und die Gesellschaft der Weißen. Dann stand ich auf und ging zurück in die Krankenhaus, um nach einem Telefon Ausschau zu halten.

48. Tag

Yangaara-Krankenhaus, Northern Territory
23. Januar

Schon wieder bin ich auf der Suche. Dieses Mal versuche ich, von einem Krankenhausbett in Zentralaustralien aus meinen Bruder irgendwo im ländlichen South Dakota ausfindig zu machen. Vor einem Monat hatte er mir in meinem Haus in Moose telefonisch eine Nachricht hinterlassen. Lanes hat mich davon unterrichtet, als ich mich bei ihr zurückgemeldet und gesagt hatte, ich sei bald wieder zu Hause. Aber die genannte Nummer stimmt leider nicht mehr. Daraufhin habe ich überall angerufen: bei Dix ehemaligen Freundinnen und bei seinen sämtlichen alten Kumpels vom Rodeo. Zu gern würde ich bei Großmutter Haney anrufen, aber sie hat kein Telefon, und die Namen ihrer Nachbarn kenne ich leider nicht. Also komme ich im Moment nicht weiter und hoffe, bald etwas von Dix zu hören.

In der Zwischenzeit habe ich mich auch bei Pony und Jed zurückgemeldet. Gutes Gefühl, ihre Stimmen zu hören, wenn auch beide aufgrund der frühen Morgenstunde noch leicht weggetreten waren. Ich habe ihnen noch nicht alles erzählt, nur die Sache mit Paul und dass ich so weit okay bin. Jed meinte, falls ich eine Schlafgelegenheit brauche, könne ich bei ihm wohnen, bis Laneys Mietvertrag für unser Haus ausgelaufen ist. »Lanes hat mich übrigens vor ein paar Minuten angerufen, Tal, und mir mit ihrer Piepsstimme erzählt, dass du bald nach Hause zurückkommst. Sie meinte, dass ihr zwei vielleicht zusammenwohnen könnt. Du hast also die Wahl.« Auch Pony bot mir an, mich bei sich aufzunehmen.

Ich bedankte mich für die lieb gemeinten Angebote und sagte, ich würde vielleicht darauf zurückkommen, aber ich hätte mir überlegt, meine Großmutter zu mir zu nehmen. Bis Laney auszieht, würde ich mir deshalb vermutlich etwas in der Stadt suchen. Beide waren sprachlos, aber Pony erholte sich schneller von dem Schreck als Jed.

»Waaas, du hast eine *Großmutter*? Und ich dachte immer, dich hätte Mutter Erde ganz von selbst hervorgebracht, Nowata, so eine Art unbefleckte Empfängnis in einem Gemüsebeet – nur Erde und Wasser mit ein bisschen Dünger und so. Ich wäre nie darauf gekommen, dich mit langen Familienbanden irgendwelcher menschlicher Wesen in Verbindung zu bringen.«

Als ich darauf nicht anbiss, fuhr sie fort: »Wann werden wir diese wundersame Frau denn kennen lernen?«

»Sobald ich es einrichten kann, wenn ich erst wieder zu Hause bin.«

Es dauerte keine zehn Minuten, da klingelte das Telefon schon wieder. Dix war am Apparat und teilte mir Neuigkeiten mit, die meine neue heile Welt in tausend Stücke rissen.

49. Tag

Yangaara-Krankenhaus, Northern Territory
24. Januar

Großmutter Haney ist tot.

Bess Haney. Der Tod hatte sie in den frühen Morgenstunden des 6. Januar ereilt, als sie auf ihrem zerlumpten Haufen Bettzeug lag und schlief. Für Jo und mich war das der 31. Tag gewesen, jener Tag, an dem das Flugzeug kam und an dem wir die Raupen fanden und ich mich daran erinnerte, wie meine Großmutter sich das Sandwich mit Ketchup machte und aß, während ich wütend und überheblich in ihrer Hütte stand, sie verurteilte und sie so verletzen wollte, wie sie mich verletzt hatte.

Dix war bis zum Schluss bei ihr gewesen. Seit zwei Jahren, acht Monaten und drei Tagen war er trocken, denn seit dem Tag, als ich ihm gegenüber handgreiflich geworden war, hatte er keinen Tropfen Alkohol mehr angerührt. Ich bat ihn, mir zu verzeihen, aber er antwortete, das habe er bereits vor zwei Jahren, acht Monaten und drei Tagen getan. Im Herbst wolle er heiraten, ein Mädchen, das mit Shelby Greer – ich kann mich nicht an sie erinnern – zusammen zur High School gegangen ist. Fürs Erste wollen sie in Artis' und Elaines Haus ziehen. Wir hatten es geerbt und all die Jahre über vermietet. Eigentlich wollte keiner von uns in dieses Haus zurück, aber nun hat Dix es sich anders überlegt. Er möchte auch Kinder haben. Das Rodeo hat er endgültig an den Nagel gehängt und meint, da von seiner Milz nichts mehr zu holen wäre, hätte er sonst Angst, man würde ihm vielleicht andere Organe entnehmen, die lebenswichtiger sind. Jetzt hat er sich einen neuen Laster gekauft und arbeitet auf dem Bau.

Ich bat ihn, mir von Großmutter zu erzählen. Er sagte, sie habe mir einen Brief hinterlassen, in dem alles drinstehe. Gleich morgen werde er ihn mir per Eilboten schicken. Ich fragte, ob sie Schmerzen gehabt habe.

»Nein, Tal, sie ist eingeschlafen wie ein Baby. Sie wusste, dass du okay bist. Ja genau, das hat sie mir gesagt: Sie wisse, dass bei dir endlich alles in Ordnung sei und sie deshalb in Ruhe gehen könne. Und dann hat sie sich einfach schlafen gelegt.«

»Wie konnte sie das wissen? An dem Tag wusste ich ja nicht mal selbst, ob alles wieder in Ordnung kommen würde!«

»Sie wusste es eben.«

»Und wennschon! Selbst wenn alles mit mir in Ordnung gewesen wäre – ist es ihr denn verdammt noch mal nie in den Sinn gekommen, dass es doch ganz nett wäre, wenn zur Abwechslung wenigstens mal *einer aus unserer Familie hier bleiben würde*?« Ich schrie so laut, dass Meryl den Kopf zur Tür hereinsteckte, um nach mir zu sehen.

Dix hörte schweigend zu, und dieses Schweigen lastete schwer auf uns. Als ich aufgehört hatte zu wüten, sagte er schließlich: »Sie sprach davon, dass du bald zu deiner Familie zurückfinden würdest. Außerdem sprach sie von einer Frau mit dem Namen eines Edelsteins, die da ansetzen würde, wo sie selbst damals aufgehört hatte, und die dich lehren würde, im Einklang mit dem Land zu leben und die Zeichen zurückzulassen, die dir bestimmt sind. Ich glaube, das steht alles in dem Brief, Schwesterchen. Ich schicke ihn heute noch ab.«

Ich dankte ihm.

Dix sagte: »Und wenn du so weit bist, Tal, dass du wieder

nach Hause kommen kannst, ruf mich an. Ich komme dich abholen.«

»Ich habe keine Ahnung, wann ich so weit bin.«

»Ganz egal, Schwesterchen. Anruf genügt, ich komme sofort. Schließlich gehören wir zu derselben Familie, weißt du? Versprich mir, dass du anrufst, damit ich kommen und dich nach Hause bringen kann.«

Ich versprach es ihm.

Und ich werde Wort halten, auch wenn ich den genauen Zeitpunkt im Moment noch nicht weiß.

54. Tag

Yangaara-Krankenhaus, Northern Territory
29. Januar

Lyle schaute kurz vorbei und setzte sich ein paar Minuten zu mir auf die Bank unter den Baum. Während die Weiße ihn argwöhnisch betrachtete, hörte ich ihm aufmerksam zu.

Denys ist verhaftet und man hat erste Hinweise auf Rayburn. Das ist tatsächlich sein richtiger Name: Adrian Rayburn Smythe. »Gefährlicher Bursche«, sagte Lyle. »Gefährlich und aalglatt, ist uns bisher immer durch die Lappen gegangen. Hat 'ne Weile gedauert, ihn aufzustöbern, aber er steht schon auf mehreren Fahndungslisten, unter anderem auch bei der Drug Enforcement Agency.«

»War er denn auch in den USA tätig?«

»Offenbar ja.«

»Irgendwelche Vorstrafen?«

»Nur eine. Kleineres Drogendelikt vor zwanzig Jahren. Bei dieser Gelegenheit hat er seine Freundin zusammengeschlagen. Seitdem ist er nicht mehr aktenkundig geworden. Aber bei einer Anzahl von größeren Delikten deutet alles auf ihn: Drogen- und Waffengeschäfte und sogar Mord – alles ziemlich hässliche Sachen. Er bewegt sich in dubiosen Kreisen.«

Lyle warf mir einen verstohlenen Blick zu, um zu sehen, wie ich das alles aufnehmen würde.

»Sie sind wegen Paul hinter ihm her, stimmt's?«

»Genau.«

»Und wegen Bodley?«

»Auch. Für die konkrete Tat muss Denys allerdings geradestehen.«

»Ich werde gegen ihn aussagen.«

»Vermutlich wird Rayburn versuchen, Sie daran zu hindern. Sehen Sie lieber zu, dass Sie hier wegkommen und nach Hause fahren. Sie sollten besser unter Ihren Freunden sein und sich mit Leuten umgeben, die Sie kennen, damit Sie Schutz haben, falls er auftaucht.«

Lyle sagte das so, wie ein älterer Bruder es tun würde. Solange er sprach, nickte ich, doch danach schüttelte ich heftig den Kopf. »Ich bleibe hier.«

Lyle seufzte. »Das hatte ich befürchtet. Und wo wollen Sie bleiben?«

Ich zuckte mit den Schultern.

»Na gut. Wir werden ihm also den Prozess machen, und sobald Sie gegen ihn ausgesagt haben, können Sie aufbrechen. Wenn Sie in der Zwischenzeit etwas brauchen – Geld oder Kontakte –, lassen Sie es mich wissen. Wir verfügen zwar über keinen großen Etat, aber etwas werde ich schon für Sie auftreiben.« Jetzt klingt er wieder wie ein Gesetzeshüter.

»Ich bin finanziell abgesichert«, sagte ich und dachte dabei an meine Erbschaft, von der ich all die Jahre nicht einen Cent angerührt hatte. Mit diesem Geld hätte ich, falls ich nur etwas mehr auf das Gute in mir gehört hätte, die letzten Jahre meiner Großmutter verdammt viel angenehmer machen können. Bei diesem Gedanken zuckte ich unwillkürlich zusammen. Lyle legte mir besorgt die Hand auf den Arm und gab mir einen Moment, um mich wieder zu fassen.

»Sie müssen sich bedeckt halten, sehr sogar. Die verdammte Zeitung gestern … ich verstehe nicht, warum die meinen, dass sie so was tun müssen!«, sagte er wieder in brüderlichem Ton.

»Keine Sorge.«

Lyle grinste, doch plötzlich wurden seine Züge ernst.

Während seine Hand noch auf meinem Arm lag, sagte er: »Ich habe veranlasst, dass Pauls Leiche abgeholt wird. Die Gerichtsmedizin in Alice Springs soll eine Autopsie vornehmen.«

Mit erstarrter Miene stammelte ich: »Wir wollten ihn eigentlich einäschern lassen. Könnten Sie das für mich regeln?«

Lyle stimmte zu. Nachdem er mir zugesichert hatte, mich auf dem Laufenden zu halten, und ich ihm hoch und heilig versprechen musste, mit ihm in Kontakt zu bleiben, machte er sich auf den Weg.

Gleich darauf kam Ruby mit einem dicken Lederbeutel und breitete den gesamten Inhalt zwischen uns auf der Bank aus. Viele der Bestandteile, mit denen sie mich gefüttert und meine Wunden gepflegt hatte, erkannte ich wieder, ebenso wie eine Reihe von Pflanzen, die Jo und ich unterwegs kennen gelernt hatten. Als ich mir alles genau angesehen hatte, steckte Ruby die Sachen sorgfältig in den Beutel zurück, zog ihn zu und gab ihn mir.

»Für deine Reise«, sagte sie und stand auf. »Ich werde auf dich warten.«

Dann drehte sie sich um, und ohne auch nur ein einziges Mal stehen zu bleiben oder einen Blick zurückzuwerfen, ging sie fort. Ich hielt das weiche Leder fest in der Hand und sah ihr nach, wie sie die Straße hinabging.

Wenn das alles vorbei ist, Paul, wenn die Blutergüsse verblasst und die Brand- und Schnittwunden verheilt sind, habe ich immer noch dich.

Aber nein. Die Nacht wird sich in einen endlosen Abgrund verwandeln und ich werde allein sein.

Dass ich von dem einzigen Menschen getrennt bin, der mich schön und liebenswert fand, so wie ich bin, tut am meisten weh. Er hat mich gelehrt, dass ich nicht mehr das unbeholfene kleine Halbblut bin, das ein betrunkener Vater wegen seiner Haar- und Augenfarbe einst verwünscht hatte, und auch nicht mehr die zurückhaltende Streberin oder Klassenbeste, sondern einfach nur ich selbst, anmutig mit meinen Stärken und reizend mit meinen Schwächen. Ich wollte, dass das immer so bliebe.

Und auch die kleinen alltäglichen Freuden hätte ich gerne für immer bewahrt: morgens den Kaffee kochen und sich abends gegenseitig den Nacken massieren, in die Klänge von Beethoven oder REO Speedwagon versunken oder aber in wundervolles Schweigen gehüllt gemeinsam das Abendessen zubereiten, sich gegenseitig die Schuhbänder zubinden, Holz hacken, in der Nacht deinen gleichmäßigen Atem hören und am Morgen sehen, wie du aufwachst.

Ich wünschte, ich wäre besser auf meine jetzige Lage vorbereitet.

Aber wie soll man sich darauf vorbereiten, die Liebe zu verlieren, die dem eigenen Leben Bedeutung gibt? Eine Liebe, die zuerst ganz einfach, dann völlig natürlich und schließlich vollkommen richtig war.

Ich habe Paul auf ewig meine Liebe geschworen.

Und daran werde ich mich auch halten.

Ich bin so müde, dass ich kaum noch denken kann, zu müde, um mich an dieser Liebe festzuhalten. Ich bin durch all die vergangenen Tage und Nächte gestolpert und habe mich nach deiner Berührung gesehnt. Manchmal wusste ich nicht einmal, ob ich dich überhaupt richtig kenne, und ich habe mich gefragt, wo ich dich enttäuscht und wo ich versagt habe und wie ich es hätte besser machen können – und vor allem, warum du mich verlassen musstest. Ich habe mit dir gestritten, dir freche Antworten gegeben und war unverschämt zu dir, nur um mich aufrecht zu halten, weiterzugehen und deine Tochter in Sicherheit zu bringen. Gegen diese Wüste, die du liebst, habe ich mit aller Kraft, die ich nur aufbringen konnte, verbissen gekämpft – und währenddessen hast du nur kalt und still unter ihrem schweren roten Sand gelegen. Das ist einfach zu viel.

Aber eines weiß ich genau: Schon bald werde ich eines Nachts wieder neben dir liegen und deine Stimme wird mich in den Schlaf wiegen. Und wenn sich unsere Flügel erheben, werden wir und unser Kind für immer unter dem schützenden Dach unseres Himmels leben.

55. Tag

Yangaara-Krankenhaus, Northern Territory
30. Januar

Auf der Suche nach einer Antwort war ich wieder zu dieser Bank zurückgekommen und hatte darauf gewartet, dass der Brief meiner Großmutter eintraf. Vor wenigen Minuten hatte ihn mir der Eilbote endlich gebracht, und nun halte ich den schlichten weißen Umschlag in der Hand und bin innerlich ganz ruhig. Ich hatte versucht, ihn zu öffnen, aber beim Anblick des Papiers war ich in Tränen ausgebrochen. Als ich sechs war, hatte ich für Mama und für Großmutter Briefpapier zum Geburtstag gebastelt, und auf einem Blatt eben dieses Papiers hatte Großmutter mir ihren Brief geschrieben. Es ist so alt und vergilbt und ihre mit Bleistift geschriebenen Buchstaben sind so sorgfältig ausgeführt, dass ich es im Augenblick einfach nicht fertig bringe, diesen Brief zu lesen. Deshalb habe ich ihn wieder in den Umschlag gesteckt und halte ihn nur gut fest.

Ich weiß, dass er eine Erklärung enthält, weshalb Großmutter Haney uns damals im Stich gelassen hat, aber ich brauche diese Erklärung gar nicht zu lesen – nicht jetzt und vielleicht sogar nie. Großmutters Gründe spielen für mich eigentlich keine Rolle mehr. Es waren *ihre* Gründe, und sie hatte alles weise erwogen und ihre Entscheidung danach gefällt, was für sie richtig war. Heute verstehe ich das. Ich wünschte nur, ich hätte es ihr noch sagen können, bevor sie für immer von uns gegangen ist. Stattdessen habe ich nur immer meine Wut wie einen Schutzschild vor mir hergetragen und sie bis heute aus meinem Leben ausgeschlossen. Und nun ist es zu spät. Jetzt muss ich als Mutter – die von starken Frauen mit einem sanftmütigen Herzen abstammt und in diese Welt geboren wurde – mein Leben selbst in die Hand nehmen. Auch meine weiblichen Vorfahren haben mit eben den Händen, die ihnen verliehen wurden, ihr Leben angepackt und die aus ihrer Sicht bestmöglichen Entscheidungen getroffen. Ob mein Kind eines Tages wohl dasselbe von mir denken wird? Und ob sein Verständnis wohl die Wut mildern wird, die es dann über meine Fehler empfindet? Antworten gibt es auf diese Fragen nicht. Die wird erst das Leben selbst geben.

Neben mir auf der Bank liegt Rubys Beutel. Die Weiße bleibt in meiner Nähe. Wir schauen gemeinsam auf den Schlitten, dessen Metalllehne in der späten Nachmittagssonne glänzt. Und ich denke daran zurück, wie ich diesen Schlitten Meile für Meile über den unebenen Wüstenboden gezogen habe.

Hinter uns hört man unablässig die geschäftigen Geräusche des Krankenhauses. Ich scheue vor diesem Lärm zurück, ebenso wie vor den Menschen und vor dieser Häuseransammlung. Ich passe nicht mehr hierher. Wenn ich nach Norden blicke, sehe ich die sandigen Ebenen, die sich zum Herzen der Tanami hin ausbreiten. Wie sehr habe ich diese rote Wüste verflucht und bekämpft. Aber dort waren wir wenigstens sicher. Zu dem Zeitpunkt wusste ich es noch nicht, aber die Tanami war der sicherste Ort, an dem ich mich je aufgehalten habe.

Plötzlich merkt die Weiße auf. Ihr Fell sträubt sich über der Wirbelsäule und langsam und bedächtig stellt sie sich auf die Füße. Ich folge ihrem Blick, der auf die andere Straßenseite gerichtet ist. In einem Geschäftseingang steht unter der Markise, auf Krücken gestützt, ein Mann in khakifarbenen Hosen und weißem Hemd.

Rayburn.

Er tritt hinaus auf die Straße und kommt genau auf mich zu. Völlig verwirrt – nicht sicher, was ich jetzt tun oder wohin ich überhaupt gehen soll – stehe ich auf. Unsere Blicke treffen sich, und ich weiß, dass dieser Mann nicht aufgibt, bevor ich tot bin.

Die Weiße knurrt und stellt sich vor mich, doch Rayburn kommt unaufhaltsam näher.

Plötzlich rennt eine Schar Kinder mit wedelnden Armen und fliegenden Schritten die Straße entlang einem verbeulten alten Fußball nach. Als sie auf gleicher Höhe mit uns sind, tritt Rayburn zurück. An einem kleinen Jungen, der an mir vorbeiflitzt und der nur halb so groß wie Josie ist, entdecke ich Pauls Hemd. Der Junge hat den blauen Flanell hochgezogen, ihn sich um die Taille gewickelt und zugebunden, aber trotzdem schleift der Stoff hinter ihm über den Straßenstaub und schlägt ihm vorn an die Knie, während seine nackten Füße auf den schmutzigen Boden trommeln, um mit den größeren Kindern Schritt zu halten. Ich muss unwillkürlich lächeln und wünschte, Paul wäre hier und könnte das sehen: Ein Stück aus der Geschichte eines anderen Menschen erwacht auf dem schmächtigen Körper eines Kindes zu neuem Leben – und bewahrt die Spur eines Lebens, das so gut gelebt worden ist wie kein anderes. Ich nehme mir vor, Jo davon zu berichten, wenn ich ihr schreibe.

Rayburn kann im Augenblick nichts tun. Ihm wurde ein Strich durch die Rechnung gemacht. Während ich ihm unverwandt in die Augen sehe, spüre ich mit Gewissheit: Ich trage ein neues Leben in mir und werde mich weder der Gewalttätigkeit dieses Mannes noch irgendeines anderen beugen. Niemals.

Endlich weiß ich, was ich zu tun habe. Ich nehme Rubys Beutel, zwänge mich zwischen zwei parkenden Wagen hindurch und sehe zu, dass ich von Rayburn, der Krankenhaus und dem Dorf wegkomme. Ich gehe zurück in die Tanami und die Weiße läuft neben mir her. Wir bewegen uns schnell, aber ohne Furcht.

Kurz darauf sehe ich Ruby vor mir.

»Es wird alles wieder gut, Eli zwei, ganz sicher. Komm, mein Baby, meine kleine Bess, deine Großmutter wartet auf uns.«

Epilog

27. Mai

Ich verlasse Alice Springs mit der Ansett Airlines, Flug Nr. 419.

Nachdem Rayburns Plan an jenem Tag durch Rubys Nachbarskinder vereitelt worden war, verschwand er und ist seither auch nicht wieder aufgetaucht. Lyle traf alle Vorkehrungen, um Denys einen hieb- und stichfesten Prozess zu machen, und während ich auf meine Zeugenaussage wartete, wohnte ich bei Ruby in ihrem Camp draußen in der Tanami.

Heftige Regenfälle prasselten auf die Erde, durchpflügten den ausgedörrten Boden, und die Wüste um uns herum wurde grün. Wir saßen in unserer Höhle vor einem warmen Feuer und lauschten dem Regen. Nahrung und Wasser waren nun wieder reichlich vorhanden. Allmählich gewöhnte ich mich an den Gedanken, Raupen zu essen, und lernte schließlich ihren leicht nussartigen, ansonsten aber unspektakulären Geschmack kennen – um die Wahrheit zu sagen, es war nichts, worüber man nach Hause schreiben oder weshalb man würgen müsste. Außerdem fand ich allmählich Geschmack sowohl an Buschtomaten und an Buschrosinen als auch an den in weicher, warmer Asche gegarten Yala. Als meine Schnittwunden verheilt und meine Prellungen verblasst waren, hörte auch die allmorgendliche Übelkeit auf, und ich nahm wieder an Gewicht zu. An Rubys Seite sammelte ich die Nahrung, die die Wüste hervorbringt, und lebte in Einklang mit dem Land. Und wohin ich mich auch wandte – überall sah ich Paul in diesen sanften roten Hügeln, die er so geliebt hatte.

Vor zwei Wochen fuhr ich schließlich nach Alice Springs, um dem Prozess gegen Denys beizuwohnen. Er war rasch vorüber. Das Verfahren gegen Rayburn läuft noch, aber da es im Augenblick hier für mich weiter nichts zu tun gibt, kann ich endlich nach Hause zurück.

Bess bewegt sich schon kräftig. Ich schiebe Pauls Urne an die Seite und lege die Hand auf den Bauch, um meine Tochter zu beruhigen. Mir fällt ein, dass ich noch vor kurzem am Lagerfeuer saß, während der Blick der Weißen auf mir ruhte und Ruby mir zeigte, wie ich Bess beruhigen kann. Als sie das erste Mal fest trat, war ich völlig überrascht gewesen. Ruby hatte ihre Hand auf meinen runden Bauch gelegt und gelächelt.

»Sie rennt«, hatte sie gesagt.

Das war maßlos untertrieben, denn Bess trainiert mit Sicherheit schon für den Boston Marathon. Wir hätten lieber gleich ein Flugzeug nach Massachusetts nehmen sollen.

Dix steht in der Schlange dicht hinter mir und hat seine Hand fest auf meine Schulter gelegt. Ihn während der Gerichtsverhandlung hier in meiner Nähe zu haben war ein Geschenk des Himmels. Das habe ich ihm auch gesagt. Er hat mir neuen Tabak für meinen Brustbeutel mitgebracht und mich wie eine Glucke bemuttert. Auch das habe ich ihm gesagt, aber er hat mich nur überrascht angesehen und mich weiter bemuttert. Seine Zukünftige scheint eine nette Person zu sein, und ich glaube, er freut sich schon darauf, sie wiederzusehen. Und ich freue mich darüber, dass er nüchtern ist, denn als Halbwüchsiger und junger Erwachsener war er die meiste Zeit benebelt. Damals an jenem Tag, als ich ihn ins Gesicht schlug, hatte ich meinen Bruder kaum wiedererkannt, aber jetzt ist er wieder so wie früher, und ich brauche mir keine Sorgen mehr um ihn zu machen und kann beruhigt beiseite treten.

Wir geben unsere Tickets ab und durchqueren den breiten überdachten Gang zu dem Flugzeug, das den Pendelverkehr zwischen Alice Springs und Sydney übernimmt. Als wir auf dem Rollfeld sind, bleibe ich stehen und drehe mich noch ein letztes Mal um. Ruby ist nicht hier, aber ich sehe sie trotzdem, wie sie mit der Weißen an ihrer Seite in der Wüste steht. Auch Josie ist nicht hier, aber ich fühle, wie sie in Louisiana mit Eli über einen neuen Streich lacht, den sie gemeinsam ausgeheckt haben. Weder Mama ist hier noch eine meiner Großmütter – und doch sind sie alle hier und nehmen in Bess' Körper wieder neu Gestalt an. Der Kreis schließt sich. Neben dem Flughafengebäude wachsen Eukalyptus- und Akazienbäume, die stark duften. Jetzt kenne ich diese Bäume, ich kenne ihre Namen, ihre Blüten und ihre Früchte und weiß, wogegen sie helfen und was sie heilen. Ich weiß, wann sie wachsen und was sie tun, um die Trockenzeit abzuwarten. Ich habe mit diesem Land gelebt.

Dix führt mich zum Flugzeug und wir setzen uns auf unsere Plätze. Ich sitze direkt am Fenster und halte Pauls Urne fest auf dem Schoß. Da mein Foto in allen Zeitungen war, erkennt die Stewardess mich wieder. Sie besteht nicht auf Einhaltung der Flugvorschriften, sondern macht eine Ausnahme, und ich darf die Urne während des Flugs bei mir behalten. Wortlos beugt sie sich über Dix und legt mir eine Decke über die Knie. Ihr Blick ist tief, warm und wissend. Sie hat dieselbe helle Haut wie ich, doch der Blick ihrer blauen Augen hat sich durch das geteilte Leid verdunkelt. Wie weit die menschliche Verbundenheit reicht, war mir vorher nie so deutlich bewusst geworden, und dass sogar Fremde die stumme Sprache der Trauer und der Sehnsucht sprechen, hätte ich nie vermutet. Ich bin mir nicht einmal sicher, ob ich Fremde bisher überhaupt als Menschen wahrgenommen habe, da ich mich völlig in mich selbst zurückgezogen und anderen gegenüber abgeschottet hatte. Nicht einmal meine Such- und Rettungsarbeit hatte mich vor mir selbst retten können. Das sollte erst der Tanami-Wüste gelingen.

Dix nimmt meine Hand und ich drücke fest die seine, während ich unverwandt aus dem Fenster sehe. Plötzlich tritt ein Mann aus dem Gang auf das Rollfeld und sieht unerschrocken auf das Flugzeug. Rayburn. Obwohl Lyles Leute seine Organisation völlig auseinander genommen haben, konnte er sich ihrem Zugriff bislang entziehen. Woher wusste er nur, dass ich hier bin? Unsere Blicke treffen sich, und ich verstehe: Eines Tages werde ich mich mit diesem Mann auseinander setzen müssen.

Aber nicht heute.

Als das Flugzeug rollt, spritzen Regentropfen an mein Fenster. Wir steigen hoch auf über das nebelverhangene Land und ich halte mich an der Urne fest. Ich habe einen Mann geliebt, der ein beständiges Herz und eine unerschütterliche Seele hatte, und ich trage sein Kind in mir. Was zwischen uns war, wird niemals sterben. Ich höre seine Stimme, ein leises Flüstern.

Bitte mich, uns daran zu erinnern, wer wir waren, und vertraue mir, dass ich nicht fortgehe, wenn wir es vergessen.

Ich, Taliesin Joy Nowata, bin endlich zu Hause. Was vor mir liegt, spielt keine Rolle. Was in mir ist, wird mir über alles hinweghelfen.

Dank

Nur in der Fiktion sagen wir wirklich die Wahrheit. Davon war ich schon immer überzeugt. Den Mut, diese Wahrheit zu sagen, geben uns die Menschen, die uns nahe stehen und – komme, was wolle – zu uns halten. Auf mich trifft das jedenfalls zu, denn ich habe das Glück, mich in einer außergewöhnlich guten menschlichen Gemeinschaft zu befinden, die genau weiß, *wie man zusammenhält*.

Pat May, meine Schwester de jure, glaubte bereits an die Geschichte, als sie erst eine bloße Idee war. Als sie dann allmählich mühsam Gestalt annahm, bot Pat mir ihre uneingeschränkte Unterstützung an. Dasselbe gilt für Vicki Wilson und Ronni Kern, meine Schwestern de facto, die damit bewiesen, dass Familie so wie alles eine Frage der Entscheidung ist. Ohne diese drei Frauen kann ich mir mein Leben in dieser Welt überhaupt nicht vorstellen. Es vergeht kein Tag, an dem ich nicht wenigstens ein Dankgebet für eine von ihnen zum Himmel schicke.

C. Michael Curtis las meine ersten Entwürfe und ermutigte mich zum Weitermachen. Irene Goodman entdeckte Tally Nowata und mich in ihrem dicken Stapel unverlangt eingesandter Manuskripte und war so freundlich und mutig, sich auf diese Geschichte – und auf die Geschichtenerzählerin – einzulassen. Sie glaubte so fest an uns, dass sie diesen Glauben in die Praxis umsetzte und wir heute hier angelangt sind. Irenes Bemühungen verdanke ich die Bekanntschaft mit Amy Pierpont, die mir mit ihrem fröhlichen Wesen und unglaublichen Talent half, Tallys Geschichte lebendig zu machen, und sie darüber hinaus vertiefte und bereicherte. Deirdre Dore nahm mir ebenso enthusiastisch wie effizient all die zeitaufwendigen Kleinigkeiten wie Schecks, Verträge und Autorenfotos ab. Linda Minton ertrug es geduldig, dass ich mich mit Nachdruck den Regeln der englischen Grammatik zugunsten einer echter klingenden Sprache widersetzte, und hat es trotzdem verstanden, dem Ganzen durch ihr Lektorat einen guten Stil zu geben. Alex Kamaroff schenkte mir ebenso viele Ideen zum Handlungsablauf wie stets neue Hoffnung. Welch ein Glück, eine solche Anzahl großartiger Kollegen zu haben.

Während der vier Jahre, die dieses Buch zu seiner Entstehung brauchte, kamen etliche neue Freunde hinzu, von denen einige jedoch eine besondere Erwähnung verdienen: Molly Rose Teuke, Jacqueline Mitchard, Pam English, Nancy Karbo, Pete und Marty Freeman, Reba Whittenborn, Craig Patterson, Melanie und Rick Yaeger, Lois Rushing und Dennis Wilson. Sie alle gehören zu den Leuten, durch die unsere Welt allein durch die Tatsache, dass sie in ihr atmen und leben, zu einem besseren Ort wird. Was jeder von ihnen tagein, tagaus zu geben bereit ist, finde ich immer wieder verblüffend, und es beflügelt mich immer wieder neu. Was sie für mich persönlich getan haben, macht mich demütig, und gleichzeitig bin ich furchtbar stolz, sie zu kennen, und zwar jeden Einzelnen von ihnen.

Und schließlich kommen wir zum Kernpunkt meiner Seele: Mein treuer Gefährte, mein Hund Ebenezer, hat die Veröffentlichung des Buches leider nicht mehr erlebt, so dass wir unsere gemeinsamen langen Spaziergänge nicht wieder aufnehmen konnten. Trotzdem ist Eb immer noch eine der Kanten meines Prüfsteins. Mein Sohn Brent, der mit viel Mut und guter Laune einen bösartigen Gehirntumor erfolgreich bekämpft und mir gezeigt hat, was für ein Mann Paul O'Malley hätte sein können, ist die zweite Kante. Meine Tochter Taliesin, die meine Sturheit ertragen und sich verbissen dafür eingesetzt hat, Tally Nowata viel menschlicher und ehrlicher zu gestalten, als sie es sonst geworden wäre, ist die dritte Kante. Und mein lieber Ehemann Stewart West, der mir den Mut gegeben hat, noch einmal zu lieben, und der mir bewiesen hat, dass sich das Risiko – das es eigentlich nie war – wirklich gelohnt hat, ist die vierte Kante meines Prüfsteins. Keiner von uns wird dieses Leben lebend überstehen, aber solange wir hier sind, ist das Überleben mitunter ein schwieriger Balanceakt. Wenn er mir gelingt, dann nur, weil mein vierkantiger Prüfstein unversehrt ist. Womit das Leben uns auch immer konfrontiert, *wir halten zusammen*.

HANNAH NYALAs Erfahrung als Spurenleserin in einem Such- und Rettungsteam in den Vereinigten Staaten gibt den spannenden fiktionalen Abenteuern Tally Nowatas reale Stärke und emotionale Tiefe. Nach einem Forschungsaufenthalt in der Kalahari-Wüste im Süden Afrikas, wo Hannah Nyala eine Zeit lang mit ihren beiden Kindern lebte, schrieb sie ihr erstes Buch, ihre mit großem Beifall bedachten Memoiren *Die Spurenleserin*, die mit Linda Hamilton in der Hauptrolle fürs Fernsehen verfilmt wurden. Der nächste Tally-Nowata-Roman befindet sich in Arbeit.

Besuchen Sie Hannah Nyala im Internet unter
www.tallynowata.com und www.pointlastseen.com

»Ein atemberaubender Wissenschaftsthriller« Diario

Die junge Biologin Anna hat im Herzen des Regenwaldes in Uganda eine Webcam positioniert, um das Leben einer Gruppe von Berggorillas zu beobachten. Erste Forschungsergebnisse ziehen die Aufmerksamkeit der Presse auf sie und wecken auch das Interesse zweier Manager eines europäischen Pharma-Unternehmens auf der Suche nach dem großen Coup. Sie wollen den Gorillas ein Virus übertragen und beobachten, mit welchen pflanzlichen Substanzen die Tiere sich selbst behandeln. Dafür brauchen sie Anna, die die beiden ahnungslos nach Afrika begleitet ... Als sie es schaffen, die Tiere zu infizieren, überschlagen sich die Ereignisse. Eine packende Mischung aus Michael Crichtons *Congo* und *Gorillas im Nebel*.

Federico Bini

Die Nacht der Gorillas

Roman

Deutsche Erstausgabe

ULLSTEIN TASCHENBUCH

UB168